俄苏文学经典译著·长篇小说

列夫·托尔斯泰（1828—1910）

19世纪俄国伟大的批判现实主义小说家、评论家、剧作家和哲学家。托翁是一位多产作家，也是世界公认的最伟大的作家之一。其代表性作品有《战争与和平》《安娜·卡列尼娜》和《复活》等，影响深远。

高植（1911—1960）

安徽巢县（今巢湖市）人，作家、翻译家。通晓英、日、俄文，尤致力于俄罗斯文学研究。抗日战争时期以高地为笔名与郭沫若联署翻译《战争与和平》，得到普遍赞誉，从此深耕于托翁著作的翻译。此后又陆续翻译了《复活》《幼年·少年·青年》《安娜·卡列尼娜》等作品。

俄苏文学经典译著•

长 篇 小 说

Russian

Literature

Classic.

NOVEL

Воскресение

Leo Tolstoy

复活

[俄]列夫·托尔斯泰 著

高植 译

图书在版编目（CIP）数据

复活／（俄罗斯）列夫·托尔斯泰著；高植译．—北京：生活·读书·新知三联书店，2019.12
（俄苏文学经典译著·长篇小说）
ISBN 978-7-108-06512-4

Ⅰ．①复…　Ⅱ．①列…②高…　Ⅲ．①长篇小说－俄罗斯－近代　Ⅳ．①I512.44

中国版本图书馆CIP数据核字（2019）第041252号

责任编辑　成　华
封面设计　樱　桃
责任印制　黄雪明
出版发行　生活·讀書·新知　三联书店
（北京市东城区美术馆东街22号）
邮　　编　100010
印　　刷　常熟市人民印刷有限公司
排　　版　南京前锦排版服务有限公司
版　　次　2019年12月第1版
2019年12月第1次印刷
开　　本　650毫米×900毫米　1/16　印张　29.75
字　　数　398千字
定　　价　86.00元

俄苏文学经典译著

出版说明

本丛书是对中国左翼作家所译俄苏文学经典一次系统的整理和展现，所辑各书均为名家名译，这不仅是文献和版本意义上的出版，更是对当时红色文化移植的重新激活。

早在1948年生活书店、读书出版社、新知书店合并为生活·读书·新知三联书店前，三家出版社就以引介俄苏经典文学和社会理论图书等为己任。比如1937年生活书店出版托尔斯泰的《安娜·卡列尼娜》，1946年新知书店出版《钢铁是怎样炼成的》。1949年以后，虽然也有出版社对俄苏文学经典进行重译、重编，但难免失去了初始的本色，并且遗失了些许当时出版的有价值的译著；此外，左翼作家的译介因其“著译合一”的特点，在众多译本中，自有其价值；更重要的是，这些文学经典蕴含的对生活的热情、对信仰的坚守、对事业的激情在今天亦鼓动人心，能给每一位真诚活着的人以前行的动力。因此，系统地整理出版左翼作家翻译的俄苏文学经典是必要的。

我们在对书稿进行加工时，主要遵循了以下原则：

一、本丛书为重排本，由繁体字竖排版改为简体字横排版。

二、忠实原作，保持原译语言风格及表现方式；对书中人物及相关译名除必要的规范基本保留。

三、原书注释如旧，编者所出的注释，均以“编者注”标明，以示与原书注释的区别。

四、对原书中各种错讹脱衍之处，直接订正。

五、数字只要统一、规范，基本沿用；对标点符号的用法，尽可能做到规范。

六、在不影响原译意的情况下，对个别表述可能有歧义的字句进行必要斟酌处理。

俄苏文学经典译著

总　　序

生活·读书·新知三联书店推出“俄苏文学经典译著·长篇小说”丛书，意义重大，令人欣喜。

这套丛书撷取了1919至1949年介绍到中国的近50种著名的俄苏文学作品。1919年是中国历史和文化上的一个重要的分水岭，它对于中国俄苏文学译介同样如此，俄苏文学译介自此进入盛期并日益深刻地影响中国。从某种意义上来说，这套丛书的出版既是对“五四”百年的一种独特纪念，也是对中国俄苏文学译介的一个极佳的世纪回眸。

丛书收入了普希金、果戈理、屠格涅夫、陀思妥耶夫斯基、托尔斯泰、高尔基、肖洛霍夫、法捷耶夫、奥斯特洛夫斯基、格罗斯曼等著名作家的代表作，深刻反映了俄国社会不同历史时期的面貌，内容精彩纷呈，艺术精湛独到。

这些名著的译者名家云集，他们的翻译活动与时代相呼应。20世纪20年代以后，特别是“左联”成立后，中国的革命文学家和进步知识分子成了新文学运动中翻译的主将和领导者，如鲁迅、瞿秋白、耿济之、茅盾、郑振铎等。本丛书的主要译者多为“文学研究会”和“中国左翼作家联盟”的成员，如“左联”成员就有鲁迅、茅盾、沈端先（夏衍）、赵璜（柔石）、丽尼、周立波、周扬、蒋光慈、洪灵菲、姚蓬子、王季愚、杨骚、梅益等；其他译者也均为左翼作家或进步人士，如巴金、曹靖华、罗稷南、高植、陆蠡、李霁野、金人等。这些进步的翻译家不仅是优秀的译者、杰出的作家或学者，同时他们纠正以往译界的不良风气，将翻译事业与中国反帝反封建的斗争结合起来，成为中国新文学运动中的一支重要力量。

这些译者将目光更多地转向了俄苏文学。俄国文学的为社会为人生的主旨得到了同样具有强烈的危机意识和救亡意识，同样将文学看作疗救社会病痛和改造民族灵魂的药方的中国新文学先驱者的认同。茅盾对此这样描述道："我也是和我这一代人同样地被'五四'运动所惊醒了的。我，恐怕也有不少的人像我一样，从魏晋小品、齐梁词赋的梦游世界中，睁圆了眼睛大吃一惊的，是读到了苦苦追求人生意义的19世纪的俄罗斯古典文学。"[1] 鲁迅写于1932年的《祝中俄文字之交》一文则高度评价了俄国古典文学和现代苏联文学所取得的成就："15年前，被西欧的所谓文明国人看作未开化的俄国，那文学，在世界文坛上，是胜利的；15年以来，被帝国主义看作恶魔的苏联，那文学，在世界文坛上，是胜利的。这里的所谓'胜利'，是说，以它的内容和技术的杰出，而得到广大的读者，并且给予了读者许多有益的东西。它在中国，也没有出于这例子之外。""那时就知道了俄国文学是我们的导师和朋友。因为从那里面，看见了被压迫者的善良的灵魂，的酸辛，的挣扎，还和40年代的作品一同烧起希望，和60年代的作品一同感到悲哀。""俄国的作品，渐渐地绍介进中国来了，同时也得到了一部分读者的共鸣，只是传布开去。"鲁迅先生的这些见解可以在中国翻译俄苏文学的历程中得到印证。

中国最初的俄国文学作品译介始于1872年，在《中西闻见录》的

---

[1] 茅盾：《契诃夫的时代意义》，载《世界文学》1960年1月号。

创刊号上刊载有丁韪良（美国传教士）译的《俄人寓言》一则。[1] 但是从1872年至1919年将近半个世纪，俄国文学译介的数量甚少，在当时的外国文学译介总量中所占的比重很小。晚清至民国初年，中国的外国文学译介者的目光大都集中在英法等国文学上，直到“五四”时期才更多地移向了“自出新理”（茅盾语）的俄国文学上来。这一点从译介的数量和质量上可以见到。

首先译作数量大增。“五四”时期，俄国文学作品译介在中国“极一时之盛”的局面开始出现。据《中国新文学大系》（史料·索引卷）不完全统计，1919年后的八年（1920年至1927年），中国翻译外国文学作品，印成单行本的（不计综合性的集子和理论译著）有190种，其中俄国为69种（在此期间初版的俄国文学作品实为83种，另有许多重版书），大大超过任何一个国家，占总数近五分之二，译介之集中可见一斑。再纵向比较，1900至1916年，俄国文学单行本初版数年均不到0.9部，1917至1919年为年均1.7部，而此后八年则为年均约十部，虽还不能与其后的年代相比，但已显出大幅度跃升的态势。出版的小说单行本译著有：普希金的《甲必丹之女》（即《上尉的女儿》），陀思妥耶夫斯基的《穷人》《主妇》（即《女房东》），屠格涅夫的《前夜》《父与子》《新时代》（即《处女地》），托尔斯泰的《婀娜小史》（即《安娜·卡列尼娜》）、《现身说法》（即《童年·少年·青年》）、《复活》，柯罗连科的《玛加尔的梦》和《盲乐师》、路卜洵的《灰色马》、阿尔志跋绥夫的《工人绥惠略夫》等。[2] 在许多综合性的集子中，俄国文学的译作也占重要位置，还有更多的作品散布在各种期刊上。

其次翻译质量提高。辛亥革命前后至“五四”高潮前，中国的俄国

---

[1] 可参见笔者在《二十世纪中俄文学关系》（学林出版社，1998；高等教育出版社，2002）中的相关考证。

[2] 这套丛书中收入了这一时期鲁迅译的阿尔志跋绥夫的《工人绥惠略夫》（商务印书馆，1922）和张亚权、耿济之译的柯罗连科的《盲乐师》（商务印书馆，1926）。

文学译介均为转译本，且多为文言。即使一些“名家名译”，如戢翼翚译的普希罄《俄国情史》（即普希金《上尉的女儿》，1903）、马君武译的托尔斯泰的《心狱》（即《复活》，1914）、林纾和陈家麟合译的托尔斯泰的《罗刹因果录》（收八篇短篇，1915）等，也因受当时译风的影响，对原作进行改动或发挥之处颇多，有的译作几近于演述。1919年以后，译者队伍与译风发生了根本上的变化。一批才气横溢的通俄语的年轻人加入了俄国文学作品翻译的队伍，其中有瞿秋白、耿济之、沈颖、韦素园、曹靖华等。以本套丛书入选译本最多的译者耿济之为例。耿济之早年在俄文专修馆学习，1919年在《新中国》杂志上发表最初的译作，即托尔斯泰的《真幸福》（即《伊略斯》）和《旅客夜谭》（即《克莱采奏鸣曲》）等作品。20年代初期，耿济之又有果戈理的《马车》和《疯人日记》、赫尔岑的《鹊贼》、屠格涅夫的《村之月》、奥斯特洛夫斯基的《雷雨》、托尔斯泰的《家庭幸福》和《黑暗之势力》、契诃夫的《侯爵夫人》等重要译作。此后他一发不可收，数十年间译出了大量的俄国文学名著，是中国早期产量最多和态度最严肃的俄国文学译介者。当然，这时期仍有相当一部分翻译家依然利用其他语种的文字在转译俄国文学作品，如鲁迅、周作人、李霁野、郑振铎、赵景深、郭沫若等。这些译者大多学养深厚，译风严谨。鲁迅在20年代前期和中期译出了阿尔志跋绥夫的《工人绥惠略夫》《幸福》《医生》和《巴什唐之死》、安德列耶夫的《黯淡的烟霭里》和《书籍》、契诃夫的《连翘》、迦尔洵的《一篇很短的传奇》等不少俄国文学作品。尽管是转译，但翻译的水准受到学界好评。

20世纪二三十年代，中国文坛开始引进苏俄文学。1931年12月，瞿秋白在给鲁迅的信中谈到：有系统地译介苏联文学名著，“这是中国普罗文学者的重要任务之一”[1]。不少出版社在20年代末相继推出

[1] 瞿秋白：《论翻译》，见《瞿秋白文集》第2卷，人民文学出版社1954年版。

“新俄文学”作品专集。最早出现的是由曹靖华辑译、北平未名社1927年出版的《白茶（苏俄独幕剧集）》一书。而后，鲁迅、叶灵凤、曹靖华、蒋光慈、傅东华、冯雪峰和郭沫若等辑译的各种苏联文学作品集相继问世。这一时期，译出了不少活跃于十月革命前后的苏俄著名作家的作品。比较重要的有：拉夫列尼约夫的《第四十一》、革拉特珂夫的《士敏土》、绥拉菲莫维奇的《铁流》、法捷耶夫的《毁灭》、聂维罗夫的《不走正路的安得伦》、雅科夫列夫的《十月》、伊凡诺夫的《铁甲列车Nr. 14－6》、富曼诺夫的《夏伯阳》、肖洛霍夫的《静静的顿河》（前两部）和《被开垦的处女地》、奥斯特洛夫斯基的长篇小说《钢铁是怎样炼成的》、诺维科夫-普里波伊的《对马》、马雅可夫斯基的诗集《呐喊》、爱伦堡等人的报告文学集《在特鲁厄尔前线》和阿·托尔斯泰的剧本《丹东之死》等。

这一时期，作品被译得最多的作家是高尔基。最早出现的是宋桂煌从英文转译的《高尔基小说集》（上海民智书局，1928）。这部小说集中载有《二十六个男和一女》和《拆尔卡士》（即《切尔卡什》）等五篇作品。最早出现的单行本是沈端先（即夏衍）从日文转译的高尔基的《母亲》。[1] 30年代中国出版的有关高尔基的文集、选集和各种单行本更多，总数达57种，如鲁迅编的《戈里基文录》、瞿秋白译的《高尔基创作选集》、黄源编译的《高尔基代表作》、周天民等编选的《高尔基选集》（六卷）等。此外问世的还有：鲁迅等译的短篇集《恶魔》和《俄罗斯的童话》、史铁儿（即瞿秋白）译的《不平常的故事》、巴金译的短篇集《草原故事》、丽尼译的《天蓝的生活》、钱谦吾（即阿英）译的《劳动的音乐》、蓬子译的《我的童年》、王季愚译的《在人间》、杜畏之等译的《我的大学》、何素文译的《夏天》、何妨译的《忏悔》、罗稷南译的《四十年间》、赵璜（即柔石）译的《颓废》（即《阿尔达莫诺夫家

[1] 该书1929年由上海大江书铺出版第一部，次年出版第二部。

的事业》）、钟石韦译的《三人》、李谊译的《夜店》（即《底层》）和贺知远译的《太阳的孩子们》等。

进入20世纪40年代，由于苏德战争和太平洋战争的爆发，中国文坛把自己的目光转向了苏联卫国战争文学。1942年在上海创刊（1949年终刊）的《苏联文艺》发表的各类作品的总字数达六百多万字，其中大部分是反映苏联卫国战争的文学作品。此外，仅就单行本而言，各出版社出版或重版的此类书籍的数量有百余种之多。这些作品极大地鼓舞了中国人民反抗外族入侵和黑暗统治的斗志。也许今天的人们已经淡忘了它们，有些作品从艺术上看似乎也有些逊色。但是，其中经受住了历史检验的优秀之作，仍值得我们珍视。这一时期，苏联其他一些文学作品也有译介。值得一提的有：肖洛霍夫的《静静的顿河》（全译本）、叶赛宁、勃洛克和马雅可夫斯基合集的《苏联三大诗人代表作》、阿·托尔斯泰的《苦难的历程》和《彼得大帝》、费定的《城与年》、奥斯特洛夫斯基的《暴风雨所诞生的》、潘诺娃的《旅伴》、克雷莫夫的《油船德宾特号》、波列伏依的《真正的人》、卡达耶夫的《时间呀！前进》、列昂诺夫的《索溪》、冈察尔的《旗手》（第一部）、包戈廷的剧本《带枪的人》《苏联名作家专集》（共五辑）等。其中不少名著在这一时期初次被译成中文。可以说，至20世纪40年代末，苏联重要的主流文学作品译介得已相当全面。

1919年以后的30年间，译介到中国的俄苏文学作品产生了巨大的影响。钱谷融教授曾经生动地描述过抗战时期他随学校迁至四川偏远小城，在那里迷上俄国文学的一些情景。他还表示自己“是喝着俄国文学的乳汁而成长的”，“俄国文学对我的影响不仅仅是在文学方面，它深入到我的血液和骨髓里，我观照万事万物的眼光识力，乃至我的整个心灵，都与俄国文学对我的陶冶薰育之功不可分。我已不记得最先接触到的俄国文学名著是哪一本了，总之是一接到它就立即把我深深地吸引住了，使我如醉如痴，使我废寝忘食。尽管只要是真正的名著，不管它是英、美的，法国的，德国的，还是其他国家的，都能吸引我，都能使我迷醉。但是论其作品数量之多，吸引我的程度之深，则无论哪一国的文学，都比不上俄国文学”。这样的感受和评价在那一时代的知识分子中并不罕见。

由于社会的、历史的和文学的因素使然，中国知识分子（特别是左翼知识分子）强烈地认同俄苏文化中蕴含着的鲜明的民主意识、人道精神和历史使命感。红色中国对俄苏文化表现出空前的热情，俄罗斯优秀的音乐、绘画、舞蹈和文学作品曾风靡整个中国，深刻地影响了几代中国人精神上的成长。除了俄罗斯本土以外，中国读者和观众对俄苏文化的熟悉程度举世无双。在高举斗争旗帜的年代，这种外来文化不仅培育了人们的理想主义的情怀，而且也给予了我们当时的文化所缺乏的那种生活气息和人情味。因此，尽管中俄（苏）两国之间的国家关系几经曲折，但是俄苏文化的影响力却历久而不衰。

在中国译介俄苏文学的漫漫长途中，除了翻译家们所做出的杰出贡献外，还有无数的出版人为此付出了艰辛的努力，甚至冒了巨大的风险。在俄苏文学经典的译著中，我们常常可以看到商务印书馆、中华书局、开明书店、文化生活出版社等出版社的名字，也常常可以看到三联书店的前身生活书店、读书出版社、新知书店的名字。这套丛书中就有：生活书店 1936 年出版的、由周立波翻译的肖洛霍夫的小说《被开垦的处女地》，生活书店 1936 年出版的、由王季愚翻译的高尔基的小说《在人间》，生活书店 1937 年出版的、由周扬和罗稷南翻译的列夫·托尔斯泰的小说《安娜·卡列尼娜》，新知书店 1937 年出版的、由梅益翻译的普里波伊的小说《对马》，读书出版社 1943 年出版的、由王语今翻译的奥斯特洛夫斯基的小说《从暴风雨里所诞生的》，新知书店 1946 年出版的、由梅益翻译的奥斯特洛夫斯基的小说《钢铁是怎样炼成的》，生活书店 1948 年出版的、由罗稷南翻译的高尔基小说《克里·萨木金的一生：四十年间》。熠熠生辉的名家名译，这是现代出版界在中国文化发展史上写就的不可磨灭的一笔。这套丛书的出版也是三联书店文脉传承的写照。

尽管由于时代的发展，文字的变迁，丛书中某些译本的表述方式或者人物译名会与当下有所差异，但是这些出自名家之手的早期译本有着独特的价值。名译与名著的辉映，使经典具有了恒久的魅力。相信如今的读者也能从那些原汁原味的译著中品味名著与译家的风采，汲取有益的养料。

陈建华

2018 年 7 月于沪上西郊夏州花园

目 录

译者附序

想到自己的写作生活往往是成年累月地空白着，便有一种不安的情绪。近年来我有了一个无形式上拘束而有余暇自由工作的环境，但在这个期间的写作生活却几乎又是空白。（物价会影响我的工作情绪，真是怪事！）带着自惭，我又开始写作了。但因为一个机缘，一位老友与一位新友的好意，我遂中止写作而翻译此书。我想，此书在好多方面既远比我现在所能写出的东西好，而译书对于练习技巧与修养气魄又很有帮助，我自己的工作是不妨暂时搁置了。

本书原文是一九三七年莫斯科国家出版局根据托尔斯泰全集（一九三三年版）第三十二卷所印的“艺术文学”版，附有精美插图三十五帧。

承柯林士教授（Prof. Collins）借给我英文毛德译本作参考，使我在翻译书中对话时特别得到帮助（然在语气及字句上概以原文为主）。毛德的英译本是根据托尔斯泰的手稿译的，是托尔斯泰自己认为满意的，当时在帝制的俄国被删之处在英译本中全都印出，而英译本之佳是毫无问题的。不过英译本（假定为手稿本）与原文本在字句上段落上颇有差异，且二者均有好多地方是另一本所没有的。我以原文为主，如遇英译本（手稿本）有多出的地方，或差异之处，我即斟酌上下文，加以比较，而决定添入与否。

着手之前，很想保持原文风格语调，而同时译文又不生硬，可是译后自己看了一遍，不禁愧然，译得太不能满意了。英文译本颇能保持原文风格句法，有时全句构造次序几竟相同，而同时又很流利。我的译文却太差了。顾此即难免失彼，这一来是中文与原文之差异远大于英文俄文之间的差异，二来是我的修养还不够。虽然我是尽力求其不负作者不欺读者，但如尚有欠妥之处，那是由于我的疏忽与才短，应归我负责。有些字句，例如一个主格，有时是三四个抽象名词，其中夹着两三个of，最末的of之后又是好多字（在原文便是接连着两三个名词第二格），这往往很难译出，或难以找到适当而又明达的相等字句，我便凭自己过去学习写小说时所知的句法而译出，然而在大体上，我是尽量保持原文的一切，句法力求直译而明显，能不添减文字即不添减，若还有为读者看了两遍而仍然不能明白之处，那是我的才力不够，不能怪文字的差异，我当再作修改，以补今日推敲润饰之不足。

有人说译文是为译本的读者而译的，应该以求读者容易阅读为原则，不妨让迁就译文的地方多于拘泥原文的地方。要译文顺口一点，这并不难，我可以在译文的字句间添减一二字，使译文流利，至少比目前的译文流利，可是我只做到很低的妥协折中的程度。为保持原文中简练之处，有些句子我不愿加注式地添字使它流利顺口。关于迁就与拘泥问题，目前尚无定论，亦无什么标准，大家在尝试中，我愿意我个人的尝试方法是到达较为完善地步的踏石。关于标点，我加用“、”号，为使长句容易明了。

此书原文，好像《战争与和平》，有些小地方显得欠妥，或可说是不如假定的“手稿本”，且有小错误（也许是排版错误）。托尔斯泰写人物时，称呼有时前后不一致，例如监狱长，有时又称作上尉，候补检察官，有时只称为检察官，译文从一。英文译本也偶有一二欠妥疏忽之处。这里说出来，既不是吹毛求疵，也不是为我的译文中可能有的错误做辩护，只是想表明一件工作（从写稿到出版）要做得完美是多么不容易。

译文里常常省去“一个”“这个”等冠词。国文的字句中常常不用冠词。俄文里没有冠词。为保持原文格调，我不添加冠词，但不加冠词而不顺达时，我即加以冠词，然而这也许未能周到，特为说明。

俄文简单句子中没有连接动词，好在国文里也常说“他漂亮聪明”“你哥哥比你快活”，凡能不添“是”字之处即不添，但当然是尽量避免故意生硬。

书中注释有三种：一种是原文所有的，一种是采用毛德英译本的，一种是我的附注。后二者均于注末标明。

书中人物对话每每夹有法文、英文、德文，为存原书精神计，概予保留，夹附译文，好在为数不多。

书中引用《圣经新约》的话，均借用《圣经》的译文。

书中的精美插图，我希望在战后的版本中，可以全数附入。

关于本书的道德影响问题，毛德英译本中曾引用托尔斯泰的信加以说明，兹将信中一部分译出附录于此：

“……对于不读全书及不了解其中意义的人，此书会许有坏影响。但此书也会——一如本意所在——有全然相反的影响。我所能答辩的，就是当我读一本书时，最使我发生兴趣的是 Wlltanschauung des Autors(作者的世界观)：他所爱的与他所恨的。我希望任何持此种态度而读我的书的人会发现什么是作者所欢喜的与所不欢喜的，并为作者的感情所影响。我所能说的，是当我写此书时，我极憎恶肉欲，本书主要目的之一即是表现此种憎恶。如我未能做到，我很抱歉……我觉得，我们要受到我们的良心与上帝的裁判，不是为了我们行为的结果，而是为了我们的动机。我希望我的动机是不坏的。……”

第一部

《马太福音》第十八章。(二十一) 那时彼得进前来，对耶稣说：主啊，我弟兄得罪我，我当饶恕他几次呢？到七次可以吗？(二十二) 耶稣说：我对你说，不是到七次，乃是到七十个七次。

《马太福音》第七章。(三) 为什么看见你弟兄眼中有刺，却不想自己眼中有梁木呢？

《约翰福音》第八章。(七) ……你们中间谁是没有罪的，谁就可以先拿石头打她。

《路加福音》第六章。(四十) 学生不能高过先生；凡学成了的不过和先生一样。

一

聚集在一小块地方的几十万人，虽然努力去损害他们所居住的土地，虽然用石头去盖压土地，使土地上不生长任何东西，虽然清除一切发芽的草，虽然用煤和石油的烟去污染空气，虽然斩伐树木，赶走一切的禽兽，在城市里春天依旧是春天。阳光是温暖的，草恢复了生气，在一切未被铲除的地方，不但是在树荫大道的草地上，而且还在石板的缝里生长、变绿，桦树、白杨、樱树长出了胶质性的香馥的叶子，菩提树凸起了绽放的蓓蕾，乌鸦、麻雀和鸽子已经春意地快乐地在准备窝巢，苍蝇在太阳晒暖了的墙边嗡嗡地飞。植物、鸟雀、昆虫和小孩，都是快乐的。但是人——年纪大的、成年的人，没有停止欺骗、苦恼他们自己，并且在互相欺骗、互相苦恼。人们认为神圣重要的不是春天的早晨，不是上帝世界的美。这美是为了一切生物的幸福而有的，使人倾向和平、调谐与爱的；他们认为神圣重要的乃是他们为了互相奴役而自己想出来的东西。

例如，在省监狱办公室里，认为神圣重要的不是春天的优美与欢乐是给予一切生物与人的；而认为神圣重要的乃是在头一天接到了一个编号的盖印的有题表的文书，要在四月二十八日这天上午九时提审三个囚禁在监狱里的未决犯——二女一男。有一个女的，是最重要的罪犯，要单独提审。于是，根据这道命令，在四月二十八日上午八时，典狱长走进了女牢的黑暗发臭的走廊。在他后边，一个面容憔悴，白发鬈曲，穿一件袖子镶扁绦的上衣、用蓝边的带子系腰的女人走过了走廊。她是女典狱。

“你找马斯洛发吗?”她问，同值班的典狱走到对着走廊的一道门前。

典狱弄响着铁锁，打开了锁簧；推开狱室的门，从室内发出了比在走廊上更臭的气味，他喊道：

“马斯洛发，上法庭!”

便又关了门，等候着。

甚至在监狱的院子里也有被风吹进城的，郊野里新鲜爽快的空气。

但在走廊上却是令人难受的带伤寒菌的空气，掺杂着溺粪、烟脂、腐物的气味，这使得每个新来的人立刻感觉到消沉和忧郁。从院子里来的女典狱，虽然闻惯了恶臭的空气，也觉得如此。她进了走廊，便马上觉得疲倦，想要睡觉了。

狱室里面发出了骚动声：妇女的声音和赤脚走动声。

“赶快，啊，快点呀，马斯洛发，我说的！”典狱长对着狱室的门大声说。

两分钟后，一个低矮的，胸部丰满的，年轻的女人，在白衣白裙之上罩了一件灰大衣，用轻快的步子从门内走出，迅速地转过身站在典狱的旁边。她脚上穿了麻布袜子，袜子外边是囚鞋，头上扎了白巾，在头巾下边，显然是有意地，弹出黑发的鬈环。这女人满脸是久被监禁的人的脸上的那种特有的苍白，白得令人想起地下室中甘薯的芽。小而宽的手和大衣宽领上所露出的白而胖的颈子也是这样的颜色。在这个脸上，尤其是正面部的惨白中，是一双动人的、很黑的、发光的、有点儿肿但很生动的眼睛，有一只是微微斜视的。她站得很直，挺着丰满的胸膛。踏进走廊时，她微微仰着头，直直地望着典狱的眼，她停止着，准备执行要她去做的一切。典狱正要锁门的时候，一个白发老妇人的苍白、严厉、打皱的脸从里面伸出来。老妇人开始向马斯洛发说了些什么。但典狱推门撞老妇人的头，头不见了。从狱室里发出妇女的笑声。马斯洛发也微笑了一下，转身对着门上挖成的小窗子。老妇人在门里边面贴窗口，用沙哑的声音说：

“顶要紧的——不要说多余的话，不改口，就够了。”

“不管是怎么一个办法，不会再坏的了。”马斯洛发摇了摇头说。

“当然，是一个，不是两个，”典狱长带着官长相信自己聪明的神气说，“跟我走！”

露在小窗子口的老妇人的眼睛不见了，马斯洛发到了走廊的当中，用迅速的小步子跟随着典狱长。他们顺石梯走下去，走过比女牢更恶臭更吵闹的男牢，每间房门上的小窗里都有目光跟着看他们；他们走进了办公室，那里已经有了两个扛枪的押送兵。坐在那里的书记，给了兵士当中的一个人一件熏染了烟气的公文，并且指了指女犯，说："带去。"这兵——红麻脸的下城的农民，把公文放在大衣袖口的折层里，微笑着，对他的伙伴、宽颧骨的邱发施人[1]和女犯眨了一下眼。兵士和女犯下了阶梯，走到大门口。

在大门上的小门打开了，兵士和女犯跨过小门的横槛，走进院子，走出垣墙，走过城内的当中铺石头的街道。

车夫、店主、厨子、工人、官吏都停下来，好奇地望着女犯；有的摇摇头，想着：这是罪恶的——不是我们的那种行为所生的结果。小孩们恐怖地望着女犯，并且，只是因为有兵士走在她身边，而她现在是什么也不会做了，才觉得安心。一个乡农，卖了煤，在饮食店喝了茶，走到她面前，对自己画了十字，给了她一个戈比[2]，女犯脸上泛红，垂了头，说了什么。

女犯感觉到注视在她身上的许多目光，没有把头侧转，偷偷地斜视那些看她的人，这种对她的注意令她高兴。比牢里清洁的、春天的空气也使她愉快，但是不惯行走的穿着粗笨的囚鞋的脚，走在石头上是痛苦的，她望望自己的脚，极力要尽可能地走得轻。在一个面粉店的前面，有一些不为任何人所伤害的鸽子摇摆地走动着，女犯从那里经过时，几乎有一只脚碰上了一只深蓝色的鸽子。鸽子飞起来，扑动着双翼从女犯的耳边飞过，向她刮了一阵风，女犯微笑了一下，然后想起了自己的境遇，深深地叹了口气。

---

[1] 属于俄国的一种亚洲人。——毛德

[2] 一个戈比是卢布的百分之一。——译者

二

女犯马斯洛发的身世是很平凡的。马斯洛发是一个未结婚的女婢养的，这女婢是跟着在乡下的地主家里做管牛妇的母亲过活的。地主两姊妹都是老处女。这个未结婚的女婢每年养一个孩子。这在乡下是寻常的事情——孩子受了洗，然后母亲便不喂哺那不为人需要的、非所期望地出世的、妨碍工作的孩子，于是孩子不久便饿死了。

这样地死了五个孩子。他们都受了洗，后来都不被喂哺，于是他们都夭折了。第六个婴儿是女孩，是过路的催刚人[1]生的，假若不是因为两个老处女当中的一个走进了牛房，为了乳脂有母牛的气味而要斥责管牛妇，她的命运也是一样的了。产妇带着美丽健康的婴儿躺在牛房里。老处女一方面为了乳脂的事，一方面为了她让产妇躺在牛房里，斥责了管牛妇，便要走开，但是看见了婴儿，对她产生了同情心，自愿做婴儿的教母。她替婴儿行了洗礼，后来，可怜自己的教女，给了牛乳和钱给小孩的母亲，要她喂养小孩，于是小女孩活下来了。因此老处女叫她为“救下来的”。

小孩三岁的时候，她的母亲就生病死了。管牛妇老祖母感到孙女的拖累，于是老处女们把小孩带在自己身边。黑眼睛的小女孩长得异常活泼可爱，老处女们都欢喜她。

两个老处女：年轻的、较慈和的是苏菲亚·伊发诺芙娜，她就是替女孩施行洗礼的；年长的、较严厉的是玛丽亚·伊发诺芙娜。苏菲亚·伊发诺芙娜给女孩穿好衣服，教她读书写字，希望使她成为养女。玛丽亚·伊发诺芙娜却说，女孩应该成为女工、好婢女，因此她严厉，在她脾气不好的时候，她责备、甚至殴打女孩。在这两种不同的影响之下，这个女孩长大时，半是婢女，半是养女。她们叫她卡邱莎——这声音没

[1] 一般称作吉卜赛人。——译者

有卡清卡好听，也没有卡威卡普通，是在二者之间的。她缝纫、收拾房间、用白粉擦圣像、烧煮、打谷、煮咖啡、做轻巧的洗濯，有时和老处女们坐在一起，读书给她们听。

有许多人向她求婚，但她不愿嫁任何人，觉得她和那些向她求婚的工人在一起的生活是难受的，她已被舒服的地主生活养娇了。

她这样地活到十六岁。当她过了十六岁的时候，老处女们的侄儿——一个年轻的大学生、有钱的公爵，来到她们家里，卡邱莎爱上了他，却不敢对他也不敢对自己承认这个。两年之后，这个侄儿上路去参战时，顺道来到他的姑母们家里，住了四天，在离去的前夕他诱惑了卡邱莎，在最后的一天，给了她一张一百卢布的钞票，走开了。在他走后五个月，她确实知道她怀孕了。

从此以后，她觉得一切都是可恨的，她只想逃避那等待着她的羞耻，她不但是冷淡地疏忽地侍候处女们，而且她自己也不知道，是怎样地发生了这件事，她忽然地脾气爆发了。她对老小姐们说了些她后来觉得懊悔的粗野的话，并且要求下工。

老处女们很不满意她，让她走了。她到警官家里充当女仆，但只能在那里住了三个月，因为警官——一个五十岁的老人，开始烦扰她。有一次，当他特别有冒险进取精神时，她大怒了，叫他傻瓜和老鬼，并且那么用力地推他的胸脯，把他推跌倒了。她因为粗野被赶走了。找事是无用的，她快要生产了，于是她住在一个卖酒的乡下寡妇产婆的家里。生产顺利。但是产婆到了村上一个病女家去接生，把产褥热传染给了卡邱莎，于是男婴被人送进了养育院，据送他的老妇人说，到了那里，小孩就死了。

卡邱莎住在产婆家的时候，她的全部的钱是一百二十七卢布：十七卢布是她自己挣来的，一百卢布是她的诱惑者给她的。她离开那里时，只剩下六个卢布了。她不知道存钱，她自己花费，也把钱给一切向她请求的人。产婆向她索取了两个月生活费——饭和茶四十卢布，小孩的遗送费二十五卢布，产婆借去了四十卢布买牛，在衣服和物品上用了二十卢布，所以当卡邱莎复原时，她没有钱了，她必须找一个工作。工作是在森林官家里找到了。森林官是结过婚的人，但正和警官一样，在第一天就开始纠缠卡邱莎。卡邱莎讨厌他，极力逃避他。但他比她更有经验，更狡猾，尤其是，他是主人，他能够差遣她到他要她去的地方去，于是，等到了时机，他便占有了她。太太发觉了，并且有一次她看见丈夫单独和卡邱莎在房里，便动手打她。卡邱莎没有屈服，于是发生了互殴，结果是她未得工资就被赶出屋了。后来卡邱莎进了城，住在城里的姨妈家。姨父是个钉书匠，从前生活很好，但现在失去了所有的雇主，并且酗酒，把到手的一切都在酒上花掉了。

姨母开了一爿小洗衣店，靠这个养活自己和小孩们，并维持着堕落的丈夫。姨母要马斯洛发在洗衣店里工作。但是看到姨母家里洗衣妇人们的辛苦生活，马斯洛发迟疑了，她在登记处去找女仆的工作。在一个女太太家找到了工作，女太太和两个儿子——中学生同住。在她上工的一星期后，年长的有胡髭的读第六班的中学生抛开了功课，和马斯洛发纠缠，使她不得安宁。母亲认为过失全在马斯洛发，把她辞歇了。

新的工作没有找到，但是发生了这样的事，马斯洛发到了介绍佣工的登记处，在那里遇到一个在肥胖的光手臂上戴了手钏、在许多手指上戴了指环的太太。这位太太知道了找事的马斯洛发的情形，把自己的地址给了她，要她到她那里去。马斯洛发到她那里去了。这位太太殷勤地接待她，用包子和甜酒款待她，并且派她的女仆送了一封便函到什么地方去。晚间一个高大的、有白长发和白胡须的人走进房来。这个老人立刻坐在马斯洛发旁边微笑着，用发亮的眼睛望着她，和她调笑。女主人把他叫到另外一间房里去，马斯洛发听到女主人说：“娇嫩的，乡下来的。”后来女主人把马斯洛发叫去，说他是一位著名的作家，说他有很多的钱，假若他欢喜她，他什么都不会吝惜的。她使了他欢喜，于是这个作家给了她二十五卢布，许诺了常常来看她。钱很快地花完了，付了她在姨母家的食宿费，买了新衣服、帽子和缎带，几天之后，作家又派人来找她。她去了。他又给了她二十五卢布，要她搬进一个单独的住宅。

住在作家所租的住宅里，马斯洛发爱上了一个住在邻舍的年轻的快乐的店员。她亲自向着作家说明了这个，于是她搬进了一个单独的小住宅。这个店员，应许了娶她，却什么也没有向她提起，就到尼示尼省去了，显然是抛弃了她，于是马斯洛发又独自过活了。她想独自住在宅子里，但是别人不容许她。警察分局向她说，只要她领到黄色执照[1]，受了检查，她便可以这么居住。于是她又去到姨母家里。姨母看到她身上的时髦衣服、斗篷和帽子，恭敬地接待她，不敢再要她做洗衣的工作，认为她现在是过高级生活的人了。马斯洛发现在已经没有了做不做洗衣女工的问题。她现在同情地看前面房间里那些苍白瘦臂的洗衣女工们所过的辛苦生活，她们当中有的已经得了肺病，她们在三十度的、有肥皂气味的、冬夏都开着窗子的房里洗涤、熨烫，并且想到她也许要做这种苦役，就觉得恐怖了。

就在这个时候，在马斯洛发特别困难的时候，一个保护人也不出现的时候，有一个替妓院找姑娘的鸨母发现了马斯洛发。

马斯洛发早就吸烟了，在她和店员同居的最后期间，以及在他抛弃了她之后，她更加渐渐学会了饮酒。酒吸引她，不只是因为她觉得酒味好，而酒吸引她，主要的是因为酒使她能够忘却她所经历的一切痛苦，给她解脱，使她信任自身的美德，没有酒，她便不能如此。没有酒，她便总是颓丧、羞惭。

鸨母宴请了姨母，并且灌醉了马斯洛发，劝她去住城中最好的、华丽的屋子，向她举出了这种地位的一切利益和特权。马斯洛发所要选择的，或者是婢仆的低贱的地位，并且没有男性的追求和暂时的秘密通

---

[1] 娼妓证。——译者

奸；或者是安全、稳定、合法的地位，和公开的、法律承认的、有好报酬的、经常的通奸；她选了后者。此外，她想借此报复她的诱惑者、店员和一切损害过她的人。还有一个理由引诱她做最后决定的，就是鸨母向她说，她可以替自己定做她所要穿的任何样式的衣服——天鹅绒的、绸的、缎的、低领无袖的舞服。当马斯洛发设想自己穿着淡黄色镶黑天鹅绒边的绸衣服——低领的衣服的时候，她不能坚持并拒绝执照了。当天晚上，鸨母叫了一辆马车，把她带到著名的基塔也发妓院去了。

从那时候起，马斯洛发开始了那种违反上帝和人类戒律的长期犯罪的生活，这生活是成千成万的妇女过着的，不仅得到了关怀人民福利的政府的许可，而且还受到它的保护，这生活对十个女人中的九个是以苦痛的疾病、先衰、早死作结束的。

在夜晚的纵酒之后是上下午的深眠。在三四点钟，从龌龊的床上疲倦地起来，喝碳酸水和过量的咖啡，穿着睡衣在房间里懒散地徘徊，从窗帘里面看窗外，无力地互相吵骂；然后洗濯，在身体上和头发上涂膏油、打香水、试衣服，为了衣服和鸨母争吵，在镜子里观看自己修饰面孔、眉毛，吃甜的丰富的饮食，然后穿起露出身体的、艳丽的绸衣服；走进陈设华丽、灯火明亮的客厅。客人来临，音乐、跳舞、甜食、酒、吸烟，以及和老人、青年、中年、大孩子、残疾的老人、单身的、结婚的、老板、店员、阿米尼亚人、犹太人、鞑靼人、富人、穷人、健康的人、带病的人、醉酒的人、清醒的人、粗野的人、文雅的人、军人、官吏、大学生、中学生和各种各样阶级、年龄、性格的人奸淫。从晚间到天明，喊叫与笑话，呼号与音乐，雪茄与酒，酒与雪茄，音乐，一直到早晨才有自由与酣睡。每天如此，每周如此。每周末去政府机关——警察分局，那里有为公家服务的官吏、男医生。有时庄重、严厉，有时带着游戏的轻薄，毁灭着天地所赐的、为了不仅防范人类而且防范畜牲去犯罪的羞耻之心，检查这些妇女，发给她们继续犯这种罪恶的执照。这些罪恶是她们与共犯们整周地做着的。这样的一周又一周。不论冬夏，不论是在平日还是假日，每天如此。

马斯洛发这样地过了七年。在这期间她换过两家妓院，住过一次医院。在她入妓院的第七年，在她初次堕落之后的第八年，在她二十六岁的时候，发生了一件事情，因此她被下狱，在监狱里和杀人犯与盗贼们住了六个月，现在她被解往法庭。

三

当马斯洛发为长途行走所疲劳，跟护送兵走到地方法院的房子时，她的女养育人的侄儿，就是那个诱惑她的德米特锐·伊发诺维支·聂黑流道夫公爵，还睡在有羽毛床垫的、弹簧的、高高的、滚皱了的床上，解开了清洁的在胸口有熨褶的麻纱睡衣的领子，吸着烟卷。他把不动的眼睛望着前面，想着今天要做的事和昨天的事。

想起了昨天晚上在富而著名的考尔恰根家，大家都以为自己要娶他家的女儿。他叹了口气，抛掉吸完的烟尾，想从银烟盒里再拿一支，但是改变了主意，从床上垂下光滑的白腿，穿上趿鞋，在丰满的肩头披上绸化妆衣，踏着迅速而沉重的脚步，走进卧房隔壁的，弥漫着补药、科仑香水、发胶的好气味的化妆室。在这里他用特种的牙粉刷了镶补多处的牙齿，用芳香的漱口剂漱了嘴，然后他开始洗身上各部分，用各样手巾擦。用香皂洗了手，用刷子仔细地刷了长出的指甲，在大理石洗盆里洗了脸和胖颈子，他走进第三间房，那里放置了洒浴器。用冷水洗遍了有肌肉的、肥胖的白身体，用毛巾擦干后，他穿上清洁的熨平的衬衣、光亮如镜的皮靴，坐到化妆台的前面，用两把小刷子刷鬈曲的小黑胡髭和额前稀疏的鬈发。

他所用的一切的东西——属于化妆室的东西：麻布衬衣、衣服、鞋、领带、弼针、纽扣，都是最上等的最好的质料，朴素、简单、耐久、昂贵。

从十种领带和领带扣针中拿了那最先碰到手的——这都曾经一度是新的可爱的，现在是全然无所谓了——聂黑流道夫穿了刷过的准备在椅子上的衣服，虽不十分清新却干净而有香气，走进了昨晚三个用人擦过的、镶木地板的长饭厅，那里有大的橡木的餐具橱，和同样的可伸缩的、伸开的桌腿雕成狮蹄形的、庄严气派的大桌子。这个桌子上铺了细致的、浆过的、有巨大姓名首字母的台布，在上边有装了香咖啡的银咖啡壶、银糖缸，装了煮沸的乳脂的乳脂把杯，盛了新鲜面包卷、干面包与饼干的篮子。在餐具的旁边有来信、报纸和新近的一期 Revue des deux Mondes（《两世界评论》）。

聂黑流道夫刚要看信的时候，从那道通往走廊的门里摇摆着走进来一个肥胖、年长、着丧服的妇人，她头上的花边的小帽，遮着分开的头发之间的细纹路。这是亡的——新近在这个住宅里逝世的聂黑流道夫的母亲的女仆，阿格拉菲娜·彼得罗芙娜，她现在留在这里做女管家。

阿格拉菲娜·彼得罗芙娜和聂黑流道夫的母亲在国外先后住了十年光景，具有贵妇的外貌和仪态。她自幼就住在聂黑流道夫家，在德米特锐·伊发诺维支还叫作米清卡的时候就认得他。

“早安，德米特锐·伊发诺维支。”

“您好，阿格拉菲娜·彼得罗芙娜。有什么事吗?”聂黑流道夫玩笑地问。

“不知道是公爵夫人，还是公爵小姐来了一封信。女佣早就带来了，她在我那里等着呢。”阿格拉菲娜·彼得罗芙娜交递着信，富有含意地微笑着说。

“好，马上就好。”聂黑流道夫接着信说，他注意到阿格拉菲娜·彼得罗芙娜的笑容，皱了皱眉。

阿格拉菲娜·彼得罗芙娜的笑容的意思是说信是考尔恰根基娜公爵小姐那里来的，阿格拉菲娜·彼得罗芙娜认为聂黑流道夫要娶她。而阿格拉菲娜·彼得罗芙娜的笑容所表现的这个假定却使聂黑流道夫不快。

“那么我教她等着了。”阿格拉菲娜·彼得罗芙娜拿起放错了地方的扫桌面的小刷子，放到别的地方，然后慢步走出餐厅。

聂黑流道夫打开了阿格拉菲娜·彼得罗芙娜递给他的香喷喷的信，开始阅读。

“为执行我所负的任务——做你的记忆（这是用急速而潦草的笔法在一页四边不齐的、灰色厚纸上写的），我提醒您，今天，四月二十八日，您要出席陪审裁判，因此不能同我们和考洛索夫去看画展，如您带着您所特有的轻浮在昨天许诺的；â moins que vous ne soyez disposé â payer ă la cour d'assises les 300 roubles d'amende, que vous vous refusez pour votre cheval,[1] 因为没有及时出庭。昨天晚上您刚走后我想起了这个。那么不要忘了。

M. 考尔恰基娜[2]公爵小姐”

在信的另一边有附启：

“Maman vous fait dire que votre couvert vous attendra jusqu'ă la nuit. Venez absolument ă quelle heure que cela soit.

N. K.”[3]

聂黑流道夫皱蹙了一下。这个便函是考尔恰基娜公爵小姐对他已经施行了两个月的那种巧计的继续，就是要用不可察觉的线丝把他和她渐渐地结合起来。同时，在既不年轻又不能热恋的人对于结婚所有的那种通常的犹豫不决之外，聂黑流道夫还有一个重要的原因，因此，他即使是决定了，也不能立刻去求婚。这个原因不是他在十年前诱惑了卡邱莎并且遗弃了她，这件事已经被他全然忘记了，他并不认为这是他结婚的障碍。这个原因乃是他在这个时候还同一个结过婚的妇人有关系，这关

[1] 除非你准备了把你所拒绝的关于你的马的三百卢布罚款付给陪审法庭。

[2] 原文女子姓末变音。

[3] 妈妈吩咐要跟你说，你的餐具将一直等你到夜晚。不管是什么时刻，你一定要来。

系虽然在他这方面是断绝了，她却还没有承认断绝。

聂黑流道夫对于妇女们是很害羞的，但正是他的这种羞怯在这个妇人的心中唤起了要征服他的欲望。这个妇人是这一县的贵族代表的妻子，聂黑流道夫曾经参与他的选举。这个妇人引诱他发生了关系，而这在聂黑流道夫看来是一天一天的愈益纠缠不清，愈益可憎了。起初聂黑流道夫不能拒绝诱惑，后来觉得自己对她不起，他不能够不得到她的同意就断绝这个关系。就是因为这个缘故，聂黑流道夫认为自己即使愿意也没有权利去向考尔恰基娜小姐求婚。

桌上正好有一封信是这个妇人的丈夫寄来的。看到笔迹和邮戳，聂黑流道夫就脸红了，并且立刻觉得精力旺盛，这是他每次临近危险时所体验的。但这种激动是空的：她的丈夫，就是聂黑流道夫的主要田庄所在的那一县的贵族代表，通知聂黑流道夫说，在五月末要举行一次县议会的特别会议，请求聂黑流道夫一定要出席，并且在会议上关于学校与马路的重要质问上 donner un coup d'épaule（予以臂助），因为预料反动派关于这个会有强烈的反对。

贵族代表是一个自由主义者，他和几个意见一致的人极力反对亚历山大三世朝代中所发生的反动，完全倾心在这个斗争上，关于自己的不幸的家庭生活，什么也不知道。

聂黑流道夫想起了他所经历的、和这个人有关的、所有的痛苦的时候：他想起，有一次他以为妇人的丈夫知道了这件事并且准备和他决斗，他打算在这个决斗中向空射击；又想起他和她之间的那个可怕的场面，她绝望地跑到花园里的池边，意在投水，他跑去了找她。"现在我不能去了，在她没有回复我的时候，我什么也不能着手。"聂黑流道夫想。他在一周之前写给了她一封断然的信，在信里承认了自己的罪过并且准备做任何赎罪的事情，但同时"为了她的幸福"，认为他们的关系是永远断绝了。他就是等待着这封信却没有接到回复。没有回复，这也许是一个好兆。假若她不同意断绝关系，她便早有回复，或甚至亲自前来，像她从前所做的那样。聂黑流道夫听说现在有某个军官在爱她，这事所引起的嫉妒使他苦恼，同时这事所引起的希望——他能解脱那苦恼他的虚伪，又使他高兴。

另一封信是田庄的总管事寄来的。他在信里说，为了确定承继权，聂黑流道夫必须亲自走一趟，此外还要决定如何继续田事管理的问题：是照他的亡母在世时那样办理，还是照他向公爵夫人所曾提出而现在向年轻公爵所提出的办法，增加农具，自己耕作全部分配给了农民的田地。管事还写了：这种经营是远更有利的。此外，管事还道歉说，迟寄了在一号到期的三千卢布。这笔钱将随下次的邮班寄出。他迟寄，因为他不能收集到农民的钱，他们变得那么不讲良心，以致他不得不要求官府强制执行。这封信对于聂黑流道夫是愉快的也是不愉快的。愉快的是，他觉得自己有了巨大财产的主权，而不愉快的是，在幼年的时候，他便是赫伯特·斯宾塞的热心的信徒，特别是，他自己是一个大地主，他被 Social Statics（社会静力学）里的议论所感动，那是说，正义不容许土地私有。具有青年的坦直和决断，他不仅说过土地不能作为私有财产，不仅在大学里写过关于这个题目的论文，而且事实上在那时就分了一小部分土地（不是他母亲的，而是父亲留给他的）给农民，不愿违反自己的信仰而占有土地。现在因为继承母亲的遗产，他成了大地主，他一定要在两者之中选择一种：或是放弃自己的财产，如同他在十年前对于父亲的二百皆夏其那[1]土地所做的一样；或是在沉默的同意中承认自己从前全部的思想是错误的、虚伪的。

第一点他办不到，因为除了土地，他没有任何生活来源。他不愿供职，同时他已有了奢侈的生活习惯，而这又是他认为不能丢弃的。他什么也不想做，因为他已没有了年轻时候所有的那种信心、那种决断、那种做惊人事业的虚荣和志愿。第二点，否认那些明显的、不可反驳的，

---

[1] 皆夏其那为俄亩，1 俄亩，合 2.7 英亩，17.78 华亩。——译者

关于土地私有乃系非法的论证，这是他在斯宾塞的社会静力学中所汲取的，而后来，在很久之后，他在亨利·乔治的著作中找到了这个学说的光辉的确证——这一点他也办不到。

就是因此管事的信是他觉得不愉快的。

四

喝了咖啡，聂黑流道夫往书房里去查通知书中出庭的时间，并复信给公爵小姐。要进书房须得穿过画室。画室里有一个画架和一幅反转的未完成的画，有几幅画稿挂在墙上。他努力画了两年的这幅画的，和几幅画稿的，和全部画室的情况，唤起了他近来特别强烈地体验到的一种感觉——在绘画上他不会再有深的造诣。他用他的发展得太精细的审美能力来解释这个感觉，但这个意识仍然是很不愉快的。

七年前他抛弃了军役，认定他有绘画的天才，从艺术工作的高处有点儿轻蔑地看其他一切的活动。现在却判明了，他没有权利持这个态度。因此关于这个的一切回想都是不愉快的。他带着痛苦的感觉望着画室中一切奢华的设备，在不愉快的心情中走进书房。书房是一个很大很高的房间，有各种装饰、设备和便利。

聂黑流道夫立刻在大写字台"急要部"下边的抽屉中找到了通知书，内中载明了要在十一点钟出庭。他坐下来给公爵小姐写信，说到他感谢她的邀请，并且要设法赶赴宴会。但写就了一个便函，他撕碎了，那显得太亲密了。他又写了一个——它似乎又太冷淡了，几乎是无礼的。他又撕掉，捺了墙上的按钮。从门外走进来一个挂灰细棉布胸围的，年纪大的，神情悲戚的，刮过脸，有颊须的听差。

"请您去叫一部马车来。"

"就是了。"

“去告诉在那里等着的考尔恰根家的人，说我谢谢，我会设法赶到。”

“就是。”

“不恭，但我不能写。没有关系，我今天要看到她的。”聂黑流道夫想着，去穿外衣。

当他穿了外衣，走到阶梯上时，一个他所认识的橡皮轮的马车已经在那里等他。

“昨天，您刚刚离开了考尔恰根公爵家里，”车夫侧转着白衬衫领里的坚强的晒黑的颈子说，“我就去了，守门的说：‘他才走。’”车夫知道聂黑流道夫到考尔恰根家去，把车赶到那里，希望他雇他的车。

“连车夫们也知道我和考尔恰根家的关系了。”聂黑流道夫想，近来不断地打扰他的，那个未解决的“要不要娶考尔恰基娜公爵小姐”的问题又出来了，正如同他对于在这个时候所发生的大部分问题一样，他不能够决定是娶，还是不娶。

一般赞成结婚的理由是：第一，结婚，在家庭炉边的快乐，和免除性生活的不正常之外，还可以带来道德生活；第二，主要的就是聂黑流道夫希望，家庭、儿童对他现在没有内容的生活给予意义。一般反对结婚的理由是：第一，年龄较大的单身男子对于失掉自由的恐惧；第二，对于神秘生物——女人的无意识的恐惧。

至于特别赞成他娶宓西的理由（考尔恰基娜小姐的名字叫作玛丽亚。但正如在某种团体的家庭里，他们给了她一个绰号）是：第一，她是良家女子，并且在各方面，从衣履到说话、走路、发笑的态度，都和常人不同，这不是由于任何独特之处，而是由于“良好教养”——他不能用别的字眼来表达这种素质，却很重视这种素质；第二，她尊重他超过所有一切的人，因此，在他看来，她了解他。这种对于他的了解，即是承认他的崇高的美德，向聂黑流道夫证明了她有智慧和判断的正确。特别反对娶宓西的理由是：第一，要找到一个比宓西有更多的美德，因此更配得上他的姑娘，是很可能的；第二，她有二十七岁了，因此，她大概从前有过多次的恋爱——这个想法对于聂黑流道夫是痛苦的。他的骄傲不能容忍这一点，就是她从前竟爱过别人。当然，她不知道她会遇见他，但是一想到她先爱过别人，他便痛心。

因此他有许多赞成的理由，也同样的有许多反对的理由；至少，这些理由的轻重是相等的，于是聂黑流道夫笑他自己，称自己为布锐大诺夫（寓言中）的驴子，不知道选择两束草中的哪一束。

“无论怎样，不接到玛丽亚·发西丽叶芙娜（贵族代表的妻子）的回信，不完全结束了这件事，我什么事也不能做。”他向自己说。

他可以并且应当迟做决定，这个认识对于他是愉快的。

“总之，这一切我以后再想吧。”他向自己说，这时候他的轻快马车已经无声地赶到了法庭前的沥青的停车场。

“现在我要公正地执行我的公务，像我一向所做的那样，并且我一向认为应该如此的。而且，这常常是有趣的。”他向自己说，于是走过守门人身边，进了法庭的门廊。

五

当聂黑流道夫走进法庭的走廊时，那里已经有了很紧张的活动。

守卫们时而快步走着，甚至时而碎步跑着，没有把脚从地上抬起，而在擦着地面走，喘着气，带着各项传报和公文，来回跑动。庭丁、律师和法官时而向这里时而向那里走动，原告或者未被监禁的被告们忧愁地在墙边徘徊，或者坐着等候。

“法庭在哪里?”聂黑流道夫向一个守卫问。

“您问哪一个？有民庭，有刑庭。”

“我是陪审员。”

“那么您是说刑庭了。打这里向右转，再向左转，是第二道门。”

聂黑流道夫按照这个指示走去。

在所说的门前站了两个人，等待着。一个是高而胖的商人、好心肠的人，显然喝了酒、吃了东西，在最愉快的心情中。另一个是犹太籍的店员。当聂黑流道夫走到他们面前，问那里是不是陪审员室时，他们在谈羊毛的价钱。

“是这里，先生，是这里。也是我们的同伙，是陪审员吗?”那个好心肠的商人问，快乐地睐着眼。在聂黑流道夫肯定地回答之后，他继续说：“好呀，我们在一起工作，我是第二同业联合的巴克拉邵夫，”他说，伸出柔软宽大而轻松的手，“人应该努力，请问贵姓?”

聂黑流道夫道了姓名，走进了陪审员室。

在陪审员的小房间里大约有十个不同身份的人。都是刚到，有的坐着，有的走动着，互相望着，互通姓名。有一个是穿军服的退伍军官，有的穿大礼服，穿短上衣，只有一个穿农民的背心。

虽然这件事使他们当中许多人丢下了工作，他们说到这件事麻烦他们，但大家都觉得是在办理一件重要的公诉而有几分满意的神情。

陪审员有的在互通姓名，有的只是在猜测某人是谁，他们互相谈到天气、早春、目前的案件。那些不认识聂黑流道夫的赶快和他通了姓名，显然认为这是一种特殊光荣。聂黑流道夫，和素常遇到不相识的人的时候一样，认为这是应当的。假若有人问他，为什么他认为自己高过多数的人，他不能够回答，因为他的全部生活并未显出任何特别的美德。他说很好的英语、法语、德语，他身上有从最好的商店里买来的麻布衬衫、衣服、领带、衣扣，这——他自己明白，也不能作为承认自己优越的理由。同时他又无疑地承认自己的这种优越，认为别人对他所表示的尊敬是当然的，并且在不受人尊敬时，便觉得难受。在陪审员室里他正因为别人对他所表示的不敬而感觉到这种不愉快的情绪。在陪审员中有一个是聂黑流道夫的熟人。这人是彼得·盖拉西摩维支，做过他姊姊的小孩们的教师。聂黑流道夫从来不知道他的姓，甚至有点儿夸耀自己不知道他的姓[1]。这个彼得·盖拉西摩维支修毕了他的学业，现在做了中学教员。他的亲密，他的自足的笑声，总之，如聂黑流道夫的姊姊所说的，他的“俗气”总是使聂黑流道夫觉得讨厌。

“啊，您也落坑了，”彼得·盖拉西摩维支带着响亮的笑声招呼聂黑流道夫，“您没有逃脱吗?”

“我没有想过要逃脱。”聂黑流道夫严厉而愁戚地说。

“哦，这是公民的勇敢。等一会儿，等到饿了，不能睡觉，就不唱这个调子了!”彼得·盖拉西摩维支说，笑得声音更加响亮了。

“这个祭司长的儿子马上要向我称‘你’了。”[2]聂黑流道夫想，在脸上显出了那种只有假定他在刚刚知道了所有亲戚的死讯时才该有的愁容，他从他那里走开，走近一个刮了脸的、在生动地报告什么的、高大的、有威仪的绅士身边的团体。这个绅士好像说到他所熟悉的事情似地说到民庭上正在进行的审问，他用教名和父名[3]称呼法官和著名的律师。说到一个著名的律师对于案件所做的惊人的扭转，因这个反转，一个年老的贵妇，虽然她完全有理，却无论如何要付一大笔钱给对方。

“天才的律师!”他说。

他们肃敬地听着，有的极力想要提出自己的意见，但是他打断了所有的人，好像只有他一个人能够知道一切的实情。

---

[1] 聂黑流道夫是要表示和他认识很浅，连他的姓也不知道。在俄国称呼人时很少称姓。——毛德

[2] 单数第二、三人称有两种，有似我国之“您”与“你”，通常均用“您”(即用作单数第二人称的原来多数第二人称)，“你”有亲密之意，或上对下之意，熟人相称可取用“你”(本来的单数第二人称)。此处表示聂黑流道夫不愿用“你”相称。——译者

[3] 俄国人姓名凡三字，第一个是教名，即洗礼名，第二个是父名，表示是某人的子或女，第三个是姓。——译者

虽然聂黑流道夫到迟了，却还要等候很久。法庭上有一个未到的法官使审案延迟到这个时候。

六

庭长早就来了。庭长是一个高高的、胖胖的、有白色长颊须的人。他是结过婚的，但过着颓废的生活，和他的妻子一样。他们彼此不相妨碍。今天早晨他接到了夏间住在他家而现在正由南方往彼得堡去的一个瑞士女教师的来信，说她在三点到六点之间在城里的意大利旅馆里等他。因此他希望早早开始早早结束今天的审问，好在六点钟前赶去访问那个红发的卡拉娅·发西莉叶芙娜，夏间他曾在别墅里和她有过爱情事件。

他走进私室，扣上了门，从下层有公文的架橱里取出两个哑铃，向上、向前、向旁、向下举了二十次，然后把哑铃举在头上，轻轻地蹲了三下。

“没有东西像沐浴和运动这样于身体有益了。”他想，用无名指上戴了金指环的左手摸右臂上紧绷的双头肌。他还要做旋转挥剑（他总是要在长久的静坐之前做这两种运动），这时门响动了。有人想把门推开。庭长连忙放下哑铃，开了门。

“请原谅。”他说。

一个戴金边眼镜、高肩膀、皱蹙着面孔的矮法官走进了房内。

“马特维·尼基蒂支又不在。”他不满意地说。

“还没有来，”庭长一面回答，一面穿着制服，“他总是迟到。”

“奇怪，怎么不知道难为情。”法官说，愤怒地坐下来，掏着烟卷。

这个人是一个很精密的人，今天早晨和他的妻子发生了不愉快的冲突，因为他的妻子在期限之前花去了这一个月的钱。她要求他预先给她钱，但他不让步。于是发生了争吵。他的妻子说，若是这样的，便没有饭吃了，他不要期望在家里吃饭。说到这里他走开了，他怕她会坚持她的威胁，因为她能够做出任何事情。“这就是过良好的道德的生活，”他想，望着微笑的、健康、愉快、好心肠的庭长，庭长又开了双肘，用美而白的双手理着绣花衣领两边密而长的白胡须，“他总是满足、愉快，我却痛苦。”

书记官走了进来，带来了什么文书。

“很感谢您，”庭长说，点着了烟卷，“我们要先审哪个案子？”

“我看是毒杀案。”书记官似乎是淡漠地说。

“哦，好吧，毒杀案，就是毒杀案吧，”庭长说，以为这个案子可以在四点钟前完结，然后就可以出去了，“马特维·尼基蒂支没有来？”

“还没有来。”

“不莱弗在这里吗？”

“在这里。”书记官回答。

“那么假若您看见了他，就向他说，我们先审毒杀案。”

不莱弗是候补检察官，这个案子要由他提起公诉。

走进了走廊，书记官遇到了不莱弗。他高耸着肩膀，穿着未扣的制服，腋下夹着公文夹，几乎是跑着，在走廊上迅速地行走，踏着脚踵，并且摇摆着空手，手的平面和行动的方向成了垂直。

“米哈益·彼得罗维支问您是否准备好了？”书记官问他。

“没有问题，我总是准备好的，”候补检察官说，“先审问哪一个案子？”

“毒杀案。”

“好极了。”候补检察官说，但他一点儿也不觉得好：他整夜没有睡觉。他们饯别一个朋友，喝了很多酒，赌到两点钟，后来他们去找妓女，就是在六个月前马斯洛发所在的那家妓院里，因此他没有工夫通读这个毒杀案的文件，现在想飞快地过一遍。书记官知道他没有看过毒杀案的文件，有意地劝告庭长先审此案。书记官是自由思想甚至激烈思想的人。不莱弗却是保守的，如同所有的在俄国服务的德国人一样，特别信奉正教，书记官不喜欢他，并且嫉妒他的地位。

“哦，宫阉派[1]的案子情形怎样呢？”书记官问。

“我说过，我不能够办理，”候补检察官说，“因为没有证人，我对法庭也要这样说。”

“这是没有关系的……”

“我不能够办理。”候补检察官说，又那样的摇着手，跑回他自己的私室。他延宕这个关于宫阉派的案子，因为缺少对于此案毫不重要毫不需要的证人，其实只是为了这个案子若在法庭审问，庭上的陪审员是有知识的人士，则结果会宣判无罪的。他也得了庭长的同意。这个案子要移交到府城的会议，那里将有更多的农民，因此有更多定罪的机会。

走廊上的骚动更甚了。大多数的人围在民庭的四周，那里正在审问那个欢喜过问讼事的有威风的绅士向陪审员们所说到的案子。在中途休息时，从民庭上走出了那个老妇人，就是从她那里，那个天才的律师为了他的委托人设法夺取了她的财产，而委托人，一个精通法律的人，对于此项财产并无丝毫权利——这个法庭也知道，诉讼人和他的律师更知道；但是他们所想出的办法使得老妇人的财产不能不被夺去，不能不移转给诉讼委托人。老妇人是一个肥胖的、衣着华丽的女人，小帽子上有几枝大花。她走出了门，停在走廊上，伸开肥而短的手臂，老是重复地向她的律师说：“这是怎么一回事？做点好事吧！这是怎么回事？”律师望着她的小帽子上的花，想着什么，没有听她说。

在老妇人之后，从民庭的门里迅速地走出那个著名的律师，他带着自得的面容，穿着低领的背心在上浆的衬衣外边，他使戴花的老妇人失去一切，而给他一万卢布的委托人却得到十多万卢布。所有的眼睛都对着律师，他感觉到这个，他的全部外表仪态似乎是说：不需要任何敬服的表示。他迅速地从大家身边走了过去。

[1] 一种去势而求纯洁的宗教派别。——毛德

七

最后马特维·尼基蒂支也到了，于是庭丁，一个长颈项的、走路歪向一边、突出的下唇也歪向一边的瘦子，走进了陪审员室。

这个庭丁是一个诚实的人，受过大学教育，但不能长久地在任何一个地方做事，因为他有酒癖。三个月前，一个伯爵夫人，他妻子的保护人，替他找到了这份工作，他维持到现在，并且感到满意。

“那么，诸位先生，都到齐了吗?”他戴上夹鼻眼镜，从眼镜上边望着人说。

“好像是都到了。”快乐的商人说。

“我们来检查一下。”庭丁说，于是从口袋里掏出一个单子，开始点名，时而从眼镜上边时而从眼镜里望望被点的人。

“政府顾问，IM尼基弗罗夫。”

“我。”那个熟悉一切法庭情形的威严的绅士说。

“退役上校伊凡·塞灭诺维支·伊发诺夫。”

“在这里。”穿退役军官制服的瘦子回答。

“第二同业联合的商人彼得·巴克拉邵夫。”

“有，”张大口笑着的好心的商人说，“准备好了!”

“禁卫军中尉德米特锐·聂黑流道夫公爵。”

“我。”聂黑流道夫回道。

庭丁特别恭敬愉快地向他鞠躬，从夹鼻眼镜上边看他，好像借此表示他与别人不同。

“尤锐·德米特锐耶维支·丹青考上尉，商人格锐高锐·耶非莫维支·库列邵夫。”等等。

除了两个人，都到了。

“现在请诸位先生出庭。”庭丁用快乐的手势指着门说。

大家走动了，在门口互相让着路，走到走廊，从走廊走进法庭。

法庭是一间大而长的房间。一端是高台，有三个踏级通到上边。在高台的当中有一个桌子，上面铺着镶暗绿色边的绿色桌布。在桌子后面有三把很高的橡木雕花靠背的椅子。在椅子背后挂着一个金框的色彩鲜明的皇帝全身像——他穿着将军制服，挂着勋绶，一条腿向后，手拿着军刀。右边角上挂着一个头戴荆冠的基督圣像的龛子，前面是个经台，在它右边还有检察官的台子。左边，对着这个台子，是一张书记官的桌子，而靠近听众的是雕花的橡木栅子，在栅子外边是尚无人坐的被告席。右边高台上有两排高靠背的陪审员的椅子，下边是律师的桌子。这一切是在法庭的前半部，法庭由木栅隔成了两部，后半部全是凳子，一排比一排高，一直到后边的墙那里。在后半部的前面凳子上坐着四个工厂女工或女仆模样的女人、两个做工的男人，他们显然是慑于法庭陈设的威严，因而畏怯地互相低语。

紧跟陪审员之后，庭丁用歪斜的步伐走到庭上，用大声音喊叫，他想用这个声音威吓在场的人：

“开庭了！”

大家站立起来，法官们走上法庭的高台：前面是有肌肉的有美丽颊须的庭长。然后是戴金边眼镜的愁闷的法官，他现在是更加愁闷了，因为正在坐堂之前他遇见了他的舅子，一个候补法官，他向他说，他刚才是在姊姊那里，姊姊向他说，今天没有饭吃了。

“因此，显然，我们要进小饭馆了。”舅子笑着说。

“这不是笑话。”愁闷的法官说，变得更愁闷了。

最后是第三个法官，就是那个马特维·尼基蒂支，他总是迟到——他是一个有胡须的人，有大大的向下突着的慈祥的眼睛。他患了胃加答儿，遵照医生的劝告，从这天早晨起，他开始一种新的疗法，这种新的疗法使他留在家里比寻常更久。现在，当他走上高台时，他带着专心思考的神情，因为他有了用一切可能方法去解决自己提出的问题的习惯。

现在他认为，假若从门口走到椅子的脚步的数目，可以被三除尽，则新的疗法会治好他的胃加答儿，假若不能除尽，则不行。原是走二十六步就可以到的，但他放小了步子，正好用二十七步走到了椅子那里。

穿着金花边衣领制服的、走上高台的庭长和法官的仪容是很威严的。他们自己感觉到这一点，并且似乎被他们自己的庄严所窘，他们三个人都谦逊地垂下眼睛，迅速地坐到铺了绿布的桌子后边的雕花椅子上。桌上摆了一个有鹰的三角形器具，两个玻璃花瓶，好像是饮食店里装糖果的东西；摆了墨水瓶，墨水笔，清洁美丽的纸和各样新削的铅笔。

候补检察官和法官们一同走进来。他在腋下夹着公文包，也摇着胛膊，迅速地走到窗子下边自己的座位前，立刻专心于公文的阅读与翻看上，为了对于审案有所准备而利用着每一分钟。这个检察官就职不久，只起诉过四次。他很有雄心，并且毅然地决定了要做出一番事业，因此他认为在他所起诉的案子里都一定要达到判罪的地步。关于毒杀案的真相他知道了大概的情形，并且做了发言的计划，但他还需要若干事实。他现在正忙着从文件里抄写。

书记官坐在高台对面的一端，准备了一切需要宣读的文件，在看一篇被查禁的论文，这是他设法弄得而昨天读过的。他想和那个有胡须的、与他意见相同的法官提起这篇论文，但在谈话之前他想弄清楚它的内容。

八

庭长看了看文件，向庭丁和书记官提了几个问题，得到了肯定的回答，便下令带犯人上堂。木栅后边的门立刻打开了，走进来两个戴帽子执白刃的警察，后面跟随着犯人，一个红发的有雀斑的男人和两个女人。男的穿一件太宽而又太长的囚服。进法庭时他紧挟着胛膊，伸出的拇指用力地抵着衣缝，借此挡住下垂的太长的衣袖。他不望法官和观众，注意地看着他绕着走过的凳子。然后他小心地坐在凳子头上，让开地方给别人，他的眼睛注视着庭长，动了动腮上的肌肉，好像低语了什么。在他后面跟着一个年纪大的妇人，也穿着囚服。她的头上扎了囚巾，面色苍白，没有眉毛和睫毛，只有红眼睛，这个女人显得十分安详。走近她的座位时，她的外衣绊上了什么东西，她从从容容地细心地拿开衣服，坐了下来。

第三个犯人是马斯洛发。

她刚进来，法庭上所有男人的眼睛都朝她望着，好久也不离开她的有辉煌明亮黑眼的白脸，和外衣下边挺起的高胸脯。甚至警察，当她从他身旁走过而坐下时，也眼不离地看她，后来，当她坐定了，他好像觉得自己有罪过，匆忙地转过去，振作了精神，把眼睛看着正对面的窗子。

在犯人就座时，庭长等待着，马斯洛发刚坐定时，他便转头对着书记官。

开始了通常的程序：陪审员的点数，关于未出席者的议论，议定他们的罚锾，关于请假者的决定，未出席的陪审员的补充。

然后庭长折了几片纸，放入玻璃花瓶里，把制服的花边袖子稍微卷起了一点儿，露出长满绒毛的手腕，用戏法家的姿势，开始一一拿出纸团，打开，宣读。然后庭长放下袖子，请神甫领陪审员宣誓。

老神甫有一张发肿的又黄又白的脸，穿着棕色法衣，胸前挂了个金十字架，还有一枚小徽章，挂在法衣的旁边，在法衣下边他迟缓地移动着他的发肿的腿，走近圣像前的经台。

陪审员们站起来，拥挤着向经台走去。

“请吧。”神甫说，用肥手抚摩胸前的十字架，等候着全体陪审员走近。

这个神甫任职了四十六年，准备三年之后庆祝自己的五十年纪念，正如不久之前副主教所庆祝的那样。他从法庭开办时就在法庭上服务，并且引以为傲的是他领过几万人宣誓，以及他在暮年还继续为了教会、祖国和家庭的利益而辛苦，他要在房屋之外还遗留给他的家庭三万有价证券。他在法庭上的职务乃是领人凭《福音书》宣誓，而《福音书》里却明确禁止宣誓，他从来没有想到这是一种不好的职务，他不仅不因此感到痛苦，而且他喜欢这种习惯的职务，常常借此结识上等绅士。现在他满意地结识了那个著名的律师，律师引发了他很大的敬意，因为，只在一件对于小帽子上有大花的老妇人的控案中，他便得了一万卢布。

当陪审员都上了高台的踏级时，神甫把白发的秃头俯向一边，穿过套头圣带的油腻的孔，然后理顺了稀疏的头发，向陪审员说：

“举起右手，像这样地并紧了手指，”他用老迈的声音缓缓地说，举起每只手指上都有小涡的肥手，把拇指食指中指合成撮捏的样子。

“现在跟着我说，”他说后，便开始宣誓，“我许诺，并且凭万能的上帝，凭他的神圣的《福音书》，凭主的创造生命的十字架，我发誓，在这个案子里……”他说，在每一小句后都停顿一下。“不要把手臂垂下，这样地举着，”他向一个垂下手臂的年轻人说，“在这个案子里……”

有颊须的尊严的绅士，上校，商人，和其他的人，按照神甫所要求的，举着手，捏紧手指，做得很正确，举得很高，好像特别地乐意；还有别的人好像是不乐意，做得不正确。有的把话重复得太高，好像是用愤慨的表情在说，“但我还是要说，要说！”有的只是低语，跟不上神甫，后来又好像恐惧起来，落后地追赶着他的话；有的用粗鲁的姿势把手指撮捏得非常紧，好像是怕撮捏的东西会掉下；还有的把手指松开又撮拢。大家都觉得不自在，只有老神甫坚信他是在做很有益很重要的事情。

在宣誓之后，庭长请陪审员们推选陪审长。陪审员们站起来，拥挤着走到会议室，在那里，他们几乎全体立刻拿了烟卷吸起来。有人提议那位尊严的绅士做陪审长，大家立刻同意了，于是有的抛掉有的熄灭烟卷，回到法庭。被选出的陪审长向庭长说明他已被选为陪审长，于是大家互相碰着腿，又都坐下来，坐在两排高背椅子上。

一切进行得顺利、迅速，且不无庄严，而这种正确、贯彻和庄严，显然使参与者觉得满意，使他们觉得，他们是在做严肃的重要的公共职务。这个意识聂黑流道夫也感觉到了。

陪审员们刚坐下，庭长便向他们说到他们的权利、义务和责任。说话时，庭长不断地变换姿势：有时倚着左臂，有时倚着右臂，有时靠着脊背，有时倚在椅扶手上，有时理纸边，有时抚裁纸刀，有时摸铅笔。

照他的话说，他们的权利乃是：他们可以通过庭长而问询犯人，可以使用铅笔和纸，并且可以验察物证。他们的义务乃是：他们应当公正地而不要不正直地判断。他们的责任乃是：假如不能保守会审的秘密，和外界通达消息，他们便要受处罚。

大家都恭敬注意地听着。商人周身发散着酒气，抑制着大声的打嗝儿，对每一句话都同意地点头。

九

庭长说完了话，便把脸对着犯人们。

“西蒙·卡尔清肯，站起来。”他说。

西蒙神经质地跳起。腮上的肌肉动得更快了。

“您的名字呢？”

“西蒙·彼得罗夫·卡尔清肯。”他用爆炸的声音迅速地说，显然事先准备了回答。

“您是什么出身？”

“农民。”

“哪一省的，哪一县的人？”

“土拉省，克拉庇文斯基县，库平斯基乡，保尔基村上的人。”

“您多大年纪了？”

“三十四岁，生在一千八百……”

“信什么教？”

“我们信俄国的正教。”

“结过婚吗？”

“还没有。”

“您现在做什么？”

“在毛锐塔尼亚旅馆里做茶房。”

“以前受过审判吗？”

“从来没有受过审判，因为我们从前过活……”

“以前没有受过审判吗？”

“上帝慈悲，从来没有过。”

“您收到公诉状了吗？”

“收到了。”

“坐下。”庭长又向女犯人说，“叶菲米亚·伊发诺发·保支考发。”

但是西蒙还站着，遮住了保支考发。

“卡尔清肯，坐下来。”

卡尔清肯仍旧站着。

“卡尔清肯，坐下！”

但是卡尔清肯仍旧站着，直到跑来的庭丁，把头歪向一边，不自然地睁大眼睛，用悲惨的低声向他说了“坐下来，坐下来，”他才坐下。

卡尔清肯和他站起时同样迅速地坐下来，他裹上外衣，又开始无声地动着腮颊。

“您的名字呢？”庭长带着疲倦的叹息问女犯人，没有望她，却望着放在他面前的纸上的东西。庭长对审案是那么习惯，以致为了审判可以进展迅速，他能够同时做两件事情。

保支考发四十三岁，出身是考洛姆那城的小市民，职业是毛锐塔尼亚旅馆的女茶房。她没有上法庭受过审判。她接到一份公诉状。保支考发极有胆量地说出她的回答，而且是用那样的声调，好像她要在每个回答上加上："是的，叶菲米亚·保支考发，收到了一份公诉状，我骄傲这件事，我不让任何人嘲笑。"保支考发不等到叫她坐下，在问题刚回答完时，便立刻坐下来了。

"您的名字呢？"好女色的庭长好像特别有礼貌地问第三个犯人——女犯。看到马斯洛发还坐着，又温和慈善地加了一句，"您应该站起来。"

马斯洛发迅速地站起来，带着有所准备的神情，挺起她的高胸脯，没有回答，用带笑的有点斜视的黑眼睛直直地注视庭长的脸。

"叫什么？"

"刘保芙。"她迅速地说。

这时聂黑流道夫已经戴上了夹鼻眼镜，在审问犯人时，注视着犯人。"但这是不可能的。"他想，没有把眼离开女犯人的脸。"怎么会是刘保芙？"听过她的回答，他这么想着。[1]

庭长想往下问，但戴眼镜的法官愤怒地低语了什么，阻止了他。庭长用头表示出同意的样子，把脸对着女犯人：

"怎么会是刘保芙？"他说，"您写的是别的名字。"

女犯人沉默无言。

"我问您，什么是您的真名字。"

"受洗礼的名字呢？"发怒的法官问。

"从前我叫叶卡切锐娜。"

"但这是不可能的。"聂黑流道夫继续向自己说，同时他已无疑地知

---

[1] 原文刘保芙的音是爱情的意思。——译者

道了这就是她，就是那个姑娘，又是养女又是婢女。她，他曾经一度爱过，真正地爱过，后来，在一次无理性的昏醉中诱惑了她，并且丢弃了她，后来从未想到过她。因为这个回想太痛苦、太明显地暴露了他的罪恶，并且证明，他虽是如此地骄傲自己的正派，却不但是不正派地，而且简直是卑鄙地对待过这个女人。

是的，这是她。此刻他明显地看到了她脸上那种独有的神秘的特点，这特点使每个面孔和别的面孔不相同，使每个面孔显得是独一无二的。虽然脸上是不自然的苍白和肥满，这种特点，可爱的独有的特点，还是在她脸上、唇上、有点斜视的眼睛上，尤其是，在单纯的带笑的目光里，在不但面部而且全身有所准备的表情上。

“您是应该要这么说的，”庭长又那么特别温和地说，“叫什么父名?”

“我是私生女。”马斯洛发说。

“那么，照教父的名字，叫作什么呢?”

“叫米哈洛芙娜。”

“她会做出什么事?”这时聂黑流道夫继续想着，困难地呼吸着。

“姓呢，您本来的姓呢?”庭长继续问。

“跟妈妈姓马斯洛发。”

“出身呢?”

“小市民。”

“信仰正教吗?”

“正教。”

“职业呢？你做什么事?”

马斯洛发沉默无言。

“您做什么的?”庭长再问。

“在院馆里。”她说。

“在什么院馆里?”戴眼镜的法官严厉地问。

“您自己知道，什么院馆里。”马斯洛发说道，微笑起来，并且迅速地回顾了一下，立刻又直直地注视庭长。

在她的面部表情中有一种那么异常的东西，在她的言语的含意中，在那一笑中，在她那一瞥法庭的迅速的瞬视中，有一种那么可怕又可怜的东西，以致庭长垂下头来，于是法庭上有了片刻的寂静。这寂静被观众中谁的笑声打破了。有谁发出“施施”声。庭长抬起头，继续审问：

“没有在法庭上受过审判吗?”

“没有过。”马斯洛发低声地说，叹了口气。

“公诉状接到了吗?”

“接到了。”

“坐下。”庭长说。

女犯人用盛装妇女整理裙裾的那种动作从后边提起裙子，坐了下来，把白而小的手放进外衣的袖子里，没有把眼睛离开庭长。

开始了证人的点名，证人的隔离，专家医生的选定，以及请医生上法庭。然后书记官站起来，开始宣读公诉状。他清晰地响亮地宣读着，但读得那么快，以致他的声音不正确地发着 l 与 R 的音合成一个无停顿的催眠的声音。法官们时而靠在椅子的这边扶手上，时而靠在那边的扶手上，时而靠在桌上，时而靠着椅背，时而睁开眼睛，时而闭起眼睛，并且交相低语。一个警察几次压制了已开始的欠伸的痉挛。

犯人当中，卡尔清肯不断地动着腮。保支考发十分安静地挺直地坐着，偶尔用手抓头巾下边的发。

马斯洛发有时坐着不动，听着并且看着宣读人，有时颤动，好像是想要回话，脸发红，然后深深地叹息，变换了手的位置，环顾一下，又注视宣读人。

聂黑流道夫坐在第一排的边上第二把高椅子上，没有取下夹鼻眼镜，望着马斯洛发，在他的心里产生了复杂痛苦的情绪。

十

公诉状是这样的：

一八八一年一月十七日在毛锐塔尼亚旅馆里突然死了一个旅客——第二同业联合的库尔干商人非拉邦特·耶灭利亚洛维支·斯灭尔考夫。

当地第四警察分局的医生证明他的死是因为饮酒过多所引起的心脏破裂。斯灭尔考夫的尸体已经埋葬。

数日之后，从彼得堡回来的商人，斯灭尔考夫的同乡和同伴齐毛亨，知道了斯灭尔考夫临终时的情形，便表示怀疑，认为这是谋财的毒杀。

这个怀疑在初审中得到证实，因此查出：

一、斯灭尔考夫死前不久从银行里取了三千八百银卢布。同时，在封存的死者物品清单中，却发现只剩下三百十二卢布十六戈比。

二、在死前的整日和全夜，斯灭尔考夫是和娼妓刘保卡（叶卡切锐娜·马斯洛发）在妓院和毛锐塔尼亚旅馆里，叶卡切锐娜·马斯洛发奉斯灭尔考夫之命，当他不在旅馆时，从妓院到旅馆里取钱，当着毛锐塔尼亚旅馆的茶房西蒙·卡尔清肯和女茶房叶菲米亚·保支考发的面，用斯灭尔考夫给她的钥匙，打开斯灭尔考夫的旅行提箱，取了钱。在斯灭尔考夫的旅行提箱里，当马斯洛发打开时，在场的保支考发和卡尔清肯看见了几束一百卢布的钞票。

三、当斯灭尔考夫和娼妓刘保卡一同从妓院回到了毛锐塔尼亚旅馆，后者受茶房卡尔清肯的教唆，使斯灭尔考夫饮了一杯白兰地酒里的白粉，白粉是卡尔清肯给她的。

四、第二天早晨娼妓刘保卡卖给了鸨母、即见证人基塔也发一个钻石指环，好像是斯灭尔考夫送给她的。

五、毛锐塔尼亚旅馆的女茶房叶菲米亚·保支考发在斯灭尔考夫死后次日在当地商业银行里存了一千八百卢布的活期存款。

由于法庭的医药检查、掘尸，以及斯灭尔考夫内脏的化学检验，无疑地判明死者体内有毒，因此断定死于中毒。

被告马斯洛发、保支考发和卡尔清肯不承认自己有罪，并有所辩白：

马斯洛发说：她确实被斯灭尔考夫从妓院，照她说，她所工作的地方，派遣到毛锐塔尼亚旅馆去为他取钱，并且在旅馆里用他给她的钥匙打开了商人的旅行提箱，从箱子里按照所吩咐的拿出四十银卢布，没有多拿，她开箱子锁箱子以及取钱是当着保支考发和卡尔清肯的面，他们可以证明。她还陈述：她在第二次进商人斯灭尔考夫的房间时，她受卡尔清肯的教唆，确实让他饮了白兰地酒中的药粉，她认为这是催眠的，她是要商人睡觉，快一点儿放她走。指环是在商人打了她之后而她哭着要走开的时候斯灭尔考夫亲自给她的。

叶菲米亚·保支考发陈述：关于遗失的钱她什么也不知道，她没有进过商人的房间，只有刘保卡一个人在那里侍候，并且假如商人的钱被偷窃，那是刘保卡在她带了商人的钥匙来取钱的时候偷去的。

听到这个地方，马斯洛发颤抖了一下，张开嘴，回头看了看保支考发。书记官继续宣读：

“当一千八百卢布的银行存单拿给叶菲米亚·保支考发看并且问她：她从哪里弄来这笔钱的时候，她说，这是她和西蒙·卡尔清肯两人十二年来的工资，她正要和他结婚。

至于西蒙·卡尔清肯，在他第一次的口供里，承认了马斯洛发从妓院里带来钥匙，而他和保支考发一同受了马斯洛发的教唆，偷了钱，和马斯洛发及保支考发瓜分了。”

在这地方，马斯洛发又发抖了，甚至跳起来，脸色发赤，开始说什么，但庭丁阻止了她。书记官继续宣读：

“最后，卡尔清肯还承认他给了马斯洛发催眠商人的药粉。在第二次的口供里，他否认自己参与偷钱，否认给了马斯洛发药粉却归罪她一个人。关于保支考发存在银行的钱，他说的和她一样，这钱是他们在旅馆里做了十二年工役，旅馆主人付给他们的工资。”

公诉状里接连的是对质的记录，见证人的口供，专家的意见，等等。

公诉状的结论如下：

“根据上述各情，保尔基村的农民西蒙·彼德罗夫·卡尔清肯，三十三岁，小市民叶菲米亚·伊发诺发·保支考发，四十三岁，小市民叶卡切锐娜·米哈洛芙娜·马斯洛发，二十七岁，被控了这样的罪，就是他们在一八八一年一月十七日，预先互相约定，偷了商人斯灭尔考夫二千五百银卢布和指环，并且有意谋害他的性命，使斯灭尔考夫饮了毒酒，因此斯灭尔考夫中毒而死。

“此罪在刑法第一四五三条第四五二目中有所规定。根据此条，并根据刑事诉讼程序法规第二〇一条，农民西蒙·卡尔清肯，小市民叶菲米亚·保支考发和叶卡切锐娜·马斯洛发受地方法院和陪审员的共同审判。”

书记官如是地结束了长篇公诉状的宣读，然后折合了状纸，坐到自己的座位上，用双手理着头发。大家都轻松地舒了口气，愉快地觉得现在审查要开始了，马上一切都明白了，而正义要得到伸张了。只有聂黑流道夫没有这种感觉：他想到那个马斯洛发，十年前他所认识的那个无邪美丽的姑娘所能做出的事，便完全沉浸在恐惧里了。

十一

在公诉状宣读完毕时，庭长和法官们商议了一下，带着那样的表情面对着卡尔清肯，这表情显明地说，我们现在要极精细地知道全部的真相了。

“农民西蒙·卡尔清肯。”他向左边歪着开言。

西蒙·卡尔清肯站起来，双手顺衣缝伸直，向前伸出全身，不断地无声地动着腮。

“您被控诉的是在一八八一年一月十七日同叶菲米亚·保支考发和叶卡切锐娜·马斯洛发共同从商人斯灭尔考夫的旅行提箱里偷了他的钱，然后您弄来砒霜，劝叶卡切锐娜·马斯洛发使商人斯灭尔考夫饮下有毒药的酒，因此斯灭尔考夫丧了命。您承认自己有罪吗？”他说，又向右歪。

“不会的，因为我们的职务是侍候客人……”

“这个您以后再说吧。您承认自己有罪吗？”

“一点儿也不。我只是……”

“这个以后再说吧。您承认自己有罪吗？”庭长安静地然而严厉地重问。

“我不会做这种事的，因为……”

庭丁又走到西蒙·卡尔清肯面前，用悲惨的低语阻止了他。

庭长带着“现在这已完结”的表情，把拿纸的那只手腕移动了一下，面对着叶菲米亚·保支考发。

“叶菲米亚·保支考发，您被控诉的是在一八八一年一月十七日在毛锐塔尼亚旅馆里，同西蒙·卡尔清肯和叶卡切锐娜·马斯洛发一同偷窃了商人斯灭尔考夫旅行提箱里的钱和指环，共同瓜分了钱，为了遮掩自己的罪恶，使商人斯灭尔考夫饮了毒酒，因而丧命。您承认自己有罪吗？”

“我什么罪也没有，”女犯人勇敢地坚决地说，“我没有到房里去过……是这个女败类进去了，她做了这件事。”

“您以后再说，”庭长又是那么柔和地坚决地说，“那么您不承认自己有罪了？”

“我没有拿钱，我没有劝酒，我也没有在房里。假若我在房里，我就要把她赶出去了。”

“您不承认自己有罪吗？”

“决不。”

“很好。”

“叶卡切锐娜·马斯洛发，”庭长面对着第三个犯人开言了，“您被控诉的是您从妓院里带了商人斯灭尔考夫旅行提箱的钥匙去毛锐塔尼亚旅馆的房间里，您从这个箱子里偷去了钱和指环，”他说的话好像是熟读的功课，同时他把耳朵侧向左边的法官，那法官说，按照物证单，还少了一个瓶子。“从旅行提箱里偷了钱和指环，”庭长重述，“分了赃物，然后又同商人斯灭尔考夫来到毛锐塔尼亚旅馆，你使斯灭尔考夫喝了下毒的酒，因此他死了。您承认自己有罪吗？”

“我什么罪也没有，”她迅速地说，“和我开头所说的一样，我现在还是说：我没有拿，没有拿，什么也没有拿，指环是他自己给我的……”

“您不承认自己有偷了二千五百卢布的罪吗？”庭长问。

“我说，除了四十卢布，我什么也没有拿。”

“那么，您放了药粉在酒里给商人斯灭尔考夫喝了，您承认这个罪吗？”

“我承认这个。我只以为，像他们跟我说的，那是催眠的，不会有什么事情发生的。我没有想过，也没有企图过。凭上帝说话，我没有企图过。”她说。

“因此您不承认自己有偷窃商人斯灭尔考夫的钱和指环的罪了，”庭长说，“但是您承认放了药粉吗？”

“是的，我承认，我只以为那是催眠药粉。我放进去只是要使他睡觉。我没有企图过，没有想过。”

“很好，”庭长说，显然是满意所得的结果，“那么您说，事情是怎么样的，”他说，靠着椅背，把双手放在桌上，“说出一切的经过。您可以用直率的承认减轻您的罪责。”

马斯洛发沉默无言，仍旧直直地注视着庭长。

“您说，事情是怎么样的。”

“是怎么样的？”马斯洛发忽然迅速地开言，“我到了旅馆，有人带我进了房间，他在房里，已经是很醉了。”她带着特别的恐惧表情，睁大着眼睛，说“他”这个字，“我要走开，他不放我。”

她沉默了，好像突然失去了线索，或者想到了别的。

“那么，后来呢？”

“什么后来？后来我留了一会儿就回家了。”

这时，候补检察官不自然地撑着一只胛肘，把身体稍微挺起了一下。

“您要发问题吗？”庭长说，对于候补检察官的肯定回答，他用手势向候补检察官表示他给他问话的权利。

“我想提一个问题：女犯人从前和西蒙·卡尔清肯相识吗？”候补检察官说，没有看马斯洛发。

发了问题之后，他紧抿着嘴唇，皱了皱眉。

庭长重述了这个问题。马斯洛发恐惧地注视候补检察官。

“和西蒙吗？认识。”她说。

“我现在想要知道女犯人和卡尔清肯是怎么相识的。他们俩常常见面吗？”

“怎么相识的吗？他叫我陪客，但这不是相识。”马斯洛发回答，不安地把眼睛在候补检察官和庭长身上看来又看去。

“我要知道为什么卡尔清肯单单要叫马斯洛发去陪客，不叫别的姑娘？”候补检察官眯着眼，但带着淡淡的恶魔的狡猾的笑容说。

“我不知道。我怎么会知道，”马斯洛发回答，惊恐地环顾了一下，忽然把目光停留在聂黑流道夫身上，“他愿意叫谁就叫谁。”

“难道她认出我来了吗?”聂黑流道夫恐惧地想，觉得血冲上了他的脸；但是马斯洛发没有认出他，她立刻转过身，又带着惊恐的神色注视着候补检察官。

“那么，女犯人否认她和卡尔清肯有任何密切关系吗？很好。我没有别的要问了。”

候补检察官立刻把胛肘从台子上拿开，并且开始记录什么。事实上他什么也没有记录，只是用墨水笔描记录上的字母，但是他看到，检察官和律师是怎么做的：在聪明的问题之后，便在自己的讲稿里写下那要驳倒对方的意见。

庭长没有立刻面对着女犯，因为这时候他问戴眼镜的法官是否同意提出那些事先准备的写就的问题。

“后来又是怎样的呢?”庭长继续问。

“我到了家里，”马斯洛发继续说，较为勇敢地单单看着庭长，“把钱给了鸨母，我就睡觉了。刚刚睡着，我们的姑娘别尔塔就把我叫醒了：‘去吧，你的商人又来了。’我不愿去，但是妈妈教我去。他在那里，”她又带着明显的恐惧说这个“他”字，“他还在劝我们的姑娘喝酒，后来他想再叫酒来，但他的钱全花完了。鸨母不相信他。那时他派我到他的房里去。他说了钱在哪里，要拿多少。我就去了。”

这时庭长向左边的法官低语，没有听到马斯洛发所说的，但为了表示他全都听到，他重复她末后的几个字。

“您去了。那么以后怎样呢?”他说。

“去做了他所吩咐的一切，进了他的房间。不是一个人进房的，我还叫了西蒙·米哈洛维支和她。”她指着保支考发说。

“她胡说，我进也没有进去……”保支考发开口，但被阻止了。

“我当他们面拿了四张十卢布的票子。”马斯洛发继续说，皱着眉没有看保支考发。

“那么女犯人拿四十卢布的时候没有注意到有多少钱吗?”候补检察

官又问。

马斯洛发在候补检察官刚刚对着她的时候便颤抖。她不知道怎么会如此，但觉得他对她有恶意。

“我没有数，我只看到有些一百卢布的票子。”

“女犯人看到一百卢布，我没有别的要问了。”

“那么，把钱带回来了吗？”庭长望着钟继续问。

“我带回来了。”

“那么后来呢？”庭长问。

“后来他又把我带着跟他走了。”马斯洛发说。

“那么您怎样给他喝了酒里的药粉呢？”庭长问。

“怎样给的？我放在酒里，给他喝了。”

“你为什么要给他喝？”

她没有回答，沉重而深长地叹了口气。

“他还不放我走，”沉默了一会儿，她说，“我被他弄得太疲倦了。我到走廊上向西蒙·米哈洛维支说，‘望他放我走吧。我疲倦了。’西蒙·米哈洛维支说，‘我们也厌烦他。我们想给他一点儿催眠药粉。他睡着了，你就走。’我说，‘好。’我以为这不是有毒的药粉。他给了我一个纸包。我进了房，他躺在屏墙的那边，并且立刻吩咐给他白兰地酒。我从桌上拿了一瓶好香槟酒，倒在两个杯子里，给他和我自己，但在他的杯子里我放了药粉，给了他。若是我知道，我就不给他喝了。”

“那么指环是怎么到您那里去的呢？”庭长问。

“指环是他自己给我的。”

“他什么时候给您的？”

“是在我们回到房间的时候，我要走，他打我的头，把梳子打断了。我发火了，我要走。他从手指上拿下指环给了我，要我不要走。”她说。

这时候补检察官又微微欠起，带着同样的虚伪单纯的神情，要求准许再发几个问题，得到了允许，把头垂在绣花衣领上，说：

“我要知道女犯人在商人斯灭尔考夫的房间里停留了多少时间。”

马斯洛发又惧怕了，不安地把眼光从候补检察官身上移到庭长身上，迅速地说：

“我记不得多少时间了。”

“那么女犯人可记得，在离开了商人斯灭尔考夫那里之后，到旅馆里别的什么地方去过没有呢？”

马斯洛发想了一下。

“进了隔壁的一个空房间。”她说。

“您为什么要进去？”候补检察官着了迷，直接向着她说。

“进去整理衣服，等车子。”

“卡尔清肯是不是和女犯人在一个房间里呢？”

“他也进来了。”

“他为什么要进来？”

“商人剩了好香槟酒，我们一起喝掉了。”

“在一起喝掉了。很好。女犯人和西蒙谈话没有，谈的是什么呢？”

马斯洛发顿然皱了眉，脸泛深红，迅速地说：

“谈了什么？我什么也没有谈。一切的经过我都说了，别的什么我不知道。你想怎么办，就把我怎么办。我是没有罪的，没有别的了。”

“我没有别的要问了。”候补检察官向庭长说，然后不自然地耸了耸肩膀，开始迅速地在他的讲稿纲要中记下女犯人的口供，就是她和西蒙进了空房间。

沉默来临。

“您没有别的话要说吗？”

“我一切都说了。”她说，叹着气，坐下来。

于是庭长在纸上记下了什么，听到左边法官向他低声所说的话，他宣布了十分钟的停审，匆忙站起，走出法庭。庭长和左边高高的有胡须和善良眼睛的法官所谈的，是这个法官觉得轻微的胃部不适，想做一点儿按摩，喝点儿药水。他向庭长说到这个，因为他的请求而有了停审。

在法官之后，陪审员、律师、见证人都站了起来，愉快地感觉到已经完成了部分的重要任务，在各处走动着。

聂黑流道夫进了陪审员室，坐在窗前。

十二

“是的，她是卡邱莎。”

聂黑流道夫和卡邱莎之间的关系是这样的：

聂黑流道夫第一次看见卡邱莎的时候，他是在大学三年级，夏间住在姑母家，准备一篇关于土地所有权的论文。通常他是和母亲、姊姊住在莫斯科乡下母亲的大田庄上过夏天。但这一年，姊姊出嫁了，母亲到国外做温泉治疗去了。聂黑流道夫要写论文，便决定了在姑母家过夏。姑母们的幽僻田庄上是很安静的，没有消遣的东西。姑母们亲切地爱侄儿和承继人，他也爱她们，爱她们生活的古式与简单。

聂黑流道夫夏间在姑母家体验到那种极乐的心境，在这种时候，青年人不是凭外面的指示，而是第一次自己认识了生活的全部美丽和意义，以及生活中分派给人的任务之重要，知道了自己和全世界不断地趋向完善的可能，不但带着希望，而且带着能够到达他所想象的这种完善地步的充分信心，力求这种完善。这一年他还在大学里读了斯宾塞的《社会静力学》，斯宾塞关于土地所有权的议论给了他深刻的印象，特别是因为他是大地主的儿子。他的父亲是不富实的，但他的母亲曾得到一万皆夏其那的土地作嫁产。那时候，他第一次认识了私有土地的一切残忍和不公平，并且他是一个这样的人，认为为了道德要求而做的牺牲乃是最大的精神快乐，他决定不享受私有土地的权利，那时候他便把父亲遗留给他的土地分给了农民。他就是针对这个问题在写他的论文。

这年他在乡间姑母家的生活是这样的：他起得很早，有时是在三点钟，在日出之前，甚至有时是在早雾里，到山下河里去洗澡，当露水还在草和花上的时候，他已回家。有时早上喝了咖啡，他坐下来写论文，或者阅读论文的参考数据，但常常不读也不写，却又从屋里走出去，在田野和林间散步。午饭之前，他在花园里的什么地方睡一会儿，在吃饭的时候，他用自己的快活精神使姑母们愉快发笑，然后骑马或划船，晚上又读书，或者坐下来和姑母们玩“排心思”牌。在夜晚，尤其是在月夜，他常常不能睡着，只是因为他感觉到强烈兴奋的生活的喜悦，于是他不睡觉，带着自己的幻想和思想在花园里徘徊，有时直到天明。

他便是这样幸福地、平静地在姑母家过了第一个月的生活，丝毫没有注意到黑眼睛的、快腿的、半养女半婢女的卡邱莎。

在母亲的羽翼下长大的聂黑流道夫，这时候十九岁了，还是十分纯洁的青年。他只是像梦想到妻子那样地梦想到任何女子，所有其他的，依照他的见解，不能做他的妻子的女子，在他看来，都不是女子而是人类。

但在这个夏季的升天节，一个女邻带了孩子们和一两个小姐，一个中学生，一个在他们家做客的农民出身的年轻的艺术家来到姑母家。

吃过茶之后，他们到屋前刈割过的草地上去玩“捉迷藏”。他们带了卡邱莎。在几番变动之后，轮到聂黑流道夫和卡邱莎一同跑。聂黑流道夫总是高兴看见卡邱莎，但他的脑子里从来没有想到在他和她之间会有任何特别的关系。

“啊，现在无论怎样你也抓不到他们，除非他们跌倒。”捉人的快乐的艺术家说，用短短的、弯曲然而强健的农民的腿很快地跑着。

“您，抓不着！”卡邱莎说。

“一、二、三。”

他们在掌上拍了三下。卡邱莎抑制不住笑声，在艺术家的背后，和聂黑流道夫迅速地调换了地方，用她的坚强粗糙的小手握了握他的大手，用劲向左边跑，响动着浆过的裙子。

聂黑流道夫跑得快，他想不给艺术家追上，用全力奔跑。当他回头看时，他看见艺术家在追赶卡邱莎，但她迅速地移动着富有弹性的年轻的腿，不让他追上，向左边急奔。前面是丁香花床，没有人跑到那边去过，但卡邱莎回顾着聂黑流道夫，用头向他做暗示，要他在花床那边和她会合。若是他们再握了手，他们就不怕追的人了，这是游戏里的规矩。他了解了她的意思，向丁香花丛那边跑去。但在那边有一个他不知道的长了刺草的沟。他绊倒、跌进沟里，被刺草戳了手，身上沾了黄昏的露水，但他立刻笑着站起来，跑到干净的地方去了。

卡邱莎粲耀着笑容和好像湿酸果的黑眼睛，向他一直飞跑。他们跑到一起，握了手。

“我看，您是被戳了吧。”她说，用空手理着松下来的头发，用力地呼吸着，微笑着，仰着头看他。

“我不知道那里有一个沟。”他说，也微笑着，没有放开她的手。

她向他靠近，他自己不知道这是怎么发生的，把脸向她凑近。她没有避开，他把她的手抓得更紧，吻了她的嘴唇。

“你做得好！”她说，用迅速的动作把手挣脱，从他身边跑开。

她跑到丁香花丛那里，摘了两枝凋谢的白丁香，一面用花枝在自己的发热的脸上扇着，回望着他，一面活泼地在身前摇摆着双手，走到别的游戏的人那里。

从此以后聂黑流道夫和卡邱莎之间的关系变了，变成了相互吸引的纯洁的年轻男子和纯洁的年轻女子之间所常有的那种特别的关系。

只要卡邱莎一进房，或者聂黑流道夫远远地看见了她的白围裙，他便觉得一切好像都被太阳照亮了，一切变得更有趣、更愉快、更有意义，生活变得更快乐了。她也是这么感觉。不但是卡邱莎的见面和接近对聂黑流道夫发生这样的作用，而且他单是想到有个卡邱莎，她单是想到有个聂黑流道夫，便也会产生同样的作用。聂黑流道夫若是接到了母亲的不愉快的信，或者不能顺利写作论文，或者感觉到年轻人的无故的悲哀，只要想到卡邱莎的存在，想到他会看见她，便一切都消散了。

卡邱莎在家里要做很多事，但她能赶快地做完一切，在闲暇的时候读书。聂黑流道夫给她看道斯托耶夫斯基和屠格涅夫的作品，这是他自己刚刚读过的。她最欢喜屠格涅夫的《僻静之处》。他们之间的谈话是偶尔才有的，是在走廊上、在露台上、在院子里相遇的时候，有时是在姑母的女仆马特劳娜·芭芙落芙娜的房里，卡邱莎和她住在一起，聂黑流道夫有时到她这里来喝糖茶。在马特劳娜·芭芙落芙娜面前的谈话是最愉快的。他们单独在一起时，谈话却反不痛快。他们的眼睛立刻开始说到和他们口头所说的全然不同的、更加重要的话，他们的嘴唇皱起，觉得有什么可怕的地方，于是他们赶快地分开。

聂黑流道夫和卡邱莎之间的这种关系继续维持在他初次寄居姑母那里的全部时间里。姑母们注意到这种关系，觉得惧怕，甚至寄信国外告知了聂黑流道夫的母亲，叶列娜·伊发诺芙娜公爵夫人。姑母玛丽亚·伊发诺芙娜怕德米特锐和卡邱莎发生关系。但她是白害怕了：聂黑流道夫自己不自觉地爱上了卡邱莎，正是同纯洁的人们爱的一样，他的爱是不让他和她堕落的主要防御物。他不仅不想在身体上占有她，而且想到了对她发生这种关系的可能性，便觉得恐惧。诗意的苏菲亚·伊发诺芙娜的担心——恐怕具有透澈坚决性格的德米特锐，爱上了女孩，有心娶她，而不注意她的身世与地位，是较有理由的。

假如那时聂黑流道夫明白地意识到他对卡邱莎的爱情，特别是假使那时有人使他相信，他不能且不该把自己的终身大事和这样的女子结合在一起，便会很容易发生这样的事，就是他具有对于一切的直爽性格，会认定没有任何理由不娶那个姑娘，不管她是谁，只要他爱她。但姑母们没有向他说到她们的担心，而他也没有意识到自己对这个姑娘的爱情，便这样地走开了。

他相信，他对卡邱莎的感情，只是那时充满他全部身心的、那个快乐可爱的姑娘所分享的、一种人生喜乐的情绪。然而当他走的时候，当卡邱莎同姑母们站在阶梯上，用她的含泪的、微微斜视的黑眼睛送他的时候，他觉得他丢弃了一件美丽的、宝贵的、永远不可复得的东西。于是他很悲伤。

“再见，卡邱莎，谢谢一切。”他上单马快车时隔着苏菲亚·伊发诺芙娜的帽子向她说。

“再见，德米特锐·伊发诺维支。”她用愉快的、亲切的声音说，抑制着充满眼眶的泪，跑进门廊，在这里她可以畅快地哭。

十三

此后三年之间聂黑流道夫没有和卡邱莎见面。直到他升为军官，首途入营，顺路来看姑母时，才和她见面，他较之三年前住在姑母家的时候，已是全然不同的人了。

那时他是正直的舍己的青年，准备为任何善事去牺牲自己。现在他是堕落的精练的利己主义者，只注重自己的享乐。那时他觉得上帝的世界是神秘的，他欢乐地热情地力求了解他。现在却觉得生活中的一切是简单明白的，是被他的生活环境决定的。那时他觉得必要而重要的乃是和自然界交往，和在他之前生活过、思想过、感觉过的人（哲学家、诗人）交往。现在，必要而重要的乃是人类的制度，以及同伴间的来往。那时妇女好像是神秘的、优美的，就是因为那种神秘性而显得优美的人——现在，女子的价值，除了他的家庭和友人之妻，任何女子的价值是很确定的。女子是他所经历过的最好的享乐工具。那时他不需要钱，他可以用不到他母亲所给的钱的三分之一，可以拒绝父亲的财产并且把财产散给农民。现在母亲给他的每月一千五百卢布不够用了，并且已经为钱和她发生了不愉快的谈判。那时他认为他的精神是他的真“我”。现在他认为他的健康、强壮、动物的“我”是他自己了。

他所发生的这整个可怕的改变只是由于他不再相信自己，而开始相信别人。因为相信自己而生活太困难了：相信自己，则每个问题的决定都应该不是为了自己，追求浅薄快乐的、生物的“我’而几乎总是违反它的；相信别人，便没有问题要解决，一切都已经解决了；而且解决的总是违反精神的“我”，而不是为了动物的“我”。不仅如此，相信自己，他总是要受到人们的批评。相信别人，他便受到四周人们的称赞。

例如，当聂黑流道夫思考、读书，谈到上帝、真理、财富、贫穷的时候，他四周的人都认为这是不合时宜的，并且有几分可笑，母亲和姑母用善意的反语称他 Notre cher philosophe（我们的亲爱的哲学家）。当他读长篇小说，说猥亵的逸事，到法国戏院看可笑的耍剧并且愉快地复述它们的时候，他们都称赞他鼓励他。当他认为应当减少自己的需要，穿旧大衣、不喝酒的时候，大家都认为这是奇怪的并有几分故意的特异；当他花费很多的钱在打猎上，或者在异常华丽的书房上布置的时候，则大家都夸奖他的趣味并且送他贵重的东西。当他是贞洁男子并且愿如此直到结婚的时候，他的亲属便担心他的健康，甚至于当他的母亲知道了他已成为真正的男人并且夺取了他同伴的法国女子的时候，她并不苦恼，反而欢喜。他的母亲公爵夫人想到了他和卡邱莎的偶然事件——就是他会想到要娶她，不能不恐惧。

同样地，当聂黑流道夫达到成年，因为他认为土地私有是不公平的，而把他继承父亲的一小笔财产散给农民的时候，这种行为引起了他的母亲与亲属的恐惧，并且经常成了他所有的亲属指责与嘲讽的对象。他们不断地向他说，农民们接受了土地，经营了三爿酒店，完全停止了工作，他们不仅没有变富，反而变穷了。然而当聂黑流道夫进了禁卫军，和他的高贵的同伴们浪费了输去了那么多的钱，以致叶列娜·伊发落芙娜不得不动用资产的时候，她并不难过，认为，当牛痘[1]种在青年时代和上流社会里的时候，这是自然的，甚至是好的。

起初聂黑流道夫曾经奋斗，但奋斗太困难了，因为一切，他在相信自己时认为是好的，别人又认为是坏的；反之，一切，他在相信自己时认为是坏的，他周围所有的人又认为是好的。结果是聂黑流道夫屈服了，不再相信自己，而相信别人。开始的时候，这种自信的抛弃是不愉快的，但这种不愉快的感觉经过的时间很短，而聂黑流道夫，在这时已经开始吸烟饮酒，很快就不再有这种不愉快的感觉，甚至感到很舒服。

于是，聂黑流道夫，带着本性中的热情，全然屈服于这种新的被他四周的人所称赞的生活，并且完全压下了内心里的那个要求别种东西的声音。这是在他迁移到彼得堡之后开始的，在服兵役时完成的。

一般来说，兵役使人堕落，使服兵役的人处在完全怠惰的情形中，即缺少理性的有用的工作；并且把服兵役的人从一般的人类义务中解脱出来，而代替的只是揭示那种传统的，部队、军服和军旗的荣誉，以及一方面对别人的无限权力，而另一方面对上级官长的盲目服从。

但是一方面是兵役中一般的堕落，连同军服和军旗的光荣，暴力和凶杀的许可，一方面是财富以及和皇家来往密切所引起的堕落（这是精选的禁卫军中所常有的，只有富家名门的军官在禁卫军里面服务），当这两种堕落相结合的时候，这种堕落，便陷于堕落者的心中，达到完全自利主义狂的状态。聂黑流道夫自从服兵役并开始过他的同伴们所过的生活以来，便处在这种自利主义狂中。

事情是一点也没有的，除了穿上缝得讲究的、不是自己而是别人刷擦的军服，戴头盔，带着也是别人制造、擦净、交给他的兵器，骑上良好的也是别人养大、教练、喂饲的马，和同样的人去练兵或检阅，驰骋、挥刀、放枪，并把这些教给别人。别的任务是没有的，最高贵的年

[1] 毛德英译本为“燕麦”，意为放荡。

轻的和年老的人，沙皇和他身边的人，不仅赞同这种职务，而且夸奖这种职务，并且因此表示感谢。在这些任务之外被认为是好的重要的事情，乃是挥霍从不可见的来源得来的金钱，在军官俱乐部或最好的酒店相聚吃喝，特别是饮酒；然后是戏院，跳舞，女人，然后又是骑马，挥刀，驰骋，又是挥霍金钱，酒，牌，女人。

这种生活特别影响军人堕落，因为假若非军人过这种生活，他不能不在他心坎里为这种生活羞惭。而军人却认为这是应当如此的，夸耀并且为这种生活骄傲，特别是在战时，在对土耳其宣战以后服兵役的聂黑流道夫便是这样的。“我们准备在战争中牺牲生命，因此这种造次的愉快的生活不仅是可恕的，而且是我们所必需的。所以我们过这种生活。”

聂黑流道夫在他这个时期的生活中便是这么漠然地想，他还感到了那种摆脱了从前加诸自己的一切道德束缚的喜悦，不断地处在长期的自利主义狂的状态中。

当他三年后顺路来到姑母家的时候，他便是处在这种状态中。

十四

聂黑流道夫顺路来到姑母家，因为她们的田庄是在那条通达在他前面行军的那个团的路线上，因为她们很盼望他去。尤其是他现在去，是为了看看卡邱莎。也许在他的心里已经有了对于卡邱莎的恶念——这是他的现在没有约束的动物的自我向他所密告的。但他没有意识到这个意念，而他只是想到他觉得是那么好的地方，看看那有点儿可笑的，但亲爱的、好心肠的姑母。她们总是为他所不察觉地用慈爱和称赞的气氛笼罩着他。并且看看可爱的卡邱莎，关于她，他还保留着那么愉快的记忆。

在三月末，在圣星期五[1]他由最难行的道路，在倾盆大雨中，来到了，因此他赶到时全身透湿而且寒冷，但他快活、兴奋，在这个时候他总是如此的。当他乘车进了熟悉的、房顶上堆着坠落的雪、围绕着砖墙的、姑母的古老的庄房院子时，他想："她还在她们这里吗？"

他期望她听到铃声便跑到阶梯上来，但是只从下房的阶梯上走出两个赤脚的、折拢衣裾的、提着桶的妇人，她们显然是洗过了地板的。在大门的阶梯上也没有她；只有听差齐杭穿了围裙走出来，显然也是在做洗刷的工作。苏菲亚·伊发诺芙娜穿着绸衣、戴着帽子，从前厅走出来。

"好极了，你来啦！"苏菲亚·伊发诺芙娜吻着他说，"玛盛卡[2]有点儿不好过，在教堂里疲倦了。我们受了圣餐。"

"我贺您，苏尼亚[3]姑妈[4]，"聂黑流道夫吻着苏菲亚·伊发诺芙娜的手说，"请您原谅，我把您弄湿了。"

"到你房里去吧，你全身都湿了。你已经有了胡髭……卡邱莎！卡邱莎！赶快拿咖啡给他。"

"就来了！"走廊上熟识的愉快的声音回答。

聂黑流道夫的心中高兴地叫着："她在家！"正好像太阳从云里露出来一样。聂黑流道夫快乐地和齐杭走进自己从前的房间里去更换衣服。

聂黑流道夫想向齐杭问到卡邱莎：她怎么样？过得如何？是不是结婚了？但齐杭是那么恭敬，同时又那么严谨，那样地坚持要亲自为他从水杯里向手上倒水，以致聂黑流道夫不能下决心向他问到卡邱莎，只问到他的孙儿们，问到"哥哥"老马，问到小狗保尔堪。"都活着、健康，除了保尔堪，它在去年发疯了。"

---

[1] 即耶稣受难日。——译者

[2] 玛丽亚之爱称。——译者

[3] 苏菲亚之爱称。——译者

[4] 贺领受圣餐的人，在俄国甚为普通。——毛德

脱了湿衣，刚开始穿衣时，聂黑流道夫听到迅速的步伐和门上的叩拍声。聂黑流道夫知道这个步伐和叩门声。只有她是这样走路，这样叩门。

他披上湿大衣，走到门前。

“进来！”

这人是她，卡邱莎。一切如旧，只是比从前更可爱了。含笑的，单纯的，微微斜视的黑眼睛如旧地从下向上望。她和从前一样，围了清洁的白围裙。她从姑妈那里送来一块刚刚打开纸包的香皂和两条手巾，一条是大的俄国式的，一条是毛巾。印了字母的未动用过的肥皂，手巾，和她自己——这一切是同样地清洁，新鲜，可爱而未动用过。由于不可约制的欢喜，她的可爱的、坚决的红唇还和从前在他面前一样地皱着。

“您一路好，德米特锐·伊发诺维支！”她困难地说，她的脸上现出了红晕。

“你好……您好，”他不知道是用“你”还是用“您”和她说话好，他也和她一样地脸发红，[1]“您快活，您健康吗？”

“谢谢上帝……这是您姑妈送给您的您心爱的蔷薇皂。”她说，把肥皂放在桌上，把手巾放在椅子扶手上。

“他有他自己的。”齐杭说，证明着客人的不依仗人，骄傲地指着聂黑流道夫的打开的大化妆匣，和很多的银盖的瓶子，刷子，发胶，香水，和各种各样的化妆用具。

“您替我谢谢姑妈。我来了，是多么高兴啊。”聂黑流道夫说，觉得他心中变得和从前一样的光明可爱。

她只用笑容回答了这些话，便走出去了。

一向疼爱聂黑流道夫的姑母们这一次比平常更高兴地接待了他。德

[1] 俄文中第二人称单数为你（Tbl）复数为您（Bbl），然亦用作单数。称你表示亲密，称您表示疏远。

米特锐去打仗，在战争中也许会受伤或被打死的。这感动了姑母们。

聂黑流道夫这样规定了他的旅程，就是只在姑母家过一昼夜，但是看见了卡邱莎，他同意了在姑母家过复活节，这还有两天，于是他打了电报给他的朋友和同事尚保克，要他到他的姑母家来，他们本来是要在奥皆萨会面的。

在第一天，当他看见了卡邱莎，聂黑流道夫便感觉到从前对她的感情。和从前一样，他现在看见了卡邱莎的白围裙不能够不兴奋；听到她的步履，她的声音，她的笑声不能够不欢喜；望着她的如同湿酸果的黑眼睛不能够不动情，特别是在她笑的时候；尤其是他看见了她遇到他便脸上泛红时不能够不迷惑。他觉得他在恋爱，但不是和从前一样，那时候他觉得爱情是神秘的，他自己不愿向自己承认他是在恋爱，并且那时候他相信爱情只能够有一次。现在他是在恋爱，知道这个，并且欢喜这个，并且虽然隐瞒着自己，却漠然地知道什么是爱情，以及爱情会产生什么结果。

在聂黑流道夫心中，正如同在每个人心中一样，有两个人。一个是精神的人，他为自己寻求幸福，也要别人幸福；另一个是动物的人，只为自己寻求幸福，并且为了这个幸福而准备牺牲全世界的幸福。在他的彼得堡生活与军营生活所引起的自利主义狂的这个时期里，这种动物的人控制着他，并且完全压倒了精神的人。

但是当他看见了卡邱莎，又重新感觉到他过去对她所怀的感情，他的精神的人抬起了头并且开始要求自己的权利。因此，复活节前两天在聂黑流道夫心中，不断地发生着一种他自己不觉得的，内心的冲突。

在他的心里他知道他应该离开，并且现在没有任何理由要留在姑母家，他知道这不会产生任何好结果，但他觉得那么欢喜高兴，他没有向自己说到这个，并且留下来了。

在星期六，在基督复活节的前夜，神甫同执事和事务员，如他们所说的，费力地坐橇车在泥淖和旷野上走了教堂和姑母家之间的三里路，来做弥撒。

聂黑流道夫和姑母同女仆在一起做弥撒，不时地望着卡邱莎，她带来了香炉，站在门口，他和姑母同神甫行了复活节的吻礼，便想去睡。这时他听到玛丽亚·伊发诺夫娜的老女仆马特劳娜·芭芙落芙娜和卡邱莎正在准备到教堂去祝福的复活饼和乳酪。他想："我也要去。"

到教堂去的道路既不能行马车又不能行橇车，因此，聂黑流道夫，在姑母家里就如同在自己家里一样，吩咐把马、就是把所谓"哥哥"的马装上鞍子，他没有躺下睡觉，却穿上华丽的军服和紧身的马裤，加上大衣，骑着肥饱的、沉重的、不停地嘶鸣的马，在黑暗中，在泥淖和雪里到教堂去。

十五

这个弥撒在聂黑流道夫以后的全部生活中永远留着一个最鲜明的记忆。

当他在夜间的只有几处被白雪照亮的黑暗中，骑着看见教堂周围灯火而竖起耳朵的马，一路上在水中践踏着，走进教堂院子的时候，弥撒已经开始了。

认识玛丽亚·伊发诺芙娜的侄儿的农民们领他到干地方下马，接了他的马去拴，陪他进了教堂。教堂里已经满是过节的人。

右边是农人，年老的人穿土机布长袍，草鞋，缠清洁的白裹腿布。年轻的人穿新布袍，系鲜色的腰带，穿深靴。左边是妇女，扎红色丝头巾，穿棉天鹅绒背心，有鲜红的袖子，蓝的、绿的、红的和花的裙子，穿有跟的靴子。端重的老妇人们，戴白头巾，穿灰袍，旧式的土机布裙子，浅口鞋或草鞋，站在她们后边。在大家当中，站立着盛服的，头发擦油的孩子们。

农民们画十字，摆动着头发鞠躬。妇女们，特别是老妇人们，把没有光彩的眼睛注视在有蜡烛的圣像上，用弯曲的手指坚强地捺前额的头巾、肩膀和腹部，低语着什么，躬着腰或者跪下。孩子们模仿着大人，当大人看他们的时候，他们热心地祈祷。金的神龛被围绕在有金螺旋线的大蜡烛四周的蜡烛所照亮。烛架台上插着许多蜡烛，从唱歌队里发出业余唱歌人的快乐歌声和男孩们尖锐的低音与响亮的高音。

聂黑流道夫走到前面去了。上等人站在当中：地主和妻子及穿水兵装的儿子，警官，电报员，穿长筒靴的商人，戴徽章的村长，经台右边在地主之后，是穿闪光淡紫色衣服、披镶边白肩巾的马特劳娜·芭芙落芙娜，及胸前有褶襞的白衣服、系蓝腰带、在黑发上打了红蝴蝶结的卡邱莎。

一切是节日的，严肃的，快乐的，美丽的。穿复活节银色祭服挂金十字架的神甫，执事，穿节日的银色和金色法衣的事务员们，头发擦油的盛装的业余唱歌员们，节日歌咏的快乐的跳舞般的歌调，神甫用三支饰花的蜡烛对人不断地祝福，以及一再重复的高音："基督复活了！基督复活了！"一切是美丽的，但比一切更美丽的是穿白衣、系蓝腰带、黑发上打了红蝴蝶结、有欢乐眼睛的卡邱莎。

聂黑流道夫觉得她没有侧顾便看见了他。他靠近地从她身边走向祭坛时看到了这个。他没有话要向她说，但他想出了办法，从她身旁走过时他说：

"姑妈说的，她要做了最后的弥撒才开斋。"

青年的血液，和每次看见他时一样，涌上了她的可爱的脸，含笑而快乐的黑眼睛单纯地从下向上望着，停在聂黑流道夫身上。

"我知道。"她微笑着说。

这时候，事务员拿着一铜咖啡壶的圣水，穿过人群，从卡邱莎身边走过，没有望她，让法衣的襟擦了她。事务员，显然是出于对聂黑流道夫的尊敬，绕开他走，因此擦了卡邱莎。聂黑流道夫觉得诧异：怎么，他，那个事务员，不懂得这里的一切和世界上的一切都只是为了卡邱莎而存在，对世界上的一切可以不注意，可是不能不注意她，因为她是一切的中心。为了她，神龛的金发光，烛架和烛台上的一切蜡烛点亮，为了她才有这些快乐的歌声，“主的逾越节，快乐吧，人们”，一切，只要是世界上的好的东西，一切都是为了她。他觉得卡邱莎知道一切是为了她的。当聂黑流道夫看着她的穿了有褶襞的白衣服的恰好的身材，和她脸上专注的快乐的表情的时候，他觉得是如此；在她的表情里，他看到，在他的心灵中歌唱着的东西，也丝毫不差地在她的心灵中歌唱着。

在早祷和晚祷之间，聂黑流道夫走出了教堂。农人们在他前面让路，鞠躬。有的认识他，有的问：“这人是谁？”

他停在教堂的门口。乞丐们围住了他，他散出了他钱袋中所有的零钱，从阶梯的踏级上走下来。

天色已经亮得可以看见东西，但太阳还没有升起。人群散在教堂四周的墓地上。卡邱莎留在教堂里，聂黑流道夫站在外面等候她。

人全出来了，在石级上踏着鞋钉，从踏级上走下来，散在教堂院子里和墓地上。

一个老迈的摆头的人，玛丽亚·伊发诺芙娜的面包师，叫住了聂黑流道夫行了复活节吻礼；他的女人，一个在丝头巾下有打皱的脸的老妇人，从手帕里面拿出一个染黄的蛋给聂黑流道夫。一个穿新背心系蓝腰带的年轻的带笑的有肌肉的农民也走到那里。

“基督复活了。”他说，眼睛含着笑，走近聂黑流道夫，用他的坚实清洁的嘴唇在他的嘴唇正中吻了三下，他的鬈曲的胡髭擦了他，让他闻到了特殊的、农民的、愉快的气味。

当聂黑流道夫和农民行吻礼并接受他的暗樱色蛋的时候，马特劳娜·芭芙落芙娜的闪光的衣服和可爱的打红蝴蝶结的黑头发出现了。

卡邱莎立刻便从走在她前面的人头上边看见了他，他看见了她的脸上光彩焕发。

她和马特劳娜·芭芙落芙娜走出来，站在教堂的门口，施舍乞丐。

一个鼻子上带着红色伤痂的乞丐走到卡邱莎面前。她从手帕里拿了什么给他，然后向他走近，没有表示丝毫不愿意，却相反，眼睛那么快乐地发光，吻了他三次。在她和乞丐行吻礼的时候，她的眼睛交遇了聂黑流道夫的目光。好像她在问：她这么做，好不好？

“好的，好的，亲爱的，一切都好，一切都美。我爱你。”

她们走下台阶，走到他的面前。他不想行复活节吻礼，只想在她旁边。

“基督复活了！”马特劳娜·芭芙落芙娜俯首微笑着说，她的音调好像是说今天大家都是平等的，用卷成一团的手帕擦了嘴，她把嘴唇向他伸着。

“是真的。”聂黑流道夫回答，吻着她。

他看了看卡邱莎。她脸上泛红，同时向他走近。

“基督复活了，德米特锐·伊发诺维支。”

“他真复活。”他说。

他们吻了两次，好像思索了一会儿，是否需要再吻又好像决定了是需要的，他们吻了第三次，于是两个人都微笑了。

“您不到神甫那里去吗？”聂黑流道夫问。

“不去，我们要在这里坐一会儿，德米特锐·伊发诺维支。”卡邱莎说，好像是在快乐的工作之后，用整个的胸脯深深地叹气，用她的恭顺的、贞洁的、多情的、微微斜视的眼睛直直地望着他。

在男女之间的爱情里，总是有一个时候，这种爱情达到它的顶点，在这时候，爱情里没有任何东西是有意识的、理性的，也没有任何东西是肉欲的。对于聂黑流道夫而言耶稣复活节的夜晚便是这种时候。当他现在回想卡邱莎的时候，在他和她相见的许多次之中，这一刻遮蔽了所有其他的时候。黑而光滑明亮的头发，有褶襞的白衣服纯洁地包裹着她的优美的身躯和不高的胸脯，红润的面庞和温柔的因为不眠之夜而微微斜视的晶亮的黑眼睛，在她整个的身体上有两个主要的特质：纯洁与爱——这爱不只是对于他的（他知道这个），而且是对于一切人的；不只是对于好人的，而且是对于世界上一切的人的，甚至是对于她所吻的乞丐的。

他知道她有这种爱，因为他在那个夜晚和早晨感觉到自己有这种爱，并且感觉到在这种爱里他和她合成了一体。

“啊，假若这一切停止在那天晚上的那个感觉上就好了！是的，这一切可怕的事情是发生在复活节夜晚之后！”此刻，他坐在陪审员室的窗前想着。

十六

从教堂回来后，聂黑流道夫和姑母们开了斋，并且由于在军营中养成的习惯，为了增加力量，他饮了麦酒和葡萄酒，进了自己的房间，立刻和衣睡着了。叩门声把他弄醒。凭叩门声他知道了来的是她，他坐起来，擦着眼睛，伸着腰肢。

“卡邱莎，是你吗？进来。”他站起来说。

她推开了门。

“要吃饭了。”她说。

她穿了那件同样的白衣服，但头发上没有打蝴蝶结。看了看他的眼睛，她粲然微笑了一下，好像她向他传达了什么非常快乐的意思。

“我马上就去。”他说，拿梳子梳头发。

她站了一会儿。他注意到这个，于是抛了梳子，向她走近。但同时她迅速地转过身，用如常的轻而快的步子走到走廊的地毡上。

“我是怎样的一个傻瓜啊，”聂黑流道夫向自己说，“为什么我不止住她。”

他跑着在走廊上赶上了她。

他需要她的什么，他自己也不知道。但他觉得，当她进房来看他的时候，他应该做一点事情，就是人人在这种时候所做的事情，他却没有做。

“卡邱莎，等一下。”他说。

她回看了一下。

“你要什么?”她停下来说。

“没有什么，只是……”

于是，他鼓舞着自己，想起在这种情形中别人在他的地位上通常是怎么做的，他搂了卡邱莎的腰。

她停下来，看他的眼睛。

“不应该，德米特锐·伊发诺维支，不应该。”她说，脸红得要落泪，用她的坚硬有力的手推拒那搂她的手。

聂黑流道夫放了她，在顷刻之间他不仅觉得不自如、羞惭，而且厌恶自己。他应该相信自己，但他不知道这种不自如与羞惭是他的心灵中要求表现的最好的意识，而相反，他觉得，这是表示他的愚蠢，他应该做的和大家所做的一样。

他又赶上了她，又搂抱她，吻了她的颈子。这个吻完全不像最初两次的吻：一次是在丁香花丛后边无意识的吻，另一次是这天早晨在教堂里面的吻。这次的吻是可怕的，她也感觉到这个。

“您这是做什么?”她用那样的声音说，好像他无可挽救地打破了什么无价之宝，她迅速地跑着避开他。

他走进餐室。盛服的姑母、医生和女邻站在餐桌前。一切是那样地平常，但在聂黑流道夫心中却有了激动。他不懂得别人向他说的话的意义，回答不恰当，只想着卡邱莎，回想着他在走廊上赶上她时那最后一吻的滋味。他什么别的也不能想。当她进房时，他没有望着她，用他全部的身心感觉她的在场，并且不得不抑制着自己，以免看她。

饭后他立刻回到自己的房间里，在强烈的兴奋中在房里徘徊很久，注意听着屋里的声音，期待着她的脚步。那活在他体内动物的人不但此刻抬起了头，而且还把精神的人踏在脚下，那个精神的人就是第一次来访时甚至这天早晨在教堂里的他，而那个可怕的动物的人现在单独在他的心灵中统治着。虽然这天他不断地窥伺她，他却没有一次能够单独地遇见她。也许是她躲避他。但晚间她必须走进和他的房相连的房间。医生留宿，卡邱莎必得为客人预备床铺。听到了她的脚步，聂黑流道夫轻轻地走着，抑制着呼吸，好像准备去犯罪一样，跟在她后边。

把两手伸在清洁的枕套里，抓住枕头的角，她回顾了他一下，微笑了一下，但这不是从前那样的快乐欢喜的笑容，而是恐惧可怜的笑容。这笑容似乎是向他说，他做的事是丑恶的。他停了片刻。此时还有斗争的可能。他对她的真正爱情的声音，虽然低弱，却还可以听到，这声音向他说到她，她的感情，她的生活。另一个声音说：当心，不要放走了你的快乐，你的幸福。这第二种声音压住了第一种的。他毅然地走到她面前。于是可怕的、不可约制的、动物的情欲支配了他。

聂黑流道夫没有把她放出自己的怀抱，放她坐在床上，并且觉得还该做点什么事情，和她并排坐着。

“德米特锐·伊发诺维支，亲爱的，请您放我走吧，”她用可怜的声音说，“马特劳娜·芭芙落芙娜来了！”她挣脱着大声说。真有人向门前走来了。

“那么我夜里到你那里去，”聂黑流道夫说，“你是一个人吗？”

“你要怎样？断不能够！不应该。”她只用她的嘴唇说，但她的兴奋的受窘的身体却说了别的。

走到门前的真是马特劳娜·芭芙落芙娜。她在胛膊上带着绒被走进房，责备地看了看聂黑流道夫，愤怒地斥责卡邱莎，因为她拿错了绒被。

聂黑流道夫无言地走出。他甚至不觉得羞惭。他凭马特劳娜·芭芙落芙娜的表情看出她在批评他，她的批评是对的，他知道他所做的是丑恶的，但动物的情欲，从以前对她的真正爱情中解放出来，支配着他，并且单独地主宰着他，不承认任何别的东西。他此刻知道他应该为了情欲的满足而行动，并且寻觅着做这事的方法。

整个的晚间他不能自主：有时走进姑母的房，有时又走出来，回到自己的房，走到台阶上，只想着如何独自去见她；但她躲避他，而马特劳娜·芭芙落芙娜尽力看守着她。

十七

如是地过去了晚间，来到了深夜。医生去睡觉了，姑母们也睡下了。聂黑流道夫知道马特劳娜·芭芙落芙娜这时是在姑母的卧房里，卡邱莎是独自在下房里。他又走到台阶上。院子里黑暗、潮湿、温暖，那在春天赶走最后的雪的或者是融化的最后的雪所发散出来的白雾充满了全部空间。屋前山下百步外的河里传来奇怪的声音：这是冰解。

聂黑流道夫走下阶梯，在化雪的泥淖中走着，走到下房的窗前。他的心在他的胸膛里是那样地跳动，他听到了它的声音；呼吸有时停止，有时发出深沉的叹息。下房里点着一盏小灯。卡邱莎独自坐在桌前，沉思着，向前面望着。聂黑流道夫动也不动，久久地望着她，想要知道在她以为没有人看见她的时候，她要做什么。她不动地坐了两分钟，然后抬起眼睛，微笑着，好像是对自己责备地摇了摇头，然后换了姿势，突然把双手放到桌上，把眼睛向前面直视着。

他站着望她，不觉地同时听到自己的心跳和河里传来的奇怪的声音。那里，在河上，在雾中，进行着一种不停的、迟缓的工作，有什么东西时而喘息，时而破裂，时而散开，时而薄冰像玻璃那样响着。

他站着，望着卡邱莎的沉思的、因为内心冲突而苦恼的脸，他觉得她可怜，但是奇怪，这种怜悯只加强了他对她的情欲。

这情欲完全控制了他。

他敲了敲窗子。她，好像因为电流的震动，全身颤动了一下，并且恐惧显现在她的脸上。然后她跳了起来，走到窗前，把自己的脸凑近窗子。当她把双手像马遮眼一样，放在眼旁，从玻璃里看过去，认出是他的时候，恐惧的表情还没有离开她的脸。她的脸色异常地严肃——他从来没有看见过她的脸色这样。她只在他微笑时才微笑，她微笑，好像只是服从他，但在她心中却没有笑，而是恐惧。他用手向她做暗号，招她到院子里去会他。但她摇头表示不去，站着留在窗前。他又把脸凑近玻璃，并且想叫她出去，但在这个时候，她转身到门前——显然有谁在叫她。聂黑流道夫离开了窗子。雾是那么浓，离开房屋五步便看不见窗子，只有一个发黑的物体，从它里面发出红而大的灯光。河上进行着同样的冰的奇怪的喘息声、沙沙声、破裂声、丁零声。院内雾中不远之处鸡叫了一声，附近别的鸡响应着，于是村中远处传来互相交杂的合而为一的鸡鸣声。而四周，除了河，十分静穆。这已是鸡叫第二遍了。

在屋角上来回走了两趟，几次踏进了泥淖中，聂黑流道夫又走到下房的窗前。灯还点着，卡邱莎又单独坐在桌旁，好像是在犹豫不决中。直到他走到窗前，她才向窗子看了看。他敲了敲窗子。没有辨别是谁敲的，她便立刻跑出下房，他听到外边的门打开和碾轧声。他已经在门廊旁边等着她，立刻无言地抱住她。她紧贴着他，抬起头，用嘴唇迎接他的吻。他们站在门廊的角上，在已化了雪的干地方，他全身充满了难受的、未满足的欲望。忽然外边的门又同样地响了一下，带着同样的碾轧声打开，马特劳娜·芭芙落芙娜的愤怒的声音喊了：

“卡邱莎!”

她从他怀中挣脱，回到下房。他听到门闩响动声。然后一切都寂静了，窗上的红眼睛消失了，只剩下雾同河上的吱喳声。

聂黑流道夫走到窗前，看不见任何人。他敲了敲窗子，没有任何声音回答他。聂黑流道夫从大门口回到屋里，但他睡不着。他脱下靴子，赤脚从走廊上向她的房门走去，那是和马特劳娜·芭芙落芙娜的房间相邻的。起初他听到马特劳娜·芭芙落芙娜安静地打鼾，他正要向前走，忽然她咳嗽了，在发响声的床上翻身。他心脏陷落了，他这样地大约站了五分钟。当一切重归寂静，又听到安静的鼾声时，他力求走在不发响声的地板上，向前走着，走到卡邱莎自己的门前。听不到任何声音。她显然没有睡觉，因为听不到她的呼吸声。但他刚刚低唤了"卡邱莎!"她便跳起来，走到门前，他似乎觉得她是愤怒地劝他走开。

"这像什么话？哦，怎么行呢？姑妈要听见的。"她的嘴唇说，但她整个的身体说了"我全是你的"。

这只有聂黑流道夫懂得。

"哦，你只开一会儿。我求你。"他说了些无意义的话。

她沉默了，后来他听到她的手寻找门闩的摸动声。门闩响了，他进了打开的门。

他搂了她，她穿着硬的粗布内衣，袒着胛膊，他抱起她，带走了她。

"啊！你要做什么?"她低语。

但他没有注意她的话，把她带到自己的房里。

"啊，不应该的，放我走吧。"她说，却自己紧贴着他。

当她，颤抖着、沉默着、对于他的话不作任何回答而离开他的时候，他走到台阶上站住，极力想要考虑所发生的这一切事情的意义。

院中渐渐明亮了。下面河里冰的破裂声、碰擦声和叹息声是更加响亮了，在以上的声音之外还有潺潺流动声。雾开始降低，在雾的上层可以看到黯淡的月亮，朦胧地照着什么黑得可怕的东西。

"这是什么？是我遇到了大大的幸事抑或是大大的不幸?"他问自己。

"向来是如此的，都是如此的。"他向自己说，进房睡觉了。

十八

次日，愉快的漂亮的尚保克顺路来到姑母家拜访聂黑流道夫，凭他的优美、亲切、愉快、慷慨和他对德米特锐的热情，完全吸引了她们。他的慷慨虽然是姑母们所欢喜的，却因为这种过分的慷慨而令她们觉得有点迷惑。他给了走来的瞎乞丐一个卢布，给了仆人们十五卢布的酒钱，当苏菲亚·伊发诺芙娜的膝犬秀色卡在他面前弄破了爪子流血时，他主动地要替它包扎，片刻也不思索，撕裂他的镶边的麻纱手帕（苏菲亚·伊发诺芙娜知道，这种手帕的价格不下十五卢布一打），用它替秀色卡做绷带。姑母们不曾见过这样的人；不知道这个尚保克已经有了二十万卢布的债，这债，他知道是永不会偿还的，因此，多或者少三五十卢布，对于他是不值得计较的。

尚保克只留了一天，第二天晚上便和聂黑流道夫一同走了。他们不能够久留，因为已经到了他们回团的最后期限。

在姑母家最后的一天，当夜间的回忆还是新鲜的时候，在聂黑流道夫心中发生了两种感觉，互相斗争。一种是动物的爱情之燃烧的、情欲的回忆（不过这个爱情却一点儿也没有给予它所许诺的东西）和因为达到目的而有的几分满意；另一种是这样的意识：就是他做了一件很丑恶的事，这件丑恶的事应该纠正，不是为她，乃是为他自己要纠正的。

在他所处的那种自利主义狂的情形中，聂黑流道夫只想到自己。想到，假若别人知道了，他们是否批评他，并且假若批评，又批评到什么样的程度，他想到他对她的行为，却没有想到她此时的感觉以及她将要发生的事情。

他以为尚保克看出了他和卡邱莎的关系，这满足了他的自尊心。

“你，就是因此忽然欢喜你的姑娘了，”尚保克看见了卡邱莎，向他说，“在她们这里住了一星期。我若是处在你的地位上，我也是不走的。

美极了!”

他又想到，虽然现在没有充分满足他对她的爱情就离开了是可惜的，而离开的必要却是有益的，因为他顿然断绝了难以维持的关系。他又想到，应该给她钱，这不是为了她，不是因为这笔钱是她所需要的，而是因为别人一向这么做，假若他利用了她而不为此付出代价，别人会认为他是不名誉的人。于是他给了她这笔钱，而钱数按照他和她的地位他认为是合适的。

在临走的那天，他饭后在门廊上等她。看见了他，她脸红，想从他身旁走过，用眼睛指示下房的开着的门，但他止住了她。

“我要告别了，”他说，在手里揉着装了一百卢布钞票的信封，“这是我……”

她看出来了，皱了皱眉，摇了摇头，推开他的手。

“不，你拿着!”他结舌地说，把信封塞进她的怀里，好像是他烧伤了自己，他皱着眉，呻吟着，跑进自己的房。

之后，他在自己的房间里来回走了很久，一想到这个场面，他便痉挛，甚至跺脚，出声地悲叹，好像是由于生理的病痛一样。

“但是有什么办法呢？都是如此的。尚保克和他向我说过的女教师是如此的；格利沙叔叔是如此的；父亲是如此的，当他住在乡里的时候，他和一个农妇养了私生子米清卡，他现在还活着。假若大家都是这么做，那么，这是应该的了。”他如是地安慰自己，却无论怎样也不能得到安慰。这个回忆燃烧着他的良心。

在他的心灵深处、最深处，他知道他做得那么丑恶、卑劣、残忍，而他，有着这种行为的自觉，不但不能批评任何别人，并且不能直视别人的眼睛，更说不到他认为自己是优美、高贵、宽大的年轻人了，他过去认为自己是这样的人。而为了继续勇敢、愉快地生活，他必须认为自己是这样的人。对于这个只有一个办法：就是不想这个。他更这样做了。

他要过的那种生活——新地方，新朋友，战争，都帮助了他。他过得愈久，忘的愈多，最后确实完全忘记了。

只有一次，在战争之后，他怀着要见卡邱莎的希望，顺路去看姑母，知道了卡邱莎已经不在那里，在他上次走后不久，她便离开了那里去生产，在什么地方生产了，并且如姑母们所闻，她完全堕落了。这时候他的心痛苦了。按时间，她所生的小孩或许是他的小孩，但也许不是他的。姑母们说，她堕落了，她有她母亲所有的那种堕落的天性。姑母们的这种批评是他所乐意的，因为这好像是赦免了他。最初他还想找她和孩子，但后来，正因为想到这个，他的心里便觉得太痛苦太惭愧，他没有做必要的努力去寻找，且又忘记了自己的罪恶，不再想到这个了。

但此刻，这个奇怪的机会使他想起了这一切，要求他承认自己没有心肝、残忍、卑劣，而他正是因此能够在良心上带着这样的罪恶安然活了这十年。但他还不只是有了这种承认，并且此刻只顾虑到，是否立刻一切都会被人知道，她或者她的辩护人是否会说出一切，在大家面前侮辱他。

十九

聂黑流道夫走出法庭进陪审员室时，是处在这样的心情中。他坐在窗前，听着四周的谈话，不停地吸烟。

愉快的商人显然是一心一意地同情商人斯灭尔考夫消磨时间的方法。

“啊，老兄，好风流啊，是西伯利亚式的。他是识货的，看上了这样的姑娘。”

陪审长表示了一点意见，说一切要由专家决定。彼得·盖拉西摩维支和犹太人店员说了什么笑话，两人都哈哈大笑。聂黑流道夫单音地回答了向他所发的问题，只想他们让他清静。

当庭丁走着歪斜的步子又来邀陪审员上法庭时，聂黑流道夫感到恐惧，好像不是他去审问，而是他们带他去受审。他在心里已经觉得自己是恶徒，他看到别人的眼睛应该觉得羞耻，但同时，由于习惯，他带着寻常自信的态度走上了高台，坐在自己的位子上，在陪审长的旁边，架起腿，玩弄着夹鼻眼镜。

犯人也被带了出去，又刚刚被带进来。

法庭上有了新的人——见证人。聂黑流道夫注意到马斯洛发看了几眼，好像她不能使她的目光离开一个服装很华丽的、穿丝绸与天鹅绒衣服的胖妇人，她戴了一顶有大蝴蝶结的高帽子，在袒到胛肘的手臂上有一个华美的提袋，坐在栅子前面的第一排。他后来知道，她是女见证人，就是马斯洛发所在的那个妓院的鸨母。

见证人的审问开始了：姓名，信教，等等。后来，问过了两遭，是否要求见证人宣誓，同一个老神甫又困难地移动着腿走来，又同样地理正了绸襟上的金十字架，同样地安详并且相信他是在做十分有益而重要的事，领了见证人和专家宣誓。

宣誓完毕后，所有的见证人，除了一个，就是妓院的鸨母基塔也发，都被带出去了。他们问到她关于这件事所知道的情形。基塔也发带着虚伪的笑容，在每句话中点着戴帽子的头，用德语的发音详细地流畅地说：

最初是一个相识的旅馆茶房西蒙，到院里来替西伯利亚的富商向她要姑娘。她派去了刘芭沙。[1] 过了相当时候，刘芭沙和商人一同回来了。

“商人已经是神志昏迷了，”基塔也发微笑着说，“他在我们这里继

[1] 即刘保芙。——译者

续喝酒，请姑娘们喝。但因为他的钱不够了，所以他派这个刘芭沙到他的房间里去，他特别偏爱她。”她说，看了看女犯人。

聂黑流道夫觉得马斯洛发听到这里微笑了一下，这笑容他觉得是可憎的。他心中起了种奇怪的、不确定的和痛苦相混合的厌恶情绪。

“您对于马斯洛发是什么意见呢？”法庭上指定的候补法官，马斯洛发的辩护人，红着脸局促地问。

“好极了，”基塔也发回答，“这个姑娘是有学问的文雅的。她是在好人家长大的，能够念法文。她有时喝酒稍微多一点，却从来没有醉过。顶好的姑娘[1]。”

卡邱莎看了看鸨母，但后来忽然移动眼睛看陪审员，把眼睛停在聂黑流道夫身上，她的脸显得严肃，甚至严厉。她的严厉的眼睛有一只斜视。这两只奇怪地注视的眼睛看了聂黑流道夫很久，虽然有那袭击他的恐惧，他却不能使自己的目光离开那双有鲜白明亮的眼白的、斜视的眼睛。

他想起了那个可怕的夜和破冰、雾，尤其是朦胧的向上弯曲的月，它在黎明之前升起，照着什么黑得可怕的东西。这两只看着他的并从他身旁看过去的眼睛，令他想起了那黑得可怕的东西。

“她认出来了！”他想。聂黑流道夫好像是缩着身体，等候着打击。但她没有认出来，她黯然叹了口气，又望着庭长。聂黑流道夫也叹了口气。“啊，快点儿吧。”他想。

他现在所感觉的情绪，好像是在打猎时，他不得不杀死一个受伤的鸟的时候所感觉到的那种情绪，又嫌恶，又怜悯，又苦恼。未杀死的鸟在猎囊里挣扎：又嫌恶，又怜悯，又想赶快杀死它，把它忘记。

聂黑流道夫此时听着见证人的审问，感觉到这种混杂的情绪。

---

[1] 性别。阴性字、尾数，全说错了。译文无从表达。——译者

二十

但好像是对他有恶意，这个案子拖的时间很长。在个别审问了见证人之后，在候补检察官和辩护人照例带着严肃的神情所问的一切不需要的问题之后，庭长请陪审员们看物证，包括尺寸巨大的、显然是最肥的食指上所戴的、有钻石蔷薇花的指环，一个试管[1]，在这里面曾经试验毒药。这些东西都加了封印，都上了签条。

陪审员们正预备看这些东西。这时，候补检察官又站起来，要求在看物证之前，宣读医生验尸的报告。

庭长在尽可能地赶快办这个案子，以便及时会见他的瑞士女子，不过他很知道，这个文件的宣读不能够有任何别的效果，只有令人厌倦和耽搁吃饭的时间，并且知道候补检察官要求宣读，只是因为他知道他有权利要求这个，然而他却不能拒绝，只有表示同意。

书记官拿出了文件又用他的发不清 L 与 R 音的没有精神的声音开始宣读：

“外部检查结果：

（一）非拉邦特·斯灭尔考夫的身长是二阿尔申十二未尔邵克[2]。”

“是好身体呀。”商人关心地向聂黑流道夫耳朵里低语。

“（二）年龄看外表大约四十岁上下。

（三）身体的样子是臃肿的。

（四）血色全是绿的，有几处染了暗色的斑点。

（五）皮肤上起了大小不一的水泡，有几处脱皮，挂着大的片子。

（六）头发是深棕色而密，很容易触脱下来。

---

[1] 原文为“滤器”，从英译本。——译者

[2] 一阿尔申有 16 未尔邵克。约合 0.71 公尺。——译者

（七）眼睛突出了眼眶，角膜无光。

（八）鼻孔、两耳、口腔流出起泡的脓血，嘴半张着。

（九）颈子因为面部胸部肿起而几乎没有了。”

云云，云云。

在一共四页二十七段中这样地叙述了在城内寻乐的商人可怕、巨大、肥胖、臃肿、腐烂的尸体外部检查的全部详情。聂黑流道夫所感觉的那种不确定的厌恶情绪在宣读这个验尸报告时格外加强了。卡邱莎的生活，流出鼻孔的脓血，突出眼眶的眼睛，和他对待她的行为——这一切，他觉得似乎是同样性质的东西，他觉得周身被这些东西所环绕吞没了。

在外部检查报告宣读完毕时，庭长深深叹了口气，抬起头，希望这是完结了。但书记官立刻开始宣读内部检查的报告。

庭长又垂了头，闭了眼睛。和聂黑流道夫并坐的商人难以压制他的瞌睡，时时摆动着。犯人们，和背后的警察们一样，不动地坐着。

“内部检查结果：

（一）头顶的皮容易脱离头盖骨，未发现瘀伤。

（二）头盖骨有通常的厚度，是完整的。

（三）在硬脑膜上有两个大约四究伊木[1]的色块，脑膜呈暗白色。”

云云，云云，还有十三段。

接着是证人的姓名，签字，然后是医生的报告，它指出，在解剖时所发现的，和报告书中所记录的，胃里的以及肠子和肾脏一部分的变化，使得能够极可能地断定：斯灭尔考夫的死是由于毒害，毒物是和酒一同进胃的。根据胃里和肠里的变化，要说是什么毒物进了胃，是困难的；但必须假定毒物是和酒一同进胃的，因为在斯灭尔考夫的胃里发现了大量的酒。

[1] 一究伊木合一来突的四十分之一。——译者

“一定是很能喝酒的。”醒转的商人又低语。

这个报告宣读经过了大约一小时，并没有满足候补检察官。当报告宣读完毕后，庭长向他说：

“我以为用不着再读内脏检查的报告了。”

“我要求读完这个报告。”候补检察官严厉地说，没有望庭长，微微侧着挺起身体，用声调使人觉得要求宣读是他的权利，他不放弃这个权利，而拒绝便是上诉的理由。

有大胡须和向下看的善良眼睛的，害胃加答儿的法官，觉得自己很弱，向庭长说：

“为什么要读这个呢？只是拖延时间。这些新扫帚扫不干净，却浪费时间。”

戴金边眼镜的法官没有说话，愁闷地毅然地望着前面，不想从他的妻子那里也不想从生活中期望任何好的东西。

报告的宣读开始了：

“一八八一年一月十五日，我，下面签字者，奉医药部第六三八号委派，”书记官又开始毅然地提高了音调，好像是要赶去那压迫全体在场者的瞌睡，当着助理医药检查员之面，做了内脏检查：

“（一）左肺与心脏（在六斤[1]玻璃瓶中）。

（二）胃内残余物（在六斤玻璃瓶中）。

（三）胃（在六斤玻璃瓶中）。

（四）肝、脾、肾（在三斤玻璃瓶中）

（五）肠（在六斤陶瓶中）。”

庭长在开始宣读时向一个法官侧首低语了什么，然后又向另一个法官低语了什么，得到了肯定的回答，便在这里打断了宣读。

---

[1] 此处是俄斤，每斤约 0.41 公斤。0.9 磅。——译者

“法庭认为报告的宣读是多余的。”他说。

书记官停了，收拢着报告，候补检察官开始愤怒地写下了什么。

“诸位陪审员先生可以看物证了。”庭长说。

陪审长和几个陪审员站起来，焦虑着他们的手应该有何动作或姿势，走到桌前，轮流地看了指环、小瓶和试管。商人甚至把指环在手指上试了一试。

“呵，这样的手指，”回到自己的位子时他说，“好像粗胡瓜。”他添说，显然满意着他对于中毒的商人好像对于巨人[1]一样地所做的这个意象。

二十一

当物证观察完毕时，庭长宣布审问结束，希望赶快离开，便立刻邀检察官发言，希望他也是一个人，他也要抽烟吃饭，并且可怜大家。但候补检察官既不可怜自己也不可怜别人。候补检察官是生来很愚蠢的，此外，他还不幸在中学毕业时得到金牌，在大学里因为关于罗马法中地役权的论文得到奖赏，因此是极自信、自满（他在妇女之间的成功也促成他如此），因此极愚蠢。

当他被邀发言时，他迟缓地站起，显出他的穿绣花制服的全部优美的身材，把双手放在台子上，微微低着头，环顾法庭，躲避着犯人的目光，开始说：

“诸位陪审员先生，你们面前的案子，”他开始了他在宣读报告时所预备的话，“假如可以这么说的话，是一起很特异的犯罪。”

候补检察官的演说，在他看来，应该有社会意义，好像著名的律师

[1] 俄国民间传说中的大英雄。——译者

们所说的那些著名的演说一样。确实，听众只有三个妇女：女裁缝，厨娘，西蒙的姊姊，和一个车夫，但这是没有关系的。那些名人也是这样开始的。候补检察官还有一个原则，就是要永远能够临机应变，即是，深透了解犯罪的心理的意义，并暴露社会的伤痛。

“诸位陪审员先生，你们看到你们面前的，假如可以这么说的话，世纪末的特异的犯罪，它具有，就这么说吧，那悲惨的腐败现象的特质，这腐败是我们这时代我们社会里那些分子所遭受的，这些分子是在，就这么说吧，这个讼事的特别火热的光下……”

候补检察官说了很久，一方面极力思索着他所预先想好的一切聪明话，尤其是，在另一方面，不作片刻的停顿，却要使他的演说不停地拖长到一小时又一刻钟。他只停顿了一次，咽了很久的唾液，但立刻便控制了自己，用加强的流利演讲补偿了这个迟延。有时他轮流地踏着脚，望着陪审员们，用温和的婉转的声音说；有时看着自己的记录本，用沉静的认真的声音说；有时用响亮的责备的声音时而对着观众时而对着陪审员说着。但他没有一次看犯人，他们三个人全注意着他的眼睛。在他的演说中有一切最新的在当时他的团体中所流行的名词，这在那时曾被认为、在现在还被认为是科举知识的最新名词。话中提到遗传，生来的犯罪，龙波罗梭[1]，塔德[2]，进化论，生存竞争，催眠术，催眠暗示，沙科[3]，颓废。

商人斯灭尔考夫，按照候补检察官的定义，是有好天性的、健强的、真正的俄国人，他由于自己的轻易相信与宽大，落在深深堕落的人手里，做了牺牲品。

西蒙·卡尔清肯是奴隶制度的隔代遗传的产物，是被压迫的人，没

---

[1] 意大利犯罪学家，一八一六至一九〇九。——译者

[2] 法国社会学家与犯罪学家，一八四三至一九〇四。——译者

[3] 法国神经学家，一八二五至一八九三。——译者

有教养、没有操守，甚至没有宗教信仰。叶菲米亚是他的情妇，是遗传的牺牲者。在她身上可以发现堕落者的一切特征。犯罪的主要推动者是马斯洛发，她代表最低级的堕落现象。

“这个妇人，”候补检察官没有望着她说，“受过教育，我们在庭上听她的鸨母说的。她不但能够读书写字，她还懂法文。她是孤儿，也许是带了犯罪的根苗，她是在一个有知识的贵族家庭里养大的，她可以做正当工作而生活。但她抛弃了她的恩人，受情欲的支配，为了满足自己的情欲进了妓院。在那里她因为自己的教育，显得比她的同伴们出色，尤其是，诸位陪审员先生，如同你们在这里听她的鸨母所说的，因为能够用一种神秘本领去影响客人，这本领是最近科学、尤其是沙科学派研究出来的，叫作催眠暗示。她就是用这种本领控制了俄国的巨人，好心肠的、轻易相信的富客人萨得考[1]，并且利用他的信任而先偷钱，后残忍地谋害了他的命。”

“呵，他好像越胡说越有劲了。”庭长微笑着歪头向那严厉的法官说。

“可怕的笨虫。”严厉的法官说。

“诸位陪审员先生，”候补检察官继续说，同时优美地摆着他的细腰，“这些人的命运是在你们的掌握里，社会的命运也有一部分是在你们的掌握里，你们的判决会影响社会。你们深深了解这个犯罪的意义，和那些病态的人。姑且这么说吧，像马斯洛发这类的人对于社会的危害，你们要防止它蔓延，保护无罪的人、这个社会的健全分子，不要他们受到传染，甚至毁灭。”

好像他自己被当前的判决的重要性所压迫，候补检察官颓然坐到椅子上，显然是极高兴自己的演说。

他的演说的意思，除了修辞的华彩，是说，马斯洛发，取得了商人的信任，催眠了他，带了钥匙到他房间去拿钱，想自己全部拿去，但被

---

[1] 传说中的英雄。——毛德

西蒙和叶菲米亚抓住，她不得不和他们瓜分。事后，为了遮盖犯罪的痕迹，她又同商人去了旅馆，在那里毒死了他。

在候补检察官演说之后，从律师座上站起了一个穿燕尾服的、露出宽大的半圆形的浆过的白衬衣胸襟的中年人，他敏捷地说话替卡尔清肯和保支考发辩护。这是他们用三百卢布雇用的辩护人。他替他们俩辩护，把全部罪过归于马斯洛发。

他否认马斯洛发的口供——说她拿钱的时候保支考发和卡尔清肯同她在一起，他坚持她是一个当场被捉的施毒的妇人，她的口供是不足重视的。律师说，二千五百卢布可以是两个勤勉的本分的人挣来的，他们有时一天得到客人的三个到五个卢布。商人的钱是马斯洛发偷的，给了什么人，或者甚至是遗失了，因为她不是在常态的情况中。毒害是马斯洛发一个人做的。

因此他请陪审员们承认卡尔清肯和保支考发没有偷钱的罪；即使他们认为他有偷钱的罪，那么也要承认他们没有参与毒害，没有预谋。

为了反对候补检察官，律师在结论中说，候补检察官的关于遗传的辉煌议论，虽然说明了关于遗传的科学问题，在这个案子里却不适用，因为保支考发是家世不明的。

候补检察官，好像是回驳，愤怒地在自己的纸上记下了什么，带着轻视的惊讶耸了耸肩膀。

然后马斯洛发的辩护人站立起来，羞涩地、讷讷地说出他的辩护词。他没有否认马斯洛发参与偷钱，他只坚持说她没有毒害斯灭尔考夫的意思，而她放药粉只是为了要他睡觉。他想做流利的演说，说马斯洛发怎样被一个男子引诱堕落，这个男子未受处罚，而她却要担负自己堕落的全部责任，但他旁涉心理学的范围，没有说好，使得大家都觉得不舒服。当他含糊地说到男子的残忍和女子的无助时，庭长想要帮他点儿忙，要求他不要离开了这个案子的本质。

在辩护人之后，候补检察官又站起来，辩护他的关于遗传的议论，反对第一个辩护人，说到假使保支考发是不知姓名的父母的女儿，遗传学说的真实也绝不因此而无效，因为遗传律是科学证实的，我们不仅可以由遗传而推论犯罪，还可以由犯罪而推论遗传。要说到替马斯洛发辩护的那个假定——说马斯洛发是被一个想象的（他特别恶意地说“想象的”）诱惑者奸淫，则宁可说一切的事实证明她是一个在她手下有过许多牺牲者的女诱惑人。说了这话，他得意地坐下来了。

然后是让犯人们自己辩护。

叶菲米亚·保支考发重复说她什么也不知道，什么也未参与，坚决地把一切罪过归诸女犯人马斯洛发、西蒙。只重复几次：

“随你们怎么办，但我是无罪的，这是不公平的。”

马斯洛发什么也没有说。庭长向她提议说她可以为自己辩护，她只对他抬起眼睛，回头看了看大家，好像被追赶的野兽一样，她立刻垂下眼睛哭起来，大声地啜泣。

“您怎么了？”和聂黑流道夫并坐的商人问，他听到了聂黑流道夫忽然发出的奇怪声音。这声音是被抑止的泣声。

聂黑流道夫还不明白自己目前情况的重要，把不能约制的泣声和涌在眼眶里的泪归诸自己神经的衰弱。他戴上夹鼻眼镜遮盖眼泪，然后取出手帕，开始擤鼻子。

假如这里，法庭上的人都知道了他的行为，他便要蒙受耻辱，这恐惧压下了他内心的感触。这恐惧在起初的时候比一切都强。

二十二

在犯人的最后言辞之后，各位法官讨论提出问题的方式，又占了很久时间，然后问题被提出，于是庭长做总结。

在叙述案件之前，他用愉快的家常的语调向陪审员们解释了很久，说到盗劫是盗劫，偷窃是偷窃，从有锁的地方偷窃是从有锁的地方偷窃，从无锁的地方偷窃，便是从无锁的地方偷窃，解释的时候，他特地常常望向聂黑流道夫，好像是特别要把重要的情形使他了解，希望他了解之后，再把这个向他的同伴们解释。然后，当他以为陪审员们已经充分了解这些真理时，他又开始说明另一真理，说到致人死命的行为叫作杀人，因此毒害也是杀人。在他以为这个真理也被陪审员们所了解时，他又向他们解释，假如偷窃与杀人同时发生，则犯罪的组成便是偷窃与杀人。

虽然他自己想赶快离开，瑞士小姐已经在等他，他却是那么惯于他的职务，他一开言，便无法停止，因此详细地晓谕陪审员们，说假使他们发现犯人是有罪的，他们有权利认为他们有罪，假如发现他们是无罪的，也有权利认为他们是无罪的；假如发现他们在这件事上有罪，而在别的事上无罪，他们可以认为他们在这件事上有罪，而在别的事上无罪。后来他又向他们说明，虽然这个权利是给了他们，他们却应该理性地运用。他还要向他们说明，假若对于提出的问题，他们作肯定的回答，即是他们用这个回答承认了问题中所包括的一切，假若他们不承认问题中所包括的一切，则应该否认他们所不承认的部分。但他看了看钟，知道已是三点欠五分，便决定立刻做案件的叙述。

“这件案子的事实是如下。”他开始说，重复了辩护人、候补检察官和见证人曾经几度说过的一切。

庭长说着，他旁边的法官们带着深思的神色听着，时不时地望钟，觉得他的演说虽然很好，即是像它应该的那样，却有点儿太长。候补检察官和全体审案的人以及全体在法庭上的人皆是这个意见。庭长说完了总结。

似乎一切都说过了。但庭长却不能放弃他的说话的权利。他乐意听自己语调感人的声音，觉得还必须用几个字说到给予陪审员的那种权利的重要性，说到他们应该小心慎重地利用这种权利而不要误用，说到他们宣了誓，他们是社会的良心，而会议室里的秘密应该是神圣的，云云，云云。

从庭长开始说话时，马斯洛发便眼不离开地望着他，好像怕漏掉了每个字，因此聂黑流道夫不怕遇到她的眼神，不断地看着她。在他的想象中发生了那种通常的现象，就是所爱的人的久未见到的脸，起初因为在这个分别期间所发生的外部变化而令人惊异，然后又渐渐变得完全和多少年前一样，所发生的变化全部消失，在精神的眼睛之前只出现了那独一无二的精神人物的主要表情。

就是这个发生在聂黑流道夫心中。

是的，虽然是穿囚服，虽然是发育宽大的全身和高大的胸脯，虽然是脸的下部发胖，额上和鬓边有皱纹，虽然是凹陷的眼睛，却无疑是卡邱莎本人，她在耶稣复活节曾经那样单纯地用她多情的、带着快乐笑容的充满生气的眼睛，从下向上地看过他：她所爱的人。

“多么奇怪的机会！好像注定了这个案子要在我陪审的时候审判，让我，十年来无处遇她，在这里，在被告席上又遇见她！这一切将怎样结束呢？快点儿吧，啊，快点儿吧！”

他仍然不服从他心中所产生的忏悔情绪。他觉得这是偶然的机会，它将要过去，不会破坏他的生活。他觉得自己的地位好像一只小狗，它在房间里做错了事，它的主人抓住它的颈项，干涉它所做的丑事。小狗叫唤，来回挣扎，以便尽可能远远地离开自己行为的结果，而把它忘却；但无情的主人没有放开它。

聂黑流道夫也感觉到自己行为的丑恶，感觉到主人的有力的手，但他还不了解自己行为的意义，没有承认那个主人。他还不愿相信在他面前的事情乃是他的行为的结果。但无情的不可见的手抓住了他，他已预感到他不会逃脱。他还在鼓励自己，并且由于习惯，把腿架起，无心地玩弄着夹鼻眼镜，带着自信的姿势，坐在第一排的第二把椅子上。同时在他心里他不但感觉到他的这个行为的，并且感觉到他的全部懒惰、堕落、残忍、自满生活的残忍、懦怯与卑鄙；而那可怕的幕布，由于某种奇迹，在这全部期间，在十年之间对他遮隐了他的这个罪过和他后来的全部生活，这个幕布已经在动摇，他已经在注视幕后的东西了。

二十三

终于庭长完毕了他的演说，带着胛髆的优美动作，拿起问题表，递给向他走来的陪审长。陪审员们站起来，高兴着他们可以走开了，不知道用手做什么是好，似乎为了什么事觉得难为情，他们先后走进会议室。门刚刚在他们背后关了起来，便有一个警察走到这个门前，从鞘里把刀抽出，搭在肩头，站在门前。法官们起身走去。犯人们也被带出去了。

陪审员们进了会议室，便和先前一样，第一件事是取烟卷，开始抽吸。他们坐在法庭的位子上或深或浅地所感觉到的、他们地位的不自然和虚伪，在他们刚进会议室抽烟时，便过去了，他们带着轻松的感觉散坐在会议室里立刻开始了生动的谈话。

“女孩子是无罪的，她连累在里边了，”好心肠的商人说，“应该对她宽大。”

“我们正要讨论这个，”陪审长说，“我们不应该屈从我们个人的印象。”

“庭长做了很好的总结。”上校说。

“嗯，好！我差一点要睡着了。”

“要点是在这里，假若马斯洛发不和他们一致，茶房们不会知道有钱的。”犹太人模样的店员说。

“那么，您以为是她偷的了？”一个陪审员问。

“我决不相信，”好心肠的商人叫起来，“但这一切都是那红眼睛的坏女人做的。”

“都是好人。”上校说。

“但是她说的，她没有进房间。”

“你尽管相信她好了。我一生也不会相信这个下贱的女人。”

“但你单是不相信她，是不够的。”店员说。

“钥匙是在她那里的。”上校说。

“在她那里，又怎么样？”商人反驳。

“但指环呢？”

“她已经说了，”商人又叫起来，“那个商人是特别的，他还喝醉了酒，打了她。嗯，后来，当然是可怜她了。他说：‘好，不要哭了，你拿着指环吧。’我听说这个人是两阿尔申十二未尔邵克长，八甫得[1]重！”

“要点不在这里，”彼得·盖拉西摩维支插言，“问题在这里：主动教唆这一切的，是她还是茶房？”

“茶房们不能单独做。钥匙是在她那里的。”

不连贯的谈话进行了很久。

“请诸位，”陪审长说，“坐到桌上来讨论。请。”他坐到主席座位上说。

“这些女孩子都是坏东西。”店员说，并且为了肯定马斯洛发是主犯这个意见，他说到有一个这样的女人在林荫道上偷了他朋友的表。

上校趁这个机会开始说到一个更动人的事情，就是一个银茶炊被偷。

“诸位先生，请你们来谈问题吧。”陪审长用铅笔敲着桌子说。

大家都沉默了

这些问题是这么说的：

“（一）克拉庇文斯基县保尔基村的农民西蒙·彼得罗夫·卡尔清

[1] 一甫得合十六公斤余，三十六磅余。——译者

肯，三十三岁，是犯了这样的罪吗——一八八×年一月十七日在N城与他人协议，图谋杀害商人斯灭尔考夫的性命，存心盗窃，在白兰地酒中给他下了毒药，因此斯灭尔考夫丧命，偷去他的钱约二千五百卢布，与钻石指环一枚？

（二）小市民叶菲米亚·伊发诺发·保支考发，四十三岁，是犯了第一个问题中所叙述的罪吗？

（三）叶卡切锐娜·马斯洛发，二十七岁，是犯了第一个问题中所叙述的罪吗？

（四）假若女犯人叶菲米亚·保支考发，关于第一个问题是无罪的，她是否犯了这个罪呢——一八八×年一月十七日在N城，在毛锐塔尼亚旅馆做女茶房时，从这个旅馆的宿客，商人斯灭尔考夫放在自己房间里的锁着的旅行提箱里偷去了二千五百卢布，她即是因此而当场用她带来的、盗取的钥匙打开了旅行提箱？”

陪审长读过第一个问题时，问道：

“嗯，诸位以为如何？”

这个问题他们很快地回答了。大家一致回答说：“是的，有罪。”承认他参与了毒杀和偷窃。不承认卡尔清肯有罪的只有一个年老的同业工会会员，他回答所有的问题时皆主张赦免。

陪审长以为他不明白，向他解释说，一切皆证明卡尔清肯和保支考发无疑是有罪的，但同业工会会员回答说他明白，但最好还是怜悯。“我们自己不是圣人。”他说，坚持着自己的意见。

对于有关保支考发的第二个问题，在长久的讨论和说明之后，他们回答说：“无罪。”因为她并无参与毒害的明显证据，这就是她的律师所特别坚持的。

商人想赦免马斯洛发，坚持说保支考发是一切的主动人。许多陪审员同意他，但陪审长，要严格地守法，说没有理由认为她参与毒害。在长久的争论之后，陪审长的意见胜利了。

对于有关保支考发的第四个问题他们回答说："是的，有罪。"但由于同业工会会员的坚持，他们添说："但她应该受到宽恕。"

关于马斯洛发的第三个问题引起了激烈的争论。陪审长认为她在毒害和偷窃两方面都有罪，商人不同意，上校、店员与同业工会会员同意商人，其余的人好像动摇不定，但陪审长的意见开始占有优势，特别是因为所有的陪审员都疲倦了，很愿意附和那可以迅速使意见一致而让他们得以自由的主张。

由于审问时所经过的一切，由于聂黑流道夫认识马斯洛发，他相信她在偷窃和毒害两方面都是无罪的，并且自始便相信大家承认这一点；但他看到，由于商人的笨拙的辩护（这显然是因为马斯洛发在肉体上讨他欢喜，而他也不隐瞒这个），由于陪审长的极力反对宽恕，以及主要地，由于大家的疲倦，判决是倾向于定罪的。这时，他想反驳，但他觉得为马斯洛发说话是可怕的，他似乎觉得大家立刻便要知道他和她的关系。但同时他又觉得他不能听任事情如此发展，他应该反驳。他脸上发红又发白，他正要开口说话，沉默到此时的彼得·盖拉西摩维支，显然被陪审长的权威的语调弄得发火了，忽然开始反驳他，说出了聂黑流道夫所想说的。

"让我说一句，"他说，"你说她偷了钱，因为钥匙在她那里。难道茶房们不能够在她走后用偷去的钥匙打开旅行提箱吗？"

"对了，对了。"商人同意着。

"她不至于拿钱的，因为她在她的情况中没有地方要花这些钱的。"

"这正是我想说的。"商人附和着说。

"也可能是她来了，引起了茶房们的念头，他们利用了机会，事后把一切的罪过都推在她的身上。"

彼得·盖拉西摩维支愤怒地说。他的愤怒传给了陪审长，他因此特别顽固地坚持自己相反的意见，但彼得·盖拉西摩维支说得那么令人信服。以致大部分的人同意了他，认为马斯洛发没有参与偷钱和指环，指环是商人给她的。

当谈话涉及她参与毒害时，她的热心的辩护人——商人，说应该认为她是无罪的，因为她没有理由要毒害他。陪审长说不能够认为她无罪，因为她自己承认了放药粉。

“她放了，但以为那是鸦片。”商人说。

“她也能够用鸦片害死人命的。”上校说。欢喜说话离题，他开始趁机说到他的舅子的女人服了鸦片，假若不是因为医生靠得近，救治及时，她便死了。上校说得那么动人、自信并且那么庄严，以致没有人想打断他。只有店员，受到这个例子的传染，决定打断他，以便说他自己的故事。

“有些人吃惯了，”他开始说，“可以吃四十滴，我有一个亲戚……”

但上校不让人打断他，继续说到鸦片对于他的舅子的女人的最后的影响。

“但已经是四点多钟了，诸位先生。”一个陪审员说。

“那么就是，诸位先生，”陪审长说，“你们承认她有罪，却没有盗窃的动机，没有偷去财产。是这样吗？”

彼得·盖拉西摩维支，满意自己的胜利，同意了。

“但她应该得到宽恕。”商人添说。

大家同意了。只有同业工会会员坚持要他们说“她是无罪的”。

“结果是会那么样的，”陪审长解释，“没有盗窃的动机，没有偷去财产。这就是说，她是无罪的。”

“就是这么吧，她该受到宽恕：意思就是免罪。”商人愉快地说。

大家是那么疲倦，被争论弄得那么混乱，没有一个人想到在回答上加添：是有下粉的罪，但没有谋害性命的意思。

聂黑流道夫是那么兴奋，他也没有注意到这个。回答便是这样写下来送到法庭上去了。

拉伯雷[1]写过一个法律家办理案件，在引证了一切可能的法律，读了二十页无意义的法律上的拉丁文之后，他向法官提议掷骰子，看偶数还是奇数。如是偶数，则原告对，如是奇数，则被告对。

这里的情形也是如此。做了这样的决定，不是因为大家同意这样，而是，第一，因为庭长，做总结时说得那么长久，这一次却没有说到他一向所说的，就是，他们在回答问题时，可以说："是的有罪，但没有谋害性命的意思。"第二，因为上校很久而又乏味地说到他的舅子的女人的故事；第三，因为聂黑流道夫是那么兴奋，没有注意到遗漏了附带条件——"没有谋害性命的意向"，他以为这个附带条件——"没有盗窃的动机"可以免罪；第四，因为彼得·盖拉西摩维支不在房间里，当审陪长宣读问题和回答时，他出去了；而主要的，因为大家都疲倦了，大家都想赶快地离开，因此同意了那能够最迅速结束一切的决定。

审陪员们摇响了铃子。站在门外手执白刃的警察把刀插入鞘里，走到一旁。法官们就了位，审陪员先后地走出。

审陪长带着严肃的神情带来问答表。他走到庭长面前，交给了他。庭长读完，显然诧异起来，伸开手臂，转过脸和同事们商量。庭长诧异的是审陪员们提出了第一个附带条件："没有盗窃的动机"，而没有提出第二个附带条件："没有谋害性命的意思"。根据审陪员们的决定，马斯洛发没有偷也没有抢，却同时毒害了一个人而无任何明显的目的。

"请看，他们犯了什么样的错误，"他向左边的法官说，"这是惩役，但她却无罪。"

"嗯，是无罪的。"那个严厉的法官说。

"她简直是无罪的。在我看来，这个案子要应用八一八条[2]。"

"您看怎样？"庭长向善良的法官说。

---

[1] 法国作家，一四九〇至一五五三。——译者

[2] 八一八条规定倘若法庭认为陪审员的判决是不公的，就可以把它取消。

善良的法官没有立刻回答，他看了看他面前纸上的数字，他加了数字——未能被三除尽。他假定，如能除尽，他便同意，但虽然未能除尽，他却凭自己的良心同意了。

“我也认为这是应该的。”他说。

“您呢?”庭长转头问严厉的法官。

“断然不行，”他坚决地回答，“报纸上说陪审员们替犯人辩护；假若法官替犯人辩护，他们要怎么说呢。我断然不能同意。”

庭长看了看表。

“可惜，但是怎么办呢？”于是他把问题交给陪审长去读。

大家站起来，陪审长咳嗽了一下，交换地移动着腿，读完问题和回答。法庭上全体的人：书记官，律师，甚至检察官，都表示了惊异。

犯人泰然自若地坐着，显然不懂得回答的意义。大家又坐下来，庭长问检察官，他以为犯人要受什么处罚。

检察官因为关于马斯洛发的意外成功而高兴，把这个成功归诸他的言语流利，看了一点什么，站起来说：

“我认为西蒙·卡尔清肯要受一四五二条和一四五三条第四款的处罚，叶菲米亚·保支考发要受一六五九条的处罚，叶卡切锐娜·马斯洛发要受一四五四条的处罚。”

这些处罚是可能施加的最严厉的处罚。

“法庭要退席判罪。”庭长站起来说。

大家随着他们站起，带着结束了好事的轻松愉快的感觉，开始走去，或者在庭上走动。

“先生们，我们做了可耻的事啦，彼得·盖拉西摩维支走到聂黑流道夫面前说，陪审长正同他在说什么，“我们累她去做惩役了。”

“您说什么?”聂黑流道夫叫起来，这一次他完全没有注意到教师的不愉快的亲密。

“真的，”他说，“我们没有在回答里放进去：‘有罪但没有谋害性命的意思。’书记官刚刚告诉我的，检察官罚她做十五年惩役。”

“但是已经那么决定了。”陪审长说。

彼得·盖拉西摩维支开始争辩，说，这是用不着说的，因为她没有拿钱，所以她也不会有谋害性命的意思。

“但是在我们出去之前，我读过了回答，”陪审长自己辩护着，“没有人反对。”

“我那时候到房外面去了，”彼得·盖拉西摩维支说，“您怎么把它漏掉了？”

“我没有想到。”

“原来是您没有想到。”

“但这是可以纠正的。”聂黑流道夫说。

“嗯，不行了，现在已经完结了。”

聂黑流道夫看了看犯人。他们就是命运已经确定了的人，仍旧不动地坐在兵士之前栅子的后边。马斯洛发为了什么微笑着。在聂黑流道夫的心中激动着恶劣的情绪。在此刻之前，他期望着她的免罪并留在城里，却又不能决定如何对待她，他和她发生关系是困难的。惩役和西伯利亚立刻消灭了他和她发生任何关系的可能性：受伤的鸟不复在猎囊里挣扎，不令人想到它了。

二十四

彼得·盖拉西摩维支的假定是正确的。

庭长从会议室里回来，拿了文件宣读：

“一八八×年四月二十八日，遵照皇帝陛下的法律，法院刑庭，按诸位陪审员的决定，根据刑事诉讼法第七七一条第三款，第七七六条第三款，第七七七条，判定：农民西蒙·卡尔清肯，三十三岁，小市民叶卡切锐娜·马斯洛发，二十七岁，褫夺一切财产权，罚做惩役，卡尔清肯八年，马斯洛发四年，并照法典第二十八条的规定办理。小市民叶菲米亚·保支考发，四十三岁，褫夺一切特殊的、本身及获得的权利与财产，监禁三年，并照法典第四十九条规定办理。本案诉讼费由犯人平均担负，如不能付出，则记国库的账。本案物证出售，指环交还，玻璃瓶销毁。”

卡尔清肯仍旧挺着身体站起来，把手指伸出的手臂顺衣缝挟着，颤动着腮。保支考发显得十分镇静。马斯洛发听到定罪时，脸色深红。

“我是无罪的，无罪的。”她忽然对着全法庭大叫。

“这是罪过。我是无罪的。我没有企图过，没有想过。我说真话。真的。”她伏到凳子上，大声啼哭。

当卡尔清肯和保支考发走出时，她还坐在那里哭，因此警察不得不拉扯她的大衣的袖子。

“不行，不能够让她这样。”聂黑流道夫向自己说，完全忘记了自己的恶劣情绪，并且，自己也不知道为什么，赶到走廊上再看她一次。退出的陪审员和律师们，因为案子完结而高兴着，兴奋地拥挤在门口，因此他不得不在门口耽搁片刻。当他走到走廊上时，她已经走远了。他没有想到他所引起的别人对他的注意，快步地追赶着，赶上了她，停下来了。她已经不哭了，只是间歇地啜泣，用头巾的角擦着发红的脸，没有旁顾地从他身边走过去。让她走过去后，他赶快回转身去看庭长，但庭长已经走了。

聂黑流道夫在门房里才赶上他。

“庭长先生，”聂黑流道夫在他已经穿上了浅色大衣，拿了仆人递上的银头手杖时，走到他面前说，“我可以同您谈一谈刚才决定的案子吗？我是陪审员。”

“哦，当然可以，是聂黑流道夫公爵吗？我很愉快，我们已经会过面，”庭长紧握着手说，快乐地想起了在他和聂黑流道夫会面的那个晚会里，他跳舞多么优雅而愉快，跳得比所有的年轻人都好，“有什么我能效劳的吗？”

“在关于马斯洛发的回答中有了一个误会。她没有犯毒害的罪，同时又罚她做惩役。”聂黑流道夫带着专注的忧悒的神情说。

“法庭是根据你们自己所作的回答判罪的，”庭长向大门走着说，“不过法庭也觉得回答不很妥当。”

他想起了，他本要向陪审员们说明，他们的回答：“是的，有罪。”而不否认杀人的动机，便是认为有意杀人，但他忙于结束，没有这么做。

“是的，但是错误不能纠正吗？”

“上诉的理由总是可以找得到的。应该找律师去谈。”庭长说，把帽子微微歪戴着，继续向着大门走着。

“但这是可怕的。”

“您知道，对于马斯洛发的办法，二者必有其一。”庭长说。显然是要尽可能地对聂黑流道夫愉快而恭敬，他把胡须理到大衣领子外边，把手轻轻地抓住聂黑流道夫胛肘的下边，向大门走去，他说：“您也要走吗？”

“是的。”聂黑流道夫说，连忙穿上大衣，和他同走。

他们走进明亮快乐的阳光中，立刻便不得不因为马路上的车轮声把话声提高了。

“这个情形，您知道，是奇怪的，”庭长提高着声音继续说，“对于她，对于这个马斯洛发的办法，二者必有其一：或者是几乎免罪监禁，还可以把已经坐牢的时间算在内，甚至只是拘押；或者是惩役，没有折中的办法。假若您加上了这句话：‘但没有谋害性命的意思’，她也许已经免罪了。”

“我是不可饶恕地遗漏了这个。”聂黑流道夫说。

“要点就在这里了。”庭长微笑着看了看表。

到克拉拉指定的最后时间只有三刻钟了。

“现在，假若您愿意，便去找律师。必须找出上诉的理由。这总是可以找出来的。到德福瑞阳斯卡街，”他向一个车夫回答着，“三十戈比，我从来不多给。”

“大人，请上车。”

“再会了。假若我能够有所效劳，我住处是德福尼考夫房子，在德福瑞阳斯卡街，容易记。”

于是他亲善地鞠了躬，便上车走了。

二十五

和庭长的谈话，新鲜的空气，使聂黑流道夫稍微宁静了一点。他此刻觉得他所体验的那种情绪，是由于在那种不习惯的环境中所过的整个上午而被他过分夸大的。

“不用说，那是奇怪的惊人的巧合！必须去做一切可能的事情，改善她的境况，并且要赶快做，马上就做。是的，应该到法庭上去问法那润或米基升的住处。”他想起了两个著名的律师。

聂黑流道夫回到法庭，脱下大衣，走上楼。在第一个走廊上他遇到了法那润。他止住了他，说有事要找他。法那润认得他的面孔和姓名，说他很高兴效劳一切。

“虽然我疲倦了……但假若时间不长，就向我说您的事情吧，到这里来吧。”

于是法那润把聂黑流道夫带进一间房里，大概是某一法官的房间。他们坐到桌前。

“嗯，是什么事呢？”

“最先我要请求您，”聂黑流道夫说，“不要让任何人知道我参与这件事。”

“嗯，这是不用说的。那么……”

“我今天做了陪审员，我们判了一个女子，一个无罪的女子，做惩役。这使我难过。”

聂黑流道夫出乎自己意料地脸红，并且口吃。

法那润向他瞬了瞬眼，又垂下来，听着。

“嗯。”他只这么说。

“我们判了一个无罪的女子，我想把这个案子提到最高法院去上诉。”

“提到大理院。”法那润纠正他。

“我就是想请您办这个案子。”

聂黑流道夫想赶快说完最难的地方，因此说：

“报酬，这个案子的费用，不管是多少，全由我担负。”他脸红着说。

“嗯，这个我们要议定的。”律师说，谦卑地笑他没有经验。

“是什么案子呢？”

聂黑流道夫说了出来。

“好的，明天我接这个案子把它研究一下。后天，不，星期四您在下午六点钟来找我，我给您回答。这样好吧？那么，再会吧，我还要在这里问点儿事情。

聂黑流道夫向他告别后，走了出来。

和律师的谈话，以及他已经设法为马斯洛发辩护，使他更加宁静了。他走进了街道。天气美好，他愉快地吸着春天的空气。车夫们来兜揽他，但他却步行，关于卡邱莎以及关于他对她的行为的整串思想和忆念立刻在他的脑子里打旋了。他开始觉得颓丧，觉得一切是悲惨的。“不，我要以后再想这个，”他向自己说，“现在，应该离开这些痛苦的印象。”

他想起了考尔恰根家的宴会，看了看表。时间还不迟，他可以赶上宴会。铁道马车从他身边响着铃，走过去。他放步跑着跳上了车。他在市场上跳下来，叫了一辆好车子，十分钟后，他已到了考尔恰根家大房子的阶梯上。

二十六

“请进，大人，他们在等您，”考尔恰根家大房子的亲切肥胖的司阍一面说，一面打开英国铰链上无声地动着的橡木大门，“他们在吃了，但只奉命请您。”

司阍走到楼梯前，向上摇铃子。

“有谁呢？”聂黑流道夫脱着衣服问。

“考洛索夫先生和米哈益·塞尔盖维支，其余全是自家的人。”司阍回答。

一个穿燕尾服戴白手套的漂亮的听差从楼梯口上伸头向下看。

“请吧，大人，”他说，“奉命请您。”

聂黑流道夫上了楼梯，从熟悉的华丽的宽敞的厅堂里走进饭厅。在饭厅里，全家人都坐在桌前，除了母亲，苏菲亚·发西莉叶芙娜公爵夫人，她从来不出自己的房间。在桌子上边坐着老考尔恰根；和他并排，左边是医生，右边是客人伊凡·伊发诺维支·考洛索夫，过去是贵族代表，现在是银行董事，卡尔恰根的自由主义的友人；其次左边是来德尔小姐，宓西的小妹妹的女教师，和四岁的小女孩自己；右边对面是宓西的弟弟，考尔恰根家的独子，中学六年级学生彼恰，全家为了等他的考试留在城里；再次是做教师的大学生；然后左边是卡切锐娜·阿列克塞芙娜，是一个四十岁的处女，一个斯拉夫派；对面是米哈益·塞尔盖维支或者叫作米沙·切列根，宓西的表兄；在桌子下首坐着宓西自己，在她旁边摆了一副未动的餐具。

"啊，好极了。坐下吧，我们刚刚吃鱼，"老考尔恰根费力地用义齿小心地嚼着，抬起充血的没有明显眼睑的眼睛望着聂黑流道夫说，"斯切班。"他用含满食物的嘴向肥胖庄严的饭厅仆人说，用眼睛指示空位子。

虽然聂黑流道夫和老考尔恰根很熟，在宴会上见过多次，但今天他的红脸，和塞在背心里的餐巾上边的肉感的发响声的嘴唇和胖颈子，尤其是全部肥满的将军的身材，特别令他感觉不快。聂黑流道夫不觉地想起他知道这个人的野蛮处，当他做地方司令官的时候，因为他有钱有势，他无须升官，他便毫无理由地鞭打甚至绞死许多人。

"马上就上菜了，大人。"斯切班说，从摆着银花瓶的碗橱里拿出一把大汤勺，向有颊须的漂亮的听差点点头，听差立刻便布置宓西旁边的未动用的餐具，餐具上面盖着一条讲究地折起的浆边的有凸出的纹章的餐巾。

聂黑流道夫绕过全桌，和所有的人握手。所有的人，除了老考尔恰根和妇女们，在他走到面前时，都站了起来。这个绕桌子走，和所有的人——虽然同他们大部分的人他还没有说过话——握手，这天令他觉得特别不愉快而且可笑。他为迟到道了歉，想坐在桌端宓西和卡切锐娜·阿列克塞芙娜之间的空位子上，老考尔恰根却要求，假若他不饮麦酒，他还是要在小桌前多少吃点什么开开胃，小桌上有龙虾、鱼鲕、干酪、鲱鱼。聂黑流道夫没有料到他是那么饥饿，一旦开始吃了面包和干酪，便不能够停止而贪馋地吃着了。

"嗯。您颠覆了社会基础吗？"考洛索夫说，反讽地用一个反对陪审的保守的报纸上的句子，"赦免了有罪的，对无罪的判了罪，是吗？"

"颠覆基础……颠覆基础……"考尔恰根公爵笑着重复说，对于他的自由主义的朋友兼同事的智慧与学识怀着无限的信任。

聂黑流道夫，不管自己无礼，没有回答考洛索夫，便坐下来吃送来的冒热气的汤，继续地嚼着。

"让他吃吧。"宓西微笑着说，用代名词"他"表示她和他的亲密关系。

考洛索夫这时活泼地大声地说到那反对陪审的令他愤慨的文章内容。宓西的表兄米哈益·塞尔盖维支赞同他，说到同一报纸上的另一文章。

宓西和寻常一样，是很 distinguée（出色的）而衣装好看。

"您一定是非常疲倦了，饿了。"她等聂黑流道夫嚼完了一口东西，向他说。

"不，并不特别怎么样。您呢？出去看了画展吗？"他问。

"没有，我们改期了。我们在萨拉马托夫家打 lawn tennis（草地网球），真的，密斯特克鲁克斯打得非常好。"

聂黑流道夫平常来这里散心，在这个屋子里他总是觉得愉快，不仅由于奢华的气派愉快地影响他的情绪，而且由于那种阿谀的亲密空气不觉地包围了他。今天却很奇怪，这个屋子里的一切令他觉得可憎，一切从司阍开始，宽楼梯、花、听差、桌上陈设，到宓西本人，他觉得她今天不吸引人、不自然。他觉得考洛索夫的自信、庸俗、自由主义的语调是令人不愉快的，老考尔恰根的如牛的、自信的、肉感的身体是不愉快的，斯拉夫派卡切锐娜·阿列克塞芙娜的法文辞句是不愉快的，女教师和男教师的拘束的脸是不愉快的，指他而言的代名词"他"是特别令人不快……聂黑流道夫总是徘徊在他对宓西的两种态度之间：有时他好像眯着眼或者好像在月光中看见她一切都美，觉得她是清新、美丽、智慧、自然的……有时忽然他好像在明亮的日光里看见了，而且不能不看见她的短处。今天对于他便是这样的日子。他今天看见了她脸上全部的皱纹，知道并且看见她的头发是多么不好看，看见胛肘的尖细，尤其看见了拇指上和她父亲的指甲相似的、宽大的指甲。

"那是没有趣味的运动，"考洛索夫说到网球，"顶有趣的是'拉卜他'球，我们在儿童时代常玩的。"

"不，您没有试过。这是非常有趣的。"宓西反驳，聂黑流道夫似乎觉得她特别不自然地说“非常”。

于是争论开始了，米哈益·塞尔盖维支和卡切锐娜·阿列克塞芙娜都参与了。只有女教师、男教师和孩子们沉默着，显然是觉得厌烦。

“总是争论！”老考尔恰根大声地笑着说，从背心里取出餐巾，推响椅子——椅子由听差立刻抓住了——站了起来，离开桌子。

其余的人都随着他站起，走到小桌子前；桌上有漱口杯，有人注了温暖的水，他们漱了口，又继续着谁也不觉得有趣的谈话。

“对不对呢?”宓西问聂黑流道夫，要他赞同她的意见，就是，在任何别的事情上，没有像在运动中那样显出人的性格。她在他的脸上看见了那种凝神的，她觉得是责难的表情，这是她所怕惧的，她想知道是什么原因引起的。

“真的，我不知道，我从来没有想到这个。”聂黑流道夫回答。

“到妈妈那里去吗?”宓西问。

“好，好。”他掏着烟卷说，他的那种语调显然表示他不愿意去。

她沉默着，疑惑地望着他，他觉得难为情。“真的，我来到他们当中，令他们不快活。”他想到自己，力求显得可爱，于是说，假如公爵夫人接见，他很愿意去。

“是的，是的，妈妈要很高兴的。您可以在那里吸烟。伊凡·伊发诺维支也在那里。”

女家主苏菲亚·发西莉叶芙娜公爵夫人是一个卧病的太太。这是第八年了，她在装饰着花边、缎带的床上躺着，在天鹅绒、镀金器、象牙、青铜器、漆器与花朵之间，从不出去，只接见如她所说的“知己的朋友”，即在她看来那些出众的人。聂黑流道夫被列在这种朋友之中，因为他被看作聪明的年轻人，因为他的母亲是他们家的密友，因为假如宓西嫁了他那就很好了。

苏菲亚·发西莉叶芙娜公爵夫人的房间在大客厅和小客厅旁边。在大客厅里，宓西走在聂黑流道夫的前面，坚稳地停住，抓住金色小椅的背，看着他。

宓西很想结婚，而聂黑流道夫是好配偶。此外，她喜欢他，她惯于这种思想，就是，他是她的（而非她是他的），她用精神上病态的人所有的那种不自觉的然而固执的狡猾去追求她的目标。她现在和他谈话，为了要求他表白心迹。

“我看，您有了什么事情，”她说，“您发生了什么事情呢？”

他想起了法庭上的相遇，皱皱眉脸红了。

“是的，发生了事情，”他说，想要坦诚，“是奇怪的，非常的，重要的事情。”

“什么事呢？您不能说吗？”

“现在不能说。请您不要要我说了。这件发生的事，我还没有充分地考虑。”他说，脸更红了。

“所以您就不向我说了吗？”她脸上的肌肉颤动了，她推开了她所抓着的小椅子。

“不能，不能够。”他回答，觉得这么回答她时也回答了自己，承认他是真的发生了什么很重要的事。

“好吧，就走吧。”

她摇了摇头，好像是驱逐不需要的思想，用比寻常更快的脚步向前走。

他觉得她是为了约制眼泪而不自然地紧抿着嘴唇。他觉得羞惭痛苦，因为他令她苦恼，但他知道，极小的意志软弱便要破坏他，便是束缚他。他今天最怕这个，他无言地和她走到公爵夫人的房里。

二十七

苏菲亚·发西莉叶芙娜公爵夫人吃完了她的很讲究很滋养的晚餐，

为了不让人看见她有这种不诗意的机能，她总是单独地吃。在她的卧榻旁边是一张小台子和咖啡，她在吸草藁烟卷。苏菲亚·发西莉叶芙娜公爵夫人是瘦瘦长长的还显得年轻的褐色妇人，有长牙和大而黑的眼睛。

有人说到她和医生之间的坏话。聂黑流道夫原先忘记了这个，但今天他不但想起，而且，当他看见了那个擦了油的、光泽的、两边有胡须的医生坐在她的榻旁，他觉得非常讨厌。

在苏菲亚·发西莉叶芙娜的旁边，考洛索夫坐在小台子前的低而软的安乐椅上，搅着咖啡。小台子上有一瓶酒。

宓西和聂黑流道夫一同走到妈妈面前，但她没有留下来。

"妈妈疲倦了赶您的时候，您就到我这里来。"她用那样的语气对着考洛索夫和聂黑流道夫说，好像他们当中没有发生任何事情，并且愉快地微笑着，在厚地毯上无声地踏着，走出房间。

"您好，我的好友，坐下来谈谈吧。"苏菲亚·发西莉叶芙娜带着精巧、做作、完全好像是自然的笑容说，露出美丽的长牙，这是极精巧的人工做成的，全像真牙。她用法语说，"我听说，您是很愁闷地从法庭上来的。我觉得那对于一个有心肝的人是很难受的。"

"是的，这是真的，"聂黑流道夫说，"我们常常觉得自己没有……觉得没有权利去审判……"

"Comme c'est vrai（这是真的）。"她好像被他的意见的真实所感动，大声地说，和素常一样，巧妙地阿谀她的对谈者。

"啊，您的画怎么样了，它很使我感兴趣，"她添说，"假如不是因为我的病，我早已到您那里去了。"

"我完全丢开它了。"聂黑流道夫冷淡地回答，他今天觉得她的阿谀的虚假是那么明显，是和她所隐瞒的年纪一样。他不能够使他自己显得有礼貌。

"太可惜了！您知道，来平亲自向我说的，他是真正的天才。"她对着考洛索夫说。

“她这么说谎也不觉得难为情!”聂黑流道夫皱着眉想着。

苏菲亚·发西莉叶芙娜相信聂黑流道夫是心情不佳，不能够把他引入愉快的聪明的谈话中，便转向考洛索夫，用那样的语气问他关于一个新剧的意见，好像考洛索夫的意见会解决一切的怀疑，而这个意见的每一个字会永垂不朽的。考洛索夫批评了剧本并就便发表他对于艺术的批评。苏菲亚·发西莉叶芙娜公爵夫人叹服他的批评的正确，企图为戏剧家辩护，但立刻她便或者让步，或者持折中态度。聂黑流道夫坐在那里看了又听了，但看的听的全不是他面前的东西。

他时而听听苏菲亚·发西莉叶芙娜，时而听听考洛索夫，聂黑流道夫看出：第一，苏菲亚·发西莉叶芙娜和考洛索夫既不是对于戏剧，也不是彼此之间有任何问题，而他们假使要说话，也只是为了满足生理的需要——在饭后运动舌头和喉嗓的肌肉；第二，考洛索夫喝了麦酒、葡萄酒、甘酒，有几分醉，醉得不像偶尔饮酒的农民那样，却像饮酒有了习惯的人那样。他不摇摇摆摆，不说蠢话，而是在不常态的、兴奋、自满的情形中；第三，聂黑流道夫看到苏菲亚·发西莉叶芙娜在谈话的当中不安地望窗子，太阳的斜晖从窗里开始照到她，这会太明显地照出她的老态。

这是多么正确。她说到考洛索夫的某一意见，按了按榻边墙上电铃的按钮。

这时医生站起来，好像家里的人一样，什么也不说，走出了房间。苏菲亚·发西莉叶芙娜一面用眼神送他，一面继续谈话。

“非力卜，请您把这个窗帘放下来。”当漂亮的听差听到铃声走进来的时候，她用眼睛指着窗帘说。

“不然，无论您怎么说，他是有神秘的地方，没有神秘便没有诗。”她说，用一只黑眼睛愤怒地注视着放窗帘的听差的动作。

“神秘而无诗便是迷信，有诗而无神秘便是散文。”她忧悒地微笑着说，没有把目光离开在理开窗帘的听差。

“非力卜，您不要放这个窗帘，是大窗子上的。”苏菲亚·发西莉叶芙娜痛苦地说，显然是惋惜自己要费力气去说这句话，并且为了镇静自己，立刻用戴了许多钻石指环的手把芳香而冒烟的草藁烟卷送到嘴边。

宽胸脯的、有肌肉的、漂亮的非力卜好像是乞恕地微微鞠躬，用有力的、隆起腓肌的腿轻轻走在地毯上，恭顺肃静地走到另一窗前，注神地看了看公爵夫人，开始理开窗帘，不让一丝光线照上她的身。但这次他又没有做对，苦恼的苏菲亚·发西莉叶芙娜又不得不打断她的关于神秘的谈话，来纠正鲁钝的、残酷地扰乱她的非力卜。非力卜的眼睛顷刻之间冒出了火。

“鬼才知道你要什么——也许他内心里这么说。”聂黑流道夫想，看着这全部的情景。但美丽而有力的非力卜立刻隐藏了不耐烦的举动，开始做着憔悴、无力、虚伪的苏菲亚·发西莉叶芙娜公爵夫人命令他所做的事。

“不用说，在达尔文的学说里有不少的真理，”考洛索夫躺靠在矮椅里，用睡意的眼睛望着苏菲亚·发西莉叶芙娜公爵夫人说，“但他越出了界限。是的。”

“您相信遗传吗?”苏菲亚·发西莉叶芙娜问聂黑流道夫，因为他的沉默感到不愉快。

“遗传吗?”聂黑流道夫重复问，“不，我不相信。”他说，此时完全注意在他的想象中的因为某种缘故而出现的那些奇怪的意象。站在有力漂亮的非力卜旁边，他设想他是一个模特儿；他觉得考洛索夫是裸体的，他的肚皮像西瓜，头是秃的，没有肌肉的手好像藤蔓。他模糊地觉得苏菲亚·发西莉叶芙娜此刻穿着绸缎和天鹅绒的肩膀也是裸着的，好像实在是这样的，但这个想象太可怕了，他极力要把它赶走。

苏菲亚·发西莉叶芙娜用眼睛看他周身。

“宓西在等您，”她说，“到她那里去吧，她想奏舒曼[1]的新曲子给您听……很有趣的。”

“她并不想奏什么。她为了什么缘故在说谎。”聂黑流道夫想，站起来握苏菲亚·发西莉叶芙娜的透明、清瘦、戴了钻石指环的手。

卡切锐娜·阿列克塞芙娜在客厅里遇见了他，立刻便说：

“但是我看到陪审员的责任使你丧气了。”她和寻常一样，用法语说。

“是的，请您原谅我，我今天心绪不好，我没有权利使别人不快活。”聂黑流道夫说。

“为什么您心绪不佳呢?”

“请您不要让我说为什么。”他说，寻找着自己的帽子。

“不要忘了，您说的，我们应该永远说真话，并且您那时候向我们说了那些残忍的真话。为什么现在您不想说呢？记得吗，宓西?”卡切锐娜·阿列克塞芙娜对着向他们走来的宓西说。

“因为那是游戏，”聂黑流道夫严肃地回答，“在游戏的时候是可以的。在现实中我们是那么恶劣，就是说，我是那么恶劣，使我至少不能说真话。”

“您不要纠正自己的话了，最好是说出来，为什么我们是那么恶劣。”卡切锐娜·阿列克塞芙娜耍弄着字眼说，好像是没有注意到聂黑流道夫的严肃。

“没有东西是比承认自己心情不佳更坏的了，”宓西说，“我决不承认自己如此，因此总是心情好。那么，您到我这里来吧。我们来设法赶走您的 mauvaise humeur（不佳的心情）。”

聂黑流道夫体验到一匹马被人抚摩以便套上缰绳加上马具时所感觉到的那样的感觉，他今天比平素更加讨厌这种感觉。他表示了歉意，说他必须回家，便开始告辞。宓西握住他的手比平常更久。

---

[1] 德国作曲家。一八一〇至一八五六。——译者

“记着，那对于您是重要的事情，对于您的朋友们也是重要的，”她说，“明天您来吗？”

“不一定。”聂黑流道夫说，觉得羞惭，他自己不知道是为自己还是为她羞惭，他脸红了一下，连忙走出去。

“是怎么回事？Comme cela m’intrigue（这使我发生兴趣），”卡切锐娜·阿列克塞芙娜在聂黑流道夫走后说，“我一定要知道。是什么 affair d’amour-propre；il est tres susceptible，notre cher 米恰！（自爱的或纯洁爱情的事件，他是很容易动情感的，我们亲爱的米恰！）”

“Plutôt，une affaire d’amour sale（毋宁说是一个肮脏爱情的事件）。”宓西想要说而未说，她用失去光彩的、和她望他的时候全然不同的面孔望着前面，但她连对卡切锐娜·阿列克塞芙娜也没有说出这个恶劣的戏言，只说：

“我们大家都有坏日子和好日子。”

“当真他也欺骗吗？”她想，“在过去的这一切之后，这对于她是很不利的。”

假使要宓西说明她的“在过去的这一切之后”是什么意思，她也不能够说出什么确定的话，同时她无疑地知道他之前不仅唤起了她的希望，而且几乎是许诺了她。这一切不是确定的语言，而是目光、笑容、暗示、沉默。但她仍然认为他是她所有的，失掉了他是令她很痛苦的。

二十八

“可耻，卑鄙，卑鄙，可耻。”聂黑流道夫在熟悉的街道上步行回家时想着。他从自己和宓西的谈话上所感觉到的痛苦情绪没有离开他。他觉得，在形式上，假如可以这么说，他对得起她：他不曾向她说出任何束缚自己的话，不曾向她求婚，但实际上他觉得他对她有了义务，许诺了她，而同时今天他又一心一意地觉得他不能娶她。“可耻，卑鄙，卑鄙，可耻。”他向自己重复着，不只是对于他和宓西的关系而言，而且是对于一切而言的。“一切是卑鄙可耻的。”他向自己复述着，走上自家的台阶。

“我不要吃夜饭了，”他向仆人考尔聂说，他跟他走进了饭厅，那里预备了餐具和茶，“您去吧。”

“是。”考尔聂说，却没有走开，开始收拾桌上的东西。聂黑流道夫望了望考尔聂，对他产生了不好的情绪。他希望大家让他单独安静，但又觉得似乎一切故意要苦恼磨难他。当考尔聂带着餐具走出时，聂黑流道夫走到茶炊前，正要喝茶，但听到阿格拉菲娜·彼得罗芙娜的脚步声，便迅速走进客厅，关上背后的门，以免被她看见。这间客厅就是三个月前他母亲逝世的地方。现在，走进这间被两盏——一盏在他父亲的画像前，一盏在他母亲的画像前——有反射镜的灯所照亮的房里，他想起了他和母亲的最后关系，这些关系他觉得是不自然的、可憎的。这也是可耻的、卑鄙的。他想起，在她生病的后期，他简直希望她死。他向自己说，他希望如此，是为了使她脱离痛苦，而实际上他希望如此，是为了自己不再看见她的痛苦情形。

他希望想起关于她的愉快的回忆，他看了看她的画像，这是用五千卢布请名画家绘制的。她穿着黑天鹅绒衣服，袒着胸脯，被画出来了。那个艺术家显然是用心画出了胸脯和两乳之间的胸膛，以及美丽炫目的肩和颈项。这是十分可耻的、卑鄙的。把他母亲画成半裸体的美女，这是可憎的、亵渎的。而更加可憎的是，在这个房间里，在三个月前，曾经躺卧过这个妇人，她干瘦得好像木乃伊，却仍然不仅使整个房间而且使全屋充满了难闻的不愉快的气味，这气味是没有东西可以驱除的。他觉得他此时闻到了这个气味。于是他想起，在她死前的一天，她用自己消瘦发黑的手抓住他的有力的白手，看着他的眼睛，说：“假如我没有做到那个，米恰，你不要批评我。”在痛得变色的眼睛里涌出了泪。“多么卑鄙啊!”看了看有美丽大理石的肩膀和手臂、有得意的笑容的半裸体妇人,他又向自己说了一次。画像上的袒胸令他想起另一个年轻女子,几天之前他看见她也是同样地袒着。她是宓西,她找了借口要他晚上去看她,以便让他看见她穿着她要穿到舞会里去的舞服。他憎恶地想起她的美丽的肩和臂。还有那个粗鲁的、动物的、有可疑的过去和残忍心性的父亲,以及名誉可疑的、bel esprit(智慧)的母亲。这一切是可憎的,同时是可耻的。可耻,卑鄙,卑鄙,可耻。

“不,不,”他想,“应该解放自己,解脱这一切虚伪的、和考尔恰根家和玛丽亚·发西莉叶芙娜、和遗产、和其他一切的关系……是的,要自由地呼吸。到国外去——到罗马,从事于绘画……”他想起了自己对于这方面的天才的怀疑。“嗯,没有关系,只要自由地呼吸。先到君士坦丁堡,然后到罗马,只是要赶快摆脱陪审员职务。和律师去谈这件事。”

忽然在他的想象中异常逼真地出现了有斜视的黑眼睛的女犯人。在犯人们说最后的言语时她哭泣了!他连忙把吸完的烟卷捺在灰皿里熄灭,吸着了另一支,开始在房间里来回走动。他和她相处时的情景开始一一在他的想象中出现了。他想起了和她最后的相会,那时候支配着他的兽欲,以及在情欲满足时他所感觉到的失望。想起了白衣,蓝带;想起了早祷。“我是爱过她,在那天夜晚确实用好的纯洁的爱情爱过她,我更早就爱过她,远在我第一次住在姑母家作论文的时候,我就爱过她!”于是他想起那时候的自己。他闻到了那时候的活泼、青春与生命力充实的气息,他觉得悲哀痛苦。

那时候的他和现在的他之间的差异是很大的,那即使不大于,也等于,教堂里的卡邱莎和他们今天上午审问的、陪商人酗酒的那个娼妓之间的差异。那时候他是勇敢自由的人,他的前途有无限的发展空间。现在他觉得自己处处都包围在愚笨、空虚、无目的、无价值生活的罗网里,他看不见任何出路,但竟有一大部分是他不想有出路。他想起,他曾经骄傲自己的直爽，他曾经为自己立了一个规条：永远说真话，而且他曾经确实是诚实的。他现在是完全在虚伪中，在最可怕的虚伪中，在那被他四周的人认为是真实的虚伪中。在这个虚伪中没有、至少他没有看到任何出路。他陷在虚伪的泥淖中，惯于此，流连于此。

怎样才能断绝他和玛丽亚·发西莉叶芙娜以及他和她丈夫的关系？怎样才能不用说谎而解除他和宓西的关系呢？怎样从“他承认土地私有权不正当”和“承继母亲的遗产”之间的矛盾中摆脱出来呢？怎样对卡邱莎消除自己的罪过呢？这样下去是不行的。“抛弃我爱过的女子，因为我付钱给律师，我使她免掉她不应该受到的惩役而自觉满意，用金钱消除罪过，如同那时候我认为给了她钱便是我做了应该做的事——是不行的。”

他历历如见地想起他在走廊上赶上了她，塞了她钱，跑开她身边时的情景。“啊，那些钱！”他带着当时所有的那种恐惧和憎恶想起了这个情景。“啊，啊！多么卑鄙！”他出声地说出来，正如当时那样。“只有恶徒、流氓能够做这件事！我，我就是这个恶徒，这个流氓？”他出声地说。“但当真我是，”他停住了步子，“当真我是，我是流氓吗？但不是我是谁呢？”他回答自己。“但只有这一件事吗？”他继续问罪自己，“你和玛丽亚·发西莉叶芙娜和她丈夫的关系不是恶劣卑鄙吗？还有你对财产的态度呢？借口钱是母亲遗留的，你便利用你认为不法的财产吗？还有你全部安闲龌龊的生活。此外还有你对卡邱莎的行为。流氓，恶徒！让他们（人们）愿意怎样就怎样评判我。我能够欺骗他们，但我不能够欺骗我自己。”

他立刻明白了他最近对于人们，特别是今天对于公爵、对于苏菲亚·发西莉叶芙娜、对于宓西、对于考尔聂，所感觉的那种憎恶，乃是对于他自己的憎恶。而奇怪的事情是：在他承认自己卑鄙的这个情绪中，有一点痛苦的同时又是快乐的、安慰的东西。

在聂黑流道夫的生活中，已非一次发生过他所谓的“心灵的清除”。

他说"心灵的清除"是指一种精神状态，就是经过很长的时间，他感觉到内心生活的迟滞或停顿，忽然需要清除一切污秽，这积在心灵中的污秽便是这个停顿的原因。

在这样的觉悟之后，聂黑流道夫总是为自己做出他要永远遵循的规条，写日记，开始过他希望永不再变的新生活，如他对自己所说的，Turning a new leaf（面目一新）。但每次有人世上的蛊惑引诱他，他不自觉地又堕落了，往往比他先前堕落得更深。

他这样地清除了振作了好几次。当他夏天来到姑母家的时候，他是第一次如此。这是最有生气的、狂喜的觉悟。它的效果维持了很久。后来在抛弃了文官职务，愿意牺牲性命而在战时服兵役的时候，有过这样的觉悟。但这次壅塞很快地发生了。后来当他退了伍到国外从事绘画的时候，有过这种觉悟。

从那时到现在，经过了很长的时间，没有清除，因此他是从来不曾有过这样的污秽，有过"他的良心的要求"和"他所过的生活"之间这样的冲突，于是，看见了这个差异他觉得惶恐了。

这个差异是那样大，污秽是那么多，以致在最初的时候，他对于清除的可能性觉得失望了。"不是已经尝试过改善自己，做个更好的人，没有任何结果吗?"诱惑者的声音在他心里说，"为什么要再尝试一次呢？不只是你个人如此，而是人人如此的——生活就是这样的。"这个声音说。但那自由的精神的实体，只有这个是真实的，只有这个是万能的，只有这个是永恒的，它已经在聂黑流道夫心中醒觉了。并且他不能够不相信这个。在"他实际上是什么样的人"与"他希望做什么样的人"之间的差异虽然是很大，对于醒觉的精神的实体，一切都是可能的。

"无论要我付什么样的代价，我要打破那束缚我的虚伪，我要承认一切，要对一切的人说诚实的话，要做诚实的事，"他坚决地出声地向自己说，"要向宓西说真话，说我是浪子，不能够娶她，只是徒然地打搅了她；要向玛丽亚·发西莉叶芙娜（贵族代表的妻子）说。可是无须向她说。要向她丈夫说，说我是恶徒，欺骗了他。对于遗产，我要那样地去处理，就是要承认真理。我要告诉她，卡邱莎，我是恶徒，对不起她，我要做我所能做的一切去改善她的厄运。是的，我要去看她，我要请求她饶恕我。是的，我要如同小孩求宽恕一样地求她饶恕，”他停住，“我将娶她，假如这是必要的。”

他停住，如同他在儿童时期所做的一样，把手臂交折在胸前，抬起眼睛向着谁说话：

“主啊，帮助我，教导我，来到我心中使我快乐，洗去我一切的污秽吧！”

他做了祷告，求了上帝帮助他，使他快乐，洗涤他，就在这时候，他所请求的已经做到了。活在他内心的上帝在他的意识中醒觉了。他觉得自己便是他，因此他不仅感觉到了自由、勇敢与生命之快乐，而且感觉到了善的力量。一切，凡是人所能够做的一切最好的事情，他觉得自己现在都能够做。

当他向自己说这些话时，他的眼睛里有泪，是好泪与坏泪：好是因为这是为了那个在他心中睡眠了这许多年的精神实体现在醒觉过来的快乐之泪，而坏是因为这是对于他自己，对于自己善行的感动之泪。

他觉得热。他走到下边外窗的窗前，打开窗子。窗子对着花园。是一个有月色的、静穆的、清新的夜，街上有车轮响着辗过，然后一切又寂静了。站在窗子下边可以看见高大无叶白杨树枝的影子，全部的杈柯清晰地横在扫净的坪地的砂石上。左边是车房的顶，在明亮的月光下显得是白色的。前面是交相错杂的树枝，从树枝里可以看见垣墙的黑影子。聂黑流道夫望着月光照耀的花园和屋顶和白杨的影子，吸入爽快新鲜的空气。

“多么好啊！多么好，我的上帝，多么好啊！”他说到他心中的事情。

二十九

马斯洛发到下午六时才回到自己的牢里，她受了意外严厉的判决的打击，在石头路上不习惯地走了十五里[1]之后，感觉疲乏和脚痛，此外，她还觉得饥饿。

在审判的第一次休息中，当监视兵在她身旁吃面包和煮蛋时，她的嘴里满是口水，她觉得饿了，但她认为请求他们是教自己丢脸。此后又经过了三小时，这时她已经不想要吃，她只觉得没有气力。在这种情形中她听到了意外的判决。最初她以为是她听错了，不能够立刻相信她所听到的，不能够想到自己是做惩役的女犯。但是看见了法官和陪审员们镇静的认真办事的面孔，他们把这个消息看作理所当然的事。她愤慨了，对着全法庭大叫她是无罪的。但是看到她的呼叫也被认为是必然的、预料中的、不能变更的事件，她哭起来了，觉得只有顺服那加诸她的残忍和令她惊异的不公平。特别令她惊异的事情是那么残忍地审问她的男人们，年轻的不是年老的男人们。就是那些总是亲善地望她的男人们。有一个，那个候补检察官，她看到，全然是在另一种心情中。当她坐在犯人室里等候审问时，在审问的休息中，她看见这些男人们，怎样装作他们是为别的事而来，从门前走过，或者走进房里，却只是为了看看她。忽然这些男人们又因为什么缘故判了她惩役，虽然她并没有他们所判的罪。开始她哭，后来又平息了，在完全麻木的心情中坐在犯人室里，等候送回。她现在只想一件事——吸烟。保支考发和卡尔清肯在判决后被带进同房间时，她是在这种心情中。保支考发立刻开口骂马斯洛发，叫她女罪犯。

---

[1] 1俄里约等于1公里，0.66英里。——译者

“你得到了什么？自己辩护了吗？真的，没有碰钉子吗？贱婊子！你该受的，你得到了。真的，你要受徒刑，你要丢开漂亮了！”

马斯洛发把双手塞在大衣的袖筒里坐着，低垂着头，不动地望着前面两步地方的泥污地面，只说道：

“我不打搅您，您也不要惹我吧。我不打搅您。”她重复了几次，然后全然沉默了。直到卡尔清肯和保支考发被带走，一个监视兵带给她三个卢布的时候，她才稍微有点儿活气。

“你是马斯洛发吗？”他问。“这个，一个太太送给你的。”他说，把钱给了她。

“什么样的太太？”

“拿着吧，以后再同您说吧。”

这钱是基塔也发，开妓院的鸨母送来的。她离开法庭的时候，向庭丁问道，她是否可以送马斯洛发几个钱。庭丁说可以。得到了允许，她便从肥白的手上脱下有三个扣子的羊皮手套，从绸裙的后褶里取出时髦的钱袋，从她在妓院所赚的，刚刚从证券上剪下来的许多张利息联票[1]里，拣出一张两卢布五十戈比的，又加上两个两角和一个一角的钱，交给了庭丁。庭丁叫来监视兵，当捐施者的面把钱交给了监视兵。

“请您确实交到。”卡罗莉娜·阿力别尔托芙娜向监视兵说。

监视兵因为这个不信任而生气，因此是那么愤怒地对待马斯洛发。

马斯洛发欢喜这钱，因为钱给了她现在所唯一需要的东西。

“但愿弄到烟卷，吸一口。”她想，她全部的思想集中在吸烟这个愿望上。她是那样想吸烟，当她闻到从房间的门里飘到走廊上的烟卷的气味时，她馋馋地吸了一口气。但她还需要等好久，因为应该放她走的书记官把犯人们忘记了，他同一个律师在谈论那篇查禁的文章，甚至争吵。有几个年轻的和年老的人在开庭之后走来看她，互相低语着什么。

---

[1] 有息证券的利息联券在俄国可以当钱用。——毛德

但她现在没有注意到他们。

最后，在五点钟前她被放回了，护送兵一个是下城的人，一个是邱发施人，领她从法院的后门走出。还在法院的门廊上，她便给了他们二十戈比，求他们买两个面包和烟卷。邱发施人笑起来了，接了钱，说：“好的，我去买。并且果真诚实地买了烟卷和面包给了她。在路上是不能吸烟的，因此马斯洛发带着未满足的吸烟的愿望走到监狱。当她被带到门口时，从铁路的车辆上押来了一百个犯人。她在大门口遇见了他们。

犯人们——有胡须的，剃胡须的，年老的，年轻的，俄国人，外国人，有的头发剃了一半，他们响着脚镣使门廊上充满了灰尘、脚步声、谈话声和汗酸气。犯人们从马斯洛发身边走过时，都贪婪地看她，有的带着因为淫欲而变色的脸走近她，挤她。

“啊，小女人，漂亮。”有一个说。

“我向小婶婶敬礼。”另一个向她眏着眼睛说。

一个黑脸的，有剃光的蓝颈项，在剃过的脸上有胡须的人，绊着镣把镣弄响，跳到她面前抱她。

“怎么不认识你的朋友了？放随便一点吧！”他露出牙齿叫着，当她推开他时，他闪动着眼睛。

“你这个混蛋，要做什么？”从后面走来的副狱长大声说。

犯人缩着身子，迅速地跳开了。副狱长又走到马斯洛发面前。

“你为什么在这里？”

马斯洛发想说她是从法庭上被带回来的，但她是那么疲倦，她懒于说话。

“从法庭上来的，大人。”年纪大的护送兵从经过的人群中走出，把手伸到帽边说。

“嗯，把她交给典狱长。这是多么没有体统！”

“奉命，大人。”

“苏考洛夫！带她去！”副狱长大声说。

典狱长走来，愤怒地推马斯洛发的肩膀，向她点了点头，带了她去女牢的走廊。在走廊上她全身被抚摸，被搜查，没有找出任何东西（一盒烟卷塞在面包里），被放进了她早上离开的那间狱室里。

三十

马斯洛发被监禁的那间狱室是一个长房间，九阿尔申长，七阿尔申宽，有两道窗子，突起的破火炉和木板已干裂的板床占据了三分之二的空间。在当中，对着门，有一个暗色的圣像，和粘在上边的蜡烛，以及挂在下边的封尘的菊草束。门后左边是一块发黑的地方，那里有一个发臭的桶。检查刚刚做过。妇人们已被关锁着过夜了。

住这个狱室的人一共十五个，十二个妇女和三个小孩子。

天色还明亮。只有两个女人躺在板床上：一个用大衣蒙着头，是痴子，因为没有执照被捕的，她几乎总是睡觉；另一个是有肺病的，因为偷窃被监禁的。这一个没有睡，把大衣放在头下面躺着，眼睛大睁着，为了不要咳嗽，困难地抑制着喉咙里发痒的上涌的痰。其他妇女们，都是光头的，只穿同样的粗麻布的衬衣，有的坐在板床缝纫，有的站在窗前望着从院子里走过的犯人们。在三个缝纫的妇女之中，一个就是早上送别马斯洛发的那个老妇人，考拉不列发，神色忧郁，眉毛颦蹙，皮肤打皱，下颏底下有悬垂的皮囊，是个高大有力的妇人，有两鬓斑白的金黄头发的短辫，腮上有生毛的疣。这个老妇人因为用斧头杀死丈夫被罚做惩役。她杀死他因为他纠缠她的女儿。她是这个狱室的室长，她还卖酒。她戴着眼镜在缝纫，照农人的姿势在做工的手里用三只手指拿着针，把针尖对着自己。一个矮小、扁鼻、黑色的妇人坐在她旁边缝帆布口袋，她有小而黑的眼睛，她是好心肠的、好说话的。她是铁路哨舍的女看守，因为没有拿旗子迎火车，火车出事，而被判监禁三个月。[1]第三个缝纫的妇人是非道茜亚，她的女伴们称她非尼支卡，白而红润，有明亮的小孩般的淡蓝眼睛，两条长的金黄的辫子缠在小巧的头上，是十分年轻的好看的女子。她因为企图毒害丈夫被下狱的。她刚刚在结婚之后便想毒死丈夫，她还是十六岁的女孩子便被嫁出了。在她被保释的八个月中，她期待着法庭，她不但与丈夫和好，而且是那么爱他，法庭在审判时发现她和丈夫情投意洽地生活着。虽然她的丈夫、公公，特别是爱她的婆婆在法庭上极力为她辩护，她还是被判决了流放西伯利亚，做惩役。这个善良的、快乐的、常带笑容的非道茜亚是板床上马斯洛发的邻人，她不仅爱马斯洛发，而且自己觉得应该关心她，侍候她。还有两个无事的妇人坐在板床上，一个四十岁，有苍白而瘦的脸，也许从前很美，现在却瘦而苍白了。她抱着小孩在手里，用白而长的乳房在喂他。她的罪状是在一个新兵从他们村庄上被带走时（在农民们看来他是不合法地被带走的），民众阻止了警官，夺下了新兵。这个妇人是那非法被拉走的青年的婶母，她最先抓住马的缰绳，这马是他们用来带走新兵的。还有一个坐在板床上无事的是一个有皱纹的、善良的、有白发与偻背的老妇人。这个老妇人坐在火炉边的板床上，做出样子要抓住一个四岁的、头发剪短的、从她身边来回跑的、涌出笑声的男孩。这个男孩只穿一件衬衫，从她面前跑过去，只说一样的话，“看，你抓不到!”这个老妇和她的儿子一同犯了纵火罪，她带着极高兴的心情受监禁，只为着和她同时入狱的儿子痛心，但更挂念她的“老头子”，她怕他要生虱子，因为她走了无人管他洗澡。

在这七个妇人之外，还有四个站在一个打开的窗前，抓着铁栏，用手势和叫声与那些在院中走过的就是马斯洛发在门口遇见的犯人们交谈。这些妇人当中有一个是因为偷窃被下狱的，是高大、肥胖、红发、

[1] 俄国铁道上每隔约一英里即有一哨舍，看守或其妻须迎火车。——毛德

身上皮肤松垂的妇人，有苍黄色、生雀斑的脸和手，肥颈子伸在打开未扣的衣领里。她用沙嗓音在窗子里大声喊出不文雅的话。在她旁边站着一个像十岁的女孩那样高的、黑皮肤的、脊背长，腿却很短的不好看的女犯人。她的脸是红色有斑点的，有相距很远的黑眼睛，厚而短的嘴唇遮不住突出的白牙齿。她尖声断断续续地为了院里发生的事情在发笑。这个女犯因为她的风骚得了绰号“好罗纱芙卡”[1]，因为偷窃和放火受审判的。在她们后边站着一个穿很脏的灰衬衣、样子可怜、瘦而露筋、大肚皮的孕妇，是因为收留贼盗吃官司的。这个妇人沉默着，却始终是赞同地、动情地对院里所发生的事微笑着。第四个站在窗前的是因为卖私酒被处罚的、矮小、肥胖的乡下妇人，有很突出的眼睛和善良的脸。这个妇人是那个和老妇人在玩耍的男孩以及跟她一同入狱的一个七岁女孩的母亲，她找不到人寄养他们，她也和别人一样，望着窗外，却不停地织着袜子，对于经过院中的犯人们所说的话不赞同地皱着眉，闭着眼，摇头。她的七岁的散着浅色头发女孩，只穿一件衬衫，站在红发妇人旁边，用瘦而小的手抓住她的裙子，眼睛不动地注意地听着妇人们和犯人们互相所说的詈骂的话，低声地复述着，好像是要把它念熟。第十二个女犯是教堂执事的女儿，她在井里淹死了她所生的小孩。她是高大、庄严的姑娘，有散乱的从短而粗的红发辫上脱出的头发和不动的突出的眼睛。她丝毫不注意身旁所发生的事情，只穿一件脏衬衫，光着脚在狱室的空地来回走动，走到墙边的时候，便突然迅速地转身。

三十一

当锁响门开，马斯洛发走进狱室时，大家望着她。甚至教堂执事的

---

[1] 意为好看的姑娘。——译者

女儿也停了一会儿，抬起眉毛看进房的人，但什么也没有说，立刻又用她的坚定的大步子来回走动。

考拉不列发把针插在麻布上，从眼镜上边疑问地注视马斯洛发。

“哎，哎！你回来了。我以为他们要免罪的，”她用沙哑的、低音的、几乎是男性的声音说，“大概是罚你做惩役了。”

她取下眼镜，把针线放在板床上的身旁。

“我们在这里和姑妈谈到，亲爱的，他们可以立刻放你的。还说到，这是常有的。还有的得到很多钱，要看你碰到什么样的时运。”哨舍女看守用她的唱歌般的声音立刻开言了。“啊，就是这样的。大概我们的意见是不对的了。大概，主有他自己的意见，亲爱的。”她不停地用她的亲善的好音调说话。

“难道是判决了吗？”非道茜亚问，把她的明亮的淡蓝色的小孩般的眼睛同情地望着马斯洛发，她的整个快乐年轻的脸变色了，好像她准备流泪了。

马斯洛发没有回答，无言地走到自己的地方，边上第二个铺位，在考拉不列发旁边，她坐到板床上。

“我看，你没有吃东西吧。”非道茜亚站起来，走到马斯洛发面前说。

马斯洛发未答言，把面包放在枕头上，开始脱衣服，脱下有灰尘的大衣，解下黑色鬈发上的头巾，坐了下来。

在板床那端和小孩玩耍的偻背的老妇人也走过来，站在马斯洛发的对面。

“吃，吃，吃！”她转动舌头，悲悯地摇了摇头。

男孩也跟老妇人走来，把上唇成直角地突起，大睁着眼睛，注视着马斯洛发带来的面包。在今天她所经过的这一切之后，看到这一切同情的面孔，马斯洛发想哭了，她的嘴唇颤抖了一下。但她努力约制了自己，约制到老妇人和男孩走来的时候。当她听到了老妇人的慈善悲悯的转舌声，尤其是当她的眼睛遇见了小孩的从面包上移到她脸上的严肃的眼睛，她不能够再约制自己了。她的整个的脸打颤，她啜泣了。

“我说过要找一个好辩护人，”考拉不列发说，“怎么样，是放逐吗?”她问。

马斯洛发想要回答却不能够，她啜泣着，从面包里拿出一盒烟卷，盒上画着一个红脸的妇人，头发梳得很高，穿三角形的低领口的衣服。她把烟卷递给了考拉不列发。考拉不列发看着盒子，不赞同地摇头，主要地是因为马斯洛发这样乱花钱，她拿了一支烟卷，在灯上吸着，自己吸了一口，然后塞给马斯洛发。马斯洛发不停地哭泣着，开始馋馋地一口一口吸进，又吐出烟卷的烟气。

“苦役。”她啜泣着说。

“那些敲诈的讼棍，该死的喝人血的人，他们不怕上帝，”考拉不列发说，“他们无缘无故地判了女孩的罪。”

这时候，留在窗口的妇女中发出了大笑声。女孩子也笑了，她的响亮的孩子的笑声混合在其他三人的沙哑的宏大的笑声里。院子里一个犯人做了什么事情，使得窗内观看的人如此。

“啊，那个剃了头发的狗种！在做什么!”红发的妇人说，摇动着整个的肥身躯，把脸凑近窗栏，喊出无意义的不礼貌的话。

“那个丑女人！她笑什么!”考拉不列发向红发妇人摇了摇头说，然后又转向马斯洛发，“多少年呢?”

“四年。”马斯洛发说，泪水从眼里涌出那么多，有一滴落在烟卷上了。

马斯洛发愤怒地把烟卷揉毁了抛掉，另拿了一支。

哨舍女看守虽不吸烟却立刻拣起烟头，开始把它捻直，不停地说着：

“大概是真的了，亲爱的，”她说，“正义给猪吃掉了[1]。他们想做

[1] 意为被弃不顾。——译者

什么就做什么。马特维叶芙娜说：‘他们要放她。’我说：‘不。’我说，‘亲爱的，我心里觉得，他们要迫害她。’亲爱的，果然如此。”她说，高兴地听着自己的说话声。

这时犯人们从院子里走过去了，和他们交谈的妇女们离开了窗子，也走到马斯洛发面前。先到的是眼睛突出的卖私酒的妇人和她的女孩。

“为什么这样严厉呢?”她问。坐在马斯洛发附近，继续迅速地织袜子。

“这么严厉，是因为没有钱。要是有钱，雇了好的有手腕的人，一定，他们要免你的罪了，”考拉不列发说，“那个怎么叫他呢，乱头发长鼻子的人，他，我的太太，会把你干干的从水里拖出来。我们有了他就好了。”

“有了他，当然，”坐在她们旁边的好罗纱芙卡露出牙齿说，“没有一千块钱，他口水也不向你吐一口的。”

“可是，大概你的运气不好，”因为放火而坐牢的老妇人插言，“这是很容易的：赶走年轻人的妻子，把他关在屋里给他吃虱子，把我也关在那里，我这么大年纪了，”她开始第一百次说她的故事，“进监狱，做乞丐，大概不会受拒绝了。不是讨饭，就是监牢。”

“大概他们都是这样的，”卖私酒的妇人说，看了看女孩的头，把袜子放在身边，把女孩拖到自己的两腿之间，开始用动作迅速的手指检查她的头。“为什么要卖酒呢？不然用什么养小孩呢?”她说，继续着她的惯常的事情。

卖私酒妇人的话使马斯洛发想起了酒。

“拿点儿酒来。”她向考拉不列发说，用衣袖拭着眼泪，只偶尔啜泣了。

“加梅基酒吗？好的，拿钱来。”考拉不列发说。

三十二

马斯洛发从面包里把钱取出，把利息联券交给考拉不列发。考拉不列发接了利息联券看了看，虽然不认识字，却请无所不知的好罗纱芙卡看了这个纸条值两卢布五十戈比，她爬到通风口去取藏在那里的一小瓶酒。这时马斯洛发抖去头巾和大衣上的灰尘，爬到板床上开始吃面包。

“我替你留了茶，但恐怕冷了。”非道茜亚向她说，从架子上取下一个绑腿布包里的锡茶壶和一个茶杯。

茶全冷了，发出的锡味多于茶味，但马斯洛发倒了一杯，开始喝茶，吃面包。

“非那施卡，来。”她喊，撕下一块面包，给了望着她的嘴的那小孩。考拉不列发这时递来一瓶酒和一个杯子。马斯洛发进劝考拉不列发和好罗纱芙卡。这三个女犯是这个狱室的上等阶级，因为她们有钱，并且有乐同享。

几分钟后，马斯洛发有精神了，活泼地说到法庭，模拟着检察官，说到法庭上特别令她惊异的事情。她说，在法庭上，大家都显然高兴地望她，时时因此而有意地走进犯人室。

“护送兵还说：‘他们都是来看你的。’有的进来，说那个文件在什么地方，或者什么别的话，但我看到，他并不需要文件，只是用眼睛尽看我。”她微笑着说，好像是不了解地摇着头，“好像也是艺术家。”

“那是这么样的，”哨舍女看守插言，立刻倾倒出她的唱歌的音调，“这好像苍蝇找糖。它们不找别的，它们只要找这个。它们的弟兄连面包也不要吃……”

“这里也是这样，马斯洛发打断她，“我在这里碰到同样的事。他们刚刚把我带回，就有一群从火车站上来的人。他们那样地欺侮我，我不晓得怎么离开。谢谢副狱长赶走了他们。有一个那样缠我，我难以走开。”

“是什么样的人?”好罗纱芙卡问。

“黑皮的，有胡髭。”

“一定是他。”

“他是谁?”

“是施切格洛夫。就是刚才走过去的。”

“这个施切格洛夫是谁?”

“你不知道施切格洛夫的事情！施切格洛夫从惩役里跑掉两次。现在他们把他抓住了，但他还要跑。看牢子的也怕他，”好罗纱芙卡说，她能和犯人们交换纸条，知道狱中的一切情形，“他必定又要跑。”

“他跑又不带我们走，”考拉不列发说，“还是你向我们说，”她转向马斯洛发，“关于请愿书律师向你说了什么，现在应该递上去吗?”

马斯洛发说，她什么也不知道。

这时，红发的妇人，把有斑点的双手放进密而乱的红发里，用指甲抓着头，走到喝酒的上等阶级前。

“卡切锐娜，我把一切告诉你。”她开言，“第一，你要写出来你不满意法庭的判决，然后通知检察官。”

“你干什么?”考拉不列发用愤怒的低音向她说，“闻闻酒味吗？不要你多嘴。没有你人家也知道怎么办，人家不需要你。”

“不是同你说话，你为什么要管。”

“想喝酒吗？你赶来是为这个。”

“好吧，给她一点儿。”马斯洛发说，她总是把她所有的一切分给大家。

“我要给她这个……”

“来，来吧!”红发妇人走近考拉不列发说，“我不怕你。”

“坐牢的丑货!”

“我听到这个丑货在说话。”

“贱货!”

“我是贱货吗?你是女罪犯,女凶手!”红发妇人大声说。

“去吧,我说。”考拉不列发忧悒地说。

但是红发的妇人却走得更近,考拉不列发撞打了她的袒露的肥胖的胸部。红发的妇人好像只是等待着这个,意外地迅速用一只手抓住考拉不列发的头发,另一只手正要打考拉不列发的脸,但考拉不列发抓住了这只手。马斯洛发和好罗纱芙卡抓住红发妇人的手臂,极力要把她拉开,但红发妇人的抓住辫子的手却没有放开。她把头发放开了一刹那,但只是为了要把它绕在手心里。考拉不列发偏着头,用一只手打红发妇人的身体,用牙齿咬她的手。妇人们拥挤在斗架人的四周,拉解着,喊叫着。甚至患肺病的女子也走到她们面前咳嗽着看打架的妇人。小孩们互相靠拢着,哭起来了。女典狱和典狱走到有声音的地方。他们分开了打架的,考拉不列发打开辫子,理出被扯落的发绺;红发妇人扶着黄色胸脯前扯碎的衬衣——两人大声喊叫,声明着,怨诉着。

“我知道。这都是为了酒;我明天向监狱长说,他要来斥责你们。我闻到了,有香味,”女典狱说,“当心,把一切都拿开,不然就要更加不好了,没有工夫来排解你们的。回到各人的地方去,要安静。”

但好久还没有恢复安静。妇人们还争吵了好久,互相声明,是怎么开头的,是谁的过错。最后典狱和女典狱走开了,妇人们开始安静下来睡觉了。老妇人站在圣像前,开始祈祷。

“两个女罪犯聚在一起。”红发妇人在板床的另一端忽然用嗄哑的声音说,每个字都附带着异常恶劣的詈骂。

“当心,你不要再碰上了。”考拉不列发立即回答,也附带着同样的詈骂。两人都安静了。

“要不是她们拉住我,我把你的眼睛也挖出来了……”红发妇人又开口了,立刻考拉不列发也有了同样的回答。

又有了时间稍长的沉静,然后又有了詈骂。间隔渐渐变长,最后大家全都安静了。

全都睡下了，有的已经打鼾，只有老妇人，总是祈祷很久，仍旧在圣像前礼拜，而教堂执事的女儿，在女典狱刚走之后，便起来，又开始在狱室里来回走。

马斯洛发没有睡着，还在思量她是一个受惩役的女罪犯，她已经有两次被人这么称呼——一次是保支考发，一次是红发妇人，她不习惯这个。考拉不列发，背对她躺着的，转过身来。

"我没有想到，没有料到，"马斯洛发低声说，"别人做了一点关系也没有，我不为了什么却要受苦。"

"不要伤心了，姑娘。在西伯利亚也有人过活。你在那里不会完掉的。"考拉不列发安慰她。

"我知道我不会完蛋的，但仍然是痛苦的。我不该有这样的命运，我是过惯了好生活的。"

"我们不要违背上帝，"考拉不列发叹气说，"不要违反上帝。"

"我知道，婶妈，但仍然是痛苦的。"

两个人沉静了一会儿。

"你听见吗？那个贱女人。"考拉不列发说，要马斯洛发注意板床那端传来的奇怪的声音。

这声音是红发妇人的抑制的啜泣。红发妇人哭的是她刚才被骂被打，却没有得到她所渴望的酒。她哭，还为了她在一生当中，除了詈骂、嘲笑、侮辱与殴打，什么也没有看到。她想安慰自己，想起了她对一个工人非的卡·莫洛将考夫的初恋，但想到了这次恋爱，她又想起这个爱情是如何结束的。这个爱情是这么结束的，那个莫洛将考夫喝醉了酒，为了开玩笑，把硫酸盐涂在她的感觉最灵敏的地方，后来看她痛得弯曲身体时，便和同伴们哈哈大笑。她想起这个，可怜自己，以为没有人听见，便哭得像小孩一样，呻吟着，吸响着鼻孔，吞着咸泪。

"她可怜啊。"马斯洛发说。

“当然，可怜，但是不要打搅人呀。”

三十三

聂黑流道夫第二天醒来时所体验的第一个感觉，便是意识到他发生了什么事情，甚至在他想起是什么发生了之前，他已经知道是发生了重要的好的事情。“卡邱莎，法庭审判。”是的，应该停止说谎，说出一切的实情。好像是奇怪的巧合，在这天早上，终于来了那久已期待的、贵族代表的妻子玛丽亚·发西莉叶芙娜的信，这封信是他现在特别需要的。她给他充分的自由，祝他在预计的结婚中得到幸福。

“结婚!”他反讽地说，“我现在离这个是多么远了!”

于是他想起了昨天的计划——向她丈夫说出一切，在他面前忏悔一切，表示准备做任何的道歉。但今天早上他觉得这不如昨天那么容易了。“并且，假如他不知道，为什么要使一个人痛苦呢？假若他要问，我就告诉他。但特地去向他说吗？不用，这是不需要的。”

把一切的实情告诉宓西，这在今天早上也似乎是同样地困难。这又是不能够开口的，这会得罪人的。正如同在许多人事关系中一样，不可避免地要有些事情搁置着而不作说明。今天早上他只决定了一件事：他不到他们那里去，假如他们问他，他便说实情。

但关于卡邱莎，不应该有什么话摆下来不提。

“我要到监狱里去，向她说，我要请她原谅我。假若必要，是的，假若必要，我就娶她。”他想。

为了道德的赔罪，牺牲一切，娶她——这个想法今天早上特别感动他。关于金钱上的事，他决定要处理得适合他的信念，即土地私有是非法的。即使他没有力量抛弃一切，他仍然要做他所能做的，不欺骗自己或别人。

他久已不曾有过这么多的精力来过日子，他立刻带着他自己也料想不到的坚决，向进房来侍候他的阿格拉菲娜·彼得罗芙娜说明，他不再需要这座房子和她的侍候。有了一种默认，就是他维持这么大而华贵的房子，是为了要在这个房子里结婚。因此，放弃房子，有特别意义。阿格拉菲娜·彼得罗芙娜惊讶地望着他。

“很感谢您，阿格拉菲娜·彼得罗芙娜，谢谢您对我的一切照应，但我现在不需要这么大的房子和所有的仆人了。假若您愿意帮助我，就劳您的神管理各项东西，把它们拿开，好像妈妈在世时那样。娜塔莎要来的，她要来管。”(娜塔莎是聂黑流道夫的姊姊。)

阿格拉菲娜·彼得罗芙娜摇头。

“当真要管理吗？这些还是需要的。”她说。

“不，不需要，阿格拉菲娜·彼得罗芙娜，实在不需要了，”聂黑流道夫说，回答着她的摇头所表示的意思，“请您告诉考尔聂，我要付他两个月工钱，但是我不再需要他了。”

“可惜啊，德米特锐·伊发诺维支，您那样做，”她说，“就是您到国外去，还是需要一个住处的。”

“您想错了，阿格拉菲娜·彼得罗芙娜。我不到国外去，假若要走，也完全是别的地方。”

他忽然脸色很红。

“是的，应该告诉她，”他想，“无须隐瞒，应该把一切告诉大家。”

“昨天我发生了很奇怪很重要的事情。您记得玛丽亚·伊发诺芙娜姨妈家的卡邱莎吗？”

“当然，我教过她缝衣服。”

“就是在昨天这个卡邱莎在法庭上受审判了，我还是陪审员。”“啊，我的上帝，多么可怜啊！”阿格拉菲娜·彼得罗芙娜说，“她为什么要受审问呢？”

“因为杀人——这都是我做的。”

“怎么您会做这件事！您说的话是很奇怪的。”阿格拉菲娜·彼得罗芙娜说，在她的老眼里起了活泼的火光。

她知道卡邱莎的事情。

“是的，我是这一切的原因。就是这个改变了我的一切计划。”

“这个会对您发生什么改变呢？”阿格拉菲娜·彼得罗芙娜约制着笑容说。

“是这个，假使是我使她走上了这条道路，我就应该尽我的力量帮助她。”

“这是您的好意，不过您对于这个并没有特别的罪过。大家都有这样的事，若是凭理性，这一切都可以消除忘掉的，大家照常生活，”阿格拉菲娜·彼得罗芙娜严厉地庄重地说，“您把这个责任放在自己的身上，是没有用处的。我从前听说过，她把路走错了，那么，这是谁的过错呢？”

“我的过错。因此我想改正。”

“啊，这是难以改正的。”

“这是我的事。假若您想到您自己，那么，妈妈意思要……”

“我不想我自已。我是那样受到死者的恩惠，我什么也不想要了。丽散卡（这是她的已结婚的侄女）叫我去，用不到我的时候，我就到她那里去。不过您把这件事放在心里是无用的，大家都有这样的事。”

“不，我不这么想。我还是要请求您帮助我租出这座房子，把东西拿开。不要对我生气，我很、很感激您做的一切。”

奇怪的事情是：从这个时候起，聂黑流道夫认为他自己是恶劣可憎的，从这个时候起，他不再觉得别人是可憎的，相反，对于阿格拉菲娜·彼得罗芙娜和考尔聂他感觉到亲爱和尊敬的情绪。他想在考尔聂面前忏悔，但考尔聂的态度是那么庄严恭敬，使他没有了决心做这个。

在赴法院的途中，走过同样的街道，坐着同样的车子，聂黑流道夫对于自己身上产生的变化感到诧异，他觉得自己今天是那样全然不同的一个人。

和宓西结婚，这在昨天还似乎那么期近，他今天却似乎觉得全然不可能了。昨天他是那样地明白他的地位，没有丝毫怀疑，她嫁了他是幸福的；今天他觉得自己不仅不配娶她，而且不配接近她。“只要她知道了我是什么人，她便断然不会接待我了。我还责备她向那个绅士献媚。但不，即使她现在嫁我，我知道那一个在监狱里，明后天就要从驿站上去做惩役，我怎能够安心呢，更不要说是幸福了。她，被我毁灭的妇人，去做惩役，我却在这里受贺，和年轻的妻子去做拜访；或者我和贵族代表——我和他的妻子那样无耻地欺骗了他——在集会上计算赞成与反对地方学校检查法规案的票数，等等，然后和他的妻子约会（多么卑劣）；或者继续画画，这显然是决不会完成的，因为我不该做这些琐事，我现在也不能做这类事。”他向自己说，不停地高兴着他所感觉到的内心的改变。

“第一件事，”他想，是现在去看律师，探问他的决定，然后……然后到监狱里去看她——昨天的女犯人，告诉她一切。

当他刚刚对自己设想如何去看她，如何告诉她一切，如何向她忏悔自己的罪过，如何向她说明，为了消除自己的罪过，他要做他所能做的一切，娶她——那特别欣喜的情绪便控制了他，并且泪水涌在他的眼眶里。

三十四

到了法庭，聂黑流道夫在走廊上遇见了昨天的庭丁，问他法庭已经判决的犯人收容在什么地方，探视犯人的许可是由谁决定的。庭丁说，犯人收容在许多地方，在最后宣判之前，探视犯人的许可是由检察官决定的。

“开庭以后我告诉您，领您去。检察官现在还没有到。要开庭以后。现在请进来吧。马上就问案了。”

聂黑流道夫感谢了他今天觉得特别可怜的庭丁的善意，走进了陪审员室。

当他走到陪审员室的时候，陪审员们已经走出来，往法庭上去了。商人还是和昨天一样地快乐，吃了喝了一点东西，好像对待老友一样，招呼聂黑流道夫。而彼得·盖拉西摩维支的亲昵和笑声今天也引不起聂黑流道夫任何不愉快的感觉。

聂黑流道夫想向全体陪审员说出自己和昨日女犯人的关系。“当然，”他想，“我该在昨天审问的时候站起来公开说明自己的罪过。”但当他和陪审员一同走进了法庭，而又开始了昨天的程序：又是“开庭了”，又是三个有绣花衣领的人在高台子上，又是沉默，陪审员们坐上高背椅，警察，画像，神甫。他觉得虽然应该做这件事，但就是在昨天也不能够破坏庄严。

审问的准备和昨天相同（除了陪审员的宣誓和庭长对他们的演说）。

今天的案子是入宅盗窃案。犯人由两名执白刃的警察监守着，是一个瘦瘦的窄肩的二十岁的青年，穿了灰外衣，脸上苍白而无血色。他独自坐在被告席上，低头望着进来的人。这个青年所犯的罪是他和同伴一起破坏了仓库的锁，偷去了旧席子，共值三卢布六十七戈比。由于这个犯罪行为，巡官止住了这个青年，这时他正和同伴在走，同伴把席子扛在肩头。这个青年和同伴立刻向他认罪，两个人都被下狱了。青年的同伴——锁匠，死在狱中，这个青年单独受审，旧席子放在物证台上。

审案进行的和昨天一样，有整屋的证据、证物、证人、宣誓、审问、专家和对质。见证人巡官对于庭长、检察官、辩护人的问题无生气地说“正是这样”“不能够知道”和“正是这样”……虽然他有军人的鲁钝与机械性，却可以看出他怜悯那个青年不愿说到自己的逮捕。

另一个见证人，痛苦的老人，又是房主又是席子的主人，显然是易怒的人，当他被询问他是否承认这是自己的席子时，他很不高兴地承认了是他的。当候补检察官又问他，他打算把这些席子做什么用途，他是否很需要它们的时候，他发怒了，回答说：

“它们丢了就丢了，这些席子，我一点儿也不需要。假使我知道它们引起了这么多麻烦，我就不找了，还加上一张十卢布红钞票，给两张也行，只是不要把我找来盘问。我花了五卢布车钱。并且我还不好过。我有脱肠症和风湿症。”

见证人这么说着，犯人自己认了一切过错，好像被捕的兽，无意义地环顾着旁边的人，用间断的声音说着全部的经过。

案情是明晰的，但候补检察官正和昨天一样，耸起肩膀，提出了精细的问题，要捉弄狡猾的犯人。

在他的演说中，他证明这个窃案是打破了锁在住宅里犯的，因此这个青年应受最严重的处罚。

法庭指定的辩护人证明窃案不是在住宅里犯的，因此，虽然犯罪事实不能否认，但犯人对于社会仍然不如候补检察官所断言的那么危险。

庭长和昨天一样显出公正无私，并详细说明，向陪审员提示他们所知道且不会不知道的事情。正和昨天一样，他们休息，他们吸烟，也和昨天一样同样地庭丁又喊叫：“开庭了。”并且同样地两个警察执着白刃坐下来，威吓着犯人，极力不让自己打盹。

从审问中明白了这个青年曾经被他的父亲送进卷烟工厂做学徒，他在工厂里过了五年。今年他在劳资冲突之后被厂主解雇，没有了工作地方，在城里无事游荡，把钱都买酒喝完了。在饮食店里他遇到一个和他一样的人，比他失业更早的嗜酒的锁匠，他们吃醉了酒，夜间打破了锁，拿了他们最先碰到的东西。他们被抓住了。他们承认了一切。他们被下狱，在狱里等候审判的锁匠死掉了。这个青年现在受审问，被当作了应该保护社会免受其害的危险人物。

“和昨天女犯人同样危险的人物。”聂黑流道夫想，听着面前所发生的一切。“他们是危险的，我们不是危险的吗？……我，一个浪子恶徒、骗子，和我们大家，所有的那些认为我就是现在这样的我，不仅不轻视我，而且还尊重我的人们，我们不是危险的吗？但假使这个青年是法庭上全体的人当中对于社会最危险的人，那么，按照常识，当他堕落时，应该怎么办呢？

“显然这个青年不是什么特别的坏人，却是最寻常的人，这个大家知道，并且他成为现在这样，只是因为他是在产生这种人的环境里。似乎因此我们明白，为了不要有这样的青年，必须努力消灭养成这种不幸人物的环境。

“我们要怎么办呢？我们只抓住一个偶然落在我们手里的青年，我们很知道，有上千的这种青年没有被抓到，我们把他关进监狱，放在完全闲惰的环境中，或最不健康最无意义的工作的环境中，放在和他同样的衰弱的生活狼狈的人当中，然后用公费把他从莫斯科省送到依尔库斯克省最堕落的人的团体中。

“为了消灭产生这种人的环境，我们不但什么也没有做，而且只鼓励了产生他们的那些地方。这些地方是共知的：工厂，大制造厂，作坊，饮食店，酒店，妓院。我们不但不消灭这种地方，而且认为它们是不可少的。鼓励并整顿它们。

“我们这样不是培养出一个，而是无数的人，然后抓住一个，便自认为我们做了什么事情保护自己，我们不再要自己做别的事情，把他从莫斯科省押送到依尔库斯克省。”聂黑流道夫坐在上校旁边的椅子上，听着辩护人、检察官与庭长的各种音调，望着他们自信的姿势，异常敏捷明晰地想着。“这种虚伪要耗费多少紧张的努力。”聂黑流道夫继续想着，环顾着那个大法庭，那些画像、灯、椅子、制服，那些厚墙壁、窗子，想起那座房子的全部大小，和这个机关的更大的范围，想起了不仅这里的，而且全俄罗斯的因为这种谁也不需要的喜剧而支领薪俸的全体官吏、书记、卫兵、传达。“只要我们用这种努力的百分之一去帮助那些无用的人就好了，我们现在看他们就好像是看我们的对于我们的安宁与便利所不可少的手和身体。只要能够有一个人，”聂黑流道夫想着，望着青年那病容的惊惶的脸，“当他因为生计从乡间被送到城市的时候，可怜他，帮助他，就够了；或者甚至在他已经到了城里，在工厂的十二小时工作之后，和引诱他的年纪大的同伴进酒店，假使在那时候有人向他说：‘不要去，发尼亚，这不好。’这个青年就会不去了，不会谈得时间太久，也不会做坏事了。

“但是，当他在城里，好像小兽一样，过了学徒年限，头发剪短了免得生虱子，为师傅们跑街采买，在这全部期间，那种可怜他的人一个也没有。相反，从他住到城里的时候，他听师傅同伴们所说的一切，乃是，谁欺骗、谁喝酒、谁詈骂、谁打人、谁放荡，谁就是好人。

“当他因为不健康的工作、饮酒、放荡而有病，身体损伤，像在梦中一样地昏迷、狂暴、在城里无目的乱走，愚笨地进了一间仓库，从里面拖出了谁也不要的席子，我们这些富裕的有钱的有教养的人，不注意到消灭那使这个青年到了目前情况的原因，却想处罚这个青年，来纠正这件事。

“可怕！我们不知道在残忍或谬误之外，还有什么别的。但似乎二者都到了最大的限度。”

聂黑流道夫想着这一切，已经不再听他面前所发生的事情了。他自己也惧怕那向他展示的东西。他诧异，为什么他从前不能看到这个，为什么别人不能看到这个。

三十五

第一次的休息刚刚开始时，聂黑流道夫站起来，走进走廊，心意是不再回到法庭上来了。让他们去做他们所想要做的事吧，但他不能够再参与这种可怕的丑恶的蠢事了。

知道了哪里是检察官的房间，聂黑流道夫要进去找他。传达不放他进去，说检察官现在有事。但聂黑流道夫没有听从他，走进门，向一个迎接他的官员说话，请求他通报检察官，说他是陪审员，他因为很重要的事要见他。公爵的头衔和好衣装帮助了聂黑流道夫。官员通报了检察官，聂黑流道夫被放进去了。检察官站起来接待他，显然不满意聂黑流道夫要求见他的那种坚执。

“您有何见教?”检察官严厉地说。

“我是陪审员，我姓聂黑流道夫，我必须会见女犯人马斯洛发。”聂黑流道夫迅速坚决地说，脸发红，觉得他是在做那对他的生活有决定的影响的行为。

检察官是一个矮而黑的人，有短短的白发，明亮活泼的眼睛，在突出的下颏上有剪短的密胡须。

“马斯洛发吗？我当然知道。犯了毒杀案，”检察官安闲地说，“您为什么要见她?”然后好像要变和缓，添说，“我不知道您为什么需要如此，不能够准许您会面。”

“我需要会面，因为一件对我特别重要的事情。”聂黑流道夫红了脸说。

“那么，”检察官说，抬起眼睛，注意地看聂黑流道夫，“她的案子审问过没有呢?”

“她昨天被审问，并且十分不公平地判了四年苦役。她是无罪的。”

“哦，假使她是昨天才判决的，”检察官说，毫不注意聂黑流道夫声明马斯洛发的无罪，“那么在最后判决之前，她应该还在判前拘留所里。到那里探监有一定的日子。我要告诉您怎么到那里去的。”

“但是我需要会见她，越快越好。”聂黑流道夫颤抖着下颏说，感觉到决定的关头临近了。

“您为什么需要如此?”检察官有几分不耐烦地抬起眉毛问。

“因为她是无罪的，却判了做苦役。一切的罪过在我。”聂黑流道夫用打颤的声音说，同时觉得他说了不应该说的话。

“这是怎么回事?”检察官问。

“因为我欺骗了她，把她弄到她现在的地步。假若不是我把她弄成那样，她就不会受这种控告。”

“但我还是看不出这和探监有什么关系。”

“是我想跟随她……娶她。”聂黑流道夫说。和先前一样，他刚说到这个，泪就涌在他的眼里了。

“真的？这回事!”检察官说，“这确实是很例外的事情。您好像是克拉斯诺撇尔斯克县议会的议员吧?”检察官问，好像他想起了他从前听说过此刻说出了那么奇怪的决心的聂黑流道夫。

“请你原谅，我认为这和我的请求没有什么关系。”聂黑流道夫，红了脸，怒意地回答。

“当然没有,”检察官带着几乎察觉不出的笑容说，一点儿也不难为情，“但您的愿望是那么异常，是那么出乎寻常的情形……”

“好了，我可以得到准许吗?”

“准许吗？是的，我马上就给您出入证。劳您坐一下。”

他走到桌前坐下来动手写。

“请坐。”

聂黑流道夫站着。

写了出入证，检察官把它交给聂黑流道夫，好奇地望着他。

“我还要说明,”聂黑流道夫说，“我不能继续出庭了。”

“您知道的，需要向法庭提出正当的理由。”

“理由是，我认为一切法庭不但是无用的，而且是不道德的。”

“是的,”检察官说，仍旧带着那不易察觉的笑容，好像这笑容表示这种证明是他所熟悉的，并且属于他所知道的有趣的范畴，“是的，但您显然明白我是一个检察官，不能同意您。因此我劝您向法庭说明这个，法庭将决定您的说明，认为它是正当的还是不正当的，假如是后者，便要处罚您。向法庭去说吧。”

“我说明过了，我不再向别处去说了。”聂黑流道夫愤怒地说。

“祝您安好。”检察官鞠躬着说，显然想赶快离开这个奇怪的客人。

“谁在这里的？”在聂黑流道夫之后走进检察官房间的法官问。

“聂黑流道夫，您知道，就是他在克拉斯诺撇尔斯克的县议会里发了各种奇怪的言论。您想吧，他是陪审员，在犯人中有一个女人或者是姑娘，判了做苦役，他说，她是被他欺骗的，他现在想娶她。”

“但是不会的吧？”

“他向我这么说的……是在那么奇怪的兴奋中。”

“现在的年轻人都有些不正常的地方。”

“但他已经不很年轻了。”

“嗯，你老兄的有名的伊发盛考夫是多么讨厌啊。他要教人饿死了；他说，说得没有完结。”

“简直应该阻止他们，不然便是真正审案妨害者……”

三十六

聂黑流道夫从检察官那里直接去了判前拘留所。但是并没有什么马斯洛发在那里，监狱长向聂黑流道夫说明，她应该是在老流刑监狱里。聂黑流道夫便到那里去了。

果真，叶卡切锐娜·马斯洛发是在那里。检察官忘记了，六个月前，警察们激起了一个十分重大的政治案子，判前拘留所的全部地方都被大学生、医生、工人、中学生、医生、助手们住满了。

从判前拘留所到流刑监狱的距离是很远的，聂黑流道夫直到傍晚才到了老监狱。他想走到阴森的大屋子的门前，但守卫阻止了他，只捺响铃子。一个典狱听到铃声走出来了。聂黑流道夫出示了他的出入证，但典狱说，没有监狱长的许可，他不能放他进去。聂黑流道夫去找监狱长。正上楼梯时，聂黑流道夫听到门里边钢琴上弹出的某一复杂的悲壮的调子的声音。当愤然的有一只眼蒙了纱布的女仆把门给他打开时，这声音好像从房中一涌而出，震动了他的耳朵。这是李斯特[1]的令人厌倦的《狂想曲》，弹得很好，但只弹到某一个地方。到了这一个地方的时候，又行重复。聂黑流道夫问蒙了纱布的女仆，监狱长是否在家。

女仆说，不在家。

“快要回来了吗？”

《狂想曲》又停止了，但又华丽地骚然地重复到那令人迷惑的地方。

“我去问一问。”

于是女仆走开了。

《狂想曲》刚刚又要急驰而弹，忽然，没有到那迷人的地方，便中断了，听到话声说：

“告诉他，不在家，今天不会在家。他做客去了。他们来麻烦什么。”这是门那边妇女的声音，又听到了《狂想曲》，但又停止了，听到了推开椅子的声音。显然那发怒的弹琴女子要亲自来责备那来得不是时候的讨厌的客人。

“爸爸不在家。”一个苍白的、头发散乱、样子虚弱、困乏的眼睛下有蓝晕的姑娘走出来愤怒地说。看见了穿好大衣的青年，她和软了。

“请进来……您要什么？”

“我要看牢里的一个女犯人。”

“也许是政治犯吧？”

“不，不是政治犯。我有检察官的出入证。”

---

[1] 匈牙利作曲家，钢琴家，一八一一至一八八六。——译者

“哦，我不知道，爸爸不在家。但是，进来吧，请，”她又请他从小外室里进去，“不然您就找副狱长，他此刻在公事房里，您去同他说。您尊姓?”

“谢谢您。”聂黑流道夫说，未回答问题就走出去了。

门还没有在他后面关起，那同样的活泼快乐的音调又发出来了，它和发出这音调的地方，和那样固执地做练习的虚弱的姑娘的脸，是那么不相称。在院子里聂黑流道夫遇见一个有硬胡须的年轻官吏，便向他问到副狱长。他就是副狱长本人。他接了出入证，看了一下，说，他不能用这个判前拘留所的出入证到这个监狱里来。并且已经晚了……

“请明天吧。明天十点钟就可以探监。您那时候来，监狱长是在家的。那时候您可以在公共客室里会人，若是监狱长许可，也可以在办公室会见人。”

因此这天没有会到面，聂黑流道夫便回家去了。被和她会面的思想激动着，聂黑流道夫在街道上走着，此时想起的不是法庭，而是自己和检察官和副狱长的谈话。他设法和她相会，向检察官说了自己的意思，到了两个监狱准备看她。这些事那样地激动了他，使他好久不能平静。到了家，他立刻拿出久未摸过的日记，看了几个地方，写了如下的文字：

两年不写日记，我曾以为决不再做这种儿戏。但这不是儿戏，乃是和自己谈话，和活在每个人心中的真正神圣的自我谈话。这个“我”一向睡觉，我没有人可以交谈。四月二十八日法庭上的非常事件唤醒了他，我是那里的陪审员。我在被告座上看见了她，被我欺骗的卡邱莎，穿着囚服。由于奇怪的误会和我的错失，她被判了做惩役。我刚去看过检察官和监狱长。他们不许我见她，但为了见到她，我决定了去做一切，在她面前忏悔，消除我的罪过。即使是结婚也行。主啊，帮助我吧！我心里是很舒服，很快乐。

三十七

这天夜里马斯洛发好久不能入睡，睁着眼睛躺着，望着门，教堂执事的女儿在门前来回走着。她听着红发妇人的鼾声，思索着。

她想到，她无论怎样也不嫁萨哈林岛[1]上的囚徒，她要另找归宿——嫁任何一个监狱官、书记，甚至是典狱、典狱的助理。他们都嗜好这个。“可是我不要消瘦了。不然就会毁灭的。”于是她想起辩护人怎样地看她，庭长怎样地看她，那些相遇的人和法庭上有意从她身边走过的人怎样地看她。她想起了到狱中来看她的女客别尔塔怎样地向她说道，她在基塔也发妓院中时所爱的那个大学生曾经来到她们那里问到她，并且很可怜她。她想起了红发妇人的打架并且可怜她；想起了送给她一个多余面包的面包师。她想起许多人，只是没有想到聂黑流道夫。关于自己的幼年和青春，特别是关于对聂黑流道夫的爱情，她从来不曾想起。那太痛苦了。这些回忆摆在她内心里没有被触动过。甚至在梦里也从来没有看见过聂黑流道夫。今天在法庭上她没有认出他，与其说是因为她最后看见他时，他是军人，没有胡须，只有短而密的鬈曲的小胡髭，而现在却是有胡须的古板的人，毋宁说是因为她从来没有想到他。在那个黑暗可怕的夜间，当他自军中回来而不顺路去看姑母的时候，她已埋藏了关于她和他的过去的一切纪念了。那时她已经知道自己有孕了。

在那个夜晚之前，她总是希望他来，她不仅不感觉到她心脏下边小孩的拖累，而且常常因为她身体里边他的柔软但有时突然的运动而异常感动。但从那一夜以后，一切都不同了。未来的小孩只成了唯一的障碍。

---

[1] 即库页岛。——译者

姑母们期待聂黑流道夫，要求他顺便来看她们，但他来电报说他不能来，因为他必须如期到达彼得堡。当卡邱莎知道了这个时，她决定到车站上去看他。火车要在夜间两点钟经过。卡邱莎侍候老小姐们上了床，劝了一个小姑娘、厨子的女儿马施卡和她一道，穿上旧靴子，覆上披巾，折拢衣裾，跑到车站去。

是一个黑暗、落雨、刮风的秋夜。雨有时倾洒下来温暖的大点子有时停止。在脚下的田野上看不见道路。树林里是漆黑的，卡邱莎虽然熟悉道路，却在树林里迷失了路径，她赶到火车停留三分钟的小车站时，并未能如她所希望的在列车到之前，而是在第二次钟声之后。跑上了月台，卡邱莎立刻在头等车窗里看见了他。这个车厢里的灯火是特别明亮。在天鹅绒的安乐椅上相对地坐着两个未穿礼服的军官在玩牌。在车窗前的小台子上点着两支滴油的粗烛。他穿了合身的马裤和白衬衫，坐在安乐椅的扶手上，把手臂靠在椅背上，在笑什么。她刚刚认清了他，便用冻僵的手敲窗子。但正在这时候，第三次钟声响了，火车往回一错，便慢慢移动，于是车厢一辆接着一辆摇动着向前移动了。有一个玩牌的人拿着牌站起来，向窗外看。她又敲了一次，把脸贴到玻璃上。这时候她面前的一辆车厢动了，向前行了。她望着窗子里边跟着车走，那个军官想放下窗子，却没有能够。聂黑流道夫站起来，推开那个军官，开始放窗子。火车加快了速度。她用快步不停地走着，但火车逐渐加快了速度，正在车窗放下来的时候，管车的把她推开，跳上了车。卡邱莎落后了，但还是在月台的湿板上跑着，后来月台完结了，她从踏级上跑到地面上，用力地约制了自己免得跌倒。她跑着，但头等车已在前面很远了。二等车已经从她面前开过去，然后三等车更快地开驶着，但她还是跑着。当后面有灯的最后辆车驶过时，她已经越过了水塔，在围栅以外，风直对着她吹，吹掉了她头上的披巾，吹起衣摆的一边缠她的腿。披巾被风吹走了，但她还在跑。

“姑姑，米哈洛芙娜！”女孩赶不上她，大声喊叫，“披巾掉了！”

卡邱莎停住，回头向后看，用手抓住披巾，她啜泣了。

“他走了！”她大声喊叫起来。

“他坐在明亮的车厢里，在天鹅绒的安乐椅上，说笑话，喝酒，我却在这里，在污泥里，在黑暗中，在风雨中站着哭。”卡邱莎想，她坐到污泥中，哭的声音很大。小女孩害怕了，抱住她的湿衣服。

“姑姑，我们回家吧。”

“火车经过时，在一辆车的下边，就完结了。”这时卡邱莎想，没有回答小女孩。

她决定了要这么做。但是，在兴奋之后宁静之初总是这样的，这时候，小孩——在她肚子里的他的小孩，忽然动弹了，撞碰了，轻轻地伸动，又开始用什么细小、柔软、尖锐的东西冲撞着。但忽然，在片刻之前那么苦恼她的、使她似乎不能活的一切，她对他的一切怨恨以及她甚至要以自己的一死向他复仇的愿望——这一切忽然过去了。她安静了，恢复了精神，覆上披巾，迅速地走回家。

疲乏，潮湿，泥污，她回到了家，从这天起，她心中开始了那种心理的转变，因此她变成了她现在的样子。在这个可怕的夜里以后，她不再相信上帝与善。她原先相信上帝与善，并且相信别人也相信上帝，但自从那夜以后，她相信没有人相信上帝与善，而关于上帝与善所说的一切，只是为了欺骗人。他，她所爱的，也爱过她的，她知道这个——他玩弄了她，侮辱了她的爱情，把她抛弃了。但他是她所认识的人当中的最好的人。其余的人更坏。她后来所经历的一切，每次都证实了这个。他的姑母们，虔诚的老妇人们，当她不能照旧地侍候她们的时候，把她赶走了。她所遇到的一切的人，妇女力求利用她赚钱，男子，从年老的警官到监狱的典狱，都把她看作享乐的对象。任何人都觉得，世界上除了享乐，就是这种享乐，便没有别的了。在她自由生活的第二年中和她同居的那个老作家更使她相信这个。他直率地向她说，一切的幸福都在这里面，他把这个叫作诗与美。

大家只是为他们自己，为自己的享乐而生活，一切关于上帝与善的话全是欺骗。假若有时候产生了这样的问题，为什么世界上的一切是布置得如此丑恶，为什么大家互相损害，大家痛苦，她认为不该想到这些。她觉得愁闷时，她便吸烟或者喝酒，或者最好是和男人恋爱一下，愁闷便过去了。

三十八

次日，星期日，上午五时，当女牢部分的走廊上发出通常的哨笛声时，已经不再睡觉的考拉不列发唤醒了马斯洛发。

"流刑的女罪犯。"马斯洛发恐惧地想着，擦着眼睛，不觉地吸进了早上非常恶臭的空气，她想再睡，去无意识的境地，但惧怕的习惯克服了睡眠，她坐起来，盘曲着腿，环顾着。妇人们已经起来了，只有小孩们还在睡。眼睛突出的卖私酒的妇人小心翼翼地从小孩们下边抽出大衣，免得弄醒他们。女叛徒在火炉边挂起充作襁褓的破布，婴孩在蓝眼睛的非道茜亚的怀里发出拼命的叫声，她抱着他，用温柔的声音抚慰着他。患肺病的女子，抓住胸部，带着充血的脸，咳嗽着，并且时时叹息着，几乎叫起来。已醒的红发妇人曲着肥腿仰卧着，大声愉快地说着所做的梦。犯纵火罪的老妇人又站在圣像前，低语着同样的话，画十字，行拜礼。教堂执事的女儿不动地坐在板床上，用尚未清醒的、愚钝的目光望着前面。好罗纱芙卡在手指上扭绕油润的粗而黑的头发。

走廊上传来了穿趿鞋的脚步，锁开了，进来了两个倒粪桶的犯人，他们穿短上衣和离踝骨很高的短灰裤子，带着严肃愤怒的脸用扁担抬起恶臭的桶，抬出狱室。妇女们走到走廊上龙头那里洗脸去了。在龙头那里红发妇人和邻近狱室里的一个女人发生了争吵。又是詈骂、喊叫、怨诉……

“你想进禁闭室啊!”老典狱叫起来，那样地打了红发妇人裸着的肥脊背，让全走廊都听见了，“这样就听不见你的声音了。”

“唏，老头子在开玩笑。”红发妇人说，反把这当作了善意。

“嗯，快点，准备去做弥撒了。”

马斯洛发还不及梳头，监狱长便和随员来了。

“去检查!”典狱大声说。

从别的狱室里走出了其他的女犯，全体在走廊上站成两排，并且后排的每个妇人要把手放在前排妇人的肩上。全体点了数。

检查之后，女典狱来把女犯们带进了教堂。马斯洛发和非道茜亚是在各狱室的一百多妇女的行列当中。全都穿了白色短上衣和裙子，扎白头巾，其中只有少数的妇人穿自已的花衣服。她们是带着小孩来跟随丈夫的妻子们。全部的楼梯被这个行列占据了。可以听到穿软鞋的轻柔的脚步、话声和偶尔的笑声。在转弯处马斯洛发看见了前面她的仇人保支考发的凶恶的脸并且指给非道茜亚看。下了楼梯，妇女们沉默着，画着十字，行着拜礼，开始走进金光灿烂的空空无人的教堂的打开的门。她们的位置是在右边，她们拥挤着，互相撞碰着，开始站定。

在妇女之后走进来穿灰大衣的被判流刑的、有期徒刑的、由当地判决流刑的男犯，他们大声咳嗽着，拥挤着站在教堂的左边和当中。上边的听众席上已经站着先前带到的人——一边是剃了半边头发的惩役犯，镣链的响声表示了他们的在场；另一边是未剃头未戴镣的未决犯。

监狱教堂是一个富商重建装修的，他为这个花了几万卢布，教堂全部闪耀着明亮的彩色与金光。

教堂里沉默了一会儿，只听到擤鼻子、咳嗽、小孩的喊叫，和偶尔的镣链声。但这时站在当中的犯人们骚动了，互相倾挤，在当中留出一条道路，监狱长就顺这条道路走过去，站在教堂当中全体的前面。

三十九

礼拜开始了。

礼拜是如此的，就是神甫穿了特别奇怪的，很不便利的锦花法衣，切开面包小块，摆在小碟子上，然后放进有酒的杯子里，同时说着不同的名字与祷文。执事同时不停地先诵读然后又和犯人的唱歌团轮流地唱着各种的斯拉夫语的祷文，它们是难懂的，因为迅速的诵读和歌唱而更难懂了。祈祷的内容主要是祝皇帝和皇家的安福。这个祈祷他们跪着说了多少次，有时是和其他的祷文在一起说的，有时是单独说的。此外，执事用那种奇怪的紧张的声音读了几节《使徒行传》，不能令人了解，然后神甫很清晰地读了一段《马可福音》，在这里面说到，基督怎样在复活之后，在飞上天坐在他的父右首之前，先向抹大拉的玛利亚显现；耶稣从她身上赶出了七个鬼，[1] 然后又向十一个门徒显现，以及他怎样吩咐他们向普天下的万民宣传福音，并且说过，不信的人便要毁亡，信而受洗的人，必然得救，此外，必然能赶鬼，用手按病人就治他们的病，必能说新方言，必能拿蛇，若喝了什么毒物，也必不会死，且依然健康。

礼拜的要义在此，就是假定神甫切开放在酒里的面包小块，在某种手术与祈祷之后，便变成了上帝的肉与血。

这种手术是这样的，就是神甫虽然受到穿在身上的锦花布袋的妨碍，却等速地向上举起双手保持着这种姿势，然后跪下来，吻桌子和桌子上的一切。最主要的动作乃是神甫双手拿着一块餐巾，有节奏地轻便地在碟子和金色茶杯上挥动。假定这时候面包和酒变成了肉和血，因此礼拜中的这个地方是特别严肃地表演的。

---

[1] 此二句借用《圣经》译文。——译者

现在要拜至圣、至洁、最被祝福的圣母了。神甫大声地在屏墙那边叫，于是唱歌队严肃地唱：“我们应该归荣耀于生出基督而不失去贞操的处女玛利亚，她是因此比某种小天使们堪当更多的光荣，比某种六翼天使们堪当更大的荣耀。”然后便认为变化完成了，于是神甫从碟子上拿去餐巾，把当中的一块面包切成四块，先放进酒里，然后放进嘴里。假定的是他吃了一块上帝的肉，喝了一口上帝的血。之后，神甫拉开帐幕，打开当中的门，手拿着金茶杯，从当中的门走出，邀请愿意如此的人也吃一点儿在杯中的上帝的血和肉。

愿意做的是几个小孩。

预先向小孩们问了他们的名字，神甫小心地用小匙子从茶杯里舀着，轮流地把酒里的面包深深地放进每个小孩的嘴里，执事同时也擦着小孩们的嘴，又用快乐的声音唱歌：小孩们吃了上帝的肉，喝了上帝的血。此后，神甫把茶杯带到屏墙那边，在那里喝完了茶杯里所有剩余的血，吃了所有的上帝的肉块，小心地嗦了胡髭，拭了嘴和杯子，在最快乐的心情中，响着牛皮靴的薄跟，用健康的脚步从屏墙里边走出来。

如是地完结了主要的基督教的礼拜。但神甫想安慰不幸的囚犯们，在通常的礼拜之外加上了特别的礼拜。这个特别礼拜的内容是如此的，神甫站到那个被十支蜡烛所照亮的、他所吃的上帝的、想象的、金打制的、黑脸黑手的圣像前面，用奇怪的做作的声音，似唱非唱似说非说地开始了下面的话：

“最可爱的耶稣，使徒的荣耀，我的耶稣，殉道者所颂扬的，万能的君主，耶稣，救我，耶稣我的救主，我的最美丽的耶稣，可怜那来到你身边的人吧，救主耶稣，可怜我吧，你是在祈祷中诞生的，耶稣，救你的一切的圣徒，一切的先知，我的救主耶稣，让他们得到天国的快乐吧，爱人的耶稣！”

在这里他停住了，唤了口气，画了十字，鞠躬到地，大家同样地做。

监狱长、典狱、囚犯们都鞠躬，而上边镣链声响得特别频繁。他继续说：

“天使的创造者，权力的主，最奇异的耶稣，天使所惊讶的，最有力量的耶稣，祖宗的救主，最可爱的耶稣，长老们所颂扬的，最荣耀的耶稣，皇帝的力量，最善的耶稣，先知的成就者，最奇异的耶稣，殉道者的力量，最谦卑的耶稣，僧侣的喜悦，最慈悲的耶稣，司祭的可爱的人，最慈悲的耶稣，斋戒者的维持者，最可爱的耶稣，圣者的喜悦，最纯洁的耶稣，贞操者的童贞，开辟世界以前的耶稣，有罪者的救星，耶稣，上帝的儿子，可怜我吧。”他终于停止了。在他重复“耶稣”时，他的声音里的咝咝声越来越多。他用手托住绸里的法衣，跪下一条腿，弯腰到地。唱歌队唱了最后的字句：“耶稣，上帝的儿子，可怜我。”于是囚犯们趴下去又站起来把留在额上的头发摆到后边，响动着磨擦他们瘦腿的镣链。

如是地继续了很久。开始是赞扬，末尾的字句是“可怜我”，然后又是赞扬，结尾的字句是“啊哩咴呀”。囚犯们画十字，鞠躬，趴到地上。开始囚犯们在每句之末鞠躬，然后他们每隔一句鞠躬一次，再后是隔两句。当一切的赞美完毕而神甫轻松地叹了口气，合了书，走到屏墙那边时，大家都很高兴。只剩了一件最后的行动，就是神甫从桌上拿起一个各端有珐琅浮雕像的金十字架，带着它走到教堂的当中。监狱长最先走到神甫面前，吻了十字架，其次是副狱长，再次是典狱，然后囚犯们开始走来，互相拥挤着，低声詈骂着。神甫和监狱长谈着话，把他的手和十字架时而送到向他走来的囚犯们的嘴边，时而送到他们的鼻前，他们极力要吻十字架和神甫的手。为了安慰并教导迷途的弟兄们而有的基督教的礼拜，如是地完结了。

四十

这些在场的人当中，从神甫与监狱长到马斯洛发，没有一个人想到，这位耶稣，“神甫教师”带着嗞嗞声将他的名字重复了这么多次，用一切奇怪的字眼赞颂着他，就是他要禁止这里所做的一切；不仅禁止这种无意义的多话，和神甫教师对于面包与酒的冒渎的咒术，而且极确定地禁止人称别人为教师，禁止在庙里祈祷，却教每个人在单独时祈祷，禁止庙宇，说他来毁坏它们，说不应该在庙里祈祷，而要在心灵中在真理中祈祷；尤其是，他不仅禁止审问人、将人下狱、使人痛苦、侮辱人、处罚人，像这里所做的一样，而且禁止任何的暴力，说他来恢复囚虏们的自由。

这些在场的人当中没有一个想到，这里所做的事情，就是对于那位基督最大的冒渎与嘲讽，这一切是用了他的名而做的。没有一个人想到在各端有珐琅浮雕像的、神甫带来给人吻的金十字架并不是什么别的，只是一个绞台的象征，就是在这上面，基督因为禁止现在用他的名字在这里所做的这种事而被用刑。没有一个人想到，那些神甫以为自己用面包与酒作形式而吃基督的肉，喝他的血，是确实吃了他的肉，喝了他的血，这不是因为用面包与酒作形式，而是因为神甫们不仅诱惑了那些被基督认为和自己是一体的、同样的“弱小者”，并且夺去了他们的最大的幸福，使他们受到最残忍的折磨，对人们隐瞒了基督所带给他们的幸福的消息。

神甫良心安然地做了他所做的一切，因为他从小就受了这样的教育，以为这是唯一的真正的信仰，从前所有的圣人信仰过这个，现在教会和政府也信仰这个。他不相信面包变成了肉，不相信说这许多话对于心灵是有用的，或者他真的吃了上帝一块肉——这是不能够相信的——他却相信：应该相信这种信仰。主要的加强他这种信仰的是，由于完成这种信仰的仪式，十八年来他得到的收入，足够维持他的家庭、儿子进中学、女儿进教会学校。执事也这么相信，并且比神甫更坚定，因为他完全忘记了这种信仰的教条的精义，他只知道，祈祷时的温汤、超度的祈祷、每小时的祈祷、简单的公共祈祷、有赞美歌的公共祈祷，这一切都有真正的基督教徒所愿意付的一定的价格，因此他怀着人们出卖柴薪、面粉、山芋时的那种必须如此的确信，喊着“慈悲吧，慈悲吧”唱歌，并且读那规定的东西。监狱长和典狱，虽然从不知道并且从不研究这种信仰的教条是什么，以及教堂里所做的一切有什么意义，却相信他们应该相信这种信仰，因为上司和沙皇自己相信这个。此外，虽然是模糊地（他们不能说明这是什么缘故），他们却觉得，这种信仰认为他们的残忍的职务是正当的。假若不是这种信仰，他们不仅难以而且也许不能够，运用他们全部的力量去使人痛苦，像他们现在良心十分安然地所做的这样。监狱长是那么一个好心肠的人，假若他没有这种信仰作支持，他便不能够这么生活着。因此他不动地笔直地站着，热心地鞠躬画十字，当他们歌唱“小天使呀”时，他极力要受感动，当小孩们开始接受圣餐时，他走到前面，亲自举起一个受圣餐的孩子，抱着他。

大部分的囚犯，除了少数明白地看出有这种信仰的人所受的欺骗，并且心里笑这种欺骗之外，都相信在这些金圣像、蜡烛、茶杯、法衣、十字架、重复而不可懂的话“最可爱的耶稣”与“可怜我吧”之中含着神秘的力量，借这种力量可以在今生和来生得到更多的方便。虽然他们大部分的人做了一些尝试，用祈祷、蜡烛去获得今生的方便而没有得到，他们的祈祷未得应验，却坚信这种失败是偶然的，而这种被学者与总主教所赞成的组织依然是很重要的组织，并且它即使不是为了今生也是为了来生所不可少的。

马斯洛发也是这么相信的。她和别人一样，在做礼拜时感觉到虔敬与烦闷的混合情绪。她站在屏墙后边的人群当中，除了她的同伴，看不见别的人，当受圣餐的人走到前面，而她和非道茜亚一同前移时，她看见了监狱长，在监狱长后边的典狱们当中一个有浅色胡须与红发的小农民——非道茜亚的丈夫，他一动不动地看他的妻子。在唱赞美歌时马斯洛发向他看着，和非道茜亚低声交谈着，直到别人都做的时候才画十字、鞠躬。

四十一

聂黑流道夫一早就离开了家里。在小街上已经有一个乡间农人在赶车，用奇怪的声音喊叫：

“牛奶，牛奶，牛奶!”

昨天下了初次的温暖的春雨。在没有铺路的地方，草色都忽然发绿了。花园里的桦树洒上丁绿毳毛，樱树和白杨展出了长而香的叶子，家宅和商店都把套窗下了，把窗子拭干净。

在聂黑流道夫所要经过的旧衣市场上，密集的人群拥挤在摆成一列的棚子前，衣服褴褛的人在腋下挟着靴子，在肩上搭着熨好的裤子和背心走动着。

饮食店里已经拥挤着从工厂里放工出来的穿着清洁衣服和光亮皮靴的男人、头戴漂亮绸巾身穿玻璃玉镶边衣服的妇人。警察们拿着系黄丝带的手枪站在岗位上，注视着那可以使他们脱离那恼人的无聊之感的骚乱。在林荫道的小径上，在刚刚发绿的草地上，小孩们和狗跑着玩着，愉快的保姆们坐在凳子上交谈着。

在左边阴处尚是清凉潮湿而中部已干的街道上，沉重的货车不停地在车道上轰辗着，快车飞奔着，有轨马车响着铃。各方面的钟的合鸣声与钉铛声震动着空气，叫人去参与那种和监狱里此时所做的相同的礼拜。盛服的人群到各自的教区教堂里去。

车子没有把聂黑流道夫送到监狱门前，只送到通达监狱的街道转角。

有几个男人和女人，大部分带着包裹，站在距监狱约有一百步的转角处。右边是一些矮的木房子，左边是一个有招牌的两层楼的房子。监狱的石墙大屋子在前面，探监的人不许走近。一个带枪的卫兵来回走动着，严厉地向那些想越过他的人喊叫着。

在右边木房子的门口，对着卫兵，有一个穿金扁绦制服的、拿着记事册的典狱坐在凳子上。探监的人走到他那里，说出所要探访的人，他写了下来。聂黑流道夫也走到他那里，说了卡切锐娜·马斯洛发。典狱写了下来。

“为什么还不让进去呢?”聂黑流道夫问。

“在做早祷。下了早祷，就让进去了。”

聂黑流道夫回到等候的人群那里。从人群中走出一个穿破衣服、戴皱帽子、穿断筒破靴的光腿的、全脸有伤痕的人，向监狱走去。

“你向哪里跑?”持枪的兵向他喊叫。

“你说的什么废话?”穿破衣的人回答之后，便向回走，对卫兵的喊叫一点儿也不感觉狼狈，“你不让去，我就等。可是他叫得全像一个将军。”

大家赞同地笑起来。探监的大部分人是衣服不好的甚至褴褛的人，但也有外表很好的男女。在聂黑流道夫旁边站着一个好衣服的、剃刮干净的、肥胖红润的人，他手里挟着一个包裹，显然是衬衣。聂黑流道夫问他是不是第一次到这里来。带包裹的人回答说他每个星期日到这里来，于是他们交谈了。他是一个银行的司阍。他来看他的因伪造罪而被监禁的一个兄弟。这个好心肠的人向聂黑流道夫说了全部的事件，并且正想问他，但这时，他们的注意力被一辆纯种大黑马所拖的橡皮轮盘的快车上的一个大学生和一个戴面纱的妇人吸引去了。这个大学生带了一个大包裹。他走到聂黑流道夫面前，问他能不能，并且应该如何才能把他带来的施送面包交给犯人。

“这是我的未婚妻的意思。这就是我的未婚妻。她的父母劝我们带来给犯人的。”

“我是第一次来，我不知道，但我想，应该问这个人。”聂黑流道夫指着穿扁绦制服、拿着记事册、坐在右首的典狱说。

在聂黑流道夫和大学生谈话时，那个正当中有一个窗口的大铁门打开了，从里面走出一个穿制服的监狱官，和另一个典狱，拿记事册的典狱宣布探监人开始入门。卫兵站到一边，所有的探监人，好像是怕耽误时间，快步地、有的甚至跑步地，拥到监狱门前。在门口站着一个典狱，他在探监人从他身边走过时，计算着数目，大声说：十六，十七，云云。另一个站在屋内的典狱用手摸着每个人，也数着走进另一道门的人，以便在出来时核对数目，不留一个探监人在狱内，也不放一个囚犯出去。这个计算的人没有看是谁走过去，用手拍聂黑流道夫的背，典狱的手的这一触在最初使聂黑流道夫生气了，但立刻他想起他是为什么来的，他觉得不满与愤慨的情绪是可耻的了。

门里第一个部分是一个有穹隆的、小窗子上有铁栏的大房间。在这个叫作会客厅的大房间里，聂黑流道夫十分诧异地看见壁龛里一个磔刑画像。

“这是干什么的?”他想，不觉地在心中把基督画像和解放，却不是和监禁，联在一起。

聂黑流道夫慢步地走着，让急切的探监人走上前，自己感觉着混合的情绪——对监禁在这里的那些歹人的恐惧，对这里的那些无罪者如同昨天被审的青年和卡邱莎的同情，以及对眼前的相会的羞怯和感动。在第一个房间另一端的门口，典狱说着什么。但聂黑流道夫沉浸在自己的思想中，没有注意到这个，继续走着大部分探监人所走的方向，即是走向男牢部分，而不是走向他应去的女牢部分。

让急切的人上了前，他最后走进会客室。当他打开门走进会客室时，第一件令他惊讶的事是震耳的混合成一个轰轰声的几百个喊叫声。那些涌聚在分隔房间为两部分的网子前面的人们，好像聚在糖上的苍蝇，聂黑流道夫一直到走近他们时，才明白了是怎么回事。这间后面墙上有窗子的会客室，不是由一道，而是由两道从天花板到地板的铁网分成两半。典狱在两网之间行走着。在网的这一边是囚犯，另一边是探监人。在两方的人当中有两道网和三阿尔申[1]的距离，因此不但不能够授递任何东西，而且要看得清面孔也是不可能的，特别是对于近视的人。说话是困难的，要用尽了气力呼喊，才能听见。

两方面都有紧贴在网上的面孔，丈夫的、妻子的、父亲的、母亲的、孩子的面孔，极力想要互相看得清楚，说出应说的话。

但是因为每个人极力想要说得让对谈者听得见，他旁边的人也想这样，于是他们的声音互相妨碍，每个人极力要使叫声压倒别人。因此产生了在聂黑流道夫刚进房时，令他惊异的那夹杂着叫声的喧嚣。要辨别出来说了什么，是一点儿也不可能的。只可以凭面孔推断说的是什么，说话人之间是什么关系。挨近聂黑流道夫的是一个戴头巾的老妇人，她紧贴着网子，下颏颤抖着，向剃了半个头的苍白的青年喊叫着什么。这个囚犯抬起眉毛，皱着额头，注意地听她说。在老妇人旁边是一个穿农民衣服的青年，他把手放在耳朵上摇着头，听着和他相似的、有憔悴的脸和白胡须的囚犯向他所说的话。再过去是一个穿破衣服的人，摇着手，叫着什么，并且在笑。在他旁边有一个妇人，披着好的羊毛头巾，抱着小孩坐在地上，她在啜泣，显然是第一次看见网子那边穿囚服、剃了半个头、戴着镣的白发的人。在这个妇人的旁边是和聂黑流道夫谈过话的司阍，他用全身的劲在喊那边的一个秃顶的有明亮眼睛的囚犯。

当聂黑流道夫明白了他要在这种情形下说话时，他心中产生了对于那些能够造成并维持这种情形的人的愤慨情绪。他觉得诧异的就是这种可怕的情形，这种对于人类情感的嘲弄没有令任何人觉得愤慨。士兵们、监狱长、探监人和囚犯们都做得好像认为这是应当如此的。

---

[1] 约合二公尺余。——译者

聂黑流道夫在这个房间里留了五分钟光景，感觉到某种奇怪的愁闷情绪，意识到自己的无力以及他和全世界的不协调，一种精神上的作呕情绪，好像在船上的摇动发晕支配了他。

四十二

“但是我应该做我到这里来所要做的事，”他鼓励着自己说，“要怎么办呢?”

他开始寻找狱官，看见了一个有胡髭的、挂文官肩章的、在人群之后走动的、矮而瘦的人，便把脸对着他。

“您阁下能不能告诉我，”他带着特别紧张的礼貌说，“妇女们关在哪里，在哪里准许见她们?”

“您是要到女子部去吗?”

“是的，我想看一个女囚犯。”聂黑流道夫带着同样紧张的礼貌回答。

“您在会客厅里的时候就该说的。您要看谁?”

“我要看叶卡切锐娜·马斯洛发。”

“她是政治犯吗?”副狱长问。

“不是，她只是……”

“就是了，她判决了吗?”

“是的，她是前天判决的。”聂黑流道夫谦卑地回答，恐怕损害了似乎是对他关切的副狱长的心情。

“要是到女子部，就请走这边。”副狱长说，显然由聂黑流道夫的外表断定了他是值得注意的。“谢道罗夫，”他对着一个有胡髭的、挂肩章的伍长说，“领这位先生到女子部去。”

“是。”

这时候在栅栏边传来了谁的伤心的啜泣声。

聂黑流道夫觉得一切都是奇怪的，而最奇怪的是他须感谢、并觉得自己是受惠于监狱长与典狱长，就是做着在这个屋子里所做的残忍行为的人。

伍长领了聂黑流道夫从男会客室走上走廊，立刻打开对面的门，把他领进女会客室。

这间房和男会客室一样，被双层的网分成两半，却比较小一点，这里的探监人和囚犯也少一点，但叫声和喧嚣是和男会客室里一样。同样地在两网之间狱官走动着。这里的狱官是一个女典狱，她穿着袖上有扁绦的、镶蓝边的制服，系蓝腰带，和男典狱相同。和男会客室同样的是，两边都有人涌聚在网前，这边是穿各样衣服的城里的人，那边是囚犯们，有的穿白衣，有的穿自己的衣服。整个的网子前面都有人。有的踮脚站着，要从别人的头上让说的话被人听见，有的坐在地上交谈。

因为惊人的叫声和样子而最令人注意的女囚犯是头发凌乱的瘦瘦的催刚女子，她的头巾在鬈发上滑下来，她几乎是站在房间那边的正中，在一个柱子旁边，做着迅速的手势，向一个穿蓝袍子的、腰带系得很低很紧的催刚人喊叫着什么。在催刚人旁边是一个蹲在地上的士兵，他和女囚犯在说什么。他旁边是一个年轻的有漂亮胡须的农人，紧靠着网子站着，他穿着草鞋，脸色发红，显然是难以约制眼泪。一个好看的、有美丽头发的女囚犯和他说话，用明亮的蓝眼睛望着他。这是非道茜亚和她的丈夫。旁边站着一个穿破衣服的人，和一个乱发的宽脸的妇人在交谈。过去是两个妇人，再过去是一个男人，又是一个妇人，每人对面有一个女囚犯。其中没有马斯洛发。但在女囚犯们的后边，还站着一个妇人，聂黑流道夫立刻便知道这是她，他立刻感觉到他的心跳得很快、他的呼吸停顿。决定的时刻来到了。他走到网子前，认出了她。她站在蓝眼的非道茜亚的背后，微笑着，听着她所说的话。她没有穿监狱大衣，像前天那样，她穿了白上衣，有腰带束得很紧，胸前高高突起。在头巾下面，如同在法庭上一样，露出鬈曲的黑发。

“马上就要决定了，”他想，“我怎么称呼她呢？或者她自己走来呢？”

但她自己没有走来。她在等候克拉拉，绝未想到这个男人来看她。

“您要看谁？”在网当中走动着的女典狱，走到聂黑流道夫面前来问。

“叶卡切锐娜·马斯洛发。”聂黑流道夫几乎不能够说出来。

“马斯洛发，有人来看你！”女典狱喊道。

四十三

马斯洛发环顾了一下，抬起头，挺起胸脯，带着她所特有的、为聂黑流道夫所熟悉的、有所准备的表情，在两个女囚犯之间挤进来，走到网前，惊讶地怀疑地注视着聂黑流道夫，没有认出他。

但是凭他的衣服认出他是富人，她微笑了一下。

“您看我吗？”她把有斜眼的笑脸贴着网子说。

“我想看……”聂黑流道夫不知道是说“您”抑或是说“你”，他决定了说“您”。他的声音并不比平常说得高，“我想看您……我……”

“你不要向我说废话，”他旁边的穿破衣服的人喊叫，“你拿到了还是没有拿到？”

“他们向你说，他要死了，还有别的吗？”谁在另一边喊叫。

马斯洛发听不见聂黑流道夫所说的话，但在他说话时，他脸上的表情忽然使她想起了他。但她不相信自己。笑容从她的脸上消失了，额头开始痛苦地打皱。

“听不见您说什么。”她眯着眼大声说，额上皱纹愈益加深了。

“我来了……”

“是的，我在做我应该做的，我在忏悔。”聂黑流道夫想。他刚刚想到这个，泪便涌进了他的眼，涌上他的喉咙，他用手指抓住网子，沉默着，费力地不使自己啜泣。

“我说，为什么不应当在那里遇到……”这边男子的叫声。

“你相信上帝，我不知道。”那边女囚犯叫。

马斯洛发看见了他的兴奋认出了他。

“好像……我不认得了。”她喊道，没有望着他，她的忽然发红的脸变得更忧悒。

“我来了求你原谅我。”他大声喊叫，没有抑扬，好像是背熟了的功课。

喊出了这话，他觉得羞耻，于是他环顾了一下。但立刻有了这种思想，就是，假若他觉得羞耻，那更好，因为他应该忍受羞耻。于是他高声继续说：

“原谅我，我从前罪过太大……”

她不动地站着，斜视的眼睛没有离开他。

他不能再向下说了，他离开网子，极力抑制着使他的胸部震动的啜泣。

副狱长，就是那个指示聂黑流道夫到妇女部来的人，显然对他发生了兴趣，来到这个房间，看见聂黑流道夫不在网前，问他为什么不同他要见的女子说话。聂黑流道夫擤了擤鼻子，振作了精神，力求显得宁静，说：

“隔着网子说话困难，什么也听不见。”

副狱长想了一下。

“哦，好的，可以把她带出来在这里待一会儿。”

“玛丽亚·卡尔洛芙娜！”他转向女典狱说，“把马斯洛发带出来。”

片刻之后马斯洛发从旁门走出来了。她用轻软的脚步走到聂黑流道夫面前，停下来低头看了看他。她的黑发，还和三天前一样，分成许多鬈曲的小环，她的脸浮肿、苍白而不健康，却好看并且十分泰然，发亮的斜视的黑眼睛在浮肿的眼睑下特别光亮。

“可以在这里谈。”副狱长说后就走开了。

聂黑流道夫走到墙边的凳子前。

马斯洛发疑问地瞥了瞥副狱长，然后好像惊讶地耸了耸肩膀，跟聂黑流道夫走到凳子前，理了理裙裾坐到他旁边。

“我知道，您是难以原谅我的，”聂黑流道夫开言，但又停住，觉得眼泪在阻碍他，“但假若不能够纠正过去，我就现在做我所能做的一切。您说……”

“您怎么找到我的？”她问，没有回答他的问题，她的斜视的眼睛似乎是望着又似乎不是望着他。

“我的上帝！帮助我吧。教我怎么做吧！”聂黑流道夫望着她的变色的现在变丑的脸，向自己说。

“在前天审判您的时候，我是陪审员，”他说，“您没有认出我吗？”

“没有，没有认出。我没有工夫去认人。我看也没有看。”她说。

“是有过一个小孩吗？”他问，觉得自己的脸发红。

“谢谢上帝，当时就死了。”她简短地愤怒地回答，把目光离开了他。

“怎么的，为什么？”

“我自己生病，几乎死了。”她说，没有抬起眼睛。

“姑妈怎么放您走了？”

“谁要留下有小孩的女佣人？她们注意到，便赶走我了。但为什么要说呢？我什么也记不得了，统统忘了。一切都完了。”

“没有，没有完。我不能够让它这样。我想现在就赎我的罪。”

“用不着赎，做过的事是做过了，过去了。”她说，并且出乎他意料，她忽然地注视他，不愉快地、诱惑地并且可怜地微笑着。

马斯洛发绝没有料到看见他，特别是现在在这里，因此在最初的片刻，他的出现使她惊异，使她想起她从不想起的事情。在最初的片刻她漠然地想起了那个爱她的并且是她所爱的优美少年给她所打开的新奇的感情与思想的世界，后来她又想起了他的不可了解的残忍，以及跟随在这个不可思议的幸福之后并由它而产生的整串的侮辱与艰苦。这使她痛苦。但是她不能够明白这个，她现在做了她一向所做的事，她从自己心中赶走这些回忆，极力用堕落生活的特别云雾包裹着它；她现在正是这么做。在最初的片刻，她把现在坐在她面前的人和那个她曾经爱过的少年结合起来了，但后来看到这太痛苦了，她不再把他们连在一起想了。现在这个衣服清洁的、有洒香水的胡须的、生活讲究的绅士，在她看来，已经不是那个她所爱过的聂黑流道夫，而只是一个这样的人。他们在需要的时候便享用一下像她这样的人物，而像她这样的人物，也尽量于己有利地享用他们。就是因此她诱惑地对他微笑了一下。她沉默着，想着享用他的什么。

“一切都完了，”她说，“现在判决了惩役。”

当她说出这个可怕的字眼时，她的嘴唇打颤。

“我早知道，我早相信您是无罪的。”聂黑流道夫说。

“当然，是无罪的。难道我是贼或者强盗。我们这里的人说，一切都决定在律师，”她继续说，“她们说，应当呈递请愿书。她们说，只是花钱多……”

“是的，一定的，”聂黑流道夫说，“我已经同一个律师说过了。”

“不应该爱惜钱，要找好的。”她说。

“我会尽力去办。”

沉默来临。

然后她又那么微笑了一下。

“我还想向您要……钱，假如可以的话。一点点……十个卢布，不用多。”她忽然地说。

“就是，就是。”聂黑流道夫混乱地说，取着皮夹。

她迅速地瞥了瞥在室内来回走着的副狱长。

“不要当他面给，等他走开了，不然他就拿去了。”

当副狱长刚刚转过身时，聂黑流道夫便取出皮夹，但是没有来得及递出十卢布的钞票，因为副狱长又把脸转过来对着他们了。他把钞票捏在手里。

“原来这是一个死妇人。”他想，望着那从前是可爱的而现在是污秽而浮肿的脸，闪着不好的光芒的、斜视的黑眼睛注视着副狱长和他的捏着钞票的手。他有了片刻的踌躇。

昨夜说话的那个恶魔又在聂黑流道夫心中说话了，和寻常一样，极力使他离开应该怎么办的问题，而注意到他的行为有何结果以及什么是有益的问题。

“不要和这个妇人做任何事情，”这个声音说，“你只是在颈子上加一块石头，它要使你淹死，阻碍你对于别人有用。给她钱，所有的钱，和她告别，和她永远断绝一切，不好吗?”他似乎这么感觉。

但同时他觉得，现在，此刻他的心灵中正在完成一件最重要的事情，他的内心的生活这时候好像是在摆动的天平上，只要用些微的力量就可以使它倒在这一边或那一边。他做了这种努力，呼唤他昨天觉得是在他心灵中的那个上帝，那个上帝立刻回答了他。他决定立刻向她说出一切。

“卡邱莎！我来求你原谅我，你却没有回答我。你原谅了我吗？你永远地原谅我吗?”他说，忽然改称“你”。

她没有听他说，只时而看他的手，时而看副狱长。当副狱长转过身时，她迅速把手伸到他面前，抓了钞票，放在腰带下边。

“奇怪，您说什么?”她说，他觉得她是轻蔑地微笑着。

聂黑流道夫觉得她心中有什么显然仇视他的东西，支持着现在这样的她，并且妨碍他感动她的心灵。

但奇怪的事情是，这不仅不使他远离，而且用一种特别的新力量把他向她拉得更近。他觉得他应该唤醒她的心灵，而这是极困难的；但就是这种困难吸引他。他现在对她所怀的心情是他从前对她对任何人所从未有过的，在这种心情里没有私人的东西，他自己不希望得到她任何东西，只是希望她不再是她现在这样，希望她觉醒，变得像她从前那样。

“卡邱莎，你为什么那么说？我明白你，记得你，那时候在巴诺……”

“为什么想起旧事？”她冷淡地说。

“我想起，是为了消除并赎我的罪过，卡邱莎。”他开始说，想说到他要娶她，但他遇见了她的目光，在里面看到了那样可怕、粗野、可厌的东西，他不能说了。

这时候探监人开始散去了。副狱长走到聂黑流道夫面前说会客的时间完了。马斯洛发站起来，顺从地等候着放她走。

“再见，我还有许多话要向您说，但您知道，现在不能够，”聂黑流道夫说，伸出了手，“我还要来。”

“似乎全说完了……”

她伸出手，但没有紧握。

“不，我还要设法来看您，找个可以谈话的地方，那时候我向您说一件我应该向您说的很重要的事。”聂黑流道夫说。

“好的，来吧。”她说，露出对她想要讨欢喜的男人们所笑的那种笑容。

“您比姊妹对我还亲近。”聂黑流道夫说。

“奇怪。”她重复说，摇着头走到网后去了。

四十四

在第一次会面之前，聂黑流道夫期望，卡邱莎看见了他，知道了他要为她服务的意思和他的忏悔，便会觉得高兴，受感动，又成为卡邱莎，但令他觉得可怕的是，他看见的不是卡邱莎，只是一个马斯洛发。这使他惊异，使他惧怕。

最使他惊异的是马斯洛发不仅不觉得自己的地位可羞——不是女囚犯的地位（她觉得这个可羞），而是娼妓的地位——而且似乎满意，甚至骄傲她的地位。但这是不应该的。任何人，为了能够正常生活，必须认为他自己的行为是重要的、良好的。因此，不管一个人的地位如何，他对于人们的一般的生活都会有基本一致的看法，按照这种看法，他认为自己的行为是重要的、良好的。

人们通常以为贼、凶手、间谍、娼妓会认为自己职业不好，应该觉得羞耻。但情形却全然相反。被命运与自己的“罪过错误”置于某一地位上的人们，不管这个地位是多么不正当，也要认为自己在过与一般人同样的生活，按照这种看法，他们的地位在他们看来是良好的、可敬的。为了维持这种看法，人们本能地要依恋那样的人群，这人群里面的人，都承认他们对于生活以及对于他们在这种生活里的地位所采取的见解。当问题涉及窃贼夸耀自己的狡猾，娼妓夸耀自己的堕落，凶手夸耀自己的残忍时，我们是要惊讶的。但这使我们惊讶，只是因为这种人的团体范围是有限的，尤其是因为我们是在它的外边。但这同样的现象不也发生在夸耀自己财产（即盗劫）的富人当中，在夸耀自己胜利（即凶杀）的军事长官当中，在夸耀自己权柄（即暴力）的统治者当中吗？我们看不见这些人为了辩护他们的地位而有的关于生活与善行的见解的错误，只是因为有这种错误见解的人群是较大的，而我们自己也属于这一群。

在马斯洛发心中也形成了这种对于自己的生活和自己在世界上的地位的看法。她是判了惩役的娼妓，虽然如此，她却为自己形成了那样的人生观，根据这个，她可以对自己满意，甚至在人前骄傲自己的地位。

这种人生观的内容是说，一切男子，没有例外，一切老年、青年、中学生、将军、受过教育的、未受过教育的——他们的最大幸福是和动人的妇女的性交，因此一切男子，即使是假装着从事于别的事情，在实际上只希望这一件事情。她也是一个动人的妇女，她可以满足或者不满足他们的这种欲望，因此她是重要的不可少的人。她全部的过去和现在的生活是这种看法正确的证明。

在十年之间，凡她所在的地方，她看到一切的男子——从聂黑流道夫和老警官到监狱的典狱官们都需要她；她没有看到没有注意到那些不需要她的男子。因此她觉得全世界是被淫欲所冲动的人的集合，他们在各方面窥伺她，并极力想用一切可能的手段——欺骗、暴力、购买、狡猾——去占有她。

马斯洛发便是这样地了解人生，并且凭了这种对生活的认识，她不仅不是最卑微的，而且是很重要的人。马斯洛发重视这种对生活的认识，超过了世上的一切，她不能不重视它，因为改变了这种生活的认识，她便失去了这种认识所给予的她在人们当中的重要性。为了不失去自己生活的意义，她本能地依恋着那种对生活和她采取同样看法的人群。感觉到聂黑流道夫要把她带入另一世界，她拒绝他，并预见到，在他领她所进的世界里，她将失去她的给她信念与自尊的那种生活地位。凭这个理由，她从心中赶走青年初期以及她和聂黑流道夫最初关系的回忆。这些同情不合乎她现在的世界观，因此已经完全从她的记忆中被铲除了，或者不被触动地藏在她记忆中的什么地方，而且是那样地紧闭、堵塞，不让任何东西触到它们，好像蜜蜂堵塞那可以破坏全部蜜蜂工作的蜡虫的巢。因此现在的聂黑流道夫在她看来不是她从前以纯洁的爱情所爱过的那个人，只是一个可以并且应该被享用的有钱的绅士，并且和他只能有和一切男子所有的那种关系。

“不，我没有说出主要的地方，”聂黑流道夫想，和别人一同向出口走去，“我没有向她说，我要娶她。我没有说，但我要做出来。”他想。

站在门前的典狱们，放行时，又用双手计数探监人，为了没有一个多余的人走出去或留在监狱里。现在在聂黑流道夫肩上的拍掌，不仅没有使他生气，而且他甚至没有注意到这个。

四十五

聂黑流道夫想改变他的外在生活：租出他的大住宅，遣散仆人们，搬进旅馆去住。但阿格拉菲娜·彼得罗芙娜向他证明在冬季之前改变生活的安排是没有任何理由的，夏间没有人租房子，而且他必须生活，必须把家具和物品放在什么地方。因此聂黑流道夫要改变他的外在生活的全部努力（他想过得简单，像大学生活那样）没有任何结果。不仅一切如旧，而且家里开始了加强的活动；一切羊毛的和毛皮的物品都要吹风、挂起来抽打，参与的人有守门的，他的下手，厨子和考尔聂自己。开始是拿出并在绳索上挂起一些制服和从来没有人用的奇怪的皮货；然后是搬出地毡和家具；守门的和下手，卷起有肌肉的手臂上的袖子，用力地有节奏地打出这些东西的灰尘，各个房间里发出了石蜡油精的气味。

走过院子时，从窗里看出去时，聂黑流道夫诧异这一切东西是异常之多，并且这一切无疑是无用的。“这些东西的唯一用途与意义，”聂黑流道夫想，“乃是让阿格拉菲娜·彼得罗芙娜、考尔聂、守门的、他的下手、厨子有机会做运动。”

“在马斯洛发的案子没有决定的时候，现在不值得改变生活方式，”聂黑流道夫想，“并且这太困难了。没有关系，在他们释放她或者流放她而我跟她去的时候，一切都会自行改变的。”

在律师法那润指定的日子，聂黑流道夫去看他。聂黑流道夫进了他私人的华丽的住宅，那里有各样高大的植物和惊人的窗帘，和那种表示有闲钱，即不劳而获的钱的奢华的物件，这种物件只有意外发财的人才有，聂黑流道夫在外室看到许多等候轮次的客人，好像在医生那里一样，他们颓丧地坐在桌前，桌上有供他们消遣的插图杂志。律师的助手坐在那里的高台子前，他认出了聂黑流道夫，走到他面前，向他问候，并说他立刻就去通报主任。但助手还没有走到公事房的门前，门自己开了，听到了一个年纪大、肥胖、红脸、密胡髭、穿全新衣服的商人和法那润本人的高大生动的声音。在两个人的脸上都有那种在刚刚做了有利而不十分正当的生意的人们脸上所有的表情。

“是阁下自己的错。”法那润微笑着说。

“要不是罪过不方我们，[1] 我们就会到天堂里去了。”

“哦，哦，我们知道。”两人不自然地笑起来。

“啊．公爵，请进来。”看见了聂黑流道夫，法那润说，向走开的商人又点了一次头，把聂黑流道夫领进他的合乎严格规范的办公室。

“请吸烟。”律师说，坐在聂黑流道夫的对面，约制着因刚才那笔生意的成功所引起的笑容。

“谢谢，我是为马斯洛发的案子。”

“是，是，就谈吧。啊，这些富商是多么混蛋！”他说，“您看到那个人吗？他有一千二百万资金。他说‘方我’，可是只要能抽出你的二十五卢布的吵票，他会用牙齿去掘的。”

“他说‘方我’但你不是也说‘二十五卢布吵票’。”这时聂黑流道夫想着，感觉到对于这个轻佻的人的不可克制的憎恶，他是想用自己的音调表示他和聂黑流道夫属于一个阵营，其余的诉讼委托人属于另一阵营。

“他已经很令我厌烦——可怕的流氓。我想放松我的心情，”律师说，好像是解释他没有说到正事，“好吧，谈您的案子……我细心地看过了，并且像屠格涅夫所说的，‘不赞成它的内容’，就是说，那个做律师的是一个笨家伙，把上诉的理由全遗漏了。”

[1] 不方我们是不放我们，这和下面的吵票（钞票）是描写两人用字错误的。——译者

“那么您怎样决定的呢?”

“等一下。告诉他,”他向进房的助手说,“我怎么说的就要怎么办;他能够就好,不能够也没有关系。”

“但他不同意。”

“好,没有关系。”律师说,他的脸色顿然由高兴善意的变成了愁闷恶意的。

“他们说,律师白白地得人钱,”他说,在他的脸上又带来先前的愉悦,“我使一个破产的债户免掉了完全不正当的控告,现在他们都向我这里跑了。但每个这样的案子要费很大的精力。我们也像一位作家所说的,在墨水瓶里留下了一块肉。至于您的案子,或者是令您发生兴趣的案子,”他继续说,“办得很糟,没有好的上诉的理由,但我们仍然可以试一试去使它收回判决,这就是我写下来的。”

他拿出几页写满的纸,迅速滑过若干无趣的形式的字眼,特别注意地读出别的,他开始读:

“呈刑事上诉法庭,云云,云云,这种,云云,怨诉。有了决定,云云,云云,判决,云云,这个马斯洛发判定有用毒药害死商人斯灭尔考夫性命之罪,根据刑事法典判决云云做苦役云云。”

他停住了。虽然是很习惯了,显然他却仍然高兴地听着自己的谈吐。

“这个判决乃是严重违背法律程序与错误的结果,”他小心地继续着,“须要撤销。第一,审问时,斯灭尔考夫内部检查报告的宣读在开始即被庭长打断——这是第一点。”

“但这是控诉人要求宣读的。”聂黑流道夫惊讶地说。

“没有关系,辩护人也可以有理由要求这个。”

“但这已经没有任何理由需要如此了。”

“这仍然是上诉的理由,还有:第二,马斯洛发的辩护人,”他继续诵读,“在他发言的时候,当他要表现马斯洛发的个性,说到她堕落的外在原因时，他被庭长阻止了，理由是辩护人的话显然与案件直接无关。但是，如同大理院所一再指示的，在刑事案件中，说明犯人的性格与一般的道德观点是极重要的，即使是为了责任问题的正当决定——这是第二点。”他说，看了看聂黑流道夫。

“但是他说得很不好，因此没有人能够了解。”聂黑流道夫说，更加觉得惊异。

“他完全是一个笨瓜，当然，没有一点说得有条有理，”法那润带着笑声说，“但仍然是上诉的理由。好，再看，第三，庭长在结论中，违反刑事诉讼程序法第八〇一条第一节的断然要求，没有向陪审员说明由于什么法律观点而构成罪状，并且没有向他们说，即使认为马斯洛发对斯灭尔考夫施用毒药这事实是确定的，他们还有权利认为她的这件行为无罪；因为她没有杀人的意思，并因此而承认她的罪不是由于刑事的犯罪，而只是由于过失——不当心，结果出乎马斯洛发意料，商人死于非命。这是要点。”

“但我们应该自己明白这个。这是我们的错。”

“最后，第四，”律师继续说，“陪审员对于法医所提马斯洛发罪状问题所作的回答里含有明显的矛盾。马斯洛发被控有意毒害斯灭尔考夫，目的是在贪财，这是她杀人的唯一动机。陪审员在他们的回答中否认了盗窃的目的，否认马斯洛发参与偷取珍贵物品，由此观之，他们也有意否认犯人的杀人意图，只是由于庭长的不完全结论所引起的误会他们没有在回答中适当地表出此点，因此陪审员的这种回答绝对需要引用刑事诉讼程序法第八一六和第八〇八条，即庭长向陪审员说明他们所犯的错误，重新讨论，对于犯人的罪状问题重作回答。”法那润读完。

“为什么庭长没有做这个？”

“我也想知道为什么。”法那润带着笑声说。

“那么大理院要纠正这个错误吗？”

“这要看当时是哪个慈善家做主席。”

“什么慈善家?”

“慈善院里的慈善家。嗯，就是这个问题了。我们还写了：这种判决没有给予法庭权利，”他迅速地继续说，“去定马斯洛发的刑罚，刑事诉讼程序法第七七一条第三目的应用是我们刑事诉讼基本原则的明显重大的破坏。根据上述的理由，我敢请愿云云，云云，根据刑事诉讼程序法第九〇九条第九一〇条第九一二条第二目，第九二八条收回判决云云，云云，并移转此案交该法院另一庭重行检察。就是这样了，凡是所能做的都做了。但是我该坦白，成功的希望是不大的。不过，一切都决定于大理院的大法官。假若有什么门路，你就去奔走。”

“我认识几个人。”

“那就赶快，不然他们就要去治疗痔疮了，那时候就还要等三个月……那么，假如失败，我们还可以向皇上请愿。这也决定于幕后的活动。在那时候我也预备资金效劳，是在做请愿书方面而不是在幕后活动。”

“谢谢您，酬劳费是……”

“助理会给您请愿书，告诉您的。”

“我还要问您一句检察官给了我一张出入证到监狱去看这个人，在监狱里他们向我说，要在其他的日子和别的房间里去会面，还要有省长的许可。这是需要的吗?”

“我想是的。但现在省长不在这里，副省长执行职务。但他是那样一个十足的笨虫，您和他办事是很难的。”

“他是马斯林尼考夫吗?”

“是的。”

“我认识他。”聂黑流道夫说，站起来便要走。

这时候一个矮小、奇丑、扁鼻子、黄脸的瘦妇人，律师的妻子，快步地冲进房来，显然毫不厌烦自己的丑陋。她不仅穿得非常奇特，披着天鹅绒和绸缎的、又是黄色的又是绿色的东西，而且她的稀疏的头发是鬈曲的。她得意地冲进客室，带来一个高大的、笑着的、土色面孔的、穿着绸边的礼服、打白领带的人。这是一个作家。聂黑流道夫和他面识。

“阿那托尔，”她打开另一道门说，“到我这里来。这位塞妙恩·伊发诺维支答应了诵读他的诗，你一定要读一读加尔盛。”

聂黑流道夫想走开，但律师的妻子和丈夫低语了什么，又立刻向他转过脸来。

“公爵，我认识您，我认为介绍是多余的，我请您参加我们的文学早会。很有趣。阿那托尔诵读得好极了。”

“您知道，我有许许多多的事情。”法那润说，伸开双手，微笑着指着妻子，借此表示他不能拒绝这样有魔力的人物。

带着愁闷严厉的面色，极恭敬地对律师的妻子感谢了被邀的荣幸，聂黑流道夫拒绝了赴会，走进客室去了。

“这样的戴假面具的人!”律师的妻子在他走出时说到他。

在客室里助理把写好的请愿书递给了聂黑流道夫，关于酬劳费，他说阿那托尔·彼得罗维支·法那润定了一千卢布，并且说，本来这种案子阿那托尔·彼得罗维支是不接受的，只是为他才办理的。

“这个请愿书的签名，应当是谁的?”聂黑流道夫问。

“犯人她自己可以签，假如困难，那么，阿那托尔·彼得罗维支有了她的委托，也可以签。”

“不，我要带去给她签。”聂黑流道夫说，高兴着能有机会在指定日期之前看见她。

四十六

在通常的时间，在监狱的走廊上，响起了典狱的哨笛；铁锁响着，走廊和狱室的门打开了，光脚和鞋跟踏响着，抬粪桶的从走廊上走过，在空气中充满了难闻的臭味；男女囚犯们洗了脸，穿了衣服，到走廊上来受检查，检查之后，去取开水泡茶。

这天在喝茶时，监狱的各狱室里有了激动的谈话，说到这天有两个囚犯要受鞭打。一个是很识字的青年店员发西列夫，他在嫉妒发作时杀死了他的爱人。同狱室的人因为他的愉快、慷慨和对狱官们的坚强而欢喜他。他知道法规，要求执行法规。因此狱官们不喜欢他。三周之前，典狱打了一个挑粪的囚犯，因为他把菜汤溅在他的新制服上。发西列夫为挑粪的辩护说，打囚犯是不合法律的。典狱说“我要把法律给你看”，并且骂发西列夫。发西列夫也同样地回答。典狱想打他，但发西列夫抓住了他的手，抓住了三分钟，又扭过来，把他拖出门外。典狱申诉，于是监狱长命令把发西列夫送入禁闭室。

禁闭室是一排黑暗的小房间，有锁在外边锁着。在黑暗寒冷的禁闭室里既没有床又没有桌椅，因此被关禁闭的人只有坐着或躺在肮脏的地面上，有许多老鼠在地上跑着并从地上跑过，禁闭室里老鼠很多，而且那么胆大，要在黑暗中留存面包是不行的。它们从犯人的手下边偷吃面包，假如犯人们停止了动弹，它们甚至攻击犯人。发西列夫说他不到禁闭室去，因为没有罪。他们强迫他去。他开始抗争，并且有两个囚犯帮助他离开了典狱。典狱们聚集在一起，其中有力大著名的彼得罗夫。囚犯们被推倒，被推进了禁闭室。省长立刻接到报告说发生了类似暴动的事件。公文，要将两个主犯——发西列夫与流浪人聂波姆尼亚施支各鞭笞三十。这个处罚要在女会客室执行。

从傍晚起，这就被狱里的犯人们统统知道了，在各狱室里有着关于这个处罚的激动谈话。

考拉不列发、好罗纱芙卡、非道茜亚和马斯洛发喝过了伏特加酒，都脸红而且兴奋，马斯洛发现在不断地有酒，她慷慨地请她的同伴们。此刻，她们坐在角落上喝茶，谈到这事。

“他不会暴动的，不会做什么的，”考拉不列发说到发西列夫，用满嘴的硬牙齿嚼着一小块糖，“他不过是为同伴说话。因为现在不许打犯人了。”

“听说他是很好的人。”非道西亚添说，她把长辫子盘在头上，坐在板床对面一块木头上。茶壶放在板床上。

“假若现在向他说，米哈洛芙娜。”哨舍女看守向马斯洛发说，“他”是指聂黑流道夫。

“我要说的。他要为我做一切的。”马斯洛发微笑着回答。

“是的，他什么时候来呢？听说已经派人去找他们了。”非道西亚说，“这是可怕的。”她叹着气添说。

“我有一次看见过他们在乡里怎样打农人，公公把我送给村上的乡长，我去了但我看见他……哨舍女看守开始了很长的故事。

哨舍女看守的故事被上面走廊上的话声和步声所打断。妇女们安静了，倾听着。

“他们在拖了，魔鬼们，”好罗纱芙卡说，“他们现在要把他打死了。典狱们早就对他很凶，因为他不服从他们。”

上面一切沉寂了。哨舍女看守说完了她的故事，说他们在仓房里鞭打农人时她在心里是多么恐惧，她的心脏都要跳了出来。好罗纱芙卡说了施切格洛夫怎样被鞭打而他一声也不响。然后非道西亚收拾了茶具，考拉不列发和哨舍女看守拿起了针线，马斯洛发抱着膝盖坐在板床上，因为苦恼而烦闷着。她准备躺下来睡觉了，这时女典狱唤她到办公室去见客。

“你一定要提到我们，”在马斯洛发对着褪去一半水银的镜子整理头巾时，老妇人明绍发[1]向她说，“不是我们烧的，是他那个坏人自己放火的，工人看见的，他良心没有死。你告诉他，要他去看米特锐。米特锐会告诉他一切，这好像看手掌一样明白。但这是什么缘故，他们把我们关在牢里，我们魂也没有想到过做坏事，但他那个坏人，在酒店里占

[1] 明绍发是明绍夫的女性的变音。

有了别人的妻子。”

“这是不合法的!”考拉不列发断言着。

“我要说的，我一定要说的，”马斯洛发回答，“那么再喝一点儿壮胆子。”她挤了挤眼，添说。

考拉不列发给她倒了半杯酒。马斯洛发喝完，拭了嘴，怀着最愉快的心情，重复着她所说的话“壮胆子”，摇着头，微笑着，跟女典狱走上走廊。

四十七

聂黑流道夫早已等在客厅里。

当他来到监狱时，他在大门口按了铃，把检察官的出入证交给了值日典狱。

“您要见谁?”

“看女犯人马斯洛发。”

“现在不行，监狱长有事。”

“在办公室吗?”聂黑流道夫问。

“不在这里，在会客室里。”典狱回答，聂黑流道夫觉得他有点慌乱。

“今天接见客人吗?”

“不，是特别的事情。”他说。

“怎样可以会见他呢?”

“等他出来了，您再说。您等一下。”

这时，一个有辉煌的扁绦、光泽明亮的脸、胡须被烟草烟气所熏染的曹长从边门里走了出来，严厉地对典狱说话。

“为什么放人到这里来？……到办公室……”

“我听说，监狱长在这里。”聂黑流道夫说，诧异着曹长所表现的不安的神情。

这时里边的门开了，淌汗发火的彼得罗夫走了出来。

“他会记得。”他对着曹长说。

曹长用眼睛指示聂黑流道夫。于是彼得罗夫沉默着皱了皱眉，从后边的门走出去。

“谁会记得？为什么他们都这么慌乱？为什么曹长向他打暗号？”聂黑流道夫想。

“不能够在这里等的，请到办公室去吧。”曹长又向聂黑流道夫说。

聂黑流道夫正想要走，却从后边的门里走出了监狱长，他比他的下属更慌乱。他不停地喘气。看见了聂黑流道夫，他把脸转向典狱。

“非道托夫，从五号女狱室带马斯洛发到办公室来。”他说。

“请进吧。”他把脸转向聂黑流道夫。他们顺着斜陡的楼梯走进一间单窗子的，有写字台和几张椅子的小房。监狱长坐下。

“繁重，繁重的责任。”他对着聂黑流道夫说，掏着粗烟卷。

“您显然是疲倦了。”聂黑流道夫说。

“这一切的事务把我弄疲倦了，是很困难的责任。他们想改善他们的状况，却结果更糟。我只想要离开繁重、繁重的责任。”

聂黑流道夫不知道监狱长有什么特别的困难，但今天他看见他是在一种特别颓丧、绝望而令人怜悯的心情中。

“是的，我看是很繁重的，”他说，“您为什么要执行这种任务呢？”

“没有钱啦，有一个家。”

“但假使您觉得繁重……”

“好吧，我还是要向您说，您还是可以做点好事情的，我总要尽力改善。别人在我的地位上做事就完全不同了。这是容易说的：这里有两千多人，什么样的人啊！我们必须知道怎样应付他们。他们也是人，要可怜他们的。放松又是不行的。”

监狱长开始说出新近发生的囚犯的殴斗，结果打死了一个人。

他的叙述因典狱带马斯洛发进来而被打断了。

当她还未看见监狱长时，聂黑流道夫已经看见她到了门口。她的脸是红的。她迅速地跟在典狱背后，不停地微笑着，摇着头。看见了监狱长，她带着惊惶的脸色注视他，但立刻又镇静了，迅速愉快地转向聂黑流道夫。

“您好。”她拖长声音说，微笑着，用力握他的手，和上次不同了。

“我把请愿书带来给您签字，”聂黑流道夫说，微微诧异她今天招呼他时的活泼神情，“律师做了请愿书，签字后我们就要寄到彼得堡去。”

“当然可以签字的。一切都可以。”她眯着一只眼睛微笑着说。

聂黑流道夫从荷包里取出一份折起的文件，走到桌前。

“可以在这里签吗？”聂黑流道夫问监狱长。

“到这边来，坐下，”监狱长说，“这里是笔。会写吗？”

“从前会写。”她说，微笑着，理了理裙子和衣服袖子，坐到桌前，用小而有劲的手笨拙地握了笔，发出笑声，回盼了聂黑流道夫一下。

他向她说了怎样签、在哪里签。

小心地浸了笔，抖下墨水滴，她签了自己的名字。

“没有别的了吗？”她问，时而看看聂黑流道夫，时而看看监狱长，把笔时而放在墨水瓶上，时而放在纸上。

“我要向您说几句话。”聂黑流道夫从她手里拿了笔说。

“好吧，您说。”她说，忽然变为严肃，似乎想到什么事情或者想睡觉。

监狱长站起来走出去了，留下聂黑流道夫和她面对面在一起。

四十八

领马斯洛发的典狱坐在离桌子很远的窗台上。聂黑流道夫觉得做决定的时机来到了。他不断地责备自己第一次见面时没有向她说出重要的事情，就是他想娶她，现在他毅然决定了向她说这话。她坐在桌子的一边，聂黑流道夫对着她坐在另一边。房里明亮，聂黑流道夫第一次在短距离内清晰地看见了她的脸——眼角与嘴边的皱纹和眼的浮肿。他比先前更加可怜她。

斜倚在桌上，不让坐在窗边的典狱——有白络腮胡须的犹太人模样的人听见，他单独向她说：

“假如这个请愿书没有效果，我们就呈文给皇帝。我们要尽全力去做。”

“现在先要有一个好律师……”她打断他，“我那个辩护人完全是一个呆瓜。他只是向我说客气话，”她说，出声笑起来，“假如他们那时候知道我认识您，情形就不同了。现在怎样呢？他们以为人人是贼。”

“她今天多么奇怪啊。”聂黑流道夫想，刚要说自己的话，她又开始说了。

“我现在有几句话要说。我们这里有一个老太婆，是大家那么惊讶的，您知道。老太婆是好极了，却无缘无故关在这里，还有她的儿子；大家知道他们是没有罪的，但他们却被控告了放火，因此坐牢。您知道，她听说我认识您，”马斯洛发转动着头，看着他说，“她说：‘你告诉他，要他去看我的儿子，他会把一切告诉他。’他们姓明绍夫。那么，您要做吗？您知道，老太婆是好极了，一看就可以知道她是被冤枉的。您，亲爱的，奔走一下吧。”她望着他说，然后垂下眼睛微笑着。

“好，我去做，我知道了，”聂黑流道夫说，愈益诧异她的洒脱，“但我想和您说到我自己的事情。您记得我上次向您说了什么吗？”他说。

“您说的很多，上次说了什么呢？”她说，不停地微笑着，把头时而转向这边，时而转向那边。

“我说过，我来请求您原谅我。”他说。

“为什么呢？总是原谅，原谅，这没有用处……您顶好是……”

“我要赎我的罪过，”聂黑流道夫继续说，“不是用言语赎罪，是用事实赎罪。我决定娶您。”

她脸上顿然显出了恐惧。她的斜视的眼睛停顿着，似乎是望他又似乎不是望他。

“为什么要这样？”她愤怒地皱着眉说。

“我觉得我在上帝面前应该做这个。”

“您找到了什么样的上帝呢？您说的全不对。上帝吗？什么样的上帝？您该在那时候记得上帝。”她说，张开了嘴停住了。

聂黑流道夫直到此刻才感觉到她嘴里的强烈的酒味，明白了她兴奋的原因。

“您镇静点吧。”他说。

“我用不着镇静。你以为我醉了吗？我是醉了，但我记得我说的话，”她忽然迅速地说，脸色绯红，“我是女犯人，娼……您是绅士、公爵，你用不着因为我玷污你自己，到你的公爵小姐们那里去吧，我的价钱是十卢布。”

“你虽然说得残忍，你却说不出我所感觉到的心情，”聂黑流道夫全身颤抖着低声地说，“你想象不到我觉得自己是多么对你不起！……”

“觉得对不起……”她愤怒地模仿他，“你那时候不觉得这样，却塞给我一百卢布。这是你出的价钱……”

“我知道，我知道，但现在怎么办呢？”聂黑流道夫说，“现在我决定不离开你。”他重复“我说了什么，就要做什么”。

“但我说，你不要做！”她说，大声地笑起来。

“卡邱莎！”他开始说，摸着她的手。

“离开我。我是女犯人，你是公爵，用不着你在这里，”她大声说，因为愤怒而完全变了样子，挣出了她的手，“你想用我救你自己，”她继续说，急忙地说出她心中所想的意思，“你今生用我取乐，还想来生用我救你自己！我觉得你讨厌，你的眼镜，你全部肥胖肮脏的贱皮肉都讨厌。去，你去！”她大声说，用劲地跳起来。

典狱走到他们面前。

“你为什么吵闹！难道可以……”

“请你让她去吧。”聂黑流道夫说。

“她不要忘形了。”典狱说。

“不，请您等一会儿。”聂黑流道夫说。

典狱又走到窗前。

马斯洛发又坐下来，垂下眼睛，紧牢地握住自己的手指弯曲的小手。

聂黑流道夫对着她站着，不知如何是好。

“你不相信我。”他说。

“您要娶我，这永远办不到。我宁愿吊死！您看吧！”

“我还是要为你服务。”

“好吧，这是您的事。可是我什么也不需要您的。我向您说实话，”她说，“为什么我那时候不死呢？”她添说，哭出可怜的涕泪。

聂黑流道夫不能说话：她的眼泪传染了他。

她抬起眼睛，看了看他，似乎觉得诧异，她开始用头巾拭去流在腮上的泪。

典狱现在又走来说分别的时候到了。马斯洛发站起来。

“您今天太兴奋了。假如可能我明天再来。您想一想。”聂黑流道夫说。

她没有回答，没有望他，就跟典狱走出去了。

“好，姑娘，你现在精神好了。”马斯洛发回狱室时，考拉不列发向她说，“似乎他对你好极了，他来的时候，你要当心。他会救你出去的。有钱的人什么都能够办到。”

“这是不错的，”哨舍女看守用唱歌的声音说，“穷人结婚，事败垂成，富人只要想到结婚，一切就都如愿办到了。姑娘，我们有一个公子哥儿，做了这样的……”

“那么，你说到了我的事情吗？”老妇人问。

但马斯洛发没有回答她的同伴，却躺到板床上，斜视的眼睛不动地望着角落，这样地一直躺到晚。

她心中产生了痛苦的情绪。聂黑流道夫向她所说的话把她唤入了另一世界，她在那里受过苦并且从那里走了出来，她不明白它，恨它。这时候她失去了她所过的忘却既往的生活；但活着而明晰地记得过去，是太痛苦了。晚间她又买了酒，和女伴们同饮。

四十九

“是的，就是那样的。是那样的。”聂黑流道夫想，走出监狱，直到这时候才充分明白自己的罪过。假使他不企图赎罪，消除他的罪，他会永远感觉不到他的罪过；并且，她也不会感觉到她所受的损害。直到现在这一切才全部可怕地表现出来。他直到现在才知道他对于这个女子心灵上所做的事，她也直到现在才知道并且明白她所遭受的事。先前聂黑流道夫还玩弄自己的情感——爱慕自己，爱慕自己的忏悔；现在他只是觉得恐惧。抛弃她——他感觉到这个现在他不能够，同时他也不能够设想，他和她的关系会有什么结果。

正在门口，一个挂十字架和徽章的，带着奉承和不快面孔的典狱走到聂黑流道夫面前，秘密地递给他一个便函。

“这是一个人给大人的便函。”他说，把信封递给聂黑流道夫。

“什么人？”

“您看了就知道了。是一个政治犯。我看管他们。这是她请求我的。这虽然是不准许的，但因为人道的……”典狱不自然地说。

聂黑流道夫诧异，一个管政治犯的典狱，在本监狱里，几乎是当大家的面，便这样地递给他一封便函。他当时还不知道他又是典狱又是侦探，就接了便函，走出监狱，看了便函里是铅笔写的活泼的笔迹，内容如下：

知道您对一个刑事犯发生兴趣，您来探监，我想和您见面。您要求见我吧。他们会准许您的，我将向您说出很多对于您的被保护者和我们团体的重要的事情。感激您的人，韦拉·保高杜好芙斯卡雅。

韦拉·保高杜好芙斯卡雅是新城省的僻静处的一个女教师，聂黑流道夫和朋友们曾经到那里去猎熊。这个女教师求过聂黑流道夫给她钱去读书。聂黑流道夫给了她钱，把她忘记了。现在，这个女子是政治犯，坐牢了，也许是在这里知道了他的事，于是提议要为他效劳。那时候一切是多么简单，轻易。而现在一切是多么复杂，困难。聂黑流道夫历历如见地快乐地想起了那个时候，以及他和保高杜好芙斯卡雅的相识。那是在四旬斋之前，在距铁路六十里的僻远的地方。这次打猎是顺利的，他们打死了两头熊，吃了饭，准备走的时候，他们所休息的农家的主人来说，来了一个执事的女儿，想见聂黑流道夫公爵。

“漂亮吗？”有谁问。

“嗯，不许说！”聂黑流道夫说，显出严肃的面色，从桌前站起，拭着嘴，诧异着为什么执事的女儿要找他，他走进了主人的小房间。

在房里有一个戴毡帽，穿皮大衣的姑娘，面貌瘦而丑，只有眼睛和高眉毛是好看的。

“现在，韦拉·叶芙莱莫芙娜，和他说吧，年老的主妇说，“这是公爵本人。我去了。”

“我有什么地方可以为您效劳吗？”聂黑流道夫说。

“我……我……您知道您有钱，您花钱在不重要的事情上，在打猎上，我知道，”这个姑娘开始说，很是慌乱，“我只希望一件事，希望对于人有用处，我什么事也不能做，因为我什么也不知道。”

她的眼睛是善良的、诚实的，而坚决与羞怯的表情是那么动人，以致聂黑流道夫忽然设身处在她的地位上，明白了她，可怜她，这情形是他所常有的。

“我能够做什么呢?”

“我是女教员，但我想进大学读书，环境却不容许我。不是他们不容许我，他们容许我，但是要有钱。给我钱吧，我毕了业就还您。我以为有钱的人打熊，让农民喝酒——这都是不好的。他们为什么不做好事情？我只需要八十卢布。您若不愿意，也没有关系。”她愤怒地说。

“相反，我很感激您，您给了我一个机会……马上就拿来。”聂黑流道夫说。

他走到门廊上，在那里发现一个同伴听了他们的谈话。他没有回答同伴们的笑谑，从囊包里拿了钱送给了她。

“请您，请您不要感谢我。我应该感谢您。”

聂黑流道夫觉得现在想起这一切是愉快的。想起：他几乎和一个想对于这件事说出不好的笑话的军官争吵，另一个同伴支持他，因此他们友谊更亲密，整个打猎过程顺利愉快，他们夜间回到火车站时他觉得舒适。成对的橇车的行列，纵列的马，无声地轻驰在窄狭的道路上，穿过时而高大时而低矮的树林，枞树全部积着雪块。在黑暗中有谁闪亮着红火，吸着了气味芬芳的烟卷。奥西卜，赶熊的，在及膝的雪里从这个橇车跑到那个橇车上，整理着东西，说到麋此刻在深雪中行走，在啃杨树皮，说到熊此刻睡在深洞里从气孔里吐出热气。

聂黑流道夫想起了这一切，尤其是，那种知道自己的健康，有力，与无忧无虑的快乐情绪。肺部吸进冻冷的空气，鼓起了皮短外套；雪从被碰的弯曲的树枝上落到他的脸上，身体温暖，脸部爽快，心中没有挂念，没有谴责，没有恐惧，没有欲望。那是多么痛快！但现在呢？我的上帝，这一切是多么痛苦，多么困难啊……

显然，韦拉·叶芙莱莫芙娜是女革命家，现在因为革命案子被关在牢里。应该去看她，特别是因为她许诺了会贡献意见，改善马斯洛发的处境。

五十

第二天早晨醒来时，聂黑流道夫想起了昨日的全部经过，觉得恐惧。

但虽然有这种恐惧，他却较之从前更有决心要继续去做已经开始的事情。

他感觉到自己的责任，离开了家，去看马斯林尼考夫，要求准许他在狱中除马斯洛发之外还可以看老妇人明绍发和她的儿子，马斯洛发为他们请求过他。此外，他还想要求和保高杜好芙斯卡雅见面，她或许对马斯洛发有用处。

聂黑流道夫从前在军队里的时候就认识马斯林尼考夫。马斯林尼考夫那时候是团里的会计。他是心肠最好的最精细的军官，除了团和皇家，便不知道也不想知道世界上的任何东西。聂黑流道夫现在看到他是一个行政官，用省衙门代替了团。他娶了一个有钱的伶俐的妇人，她强迫他从军职转入文职。她笑他，并且抚爱他，好像是一个驯养的动物一样。聂黑流道夫上个冬季有一次在他们家里，但这对夫妇在他看来是那样没有趣味，他此后就没有再去看他们。

看见了聂黑流道夫，马斯林尼考夫满面光彩。面部如旧地肥胖而发红，身体如旧地肥满，衣服和在服军役时一样地漂亮。那时他总是穿清洁的、样式最时新的、紧合肩头和胸部的军装或短上衣，现在是样式最时髦的文官制服，同样地紧合他的丰满的身躯，显出他的肥胸脯。他穿了副省长的制服。虽然年纪有差别（马斯林尼考夫四十岁了），他们却以“你”相称。

“哦，谢谢，你来了。我们到我妻子那里去吧。在开会之前我还有十分钟空闲。省长走了。我办理省政。”他带着他不能遮藏的满意说。

“我来找你有公事。”

“什么事！”马斯林尼考夫忽然用惊愕的有点儿严厉的语调说，似乎是有所戒备。

“监狱里有一个人，我对这个人很关心。（听到说监狱，马斯林尼考夫变得更加严厉。）我想不在普通客室，要在办公室里见面，并且不只是在规定的日子，而且要常常去。我听说，这由你决定。”

“没有问题，mon cher（我亲爱的），我准备替你去做一切，”马斯林尼考夫好像是要减少自己的威严，用双手摸着他的膝盖说，“这是可以的，但你知道，我是一小时的教主。”

“那么你要给我一个文书让我能够看见她了。”

“这人是女子吗？”

“是的。”

“她是因为什么的？”

“因为毒杀。但她被判得不公平。”

“是呀，就是因为你们公正的裁判，ils ñ'enfont point d'autres（他们不会做出别的），”他因为什么缘故用法语说，“我知道，你不同意我，但是有什么办法呢，c'est mon opinion bien arretee（这是我的坚定的意见），”他添说，表达着他一年来在一种彼得堡的保守的报纸上许多文章里所读到的意见，“我知道，你是自由主义者。”

“我不知道我是自由主义者还是什么别的，”聂黑流道夫微笑着说，他总是诧异，大家把他列入某一党，称他自由主义者，只因为他在审问人时说过，应该先听人申述；在法庭上大家是平等的；不应该虐待人打人，特别是那些未被判罪的人，“我不知道我是不是自由主义者，但只知道，现在的法庭，无论怎么坏，仍然比从前的好。”

“你找了谁做律师？”

“我找了法那润。”

“啊，法那润！”马斯林尼考夫皱着眉说，想起了去年这个法那润在法庭上如何把他当作见证人加以盘问，并且极恭敬地嘲笑了他半小时，“我劝你不要和他做什么事情。法那润 est un homme taré（是一个蠢人）。”

“对你还有一个要求，”聂黑流道夫说，没有回答他，“我很久之前认识个姑娘，女教员。她是很可怜的人，现在也在牢里，她想和我见面。你可以准许我看她吗？”

马斯林尼考夫把头微微侧向一边，思索着。

“她是政治犯吗？”

“是的，我听说是的。”

“你知道，只准亲属和政治犯见面的，但我要给你一个普通出入证。Je sais que vous ñ'abuserez pas（我知道你不会滥用的）。你的 protégée（被保护人），她叫什么……保高杜好芙斯卡雅吗？Elle est jolie?（她好看吗？）”

“Hideuse（丑极了）。”

马斯林尼考夫不赞同地摇头，走到桌前，在一张有印刷表题的纸上敏捷地写了：

“兹准许持证人德米特锐·伊发诺维支·聂黑流道夫公爵在监狱办公室会晤囚犯小市民马斯洛发和女医药助理员保高杜好芙斯卡雅。”他写完后，画了一个顺势的花笔。

“你知道那里是什么样的秩序。维持那里的秩序是很难的，因为人太多了，特别是判了流刑的；但我还是要严格管理，我欢喜这件工作。你知道，他们在那里很舒服、很满意。只是要知道如何应付他们。几天之前发生了一件麻烦事——违反命令。别人会叫它是叛变，发生了许多不幸的事。但我们这件事情处理得很好。我们对犯人一方面要有深切的关心，另一方面要有坚决的权力，”他说，握着从金纽扣的白衬衣硬袖里伸出的白、肥、有蓝宝石指环的拳头，“深切的关心和坚决的权力。”

“嗯，这个我不知道，”聂黑流道夫说，“我到过那里两次，我觉得非常不舒服。”

“你知道吗？你应该和巴赛克伯爵夫人来往，”谈兴正浓的马斯林尼考夫继续说，“她完全献身于这种事情。Elle fait beaucoup de bien（她做了很多的好事）。我要去掉虚伪的礼节来说，我觉得，因为她，一切都变了，变得已经不再有从前的那些恐怖，他们在那里过得很好了。这你会看到的。法那润，我不认识他，并且由于我的社会地位，我们的道路是不相同的，但他确实是一个坏人，并且他竟敢在法庭上说出那样的话，那样的话……”

“哦，谢谢你。”聂黑流道夫说，拿了文件，没有听完，便和他的老友告别了。

“那你不到我妻子那里去了吗？”

“不去了，请你原谅我，现在我没有空。”

“哦，可是她不会原谅我的，”马斯林尼考夫说，把老友送到第一个楼梯口，像他送次等重要而非头等重要的人那样，他把聂黑流道夫列在次等重要人物中，“哦，请进去坐一下吧，即使是一分钟也好。”

但聂黑流道夫依然坚决，听差和看门的冲到聂黑流道夫面前，向他递着大衣和手杖。他们打开了门，门外站着一个警察。这时，他说，现在是不能去看她的。

“好吧，星期四，请你来。这是她的酬客日子。我要向她说的！”马斯林尼考夫在楼梯上向他大声说。

五十一

这天，聂黑流道夫从马斯林尼考夫那里一直乘车到了监狱，走到已经熟悉的监狱长的住处。又听见了和上次相同的恶劣的钢琴的声音，但这次所弹的不是《狂想曲》，而是同样具有异常力量、清晰与迅速的克莱门蒂的练习曲。开门的包扎了一只眼的女仆说监狱长在家，领聂黑流道夫进了小客室，室内有沙发、桌子，一盏红纸灯罩烧了一边的大灯摆在毛线织成的小台布上。监狱长带着疲倦愁闷的面色走了进来。

“请坐吧。有什么事我能效劳呢?”他扣着制服的当中纽扣说。

“我刚才在副省长那里，这是准许证，”聂黑流道夫递出文件说，“我要会马斯洛发。”

“马尔考发?”监狱长回问，因为音乐没有听清。

“马斯洛发。”

“哦，是的！哦，是的!”

监狱长站起来，走到门前，门那边传来了克莱门蒂的急奏。

“马如夏，停一会儿吧，”他说，他的声音表示出这种音乐是他生活上的折磨，“什么话都听不见了。”

钢琴沉静了，听到了不满意的脚步，并且有谁对门里窥视。监狱长家里。

监狱长似乎因为音乐的停顿而感觉到轻松，吸着了烟味清淡的粗烟卷，并且递奉聂黑流道夫。聂黑流道夫拒绝了。

“我现在是要看马斯洛发。”

“今天不便看马斯洛发了。”监狱长说。

“为什么?”

“就是因为你自己错了，”监狱长微笑着说，“公爵，您不要直接给她钱了。您要给，就交给我。没有人会拿去的。昨天一定是您给了她钱，她买了酒——这个恶习是无法铲除的——她今天大醉，甚至发狂了。”

“真的吗？”

“真的，甚至于要采用严厉的办法——把她移到另一间狱室里去。她本是一个平和的妇人，但请您不要给她钱了，他们是这种……”

聂黑流道夫历历如见地想起昨天的事，又觉得恐怖。

“政治犯保高杜好芙斯卡雅可以见面吗？”聂黑流道夫沉默了一会儿，又问。

“当然可以，”监狱长说，“哦，你要什么，”他向走进房来的一个五六岁的女孩子说，她侧着头，眼不离开聂黑流道夫，向父亲身边走去。“你要跌跤了。”监狱长在小女孩不看着前面，向父亲身边跑去而脚绊在地毡上时，微笑着说。

“假若可以，我就去了。”

“请去吧，可以的。”监狱长说，抱了仍旧看着聂黑流道夫的女孩子，站起来，轻轻地把女孩放到一边，走进了外厅。

监狱长还不及穿上蒙眼的女仆递上的大衣走出门，克莱门蒂急奏曲又清晰响起来了。

“她进过音乐院，但那里秩序不好，其实她很有天资，”监狱长说，下着楼梯，“她想在音乐会里表演呢。”

监狱长和聂黑流道夫走到了监狱前。在监狱长走近时，边门立刻便打开了。典狱们把手举在帽边，目送监狱长。四个剃了半个头的，抬着桶的犯人，在过道上遇见他们，看见了监狱长，都畏缩着。有一个特别弯缩并且愁惨地皱眉，闪着黑眼。

“不用说，才能是应该发展，不能埋没的，但是住在小房子里，您知道，是不舒服的。”监狱长继续说话，一点儿也不注意这些囚犯，于是拖着腿子，用疲倦的步伐陪同聂黑流道夫进了大厅。

“您要看谁呀？”监狱长问。

“保高杜好芙斯卡雅。”

“她在塔楼上。您要等一下了。”他向聂黑流道夫说。

“我能不能同时会见纵火犯明绍夫母子呢?”

“在第二十一狱室里。当然可以去叫他们的。”

“我能不能在明绍夫的狱室里去看他呢?”

“但您在客室里要更加舒服些。”

“不，我觉得那样有趣。”

“您发现了有趣的地方?”

这时衣履漂亮的副狱长从边门走进来。

“您陪公爵到明绍夫的狱室里去，第二十一号，”监狱长向副狱长说，“然后到办公室里来。我去叫。她叫什么?”

“韦拉·保高杜好芙斯卡雅。”聂黑流道夫说。

副狱长是一个浅色头发的，有染色胡髭的青年军官，周身发散出来芬芳的科仑香水气味。

“请，”他带着愉快的笑容向聂黑流道夫说，“您对于我们的机关感觉兴趣吗?”

“是的，我对于一个囚犯发生兴趣，我听说，他是完全无罪的关在这里。”

副狱长耸耸肩膀。

“是的，这是有之的，”他安详地说，恭敬地让客人先走上宽大的恶臭的走廊，“他们说谎也是有之的。请走这边。”

狱室的门都是开着的，有几个囚犯在走廊上。副狱长微微地向典狱们点头，侧视着囚犯们，他们或者靠着墙走进自己的狱室，或者把手顺着衣缝伸直站在门前，像兵士那样目送长官；他领聂黑流道夫穿过一道走廊，领他走到左边有铁门的另一道走廊。

这道走廊比第一道更狭窄，更阴暗，更恶臭。走廊的两边是许多上了锁的门。门上有小孔，所谓门眼，有半未尔邵克[1]的直径。走廊上只有一个面孔愁惨而有皱纹的老典狱。

“明绍夫在哪一间?”副狱长问典狱。

“左边第八间。”

“这些狱室呢？都有人吗?”聂黑流道夫问。

“只有一间空的。”

五十二

“可以看看吗?”聂黑流道夫问。

“请看吧。”副狱长带着愉快的笑容说，开始向典狱问了什么。聂黑流道夫向一个小孔里看：里面有一个高高的年轻人，只穿一件衬衣，有短而黑的胡须，迅速地来回走动。听到门外的窸窣声，他看了一下，皱了皱眉，继续走动。

聂黑流道夫向另外一个小孔里看：他的眼睛遇到另外一只向小孔外边看着的恐怖的大眼睛，他连忙闪到一边。向第三个小孔里看时，他看见床上睡着一个小身材的弯曲着的人，连头盖着大衣。第四间里坐着一个宽脸的苍白的人，低垂着头，双肘搭在膝盖上。听到脚步声，这个人抬起头观看。在整张脸上，特别是在大眼睛里，露出绝望的悲哀神情。显然他没有兴趣知道是谁向狱室里看他。无论谁看的，他显然不期望从谁那里得到任何好处。聂黑流道夫觉得恐怖，他不再观看，走到明绍夫的第二十一号狱室。典狱打开了锁，推开了门。长颈子的、有肌肉的、有善良圆眼睛的、短胡须的青年站在床边，带着惊惶面色，连忙穿上大衣，望着进来的人。他疑惑地惊惶地从他身上看到典狱再到副狱长身

[1] 1未尔邵克约合4.5厘米。

上，又回转来看，那双善良的圆眼睛特别感动聂黑流道夫。

“这位先生想问问你的案情。”

“非常感谢。”

“是的，我听说了您的案子，”聂黑流道夫说，走过狱室当中，站到脏的格子窗前，“我想听您自己说。”

明绍夫也走到窗前，立刻开始叙述，起初羞怯地望望副狱长，然后渐渐勇敢起来；当副狱长走出狱室到走廊上去吩咐事情时，他十分勇敢了。这个故事在音调和态度上是最单纯的善良的青年农人的故事，听这个故事由穿了可耻的衣服的囚犯在狱中说出来，聂黑流道夫觉得特别奇怪。聂黑流道夫听着，同时环顾着有草秸床垫的低矮的床，有粗铁栏的窗子，污秽潮湿的泥涂的墙，可怜的脸，和穿了囚衣囚鞋的不幸的相貌受损的农民身体，他渐渐地悲哀起来，不愿相信这个好心肠的人所说的话是真的。想起来觉得可怕的是：人们能够不为什么，只因为有人控告他，便抓捕一个人，使他穿囚衣，把他关在这个可怕的地方。同时想起来更为可怕的是：他带着那么善良的面色所说的真实故事或许是欺诈和臆造。故事的内容是说酒店主人在他婚后不久便夺去了他的妻子。他在各处寻找公理。酒店主人处处贿赂官员，得以免罪。有一次他用武力夺回妻子，她第二天又跑走了。于是他又去索要他的妻子。酒店主人说他的妻子不在那里（但他进去时看见了她），命令他离开。他不走，酒店主人和工人把他打出了血。第二天，酒店失火了。他和母亲被控告了，但他没有放火，他在邻居家里。

“你真是没有放火吗？”

“老爷，我从来没有想要放火。但一定是我的仇人他自己放火的。我听说，他刚刚保了险。他们说是我们母子做的，说我们恐吓过他。有一次我是真的骂了他，我的心忍受不住了。至于放火，我是没有做。火开始烧的时候，我不在那里。他故意布置得让我们母子在那里。他为了保险费自己烧了，却说是我们干的。”

“是真的吗?”

“老爷，我凭上帝说，是真的，做我的亲老子吧!”他想鞠躬到地，聂黑流道夫用力阻止他，“救我吧，我无缘无故被弄得要死了。”他继续说。

忽然他的腮发抖了，他哭起来，卷起大衣袖子，开始用脏衬衣袖子擦拭眼睛。

“完了吗?”副狱长说。

“是的。不要灰心，我会尽力去办。”聂黑流道夫说完，走出去了。明绍夫站在门当中，因此典狱关门时，门碰了他。典狱上锁时，明绍夫从门洞里向外看着。

五十三

从宽走廊上回来（因在吃饭的时间，狱室都是开着的），穿过那些穿浅黄大衣、短而宽的裤子、囚鞋，并且热切地望着他的囚犯，聂黑流道夫感觉到奇怪的情绪——一方面是对于坐牢的人的同情，一方面是对于要他们坐牢并看管他们的人的恐惧与怀疑，一方面是因为某种缘故而觉得他自己安然地观看这一切是可耻的。

在一个走廊上，有人拖响着囚鞋跑进狱室门里，从里面走出几个人，挡住聂黑流道夫的路，向他鞠躬。

“大人，我不知道，怎么称呼，请您把我们的事决定一下吧。”

“我不是官长，我什么也不知道。”

“没有关系，您向官长说一声，”愤慨的声音说，“什么罪也没有，我们在这里受了一个多月的苦了。”

“怎么回事？为什么呢?”聂黑流道夫说。

“他们把我们关在牢里。我们坐了一个多月了，我们自己也不知道是为了什么缘故。"

"是的，这是有个缘故的，"副狱长说，"这些人是因为没有护照被捕的，应该是把他们送回到他们的本省，但那里的监狱烧了，本省的官员请我们不要送他们回去，我们把别的省里没有护照的人都送走了，还剩下他们这些。"

"怎么，只是因为这个吗？"聂黑流道夫停在门口问。

一群人，大约四十人，都穿着囚服，环绕了聂黑流道夫和副狱长。立刻有几个声音开始说话。副狱长阻止了他们。

"只要一个人说。"

从人群当中走出一个高大而好看的五十岁光景的农人。他向聂黑流道夫说明他们都是要被送回本省的，他们关在牢里，因为他们没有护照。然而护照他们是有的，只是过期了两个礼拜。每年都有这种过期的护照，什么处罚也没有，但今年他们被捕在这里关了一个多月，好像是犯人一样。

"我们都是做石工的，是一个同业工会里的。他们说我们省里的监狱烧掉了。我们和这件事是没有关系的。做点儿好事吧。"

聂黑流道夫听着，却几乎不懂得这个年老的好看的人所说的话，因为他的全部注意力集中在一只暗灰色多足的大虱子上，它在好看的石匠的腮毛当中爬。

"怎么会是这样的？真的只因为这一点吗？"聂黑流道夫转向副狱长说。

"是的，上面有了疏忽，他们是应该被送走的，被送回家乡的。"副狱长说。

副狱长刚说完，从人群中又走出一个矮小的，也穿了囚服的人，奇怪地歪扭着嘴，开始说到他们在这里无缘无故地受苦。

"比狗还不如……"他开口说。

"哦，哦，不要说多余的话了，住口吧，不然你晓得……"

“我晓得什么?”矮小的人不顾一切地说,“难道我们有什么罪吗?”

“住嘴!”副狱长大声喊道,矮小的人沉默了。

“这是怎么回事?”聂黑流道夫向自己说,走出狱室,好像一个受夹击者,穿过从门内向外看的和迎面走来的囚犯们数百目光的行列。

“是真的把简直无罪的人关在这里吗?”当他们走出走廊时,聂黑流道夫说。

“您要我怎么办呢?但他们只会说谎,听他们说都是无罪的。”副狱长说。

“但是有些囚犯是什么罪也没有的。”

“这种人,我们承认是有的。但他们是很堕落的。不严格不行。有几个荒唐胆大的人,要加意防范。昨天有两个弄得非处罚不可。”

“怎样处罚呢?”聂黑流道夫问。

“奉令用棍子处罚……”

“但肉刑是取消了。”

“对于剥夺公权的,他们是可以打的。”

聂黑流道夫想起了昨天在门廊等候时所见到的一切,并且明白了处罚就是在那时执行的,他特别强烈地体验到好奇、颓丧、迷惑和精神上的几乎变为身体上的作呕的混合的情绪——这从来没有这么强烈地支配过他。

不听副狱长说,也不看四周,他连忙出了走廊,向办公室走去。监狱长在走廊上忙着别的事,忘了叫保高杜好芙斯卡雅。直到聂黑流道夫进办公室时,他才想起来答应了叫她。

“我马上就去叫她,您坐一下。”他说。

五十四

办公室是两间房。第一间里有一个凸出的破毁的大火炉,两道脏窗子，一个角上有量囚犯身长的黑测量器，另一个角上挂了大基督圣像——这是一切痛苦的地方所永远具有的，好像是嘲笑他的说教。这间房里站着几个典狱。在另一间房里成群地或者成对地靠墙坐着二十来个男女，低声谈话。窗前有一张写字台。

监狱长坐到写字台前，向聂黑流道夫指了下旁边的椅子。聂黑流道夫坐下来，开始观看房里的人。

一个穿短上衣的有快乐面孔的青年最先引起他的注意，他站在一个中年的黑眉毛的妇人面前，打着手势，热切地向她说着什么。一个戴蓝眼镜的老人坐在他们旁边，不动地听着，握着向他说话的穿囚服的年轻妇人的手。一个中学生，脸上带着不变的惊恐表情，眼不离开地望着老人。离他们不远，在角落上坐着一对情人：女的是个有美丽短发的、精力充沛的、很年轻的、漂亮的、穿时髦衣服的姑娘；男的是面貌清秀、有鬈曲的头发，穿着短上衣。他们坐在角落上低语，似乎被爱情弄迷了。最靠近桌子，坐着一个白发的穿黑衣服的妇人，显然是位母亲。她注视着穿同样短上衣的肺病模样的青年，她想说什么，却因为流泪而不能说出：开了口又停止了。青年拿着一个文件在手里，显然不知道要做什么才好，带着愤怒的面色，把文件扭了又揉。在他们旁边坐着一个肥胖、面色红润、眼睛很外突、穿灰衣服、披披肩的漂亮姑娘，她坐在流泪的母亲旁边，亲切地摸她的肩膀。这个姑娘的一切都美丽：大而白的手，波浪状的剪短的发，坚实的鼻子和嘴唇，但她脸上主要的美处是褐色、善良、诚实的羊眼睛。她的美丽的眼睛在聂黑流道夫进来时从母亲脸上移开了一会儿，和他的目光交遇。但她立刻便转过身，开始向母亲说着什么。离恋爱的一对情人不远，坐着一个黑发蓬乱的、面色愁戚的人，他向没有胡须的好像是宫阉派的客人愤怒地说着什么。聂黑流道夫和监狱长并排坐着，带着紧张的好奇心环顾四周。这时，一个头发剪平的男孩子向他走来，用响亮的声音问他：

“您在等谁？”

聂黑流道夫诧异这个问题，但看了看男孩子，看见了庄严懂事的脸和专注的活泼的眼睛，严肃地回答他说，是在等一个相识的妇人。

“那么，她是您的妹妹吗?”男孩子问。

“不是，不是妹妹，聂黑流道夫惊讶地回答，“你同谁来的?”他问男孩子。

“我同妈妈。她是政治犯。”男孩子骄傲地说。

“玛丽亚·巴芙洛芙娜，把考利亚带走。”监狱长说，大概认为聂黑流道夫和男孩子的谈话是违法的。

玛丽亚·巴芙洛芙娜，就是那有羊眼的令聂黑流道夫注意的漂亮姑娘，挺直了高大的身躯，用有力的、宽阔的、几乎是男性的步子走到聂黑流道夫和男孩子的面前。

“他问了您什么？您是谁?”她问聂黑流道夫，微笑着，信任地并且那么单纯地望着他的眼睛，好像是不能够怀疑她曾经是、现在是并且应该是和一切的人处在简单、亲善、弟兄姊妹的关系中，“他什么事情都想知道。”她说，对男孩子露出那么善良、亲爱的笑容，使男孩子和聂黑流道夫两人不觉地对她的笑容微笑着。

“是的，他问我，我来看谁。”

“玛丽亚·巴芙洛芙娜，不能够同外人说话。您是知道的。”监狱长说。

“好的，好的。”她说，用大而白的手牵了眼不离开她的考利亚的小手，回到肺病青年的母亲那里。

“这个男孩子是谁的?”聂黑流道夫问监狱长。

“是一个女政治犯的，他是在监狱里生的。”监狱长有点儿满意地说，好像是表示他的监狱的奇特。

“真的吗?”

“是的，他现在要跟母亲到西伯利亚去了。”

“是那个姑娘吗?”

“我不能够回答您，”监狱长耸着肩膀说，“哦，保高杜好芙斯卡雅来了。”

五十五

有善良大眼睛的、矮小、短发、瘦、黄的韦拉·叶芙莱莫芙娜从后边的门里走进来。

“哦，谢谢。您来了，”她握着聂黑流道夫的手说，“记得我吗？坐下吧。”

“我没有料想看见您这样的。”

“哦，我觉得很好！这么好，这么好，教我不想要更好的东西了。”韦拉·叶芙莱莫芙娜说，和寻常一样，用大大的善良的圆眼睛恐惧地望着聂黑流道夫，转动着短上衣的破烂、压皱、脏污领子里的细瘦的见筋的黄颈子。

聂黑流道夫开始问她如何到了这样的地步。

回答的时候，她带着巨大的兴奋，开始说到自己的案情。她的言语中夹杂着许多外国字，如宣传、解体、团体、分部、区分部，她显然充分相信大家都知道这些，但聂黑流道夫却从来没有听到过。

她向他说了“人民意志”[1] 的一切秘密，显然充分相信他很感兴趣并且愿意知道。聂黑流道夫望着她的可怜的颈子、稀疏零乱的头发，诧异她为什么要做这一切并对他说这一切。他觉得她可怜，但完全不像他可怜农人明绍夫那样，他是自己没有错而被关在恶臭的牢里。她最可怜的地方是她头脑里面明显的混乱。她显然认为自己是女豪杰，准备为她的主义的成功而牺牲性命，而同时她又不能说明这个主义是什么，成

---

[1] 一种革命运动。——译者

功在何处。

韦拉·叶芙莱莫芙娜想向聂黑流道夫说的案子是这样的：她有一个女友，叫作舒斯托发，如她所说，并不属于她的区分部，五个月前和她一同被捕，关在彼得罗巴夫洛夫斯基堡垒里，只因为在她那里发现了交她保存的一些书籍和文件。韦拉·叶芙莱莫芙娜认为自己对于舒斯托发的被捕要负部分的责任，请求有社会关系的聂黑流道夫尽力设法释放她。

保高杜好芙斯卡雅所请求的另一件事乃是为监禁在彼得罗巴夫洛夫斯基堡垒里的顾尔开维支设法要求准许和父母见面，并获得他的学术研究上所需要的科学书籍。

聂黑流道夫答应了在他到彼得堡时做他所能做的一切。

至于她自己的经历，韦拉·叶芙莱莫芙娜这么说：她完成了助产课程，便同人民意志党有了来往，和他们一同工作。开始一切进行顺利，他们写宣言，在工厂里宣传，但后来一个主要的人被捕，文件被没收，大家都开始被捕了。

“我也被捕并且现在要被流放……”她结束了自己的经历，“但这是没有关系的，我觉得自己非常舒服。”她说，露出可怜的笑容。

聂黑流道夫问到羊眼的姑娘。韦拉·叶芙莱莫芙娜说她是一个将军的女儿，早已加入了革命党，因为自认枪击警察而入狱。她住在密谋室里，那里有一架印刷机。夜间有人来搜查房屋，屋里的人决定了自卫，熄了灯火，开始毁灭了证物。警察冲了进来，共谋者之一放了枪，使警察受了致命伤。在审问是谁放枪的时候，她说是她放的，虽然她手里从来未拿过枪，连一只蜘蛛也不会伤害的。事情就是如此。现在她要去受惩役了。

“是利他主义的好人……”韦拉·叶芙莱莫芙娜称赞地说。

韦拉·叶芙莱莫芙娜想说的第三件事是关于马斯洛发的。她知道，因为监狱里的人都知道，马斯洛发的身世和聂黑流道夫同她的关系，劝他设法把她移转到政治犯部分，或者，至少调到病院任看护妇，那里现在病人特别多，并且需要女工。

聂黑流道夫感谢了她的劝告，说他要勉力遵从她的劝告。

五十六

他们的谈话被监狱长打断了，他站起来说会谈的时间完结，应该分手了。聂黑流道夫站起来和韦拉·叶芙莱莫芙娜告了别，走到门口，在那里站住了，注视着他面前所发生的事。

“诸位先生，时候到了，时候到了。”监狱长说，时而站起，时而又坐下。

监狱长的要求只引起了室内囚犯和客人的特别兴奋，但没有人想分手。有的站起来，还站着说话。有的继续坐着说话。有的开始分别了，流泪了。最令人感动的是母亲和肺病的儿子。青年还在扭折着文件，他的脸变得愈益愤怒——他做了那么大的努力，不让自己传染了母亲的感情。母亲听说分别的时间到了，伏在他的肩上吸动着鼻子啜泣。有羊眼的姑娘——聂黑流道夫不由自主地跟随着她，站在啜泣的母亲面前，向她安慰地说了什么。戴蓝眼镜的老人，站着，拉着女儿的手，侧着头听她讲话。年轻的爱人们站起来，拉着手，沉默地互相看着。

“这里只有他们是快乐的。”穿短上衣的青年指着恋爱的一对说，他站在聂黑流道夫旁边，也在看那些分别的人。

感觉到聂黑流道夫和青年向他们看着的目光，爱人们——男的穿橡皮短上衣，女的是浅色头发的好看的姑娘——伸出拉紧的手，向后一仰，于是微笑着，开始旋转。

“今天晚上他们在这里，在牢里结婚，她要跟他到西伯利亚去。”青年说。

“他是怎么回事？”

“流刑犯。让他们快乐一下吧，不然太痛苦了。”听着肺病青年的母亲啜泣的、穿短上衣的青年添说。

“诸位先生！请走吧，请走吧！不要教我采用严格的办法哦，”监狱长说，几次重复着这样的话，“请走吧，好了，请走吧！”他软弱地犹豫地说，“这是怎么回事？时间已经过了。这样是不行的。我说最后一次了。”他疲乏地重复，时而吸着时而熄掉他的烟卷。

显然是，那准许人对别人做坏事而不觉得自己有责任的理由虽然巧妙、古老、寻常，监狱长却不能不意识到他是造成这些人的痛苦的罪过者之一；显然，他觉得极其难受。

最后囚犯和客人开始分别了：有的进了里边的门，有的出了外边的门。男子们——穿短上衣的、患肺病的、黑发蓬乱的走出去了；玛丽亚·巴芙洛芙娜和在监狱里出生的男孩子也走了。

探监的人也开始走出去了。戴蓝眼镜的老人用艰难的脚步走出去，聂黑流道夫跟在他后边走着。

“是的，奇怪的情形，”多话的青年好像是继续在说被打断的话，和聂黑流道夫一同走下楼梯，“要感谢监狱长上尉，他是好人，不严守规矩。他们说了话，总可以散散心思的。”

“在别的监狱里不能这样会面吗？”

“咦！没有像这样的了。你要单独见面，却要你隔着网子谈。”

当聂黑流道夫和灭顿采夫——多话的青年这么介绍了自己，谈着话，走到门廊时，监狱长带着疲倦的神色走近他们。

“假若您要见马斯洛发，请您明天来吧。”他说，显然要对聂黑流道夫表示尊重。

“很好。”聂黑流道夫说，赶快走出去。

明绍夫的无辜的痛苦显然是可怕的。与其说可怕的是身体的痛苦，毋宁说是疑惑，对于善与上帝的不相信，这是当他看见无故使他苦恼的人们的残忍时不得不感觉到的；可怕的是，只因为在文件上没有写得合适而加诸数百无罪的人的侮辱与痛苦；可怕的是，这些愚昧的典狱，从事于折磨自己的弟兄，却相信他们是在做好的和重要的事情。但他觉得最可怕的是这个年老、衰弱、善良的监狱长，他不得不分离母子、父女——他们是正和他自己及他的子女一样的人。

“为什么要这样？”聂黑流道夫问，此时，极度地感觉到那种精神的并且变为生理的作呕之感，这是他在狱中一向所感到的，他找不到答案。

五十七

次日聂黑流道夫去看律师，向他说到明绍夫家母子的案子，请他作辩护。律师听过之后，说他要研究案情，假若这和聂黑流道夫所说的完全一样，这是极可能的，那么，他就免费作辩护。聂黑流道夫还向律师说到一百三十个因为误会而被监禁的人，问到这事由谁决定、是谁负责。

律师沉默片刻，显然想要回答得正确。

“是谁负责？没有人。”他断然地说，“您向检察官说，他要说是省长负责，您向省长说他要说是检察官负责。没有人负责。”

“我马上到马斯林尼考夫那里去向他说。”

“哦，这是没有用的，”律师微笑着反对，“他是这样的——他不是您的亲戚您的朋友吧？——是这样的一个笨瓜，恕我无礼，同时他又是一个狡猾的畜牲。”

聂黑流道夫想起马斯林尼考夫说到律师的话，没有回答便道了别，看马斯林尼考夫去了。

聂黑流道夫需要向马斯林尼考夫要求两件事情：关于马斯洛发调往病院，关于一百三十个没有护照的无辜坐牢的人。虽然去要求他所看不起的人令他觉得困难，这却是达到目的的唯一途径，他必须通过这个途径。

坐车到了马斯林尼考夫的屋前，聂黑流道夫看见门口有几辆马车：单马快车、四马篷车、四马轿车，他想起这是马斯林尼考夫的妻子招待客人的日子，他们也邀请了他去。当聂黑流道夫的车子赶到屋前时，有一辆轿车停在门口，一个戴着有帽章的帽子、挂披肩的听差正从台阶上扶一个太太登车，她拉起自己的裙裾，露出穿黑袜的细脚踝和低口鞋。在马车之间他认出了考尔恰根家的盖了活顶的马车。白发红脸的车夫恭敬而欢迎地脱了帽子对聂黑流道夫行礼，像对特别熟识的人一样。聂黑流道夫还来不及向守门人问到米哈益·伊发诺维支（马斯林尼考夫）在何处，他本人已经出现在铺了毡子的楼梯上，送一个很重要的客人，他不仅送他到楼口，而且送到楼下。这个很重要的客人是军人，他下着楼梯，用法语说到为了要在城里建教养院而举办的摸彩票活动，表示着意见，说这是太太们的好事情，“她们高兴，钱也筹到了。”

“Qu'elles s'amusent et que le bon Dieu les béniss（让她们快乐吧，上帝保佑她们吧）……啊，聂黑流道夫，您好！怎么好久没有看见您了？”他招呼聂黑流道夫，“Allez presenter vos devoirs á madame（进去向夫人致意吧）。考尔恰根家的人在那里。Et Nadine Bukshevden. Toutes les jolies femmes de la ville（还有那丁·布克斯海夫顿，城里所有的美人们）。”他说，把他的穿军服的肩膀送到他的穿金扁绦制服的华丽的仆人所递上的大衣下边，又微微抬起。“Au revoir, mon cher（再会，我亲爱的朋友）！”他握了马斯林尼考夫的手。

“好，我们上去吧，我多么高兴啊！”马斯林尼考夫兴奋地说，抓住聂黑流道夫的手臂，不管自己的肥胖，迅速地拉他上楼。

马斯林尼考夫特别快乐兴奋，原因是这个要人对他的注意。在皇家的禁卫军里服务时，马斯林尼考夫觉得那是应该和皇家来往的时候，显然，这种劣卑心理愈演愈强，上司任何这样的注意便会使马斯林尼考夫感觉到一只爱犬在主人摸它、拍它、搔它耳朵之后所感觉到的那种狂喜。狗摇摆尾巴，弯缩，扭动，垂下耳朵，发狂地打转。马斯林尼考夫也准备做同样的事。他没有注意到聂黑流道夫脸上严肃的表情，没有听他说话，不可约制地拉他进了客厅，因此聂黑流道夫不能拒绝，跟他进去了。

“公事后谈；你吩咐的，我全办到。”马斯林尼考夫说，同聂黑流道夫穿过大厅。“向将军夫人通报聂黑流道夫来了。”他走着向听差说。听差跑了一步，越过他，走上前去了。

“Vous n'avez qu'á ordonner（你只要吩咐）。但你一定要见见我的妻子。上次没有带你来，我已经受了责备。”

他们进去时，听差已经通报了，安娜·伊格娜琪叶芙娜，副省长的太太，她自称将军夫人，带着辉煌的笑容，从客室中绕围她的许多帽子和人头后边向聂黑流道夫鞠躬。在客室的另一端的有茶的桌子前面坐着几个太太，站着几个男子——军人与文官，男女的喧嚷的话声不停地响着。

“Enfin（总之）！为什么您不想和我们来往了？我们有什么地方得罪了您？”安娜·伊格娜琪叶芙娜用这话招呼他，表示她和聂黑流道夫之间从未有过的亲密。

“你们认识吗？认识吗？这位是，别莉雅芙斯卡雅太太，这位是，米哈益·伊发诺维支·切尔诺夫。坐近一点吧。宓西，venez donc á notre table. On vous apportera votre thé（你到我们桌子这边来吧，你的茶会有人送来的）……还有您……”他向那和宓西在说话的军官说，显然是忘记了他的名字，“请到这边来吧……公爵，吃茶吗？”

“我决不，决不同意，她明明没有恋爱。”一个妇人的声音说。

“她只爱包子。”

“永远是愚笨的笑话。”另一个戴高帽子的，闪耀着丝绸、金银、珠宝的太太带着笑声插言。

“c’est excellent（好极了）——这些薄饼干，很松软。再拿一块来吧。”

“怎么，您快要走了吗?”

“是的，今天是最后一天了。因此我们来了。”

“多么美好的春天，现在在乡里是多么好啊!”

宓西戴着帽子，穿着一种黑条子的衣服，没有褶皱地紧裹着她的细腰，简直好像她是穿这件衣服出生的，她很美丽。看见了聂黑流道夫，她脸红了。

“我以为您走了。”她向他说。

“几乎走了，”聂黑流道夫说，“事情把我耽搁了。我到这里来有事情。”

“去看看妈妈吧。她很想看见您。”她说，觉得她是在说谎，而他知道这个，于是她更加脸红了。

“我怕来不及了。”聂黑流道夫忧愁地回答，极力做出没有看见她脸红的样子。

宓西愤怒地皱了皱眉，耸了耸肩膀，转向漂亮的军官，他接了她手里的空茶杯，把佩刀绊响着椅子，英勇地把它送到另一个桌上。

“您也一定要捐钱给教养院。”

“但我不是拒绝，不过是希望把我的捐施保留到开彩票的时候。那时候我要尽全力表现。”

“嗯，您当心!”发出了明显虚伪的笑声。

酬客日是很热闹的，安娜·伊格娜琪叶芙娜是在极乐的心情中。

“米卡向我说，您在监狱里忙。我很了解这个，”她向聂黑流道夫说，“米卡（这是她的胖丈夫马斯林尼考夫）也许有别的短处，但是您知道，他是多么仁慈。所有这些不幸的囚犯都是他的子女。他并没有别样的看待他们。il est d’une bonté（他是这么仁慈）……”

她停住了，找不出能够表现她丈夫那种bonté（仁慈）的字句，人们就是凭了她丈夫的命令受鞭笞的。她立刻微笑着转身对着进房来的年老面皱的戴紫蝴蝶结的老妇人。

为了不违背礼节，说了所需要说的那么多的话，并且也照所需要的说得那么无意义，聂黑流道夫站了起来，走到马斯林尼考夫面前。

"请问，你可以听我说几句话吗?"

"哦，可以！好，什么话呢?我们到这里来吧。"

他们走进日本式的小房间，坐在窗前。

五十八

"好，je suis à vous（我来替你效劳）。你吸烟吗?等一下，我们不要把这里弄脏了，"他说，拿来一个灰皿，"说吧！"

"我有两件事找你。"

"哦。"

马斯林尼考夫的脸色变得愁闷而颓丧了。被主人搔耳朵的狗的那种兴奋的痕迹完全消失了。客厅里传来了话声。一个妇人的声音说："jamais，jamais je ne croirais（我决不，决不相信）。"另一端是别的男子在说话，重复着 la comtesse woronzoff 同 Victor Apraksine（弗隆操夫伯爵夫人同维克托尔·阿卜拉克生）。在第三处只听到话声和笑声。马斯林尼考夫一面倾听着客厅里所发生的事，一面听聂黑流道夫说。

"我又是为了那个女子来的。"聂黑流道夫说。

"是的，那个无罪受罚的。我知道，知道。"

"我请求把她调到监狱医院里服务。我听说这是可以的。"

马斯林尼考夫抿紧了嘴唇，想了一下。

"这是不可以的，"他说，"可是，我来想想看吧，明天打电报给你。"

“我听说那里有许多病人，需要人帮忙。”

“好吧，好吧。无论怎样，我要给你通知。”

“费神了。”聂黑流道夫说。

从客厅里传来共同的甚至很自然的笑声。

“这都是维克托尔引起的，”马斯林尼考夫微笑着说，“他在高兴的时候是异常伶俐。”

“还有一件，”聂黑流道夫说，“此刻牢里关了一百三十个人，只因为他们的护照过期了。他们关在这里一个多月了。”

于是他说了他们被捕的原因。

“你怎么会知道这个？”马斯林尼考夫问，他的脸上顿然表现出不安和不满。

“我到监狱里去，这些人在走廊上围着求我……”

“你去看哪一个囚犯的？”

“一个农民，他是无罪受处分的，我请了辩护人为他办案子。但问题不在这里。难道这些毫无罪过的人，只因为护照过期就下牢吗？并且……”

“这是检察官的任务，”马斯林尼考夫不高兴地打断了聂黑流道夫，“这就是你说的迅速公正的审判。候补检察官的责任是视察监狱，查访囚犯是否合法被监禁。他们不做事，只是玩牌。”

“那么，你是不能办到了吗？”聂黑流道夫愁闷地说，想起律师说到省长要归罪于检察官的话。

“不，我要办的。我马上就办。”

“对她更糟了。C'est un souffre-douleur（她成了被人笑弄的人）。”这是客厅里传来的女子的声音，显然对于她所说的那件事全然不关心。

“这样更好，我也要拿这个了。”从另一方向传来男子逗趣的声音和不愿给他什么东西的女子逗趣的笑声。

“不行，不行，绝对不行的。”女子的声音说。

“好吧，我要办这一切，”马斯林尼考夫重复说，用戴黑玉指环的白手熄灭了烟头，“现在我们到太太们那里去吧。”

“但还有一点，”聂黑流道夫说，没有走进客厅，停在门口，“我听说昨天在监狱里用体刑处罚了囚犯。这是真的吗？”

马斯林尼考夫脸红了。

“啊，你是为了这个吗？不，一定不要让你去了，你什么事都管。我们去吧去吧，Annette（安娜）在叫我们了。”他说，拉住聂黑流道夫的手臂，又表现了在那个要人注意之后的那种兴奋，不过现在不是喜悦的，而是不安的兴奋。

聂黑流道夫抽开自己的手臂，没有向任何人行礼，没有说任何言语，带着忧愁的神色，走过客室、大厅，走过前厅里向他跳着走来的听差，上了街。

“他有什么事？你对他做了什么？”安娜问丈夫。

“这是法国式的。”有谁说。

“这不是法国式的，这是非洲蛮人式的。”

“哦，但他总是那样的。”

有谁站了起来，又有谁来了，喋喋话声进行如旧，大家用聂黑流道夫的这段插曲作为今天 jour fixé（酬客日）谈话的好题材。

在访问马斯林尼考夫的次日，聂黑流道夫接到他的一封有封印的在光泽而有纹章的厚纸上写了美丽结实字迹的信，说他写了信给医生说到调马斯洛发进医院，并说很可能地，他的希望会实现。签字是“爱你的老朋友马斯林尼考夫”，末尾有一个异常艺术的大而粗的花笔。

“呆瓜！”聂黑流道夫忍不住说道，特别是因为在“朋友”这个字眼里他感觉到了马斯林尼考夫对他表示的屈尊的意味，即是，虽然他执行着在道德上最龌龊可耻的职务，却认为自己是很重要的人，他自称是聂黑流道夫的朋友，表示他并未太夸耀自己的高贵。

五十九

最寻常而普遍的迷信说法，是说每个人有他自己的确定的特质，说人有善、恶、智、愚、热情、冷漠等等差别。但人并不是如此的。我们说到一个人，说他善比恶的时候多，智比愚的时候多，热情比冷漠的时候多，或者相反；但假如我们说到一个人，说他是善或智，说到另一个人，说他是恶或愚，这是不正确的。但我们却总是这样区别人。这是不可靠的。人如河流：所有河流里的水是相同的、处处一样的，但每条河流会时而窄，时而急，时而宽，时而缓，时而清，时而冷，时而浊，时而暖。人亦如此。每个人具有一切人类特质的根芽，有时他表现了这些，有时又是另一些，他常常完全不像他自己，却同时仍然是同一个人。有些人的这种变化特别显著。聂黑流道夫便属于这一类的人。他的这类变化是由于生理的和精神的原因。他现在正发生着这种变化。

在审问之后，在和卡邱莎第一次见面之后，他所体验的对于新生的得意和高兴完全过去了，而在末次见面之后，他被恐惧甚至对她的厌恶所代替了。他决定了不离开她、不改变自己的假若她愿意便娶她的决心，但他觉得这是困难的、痛苦的。

在他同马斯林尼考夫会面的次日，他又到监狱里去看她。

监狱长准许了见面，但不在办公室，不在律师室，而是在女客室。

虽然有好心肠，监狱长对于聂黑流道夫却比先前更有约制了；显然，和马斯林尼考夫谈话的结果是有了对于这位客人要更加当心的命令。

“见面是可以的，”他说，“但是关于金钱，请您按照我请求您的……关于调她到医院，如长官所写的，这是可以的，医生是同意的。但是她自己不愿意，她说：‘我必得为这些肮脏的人拿尿壶了……’公爵，您要晓得他们是那样的人。”他添说。

聂黑流道夫没有回答，只要求让他去会面，监狱长派了典狱去，聂黑流道夫跟他去到空的女会客室。

马斯洛发已经在那里，沉静、羞怯，从网子后边走出来。她走近聂黑流道夫身边，没有望他，低声地说：

“饶恕我吧，德米特锐·伊发诺维支，我前天说话不对。”

“不是我饶恕你……”聂黑流道夫开言。

“但您还是不要管我的事吧。”她添说，在她的向聂黑流道夫望着的非常斜视的眼睛里，他又注意到那种紧张而愤怒的表情。

“为什么我不要管您的事呢？”

“就是要这样。”

“为什么要这样？”

他觉得她又用愤怒的目光看他。

“哦，这就是这样的，”她说，“您不要管我的事，我向您老实说。我不能够。您什么也不要管了，”她用颤抖的嘴唇说，沉默了一会儿，“这是真话。我宁愿上吊。”

聂黑流道夫觉得在她的拒绝中含有对他的仇恨和不愿饶恕的愤怒，但还有点儿别的好的重要的东西。此番在完全平静的心情中证实她原先的拒绝，这立刻在聂黑流道夫心中消除了一切的怀疑，并使他回到先前严肃、得意、感动的心情。

“卡邱莎，我现在说的和我过去说的一样，”他特别严肃，“我请求你嫁我。假若你不愿，在你不愿的时候，我和先前一样，要在你所在的地方，要跟你到他们带你去的地方去。”

“这是您的事，我不再说别的了。”她说，她的嘴唇发抖。

他也沉默着，觉得自己无力说话。

“我现在要到乡下去，然后到彼得堡去，”他说，终于神志安定了，“我要为你的事——我们的事去设法，上帝保佑，要撤销判决。”

“不撤销也没有关系。我不是为这个而是为别的事应该受到这……”

她说，他看见她费了多么大的力约制眼泪。

“那么，您看见了明绍夫吗?”她突然问，以便掩饰自己的情绪，“他们无罪，不是吗?”

“是的，我觉得是的。”

“那样异常好的老太婆。”她说。

他向她说了他听明绍夫所说的一切，问她是否需要什么，她回答说她不需要什么。他们又沉默着。

“哦，关于医院，”她用斜视的目光看了看他，忽然说，“假若是您愿这样，我就去，并且酒我也不喝了……”

聂黑流道夫沉默着看她的眼睛。她的眼睛微笑着。

“这很好。”他只能说出这个，于是向她告别了。

“是的，是的，她完全是另外一个人了。”聂黑流道夫想，在先前的怀疑之后，感觉到全新的、他从未感觉过的情绪——确信爱情的不可征服。

在这次会面以后回到了自己的恶臭的狱室里，马斯洛发脱下大衣，坐在板床上的自己的铺位上，把手放在膝上。狱室里只有患肺病的伍拉济米尔的妇人和她的婴儿，老妇人明绍发，哨舍女看守，两个小孩。执事的女儿昨天被断定精神上有病，被送到医院里去了。其余的妇人都洗衣服去了。老妇人躺在板床上睡着了，小孩们在走廊上，门还开着。伍拉济米尔的妇人抱着婴儿、哨舍女看守用她的动作灵活的手指不停地织着袜子，走到马斯洛发面前。

“嗯，你们见过面了吗?”她问。

马斯洛发没有回答，坐在高板床上，晃着触不到地面的腿。

“你为什么要哭呢?”哨舍女看守说，“最要紧的是不要丧气。哎，卡邱莎！嗨!”她说，迅速动着手指说。

马斯洛发没有回答。

“我们房里的人洗衣服去了。她们说今天有很多的施舍。听说，带来了很多东西。”伍拉济米尔妇人说。

“非那施卡!”哨舍女看守在门口喊叫,“这个小鬼跑哪里去了?”

于是她拿出一根织针,插进袜子和线球里,走上了走廊。

这时,走廊上传来了脚步声和妇女的说话声,住这个狱室的女囚犯们光着脚穿着囚鞋走进来,各人带着一个面包卷,有的带了两个。非道茜亚立刻走到马斯洛发面前。

“怎么回事,有什么事情不好吗?”非道茜亚问,用明亮的蓝眼睛亲切地望着马斯洛发,“这是给我们吃茶的。”于是她把面包卷放在架子上。

“那么,可是他不想结婚了吗?”考拉不列发问。

“不,他没有变,但我不愿,”马斯洛发说,“我向他这么说了。”

“这个呆瓜!”考拉不列发用低音说。

“哦,假若不住一起,结婚有什么意思呢?”非道茜亚说。

“可是你的丈夫要同你去的。”哨舍女看守说。

“哦,我们是合法的夫妻,”非道茜亚说,“可是假若他不和她住一起,他为什么要行结婚礼呢?”

“哦,呆瓜!为什么?他娶了她,就给她享受富贵了。”考拉不列发说。

“他说:‘无论你被人送到什么地方,我也要跟随你去,’”马斯洛发说,“他去就去,不去就不去。我不会去要求他。现在他要到彼得堡去想办法。在那里他和所有的大臣是亲戚,”她继续说,“但我仍然不需要他。”

“当然的!”考拉不列发忽然同意了。检查着她的袋子,显然,她在想别的事情,“好吧,我们喝点儿酒吗?”

“我不要喝,”马斯洛发回答,“你自己喝吧。”

第二部

一

两周之后案子就可以在大理院审问了，聂黑流道夫打算在审问之前到彼得堡去，假如案子在大理院审理失败，便按照律师所劝告的，呈递请愿书给皇上。假如上诉没有结果——对于这一点，按照律师的意见，应该有所准备，因为上诉的理由是很不充分的——则包括马斯洛发在内的那一群流刑犯，也许会在六月初起程。因此，要能准备就绪随同马斯洛发到西伯利亚去——这是聂黑流道夫所毅然决定的，因此必须现在到乡下去处理他的事务。

聂黑流道夫最先到最近的库斯明斯基去，那里的大田庄拥有一片黑土区，他大部分的收入就是从这里来的。他在童年和青年时期曾经在这个田庄上居住过，后来在成年时期还来过两次。有一次是应母亲的要求，带去了一个德国管事，和他核算过租账，因此他早已知道田庄上的情形以及农人与账房即与地主的关系。农人对于地主的关系是这样的：说得客气一点，农人完全依赖账房；说得直率一点，便是账房的奴隶。这不是在 1861 年所废除的那种明显的奴隶，即在一个地主之下，一定数量的人做他的奴隶，而是那些无土地的或者土地少的农民共同被地主们奴役。聂黑流道夫知道这个，他无法不知道，因为田租是建立在这种奴隶制度上的，而他曾经助长这种田租制度。聂黑流道夫不但知道这个，他还知道这是不公正的、残忍的，而且是从做大学生的时候就知道。那时，他曾公然信仰并宣传亨利·乔治[1]的学说，并且根据这个学说，把父亲的田地给予农民，认为拥有土地，正和在五十年前拥有农奴是同样的罪恶。但是在服军役之后，当他惯于每年约用二万卢布时，这一切的知识对于他的生活不复有拘束性了，也被遗忘了，他不仅不扪心自问自己对于财产的态度以及他母亲给他的那些钱是哪里来的，而且极力不想到这个。但母亲的逝世，承继、管理自己的财产，即土地的必要——又向他提出了他对土地私有的态度问题。在一个月前聂黑流道夫还会向自己说，他没有力量改变现有的秩序，他不管理田庄，远离田庄而生活，从田庄上获得金钱，多多少少要觉得心安一点。现在他却决定了，虽然有西伯利亚之行以及他和牢狱世界之复杂困难的关系——这是需要金钱的——他还是不能够让事情停留在目前的状态中，而必须于己不利地去改变它。因此他决定不再由自己经营土地，而将土地以低廉租价租给农民，让他们都能够不依赖地主。聂黑流道夫，已经不止一次，在比较地主的地位和农奴主的地位时，也比较了“出租土地给农民以替代雇佣工人耕种”和农奴的主人的办法，就是使农人交纳租金以代赋役的办法。这不是问题的解决，而是到达解决的步骤，这是从较为粗野的压迫方式，进入较不粗野的压迫方式。这就是他所要做的。

聂黑流道夫在将近中午时到达了库斯明斯基。他在各方面简化自己

---

[1] 美国经济学家，一八三九至一八九七。——译者

的生活，没有打电报，只在车站上雇了一辆双马半篷车。车夫是一个穿棉布衣服的少年，在长腰下边的衣褶襞上系了一条带子，按照车夫的姿势，坐在驾驭台的一边。他很乐意和绅士谈话，尤其是当他们谈话时，跛腿的白挽马和消瘦的喘息的副马能够徐步而行，这是它们一向所喜欢的。

车夫说到库斯明斯基的管事，不知道坐在他车上的是土地主人。聂黑流道夫有意不告诉他。

“漂亮的德国人。”在城里住过的、读过小说的车夫说。他面向乘客半侧着身子坐在驾驭台上，忽上忽下地抓着长鞭柄，显然是在夸耀自己的本领，“三匹栗色马套上车子带他太太出去，多么好啊！”他继续说，“冬天，在耶稣圣诞节，大房子里有圣诞树，我也赶车送客去。房子里有电灯光，全省里也看不到这样的！他还搜刮了很多钱——可怕！为什么他有这样大的权柄！据说他买了好的田庄。”

聂黑流道夫觉得他对于德国人管理田庄的方法，以及从中取利的方式，完全不关心。但长腰车夫的叙述使他觉得不愉快。他欣赏美好的白桦树，时而遮翳太阳的发黑的密云，春季谷物的农田——田上有农夫用木犁在各处除裸麦田里的草，密而发绿的冬麦田——田上面有云雀飞起，除了迟晚的橡树都已蒙上新绿的树林，有点点牛马的草场，有农人的田畴——可是他想起了什么不愉快的东西，当他自问“是什么”时，他想起了车夫说到德国人如何管理库斯明斯基的田事。

到了库斯明斯基办理事务时，聂黑流道夫忘记了这种不愉快的感觉。账簿的检查，同管事的谈话——他单纯地举出农民田地少以及这些田地为地主田地所环绕的事实——更促使聂黑流道夫决心停止自家管理田务而把全部土地租给农民。

听了管事的话，聂黑流道夫知道，和从前一样，三分之二最好的耕地是按照规定工资由雇工用改良的器具耕种的，其余三分之一的田地是按每皆夏其那[1]五卢布的工资由农人耕种的。也就是说，为了五卢布，农人必须将每皆夏其那犁三次、耙三次、播种、刈割、打捆成束，送到打谷场。按照自由工人的最低工资，每皆夏其那要做的工作至少值十卢布。农人要用工役按照最贵的价格去偿付从账房所得到的一切。他们要以工役去偿付草场、树林、芋薯茎的价格，几乎大家都欠账房的债。例如，租给农民的靠近荒野的田地，每皆夏其那要付的土地价格是按五分利息计算所能获得的数目的四倍。

这一切聂黑流道夫早已知道，但现在他觉得好像是新的东西，只是诧异：他以及处在他的地位上的所有人怎样能够看不到这种关系的不正常。管事的说，把土地租给农民时，一切农具便凭空损失了，这些农具都不能卖上原来价格的四分之一，说农民会损害土地，说在这种让渡中聂黑流道夫要损失很多，这些理由只更加使聂黑流道夫相信，在他把土地租给农民而丧失自己大部分的收入时，他是做一件好事情。他决定趁这次机会立刻办完这件事。收集和出售已种的麦子，出售农具和无用的房屋——这一切应该由管事以后再办。现在他要求管事在第二天召集居住在库斯明斯基田地附近的三个村庄上的农民，以便向他们宣布自己的计划，商议租地的价格。

愉快地意识到自己对于管事的理由的坚决反对，并准备为农民而牺牲，聂黑流道夫从账房走出，考虑着当前的事务，绕过房子，走过今年荒芜的花坛（管事房屋对面的花坛被破坏了），走过长了莒菊的 lawn-tennis（草地网球场），走过菩提树旁的幽径，他曾惯常来这里抽雪茄烟，三年前在母亲那里做客的美丽的基锐莫发曾和他在这里调情。简短地考虑了他明天要向农人们说的话，聂黑流道夫走到管事那里，一边同他吃茶，一边和他讨论如何清理一切田事的问题，完全安心之后，便走进大房子里为他预备的房间，这是一向留作招待客人之用的。

[1] 约合 2.7 英亩。——译者

在这间清洁的小房里有威尼斯风景图，在两窗之间有一面镜子，有一张清洁的弹簧床，一张小桌子，桌上有一瓶水，以及火柴和熄烛钳。在镜前的大桌子上摆着他的打开的旅行提箱，露出他的化妆匣和随身携带的书，俄文的《犯罪原理之研究》，和一册英文的一册德文的同样性质的书。他打算在下乡期间的闲时阅读它们，但现在已经没有时间了，于是他准备躺下来睡觉，以便明天早早起床准备与农民谈话。

在房间角落上有一张老式的镶花红木靠背椅，这张椅子他记得是摆在他母亲的卧室里的，它的形状顿然在聂黑流道夫的心中产生了十分奇特的感受。行将倾毁的房子，行将荒芜的花园，将被砍伐的树林，所有的这些圈槛、马厩、器具仓库、机器、马匹、牛，令他觉得惋惜，这些东西，他知道，需要很多的精力来创办、维持。先前他觉得抛弃这一切是很容易的，但现在不仅是这个，而且土地的出租以及现在所面临的收入半数的损失，也令他觉得惋惜了。出现这样的想法让他觉得把土地租给农民并毁坏自己的农场是轻率的，不该的。

“我不该有土地。但是假使没有土地，我便不能够维持这全部的房屋和田庄。再者，我现在要到西伯利亚去，因此，房屋和田庄我都不需要了。”一个声音说。“这一切是如此的，”另一个声音说，“但第一点，你不是终生住在西伯利亚。假如你结婚，你便会有小孩。正如同你曾得到完好的田庄，你也应该把它照样的交给他们。你对于土地是有责任的。舍弃、消灭一切很容易，创立一切便很难了。主要的——你应该考虑自己的生活，决定你将对你自己做什么，并根据这个而处理自己的财产。你的这个决心是坚决的吗？其次，你这么做果真是凭你的良心做的，还是为了别人，为了对他们夸耀自己而做的呢？”聂黑流道夫问自己，不能不承认，别人关于他所要说的话，对于他的决心是有影响的。他想得愈多，产生的问题也愈多，这些问题愈显得无法解决。

为了摆脱这些思想，他躺在干净的床上，希望睡着，以便明天用清醒的头脑去解决他现在弄混乱了的问题。但他许久不能睡着，从敞开的窗里，随着新鲜的空气和明月，飘进来了蛙声，夹杂着远处公园里和近处窗外盛开的丁香花丛里夜莺的啾啾声与唑唑声。听着夜莺与蛙的叫声，聂黑流道夫想起监狱长女儿的琴声，想起了监狱长，又想起马斯洛发，当她说“你什么也不要管”时，她的嘴唇打抖，好像蛙发出的呱呱声一样。然后德国管事开始下水到蛙那里去。应该阻止他，但他不仅下去，而且变成了马斯洛发并开始责备他“我是一个流刑女犯，您是公爵”。“不，我不屈服，”聂黑流道夫想。他恢复了神志，问自己：“那么，我做得是好还是坏呢？我不知道，但我觉得这都一样。都是一样。应该睡觉了。”于是他自己开始下去，到管事和马斯洛发所爬下去的地方去，在这里一切都完结了。

二

第二天早上九点钟聂黑流道夫醒了。年轻的侍候主人的账房办事员听到他的动静，送给他从未有过那么明亮的靴子，和清洁的冷泉水，并通报说农人们在聚集了。聂黑流道夫从床上跳起来，回忆着。昨天关于他要租出土地毁弃农场的惋惜情绪一点痕迹也没有了。他现在惊异地想起这个。他现在为他当前的事情高兴，不禁为它骄傲。

从房间的窗子里可以看见长了苣菊的草地网球场，农人们奉管事之命聚集在那里。蛙并没有空叫，天气是阴沉的。没有风，早上落了温暖而轻柔的小雨，在树叶、树枝和草上挂着水珠。飘进窗子里来的，在绿草的气味之外，还有需要雨水的土地的气味。

聂黑流道夫穿衣时向窗外看了几眼，看见农人们聚集在球场上。他们先后地来到，互相脱帽行礼，拄着拐杖，站成一圈。管事，一个肥胖、强健、有肌肉的青年，穿了一件有绿色竖领和大纽扣的短上衣，来向聂黑流道夫说大家都集齐了，但他们可以先等等——让聂黑流道夫先喝咖啡或茶，两样都准备了。

“不，我顶好还是去见他们吧。”聂黑流道夫说，想到当前和农人们的谈话，感觉到一股全然出乎自己意料的畏怯与羞耻情绪。

他是来实现农人们不敢想到去实现的那种希望——把土地按照低廉的价格租给他们，即是，他来向他们做件善事，而他反而觉得羞惭。他走到聚集的农人们面前，看着他们露出鬈发的、光秃的、白发的头，他窘迫得好久说不出话来。细雨继续下着，落在农人们的头发、胡须和长袍的绒毛上。农人们看着主人，等着他向他们说话，而他却窘迫得说不出话来。窘迫的沉默被镇静自信的德国管事打破了，他认为自己是俄国农民的专家，俄语说得漂亮正确，这个强壮得过于肥胖的人，正如同聂黑流道夫本人一样，和农人们瘦而打皱的脸同衣服下面耸起的瘦肩胛骨形成了惊人的对照。

“现在公爵对你们做件好事，把土地给你们，可是你们不配这样。”管事说。

“为什么我们不配，发西利·卡尔累支，我们没有替你做工吗？我们很满意过世的女主人，上帝保佑她，年轻的公爵不会抛弃我们的，谢谢他。”雄辩的红发农人说。

“我们没有埋怨主人的地方，我们所申诉的只是没有土地，”另一个宽肩的农人说，“不够维持生活。”

“我就是为了这个才召集你们的，假若你们愿意，我想把土地交给你们。”聂黑流道夫说。

农人们沉默着，似乎是不明白或者不相信。

“拿出土地给我们，这是什么意思呢?”一个中年的穿长背心的农人问。

“租给你们，让你们出低额的租金去使用土地。”

“可喜的事情呀。”一个老人说。

“但愿能够出得起租金就好了。”另一个人说。

“为什么不接租土地呢?”

“这是我们的惯事呀——我们靠土地吃饭!”

“你更安闲了，只要留心收钱，但那是多少的罪过啊!”一些声音说。

“是你们的罪过，”德国人说，“假若你们工作，并且守规则……”

“对于我们的弟兄是不能够这样的啊，发西利·卡尔累支，”尖鼻子的瘦老人说，“你说，‘为什么把马放进麦田里来了?’好像是我放它去的，但是谁放它去的呢，我可是一天一天，度日如年，挥动镰刀，做别的事，我夜里看马睡着了，马进了你的麦田，你连我的皮都要剥去了。”

“但你应该守规则。”

“你说得好——规则，可是我们没有办法。”黑须浓密的、高个的、中年的农人回驳。

“我不是向你们说过做篱墙的吗?”

“你给我们木料啊，”低矮、丑陋的农人从后边发言，“去年我想扎篱墙，砍了一棵树苗，你就把我送到牢里喂了三个月虱子。这就是做篱墙。”

“他说的是什么?”聂黑流道夫问管事。

“Der erste Dieb im Dorfe（村上第一号的窃贼），”管事用德语说，“他每年在树林里被人捉到。”然后他对着农人说，“你该知道尊重别人的财产了。”

“可是我们不尊重你吗?”老人说，“我们不能够不遵从你，因为我们是在你的手里，你可以把我们搓成一根绳子。”

“啊，老兄，没有人损害你，你也不要损害别人。”

“真的，损害!你去年打了我的脸，事情就这样算了。同有钱的人不能够讲理，这是显而易见的。”

“但你要守法律。”

双方显然是在进行言语的争论，但参加者不很知道他们是为了什么，是在说什么。只可以看出来，一方面是被恐惧所约制的愤慨，另一方面是优越与权力的自信。聂黑流道夫听着这些觉得不舒服，他力求回到正事上去：规定价格和付款期限。

“那么关于土地要怎样呢？你们愿意要吗？假若我把全部的地租给你们，你们给什么价呢？”

“东西是您的，您定价吧。”

聂黑流道夫说了价。和寻常一样，虽然聂黑流道夫所定的价远低于他们付给别人的价，农人们却开始还价，认为价钱太高。聂黑流道夫期望他的提议愉快地被接受，但却一点也看不到满意的表征。

只是凭了这一点聂黑流道夫可以断定他的提议于他们是有利的，那就是，在谈到是谁，是全体农民还是一个合作社来接租土地时，农人之间起了激烈的争论，一部分人希望除开那些没有力量的、不能按期付钱的；另一部分则是那些被除开的人。最后，由于管事的介入，价格和付款期限被确定了，于是农人们喧哗着，下山回返村庄，聂黑流道夫去账房里和管事起草契约条文。

一切办理得正如聂黑流道夫所期待的那样：农人们得到了土地，价格比在这个区域里其他土地价格低百分之三十；他从土地上的收入几乎减少了一半，但对于聂黑流道夫却足够有余，特别是因为还有其他的收入，就是他还有已出售的树林及出卖农具所得到的钱。一切似乎极好，但聂黑流道夫总觉得有什么惭愧的地方。他看到农人们虽然有的向他说了感谢的话，却是不满意的，并且期望得到更多的收获。结果是他自己损失了很多，而对农人却没有做出他们所期待的事。

翌日，家制的契约被签订了；由来到的选为代表的老农们陪伴着，聂黑流道夫带着有什么事没有做完的不快情绪，坐上管事的三马拉的、如车站的车夫所说的华丽的车子，向迷惑不满地摇头的农人们告别后，便到车站去了。聂黑流道夫不满意自己。为什么他不满意，他不知道，但他总是觉得有什么悲哀和可耻的事发生了。

三

聂黑流道夫从库斯明斯基来到他从姑母那里所继承的田庄——就是他认识卡邱莎的地方。他希望在这个田庄上处理土地事件一如他在库斯明斯基所处理的那样；此外，他想探听关于卡邱莎还能探听到的一切，以及她同他所生的小孩：他是真死了吗，他是怎么死的？

他清早来到巴诺弗，当他的车子进院子时，第一件令他惊异的，是所有房屋的，尤其是住宅的荒芜老朽的样子。原先是绿色的铁屋顶久未涂漆，锈得变红，有几片铁皮大概是因为风暴向上卷起了；围绕房屋的木板有些地方被人弄坏了，在破处，取下锈钉，木板便可以容易地拿下来。两道阶梯，前面的和他所特别难忘的后面的都腐朽破烂了，只剩下了托撑的柱子，窗上没有玻璃的地方用木板补着，管家所住的厢房、厨房、马厩，都腐朽而发灰。只有花园不仅没有荒芜，而且还茂盛、繁密，现在满是花朵，在篱笆的那边可以看见宛如白云的开花的樱桃树、苹果树、李树。丁香花的篱垣开着花朵，恰似十二年前，那年聂黑流道夫和十六岁的卡邱莎玩捉迷藏，跌了跤，被刺草戳破了皮。苏菲亚·伊发诺芙娜种在屋旁的落叶松那时小得橡一根棍子，现在已长成大树，树干可以做栋梁，树枝上笼罩着黄绿色的柔毛般的松针。河流是在两岸之间，在磨坊的水渠上潺湲着。在河那边的草场上牧着农人畜养的杂色的、混合的畜群。

管家是没有修毕神学课程的学生，在院里微笑着迎接聂黑流道夫，不停地笑着请他进账房，仍旧笑着走到屏墙那边，好像用这个笑容许诺什么特别的东西。屏墙后边有了低语声，又沉默了。车夫接到酒钱，响着铃，把车赶出院子，于是全然寂静了。然后一个穿绣花外衣的、耳上挂着穗子的、赤足的女孩打窗下跑过，在女孩后边跑着一个农人，他在走过的小径上踹响着大鞋的钉子。

聂黑流道夫坐在窗前，看着花园，谛听着。从双扇的小窗子里吹进来春天的新鲜空气和翻掘的土地的气味，轻轻吹动他汗额上的头发和放在被刀刻划的窗台上的纸张。河上浣衣农妇们的杵声，互相交杂地响着，“特啦——吧——嗒卟，特啦——吧——嗒卟”，这声音飘荡在闪耀于阳光之下的筑堤的河面上，河水撞击在磨坊里的声音有节奏地传来，一个苍蝇恐怖地响亮地嗡嗡着从他耳边飞过。

聂黑流道夫顿然想起，同样的在很久之前，当他尚年少而天真时，他在这里听过磨坊节奏声中河上农妇们捣湿衣的杵声，同样的春风曾经吹动他的湿额上的头发，和被刀划刻的窗台上的纸片，同样地从他耳边恐怖地飞过苍蝇，而他并不是想起自己那时是一个十九岁的青年，却觉得自己还是和那时一样，是有同样的壮健、纯洁，充满了对于将来的各种最伟大的可能性，然而同时，像在梦中所常有的一样，他知道这已不复再有，于是他感到极度的悲哀。

“要在什么时候吃饭呢?”管家微笑着说。

“随便您什么时候吧，我不饿。我要到村子上去走走。”

“不进房子里来吗？我这里面一切都有条理。请您看一下吧，即使是在外边……”

“不，以后再看吧，现在，请您告诉我，你们这里有一个叫作马特劳娜·哈锐娜的妇人吗?”

她是卡邱莎的姨母。

“有的，在村子上，我不能够和她处得好。她卖私酒。我认识她，也责备过她、骂过她，但是假若要办她——太可怜了：她是一个老太婆，她有孙子。”管家带着同样的笑容说，表示又愿意讨主人欢喜，又相信聂黑流道夫正和他一样，明白一切的事情。

“她住在哪里？我要去看她。”

“在村子的尽头，打边上数第三家。左手是砖墙的屋子，在砖墙的屋子那边就是她的土墙屋子。但顶好还是我陪您去吧。”管家高兴地微笑着说。

“不用，谢谢您，我去找，请您费神去通知农人们集中：我要同他们谈谈土地的事情。”聂黑流道夫说，打算在这里像在库斯明斯基一样地同农人们订一个契约，并且，假如可能，就在今天晚上。

四

出了大门，聂黑流道夫在长了车前草与羊蹄草的牧场上的全然被人踩出来的小路上，遇见了那个迅速踏动肥胖的光赤的脚、耳上挂着穗子、围了花围裙的农家女孩。她正打算回家，左手迅速地在身前横摆着，右手在胸前紧搂着一只红公鸡。公鸡摆动着红冠，似乎十分镇定，只睁大眼睛，时而伸出时而抬起一只黑爪，爪趾碰到女孩的围裙。当女孩走近主人时，她开始放缓步伐，由跑变为走，和他平肩时，她停下来，把头向后摆了一下，向他鞠躬，直到他走过去了之后，才带着公鸡再向前走。向下走到井边时，聂黑流道夫遇到了在弯曲的背上担着沉重的两满桶水的、穿着脏的粗布外衣的老妇人。老妇人小心地把水桶放下，同样地把头向后摆了一下，向他鞠躬。

在井那边便是村庄。明亮而热的日子，在十点钟的时候已让人发汗了，聚集的云朵只偶尔遮蔽了太阳。全街是强烈的刺鼻的而并非不愉快的肥料气味，有些是从那些顺着碾平的路向山坡赶去的载运马车上散发出来的，而主要的是从各家院子里掘开的肥料散发出来的，聂黑流道夫正从这些院子的敞开的门前走过。跟随载运马车上山的、赤脚的、裤子与衬衣沾染了粪迹的农人们回头看这位高大肥胖的绅士，他戴着有丝帽箍在太阳下发亮的灰帽子向村上走来，每隔一步即用光亮的有节的有明亮柄端的手杖在地上触一下。从田上回来的农人们在快步的空的载运马车的驾驭台上颠簸着，取下帽子，惊讶地尾随着走在街上的这个罕见的人；村妇们走出大门，站在阶梯上，互相指点议论着他，目送他走过。

在聂黑流道夫所要走过的第四道门前，从门里咿呀地赶出的载运马车令他停住了，车上高高地堆着向下泼落的肥料，顶上面铺了供人坐的席子。一个六岁的男孩跟在车后，为了能乘车而兴奋。穿草鞋的青年农人，大踏着步子，把马赶出门外。长腿的灰色小马从门内跳出来，但是它怕聂黑流道夫，紧靠着车子，腿擦着车轮，跳到由门里拖出沉重车辆的、不安宁的、低嘶的母马前面。瘦而矍铄的，赤脚的穿条子裤和脏长衬衣的，背上高耸着肩胛骨的老人牵出第二匹马。当马匹走上碾平的路，落下灰色的好像烧干的土块的肥料时，老人回到门前，向聂黑流道夫鞠躬。

“您是我们老小姐的侄儿吗?”

“是的，我是她的侄儿。”

“您一路平安。可是来探访我们的吗?”老人饶舌地说。

“是的，是的。那么，你们过得怎样呢?”聂黑流道夫问，不知道说什么。

“什么样的生活啊！我们的生活坏极了。”爱说话的老人好像是高兴地拖长声音说。

“为什么坏呢?”聂黑流道夫走进门说。

“什么样的生活吗？最坏的生活。”老人说着，跟着聂黑流道夫向扫干净的有顶棚的地方走去。

聂黑流道夫和他走到顶棚下。

“我家里有十二个人，”老人指着两个妇人说，她们挂着滑落下来的头巾，淌着汗，折起裙裾，半截光腿沾染了肥料痕迹，拿着叉子，站在未扫净的肥料堆上，“没有一个月不买六甫得[1]粮食，可是从哪里弄

[1] 一甫得约合十六公斤。——译者

钱呢?”

“自己的不够吃吗?”

“自己的?”老人带着轻蔑的嘲笑说,“我的地仅够三个人吃,去年的那点收成,还不够吃到圣诞节。”

“那么你怎么办呢?”

“我们这么办,我派一个儿子去做工,还向少爷您那里借一点钱。在四旬斋之前一切都张罗了,但是租税还没有付。”

“租税有多少?”

“我家一节[1]要付十七卢布。啊,上帝啊,这样的生活,我们自己不晓得要怎么办才好!”

“我可以到你家里去吗?”聂黑流道夫说,在院子里向前移动着,从干净的地方,走到尚未扫去的被叉子翻掘的发出强烈气味的黄褐色肥料层上。

“怎么不可以?进去吧!”老人说,光脚快步地走着,从脚趾缝里渗出肥料汁水,他赶到聂黑流道夫前面,替他开了农舍的门。

农妇们理了头上的头巾,放下了裙裾,带着好奇的恐惧,看着袖上有金扣子的走进她们家里的清洁的绅士。

从农舍里跳出两个穿衬衣的女孩。聂黑流道夫弯着腰,摘下了帽子,走进门廊,走进污秽、窄狭、发出酸性食品气味、摆了两架织机的农舍。在农舍内的火炉旁站着一个细瘦、见筋、在晒黑的手臂上卷着袖子的老妇人。

“我们的主东来我们这里做客了。”老人说。

“很欢迎。”老妇人放下卷起的袖子亲善地说。

“我想看看你们过得怎样。”聂黑流道夫说。

“我们过得就像您看见的这样。屋子要倒了,它就要压死人的。老头子说这样好。我们就这样过活,像做国王,”伶俐的老妇人说,神经

---

[1] 一节是四个月。

质地颤动着头，“我马上要去弄饭了。我要去给工人们做饭。”

“你们吃什么？”

“吃什么吗？我们吃的是好东西。第一道是面包和克法斯酒，第二道是克法斯酒和面包。”老妇人说，露出坏了一半的牙齿。

“不，不是说笑话，让我看看你们今天吃什么。”

“吃吗？”老人笑着说，“我们吃的不是精细的。让他看吧，老太婆。”

老妇人摇了摇头。

“要看我们农人吃的东西吗？先生，你是细心人哦。我要看看你呢。他想要知道一切。她说过的面包和克法斯酒，还有汤，昨晚女人们带了鱼来，这就是做汤的，再后是芋薯。”

“没有别的了吗？”

“还有别的，用牛奶冲汤。”老妇人笑着望着门说。

门是开的，门廊上满是人；男孩，女孩，带着婴儿的农妇，挤在门口望着这个要看农家食物的陌生的绅士。老妇人显然骄傲自己能够接待绅士。

“是的啊，我们的生活是坏的，坏的，先生，有什么说的呢！”老人说。“你们跑过来干什么！”他向站在门口的人大声说。

“好，再见了。”聂黑流道夫说，觉得不安、羞耻，却又说不出什么原因。

“谢谢您赏光看我们。”老人说。

许多人在门廊上互相拥挤着让他过去，他上了街，顺街向上走。两个赤脚的男孩从门廊跟他走出去，一个大一点，穿了原是白色的脏污的衬衣，另一个穿了旧而褪色的淡红衬衣。聂黑流道夫回头看了看他们。

“现在到哪里去呢？”穿白衬衣的男孩问。

“到马特劳娜·哈锐娜那里去，”他问，“你们晓得吗？”

穿淡红衬衣的小男孩不知怎的笑了起来，大的严肃地问：

“哪个马特劳娜？她老吗？”

“是的，她老。”

“哦——哦，”他拖长声音说，“她是塞妙尼哈，她在村子边头上。我们陪你去。哎，非的卡，我们送他去。”

“可是马呢？”

“我看，没有关系！”

非的卡同意了，于是他们向村子上端走去。

五

聂黑流道夫和小孩在一起比和大人在一起自如一点，他一路上和他们交谈着。穿淡红衬衣的小男孩停止了笑声，说话和大男孩同样聪明详尽。

“喂，你们这里谁最穷？”聂黑流道夫问。

“谁穷吗？哈益穷，塞妙恩·马卡罗夫穷，还有马尔发很穷。”

“还有阿尼丝亚，她更加穷。阿尼丝亚连牛也没有，她家靠讨饭为生。”小的非的卡说。

“她没有牛，但一共只有三个人，马尔发家有五个人。”大的男孩反驳。

“她还是寡妇。”红衣男孩为阿尼丝亚辩护。

“你说阿尼丝亚是寡妇，但马尔发同样的是寡妇，”大的男孩继续说，“一样没有丈夫。”

“丈夫在哪里？”聂黑流道夫问。

“在牢里喂虱子。”大的男孩应用通常的说法。

“去年在主人家的树林里砍了两棵桦树，他就被送去坐牢了。”小的红衣男孩连忙说。“到现在已坐了五个多月，女人讨饭了，三个小孩，还有可怜的老太婆。”他详细地说。

“她住在哪里？”聂黑流道夫问。

“就在这个院子里。”男孩说，指着房子，在房子对面聂黑流道夫所走的小径上站着一个浅色头发的小孩，他摇动着，膝盖向外曲着的弯腿费力地支撑着身体。

“发西卡，鬼东西，跑哪里去了？”从农舍里跑出的，穿灰色脏污的好像撒了灰的衬衣的妇人大叫着，她带着惊惶的脸色，冲到聂黑流道夫的前边，抓住小孩带进屋里，好像她怕聂黑流道夫要对她的小孩做什么。

这就是那个妇人，她的丈夫因为从聂黑流道夫的树林里砍桦树而坐牢。

“哦，但是马特劳娜——她穷吗？”聂黑流道夫问，这时他们已走到马特劳娜的屋前。

“她是多么穷啊，她卖酒。”红衣的瘦小孩断然地回答。

到了马特劳娜的屋前，聂黑流道夫丢下小孩们，走进门廊然后走进农舍。马特劳娜老太婆的房子是六阿尔申宽，在火炉后边的床上成人不能够伸直腰肢。他想，“就在这个床上，卡邱莎生产，后来又生病”。这个屋子几乎全被织机占去了，在聂黑流道夫把头碰了低门走进来时，老妇人正带着自己的大孙女在理纱。还有两个孙子跟在绅士后边跟着跑进农舍，站在门口他的后边，手抓着门框。

“找谁？”老妇人愤怒地问，因为未理好织机而发脾气。此外她秘密地售酒，惧怕一切不相识的人。

“我是主东。我想和你谈谈。”

老妇人沉默着，注意地观看，然后突然完全变样了。

“你哦，亲爱的，我，呆瓜，不认识，我以为是什么过路的，”她用做作的亲善的声音说，“哦你，我的漂亮的亲爱的……”

“我们谈话不要有人，”聂黑流道夫看着敞开的门说，门口站着小孩们，小孩们后边是一个瘦妇人，她带着一个虚弱的，但仍然微笑着的、病得面色苍白的、戴着碎布做的圆顶帽子的小孩。

“什么东西没有见过吗，我要给你们一下，把我的拐杖拿来！”老妇人向站在门口的人喊叫，“关门，嗯！”

小孩们走开了，带小孩的妇人关了门。

“我还以为，谁来了。原来是先生自己，我的亲爱的，顶可爱的漂亮哥儿！”老妇人说。“您怎么随便来这种穷地方，也不选地方啊。你啊，宝贝啊！老爷，你这里坐坐吧，在这里椅子上吧，”她说，用围裙擦着椅子，“我以为是什么鬼爬来了，却原来是老爷自己，好先生，我们的好人，恩人。你饶恕我吧，老呆瓜瞎眼了。”

聂黑流道夫坐下了，老妇人站在他前面，用右手托着腮，用左手抓着右手的尖肘端，用唱歌的声音说：

“你也变老了，老爷。你过去像是好花儿，但现在这样了，似乎，也有烦心的事了。”

“我是来问点儿事情的，你记得卡邱莎吗？”

“卡切锐娜吗？怎么会不记得？她是我的姨侄女……怎么不记得？眼泪啊，我为她流过眼泪哦。我全都知道。哎哟，谁在上帝面前没有过错，谁在皇帝面前没有罪呢？年轻人的事是这样的啊，你是喝茶又喝咖啡的，鬼缠你了，他也是有力量的啊。怎么办呢！虽然你抛弃了她，但你却酬报了她：给了她一百卢布。但她又做了什么呢？她没有理性了。假若她听了我的话，她就可以过活了。但，尽管她是我的姨侄女，我却要老实说，她是不走正道的丫头。我后来看到她是在多么好的地方啊，她不愿顺从，骂了主人。我们能够骂绅士吗？嗯，他们把她辞歇了。后来，她是可以在森林官家里过活的，但她不愿这样。”

“我想问问小孩子。她在你这里生产的吗？小孩子在哪里？”

“小孩，哎哟，我那时候觉得很好。她病得很凶，我不觉得她能起来了。我替小孩合适地行了洗礼，把他送到育婴堂去了。哦，在母亲要死的时候，何必要天使模样的小人儿受苦呢。别人家也这样做，不管小孩，不喂小孩就死了；但我觉得为什么要这样呢，还是自己麻烦一点好了，送到育婴堂去吧。钱是有的，于是送去了。”

“有号数吗?”

“有号数，但他那时就死了。她说：带到了这里，他就死了。”

“她是谁?”

“就是那个住在斯考罗得诺的女人。她是做这种事情的。她叫作马拉尼亚，现在死了。是个聪明女人——你晓得她怎样地做的啊！有人把婴儿带给她，她便接下来，养在自己的屋里，喂他。她喂到凑足了数可以送到育婴堂的时候，凑足三四个，就一道送去。她做得很聪明：那个大的摇篮，是双铺位的，一边放一个。有一个把柄。她在篮里放下四个，把头分开，脚在一起，就不得相碰了，她就是这样的一次送四个。用奶嘴放在小嘴里，他们不作声，小心肝们啊。”

“哦，还有呢?”

“哦，她就是这样送去了卡切锐娜的小孩。她收养了不过两星期。还在她家里，小孩就病了。”

“小孩好看吗?”聂黑流道夫问。

“那么好的小孩，找不到更好的了。”老妇人说，眏动着老眼，添上一句，“就和你一样。”

“他为什么生病呢？是吃得不好吗?”

“哪有吃的东西啊！只是做个样子。当然啰，不是自己的孩子。只够维持着性命到育婴堂。她说，刚送到莫斯科，马上就死了。她还带来了证书，一切都正常。她是个聪明女人。”

这便是聂黑流道夫所能查明的关于自己孩子的情形。

六

在农舍和门廊的两道门上又碰了头，聂黑流道夫上了街。穿白衣的、烟色衣的、红衣的小孩都等着他。还有几个新来的和他们站在一起。有几个怀抱乳婴的妇人也等着，其中有那个瘦妇人，她怀里抱着一个戴碎布圆顶帽的无血色的孩子。这个小孩不断奇怪地笑着，小脸儿看上去很虚弱，并且紧张地动着弯曲的拇指。聂黑流道夫知道这是痛苦的笑。他问，这个妇人是谁。

“这就是我向你说的阿尼丝亚。”大的男孩说。

聂黑流道夫转身向着阿尼丝亚。

“你过得怎样？”他问，“你靠什么过活？”

“我怎么过活吗？讨饭。”阿尼丝亚说，她哭起来了。

衰弱的小孩露出满面笑容，屈着细瘦的腿。

聂黑流道夫取出钱夹，给了妇人十卢布。他还没有走两步，便有另一个抱小孩的妇人追上他，然后有一个老妇人，再后又有一个妇人。大家都说到自己贫穷，要求给她们帮助。聂黑流道夫分散了他钱夹里所有的六十卢布小钞票，带着异常的苦闷回到家里，即管家的厢房里。管家微笑着迎接聂黑流道夫，向他报告说农人们傍晚可以参加聚会。聂黑流道夫感谢了他，没有进房，却走入花园里落着白苹果花瓣的长了杂草的小径上，思索着他所见的一切。

起初厢房那边是安静的，但后来聂黑流道夫听到管家的厢房里有两个互相交杂的愤怒的妇人声音，其中只偶尔听到管家的带笑而和气的声音。聂黑流道夫谛听了一下。

“我的力气没有了，你为什么要摘下我颈子上的十字架[1]呢?”一个发怒的妇人声音说。

“但它只是走错了路啊，”另一个声音说，“放还吧，我说。你为什么要牛受苦呢？小孩们没有奶吃啊。”

“给钱呢还是做工?”管家的和气的声音说。

聂黑流道夫走出花园，走到台阶前面，那里站着两个头发散乱的农妇，其中之一显然是怀孕八九个月了。在台阶的踏级上，站立着双手放在麻布外衣口袋里的管家。看见了主东，农妇们缄默了，并开始整顿头上滑脱的头巾，管家从口袋里拿出手，开始微笑着。

事情是这样的，农人们，如管家所说的，故意放他们的小牛甚至大牛进主人的牧场。现在这些农妇们的牛有两头在草场里被抓住赶进牛槛里去了。管家要求农妇为每头牛付三十戈比，或者做两天工。农妇们却坚持，第一，她们的牛只是走错了路，第二，她们没有钱，第三，即使是答应了做工，也应该立刻把牛放还，牛在空地上从早上起就没的吃，可怜地在叫了。

“我说了多少次，”带笑的管家说，环顾着聂黑流道夫，好像是要他做见证，“假使你们白天赶牛回家，你们要看着你们的畜牲。”

“我只是去看看小孩，牛走错了路。”

“要是看牛，就不要走开呀。”

“可是谁喂小孩呢？你不给他吃乳呀。”

“要是真踏了草场，我们也不会心痛呀，然而牛只是走错了路。”另一个农妇说。

“所有的草场都被践踏了，”管家向聂黑流道夫说，“假如不处罚她们，一点草料也没有了。”

---

[1] 在俄国希腊教受洗礼的人都在颈子上挂十字架，这几乎是他们大部分的人最后离身的东西。——毛德

“哎，不要积罪过啊，”怀孕的妇人大叫，“我的牛从来没有被抓住过。”

“可是这次抓住了，付钱呢，还是做工呢。”

“好，我做工，把牛放出来吧，不要让它饿得难受啊，”她愤怒地大叫，“我昼夜没有休息的时候。婆婆害病，丈夫贪酒，我一个人忙着一切的事情，可是力气没有了。我做工要做得闭气了。”

聂黑流道夫要管家放了牛，自己又回到花园里思索自己的心事，但现在已经没有要思索的了。他现在觉得这一切是那么明显，使他不能不十分诧异为何别人没有看见，而他也这么久没有看见那个如此显而易见的东西。

“人们渐将死绝，习惯了渐渐地死绝，并且养成了适应渐绝的生活态度——儿童的死亡，妇女的过度劳动，大家的尤其是老人的食物缺乏。于是人们渐渐到了这样的地步，他们自己看不见这一切情况的恐怖，也不对它怨诉。于是后来我们认为这种情况是自然的，是应该如此的。”

现在，他觉得，人们自己所意识到的、所一向指示出来的贫穷的主要原因和白书一样明显，这就是人们被地主夺去了他们唯一赖以生活的土地。

同时十分明白的是，小孩和老人死亡是因为他们没有牛乳，而没有牛乳是因为没有土地养牛和收获粮食与草料。他明白人们的一切不幸，或者至少是人们不幸的主要而最直接的原因，乃是养活他们的土地不在他们的手里，而在别人的手里，这些人利用土地所有权，靠他们的劳动而生活。土地对于人们是那么必要，人们没有土地便要死。由这些陷于极贫的人耕种，是为了把土地上的粮食卖到国外，而使土地的所有者能够为自己买帽子、手杖、马车、青铜器等。他现在觉得这是那样明白，正如同关在围垣里的马匹，吃光了脚下所有的草，因为饥饿而消瘦将死，而这时，却不让它们利用能为自己找到食料的土地……这是可怕的，一定不能存在且不应该存在的。应该找出方法来使它不复存在，或者，至少是自己不参与其事。

“我一定要找出方法来，”他想，在桦树走道上来回走动着，“在学术团体里，在行政机关里，在报纸上，我们讨论人们贫穷的原因和改善人们生活的方法，只是不说出一种无疑的确实可以改善人们生活的方法，就是不复夺去他们所必需的土地。”于是他清晰地想起了亨利·乔治的基本原则和自己对它的热衷，并且诧异他竟能够忘记这一切。“土地不能够作为私产，土地不能够作为买卖的对象，正如水、空气、阳光一样。对于土地以及土地给予人们的一切利益，大家有同等的权利。”

他现在明白了，为什么想起了在库斯明斯基的事务处理他便觉得羞耻。他欺骗了自己。他知道人不能够有土地所有权，却承认自己有这种权利，并且把他内心知道他无权私有的东西分了一部分给农民。现在他不要做这样的事，并要改变他在库斯明斯基所做的。于是他在脑中拟定他的计划，就是把土地租给农民，收取租金，并且承认租金是这些农民的财产，他们付出这些钱，由他们用在纳税和公共事业上。这不是Single-Tax（单一税），而是在目前制度之下它的最可能的近似物。他认为最重要的东西乃是他拒绝享受土地私有权。

当他进屋时，管家特别高兴地微笑着，邀他用饭，表示担心他的妻子由戴耳穗的女孩协助着所预备的菜肴烧煮得过火。

桌上铺了粗台布，绣花手巾用来代替餐布，桌上有vieux-saxe（萨克森古瓷）的断了把子的汤皿装着马铃薯鸡汤，这鸡就是那个时而伸出这条黑腿、时而伸出那条黑腿的鸡，现在被切甚至是被斩成块了，有些地方还有毛。汤后便是这只烧了毛的鸡和加了大量油糖的凝乳，虽然这都是没有滋味的，聂黑流道夫却吃下了，没有注意到吃的是什么：他只专心注意在自己的思想上，它立即解决了他从村庄上回来时的苦闷。

管家的妻子，在戴耳穗的惊惶的女孩给她碟子的时候，从门外向里看，而管家自己骄傲地夸奖着他的妻子的手艺，越笑越高兴了。

餐后聂黑流道夫费力地要管家坐下来，为了检查自己的心事并同时向什么人表示自己所盘算的心事，向他说了自己要把土地给予农民的计划，并问他对这事的意见。管家微笑着，做出那种表示他早已想到这个并且很高兴听的神色，但实际上他一点儿也不懂，这显然不是因为聂黑流道夫表达得不明晰，而是因为按照这个计划，便须聂黑流道夫为了别人的利益而放弃自己的利益。而同时，每人为自己利益作打算而牺牲别人利益，这个道理在管家的意识里是那么根深蒂固，以致当聂黑流道夫说到土地上的一切收入应该用作农民公共基金时，他觉得有什么地方不能了解。

“我明白了。您的意思是要从这基金上收利息吗?”他说，满脸喜色。

“不是的哦。您知道，土地不能作为私人的财产。”

“这是真的!”

“土地所生产的一切因此是属于大家的。”

“那么您不是没有收入了吗?”管家问，不再微笑了。

“我也要放弃的。”

管家深深地叹息了一下，然后又开始微笑着。现在他明白了。他明白，聂黑流道夫是一个不十分健全的人，立即开始在聂黑流道夫放弃土地的计划中找寻个人利益的机会，并断然地想要这样去了解这个计划，就是让他能够利用放弃的土地。

当他明白了这也不可能时，他苦恼了，不再对这个计划感兴趣了，只是为了讨好主人，他继续微笑着。看到管家不了解他，聂黑流道夫让他走了，自己坐在被刀划切的染了墨水的桌子前，着手在纸上写出自己的计划。

太阳已经落到刚刚发芽的菩提树下边去了，蚊子成群地飞进屋咬聂黑流道夫。当他在窗前同时写完了草稿并听到村上牛鸣声、开门声和相聚的农人们谈话声时，聂黑流道夫向管家说，无须叫农人们到账房里来，他自己要到村庄上去，到他们相聚的院子里去。匆匆喝完管家所给的一杯茶，聂黑流道夫到村子里去了。

七

在村长家门前的人群中发出谈话声，但聂黑流道夫刚刚走到那里，议论便停了，农人们先后摘下帽子，如同在库斯明斯基一样。这个区域的农民远比库斯明斯基的农民穷；正如同女孩和妇人们在耳上挂着穗子，男人们几乎都穿草鞋和土机布的衬衣与长袍。有几个人赤脚、只穿衬衣，好像是刚丢下工作过来的。

聂黑流道夫提起精神，开始说话，向农民说到自己要把全部土地分给他们的意思。农人们沉默着，在他们面部的表情上没有丝毫变化。

“因为我认为，”聂黑流道夫红着脸说，“土地不应该属于不在土地上工作的人，人人都有使用土地的权利。”

“确实的。正是这样的。”农人们的声音说。

聂黑流道夫继续说到土地的收入应该由大家分摊，因此，他提议他们接受土地，付出他们自己所定的租金，作为公共基金，这个基金他们可以利用。可以继续听到称赞和同意的话，但农人们严肃的面孔变得愈益严肃了，而先前看着主人的眼睛垂下去了，好像不愿使他因为他的狡猾被大家看破，他不能够欺骗任何人，而觉得羞耻。

聂黑流道夫说得很明白，农人们是解事的人；但就如同管家好久不能明白的同样的理由，他们不了解他，不能够了解他。

他们无疑地相信每个人照例只为自己的利益打算。关于地主，他们凭历代的经验早已知道地主总是注意自己的利益而牺牲农民的利益。因此，假若地主召集他们向他们提出新的计划，那显然是为了要更加狡猾地欺骗他们。

“哦，那么，你们看，要给土地什么价钱呢？”聂黑流道夫问。

“怎么要我们给价呢？这个我们不能办。地是您的，权是您的。”人群中有些人回答。

“不是哦，你们自己可以用这些钱做公共的事。”

“这个我们不能办。公共是一回事，这又是一回事。”

“你们知道，”跟聂黑流道夫同来的管家想说明事由，微笑着说，“公爵要把土地给你们，收租钱，这钱又拿出来给大家，作为你们的公共基金。”

“我们很明白，”无牙的老人气愤地说，没有抬起眼睛，“好像是在银行里，我们只要按期付钱。我们不希望这个，因为我觉得这是那么繁重，这意思就是要大家破产。”

“这是行不通的。我们顶好是照旧。”一些不满意的甚至粗野的声音说。

聂黑流道夫提到要写一个契约，在契约上他要签字，他们也要签字，这时反对之声特别猛烈。

“为什么要签字呢？我们过去怎样工作，将来也怎样工作。但这是为了什么呢？我们是无知的人哦。”

“我们不同意，因为这事情不同寻常。过去怎样，将来还让它怎样吧。只要不出种子好了。”许多声音说。

不出种子的意思是这样的，在目前制度之下，田上的种子由农民出，他们要求种子由地主出。

“那么你们是拒绝了，不想接受土地了吗？”聂黑流道夫问，转向一个中年的、脸色光辉的、穿破长袍的、赤脚的农人，他好像兵士们奉命脱帽时那样，特别挺直地在弯曲的左手上拿着破帽子。

“正是这样。”这个农人说，显然尚未摆脱兵营生活的催眠力。

“那就是，你们的土地够了吗？”聂黑流道夫问。

“并不够。”退伍的兵带着做作的快乐的神情回答，小心地在身前拿着自己的破帽子，好像是要把它递给任何要用它的人一样。

“哦，你们还是想一想我向你们所说的吧。”诧异的聂黑流道夫说，并且重复了自己的提议。

“我们用不着想，我们说的怎样，就是怎样。”无牙的愁闷的老人愤怒地说。

“我明天在这里过一天，假如你们改变了意思，就来向我说。”

农人们没有回答。

聂黑流道夫便是这样地得不到结果，回到账房里去了。

“我要报告您，公爵，”当他们回到屋里时，管家说，“您同他们谈不拢，他们固执。只要他是在聚会里，他站定了，你就移不动他。因为，他们什么都怕。这些农民，无论是白发的，还是黑发的，他们不同意，却是聪明的人。当他来到账房里，你要他坐下来吃茶，”管家微笑着说，“和他说话，他好像一个公使，非常聪明，一切都批评得合适。但是在聚会的时候又完全是另外一个人了。说同样的……”

“那么能不能叫那最懂事的农人，叫几个人到这里来呢?”聂黑流道夫说，“我要同他们细谈。”

“这是能够的。”微笑的管家说。

“那就请您叫他们明天来吧。”

“都行，我明天召集。”管家说，更高兴地微笑了一下。

“咦，多么伶俐哦!”在肥马上颠动着的、黑发的、纷乱的胡须从未梳过的农人向并排骑马的、响着铁勒的、另一个穿破衣的、年老的瘦农人说。

农人们在夜间到大路上来牧马，并偷偷地在主人的树林里牧马。

“我白白地把土地给你，只要你签字。他们欺骗过我们弟兄还少吗?不，老兄，废话啊。现在我们自己开始懂事了，”他说，开始呼唤迷路的小马，“马呀，马呀!”他叫，止住了坐骑，向回看，但小马不在后边，却在旁边，走进草场里去了。

“咦，小畜牲，进惯了主人的草地。”黑发的有乱胡须的农人说，听到了酸模秸的响声，离群的小马嘶叫着在有露水的发出沼泽气味的草场里从酸模秸上跑过。

“你听，草地上长的草好多哦，在节日应该叫女人们来除草，”穿破衣的瘦农人说，“不然镰刀要生锈了。”

“他说，签字，”乱须的农人继续批评主人的话，“签字，他要把你活吃下肚呢。”

“是这样的。”年老的回答。

他们未再说别的。只听到硬路上的马蹄声。

八

回到屋里，聂黑流道夫在准备了做他卧室的账房里看到一个高床和羽毛床垫，两个枕头，和深红的、精细讲究填絮的、双人用的、硬的绸被——显然是管事妻子的嫁妆。管事请聂黑流道夫用剩余的菜饭，但他拒绝了，管事为了不周的招待和简陋的设施致了歉意，便离开了，剩下了聂黑流道夫一个人。

农民的拒绝丝毫未使聂黑流道夫不安。相反，虽然在库斯明斯基那边他们接受了他的提议并不断地感谢，而在这里他们对他表示不相信甚至仇视，他却觉得自己是心安而快乐的。

账房里又气闷又不清洁。聂黑流道夫走到院子里，又想走到花园里，但想起那个夜间，下房的窗子，后门的阶梯，他觉得走到被罪恶的回忆所玷污的地方是不愉快的。他又坐在阶梯上，吸进弥漫在温暖空气中的桦树新叶的强烈香气，久久地注视着黑暗的花园，听着磨坊、夜莺和阶梯旁边树丛里单调地啼唤的其他鸟雀的声音。管家的窗子里已经熄了灯，在东方，在仓房的后边，初升的月亮映着红光，闪光愈益照亮了茂盛的花园和破屋，远处传来了雷声，三分之一的天空布了乌云。夜莺和鸟雀都缄默了。在磨坊的水声中夹杂着鹅叫声，在村庄上和管家的院子里开始传来了鸡鸣声，因为它们通常在温暖的风暴之夜啼得早。有一种传说，说鸡在快乐的夜里啼得早。对于聂黑流道夫而言这一夜不只是快乐的，对于他还是高兴的、幸福的夜。他心中的想象重新唤起了他还是洁纯青年时在这里所过的那个幸福夏季的印象，他觉得自己现在不但还是那时候的那个样子，而且是在自己生活过的一切最好时光的那个样子。他不仅想起而且觉得自己是祷告上帝，要求上帝向他显示真理的十四岁少年时的那个样子，是和母亲分别时伏在她膝上哭泣应许她永远做好人并且绝不使她苦恼的小孩时的那个样子。觉得自己是过去某一时的那个样子，那时他和尼考林卡·伊尔切聂夫决定了要永远互相协助过善良生活并要极力使一切的人幸福时的那个样子。

他现在想起了他怎样在库斯明斯基受了试探，他曾为房子、为树林、为农场、为土地惋惜；他现在又问自己还惋惜吗？他甚至觉得奇怪，他会惋惜这些东西。他想起了他今天所看见的一切：带着孩子们的妇人，她的丈夫因为在聂黑流道夫的树林里伐树而坐牢；那个可怕的马特劳娜，她认为，至少是说到，像卡邱莎那种情况的妇女应该委身为绅士们的情妇；想起了她对小孩们的态度，把他们送往育婴堂的方法；那个不幸的，衰弱的，微笑的，因为缺乏食物而将死的，戴碎布帽子的小孩；想起了那个怀孕的，软弱的妇人，她被迫为他做工，因为她被工作弄疲乏了而没有看她的饿牛。同时又想起了监狱，剃发的头，狱室，恶臭气味，镣链，以及和这些相对的他自己的和一切小城、都市、绅士生活的疯狂的奢侈。一切是十分明白而无疑的。

明月几乎是浑圆的，从仓屋那边升起，在院坪上横映着黑影，破屋顶上的铁皮反射着亮光。

好像是不愿意错过这个月色，沉默的夜莺又在花园里发出吆吆声和啼啭声了。

聂黑流道夫想起了他如何在库斯明斯基开始考虑自己的生活并决定了他要怎么去做的问题；并且想起了他如何弄混了这些问题而不能够决定：每一个问题有那么多种的考虑。他现在向自己提出这些问题，并诧异它们是多么简单。它们简单，因为他现在不想到它们会产生什么结果，他甚至对此不感兴趣，而只想到他应该做什么。奇怪的是应该为自己做什么，他不能够决定；而应该为别人做什么，他却无疑地明白。他现在无疑地知道，土地应该给予农民，因为占有土地是不好的。无疑地知道，他不应该离开卡邱莎，帮助她，准备去做一切，以便赎清自己对她的罪过。无疑地知道，应该研究、分析、阐明、了解法庭与处罚之类的事情，在这些事情当中，他觉得他了解了别人没有了解的东西。这一切将产生什么结果——他不知道，但无疑地知道，他必然一定要做那件事情。而这个坚决的信念使他觉得高兴。

乌云布满天空，看见的已经不是闪光，而是照亮全部院落和没有台阶的破屋的闪电，雷声正在头顶响着。一切鸟雀都安静了，但树叶摇动起来，风吹到聂黑流道夫所坐的阶梯，吹动他的头发。雨点一滴又一滴地落下，在屋顶铁皮上发出巨大的响声，闪光照亮了全部天空；一切都安静了，聂黑流道夫还不及数到三，便有东西在他头上可怕地霹雳一声震动了天空。

聂黑流道夫进到屋里。

“是，是，”他想，“我们的生活所做出来的事，一切的事，这事的全部意义，是我所不懂且不能懂得的。姑母们为什么要活？尼考林卡·伊尔切聂夫为什么要死？为什么我活？卡邱莎为什么活？我的疯狂呢？为什么有了战争？和我的后来的放荡生活呢？了解这一切，了解主的一切意志不是我所能的。但执行他在我们良心上所写的意志这是我所能的，这个我无疑地知道。在我执行的时候，是无疑地心安的。”

雨倾如注，簌簌地从屋顶上流入桶里；闪电照耀院落和房屋的次数稀少了。聂黑流道夫回到房间里，脱了衣服躺到床上，却并非不怕臭虫，墙上破而脏的纸令他怀疑有臭虫。

“是的，不要把自己当作主人，而是仆人。”他想，并为这个思想高兴。

他的惧怕被证实了。他刚熄了蜡烛，虫子便开始围攻他，叮咬他。

“放弃土地，到西伯利亚去——蚤、臭虫、龌龊！……嗯，有什么关系呢？假若是应该忍受这些，我就忍受吧。”虽然是很愿意，他却不能够忍受这个，坐在打开的窗前，玩赏着重现的明月。

九

聂黑流道夫直到早晨才睡着，因此第二天醒得很迟。

在中午的时候，七个被管家选出的受邀的农人来到花园里的苹果树下，管家在那里的打进土里的木柱上用板搭了桌子和凳子。他们劝了很久才使农人们戴上帽子，坐到凳上。今天穿了草鞋打了干净腿布的退伍兵按照“在埋葬时”拿帽子的规矩，特别固执地在身前拿着自己的破帽子。农人当中有一个仪态庄严的宽肩的老人，半白的胡须上有卷毛，好像是米开朗基罗[1]的摩西一样，白色卷曲的密发弹在晒黑的光着的前额上，当他戴上大帽子，掩起新土机布长袍，钻到凳前坐下时，其余的人都照样坐下了。

当大家都坐定时，聂黑流道夫坐在他们对面，把臂肘支在桌上他的写了计划大纲的纸上，开始说明。

或是因为农民们为数较少，又或是因为他不再注意自己而在注意目前的事务，聂黑流道夫这一次没有感觉到丝毫窘迫。他主要向有白胡须卷毛的宽肩的老人说，期待着他的赞同或反对。但聂黑流道夫关于他所做的设想是错的。庄重的老人，虽然在别人反对的时候赞同地点着自己

[1] 意大利画家、雕刻家、建筑家，一四七五至一五六四。——译者

美丽的长老气派的头或者皱眉摇头，却显然很难了解聂黑流道夫所说的话，直到别的农人把他的话用他们自己的语言重述出来时才能明白。最懂得聂黑流道夫的话的是一个和长老气派的老人并坐的、瞎了一只眼的，穿打补丁的棉布衣服、旧的破了一边的鞋、几乎没有胡须的、短小的老人——聂黑流道夫后来知道他是炉匠。这人迅速地动着眉毛，用神地注意着，并随即用自己的言语重述聂黑流道夫所说的话。同样迅速了解的是一个有白胡须和明亮聪明的眼睛的、矮胖的老人，他利用一切机会，对于聂黑流道夫的话做出嘲笑的反讽的非难，并显然夸耀着这个。退伍的兵，假若不是因为兵士生活而变呆了，不是因为无意义的兵士言语的习惯而弄不清头绪，也似乎能够了解这个。对于这事态度最严肃的是那个用低音说话的、长鼻子、短胡须、穿清洁的土机布衣服和新草鞋的大汉。这人了解一切，在需要说话的时候才发言。其余的两个老人，一个就是那个无牙的，他昨天在聚会时对于聂黑流道夫的一切提议都大声作坚决的反对，另一个是高长、白发、跛腿、穿长靴、瘦腿上紧裹白腿布、善良面孔的老人，两人几乎在全部时间中沉默着，却注意地听着。

聂黑流道夫最先说出自己对于土地私有的见解。

“在我看来，土地是不能够卖也不能够买的，”他说，“因为假若土地可以卖，有钱的人便买去所有的土地，然后因为土地使用权去向没有土地的人索取他们所要求的任何东西。”他引用着斯宾塞的议论添说：“他们要为了生活而索取金钱。”

“唯一的方法——绑了翅翼飞吧。”有笑眼和白胡须的老人说。

“这是真的。”长鼻子用低音说。

“正是如此。”退伍的兵说。

“妇人为牛割草：被抓下牢。”跛脚的好心肠的老人说。

“自己的地在五里之外，租佃没有门路，价钱高得你付不起，”无牙的愤怒的老人说，“他们可以随意把我们搓成绳子，比奴隶还不如。”

"我想的和您一样，"聂黑流道夫说，"认为占有土地是罪恶。因此我想放弃土地。"

"真的？好事情啊。"有摩西式卷毛的老人说，显然是以为聂黑流道夫要出租土地。

"我是因此到这里来的：我不想再占有土地了；但我们应该想一想怎么分它。"

"交给农人们，这就完事了。"无牙的愤怒的老人说。

聂黑流道夫最初觉得在这句话里有人怀疑他意向的诚恳，窘了一下。但他立刻便觉得自如了，利用这个意见，说出他所要说的。

"我是高兴交出的，"他说，"但是交给谁，怎么交呢？交给什么样的农人呢？为什么交给你们的团体，不交给皆明斯克那边的呢？"（这是邻近的只有极少土地的村庄）

大家沉默着。只有退伍的兵说：

"正是如此。"

"哦，现在，"聂黑流道夫说，"你们告诉我，假若沙皇说，夺去地主们的土地，散给农民……"

"难道有这话吗？"还是那个老人问。

"不，沙皇什么也没有说。我只是自己说的：假如沙皇说，拿掉地主的土地交给农民，你们怎么办呢？"

"怎么办？把全部土地按人头平分，有农人的，有主人的。"炉匠迅速地把眉毛抬起又放下来说。

"还有呢？按人头分摊。"好心肠的、跛腿的、裹白腿布的老人说。

大家赞同了这个意见，认为这是满意的。

"怎么样按人头呢？"聂黑流道夫问，"也分给仆人们吗？"

"不分。"退伍的兵说，极力在自己的脸上表现着快乐的勇敢。

但慎重的高长的农人不合他意。

"要分就大家平分。"他想了一下，用深沉的低音回答。

“不行，”聂黑流道夫说，他事先准备了自己的反驳，“假若大家平分，那些自己不工作不犁田的人——绅士、听差、官吏、书记、所有城市里的人，便拿去各人的一份卖给有钱的人了。有钱的人又集聚土地了。但那些耕种自己一份土地的人又要生男育女，土地便又分散了。有钱的人又把需要土地的人控制起来了。”

“正是如此。”兵士连忙地赞同着。

“要禁止他们卖田，只让犁田的人有田。”炉匠说，愤怒地打断着兵士。

对于这一点聂黑流道夫回答说，要看出来谁是为自己耕田，还是为别人耕田，是不可能的。

这时高长的慎重的农人提议由农业公会全体去耕种。

“谁耕种，谁有的分。谁不耕种，谁便没有。”他用坚决的低音说。对于这种公社式的计划聂黑流道夫也准备了他的理由，他回答说，为了这样就必须人人有犁，要有同样多的马匹，不要让有些人落在别人之后，或者一切马匹、犁头，连韧和所有的农具都是公共的，并且为了置备这些，必须所有的人同意。

“我们的人一生也不会同意的。”愤怒的老人说。

“那要打架不歇了，”有白胡须和笑眼的老人说，“女人们要互相把眼睛也挖出来了。”

“然后，土地在好坏上又怎么分呢？”聂黑流道夫说，“为什么把黑土的地分给这些人，又把黏土和沙土的地分给那些人呢？”

“分成小块块，大家平分。”炉匠说。

对于这个聂黑流道夫说，问题不是在一个地区分配土地，而是要在各省分配土地。假如把土地无代价地分给农民，则为何有的人得到好地，有的人得到坏地呢？大家都希望有好的土地。

“正是如此。”兵士说。

其余的人沉默着。

“因为这并不像看起来那么简单，”聂黑流道夫说，“关于这个不单是我们，还有许多别的人在研究。有一个美国人，亨利·乔治，他是这么想的。我同意他。”

“但你是主人，你分配吧。你怕什么？凭你的意思好了。”愤怒的老人说。

这个插言使聂黑流道夫发窘了；但令他高兴的是，他注意到不是他一个人不满意这个插言。

“等一下，塞妙恩伯伯，让他说吧。”慎重的农人用兴奋的低音说。

这话鼓励了聂黑流道夫，于是他开始向他们说明亨利·乔治单一税的计划。

“土地不是任何人的，是上帝的。”他开言。

“是这样的。正是如此。”几个声音回应着。

“所有的土地是大家的。大家对土地有同等的权利。但土地有好有坏。人人希望得到好的。怎么办才能公平呢？就是要让那些有了好土地的人向那些没有土地的人付出土地的价值，”聂黑流道夫回答了自己，“但因为难以确定谁应该付钱给谁，又因为公共事业需要筹钱，所以要这么办，就是要让有土地的人，为了社会的需要，把土地的价值付给社会。那么大家都均等了。若想有土地，对好土地要多付，对坏土地就少付。若是不想有土地什么也不要付，而公共事业所需要的租税由那些有了土地的人为你们付。”

“这是对的，”炉匠动着眉毛说，“谁有好土地，谁就多付。”

“这个亨利·乔治是有头脑的。”有卷毛的庄重的老人说。

“但愿要付的钱合乎我们的能力。”高汉子用低音说，显然已经预见到这事情有何结果。

“付的钱应该是不多不少的……假若多了就付不出，就有损失，假若少了，就大家互相购买，出卖土地了。这就是我要为你们办的。”

“这是对的，这是真的。哦，这好极了。”农人们说。

“有头脑，”有卷毛的老人重复说，“乔治！想出这样的东西来了。”

“哦，假若我想有土地，怎样呢?”管家微笑着说。

“假若有多余的土地，你拿去种吧。”聂黑流道夫说。

“为什么你要有？你是这样的富实。”笑眼的老人说。

会议在这里结束了。

聂黑流道夫又重复了自己的提议，但是他不要求现在就有回答，却劝告他们和大家商谈，然后再来给他回话。

农人们说了要和大家去商谈并给他回话，便告别了，在兴奋的心情中走了。一路上好久还可以听到他们大声的渐渐远去的谈话。他们的声音响到晚上很迟的时候，并且从村庄上带到了河上。

第二天农人们未做工作，讨论了主人的提议。他们这个团体分成了两派：一派认为主人的提议是有利的，没有危险的，另一派认为这是奸计，他们不能够了解它的真意，因此是特别地恐惧。然而在第三天大家都同意了接受所提出的条件，来到聂黑流道夫那里说明了全体的决定。影响这个决定的，是一个老妇人所说出的，关于主人行为的说明，它为老人们所接受并且消除了一切对于欺骗的畏惧，它的内容是说主人已开始想到他的心灵，他这么做是为了拯救他的心灵。这个说明被聂黑流道夫在巴诺佛时所分散的大宗金钱周济证实了。聂黑流道夫在这里所分散的金钱周济是这样地引起的，他在这里第一次知道农民所遭受的那样贫穷和艰难的生活，并且为这样的贫穷所触动，虽然他知道这是不合理的，却不能够不分散那些金钱，他现在收到的钱特别多，因为他去年卖了树林，收到一笔钱，在库斯明斯基又收到出售农具的定金。

一大群人，主要的是妇女，一晓得了地主把金钱给了乞求的人，就开始从各处来到他这里求助。他简直不知道怎样应付他们，怎样决定给多少和给谁的问题。他觉得不将他所有的很多金钱给予乞求的且显然是贫穷的人，是不可能的。随便地给予那些乞求的人，是没有意义的。唯一摆脱这种情况的方法便是离开。他急忙这么做了。

在他来到巴诺佛的最后一天，聂黑流道夫进到屋里，清理了要留在这里的物品。清理物品时，他在姑母的有狮头铜环的红木旧衣橱下层抽屉里发现了许多封信，和一张团体小照：苏菲亚·伊发诺芙娜，玛丽亚·伊发诺芙娜，学生时代他自己和纯洁、旺盛、美丽、有生命之乐的卡邱莎。在屋里的一切物品之中，聂黑流道夫只拿了信和这张照片。其余的一切都丢给磨坊主人了，这人由于带笑的管家的接洽，用十分之一的价钱买了并用车运走巴诺佛的房子里的全部家具。

现在想起他在库斯明斯基所感觉的对于损失财产的痛惜情绪，聂黑流道夫诧异他怎么会有那样的情绪；现在他感觉到不尽的自由之乐和崭新之感，好像一个旅行者发现新地时一定会有的体验。

十

这次回城，聂黑流道夫觉得城市是特别新奇。他晚上在灯火已亮时从车站上回到自己的住处。所有的房间里仍旧发出石脑油精的气味，阿格拉菲娜·彼得罗芙娜和考尔聂两人都觉得疲乏而不高兴，甚至为了收拾物品而争吵，这些物品的用途似乎只在把它们挂起来吹了风又收藏起来。聂黑流道夫的房间里没有摆东西，也没有整理，因为箱子挡路而难以走进去，显然，聂黑流道夫的归来妨碍了家里由于某种奇怪的惰性而进行着的那些事情。这一切他自己也曾参与过的显然无意义的行为，对于有了乡村贫穷印象的聂黑流道夫，显得是那么可憎，以致他决定第二天搬进旅馆，托阿格拉菲娜·彼得罗芙娜收拾物品，她认为这是必要的，等他姊姊来最后处理屋里的一切。

聂黑流道夫早晨离开家里，在监狱附近为自己找了最先碰到的、很低廉而脏污的、有家具的两个房间做住处，吩咐了把他在家里所选的东西送到这里来，便去找律师。

屋外寒冷。在风暴和雨后，春天通常有那样的寒冷。天气是那么冷，风是那么刺人，聂黑流道夫在轻大衣里觉得发寒，加快了脚步，极力使自己变暖起来。

在他的记忆中满是乡下人：妇人，小孩，老人，似乎是他第一次看到的贫穷与疲乏，尤其是带笑的扭动着干骨的细腿的衰弱的小孩——他不觉地将他们和城里的人比较。走过肉店、鱼店、衣服店时，他诧异，好像是第一次看到那么多的清洁肥胖的老板们的饱满之色，这种人在乡下一个也没有。这些人，显然坚决地相信：他们欺骗不认识货品的人的那种努力并非无益，而是很有用的事情。同样饱满的是有大臀部的，在背上有纽扣的车夫，帽上有扁絛的司阍，穿围裙的有发鬈的女仆，尤其是剃了后颈，靠着坐在快车上，轻蔑地放肆地看行人的上等车夫。他不觉地看出所有的这些人就是那些失去了土地而被赶进城市的人。这些人当中有的能够利用城市环境而变成绅士那样并且满意自己的地位；有的在城里较之在乡下是情况更坏，更加可怜。聂黑流道夫觉得他所见的在地下室的窗内工作的那些鞋匠是这种可怜的人；同样可怜的是瘦而苍白的，在发出肥皂气味的开敞的窗前用袒露的瘦胛膊在熨衣服的洗衣妇人们。同样可怜的是两个穿围裙的，光腿上穿长靴的，从头到脚沾染了油漆的，遇到聂黑流道夫的油漆匠。在袖子卷到肘上的、青筋暴起的、晒黑的、无力的手里提着油漆桶，不停地骂着。他们的脸色是困乏的愤怒的。满身灰尘的黑脸的在车上颠动的运货车夫带着同样的脸色。衣着褴褛的，浮肿的，带小孩站在街头行乞的男女带着同样的脸色。同样的脸色也可以在聂黑流道夫经过的饮食店的敞开的窗子里看到。在脏污的摆了瓶子和茶具的小桌子前坐着淌汗的、脸色发红而愚钝地叫着唱着的人们，在桌子之间有白衣侍者摇摆地走动着。有一个坐在窗前，抬起眉毛，噘起嘴唇，看着前面，好像极力在回想什么。

“他们为什么都聚集在这里?”聂黑流道夫想，不觉地吸入散在各处的新鲜油漆的气味，和冷风吹来的尘土。

在一条街上有一列装了某种铁制品的运货车和他并行着，铁器在不平的铺面道路上那么惊人地响着，使他的耳朵和头都觉得痛。他加快了脚步，以便赶过车列，这时忽然在铁器声中听到了自己的名字。他站住了，看见前面不远一个有翘起的打蜡的胡髭和鲜明粲然面孔的军人，坐在上等快车里，亲善地向他招手，在笑容中露出异常洁白的牙齿。

“聂黑流道夫！是你吗？”

聂黑流道夫的最初感觉是惊喜。

“啊！尚保克。”他高兴地说，但立刻就明白了没有一点可以高兴的地方。

这就是从前到姑母家去过的尚保克。聂黑流道夫好久没有看见他，但听到他的情形，就是，虽然他有许多债务，离了团而留在骑兵里，却仍然设法维持着自己和富人的来往。满足而愉快的神情证实了这一点。

“好呀，我抓住你了！在城里什么熟人也没有。啊，老兄，你变老了，”他走下快马车，伸着肩臂说，“我只看步伐就认出你了。哦，那么，我们一道吃饭去吧？你这里的好馆子在什么地方？”

“我不知道我是不是来得及。”聂黑流道夫说，只想着怎样离开他的朋友而不使他生气。“你为什么到这里来了？”他问。

“为了事务，老兄。为了监护人的事务。我做了监护人了。现在管理萨马诺夫的事务。你知道。他是富翁，又是白痴。有五万四千皆夏其那土地，”他带着某种特别的骄傲说，好像他自己有了所有的这些皆夏其那，“土地上的事务都被异常地疏忽了。土地全交给农民了。他们什么也不付，亏空有八万多。我在一年之内改变了一切，监护人所得的在百分之七十以上。怎么样？”他骄傲地问。

聂黑流道夫想起了曾经听说这个尚保克正因为他花完了自己的财产，负了不能偿还的债务，而由于某种特别的援引，被任为一个挥霍财产的老富翁的监护人，现在显然是靠监护人职务过生活。

“怎样离开他而不使他生气呢？”聂黑流道夫想，望着他的有打蜡的胡髭的、光粲的、饱满的脸，听着他友善地说到什么地方饮食好以及夸耀他如何执行监护人的职务。

“哦，我们究竟在哪里吃饭呢?”

“但是我没有空。”聂黑流道夫望着表说。

“这么样吧。今天晚上赛马。你来吗?”

“不，我不去。”

“来呀。我没有知己的朋友。我赌格利沙的马。你记得吗？他有好马。那么你来吧，我们吃晚饭。”

“我也不能够吃晚饭。”聂黑流道夫微笑着说。

“这为什么呢？你现在到哪里去呢？我把你送到，好吗?”

“我去找律师。他就住在拐角上。”聂黑流道夫说。

“哦，那你是在监狱里办理什么事吗？做了囚犯们的缓颊人吗？考尔恰根家的人向我说的，”尚保克笑着说，“他们已经走了。是这回事吗？你说吧!”

“是的，是的，这全是真的，”聂黑流道夫回答，“怎么能在街上说呢!”

“是的，是的，你总是一个怪人。那么你去看赛马吗?”

“不去，又不能去又不想去。请你不要生气。”

“你住在哪里?”他问，忽然他的脸变为严肃；眼睛停住，眉毛抬起。他显然想要回忆什么，聂黑流道夫看出他的那种完全同样的愚笨表情，好像那在饮食店窗口令他惊异地抬起眉毛噘起嘴唇的人的表情一样。

“多么冷哦!”

“是的，是的。”

“买的东西在你那里吗?”他转向车夫说。

“哦，再见了，很高兴遇到你。”尚保克说，紧握了一下聂黑流道夫的手，在光粲的面孔前摇动着戴新白羊皮手套的肥手，习惯地微笑着露出异常洁白的牙齿，跳上了快马车。

“我也曾经是那样的吗？”聂黑流道夫想，继续向律师那条路走去，“是的，虽不完全是那样的，却曾经想要是那样的，并且曾经想要那样过一生。”

十一

律师不是按轮次接见聂黑流道夫，并且立即谈到明绍发母子的案子，案情他曾通盘研究过，并且因为罪状的无根据而觉得愤慨。

“这个案子是教人愤慨的，”他说，“很可能，是屋主为了得到保险费而自己放火的，但要点就在这里，明绍发母子的罪是完全没有证据的，没有任何证据。这是预审官的特别热心和候补检察官的粗心。只要案子不在县里审问，是在这里办，我保证胜诉，不要任何酬劳费。哦，另外的案子——非道茜亚·比鲁考发向皇上的请愿书已经做好了；假若您到彼得堡去，您就自己带去，亲自呈递、请求。假若他们要在司法部审问，那里的回答便是赶快脱手，那就是拒绝，什么收获也不会有的。您要设法去找大官们。”

“找皇上吗？”聂黑流道夫问。

律师笑起来。

“这已经是最高级、最高级的审判了。最高级意思是上诉委员会的秘书或者主任。就是这样了吗？”

“不止，还有宗派教徒们写给我的信，”聂黑流道夫说，在口袋里掏着宗派教徒们的信，“这是一件惊人的案子，假若他们写的是正确的。我今天要设法去看他们，弄明白事情的真相。”

“我看，您成了漏斗和管子了，监狱里一切的怨诉都从里面流过来了，”律师笑着说，“那太多了，你应付不完的。”

“嗯，但这是一件惊人的案子。”聂黑流道夫说，简略地叙述了案子的要点：乡下人聚集在一起读《福音书》，有官吏经过，把他们赶散了。下一个星期日他们又聚集在一起，有人叫来了乡村警官，作了控告，把他们送到法庭上去了。预审官举行了审问，候补检察官做了控诉状，法庭肯定了罪状，于是他们被审判了。候补检察官控告说桌子上有物证——《福音书》，于是他们就被判决了放逐。

“这是可怕的事情，”聂黑流道夫说，“这是真的吗？”

“是什么东西令你惊异呢？”

“是一切。哦，我了解乡村警官，他是奉命行事，但候补检察官，他提出控诉，他却是一个受过教育的人。”

“错误就在这里了，我们惯于认为一般的检察官和法官是一种新的自由主义的人物。曾有一个时期他们是这样的人物，但现在是全然不同了。他们是官吏，只注意着每月二十号。他领了薪俸，还想更多的薪俸，他一切的原则都是到此为止。他们任意去控告，审判，判决别人。”

“但是有没有这样的法律——因为和别人一同读《福音书》，就可以把他放逐呢？

“不仅是可以放逐到不很遥远的地方，而且还可以罚做苦役，只要是证明了他们读《福音书》时竟敢不按照所规定的向别人解释《福音书》，因此就是指责教会的解释。在他人面前对于东正教信仰的诽谤，按照第一百九十六条，是处以流刑。”

“但这是不可能的。”

“我向您说吧。我总是向法官们说，”律师说，“我看见他们不能够不感激，因为假若我不坐牢您不坐牢我们不坐牢，那只是由于他们的仁慈。要我们当中任何一个人被剥夺权利并放逐到不很遥远的地方是最容易的事。”

“但假若是这样的，一切是由检察官和能够应用或者不应用法律的人的意志来决定，那么为什么要有法庭呢？”

律师愉快地大笑起来了。

“您发出什么样的问题来了！哦，老兄，这是哲学啊。当然，我们可以谈谈这个的。您星期六来就是了。您会在我这里遇到科学家，文学家，艺术家。那时候我们再谈一般的问题，”律师说，带着反讽的表情说“一般的问题”这几个字，“您和我妻子是相识的。您来吧。”

“哦，我要努力照办。”聂黑流道夫说，觉得他在说谎，并且假若他有什么要努力去办的事，那只是要晚间不来到律师家里所集聚的科学家、文学家、艺术家当中。

聂黑流道夫说到假若法官可以按照自己意志而应用或不应用法律则法庭即无意义，律师对于这话的笑声，以及说“哲学”及“一般的问题”的语调，令聂黑流道夫觉得他和律师甚或和律师的朋友们对于事物的看法是全然不同，并且虽然他现在和从前的朋友们，如尚保克有了距离，聂黑流道夫却觉得他和律师以及他的同类人物的距离更远了。

十二

到监狱的路既遥远，时间又已很迟，因此聂黑流道夫叫了车子到监狱去。在一条街上，那中年的、有智慧的善良的脸的车夫转向聂黑流道夫，指示了在建筑中的大房子。

“那里在盖多么好的房子啊。”他说，好像他是和这个建筑物有关系的人并且为此而骄傲。

确实，房子盖得高大，而且是复杂的不寻常的样式。由铁条联牢的，大松木的坚固的架子围绕着高耸的建筑物，板墙隔开了它和街道。在木架子上，沾了石灰的工人们好像蚂蚁一样地劳动着，有的砌石，有的敲砖，有的还带着沉重的筐篓和灰桶。

肥胖的、衣服华丽的绅士，也许是建筑师，站在木架子旁，向上边指着什么，向恭然静听的承造人在说话。在建筑师与承造人身旁有空车驶出大门和装载的荷车驶入大门。

“那些做工的人，正如同那些使他们做工的人一样，他们都那么相信这是应该如此的，相信这时候，他们家里的有孕的妇人在做力不胜任的工作，他们的戴圆帽的快要饿死的小孩在痛苦地笑着、抽搐着腿子，而他们却应该为那愚笨的、无用的人，毁灭抢劫他们的人之一，去建造这座愚笨的无用的华屋。”聂黑流道夫想，看着这座屋子。

“是的，愚笨的房子。”他出声地说了自己的思想。

“为什么愚笨？”车夫愤然反驳，“要谢谢它给人工作，却不是愚笨的。”

“但这个工作是无用的。”

“可是他们建造，这就是有用的了，”车夫回驳，“有人靠这个吃饭呢。”

聂黑流道夫沉默着，因为车轮的轰轰声更难说出话来，离监狱不远时，车夫把车子从石子路赶到砂石大道上，这样就容易说话了，于是他又转向聂黑流道夫。

“现在有许多人到城里面来——可怕啊。”他说，在驾驭台上转过身，向聂黑流道夫指着一群迎面而来的带着锯子、斧头，穿短皮袄，扛袋子的乡下人。

“比往年还多吗？”聂黑流道夫问。

“多得多啊！现在到处满是人，可怕啊。东家们丢工人好像丢木屑一样。处处人满。”

“为什么是这样的呢？”

“人多了，无处容纳呀。”

“那么为什么人多呢？为什么他们不留在乡下呢？”

“在乡下没有事情干。没有土地啊。”

聂黑流道夫体验着痛处被触时的那种感觉。好像痛处总是偏偏会被触到，而这只是因为只有在痛处被触动才会感觉到。

“难道是处处有这同样的情形吗？”他想，开始向车夫问到他们乡村上有多少土地，车夫自己有多少土地，他为什么要住在城里。

“我们的土地，先生，是一个人一皆夏其那。我们有三个人的土地，车夫乐意地说，“我家里有父亲，有弟弟，还有一个弟弟当兵。他们想租点儿地做，却租不到地。因此弟弟想到莫斯科去了。”

“租不到地吗？”

“现在向哪里租呢？绅士们把自己的土地挥霍完了。商人们全买到手里去了。他们自己做，你从他们手里买不到的。我们有一个法国人有地，是从我们的原先的主人手里买到的。他不出租——这就完事了。”

“什么样的法国人？”

“姓丢法尔的法国人，也许您听说过。他在大戏院里替演员做假头发。生意很好。所以他有了积蓄了。他买了我们小姐的全部田庄。他现在能够支配我们了。他想骑就可以骑在我们身上。谢谢上帝，他自己是好人。只是他的女人是俄国人那样的一只母狗，上帝恕我。她抢夺人们。可怕啊。哦，监狱到了。你到哪里？到大门口吗？我看，他们不让去哦。”

十三

一面丧气地恐怖地想到他今天要见到的马斯洛发的情况，以及他觉得是她心中和牢里全部的人心中所有的秘密心情，聂黑流道夫一面在大门口按响了铃子，向出门见他的典狱问到马斯洛发。典狱问明情由，说她是在病院里。聂黑流道夫到了病院。好心肠的老人，监狱病院的司阍，立刻让他进去了，并且知道了他要看谁，向他指示了儿童室。

全身浸染了碳酸气的青年医生到走廊上来见聂黑流道夫，严厉地问他要看谁。这个医生对于囚犯们一向宽松，因此总是和监狱的官吏们甚至和医务长发生不愉快的冲突。他怕聂黑流道夫向他要求什么不法的事情，此外，又想表示他不对任何人做例外的事，他装作发怒的样子。

“这里没有女子，是儿童室。”他说。

“我知道，但这里有从牢里调来的助理女看护。”

“是的，这里有两个。那么您要会哪个？”

“我和当中的一个，和马斯洛发很有关系，”聂黑流道夫说，“现在想要见她：我要为她的案子到彼得堡去递上诉状。现在想交给她这个。这只是一张小照。”聂黑流道夫说，从口袋里取出封套。

“好的，这是可以的，”医生说，变和软了，转向穿白围裙的老妇人说话，要她去叫充任看护的女犯马斯洛发，“您要不要坐一下，还是到会客室去呢？”

“谢谢您。”聂黑流道夫说，趁医生对他态度变好的机会，向他问到马斯洛发在病院里是否令人满意。

“很好，做事不坏，她注意到她过去的环境，”医生说，“可是，哦，她来了。”

从一道门里走出了年老的女看护，马斯洛发跟在她身后。她在条子花的衣服上罩了白围裙，头上有三角巾遮盖着头发。看到聂黑流道夫，她脸红了，好像是犹疑不决地停下来，然后皱了皱眉，垂了眼，在走廊的地毡上快步地向他走来。走到聂黑流道夫面前，她想不伸手，后来又伸出了手，面色更红了。

自从上次她因为自己发怒而道歉的谈话之后，聂黑流道夫便没有看见她，这次他希望看见她是和她上次一样。但这天她全然不同了，在她的面部表情上有了新的东西：克制的、羞涩的，在聂黑流道夫看来是对他不善意的态度。他向她说了他向医生说过的同样的话——他要到彼得堡去，并且把他从巴诺佛带来的相片和封套给了她。

“这是我在巴诺佛找出的，往日的照片，也许您欢喜它。您拿着吧。”

她抬起黑眉毛，用她的斜视的眼睛诧异地看了看他，似乎是问为什么要如此，她默默地接了封套放在围裙的里面。

“我在那里看见了您的姨妈。”聂黑流道夫说。

“您看见了？”她淡漠地说。

“您在这里过得好吗？”聂黑流道夫问。

“好，很好。”她说。

“不太困难吗？”

“不，没有什么。我还没有习惯。”

“我为您很高兴。总要比那边好些。”

“比哪里的那边？”她说，她的脸泛红了。

“那边，监狱那边。”聂黑流道夫赶快地说。

“为什么好些？”她问。

“我觉得，这里的人好些。没有那边的那种人。”

“那边有许多好人。”她说。

“我接了明绍发母子的案子了，我希望他们会被释放。”聂黑流道夫说。

“上帝这么办吧，她是那么一个异常好的老太婆。”她说，重复着她对于老妇人的意见，并且微笑着。

“我今天要到彼得堡去。你的案子快要受理了，我希望能够撤回判决。”

“撤回，不撤回，现在都是一样了。”她说。

“为什么？现在呢？”

“因为……”她说，迅速地疑问地瞥了瞥他的脸。

聂黑流道夫懂得了这话和这一瞥，她想知道他是坚持他自己的决定还是接受了她的拒绝而改变了原意。

“我不知道为什么在您都是一样。”他说，“但是在我，他们释放您还是不释放您，确实都是一样了。我已经准备了无论怎样都要做我所说过的。”他坚决地说。

她抬起了头，斜视的黑眼睛又是停在他的脸上又是看到他身体那边，她满脸露出喜悦之色。但她说了全然不是她的眼睛所说的话。

“你用不着说这话。”她说。

“我说让您知道。”

“关于这个全说过了，没有要说的了。”她困难地克制着笑容。

病房里有了响动。听到了小孩的啼哭。

“好像是在叫我。”她不安地环顾着说。

“那么，再见吧。”他说。

她做出没有看到他伸出的手的样子，没有握手，就转过身，并且极力遮隐自己的得意，快步地顺走廊的地毡走去。

“她心中发生了什么呢？她怎样在想呢？她怎样在感觉呢？她是想试验我还是真的不能够原谅呢？她是不能够说出她所想的所感觉到的，还是不愿意呢？她变和软了还是生气了呢？”聂黑流道夫问自己，却不能够回答。但他知道她变了，她心中发生了对于她的心灵是重要的改变，这个改变不仅把他和她，而且把他和另一个人结合在一起，这个改变就是为了那个人[1]才发生的，这个结论把他引入了快乐兴奋而被感动的心情中。

回到了摆着八张儿童床铺的病房，马斯洛发奉了女看护的命令开始整理床铺，抱着被单弯腰时滑了一跤，几乎跌倒了。

正在休养中的，颈上裹了布的男孩望着她笑起来了，马斯洛发不能够再约制自己了，坐到床上，发出洪亮的那么有传染性的笑声，使得几个孩子也大笑了，女看护愤怒地大声向她说：

“笑什么？你以为你是在你从前待的地方吗！去拿食物来。”

---

[1] 意即上帝。——译者

马斯洛发沉默了，接受了指责，到差遣她去的地方去了，但是和那被禁止发笑的裹了布的男孩交换了目光，又笑起来了。这天有好几次，只要是在独自一个人的时候，马斯洛发便从封套里把相片拉出一点玩赏着；但直到晚上事务完毕她独自一个人在她和女看护同住的房里时，马斯洛发才把相片从封套里全部抽出，良久不动地注视着褪色发黄的照片，鉴赏着一切的细处，面孔、衣服、露台的阶梯、树丛和在这个背景之上所照出来的他的、她的和姑母们的脸，她不能够不特别欣赏自己、自己的年轻的美丽的脸和弹在额上的发。她是那样地注视着，以致没有注意到她的同事女看护走进房来。

“这是什么？他给你的吗？胖肥的好心的女看护对相片低着头说，“这个是你吗？”

“是谁呢？”马斯洛发微笑着望着女同事的脸说。

“这个是谁呢？他本人吗？这是他的妈妈吗？”

“姑母。你认不出我吗？”马斯洛发问。

“哪里认得出？一生也不会认得出的。面貌完全不同了。哦，我看，那时候到现在有十年了！”

“不是许多年，却是一生啊。”马斯洛发说，她的活泼顿然全部消失了。面色变得颓丧，皱纹在眉间出现了。

“哦，那时候的生活应该是舒服的。”

“是的，舒服，”马斯洛发闭了眼摇着头重复说，“比监狱里还坏。”

“为什么是那样的？”

“是因为这个。从晚上八点到早上四点。每天如此。”

“那为什么她们不丢弃呢？”

“她们想丢弃，但是不能够。何必说它呢！”马斯洛发说，跳起来，把相片塞进桌子的抽屉里，用力地约制着愤怒的泪，砰然闭了门，跑到走廊上去了。

看相片时，她觉得自己是和照相时一样，并且想起那时候她是幸福的，而现在同他在一起还可以是幸福的。女同事的话使她想起了她现在的情形和她那时的情形——使她想起了那种生活的一切恐惧，这是她当时曾模糊地感觉到，却不敢自己承认的。

直到现在她才历历如见地想起那些可怕的夜晚，特别是狂欢节那一夜，她盼待着一个应许了替她赎身的大学生。她想起她是穿了低领口的、染了酒的、红绸的衣服，在松乱的头发上打了红蝴蝶结子，倦乏虚弱而又酒醉，在深夜两点钟送走了客人，在跳舞的间隔中，坐到瘦而见骨的有面疱的弹钢琴为小提琴伴奏的女伴奏旁边，开始向她诉说自己的痛苦生活，又想起这个女伴奏也说她感到自己境遇的痛苦并希望改变，又想起克拉拉走到她们面前，并且想起三个人都立刻决定了丢弃那种生活。她们觉得这一个夜晚是完结了，想要分散了，却忽然前厅里有了酒醉的客人的声音。提琴师拉起了前奏，女伴奏在钢琴上伴弹了俄国的快乐的调子——四人舞曲的第一乐节，一个矮小的、淌汗的、发出酒气、打着嗝的、打了白领带、在第二乐节上脱了礼服的人搂住了她，另一个有胡须的也穿礼服的（他们是从一个跳舞会里来的）胖子搂住了克拉拉，他们久久地打旋、跳舞、叫喊、饮酒……这样地过了一年，两年，三年。怎能够没有变化呢？而这一切的原因是他。

她心中又忽然产生了从前对他的怨恨，想叱骂他、责备他。她懊悔她今天放过了机会再向他说一次：她知道他，她不屈从他，不让他像他曾经在身体上享用她那样地在精神上享用她，不让他把她作为展示他的宽大的对象。为了赶走这苦恼的情绪——她对自己的怜悯和对他的无用的责备，她想喝酒。假若她是在监狱里，她便不能遵守约言，便要喝酒了。在这里除了找药剂师，便没有其他办法可以弄到酒，但她怕药剂师，因为他追求她。和男子们的关系是她觉得讨厌的。她在走廊的小凳子上坐了一会儿，便回到房里，没有回答同伴的话，对自己的破灭的生活哭了很久。

十四

聂黑流道夫在彼得堡有四件事情：马斯洛发向大理院的上诉状，非道茜亚·比鲁考发在上诉委员会的案子，以及受韦拉·保高杜好芙斯卡雅之托，在宪兵司令部或者第三支部交涉释放舒斯托发，要求准许母亲和关在堡垒里的儿子见面，这是韦拉·保高杜好芙斯卡雅曾写信托他的。他把这两件看作一件——第三件事情。第四件是宗派教徒们的案子，他们因为阅读讨论《福音书》而被从家里流放到高加索。与其说他是向他们毋宁说他是向他自己保证了：为了弄明白这个案子去做他所能做的一切。

自从他上次访问马斯林尼考夫之后，尤其是在他到乡间去过之后，聂黑流道夫不是断定，而是以全部身心感觉到对于自己社会的憎恶，在这个社会里他一直活到现在，这个社会那样小心地遮藏着无数的人为了保证少数人的快适与满足而忍受的痛苦，这个社会里的人看不见也不能看到这些痛苦和自己生活的残忍罪过。聂黑流道夫现在已经不能够和这个社会里的人物来往而不感觉到不安和自责了。而同时把他向这个社会里吸引的，有他过去生活的习惯，有亲戚和朋友的关系，而主要的乃是为了去做一件现在唯一令他关注的事：帮助马斯洛发和一切他愿意帮助的受苦的人，他必须向这个社会里的人，不仅是向那些不为人所尊重的人，而且还要向那些常常引起他的愤慨和轻视的人，去乞求援助和帮忙。

到了彼得堡，住在姨母恰尔斯卡雅伯爵夫人——前任大臣的夫人家里，聂黑流道夫立刻便置身在他觉得那么陌生的贵族团体中。他觉得这是不愉快的，但又没有别的办法。不住在姨母家，住在旅馆里，会令她生气，且同时姨母有显要的关系，在他所要奔走的这一切事情上能有极大的用处。

“哦，我听到关于你的事是什么呢？一些奇怪的事情，”卡切锐娜·伊发诺芙娜伯爵夫人向他说，她在他来到之后，立即给他喝咖啡，“Vous posez pour un Howard（你要成为霍华德了）！你帮助罪犯们。你到监狱里去。你申雪冤屈。”

“不是，我想也没有想到。”

“哦，这是好事。可是其中有什么恋爱的事件。嗯，你说吧。”

聂黑流道夫说了他和马斯洛发的关系——一切照实。

“我想起来了，想起来了，可怜的叶列娜那时向我说过，你那时住在老妇人们那里，她们似乎想你娶他们的养女。”（卡切锐娜·伊发诺芙娜伯爵夫人总是轻视聂黑流道夫的姑母们。）“……就是她吗？Elle est encore jolie?（她还漂亮吗？）”

姨母卡切锐娜·伊发诺芙娜是六十岁的、健康、愉快、有精力、好谈话的妇人。她的身材高大而很肥胖，在她的嘴唇上可以看见黑胡髭。聂黑流道夫爱她，自幼就惯于传染她的精力和快乐。

“不，ma tante（我的姨妈），这全都完结了。我只想帮助她，因为，第一，她无辜地被判罪，这个责任却在我，她的命运如此，全是我的责任。我觉得我自己应该为她去做我所能办到的事。”

“但是我听说你想要娶她，是怎么回事呢？”

“我是想，但她不愿。”

卡切锐娜·伊发诺芙娜，昂起额头垂下眼睛，惊讶地无言地望着姨侄。她的脸色忽然变了，她脸上显出了满意的神色。

“哦，她比你聪明。啊，你多么呆啊！你要娶她吗？”

“一定。”

“在她做过那样的人之后吗？”

“更是如此。这一切都是我要负责的。”

“啊，你简直是呆瓜，”姨母约制着笑容说，“可怕的呆瓜，但我正因为你是这样可怕的呆瓜，所以才爱你，”她重复，似乎是特别爱好这个字眼，她认为这字眼正确她表达了姨侄的精神与道德的状态，“你知道，这是多么凑巧，”她继续说。“Aline（阿林）有一个奇妙的济良所。我去过一次。她们是极可憎的。我后来洗了又洗。但 Aline corps et âme（阿林却用整个的身体和精神）做这件事。那么我们就把她，你的人儿，交托给他。要说有谁为人改过，那就是 Aline（阿林）。”

“但她被判了流刑。我来就是为了设法撤销这个判决。这是我找您的第一件事。”

“哎哟！她这件案子在哪里办呢？”

“在大理院。”

“在大理院吗？是的，我的亲爱的 cousin（表兄）列夫施卡在大理院里。但他是在呆子局——纹章局里。哦，我连一个像样的人也不认识。上帝知道全都是谁——或者是德国人：盖，弗，代（Ge，Fe，De）—tout l'alphabet（全部的字母表），或者是各样的伊发诺夫·塞妙诺夫，尼基清，或者伊发宁考，西毛宁考，尼基晴考，pour varier（为了有变化）。Des gens de l'autre monde（另一世界里的人物）。哦，我仍然要向我丈夫说的。他认识他们，他认识所有的人。我要向他说的。你也要向他说明，不然他总是不了解我。无论我说的什么，他总说，他不了解。C'est un parti pris（这是一种成见）。大家都了解，只有他不了解。”

这时穿长筒袜的听差在银盘上带来一封信。

“正是 Aline（阿林）来的。你可以听到基塞外特尔了。”

“基塞外特尔是谁？”

“基塞外特尔吗？你今天晚上来，你就知道他是什么人了。他说话能叫最根深的罪犯跪下来，哭着忏悔。”

虽然这是奇怪而不适合她性格的，卡切锐娜·伊发诺芙娜伯爵夫人却是这种学说的热心拥护人，这个学说认为基督教的精义是在信仰赎罪。她到宣传这种当时流行的学说的集会里去，并且在自己家里召集信仰它的人。虽然根据这个学说，一切教仪和圣像以及圣礼都要被摒斥，在卡切锐娜·伊发诺芙娜伯爵夫人的所有的房间里甚至在她的床头上却都有圣像，她遵守教会所要求的一切，看不见其中有任何冲突。

“要是你的从良的女子听到他的话，她便会受感化的，”伯爵夫人说，“你今晚上一定要在家里。你听听他说。他是一个奇妙的人。”

“这个我不感觉兴趣，ma tante（我的姨妈）。”

“但我向你说这是有趣的。你一定要来。哦，说吧，你还需要我做什么？Videz votre sac.（倒空你的袋子吧。）”

“还有一件在堡垒里的案子。”

“在堡垒里吗？哦，我可以给你一封信到那里去见克锐格斯木特男爵。C'est un très brave homme.（这是一位很好的人。）但你自己认识他。他是你父亲的同事 Il donne dans Le spiritisme.（他热衷于精神主义。）哦，但是这没有关系。他是好人。你要到那里去做什么？”

“去要求准许一个母亲和坐牢的儿子会面。但我听说这不是由克锐格斯木特决定的，是由切尔维扬斯基决定的。”

“我不欢喜切尔维扬斯基，但他是 Mariette（玛丽叶特）的丈夫。我可以去请求她。她会替我办的 Elle est très gentille.（她是很可爱的。）”

“还要替一个女子要求。她坐牢几个月了。谁也不知道是为了什么。”

“哦，她本人一定知道为了什么。她们知道的很清楚。她们，这些剪了头发的，是应得的。”

“我们不知道是不是应得的。但她们是在受苦。您是基督徒，信仰《福音书》，却这样地不慈悲……”

“这是毫不相干的。《福音书》是《福音书》，可憎的东西是可憎的东西。假如在我讨厌她们的时候，我装作欢喜虚无主义者，尤其是剪发的女虚无主义者，那就更不好了。”

“为什么您讨厌她们呢?”

“在三月一日[1]之后还问为什么?”

“但并非全是参加三月一日事件的人。”

“那是一样，她们不该干涉别人的事。这不是女子们的事情。”

“哦，但是这个 Mariette（玛丽叶特），您却觉得，可以过问事情。”聂黑流道夫说。

“Mariette? Mariette—Maritte.（玛丽叶特吗？玛丽叶特是玛丽特。）但这个人上帝知道是谁，一个什么哈勒秋卜基娜想教训所有的人。”

“不是教训，只是要帮助人。”

“没有她们，人家也知道谁需要谁不需要帮助。”

“但老百姓贫穷得很。我刚刚从乡下来。难道农人应该做得精疲力竭，吃不饱，我们却该过极奢华的生活吗?”聂黑流道夫说，不觉地被好心的姨母引得他要向她说出他所想到的一切。

“但你要我工作要我不吃东西，是为了什么呢?”

“不，我不是要您不吃东西，”聂黑流道夫回答，不觉地微笑着，“我只想要我们大家工作，大家吃饭。”

姨母又昂起额头垂下眼睛，好奇地注视他。

“Mon cher, vous finirez mal.（我的亲爱的，你结局会不好的。）”她说。

“但为什么呢?”

这时，高大、宽肩的将军走进房来。他是恰尔斯卡雅伯爵夫人的丈夫，退职的大臣。

“啊，德米特锐，好哇，”他说，把新剃的腮向他伸着，“什么时候来的?”

他无言地吻了他妻子的额。

---

[1] 亚历山大皇帝二世在一八八一年三月一日遭暗杀。——毛德

“Non, il est impayable（啊，他是可笑的），”卡切锐娜·伊发诺芙娜伯爵夫人向丈夫说，“他要我到河边去洗衣服，只吃马铃薯。他是一个可怕的呆子，但你可仍然要为他去做他要求你的事。”她又说，“可怕的傻子。”她转向丈夫说，“你听到没有：卡明斯卡雅，据说，是那么没有希望，他们替她的性命担忧了。你该去看看她。”

“是。那是可怕的。”丈夫说。

“哦，你去同她谈谈吧，我要写几封信。”

聂黑流道夫刚刚走到客厅那边的房间，她又喊他回转：

“那么，要写信给 Mariette（玛丽叶特）吗？”

“请写吧，ma tante（我的姨妈）。”

“那么我就留出 en blanc（空白），让你说到剪发的女子。她会吩咐她丈夫的。她会做的。你不要以为我坏。你的 protegées（被保护人），她们全是可憎的，但是 je ne leur veux pas de mal（我并不希望他们不幸）。上帝保佑他们吧！好，去吧。晚上一定要在家里。你听听基塞外特尔。我们要做祷告。只要你不拒绝，ça vous fera beaucoup de bien（这会对你有很多好处的）。我知道，叶列娜和你们大家在这方面是很落后。好，再会吧。”

十五

伊凡·米哈洛维支伯爵是退职的大臣和信仰很坚定的人。伊凡·米哈洛维支伯爵从少年时的信仰便是这样的：正如鸟雀应分地吃虫，身披羽毛柔毳，在空中翱翔，他也应分地吃最珍贵的、由高价的厨子预备的食品，穿最舒适华贵的衣服，骑最温顺迅速的马，因此，这一切是应该为他准备好的。此外，伊凡·米哈洛维支伯爵认为他从公库里获得的钱愈多，获得勋章，包括宝石勋章愈多，和皇家男女见面说话次数愈多，那是愈好。其余一切和这些重要的信条比起来，伊凡·米哈洛维支认为是不重要而无兴趣的。其余一切可以是本来那样，或者是完全相反。伊凡·米哈洛维支伯爵按照这种信仰在彼得堡生活了行动了四十年，在四十年间达到了大臣的职位。

伊凡·米哈洛维支伯爵到达这个地位的主要条件乃是：第一，他能够了解公文和法规的意义，还能草拟虽然不优美，却可以看得懂的公文，并且写出来没有拼缀的错误；第二，他的相貌极其庄严，在必要时，他可以显出不但是骄傲而且是不可责备和伟大的样子，在必要时，也可以卑屈到激情和卑劣的程度；第三，在私人道德方面和国家行政方面，他没有任何一般性的原则或规条，因此在必要时他能够和所有的人同意，在必要时也可以和所有的人不同意。他这么做，只是极力要维持体统而不致有明显的自相矛盾，至于他的行为本身是不是不道德的，以及他的行为对于俄罗斯帝国、对于全世界会产生伟大的福利还是至大的祸害，他是完全漠不关心的。

在他做了大臣的时候，不但所有依赖他的人（依赖他的仆人和侍从是很多），而且所有的无关系的人甚至他自己，都相信他是很聪明的行政官。但过了相当时候，他毫无建树，也毫无表现，并且按照生存竞争原则，和他全然一样的会写字懂公文的庄严而无操守的官吏挤掉了他，他不得不离职，这时候大家明白了，他不但是既不特别聪明又无深思的人，而且是很浅薄的缺少教养的却很自信的人，他的见解还够不上最低级保守报纸上社论的水平。于是都明白了他没有任何地方使他异于缺少教养而自信的、挤掉他的官吏们，他自己也明白这个，但这丝毫没有动摇他的信念，就是他应该每年得到大宗的国库公款和礼服上的新勋章。这信念是那么坚定，没有人敢要拒绝他这些东西，于是一部分以年金的形式，一部分以政府机关高级官吏与各种委员会参事会主席薪金的形式；他每年得到几万卢布，此外还有他所重视的每年的新权利：在肩上和裤子上缝上新的扁绦，在礼服襟上缝上勋绶和珐琅的星章。因此伊凡·米哈洛维支伯爵有上层的关系。

伊凡·米哈洛维支伯爵像他惯常听秘书主任的报告那样地听聂黑流道夫说话，听了之后，他说，他要给他两封便函——一封是给上诉局的大法官弗尔夫的。

“他们说到他各样的话，但 dans tous les cas c'est un homme très comme il faut（无论怎样他是一个很正派的人），”他说，“他受过我的恩，他会尽力去办的。”

伊凡·米哈洛维支的另一封便函是给请愿委员会里有势力的人的。非道茜亚·比鲁考发的案子，如聂黑流道夫向他所说的，很使他感兴趣。当聂黑流道夫向他说到他想上书给皇后时，他说这件事是确实很动人的，并且有机会的时候可以向她说到。但他不能够保证。让请愿书按照正当手续去递呈吧。假若有机会，他想，假若星期四召集 petit co it（小组会），他也许要说。

接受了伯爵的两封便函和姨母给 Mariette（玛丽叶特）的便函，聂黑流道夫立刻便到这些地方去。

他最先到 Mariette（玛丽叶特）那里去。在她还是无钱的贵族家庭里未成年的姑娘时他便认识她，他知道她嫁了一个做事业的人，关于这个人他听到些不好的话，主要的是，听到他对于那些上百上千政治犯的无情，而他的特别任务就是折磨他们，于是聂黑流道夫和寻常一样，感到异常的不快：因为要帮助被压迫的人，他必须站在压迫者的方面，好像是因为他要求他们，即使是对于某一些人，稍微约制他们惯常的也许他们自己没有注意到的残忍，他便要承认他们的活动是合法的。在这种时候，他总是感觉到内心的冲突，对自己的不满和动摇：请求呢还是不请求呢，但总是决定了应该请求。问题乃是他将要在这个 Mariette（玛丽叶特）和她丈夫那里感到不自如、羞耻、不愉快，但也许因此那个不幸的在独房监禁中受苦的妇人会被释放，而她和她的亲属们将不再痛苦。他感觉到在那类人当中做请愿人这地位的不当，这些人他已经不认为是自己的同类而他们却认为他是他们的同类的人。此外，在这种团体里他觉得他踏入了从前的习惯的轨辙，并且不觉地顺从了这种团体里所流行的那种轻率的不道德的论调。他已经在卡切锐娜·伊发诺芙娜姨母家感觉到这个，他今天早晨和她说到最重要的事情时已经陷于揶揄的论调。

他好久没有来过彼得堡，大体上，使他感觉到它的通常的在物质上是刺激的而在精神上是麻木的印象：一切是那么清洁，舒适，布置合适，尤其是人们在精神上是那么没有进取心，生活似乎特别容易。

美丽、清洁、恭敬的车夫载他经过美丽、恭敬、清洁的警察身边，顺着美丽、清洁、洒水的街道，经过美丽、清洁的房子，来到沟道旁Mariette（玛丽叶特）所住的屋前。

在大门前停着两匹套遮眼的英国马，模样像英国人的车夫，半腮须髯，穿着制服，执着马鞭，露出骄傲的神情，坐在驾驭台上。

守门人穿着异常清洁的制服，打开了门廊的门，那里站了一个穿着更清洁的有扁绦的制服的、须髯梳得漂亮的、出门的听差，和一个当值的、有军刀的、穿着崭新清洁制服的传达兵。

“将军不见客。将军的太太也不见客。他们马上就要出门了。”

聂黑流道夫拿出卡切锐娜·伊发诺芙娜伯爵夫人的信，取出名片，走到摆着访客留言簿的小桌子前，开始写着他很惋惜没有见面，这时听差的向楼梯走来，守门的走到门口，大声喊叫：“准备上车！”而传达兵，伸直身体，手贴衣缝，站立不动地用眼睛迎送着下楼梯的、用了和她的尊严不相称的快步子行走的、矮瘦的太太。

Mariette戴了有花翎的大帽子，穿黑衣服，披黑披肩，戴新黑手套；她脸上罩了面纱。

看见了聂黑流道夫，她掀起面纱，露出很好看的脸和明亮的眼睛，疑问地望着他。

“啊，德米特锐·伊发诺维支公爵！”她用愉快的亲善的声音说，

“我就认得……”

“哦，您居然记得我叫什么?”

“当然，我和我的妹妹甚至爱上您了，”她用法语说，“但您改变得多凶啊。啊，可惜，我要出门了。可是，让我们进去吧。”她说，犹疑不决地停住。

她看了看壁钟。

“不，不行了。我要到卡明斯卡雅家去做安灵弥撒。她伤心极了。”

“这个卡明斯卡雅是谁呢?”

“您没有听说吗？……她的儿子在决斗中死了。他是和波生决斗。独生子啊。可怕。母亲那么伤心。”

“是的，我听说了。”

“不行，我还是去的好，您明天或者今天晚上来吧。”她说，用迅速轻飘的步子走到大门口。

“今天晚上我不能来，”他回答，和她一同走上台阶，“我有事情找您。”他望着一对走近阶梯的栗色马说。

“是什么事?”

“这是我姨母写给您的关于这件事的信，”聂黑流道夫说，递给她一个有大饰纹的窄信封，“您可以在信里明白一切。”

“我知道，卡切锐娜·伊发诺芙娜伯爵夫人以为我可以在事务上影响我丈夫。她弄错了。我既不能够也不想要干预什么。但，当然，为了伯爵夫人和您，我准备违反我的规条了。是怎么回事呢?”她说。用戴黑手套的小手徒然地找寻着口袋。

“有一个姑娘关在堡垒里，但她有病，而且和事情无关。”

“她姓什么?”

“姓舒斯托发。莉蒂亚·舒斯托发。信里有。”

“哦，好的，我去试试看。”她说，轻轻跨上有软垫子的、遮泥板上的油漆在太阳下发亮的马车，打开阳伞。听差坐在驾驶台上，做了手势要车夫上路。马车动了，但同时她用阳伞触了触车夫的背，于是细皮的、美丽的、英国种的马，垂下被缰勒套紧的美丽的颈子，踏着细腿，停下来。

“您要来哟，但请您不要涉及私事。”她说，微笑了一下，笑容的力量她很知道，然后，好像是表演结束，放下幕子，她放下了面纱。“好，走吧。”她又用伞触了触车夫。

聂黑流道夫举起帽子。栗色纯种的马，嗅着鼻子，把蹄铁在路石上踏响，于是马车迅速地转动了，只偶尔在道路的不平处轻轻地颠震着新的橡皮车轮。

十六

回想着他和 Mariette（玛丽叶特）所交换的笑容，聂黑流道夫对自己摇了摇头。

“你还不及回头，便又陷入这种生活了。”他想，感觉到那种冲突和怀疑，这是巴结他所看不起的人时在他心中所常引起的。

想了一下，先去何处，后去何处，免得走回头路，聂黑流道夫最先到大理院去。他被引入办公室，在这里的一个华丽的部分他看见很多极恭敬而清洁的官吏。

官吏们向聂黑流道夫说，马斯洛发的请愿书已经收到，并且交由大法官弗尔夫做审查报告去了，这个大法官就是他带了他的姨父的信来见的。

“大理院这个星期有聚会，马斯洛发的案子不至于在会里提出。假使请求的话，也许可以希望在这个星期，在星期三提出来。”一个官吏说。

在大理院的办公室，当聂黑流道夫等候查卷时，他又听到关于决斗的谈话，以及青年卡明斯基如何被杀死的详细叙谈。在这里他第一次知道了全彼得堡所注意的事件的详情。事情是这样的，军官们在馆子里吃牡蛎，并且和寻常一样，喝了很多酒。有一个说了什么关于卡明斯基所服务的那个团的坏话，卡明斯基称他为说谎者。这人打了卡明斯基。第二天他们决斗，卡明斯基腹部中弹，两小时后他死了。凶手和公证人们被捕了，但据说，虽然他们坐在拘留所里，两周之后便得释放。

从大理院的办公处聂黑流道夫乘车去见请愿委员会里有势力的官吏弗罗必也夫男爵，他住在官邸的华丽的房屋里。守门的和听差向聂黑流道夫严厉地说，不在会客的日子见男爵是不行的，说他今天在皇帝陛下那里，明天又要做报告。聂黑流道夫交了信，即去访大法官弗尔夫。

弗尔夫刚刚吃过饭，惯例地借吸烟和室内散步在帮助消化，他接见了聂黑流道夫。伍拉济米尔·发西利也维支·弗尔夫确实是 un homme très comme il faut（一个很正派的人），他把自己的这种素质看得高过一切，他就从这个高处看其他所有的人，他不能不看重这种素质，因为单是由于这个，他做了光辉的事业，正是他那所愿望的事业，即是他借结婚而获得一年有一万八千卢布收入的财产，借自己的努力获得了大法官的地位。他认为自己不但是 un homme très comme il faut（一个很正派的人），而且是有骑士荣誉的人。他认为荣誉的意义是不接受私人的暗地贿赂。为自己向公库请求各种车费、旅费、贷金，奴隶地执行政府所要求他的一切，他不认为这是不荣誉的。毁灭、摧残、流放、监禁成百的无罪的人，因为他忠爱他们的人民和祖先的宗教，这种事当他做波兰的一省的总督时他曾经做过，他不但不认为是不荣誉的，而且认为是高尚、勇敢、有爱国心的伟业。他也不认为他掠夺爱他的妻子的和他的小姨的财物是不荣誉的。相反，他认为这是他的家庭生活的聪明的处理。

伍拉济米尔·发西利也维支的家庭包括他的无个性的妻子，他的小姨——她的财产他也夺入自己手中，卖出她的田庄，把钱储存在自己的名下——他的温良的胆怯的不漂亮的女儿，她过着孤单而苦闷的生活，她近来的消遣是研究《福音》，去赴 Aline（阿林）的和卡切锐娜·伊发诺芙娜伯爵夫人的集会。

伍拉济米尔·发西利也维支的儿子——好心的人，十五岁就长胡须并且开始饮酒放荡，一直做到他二十岁成年时从家里被赶走了，因为他不在任何地方修完他的学程，他与歹友交游，负起债务，连累父亲。父亲有一次为儿子偿还了二百二十卢布的债，另一次偿了六百卢布；但他向儿子宣布这是最后一次，假若他不改过，他便要把他赶出家庭，和他断绝关系。儿子不但没有改过，而且还负了一千卢布的债，且竟敢向父亲说，他觉得住在他家里是痛苦的事。那时伍拉济米尔·发西利也维支向儿子宣布，他可以到他所愿意去的任何地方去，他不再是他的儿子了。从那时起伍拉济米尔·发西利也维支便做出没有儿子的样子，家里无人敢向他说到他的儿子，而伍拉济米尔·发西利也维支十分相信他用最好的办法处理了他的生活。

弗尔夫带着亲善的、有几分嘲讽的笑容——这是他的态度，是他觉得自己正派并且比大部分人优越这意识的不自觉的表现——停止了在房中的散步，和聂黑流道夫问了好，看了便函。

“请坐吧，并且请您原谅。假如您许可，我就走动着。”他说，把手放在上衣的口袋里，在样式严格的大书房里的对角线上踏着轻而软的步子。“我很高兴和您认识，当然，我要照伊凡·米哈洛维支的意思去办的。”他说，吐出香馥的蓝色的烟，小心地把雪茄从嘴上拿开，以免落下烟灰。

“我只请求这件案子赶快办理，因为假如犯人必须到西伯利亚去，可以早点动身。”聂黑流道夫说。

“是的，是的，从下城搭最早的轮船，我知道，”弗尔夫带着赏光的笑容说，他总是预先知道别人要向他说的话，“犯人姓什么?”

“马斯洛发……”

弗尔夫走到桌前，看了看和其他文件一同放在厚纸夹上的公文。

“哦，哦，马斯洛发。好的，我来问同事们。我们星期三要办这件案子。”

“那么我可以打电报给律师吗？”

“您有律师吗？为什么要有呢？但是假若您愿意，为什么不呢？”

上诉的理由也许不充足，聂黑流道夫说：“但是我觉得，从这个案子上可以看出来，判罪是由于误会。”

“是的，是的，这是可能的，但是大理院不能考查案子的曲直，”伍拉济米尔·发西利也维支望着烟灰严厉地说，“大理院只注重法律应用的正确和法律解释的得当。”

“我觉得，这是一件例外的事件。”

“我知道，我知道。一切的事件都有例外的。我们要尽我们的责任。没有别的了。”烟灰还连着，但已有了破裂，有坠落之虞了。“您很少到彼得堡来吗？”弗尔夫说，那样地拿着雪茄，以免烟灰落下。烟灰仍旧动摇着，弗尔夫小心地把它送到灰皿那里，它落进去了。

“卡明斯基的事件是多么可怕啊，”他说，“是个漂亮的年轻人。独生子。特别是母亲的情况。”他说，几乎是逐字地复述着这时彼得堡全体的人所说的关于卡明斯基的话。

他又说到卡切锐娜·伊发诺芙娜伯爵夫人，和她对于新的宗教学说的热衷，伍拉济米尔·发西利也维支既未批评也未赞同这个，但按照他的“正派”这显然对于他是不必要的。然后，他按响铃子。

聂黑流道夫行礼告别了。

“假若您方便，就来吃饭，”弗尔夫伸着手说，“星期三来。我给您肯定的答复。”

时间已迟，于是聂黑流道夫回家，即回姨母家去了。

十七

卡切锐娜·伊发诺芙娜家七点半钟吃饭，饭是用聂黑流道夫尚未见过的新方法摆出的。食物放到桌上后，听差们立刻便走了，吃饭的人自己拿取食物。男子们不让妇女们作不必要的麻烦，他们是强壮的男性，他们英勇地负起了为妇女们和自己拿菜倒酒的繁重任务。吃完了一道菜之后，伯爵夫人按了桌上电铃按钮，于是听差们无声地走进来，迅速地收拾碟子，换了餐具，带来下一道菜。菜肴精美，酒亦如是。在明亮的大厨房里，法国掌厨和两个白衣助手在做菜。吃饭的有六个人：伯爵和伯爵夫人，他们的儿子（倨傲的禁卫军官，把胛肘放在桌上），聂黑流道夫，女教师（法国人），和伯爵的从乡下来的总管事。

这里的谈话也是关于决斗。他们谈论到皇上对于这件案子的态度，大家知道，皇上很为卡明斯基的母亲伤心，人人都为他的母亲伤心。但因为大家知道皇上虽然同情，却不愿对维护军人荣誉的凶手严惩，所以人人对维护军人荣誉的凶手宽恕。只有自由肤浅思想的卡切锐娜·伊发诺芙娜伯爵夫人表示了她对于凶手的批评。

“他们喝醉了酒，杀死好好的年轻人，我无论怎样也不会宽恕的。”她说。

“这一点我并不了解。”伯爵说。

“我知道，你绝不会了解我所说的，”伯爵夫人说过，转向聂黑流道夫，“人人了解；只有我的丈夫，不，我说，我那可怜的母亲，我也不希望他杀了人就很满意。”

这时，沉默到现在的儿子为凶手辩护，攻击他自己的母亲，很粗野地向她证明，这个军官不能不这么做，不然，军官们就会批判赶他离团。聂黑流道夫听着，没有加入谈话，并且，他做过军官，他了解却不同意青年恰尔斯基的理由，同时不觉地对比着杀人的军官和他在狱中所见的那个因为在殴斗中杀死了人而被判了做苦役的美丽的青年囚犯。两人都因为醉酒而成为杀人犯。那一个，是农民，在愤怒时杀了人，他和妻子、家庭、亲戚分开了，他戴了链镣，剃了头发，要去做苦役，这一个却坐在拘留所的美丽的房间里，吃好饭，喝好酒，阅读书报，日内即得释放，过如旧的生活，只是因此变得更加有趣了。

他说了他所想的。开始卡切锐娜·伊发诺芙娜同意姨侄的看法，但后来她沉默了；和大家一样，于是聂黑流道夫觉得，他说这话是做了一种失礼的事。

晚上，饭后不久，在大舞厅里开始聚人了，外国来的基塞外特尔要来传道；厅里特地摆了几排雕花高背椅，作听讲之用，在桌子前面放了一张安乐椅，和一张为传道人放了一瓶水的小桌子。

在大门口停了一些华丽的马车。在陈设富丽的大厅里坐着穿丝绸、天鹅绒、花边衣服的，戴假发的，束紧腰身的妇女们。在妇女之间杂坐着男子——穿军装的，文官服的和五个普通的人：两个仆役，一个店主，一个听差和一个车夫。

基塞外特尔，一个结实的白发的人，说英语；戴夹鼻眼镜的年轻的瘦姑娘，正确地迅速地翻译着。

他说到我们的罪过是那么重大，它们的处罚是那么大而不可避免，活着等待这种处罚是不行的。

"亲爱的姊妹弟兄们，我们只要想到自己，自己的生活，想到我们所做的事，我们如何生活，如何冒犯了充满仁爱的上帝，如何使基督受苦，我们便明白了我们没有饶恕，没有出路，没有拯救，我们注定了要灭亡。灭亡是可怕的，永恒的苦恼等待着我们，"他用颤抖的哭泣的声音说，"怎样可以得救呢？弟兄们，怎样可以从这个可怕的火焰中得救呢？火焰封了屋子，出路是没有的。"

他沉默了，真的眼泪流在他的腮上。八年来，每次都没有错误，只要他说到他所满意的演说的这个地方，他便感觉到喉咙里的痉挛，鼻子里的刺激，从眼里流出眼泪。这些眼泪更感动他。

房间里可以听到啜泣声。卡切锐娜·伊发诺芙娜伯爵夫人坐在镂花小桌前，用双手托着头，她的肥肩膀发抖。车夫惊讶恐惧地望着德国人，好像他快要用辕杆把他撞倒，而他来不及让开一样。大部分的人坐的姿势和卡切锐娜·伊发诺芙娜伯爵夫人相同。弗尔夫的女儿很像父亲，穿着时髦衣服，用手蒙了脸跪着。

演说者忽然放开了脸，在脸上显出了演员表现喜悦时的那种很像是真的笑容，并用甜蜜亲切的声音开始说：

“拯救是有的。就是这个轻易的快乐的拯救。这个拯救就是上帝的独生子为我们所流的血，他为了我们让他自己受苦。他的痛苦，他的血，将拯救我们。弟兄姊妹们，”他又在声音里含着眼泪说，“让我们感谢上帝，他牺牲他的独生子为人类赎罪。他的神圣的……”

聂黑流道夫觉得异常厌恶，他悄悄地站起，皱着眉约制着羞耻的嗯声，踮脚走出去，回到自己的房里去了。

十八

第二天，聂黑流道夫刚刚穿好衣服，准备下楼时，听差便送上了莫斯科律师的名片。律师是为自己的事来的，并且，假若马斯洛发的案子即将审理，他便出席大理院的审查会。聂黑流道夫所发的电报和他中途相左了。听聂黑流道夫说了马斯洛发的案子何时审理以及大法官是谁，他微笑了。

“恰巧是三种大法官，”他说，“弗尔夫是彼得堡的官吏，斯考弗罗特尼考夫——理论的法律家，别——实际的法律家，因此是最有生气的，”律师说，“最大的希望在他。哦，请愿委员会怎么样？”

“今天我要去见弗罗必也夫男爵，昨天没有能够见到。”

“你知道，为什么他是弗罗必也夫男爵呢？”律师说，感觉到聂黑流道夫说出这个外国称号与那么俄国式的姓在一起时的几分滑稽的音调，“这个称号是巴夫勒皇帝赐给他的祖父的，他好像是宫内听差。他用了什么方法使皇帝很高兴。他使他做了男爵，说‘不要阻碍我的意思’。于是有了一个弗罗必也夫男爵。他很骄傲这个称号。他是一个大骗子。”

“我正要去见他。”聂黑流道夫说。

“哦，好极了，我们一起去。我用车送您。”

在出门之前，聂黑流道夫在前厅里遇到听差送上 Mariette（玛丽叶特）给他的信：

> Pour vous fairè plaisir，j'ai agi tout à fait contre mes principes，et j'ai intercédé auprès de mon mari pour votre protégée. ll se trouve que cette personne peut être relâchée immédiatement. Mon mari a écit au commandant. Venez donc 不涉私事地。Je vous attends. M.
>
> 为了使你欢喜，我做的完全违反我的原则，我为了你的被保护人向我丈夫说项。大概这个人即可释放。我丈夫写了信给司令。因此，你要不涉私事地来了。我等着你。M。

“怎样？”聂黑流道夫向律师说，“这不可怕吗？一个女人被他们在单独监禁中关了七个月，一点儿罪也没有，并且只要说一个字，就可以放她。”

“这总是如此的。哦，至少您是得到了您所求的了。”

“是的，但这个成就使我苦恼。现在是，那里应该怎么办才好呢？他们为什么关她呢？”

“哦，但最好是不要深究这个。那么我送您去，”律师说，他们走上了阶梯，律师所雇用的精美的马车驶到阶前，“你是看弗罗必也夫男爵吗？”

律师向车夫说了往何处去，良好的马迅速地把聂黑流道夫拉到男爵所住的房子那里。男爵在家。在第一个房间里有一个穿制服的青年官吏，颈子极长，喉结突出，步态非常轻；还有两个太太。

“您尊姓?”有喉结的青年官吏问，异常轻快地庄严地从太太们身边走到聂黑流道夫面前。

聂黑流道夫道了姓名。

“男爵说到过您。请稍等一会儿!”

青年官吏，男爵的副官，走进打开的门，从里面领出一个戴孝的哭泣的太太。那个太太为了遮藏眼泪，用瘦手指放下纠绊的面纱。

“请吧。”青年官吏向聂黑流道夫说，轻步地走到书房门前，把门打开，站在门口。

进到书房，聂黑流道夫看见一个肥壮的，头发剪短，着礼服的，中等身材的人，他坐在大写字桌前的安乐椅上，愉快地看着前面。因为白胡髭与须髯之间的红润的腮颊而特别醒目的善良的脸对聂黑流道夫露出了亲善的笑容。

“我很高兴看见您，我和您母亲是老熟人，是朋友。我看到您是小孩，后来又是军官，哦，坐下吧，您说吧，我有什么地方可以为您效劳。是的，是的，”他说，当聂黑流道夫向他说到非道茜亚的事件时，他摇动着剪短白发的头说，“说吧，说吧，我很了解；是的，是的，这真是很动人的。那么，您递过请愿书吗?”

“我准备了请愿书，”聂黑流道夫说，把它从口袋里掏出，“但我想请求您，我希望，他们能特别注意这个案子。”

“您做得很好。我一定要亲自去说，”男爵说，全然不相称地在愉快的脸上表示着同情，“很动人。显然她是一个小孩子，她的丈夫待她凶狠，这使她嫌恶他，后来过了一些时候，他们相爱……是的，我要去说。”

“伊凡·米哈洛维支伯爵说他想请求皇后。”

聂黑流道夫还不及说完这话，男爵的面色已经变了。

“但是，您把请愿书递到衙门里，我再去做我所能做的事。”他向聂黑流道夫说。

这时青年官吏走进书房，显然是耀示着他的步态。

“那位太太要求再说两个字。”

“好，您叫她来吧。啊，mon cher（我亲爱的），我们要看见多少的眼泪啊，只要能够全拭掉就好了！我们要做我们所能做的。”

那个太太进来了。

“我忘记了请求您不让他丢掉他的女儿，不然他对一切……”

“我说过了我要办的。”

“男爵，为了上帝，您救救那母亲吧。”

她抓住他的手，开始吻着。

“一切都要办的。”

妇人走出后，聂黑流道夫也开始告辞了。

“我们要做我们所能做的。我要向司法大臣去说，等他们回答了我们，我们再做我们所能做的。”

聂黑流道夫走出去，到了办公室里。如同在大理院一样，他又在华丽的办公室里看到华丽的官吏们，清洁、恭敬、明确、严格、从衣服到谈话都正确。

“他们好多人啊，他们多得可怕，他们养得多么好，他们的衬衣和手是多么干净，他们的靴子擦得多么好，这一切是谁做的？不但和犯人比较起来，而且和乡农比较起来，他们都是多么舒服啊！”聂黑流道夫又不由自主地思索着。

十九

那个能够改善彼得堡囚犯们的命运的人，是一个受了许多勋章而不佩戴但在扣眼里挂一个白十字勋章的、有功绩的、年老的将军，德国籍的男爵，如人们所说的，他的年龄超过了他的智慧。他在高加索服务过，在那里他得到了这个他认为特别荣耀的十字勋章，因为那时在他的指挥之下，有许多剪了发、着军服、以步枪与刺刀作武器的俄国农民，杀死了一千多个卫护自由、房屋与家庭的人。后来他在波兰服务，在那里，他也使俄国农民做了许多各种各样罪恶的事，也因此得到了许多勋章和军服上的许多新的奖章；后来又在别的地方服务，而现在已是衰弱的老人，得到了现在所有的那个给他好房屋、俸给与尊荣的地位。他严格执行上层的规定，并且特别重视这种执行。对于上层的这些规定，他觉得特别重要，他认为世界上的一切可以变更，但只是上层的这些规定不然。他的责任乃是把男女政治犯关在地牢和单人狱室里，并且要这样关他们，就是他们中的半数在十年之间死去：有些发疯的，有些死于肺病的，有些自杀的。他们有的饿毙，有的用玻璃切断血脉，有的上吊，有的自己烧死。

老将军知道这一切，这一切都发生在他眼前，但这一切事件不触动他的良心，正如同由雷雨、洪水等等所引起的不幸事件不能触动他一样。这些事件是因为以皇帝陛下名义执行上层的规定而发生的。这些规定是不可避免要执行的，因此想到执行这些规定的后果是完全无用的。老将军不让自己想到这些事情，认为他作为军人的爱国的义务，就是不假思索，以免在执行那些他认为是很重要的任务时显得软弱。

老将军为了职务上的责任每周一次巡视所有的地牢，询问囚犯们有没有什么要求。囚犯们向他说出各种要求。他安静地听着，不可避免地沉默着，从来一件也不办到，因为所有的要求都是与规定不合的。

当聂黑流道夫来到老将军的住处时，塔楼上大音乐钟的响亮的铃子奏出了“上帝是多么荣耀”，然后敲了两响。听到钟声，聂黑流道夫不禁想起他在十二月党的党记中读到这每小时重复的甜美的音乐在终身监禁者的心中发生怎样的反应。[1]

在聂黑流道夫来到他的住所的大门口时，老将军坐在幽暗的客室的镂花小桌子前，和一个青年艺术家，他的一个下属的兄弟，在一张纸上转动茶托。艺术家的瘦、湿、软弱的手指放在老将军的无情、打皱、关节发硬的手指间，连在一起的手和倒置的茶托在写了全部字母的纸上抖动着。茶托要回答将军所提的问题，即魂灵在死后怎样互相认识。

当那做听差的传令兵送聂黑流道夫的名片进来时，冉·达克[2]的灵魂正借茶托在说话。冉·达克已经一个一个字母地说了几个字：“将互相认识”等都写下来了。当传令兵进来时，茶托在P上停一下，在O上再停一下，然后又移到S上停下来，又开始在各处抖动。它抖动，因为下一个字母，按照将军的意见，应该是L，即是按照他的意见，冉·达克应该说，灵魂只在自己清除了一切尘世的东西或什么类似的东西（以后）才互相认识，因此下一个字母应该是L，而艺术家却以为下一个字母是V，就是她的灵魂说，灵魂将在游离的身体所发出的（光亮）里互相认识。将军纳闷地颦蹙了稠密的白眉毛，凝视着茶托的柄，以为茶托是自己在动，把它向L上面拖。无血色的，稀薄的头发梳在耳后的青年艺术家把无生气的蓝眼睛望着客厅的黑暗的角落，神经质地动着他的嘴唇，把茶托向V上拖。

将军因为自己事情被打断皱了皱眉，在片刻的静默之后，接了名片，戴上pince-nez（夹鼻眼镜），因为胖腰的酸痛嗯了一声，擦着发硬

[1] 十二月党是想在一八二五年十二月尼古拉一世即位时以军事起义推翻俄国专制政体的团体。

[2] 法国女英雄。——译者

的手指，挺起全部的长身躯。

“请他到书房来。”

“大人，您让我一个人弄完吧，”站起的艺术家说，“我感觉到灵魂在场。”

“好，您弄完吧。”将军决然而严肃地说，用大脚步带着坚定均匀的步态走进书房。

“很高兴看见您，”将军用沙嗄的声音向聂黑流道夫说了亲爱的话，向他指示着写字桌边的安乐椅，“您来彼得堡多久了？”

聂黑流道夫说来到不久。

“公爵夫人，您母亲，她好吗？”

“妈妈去世了。”

“请您原谅，我很抱歉。我儿子向我说，他遇见了您。”

将军的儿子做的事和父亲的一样，在军官学校毕业后即在情报局服务，很骄傲他在那里所负的任务。他的事务乃是管理侦探。

“哦，我和您父亲同过事。我们是朋友，是同事。那么，您在服务吗？”

“不，不在服务。”

将军不赞同地低垂了头。

“我有一事请求您，将军。”聂黑流道夫说。

“很——很高兴，我能为你效劳什么呢？”

“假如我的请求不合时宜，就请您原谅我。但我不得不把它说出来。”

“是什么？”

“在您这里关了一个姓顾尔开维支的人。他的母亲要求和他见面，或者至少是能够送书给他。”

将军对于聂黑流道夫的请求没有表示任何满意或不满意，却把头偏向一边，眯着眼，好像有所思索。事实上他什么也没有思索，甚至对于聂黑流道夫的请求不感兴趣，他很知道，他将按照法律回答他。他只是在养息精神，什么也不在想。

“您知道，这是不决定于我的，”休息了一会儿，他说，“关于见面有皇上批准的法规，那里面所许可的，是会得到许可的。至于书，我们有小图书室，准许看的书，他们可以看。”

“但他需要科学书，他想研究。”

“您不要相信。”将军沉默了一会儿，“这不是为了研究。只是不安心。”

“但怎么办呢？他们在痛苦情形中需要消磨他们的时间。”聂黑流道夫说。

“他们总是怨诉，”将军说，“我知道他们。”

他概括地说到他们，好像是说到某种特别不好的一种人。他继续说：“他们在这里有这样的方便，是在监狱里很少能够碰到的。”

他好像为自己辩护，开始详细地叙述囚犯们所能享受到的便利，似乎这个机关的主要目的乃是为囚犯们布置舒服的住处。

“从前确实是很粗陋，但现在他们关在这里却很好。他们吃三道菜，总有一样是肉：猪排或者牛排。星期日他们还有第四样——甜菜。但愿上帝让每个俄国人能够吃得这样。”

将军像一切的老人一样，显然，一旦说到心头熟悉的事，便说出一切他重复过许多次的话证明他们要求的无理与忘却恩典。

“他们看得到宗教的书和旧杂志。我们有一个书籍正当的图书馆。但是他们很少阅读。起初他们似乎感兴趣，但后来新书都剩下一半未裁，旧书也没有人翻。我们还试验了。”将军带着有点儿近似笑容的表情说。“有意地夹进纸片，纸片还是没有人动。对于他们也不禁止写字，”将军继续说，“给了他们石板，给了石笔，这样他们可以写字消遣了。他们可以擦掉再写，他们却也不写，哦，他们很快地变得十分安静了。只是开始他们不安，但后来他们甚至变胖了，变得很安静了。”将军说，没有怀疑他话中所有的那可怕的意义。

聂黑流道夫听着他的沙嗄的老年的声音，望着发硬的四肢，白眉下无光彩的眼睛，老迈的，剃刮的，为军服领子所支托着的下垂的颚和白十字勋章，这是这个人所骄傲的，特别因为这是他由于例外地残忍与大宗的屠杀而获得的；他知道，向老人回话并说明他言语中的意义是无用的。但他仍然做了一次努力，问到别的事，问到女囚犯舒斯托发，关于她，他今天听到消息，已经下令释放她了。

“舒斯托发？舒斯托发……我记不清他们全体的名字。他们人数那么多。”他说，显然是为了人数众多而责备他们。他按响了铃子，吩咐唤秘书来。

当他们等候秘书时，他劝聂黑流道夫服务，说道，诚实高贵的人，(认为自己也在这种人之列)，是沙皇……（只是为了文句的美丽又添上）“和祖国”……所特别需要的。

“我现在老了，但只要精力许可，我还是要服务。”

秘书，消瘦、憔悴、有不安而智慧的眼睛的人，进来报告，说舒斯托发是关在一个奇怪的有堡垒的地方，关于她的公文还没有接到。

“在我们接到公文时，我们当天就放她。我们不滞留他们，尤其不看重他们的来访。”将军说，又试图做出那只会使他的老脸变相的、游戏的笑容。

聂黑流道夫站起来，极力不要表现他对这可怕的老人所感觉到的憎恶与怜悯的混合情绪。老人则认为他也不该对于自己同事的思想轻浮且显然迷失道途的儿子过分严格，并且不能不给他忠告就让他走开。

“再见，我亲爱的，不要见怪我，但我爱您我才说的。不要和关在我们这里的人来往。无罪的人是没有的。这些人全都是最不道德的。我们知道他们。”他说，那音调不容有怀疑的可能。

他确实没有怀疑这话，不是因为事实是如此，而是因为，假若事实不是如此，他便必须承认自己不是一个应该过完美好生活的高贵的英雄，而是一个曾经出卖并且在老年还继续出卖自己良心的恶徒。

“最好您是服务，”他继续说，“沙皇需要诚实的……”他又说，“祖国也需要。哦，假若我和所有的人，都像你这样不服务，怎样呢？还有谁呢？我们在这里批评制度，自己却不想帮助政府。”

聂黑流道夫深深叹了口气，低低鞠了躬，握了赏光地伸给他的瘦而大的手，便从房里走出去了。

将军不赞同地摇了摇头，揉擦着腰，又走进客室，艺术家在那里等待他，并且已经写下了冉·达克的灵魂所给的回答。将军戴上 pince-nez（夹鼻眼镜），读道：“将在游离的身体所发出的光亮里互相认识。”

“啊，”将军闭了眼睛赞同地说，“但是假若大家的光亮是一样的，你怎样认呢？”他问，又和艺术家交叉着手指，坐在桌前。

聂黑流道夫的车夫把车赶出了大门。

“这里没有意思呀，大人，”他转向聂黑流道夫说，“我想不等您就赶车走了。”

“是的，无趣。”聂黑流道夫同意，挺起全部的胸膛呼吸着，并且安心地注视着天空里飘浮的烟色的云，和聂发河上行驶的木船与轮船所鼓起的闪亮的波纹。

二十

第二天马斯洛发的案子就要审问了。聂黑流道夫坐车到大理院去。律师在大理院的庄严的大门前遇见他，那里已经停了几辆马车。上第二层楼的华丽庄严的楼梯时，知道一切路径的律师，向左转身进了门，门上写了实施法典的年代。

在第一个长形房间里脱了大衣，听守门的说大法官们都到了，最后的一个是刚刚到，法那润，着大礼服，白衬衣，打白领结，带着快乐的信念走进第二间房。在这间房里，右边有大橱、桌子，左边是螺旋梯，这时一个穿制服的漂亮的官员在腋下夹着公文包正从上面下来。房里一个家长模样的，有白色长发的，穿短上衣与灰裤子的老人引起了他们的注意，在他旁边有两个侍仆异常恭敬地站立着。

白发老人走进橱里隐藏了起来。这时候，法那润看见一个和他同样穿大礼服打白领带的律师，立刻和他开始了生动的谈话；聂黑流道夫看了看房里的人。一共是十五个听众，其中有两个太太，一个是年轻的戴pince-nez（夹鼻眼镜），一个是白发的。今天要审问的案子是关于报纸的诽谤，因此聚集的听众比寻常多，大部分是新闻界的。

那庭丁，是一个红脸的美丽的人，穿了华丽的制服，手拿公文，走到法那润面前，问他是做什么的，知道了他是为马斯洛发案子的，写下了什么，就走开了。这时橱门打开了，家长模样的老人从里面走出来，但已经不是穿短上衣，而是穿了镶扁绦的、在胸口有明亮金属板片的衣服，使他好像一只鸟雀。

这种可笑的服装显然令老人自己觉得不舒服，他连忙地，比他寻常走路更快地，走出了和入口相对的门。

"这是别，最可尊敬的人。"法那润向聂黑流道夫说，又把他介绍给了他的同事，说到目前即将审问的在他看来是很有趣的案子。

案子即将开审，聂黑流道夫和听众向左走进审判室。法那润和所有的人都走到栅子后边的听众席坐下。只有彼得堡的律师走到栅子前面的台子旁。

大理院的审判室比地方法院的法庭小，布置更简单，差别的只是大法官前面的桌上铺的不是绿布，而是镶金扁绦的大红天鹅绒，主持正义之处所有的表征一向是相同的：正义之镜；圣像，虚伪之表象；皇帝的画像，卑屈之表象。

庭丁同样严肃地宣布："开庭了。"大家同样地站起，着制服的大法官们同样地走进来，同样地坐在高背椅上，同样地把胛肘支在桌上极力显出自然的样子，像在地方法院的法庭上一样。

大法官是四个人。首席法官尼基丁，是一个剃刮干净的，有窄脸和钢眼的人；弗尔夫，他有意味深长的紧抿着的嘴唇和白色小手，他用手翻着状纸；斯考弗罗特尼考夫，一个肥胖、沉重、麻面的人，博学的法律家；第四个，别，就是那个最后来到的家长模样的人。

随大法官一同来的有书记长，和检察长——中等身材、瘦瘦的、面色很黑、眼睛忧郁而黑、剃刮干净的青年。聂黑流道夫，虽然有六年没有看见他，他穿了奇怪的制服，却立即认出他是从前学生时代他的最好的朋友之一。

“检察长是塞列宁吗?”他问律师。

“是的。什么?”

“我和他很熟，他是很漂亮的人。”

“并且是好检察长，能干。现在应该请求他。”法那润说。

“他在任何情况下是本着良心做事的。”聂黑流道夫说，想起自己和塞列宁的密切关系和友谊以及他的可爱的特质——纯洁，诚实，真正的正派。

“但此刻来不及了。”法那润低语，谛听着已开始的案情报告。

开审的案子是对于上诉院判决——不更变地方法院的判决的上诉。

聂黑流道夫开始听，并极力了解着他面前发生的事情的意义，但正如同在地方法院里一样，了解上的主要困难，在于说的不是明显的要点，而全然是枝叶。案子是关于报纸上的一篇文章，它揭露了股份公司的一个董事的欺骗。似乎要点只在股份公司的董事是否欺骗他的信托人，若是如此，便要他不再欺骗他们。但所说的不是关于这个。所说的只是这个：编辑按照法律是否有权发表这种批评文章，以及他发表了这种文章，是犯什么罪——诽谤抑或是中伤，以及如何诽谤包括中伤，或是中伤包括诽谤，还有普通人所不容易懂的关于某一总务部的各项条款与决定的事。

聂黑流道夫所懂的唯一的一点就是，虽然弗尔夫昨天谈到案件时那样严格地向他说大理院不能审查案子的本质。在这个案子里，他显然是偏袒地赞成上诉院判决的撤销，而塞列宁和他的特有的约制完全相反，意外激烈地表示自己反对的意见。素常有约制的塞列宁使聂黑流道夫觉得十分惊异，因为他知道股份公司的董事是一个在金钱事务上不纯洁的人，并且，偶然地发现了弗尔夫几乎在审案的前一天还参与了这个诉讼人的盛宴。

现在，当弗尔夫虽然很小心地却显然片面地报告案情时，塞列宁发火了，对于这寻常案子太神经质地表现了他的意见。他的话，显然，触怒了弗尔夫：他脸红了，肌肉抽动做出沉默惊讶的姿势，带着很尊严的、生气的样子，和别的大法官一同退席到讨论室里去了。

“你是为什么案子的?”庭丁在大法官刚退席时又问法那润。

“我已经向您说了，是为马斯洛发的案子。”法那润说。

“哦是了。案子今天要审的。但………”

“但什么呢?”律师问。

“您知道，这个案子不当诉讼关系人的面就要决定，所以大法官们在宣布判决之后，不会出来了。但我要去报告……”

“这是什么意思?”

“我去报告，我去报告。”于是庭丁在纸上记下了什么。

大法官们果真是想在宣布了诽谤案的判决之后，即不出讨论室，在吃茶抽烟卷时，结束其余的案子，马斯洛发的案子也在内。

二十一

大法官们刚刚坐到讨论室的桌前，弗尔夫就开始很生动地陈述原有判决应该撤销的理由。

首席法官，一向是恶意的人，这天的心情特别恶劣。在审案时听着报告，他便已经确定了自己的意见，现在，坐在这里，不听弗尔夫说话，沉浸在自己的思想中。他的思想乃是回想他昨天在回忆录中所写的一件事——他早就想要获得的那个重要地位没有派给他却派给了维利亚诺夫。首席法官尼基丁是十分诚恳地相信，他对于在他服务期间和他发生关系的那最高两级官员们的意见，要构成很重要的历史材料。昨天他写了一章，严格地责难最高两级的若干官员，因为，照他说，他们妨碍了他去使俄国免于现在的统治者所促成的灭亡——而事实上只是因为他们妨碍了他比现在得到更多的薪俸。他现在想到在后代的人看来这一章将有全新的意义。

“是的，不成问题。”他说，回答弗尔夫向他所说的话，却没有听。

别带着忧悒的面色听弗尔夫说，在他面前的纸上画着花冠。别是最纯粹的自由主义者。他把六十年代的传统视为神圣，假若他的行动越出严格的中立，那也只是在自由主义的方面。一方面，因为为了诽谤而上诉的股份公司的董事是个坏人，另一方面，因为控诉新闻记者诽谤是言论自由的抑制，所以对于这个案子，别主张不受理上诉。

当弗尔夫完结了自己的报告时，别，没有画完花冠，忧闷地——他忧闷因为他必须证明这样的真理——用柔和愉快的声音，扼要简单地证明上诉的无理由，然后垂下白发的头，继续画花冠。

斯考弗罗特尼考夫，坐在弗尔夫对面，不停地用肥手指把须髯与胡髭向嘴里送着，当别刚刚停止说话时，他立即停止了嚼胡须，用高高的嘶哑的声音说，虽然股份公司的董事是一个恶徒，但假若有法律根据，他还是赞成撤销判决，可是因为这样的根据是没有的，所以他赞同伊凡·塞妙诺维支·别的意见，他说的时候，高兴着他对于弗尔夫的掣肘。

首席法官同意了斯考弗罗特尼考夫的意见，于是这案子被驳回了。

弗尔夫不满意，特别是因为他似乎当场被人发觉做不正直的偏袒，于是装出漠不关心的样子，打开了轮到报告的马斯洛发案子的文件，一心地阅读着。大法官们这时按响了铃子，吩咐送茶，谈到这时和卡明斯基决斗案一同令全彼得堡注意的事件。

这是某部长官的案子，他被当场发现了犯第九九五条的罪。

“多么卑鄙啊。”别厌恶地说。

“这里有什么罪恶呢？我可以在我们的文献里给您看一个德国作家的建议，他公然认为这不能当作犯罪，认为男人和男人结婚是可以的。”斯考弗罗特尼考夫说，咝咝地用劲吸着两指之间的皱烟卷，然后大声地笑起来。

“但这是不可能的！”别说。

“我来告诉您。”斯考弗罗特尼考夫说，举出了这书的完整名称，甚至出版的年月与地点。

“听说，委任他在西伯利亚的什么城做省长。”尼基丁说。

“好极了。主教要带十字架迎接他了。应该有一个同样的主教。我要向他推荐一个这样的主教。”斯考弗罗特尼考夫说，把烟头丢进了灰皿，尽量把须髯与胡髭向嘴里送，开始嚼着。

这时候进房的庭丁报告了律师和聂黑流道夫要旁听马斯洛发案的审问。

“这件案子，”弗尔夫说，“这是纯粹恋爱的事件。”并且说了关于聂黑流道夫和马斯洛发的关系中他所知道的地方。

谈了一会儿这件事情，吸了香烟，喝完了茶，大法官们走进审判室，宣布了前案的判决，并开审马斯洛发的案子。

弗尔夫用尖细的声音很详细地报告了马斯洛发的上诉，并且又并非全无偏袒，而显然希望撤销判决。

“你有什么要补充的吗？”首席法官向法那润说。

法那润站起来，挺起白而宽的胸膛，异常动人而精确地逐条证明法院有六点违背了法律的精确意义，此外，他还简短地说到这个案子的是非曲直，和判决的惊人的不公平。法那润的简短然而有力的语调是表示他为了他的强求而道歉，因为法官们都透彻了解法律知识，所见的所懂的胜过他，而他做这个，只是因为他所负的责任要求他如此。

在法那润的演说之后，大理院应该撤销法庭的判决，似乎不能够有丝毫怀疑的了。说完了话，法那润胜利地微笑着。望着自己的律师，看到他的笑容，聂黑流道夫相信案子是胜利了。但是瞥了瞥大法官们，他看到只有法那润一个人微笑着觉得胜利。大法官们和检察长不微笑也不觉得胜利，他们的神情好像是疲倦的人说："我们听过许多你们同类的人，但都是没有用处的。"他们显然是直到律师说完了话，不再无用地耽搁他们的时候才觉得高兴。在律师说完之后首席法官立即转向检察长。塞列宁简短地然而明白地精确地表示主张不变更原案，认为要求撤销的理由不充分。然后大法官们站起，去作会商。在讨论室里意见分歧了。弗尔夫赞成撤销判决；别，明白了事实真相，也热烈地赞成撤销判决，历历如见地向同事们叙述法庭的情况和陪审员的误会，好像他十分确然地了解；尼基丁和寻常一样地主张严格与形式，持相反意见。这案子完全决定于斯考弗罗特尼考夫的意见。而他的意见是在拒绝的方面，主要地因为聂黑流道夫要在道德立场上娶这个女子的决心是他所极不满意的。

斯考弗罗特尼考夫是唯物主义者与达尔文主义者，认为一切抽象的道德表现，甚至更坏的，宗教表现，不但是可以轻视的愚蠢，而且是对于他自己的个人侮辱。关于这个娼妓的全部麻烦，和在这里为她辩护的著名律师以及聂黑流道夫本人在大理院的出场，是他所极为憎恶的。于是他把胡须向嘴里塞着，很自然地装作他关于这个案子一点儿也不知道，只知道上诉理由不充分，因此同意首席法官不撤销判决。

上诉被否决了。

二十二

“可怕!”聂黑流道夫说，和收拾了公文夹来的律师走进客厅，“在最明显的案件中，他们拘泥形式，加以拒绝。可怕!”

“案子在法庭上弄糟了。”律师说。

“塞列宁也主张拒绝。可怕，可怕!”聂黑流道夫继续重复着，“现在怎么办呢?”

“我们向皇上请愿。趁您自己在这里的时候，您自己递上去。我替您写。”

这时着制服佩星章的、矮小的弗尔夫，进了客室，走到聂黑流道夫的面前。

“怎么办呢?亲爱的公爵。没有充分的理由。”他耸着窄肩，闭着眼说，走到他要去的地方去了。

塞列宁也在弗尔夫之后走出来，他听大法官们说他的老友聂黑流道夫在这里。

“呵，没有料到在这里遇见你，”他走到聂黑流道夫面前说，用嘴唇微笑着；同时他的眼睛依然是忧郁的，“我不知道你是在彼得堡。”

“我不知道你是检察长……”

“候补。”塞列宁改正。“你怎么到大理院来了?”他问，忧悒而沉闷地望着友人。“我听说你在彼得堡。但你怎么到这里来了?”

“我到这里来，因为我希望找到正义，拯救一个无辜地被处罚的女子。”

“什么女子?”

“就是刚才决定的案子。”

“哦，马斯洛发的案子，”塞列宁说，想了起来，“这是完全没有理由的上诉。”

“问题不在上诉，是在这个女子无罪而受处罚。”

塞列宁叹了气。

“很可能，但……”

“不是可能，乃是确实……”

“你怎么会知道?”

“因为我是陪审员。我知道我们错在哪里。”

塞列宁思索了一下。

“应该当时说明。”他说。

“我说明过了。”

“应该在记录里写下来的。假若这是在上诉状里……”

塞列宁一向忙碌，很少到交际场，显然关于聂黑流道夫的恋爱事件没有听到什么；聂黑流道夫注意到这点，决定了不要向他说到自己和马斯洛发的关系。

“是的，但现在明明是判决错误。”他说。

“大理院法官没有权利说这话。假若大理院根据自己对于判决是否公正的看法而要撤销法院的判决，则陪审员的定罪便失去一切意义，更不用说大理院要失去一切支持点，而且立刻会冒破坏正义而不是维持正义的危险了。”塞列宁说，回想着刚才审判过的那个案子。

“我只知道一点，就是这个女子是完全无罪的，而且把她从不该受的处罚中拯救出来的最后希望也失去了。最高级的法院确认了最大的不公平。”

“它没有确认，因为大理院没有且不能做这个案子本身的检查工作，”塞列宁眯着眼睛说，“你当然是住在姨母家里了，”他又说，显然是希望更换话题，“我昨天晚上听她说你在这里。伯爵夫人邀我和你一同去参加一个外国传教士的集会。”塞列宁用嘴唇微笑着说。

“是的，我去过了，但是觉得讨厌，我走开了。”聂黑流道夫愤慨地说，不满意塞列宁把谈话转到别的事上。

“哦，为什么觉得讨厌呢？总之这是宗教情绪的表现，虽然这是片面的，教派的。”塞列宁说。

“这是一种奇异的愚蠢。”聂黑流道夫说。

“哦，不是的。奇怪的地方只是我们对于我们教会的道理知道得那么少，以致把我们的基本的教理看作新的发现。”塞列宁说，似乎急于要向老友表示自己的新见解。

聂黑流道夫惊异地注意地望着塞列宁。塞列宁垂下了眼，眼里不但表现了忧悒，而且还有恶意。

“那么，你相信教会的道理吗？”聂黑流道夫问。

“当然，我相信。”塞列宁回答，对直地无生气地望着聂黑流道夫的眼睛。

聂黑流道夫叹了口气。

“奇怪。”他说。

“好了，我们以后再谈吧。”塞列宁说。他转向恭敬地走到他身边的庭丁说，“我来了。”他叹着气，又说，“我们一定要见面的。可是找得到你吗？在七点钟吃饭的时候，总可以找到我。那皆示金斯卡亚街。”他说了号数。“光阴像流水一般啊。”他说着，走开了，又只用嘴唇微笑着。

“若是来得及，我就去。”聂黑流道夫说，觉得他从前所爱过的亲近的人，塞列宁，由于简短的谈话，忽然变成了生疏、遥远、不可解的，即使不是敌意的。

二十三

当聂黑流道夫认识塞列宁还是学生的时候，他是一个好儿子，可靠的朋友，并且按照他的年龄，已是受了良好教育的社交界的人物，有大智慧，总是优雅、美丽，且同时是异常公正、诚实。他读书极好，没有特别用功，也没有丝毫炫耀，获得过论文的金奖章。

他不仅是在口头上，而且是在行为上，把为人服务当作他的青年生活的目标。这种服务他认为在行政服务之外便没有别的形式，因此，他刚刚修毕学业时，便系统地研究了他可能贡献毕生精力的一切活动，并且认定了他在编订法律的司法部的第二处是最为有用，于是到了这里服务。但，虽然是精确地正直地执行了他应尽的一切职务，在这种服务里他却未能满足做一个有用的人这个要求，也不能在他内心里唤起他在做应做的事这种意识。

这种不满，因为和很狭窄的虚荣的顶头上司的冲突更为增强，于是他离开第二处而进了大理院。在大理院他觉得稍好，但那同样的不满意的情绪仍然追随着他。

他不断地觉得这完全不是他所期待的那样，也不是应该的那样。在他在大理院服务期间，他的亲戚为他忙得了御前侍从的官职，于是他不得不穿绣花制服，着白麻布胸帷，出门坐马车，为了获得仆从的职务而去感谢各样的人。虽然他努力寻找，他却不能够找到这种职务的合理说明。于是他在服务的时候更加觉得这是“不对的”，而同时，一方面，他不能够拒绝这个任命，以免触怒那些相信这个任命会令他非常满意的人；另一方面，这个任命满足了他本性中低级的部分。于是，当他在镜中看见自己穿金绣花制服并且感受到这个任命所引起的、一些人对他的尊敬时，他觉得满意了。

他在婚姻方面的情形也一样。从世俗的眼光看来，别人为他办妥了辉煌的婚事。他结婚，主要地也是因为假若拒绝，他便是触怒了愿意缔结这桩婚事的女子以及办理这桩婚事的人，损伤了他们的情感，并且娶年轻、貌美而高贵的女子满足了他的虚荣心使他满意。但婚事很快地便显得相比于服务和朝廷职务是更加“不对的”。

养了第一个孩子之后，他的妻子不愿再养小孩了，并且开始过着奢华的社交生活，而且不管他愿不愿意，他是必得参与的。

她并不特别美丽，她对他忠实，并且似乎虽然这生活危害了她丈夫的生活，她自己除了异常的紧张和疲倦，从这种生活里什么也得不到——她还是热心地过这种生活。他要改变这种生活的一切努力，在她这里，好像在石墙上一样碰得粉碎。她认为这是必要的——这信念得到她所有的亲戚朋友的支持。

小孩是一个有金色长鬈发的、光腿的女孩，好像和父亲是全然没有关系的，主要因为她完全不是照他所希望的那样教养的。夫妻之间发生了通常的误会，甚至不愿彼此了解，以及那种静默的、不出声的、瞒住外人的、因为礼节而缓和的斗争，使他觉得家庭生活是很苦恼的。因此家庭生活，相比服务和朝廷官职，显得是更加“不对的”。

而最“不对的”乃是他对于宗教的态度。和他的团体中的、他那时候的所有的人一样，他不用丝毫费力，便由于他的智慧的发展，摆脱了那些宗教迷信的羁绊（他是在这种迷信中长成的），他自己也不知道他是在什么时候自由的。在少年时、做学生时、与聂黑流道夫相交密切时，他是严肃而诚实的人，没有隐瞒他这种从国教迷信中的解放。但由于年岁增长，在职位上的晋升，尤其是这时候社会中的保守主义的反动，这种精神的自由开始妨碍他了。除了家庭关系，特别是在他父亲死后做安灵弥撒时，除了他母亲希望他斋戒，这一部分是社会舆论要求如此——在职务上他也必须不断地出席祈祷、供奉、谢恩式，以及类似的祈祷：几乎没有一天不和某种外表的宗教形式发生关系，而避免这些形式是不可能的。在出席这类仪式时，他必在二者之中选择一项：或是装作相信他并不相信的东西（他有正直的性格，不能够这么做的），或是承认这一切外在形式是虚假，而这样地去处理自己的生活，就是不必参与他认为是虚伪的事情。但是要做这个似乎这么不重要的事，还须有许多麻烦：除了必须和一切亲近的人发生不断的冲突，还必须改变他整个的地位，放弃职务，牺牲那种为他人的好处，这好处他以为是现在他在职务上所贡献的，并且希望将来贡献得更多。为了要做这个，人们必须坚决地相信自己是对的。他坚决地相信自己是对的，正如同在我们这时代，任何有教养的人，知道一点历史，知道一般的宗教的起源和教会的基督教的起源与崩溃，便不能不相信健全思想是对的。他不能不知道他否认教会理论的正确，他是对的。

但在生活环境的压迫之下，他这个正直的人，容许了微小的虚伪，就是，他向自己说，为了确认不合理的事是不合理的，必须先行研究这种不合理的事。这是微小的虚伪，但它把他引入了他现在所陷入的大虚伪中。

才向自己提出这个问题：东正教是否合乎真理（他是在东正教里出生的受教养的，他四周的人都要求他承认它，若不承认这个他便不能继续他的对人有用的活动）——他已经预先决定了回答。因此，为了明白这个问题，他不研究伏尔泰[1]、叔本华[2]、斯宾塞、孔德[3]，却阅读黑格尔[4]哲学的书籍，Vinet（微内）[5]和好米亚考夫[6]的宗教著作，并且自然而然地在这些著作中找到了他所需要的东西：心绪安宁和宗教理论释明之类的东西——他是在这种宗教理论中受教育的，他的理性早已不承认这种宗教理论，但没有这个，则他的全部生活充满着不快，而承认了这个，所有的这些不快便立刻被扫除了。

于是他采用了那些通常的诡辩，就是个人的智慧不能够了解真理，真理只启示给人的团体，了解真理的唯一途径是启示，启示是由教会保存着，云云；并且从那时候起，他便能够不感觉到他的行为的虚伪，安

[1] 一六九四至一七七八，法国哲学家，文学家。——译者
[2] 一七八八至一八六〇，德国哲学家。——译者
[3] 一七九八至一八五七，法国哲学家。——译者
[4] 一七七〇至一八三一，德国哲学家。——译者
[5] 一七九七至一八四七，法国神学家。——译者
[6] 一八〇四至一八六〇，俄国文学家。——译者

心地参与公共弥撒、安灵弥撒，祈祷，能够斋戒、在圣像前画十字，能够继续祈祷的活动，这种活动使他感觉到他所做的好事，使他在不快乐的家庭生活中得到安慰。他觉得他有信仰，但同时，他凭全部的身心，感觉到他的这种信仰，比较别的一切的东西，是更加全然“不对的”。

因此他的眼睛总是忧悒的。因此，看见了在他还没有养成这些虚伪的时候便已认识的聂黑流道夫，他想起了那时候的他自己；特别是在他匆忙地向他提及他的宗教见解之后，他比较从前更加觉得这一切是“不对的”，于是他觉得痛苦而忧悒。聂黑流道夫在看见老友时的最初的快乐情绪之后也感觉到了这个。

因此他们两人，虽然互相约了再见，却没有寻找见面的机会，因此在聂黑流道夫来彼得堡的这个期间他们没有再见面。

二十四

出了大理院，聂黑流道夫和律师一同在街道上走着。律师吩咐了他的车子跟随着他，开始向聂黑流道夫说出大法官们所说到的某部首长的事件，说到他怎样被当场捕获，他怎样没有受到按照法律他应受的流刑，却被任命为西伯利亚的一个省长。说完了全部事件和它的全部丑恶，他更特别高兴地说到几个高位的人怎样偷去了一笔钱，这钱是为了今天早晨他们所经过的那个尚未完成的纪念碑而醵集的，又说到某某的情妇在证券交易所赚得了数百万，以及某某出售而某某购买了他的妻子。律师又开始说到一件新的关于骗诈的事件，和政府高官们的各种犯罪，他们不坐在牢里，却坐在各衙门的长官座位上。这些故事的存贮似乎是用不完的，它们给了律师巨大的快乐，极明显地表示他、律师所用的为自己赚钱的方法，比较彼得堡的高官们为了同样目的而采用的那些方法，是全然正当而无罪过的。因此，当聂黑流道夫没有听完他的关于高官们犯罪的最后的故事，便和他告别，雇了马车到河岸街回家时，律师觉得很诧异。

聂黑流道夫很愁闷。他愁闷，主要是因为大理院的否决确认了无罪的马斯洛发所受的无意义痛苦，因为这个否决使得他要把自己的命运和她连在一起这个不变的决定变得更加困难。这愁闷因为律师那么高兴地说到的那些关于普遍的罪恶的、可怕的故事而加强了；此外，他还不断地想起从前是可爱、坦白、高贵的塞列宁的不善、冷淡而可憎的目光。

当聂黑流道夫回到家里时，守门的有点儿轻蔑地递给他一个便函，守门的说，是一个妇人在门房里写的。这是舒斯托发的母亲的便函。她写着，她来感谢她女儿的恩人和救主，请他恳求他到发西利叶夫斯基街第五弄某号房子里去看她们。她写着，为了韦拉·叶芙莱莫芙娜这是极为必要的。他用不着怕她们用感谢的话麻烦他：她们不说感谢的话，只是高兴看见他。假如可能，明天早上就来吧。

另一个便函是聂黑流道夫的老同事侍从武官保加退来夫写给他的，聂黑流道夫曾经要求他为宗派教徒们亲自把请愿书递呈皇上。保加退来夫用粗大坚决的笔迹写着，他要如他所许诺的，把请愿书亲自呈递到皇上的手里，但他想起来，聂黑流道夫事先去看看这个案子所做决定的人并且请求他，是否更好一点。

在最近几天住在彼得堡所获得的印象之后，聂黑流道夫对于要做成事情，是完全失望了。他在莫斯科所拟定的计划好像是青年幻想之类的东西，对于这些幻想，人们过现实生活时不可避免地要感到失望的。但此刻，在彼得堡，他认为完成他所要做的一切乃是他的责任。并且决定了，次日到了保加退来夫那里之后，即执行他的劝告，去看这个宗派教徒案子所取决的人。

他从公文夹里取出宗派教徒的请愿书，阅读一过，这时卡切锐娜·伊发诺芙娜伯爵夫人的听差敲了门走进来，请他上楼去吃茶。

聂黑流道夫说他立刻就到，于是把文件放进了公文夹，去到姨母那里。上楼的时候，他从窗子里向街上看，看见了 Mariette（玛丽叶特）的一对栗色马，他忽然意外地觉得高兴，要想微笑。

Mariette 戴着帽子，穿着不是黑色的却是浅的杂色的衣服，手拿茶杯坐在伯爵夫人安乐椅的旁边，谈着什么，闪耀着美丽含笑的眼睛。当聂黑流道夫进房时，Mariette 刚刚说了什么如此可笑的话，并且可笑而失礼——聂黑流道夫从笑声的性质上看出了这个——使好心的有胡髭的卡切锐娜·伊发诺芙娜伯爵夫人震动着整个肥胖的身子，笑得伸不直腰；而 Mariette 带着特有的 mischievous（恶作剧的）表情，略略地歪着微笑的嘴，把精力旺盛的、愉快的脸侧向一边，无言地望着她的交谈者。

聂黑流道夫从几个字上明白了她们是在谈当时彼得堡的第二件新闻；谈到新任西伯利亚某省长的轶事，Mariette 就是在这方面说了如此可笑的话，以致伯爵夫人好久都不能约制她自己。

“你笑死我了。”她咳了一阵说。

聂黑流道夫问了好，坐到她们旁边。他刚刚想要批评 Mariette 的轻浮，她注意到他脸上严肃的甚至不满意的表情，为了使他高兴，她一见他时便想这么做——不但立即改变了她的面部表情，而且还有她的全部心情，她顿然变得严肃，不满意自己的生活，并且寻觅着什么，力求着什么，这不是她装假，而是她确实采取了和聂黑流道夫这时所有的完全同样的心情，虽然她不能够用言语表明这心情是怎样的。

她问他，他怎样办完了他的事情，他说出了在大理院的失败和他同塞列宁的相遇。

“啊！多么纯洁的人呀！这正是 chevalier sans peur et sans reproche（没有畏惧无可责难的骑士）！纯洁的人！”两位太太说出了塞列宁在社会上为人所共知的通常的绰号。

“他的妻子是怎样的？”聂黑流道夫问。

“她吗？嗯，我不想批评。但她不了解他。难道他也赞成驳回吗？”

她带着诚恳的同情问。“这是可怕的。我真为她惋惜啊!”她叹着气，补充说。

他皱了皱眉，想更改话题，开始说到舒斯托发，她是囚在堡垒里的，是因为她的斡旋而被释放的。他感谢了她在丈夫面前的设法，并想说出，这想起来是多么可怕，就是，这个妇人和她的全家受苦，只因为没有任何人向当局提起他们，但她没有让他说完，她表示了她自己的愤慨。

“不要向我说了，”她说，“我丈夫刚向我说了她可以释放，我就发生了这种思想。假如她是无罪的，为什么要监禁她?”她说出了聂黑流道夫所想说的：“这是令人愤慨的！令人愤慨的!”

卡切锐娜·伊发诺芙娜伯爵夫人看到 Mariette 向她的姨侄献媚，这令她高兴。

“你知道吗?”在他们沉默时，她说，“明天晚上到 Aline（阿林）家去，基塞外特尔要在他那里的。”她转向 Mariette 说：“你也去。”

“Il vous a remarqué（他提到了你），”她向姨侄说，“他向我说，你所说的一切我都向他说了。这一切是好的征兆，你一定会达到基督的面前。你一定要来哟。Mariette，你劝他来。自己也来。”

“伯爵夫人，第一点，我没有任何权利劝告公爵，”玛丽叶特望着聂黑流道夫说，借这个目光表示，在他们俩对于伯爵夫人的话以及大体上对于传布福音的态度上有了全然的同意，“第二点，我并不很欢喜，您知道……”

“但您总是相反地做一切的事，只按照您自己的意思。”

“怎么按照我自己的意思？我信仰，正如同最简单的村妇那样。”她微笑着说。“第三点，”她继续说，“我明天要到法国戏院去……”

“啊！你看过那个——哦，她叫什么名字?”卡切锐娜·伊发诺芙娜伯爵夫人问。

玛丽叶特说出了著名的法国女伶的名字。

“你一定要去——她好极了。”

“Ma tante（我的姨妈），先看谁呢，女伶还是传教士？”聂黑流道夫微笑着说。

“请你不要说俏皮话了。”

“我看是传教士居先，法国女伶在后，不然，对于传道的趣味要全部失去了。”聂黑流道夫说。

“不，顶好是先到法国戏院，后行忏悔祈祷。”玛丽叶特说。

“哦，您不该嘲笑我。传教士是传教士，戏院是戏院。要自己得救，完全用不着愁着面孔哭泣的。应该信仰，然后就快乐了。”

“Ma tante（我的姨妈），您说教比任何传教士都好。”

“您要记着，”玛丽叶特思索了片刻，说，“您明天要到我包厢里来。”

“我怕我不能够……”

听差报告客到，打断了谈话。客人是慈善会的秘书，伯爵夫人是这个会的会长。

“哦，他是最没有趣味的人。我顶好是在那边接见他吧。过后再到你们这里来。Mariette，您给茶他喝吧。”伯爵夫人说，用迅速的不安的步子走进客厅。

玛丽叶特脱下手套，露出有力的很平的手，无名指上戴了戒指。

“要茶吗？”她说，拿着酒精灯上的银茶壶，小手指奇怪地伸着。

她的脸变得严肃而愁闷。

“有些人的意见我很看重，他们嘲笑我现在所处的地位，想到这个，我总是觉得非常非常痛苦。”

说最后的字句时，她似乎准备哭了。虽然这些话假若分析起来或者没有任何意义或者只有很不确定的意义，对于聂黑流道夫却似乎是异常深奥、诚恳、善意的：明亮眼睛的神色，伴随着这个年轻、美丽、衣服良好的妇人的言语，是那么吸引了他的注意。

聂黑流道夫无言地望着她，不能够使眼睛离开她的脸。

“您以为我不了解您和您心中所发生的一切。可是您所做的事，大家都知道。C'est Je secret de polichinelle（这是公开的秘密）。我羡慕您这些事，我赞成您。”

“真的，没有可以羡慕的事，我做的事那么少。”

“这没有关系。我了解您的情感并且了解她。哦，好了，好了，我不再说这个了，”看到他脸上的不满意，她打断了自己，“但是我还了解，您看见了监狱里所发生的一切痛苦，一切恐怖，”玛丽叶特说，只希望一件事——吸引他，用她的妇女的本能猜测着他觉得是重要而宝贵的一切，“您便想帮助受苦的人，受苦的人，因为人们的漠不关心和残忍，弄得情形那么可怕，可怕……我了解，人能够为了这个而牺牲性命，我也可以牺牲性命。但每个人有自己的命运……”

“那么，您是不满意自己的命运吗？”

“我吗？”她问，似乎是诧异这样的问题也会问出来，“我应该是满意的，并且是很满意的。但是有一个可怜虫醒了……”

“他不该再睡了，应该信仰这个声音。”聂黑流道夫说，完全堕入她的圈套了。

后来有许多次聂黑流道夫惭愧地想起他和她的谈话、想起她的与其说是虚伪的毋宁说是向他仿效的言语，和她的脸——当他向她说到监狱的恐怖和他在乡村的印象时，她在脸上带着同情谛听着。

当伯爵夫人回转时，他们谈得不但像老友，而且像是在不了解他们的人群当中互相了解的独一无二的朋友。

他们说到权力的不公平，不幸者的痛苦，人民的贫困，但是实际上，他们的眼睛在说话声中互相注视着，不停地问：“你能够爱我吗？”并且回答：“我能够。”于是性的感觉，以最意外的美丽的形式，使他们互相吸引。

临走时，她向他说，她永远准备为他去做她所能做的事，并要求他第二天晚间一定到戏院里去看她，即使是一分钟也行，她需要同他说一件重要的事情。

“是的，什么时候我能再看见您呢?”她叹了气，补充说，于是小心地在有戒指的手上戴上了手套，“您说您来吧。”

聂黑流道夫许诺了。

这天晚上，当聂黑流道夫独自在房里，熄了灯躺在床上时，他好久不能睡着。想到马斯洛发，大理院的判决，想到他决定无论怎样要跟她去，想到土地所有权的放弃——忽然，好像是对于这些问题的回答，玛丽叶特的脸，和在她说“什么时候我能再看见您呢”时她的叹息、她的目光、她的笑容，那样清晰地向他显现了，好像是他看见了她，他自己微笑了一下。“我要到西伯利亚去，我做得对吗？我放弃了自己的财产，我做得对吗?”他问自己。

对于这些问题的回答，在这个从那没有垂放严密的窗帘里看得见的明亮的彼得堡的夜里，是不确定的。在他的头脑里一切都混乱了。他回想了从前的心情，想起了从前的思想路线；但这些思想已没有了从前的劝服力。

“我忽然想出了这一切，我不能够活下去了，我后悔我做得对。”他向自己说：他不能回答这些问题。他感觉到他久未感觉过的那种苦恼和失望的情绪。他不能解答这些问题，他开始了他从前在赌牌大输之后才有的那种酣沉的睡眠。

二十五

聂黑流道夫次日早晨醒转时的第一个感觉，是他昨天做了某种丑恶的事。

他开始回想：丑恶的事不曾有，坏的行为不曾有，但恶劣的思想是有的，就是，他觉得他现在的一切企图——娶卡邱莎和把土地分给农民是不可实现的幻想，这一切使他不能忍受，这一切是做作的、不自然的，他应该活得像过去那样。

坏行为不曾有，但有了远比坏行为还坏的事：有了产生一切坏行为的恶劣思想。坏行为可以不再做，可以悔悟，坏思想却产生一切坏行为。

坏行为只替别的坏行为铺平道路；坏思想却不可约制地在这条道路上拽着人走。

早上在自己的想象中重复了昨晚的思想，聂黑流道夫诧异了：他能够在片刻时间里相信了它们。虽然他企图去做的事是新奇而困难的，他却知道这是他现在唯一可能的生活，虽然回到从前的生活是习惯而容易的，他却知道这是死亡。现在他觉得昨晚的诱惑好像是一个人睡醒时所有的那种情形，他虽然不想再睡，却要在床上躺着舒服一下，尽管他知道已经是应该起来去做等待着他的重要快乐事情的时候。

这天，他在彼得堡的最后一天，他早晨去到发西利叶夫斯基街去看舒斯托发。

舒斯托发的住处是在第二层。聂黑流道夫依照守门人的指示，进了后边的门径，顺着笔直险陡的楼梯，对直地走进了有强烈食品气味的热厨房。一个卷了袖子、着了围裙、戴了眼镜的胖妇人站在灶炉边，搅着冒气的柄锅里的东西。

“您要找谁?”她从眼镜上边望着进来的人严厉地说。

聂黑流道夫还不及说出自己姓名，妇人的脸上已经有了惊讶和喜悦的表情。

“啊，公爵!”妇人在围裙上擦着手叫着，“但您为什么从后门进来呢? 您是我们的恩人！我是她的妈。他们把我的小女快要弄死了。您是我们的恩人。”她说，抓住聂黑流道夫的手，极想吻它。“昨天我去看您。我的妹妹特地要我去的。她在这里。这边，这边，请您跟我来，”

舒斯托发母亲说，领聂黑流道夫走过窄门与暗走廊，一路整理着卷折的衣服和她的头发，“我的妹妹叫考尔尼洛发，您一定听说过的，”她低声补充说，在门前停住，“她卷入政治事件里了。她是极聪明的妇人。”

打开了走廊上的门，舒斯托发母亲领聂黑流道夫进了小房间，房里桌前的小沙发上坐着一个低矮、肥胖、穿条子花棉布短上衣的姑娘，鬈曲的金色头发弹在她的圆而白的，像她母亲的脸上。

在她对面，坐着一个穿俄国绣花领子的衬衣，有黑胡髭与须毛的青年，他在安乐椅上弯缩着腰。他们俩显然是那么专心在谈话上，直到聂黑流道夫进门之后，才回转头看。

“莉蒂亚，聂黑流道夫公爵，本人啊……”

苍白的姑娘神经质地跳起来，理着从耳后弹出的发绺，把大大的灰眼睛恐惧地瞪视着进来的人。

“您就是韦拉·叶芙莱莫芙娜所要求营救的那个危险的女子吗?”聂黑流道夫微笑着伸着手说。

“是的，就是我，”莉蒂亚说，笑着善良的儿童般的笑容，嘴里露出一排美丽的牙齿，“是姨姨很想看见您。姨姨!”她用愉快的优美的声音对着门说。

“韦拉·叶芙莱莫芙娜为您的监禁很苦恼。”聂黑流道夫说。

“坐在这里吧，或者这里好一点。”莉蒂亚说，指着那就是青年刚刚站起身空出来的，破碎的软安乐椅。

“我的表兄——萨哈罗夫。”她说，已经注意到聂黑流道夫的目光看那青年。

青年，和莉蒂亚同样好心地微笑着，和客人问了好，当聂黑流道夫在他的位子上坐下时，他自己从窗下端了一张椅子，坐到他旁边。从另一道门里走进来一个金色头发的十六岁的中学生，无言地坐在窗台上。

“韦拉·叶芙莱莫芙娜是姨姨的好朋友，我却几乎不认识她。”莉蒂亚说。

这时从邻室走进来一个着白上衣、系皮腰带，有很愉快聪明面孔的妇人。

“您好哇，谢谢您来了，”她刚刚和莉蒂亚并排坐在沙发上，就开言了，“哦，韦拉怎么样？您看见了她吗？她是怎样忍受她的境况呢?”

“她不诉怨，”聂黑流道夫说，“她说她的心情是神圣庄严的。”

“哦，韦拉，我知道她，”姨母微笑着摇着头说，“我们应该认识她。她是极好的人。一切为别人，没有东西为她自己。”

“是的，她自己不想要任何东西，只挂念您的侄女。令她苦恼的，主要乃是像她所说的，因为您的侄女冤枉被捕。”

“确是如此，”姨母说，“这是可怕的事情！确实她是为我受痛苦。”

“但一点儿也不是，姨姨!”莉蒂亚说，“就是没有您我也要拿那些文件的。”

“还是我知道的比你清楚，”姨母继续说。她转向聂黑流道夫说，“您知道，一切是这么发生的，就是有一个人求我暂时保管他的文件，但我没有住所，便带给了她。但这天夜里她的住处被搜查，他们把文件和她一同带走了，把她一直关到现在，要求她说出来，她是从谁那里拿来的。”

“我却没有说。”莉蒂亚迅速地说，神经质地抹着并未麻烦她的发绺。

“但我并未说你说了。”姨母回答。

“假若他们抓去了米其那，那断不是因为我了。”莉蒂亚说，脸红着，不安地环顾着她的四周。

“你不要说到这个了，莉蒂亚。”母亲说。

“为什么？我要说。”莉蒂亚说，已经不微笑，却脸红着并且不是抹着而是把发绺在手指上绕着，不断地环顾着。

“要记着昨天你开始说到这事的时候发生了什么事。”

“一点儿也不……不要管我，妈妈。我没有说，我只是不作声。当他向我两次盘问到姨姨和米其那的时候，我什么也没有说，我向他说明我什么也不会回答。那时，这个……得罗夫……”

“彼得罗夫是侦探，宪兵，大混蛋。”姨姨插言，向聂黑流道夫说明她侄女的话。

“那时他，”莉蒂亚兴奋着，急遽地继续说，“开始劝我。他说：‘您向我所说的一切，不会伤害任何人，却相反……假使您说了，您就会使无罪的人释放，我们也许是空使他们受苦了。’哦，我仍然说了我不说。那时他说：‘哦，好吧，您什么也不说，但是不要否认我所要说的。’于是他开始提名，提到米其那。”

“你不要说了。”姨母说。

“啊！姨姨！不要阻挡我……”她不停地曳着头发绺子，环顾着，“现在，设想设想吧，第二天我知道——他们敲墙通知我米其那被捕了。哦，我想是我出卖了他。这事是那样苦恼我，那样苦恼我，我几乎发疯了。”

“我们知道完全不是因为您他才被捕。”姨母说。

“但是我并不知道。我想是我出卖了他。我走着，我从这边墙走到那边墙，我不能够不想。我想：我出卖了他。我躺下来，盖上被，睡觉，听到有谁在我耳朵旁边低语：你出卖了，出卖了米其那，你出卖了米其那。我知道，这是幻觉，但我不能够不听。我想睡——不能够，我想不思想——也不能够，这是可怕的！”莉蒂亚说，愈说愈兴奋，在手指上绕了发绺，又放开，不断地环顾着。

“莉蒂亚，你安静点儿吧。”母亲摸着她的肩重复着。

但莉蒂亚不能够停止她自己。

“这更可怕……”她又开始说，但没有说完，就啜泣了，从沙发上跳起来，碰到安乐椅上，跑出了房门。

母亲跟她走出去了。

“绞死混蛋们！”坐在窗台上的中学生说。

“你说什么?”母亲问。

“没有什么……我不过……”中学生回答，拿了放在桌上的烟卷，开始吸烟。

二十六

“是的，对于青年们，单独监禁是可怕的。”姨母摇着头说，也吸燃着烟卷。

“我以为，对于所有的人都是如此。”聂黑流道夫说。

“不是，不是对于所有的人，”姨母回答，“对于真正的革命者，我听说，这是休息，静养。违法的人总是生活在惊慌与物质缺乏中，在为自己为别人为工作的恐惧中，最后他被捕了，一切都完结了，一切的责任都卸除了：坐下来休息吧。我听说，他们被捕时，确实觉得欢喜。对于年轻的无罪的——他们总是先逮捕无罪的，像莉蒂亚——对于他们，第一个打击是可怕的。这不是您被剥夺了自由，受到野蛮的待遇，吃恶劣的饮食，闻恶劣的空气，总之，一切的艰难——这一切都算不了什么。假若不是因为在初次被捕时所受的那种道德上的打击，即使是有三倍的艰难，也可以轻易地忍受。”

“难道您经历过吗?”

“我吗?我坐过两次牢，”姨母说，笑着忧郁而愉快的笑容，“当我第一次被捕时，我是冤枉被捕的，”她继续说，“我是二十二岁，我有了一个孩子，并且怀着孕。虽然那时自由的被夺，和丈夫小孩的分离，令我觉得痛苦，但这一切，和我明白了我不复是人而是物件的时候所感觉到的比较起来，都算不上什么了。我想和我的小女孩告别——他们却要我走，并且坐上车子。我问，他们带我到哪里去?他们回答说，我到了地方就知道了。我问，我被控了什么罪?他们不回答我。在我被审问之后，他们脱下我的衣裳，叫我穿上有号数的囚衣，把我带到拱顶狱室的下面，打开了门，把我推进去，上了锁，走开了，只留下一个带枪的守卫的兵，他无言地走动着，有时从我的门缝里向里看，这时候我觉得非常痛苦。我记得，那时候最使我感动的是一个宪兵军官在审问我的时候让我吸烟。所以，他知道人们多么喜欢吸烟，所以，他也知道人们多么喜欢自由、光明，知道母亲是多喜欢小孩，小孩多么喜欢母亲。那么他们为什么残忍地使我离开我所宝贵的一切，把我监禁起来像一只野兽呢？忍受了这样的事，不能够没有恶果的。假使有人相信上帝和人类，相信人们彼此相爱，在这事以后就不再相信这个了。我从那时以后就不再相信人类，而且怨恨在心了。”她说完了，微笑了一下。

从莉蒂亚出去的那道门里走进来她的母亲，说莉道支卡很是恼乱，不能够来了。

“为了什么她的年轻的生命要被毁坏呢？”姨母说，“我觉得特别痛苦，因为我是这事的不自觉的起因。”

“上帝让她在乡下复原吧，”母亲说，“我们要把她送给她的父亲。”

“但若不是您，她便完全毁灭了，”姨母说，“谢谢您。我想看见您，因为想求您转信给韦拉·叶芙莱莫芙娜。”她说，从口袋里掏出了信。“信没有信封，您可以看一遍，把它撕掉，或者转交，随您的意思看哪样是好，”她说，“信里没有连累的话。”

聂黑流道夫接了信，答应了转交，站起身，告别后，就走上了街。

信他没有看就封了起来，决定按址转交。

二十七

把聂黑流道夫耽搁在彼得堡的最后的一件事是宗派教徒们的案子，他们的请愿书他试图托请过去在队伍里的同事，侍从武官保加退来夫呈递皇上。早晨他来到保加退来夫家，看到他虽然要出门了，却还在家里用早餐。保加退来夫是不高的、结实的人，禀赋了稀有的体力——他能扭弯蹄铁，他善良、正直、坦白，甚至是思想自由的。虽然是有这些美质，他却是一个接近朝廷的人，爱沙皇与皇室，生活在这种高等社会里，他能够由于某种奇异的方法，只看到其中的好处，不参与任何恶劣的、不荣誉的事。他从来不批评任何人和任何政策，却或是沉默着，或是用勇敢、响亮的声音，几乎是大叫着，说出他所要说的话，往往同时笑着同样响亮的笑声。他这么做，不是由于手段，而因为这是他的性格。

“哦，好极了，你来了。要不要吃点儿早饭呢！坐下来吧。牛排好极了。我总是开头吃点儿丰富的东西，并且吃到底。哈，哈，哈。哦，喝点儿酒吧，”他指示着盛红葡萄酒的瓶子大声说，“我想到了你。请愿书我要递上的。亲自交到他手里——一定的；可是我觉得，你先去看一看托波罗夫，是不是更好一点。”

聂黑流道夫听到提及托波罗夫，皱了皱眉。

一切都取决于他。无论怎样是要问到他的。也许他自己会令你满意。”

“假若你劝我去，我就去。”

“好极了。哦，彼得堡令你觉得怎样？”保加退来夫大声说，“你说说？”

“我觉得我被催眠了。”聂黑流道夫说。

“你被催眠了吗？”保加退来夫复述，大声地笑起来，“不吃一点儿吗？随你的意吧。”他用餐巾拭了胡髭。“那么你去吗？啊？假若他不做，你就交给我，我明天递。”他大声说，在桌前站起，显然是和他拭胡髭时同样不自觉地对自己画了大十字，然后他挂上佩刀。

“现在再会了，我一定要去了。”

“我们一块儿出去吧。”聂黑流道夫说，高兴地握了保加退来夫的有力、宽大的手，并且，和寻常一样，他带着某种健康的、不自觉的、新鲜的东西所给的愉快印象，和他在阶梯上分别了。

虽然他并不期望从他的拜访中获得任何好的结果，聂黑流道夫却还是遵照保加退来夫的劝告，去看托波罗夫，就是宗派教徒案所取决的人。

托波罗夫所负的职责，按照它的使命，含有内部的矛盾，这只有愚笨的失去道德感的人才会感觉不到。托波罗夫具有这两种消极的性质。包括在他所负的职责中的矛盾是这个，就是，他的职责上的使命是支持并且用外在方法（不包括暴力）去保卫教会，按照它自己的定义，教会是上帝自己建立的，是不能够被地狱的门户或任何种人类暴力所动摇的。这个神圣的、不能为任何东西所动摇的、上帝的机关，应该受人类机关——神圣的宗教会议支持和保卫，而这个机关就是托波罗夫和他的官吏们所主持的。托波罗夫没有看到这个矛盾，或者不愿看见它，因此他非常关心，会不会有什么罗马教的僧侣、牧师，或宗派教徒来毁坏地狱的门户所不能克服的教会。托波罗夫，好像一切失去了人类平等与博爱这种基本宗教意识的人一样，十分相信人民是和他自己全然不相同的人，相信人民需要一些东西，而他没有这些东西也能过得很好。他自己在心坎里不相信任何东西，并且觉得这种情形是很方便很愉快的，但他怕人民也达到同样的情形，并且如他所说的，他认为拯救人民避免这个乃是他的神圣的责任。

正如同一本烹饪书里所说的，螃蟹愿意它们被人活活地煮死，他同样地充分地相信，他想并且说，人民愿意是迷信的，不过烹饪书中所说的是比喻，而他却是直解。

他对于他所维护的宗教的看法，正如同养鸡的人对于他用来喂鸡的腐肉的看法一样，腐肉是很不好的，但鸡却喜欢它、吃它，因此应该用腐肉喂鸡。

当然，这一切的依比利亚的、卡桑的和斯摩楞斯克的“圣母”像的崇拜——是很粗陋的偶像崇拜，但人民爱这个，信仰这个，因此，应该保存这些迷信。托波罗夫这么想，没有考虑到，他以为人民爱好迷信，只是因为一向有并且现在还有像他这样的，那些残忍的人，他们受到光明的启迪，没有把他们的光明用在他们应该去用的地方，去帮助要从愚昧黑暗中奋斗出来的人民，而只用来把人民留在黑暗中。

当聂黑流道夫走进他的客室时，托波罗夫正在书房里和一位修道院的女住持、活泼的贵族女子在谈话，她在西部的被强迫信仰东正教的联合教徒当中宣传并支持东正教。

一个在接待室值班的特派的官吏向聂黑流道夫问到他的案子，知道了聂黑流道夫是要把宗派教徒的请愿书递呈皇上，问他可否给他看看请愿书。聂黑流道夫给了他请愿书，官吏带着请愿书进了书房。戴头巾的披着飘动的面纱、拖着黑曳裾的女住持出了书房，她合着指甲清洁的白手，手里拿着黄玉念珠，走到大门口。聂黑流道夫还没有被请进房。托波罗夫看着请愿书，摇着头。读着明白有力地写成的请愿书，他不愉快地觉得惊讶。

“假若这落在皇上的手里，这会引起不愉快的问题和误会的。”读完了请愿书，他想。于是他把请愿书放到桌上，按响铃子，吩咐请聂黑流道夫。

他想起了这些宗派教徒的案子，他已经有过他们的请愿书。这案子是这样的，脱离东正教的基督教徒们受到申戒，后来又被送交审判，但法庭释放了他们。后来主教和省长决定了，根据他们婚姻的不合法，把丈夫、妻子、小孩流放到不同的地方。现在这些父亲和妻子要求不要分散他们。托波罗夫想起了这个案子初次到他手里时的情形。那时候他曾犹豫，是否要把它撤销。但他又以为，把这些宗派教徒的家人放逐到不同的地方——这种处置的批准不会有任何损害；听任他们留在自己的地方，则对于其他的居民会许有不良的影响——使他们脱离东正教，此外这又表示主教的热心，因此他让这个案子按照原来的方向发展着。

现在有了聂黑流道夫这样的在彼得堡有背景的辩护人，这个案子会许当作一种残忍的事提到皇上面前，或者落到外国报纸上，因此他立即采取了意外的决定。

“您好。”他带着很忙碌的样子说，站起来迎接聂黑流道夫，立刻谈到正事。

“我知道这个案子。我一看到名字，就想起了这个不幸的案子，”他说，把请愿书拿到手里给聂黑流道夫看，“我很感谢您提醒我这件事。这是省当局过分热心……”

聂黑流道夫沉默着，带着不好的情绪望着白脸上不动的假面具。

“我要下命令取消这种办法，让这些人回家。”

“那么，我可以用不着这个请愿书了。”聂黑流道夫说。

“当然，我向您保证这个，”他说，特别加重“我”字，显然十分相信他的诚实和他的话是最好的保证，“但最好是我马上就写吧。劳驾坐一下。”

他走到桌前，开始写。聂黑流道夫没有坐下，从上向下看着那个窄长的秃头顶，看那有粗大青脉的迅速地摇着笔的手，并且诧异着，这个显然对人冷淡无情的人为什么要做他所做的事，且那么关心地做着。为什么？……

“好了，”托波罗夫封着信封，说，“把这告诉你的委托人吧。”他补充说，把嘴唇做成微笑的样子。

“为什么这些人受痛苦呢？”聂黑流道夫说，接着信封。

托波罗夫抬起头微笑了一下，好像聂黑流道夫的问题使他满意。

“这个我不能向您说。我只能向您说，被我们所保护的人民的利益，是那么重要，对于宗教问题的过分热心，还没有现在流行的对于这些问题的淡漠，那么可怕而有害。”

“但怎么会在宗教名义下破坏了美德的第一个要求——分离家庭呢？”

托波罗夫仍旧赏光地微笑着，显然觉得聂黑流道夫所说的话是可爱的。无论聂黑流道夫说的是什么，托波罗夫，从他的远大的行政见地的高处看，都认为是幼稚的，片面的。

“从私人的观点上看，这是可以这么说的，”他说，“从行政的观点上看，这又有些不同了。可是，我要说再会了。”托波罗夫俯着头，伸着手说。

聂黑流道夫握了手，无言地匆匆走出，懊悔着他握了那只手。

“人民的利益。”他重复托波罗夫的话。“只是你的，你的利益。”走出时，他想。

他匆匆地想到那些被复仇与正义、维持宗教、教育人民的各机关的活动所牵涉的人们，先想到因售私酒而被罚的妇人，因偷窃而受罚的少年，因漂泊而受罚的漂泊者，因为纵火的纵火犯，因为舞弊的银行家，和那个只是因为可以从她那里获得所需要的消息而受罚的不幸的莉蒂亚·舒斯托发，又想到因为违反东正教而受罚的宗派教徒，因为要求宪法而受罚的顾尔开维支——聂黑流道夫异常清楚地想到，所有的这些人被逮捕、被监禁，或者被流放，全不是因为这些人破坏了正义，或者做了不法之事，而只是因为他们妨碍了官吏和富人们享有他们从人民那里所搜刮的财产。妨碍这个的，有售酒而无执照的妇人，有在城市游荡的窃贼，藏宣言的莉蒂亚，破除迷信的宗派教徒，要求宪法的顾尔开维支。因此，聂黑流道夫十分明白地觉得所有的这些官吏，从他姨母的丈夫、大法官们、托波罗夫，到所有的那些下级的、纯洁的、端正的、坐在各部办公桌前的先生们，一点也不关心无罪的人在受痛苦，而只关心到怎样除去所有的危险的人。

因此他们不但不遵守这个原则——宁可饶恕十个有罪的，不要处罚一个无罪的，而相反，好像为了切开腐烂的地方必须去掉一点儿完好的地方一样——为了除去一个真正危险的人，宁愿处罚十个不危险的人。

关于这一切情形的这种解释，在聂黑流道夫看来是很简单而明白的，但正是这种简单和明白使聂黑流道夫在承认它的时候犹疑不决。这种复杂的现象不可能有这么简单可怕的解释；一切关于正义、善德、法律、宗教、上帝等的话不可能仅仅是话，遮掩着最粗暴的贪婪与残忍。

二十八

聂黑流道夫要在当天晚上离开彼得堡，但他应许了玛丽叶特到戏院里去看她；虽然他知道，这是不应该做的，他却仍然去了，在自己的良心上扭曲着，认为他应该守信。

“我能够对抗这些诱惑吗？”他不十分诚恳地想着，“我要试最后的一次了。”

穿了礼服，他在不朽的“Dame aux camelias”（《茶花女》）的第二幕来到戏院，这时外国女伶用新方法表演着肺病妇女是怎样死的。

戏院里人满了。聂黑流道夫问到玛丽叶特的包厢，他们立即恭敬地向他指示了她的楼下包厢。

一个穿制服的听差站在走廊上，像对于相识的人一样，对他鞠躬，为他开了门。

对面一排包厢里坐的和站在后边的人，附近的人，坐在正厅里的白发、半白发、秃发、光顶、擦油的、鬈发的人——所有的观众都专心注意地在观看盛装的、穿花边绸衣的、用不自然的声音说着独白的、消瘦见骨的女伶。

门开时，有人作“施施”声，两道冷和热的气流扑在聂黑流道夫的脸上。

在包厢里的是玛丽叶特，一个穿红外套的发妆高大笨重的不相识的太太，两个男子：一个是将军，玛丽叶特的丈夫，美丽高大的人，他有庄严的不可猜测的脸和鹰鼻，有穿军服的、填絮的染色布做出的高胸脯，另一个是金发的秃顶的人，在两条庄严的须髯之间有一块剃刮干净的下颏。

玛丽叶特，优美、细瘦、典雅，低领的衣服露出颈旁斜着下来的肌理坚紧的双肩，在肩颈相连处有一个黑痣，她立刻转过头看了一下，用扇子向聂黑流道夫指示着她背后的椅子，向他很有含意地微笑了一下，表示欢迎和感谢。

她的丈夫，和他做一切事情时一样，镇静地看了看聂黑流道夫，点了点头。从他的姿态上，从他和妻子所交换的目光里，可以立即看出来他是这个美丽妻子的所有者和主人。

独白完毕时，戏院里爆发着掌声。玛丽叶特站起来，拧着窸窣的绸衣摆，走到包厢的后边，介绍她的丈夫和聂黑流道夫。

将军不停地用眼睛微笑着，说了他很高兴，又镇静地不可猜测地沉默着。

“我今天应该走的，但我应许了您。”聂黑流道夫转向玛丽叶特说。

“假若您不想看我，就看一看这惊人的女伶。”玛丽叶特说，回答他话中的含意。“她在上一场里好极了，是不是?”她转身问她丈夫。

丈夫点点头。

“这个不能感动我，”聂黑流道夫说，“我今天看了许多真正的不幸，就是……”

“坐下来谈吧。”

丈夫倾听着，用眼睛愈益讽刺地微笑着。

“我去看了那个被释放的被监禁很久的妇人，她的身体是十分亏损了。”

“这就是我向你说到的那个妇人。”玛丽叶特向丈夫说。

“是的，我很高兴，她能够被释放了，”他点着头，镇静地说，并且在聂黑流道夫看来，完全是在胡髭下边讽刺地微笑着，“我去吃烟了。”

聂黑流道夫坐着等候玛丽叶特向他说出她要向他说的什么，但她却没有向他说，甚至不想要说，却调侃着，说到她以为应当特别感动聂黑流道夫的表演。

聂黑流道夫看出来她并不需要向他说什么，只需要向他展示她的晚妆的美丽，她的肩头和小痣，他同时觉得又愉快又可憎。

在这一切之上的媚劲外罩，现在对于聂黑流道夫还没有除去，但他看到在外罩的下面是什么。望着玛丽叶特时，他爱慕她，但他知道她是说谎者，她和那个以千百人的眼泪和生命为事业的丈夫住在一起，她对于这一切全不关心，她昨天所说的一切全是虚伪的，而她所希望的——他不知道为什么，她自己也不知道——乃是使他爱她。这对于他又是吸引的又是讨厌的。他几度准备走开，拿了帽子，又留下来。但最后，当丈夫在密胡髭里带着烟气回到了包厢，用施以恩惠的目光轻蔑地看了看聂黑流道夫，好像不认识他——聂黑流道夫不待门关上，便走上走廊，找了大衣，走出戏院。

当他顺着聂夫斯基街回家时，他不觉地注意到前面一个矮小的、身材很好看的、刺目地盛装的妇人，她安静地在宽大的沥青道路上走着，在她的脸上和全部身躯上可以看出她感觉到自己的丑恶的力量。所有迎面的或赶上她的人都看她。聂黑流道夫走得比她快，也不觉地看了看她的脸。她的脸也许是敷搽过的，是漂亮的，这妇人向聂黑流道夫微笑了一下，对他眨了眨眼睛。奇怪的是，聂黑流道夫立刻想起了玛丽叶特，因为他感觉到他在戏院里所感觉的同样的吸引和讨厌的情绪。

连忙地越过了她，聂黑流道夫对自己生了气，转到穆尔斯卡亚街，走上堤岸，令警察诧异地，开始在那里来回徘徊。

“在戏院里的那一个，当我进去的时候，也同样地向我微笑了一下，”他想，“在那个微笑和这个微笑里面，意义是一样的。唯一的差别乃是，这一个简单坦白地说：‘你需要我——带我去。不需要我——走过去。’那一个却装作她没有想到这个，但怀着某种高尚优美的情绪而生活——然而根本上是一样的。这一个至少是诚实的，那个却说谎。此外，这一个是被穷困引入这种情况，那一个却是在游戏，用那种媚人的可憎的可怕的情欲娱乐自己。这个街头妇女是发臭的浑浊的水，是出售给渴感强于嫌恶的人的；那一个在戏院里的是毒药，它不被察觉地毒害它所触到的一切。”

聂黑流道夫想起了他和贵族代表的妻子的私通，他心中发生了羞耻的回忆。

“人心中的兽性是可恶的，”他想，“但在它是本来面目时，你从你精神生活的高处去看它轻视它，无论你是堕落或是抵抗，你还是从前的你；但当这种兽性藏隐在假想美的、诗的表皮之下并且要求对它崇敬，那时，你崇拜兽性，完全陷入兽性中，不复分别善恶。那时候，这是可怕的！”

聂黑流道夫现在清楚地看到这个，正如同他看见宫殿、哨兵、要塞、河、船、证券交易所那样清楚。

好像在这个北方夏夜里，地面上没有令人舒服的、给人休息的黑暗，只有朦胧、阴惨、不自然的、不知来源的光，同样地在聂黑流道夫心中不再有给他休息的愚昧的黑暗。

一切是清楚明白的。这也是清楚明白的：一切被认为重要的良好的东西都是不重要的或可憎的，而这一切的光彩和华丽遮掩了旧有的，大家所习惯的，不但未被处罚，而且是庄严的、被人们所能想出的一切美丽所装饰的罪恶。

聂黑流道夫想要忘记这个，不看到这个，但他已经不能够不看到这个。虽然他看不见那向他显示这一切的光的来源，正如同他看不见彼得堡上面的光的来源一样，虽然这光在他看来似乎是朦胧、阴惨、不自然的，他却不能不看见在这个光下所显现的东西，于是他同时觉得又高兴又不安。

二十九

到了莫斯科，聂黑流道夫的第一件事是到监狱医院去向马斯洛发说明那个伤心的消息，说大理院确认了法院的判决，并且应该准备到西伯利亚去了。

对于律师为他做的、他现在带到狱中给马斯洛发签字的、递呈给皇帝的请愿书，他怀着极少的希望。但说来奇怪，他现在也不想成功。到西伯利亚去，在流刑犯和囚人之间过生活，这种思想他已经习惯了，他难以设想，假若马斯洛发被释放了，他要怎样处理自己的生活和她的生活。他想起了美国著名作家托洛[1]的话，在美国有奴隶制度的时候，他说过，在认为奴隶制度合法并加以保护的国家，唯一适合正直的人的地方是监狱。聂黑流道夫想的完全相同，特别是在他到过彼得堡发觉了那里的一切之后。

“是的，现在在俄国适合正直的人的唯一的地方是监狱！”他想。当他乘车到监狱走进门墙时，他甚至亲身体验到了这个。

病院的守门人，认出了聂黑流道夫，立刻向他说，马斯洛发已经不在他们那里了。

“她在哪里呢？”

“又到牢里去了。”

“为什么被调走了？”聂黑流道夫问。

“大人，他们是什么样的人啊，”守门人轻蔑地微笑着说，“她和助理员私通，医务长送她回去了。”

聂黑流道夫没有想到马斯洛发以及她的情况是和他那么密切有关。这个消息令他发呆。他感受到了人们听到意外重大不幸时所体会到的那

[1] Thoreau，美国作家，一八一七至一八六二。——译者

种情绪。他觉得很痛苦。他听到这个消息时所感觉的第一个情绪是羞耻。他愉快地想象着她的似乎有所改变的心情，觉得自己是可笑的。她的一切关于不愿接受他的牺牲的话，她的责备和眼泪——这一切，他觉得，只是那个想要尽量利用他的堕落妇女的手腕。他现在觉得在上次见面时，他便看见了她现在暴露出来的她是不可矫正的表征。当他本能地戴上帽子走出病院时，这一切在他的脑海里一闪而过。

“但现在怎么办呢？”他问自己。“我对她还有义务吗？她这种行为现在没有令我自由吗？”他问自己。

但是，他刚刚对自己提出了这些问题，便立刻明白，若是他认为自己是自由的并且抛弃她，则他并不是像他所希望的惩罚她，而是惩罚自己，于是他觉得可怕。

“不，那已经发生的事并不能改变，只能加强我的决心。让她做那件由于她的私心所产生出来的事情吧，假若是和助理员私通，就让她和助理员私通——这是她的事……而我的事是做我的良心要求我做的事。”他向自己说。“我的良心要求我牺牲我的自由，去赎我的罪过。我要娶她，即使是形式上的婚姻，我要跟她到她被流放的任何地方去，这决心是不变的。”聂黑流道夫带着恶意的顽固向自己说着，走出病院，用坚定的步伐向监狱的大门走去。

走到大门前，他要求值班的典狱去通报监狱长说他要见马斯洛发。值班的典狱认识聂黑流道夫，像对于相识的人一样，对他说了监狱中重要的新闻：监狱长上尉被免职了，另一个严格的官长来接替他了。

“现在严格了，麻烦，”典狱说，“他此刻在这里，我马上就去通报。”

确实，监狱长是在监狱里，他立刻便出来见聂黑流道夫。新监狱长是高大骨瘦的人，腮上有高耸的颧骨，阴郁，行动很迟缓。

“在规定的日子准许在会客室见面。”他说，没有望着聂黑流道夫。

“但我需要在递给皇帝的请愿书上签字。”

“您可以给我。”

“我需要亲自见女犯人。从前总是准许我的。”

“从前是这样的。”监狱长说，偷偷地看了看聂黑流道夫。

“我有省长的许可证。”聂黑流道夫坚持着，掏出文件。

“让我看。”监狱长说，依旧没有看他的眼睛，用食指上戴着金指环的长、瘦而白的手指接了聂黑流道夫递出的文件，慢慢地阅读。“请进办公室吧。”他说。

这一次办公室里没有任何人。监狱长坐到桌前，整理着放在桌上的公文，显然是要亲自去监视会谈。当聂黑流道夫问到他可否看政治犯保高杜好芙斯卡雅时，监狱长简短地回答他说这是不可能的。

“和政治犯见面是不可以的。”他说，又专心注意地看公文。

在口袋里带着给保高杜好芙斯卡雅的信，聂黑流道夫觉得自己好像是一个要犯罪的人，他的计划被发觉被破坏了。

当马斯洛发走进办公室时，监狱长抬起了头，没有望着马斯洛发，也没有望着聂黑流道夫，说了：

“可以谈了！”又继续处理自己的文件。

马斯洛发又如旧地穿了白上衣和裙子，扎了头巾。走到聂黑流道夫面前看见了他的冷淡的怒气的面孔时，她脸色绯红，用手揉着上衣的边，垂下了眼睛。

她的窘迫似乎向聂黑流道夫证实了病院守门人的话。

聂黑流道夫想要像上次一样地对待她，但他不能够如他所希望地伸手：他现在觉得她是那么可憎。

“我带了不好的消息给您，”他用平稳的声音说，没有望她也没有和她握手，“大理院里驳回了。”

“我知道会这样的。”她用奇怪的声音说，好像她在喘气。

从前聂黑流道夫会问她，为什么她说她知道会这样的；现在他只是看看她了。她的眼睛里充满了泪。

但这不但没有和缓他的心情，且相反，更使他对她愤怒。

监狱长站起来。开始在房中来回走动。

虽然是有现在聂黑流道夫对马斯洛发所感觉的厌恶，他依然认为他应该向她表示他对于大理院驳回的遗憾。

“您不要失望，”他说，“上皇帝的请愿书可以成功的，我希望……”

“但我对于这个并不……”她说，用潮湿而斜视的眼睛可怜地看着他。

“那么，怎么办呢?”

“您到病院里去过，他们大概向您说到……”

“有什么关系呢，那是您的事。”聂黑流道夫皱了皱眉，冷淡地说。

受损伤的自尊心的已经平静的残忍的情绪，在她刚刚提到病院时，又重新强烈地在他心中发生了。“他是上等人，上等社会的任何姑娘认为嫁给他是幸福的，他要自己做这个妇人的丈夫，而她不能等待，和助理员私通。”他想，仇恨地望着她。

“您签这个请愿书吧。”他说，从口袋里掏出一个大信封，放在桌上。她用头巾的角擦去眼泪，问在何处写，写什么。

他向她指示了在何处写，写什么，于是她坐到桌旁，用左手理着右边的袖子；他仍旧站在她后边，沉默地望着她的向桌子弯着的、因为被约制的啜泣偶尔发抖的背；在他心里有两种情绪——恶与善。一方面是受损伤的自尊心，一方面是对受苦的她的怜悯互相斗争着，后种情绪胜利了。

他记不得是哪一个居先——是他心里先可怜她，还是他先想起了他自己，他自己的罪恶，他自己的那种丑行，正是他因而责备她的那种丑行，但忽然同时之间他觉得自己是有罪的，并且可怜她。

签了请愿书，在裙子上拭了沾墨水的手指，她站了起来，看了看他。

“不管结果怎样，无论情形如何，没有东西能够改变我的决心。”聂黑流道夫说。

想到他宽恕她，他对她的怜悯和柔情便在他心中加强了，他想安慰她。

“我所说的，我一定要做。无论您被送到什么地方，我总和您在一起。”

“没有用。”她连忙打断他，脸色全部光辉起来了。

“想想看，您在路上要用什么。”

“觉得没有什么特别的东西。谢谢您。”

监狱长走到他们面前，聂黑流道夫不等他说话，就和她告别，走出去了，感觉到从前不曾感觉过的快乐、安宁、对一切的人的爱。马斯洛发的任何行为不能够改变他对她的爱，这意识使他高兴并且把他提升到他从未经历过的高处。让她和助理员私通吧，这是她的事。他爱她不是为了自己，而是为了她，为了上帝。

至于和助理员的私通——马斯洛发因此被赶出病院，聂黑流道夫也相信这是真的——不过事实是这样的：

马斯洛发奉女医药助理员的差遣，到走廊尽头的药房去取肺病药水，在那里只看到高大的、脸上有粉刺的医药助理员伍斯其诺夫，他的追求早已令她厌烦了。马斯洛发挣逃时，那么用力地推了他，以致他碰到架子上，架上的两个瓶子落下来打碎了。

这时从走廊上经过的医务长，听到瓶子破碎的声音，看见跑出的脸色发红的马斯洛发，愤怒地向她喊叫：

“嗯，妇人家，假若你要在这里调情，我要把你赶走的。是怎么回事？”他转向助理员说，从眼镜上边严厉地望着他。

医药助理员微笑着，开始为自己辩护。医生没有听完他的话，便把头抬得正好从眼镜里边看出去。他进了病房，并且当天就向监狱长说，要他派另外一个更加沉着的助理看护来代替马斯洛发。

马斯洛发和助理员的调情只是如此。由于和男子私通而被从病院赶出，对于马斯洛发是特别痛苦的，因为早已令她觉得可憎的和男子的关系，在他和聂黑流道夫见面之后，她觉得特别可恶。凭她的过去和现在的地位，每个男人，有粉刺的医药助理员也在内，都认为自己有权利侮辱她并且诧异她的拒绝，这令她觉得异常痛苦，引起了她的自怜和眼泪。这一次，出去会聂黑流道夫时，她想要在他面前辩白这不公正的归罪，她以为他一定会听的。但开始辩白时，她觉得他不相信，觉得她的辩护只会加强他的怀疑，于是眼泪涌上她的喉咙，她沉默了。

马斯洛发仍旧觉得，并且继续令自己相信，她是如她在第二次见面时向他所说的，她没有宽恕他，并且恨他，但她早已重新爱上他，且是那样地爱他，她不觉地执行了他对她所期望的一切，她不再喝酒吸烟，弃绝献媚；到病房做看护。她做这一切，因为她知道他希望她如此。假若每次当他提到他要娶她时她都坚毅地拒绝接受他的牺牲，那是由于她想要再说一次她向他说过的那些骄傲的话，而主要的，是因为她知道他和她结婚会使他不幸福。她毅然地决定了不接受他的牺牲，然而，她想到他轻视她，他以为她还是她从前那样，没有看到她所发生的改变，她便觉得痛苦。他现在也许以为她在病院里做了什么错事——这比她上诉复判流刑的消息更使她痛苦。

三十

马斯洛发可以和第一批出发的人一同动身，因此聂黑流道夫准备起程。但他的事情是那么多，以致他觉得，无论还有多少自由的时间，他也不能够把事情办完。现在的情形是和从前全然不同。从前他必须想出要做什么事情，而事情的兴趣总是同一的——德米特锐·伊发诺维支·聂黑流道夫；可是，虽然生活的全部兴趣那样集中于德米特锐·伊发诺维支，一切的事情却是无趣的。现在所有的事情是关于别人，而不关于聂黑流道夫，而且一切都是有趣而吸引人的；这些事是无穷尽的。

不仅如此，从前德米特锐·伊发诺维支自己的事情总是引起苦恼和愤怒；现在，别人的事情却大都引起他的快乐的心情。

此时聂黑流道夫所做的事可以分为三类，他自己，以惯有的事务分类，并且根据这个分类把文件分置在三个公文夹里。

第一类是关于马斯洛发和对她的帮助。现在这包括设法找人帮忙把请愿书递呈皇帝以及准备西伯利亚的旅行。

第二类是田庄的处理。在巴诺佛的土地分给了农民，条件是他们所纳的租要用在他们公共的需要上。但为了确定这种法律行为，他必须拟定并订立契约和遗嘱。库斯明斯基的田事情形还是像他自己以前所处理的那样，即他要收地租，且必须规定期限，并确定从这些钱里面他取多少做生活费，留多少给农民用。他不知道在他的西伯利亚行程中需要多少费用，还没有决定放弃这种收入，虽然已减了半数收入。

第三类是对于囚犯们的帮助，他们向他请求的次数是越来越频繁了。

起初，和那些向他求助的囚犯们产生联系时，他立刻去为他们奔走，力求改善他们的厄运；但后来请求的人是那么多，以致他觉得他不能够帮助他们每个人，不觉地被引到第四种事情上，这比其余的事近来更令他注意。

这第四种事情是解决这些问题：所谓刑事裁判这种奇怪的制度，它是什么？它为什么要存在？它是从什么地方产生的？它的结果是监狱（那里的居住者他有几分相识）和一切的拘留所（从彼得罗巴夫洛夫斯基堡垒到萨哈林岛），在这些地方有那种令他觉得奇怪的刑事法律的成百成千的牺牲者在受苦。

凭他个人和囚犯们的关系，凭他向律师、监狱神甫、监狱长的询问，凭囚犯们的便函，聂黑流道夫得出了这个结论，就是囚犯们，所谓罪犯们，可以分为五类。

第一类是完全无罪的人，是法庭错误的牺牲者，例如假定的纵火犯明绍夫，例如马斯洛发及其他。这种人的数目不是很多，据神甫的观察，约有百分之七，但这种人的情况引起了他特别的兴趣。

另一类是因为在特殊情形下，如愤怒、嫉妒、酗酒等等所做的行为而被判罚的人，那些审判并处罚他们的人在同样情形之下几乎也一定会做这类的行为。这一类，据聂黑流道夫的观察，不过全体犯人的一半。

第三类所包括的人，是因为他们做了在他们自己看来是最寻常的甚至是良好的行为而被处罚的人，而这些行为，按照别人、写出法律的人的意见，是犯罪。属于这一类的是私下卖酒的，运私货的，在大地主的和官家的森林里割草拾柴的人，还有行劫的山民[1]与抢劫教会的不信教者。

第四类所包括的人只是因为他们在道德上高过社会的一般水平而被认为是罪犯。这类人是宗派教徒，是为他们的独立而反叛的波兰人与切尔开斯人，是因为反抗当局而被判罚的政治犯——社会主义者和同盟罢工者。据聂黑流道夫的观察，这类人，社会上最好的人的百分数是很大的。

最后，第五类所包括的是社会对他们的罪过远大于他们对社会的罪过的人。他们是被遗弃的，因为经常的压迫和引诱而滞钝的人，例如偷席子的少年和千百个其他的为聂黑流道夫在监狱内外所见到的人，他们的生活环境似乎有系统地引导他们不得不做那所谓犯罪的行为。属于这类人的，据聂黑流道夫的观察，有很多的窃贼和凶手，近来他和他们当中的一些人发生过关系。在这类人当中，他也算进了那些堕落腐败的人的圈子，他很知道他们，新的学派认为他们是犯罪型，而他们在社会上的存在被认为是必须有刑法和处罚的主要证明。这种所谓堕落、犯罪、

[1] 高加索土人，虽久已为俄国人所征服，仍以抢劫商人旅行队及俄国畜群为骄傲。——毛德

不道德型的人，据聂黑流道夫的意见，不外是这样的人，就是社会对他们的罪过大于他们对社会的罪过的人，不过社会对他们的罪过不是现在直接对于他们本人的，而是从前对于他们的父母与祖先的。

在这类人当中，在这方面特别感动他的，是累犯的窃贼奥号清，婊子的私生子，他在小客栈里长大，显然在三十岁前从未过见过道德高于警察的人，他从小就生活在窃贼徒辈中，同时以他禀赋异常的滑稽才能来吸引人们的注意。他请求聂黑流道夫为他辩护，同时他取笑自己、法庭、监狱、一切的刑法和神圣的法。另一个是漂亮的非道罗夫，他和他所领导的党徒抢劫并杀死了一个年老的官吏。他是农民，他父亲的房子完全非法地被夺，他后来当了兵，在军队里他因为爱上了上司的爱人而受苦。他是一个具有动人的、热情的天性的人，不惜任何代价去寻找快乐，他从来没有看见过因为某种缘故而约制自己快乐的人，也从来没有听说过生活中除了快乐之外还有任何其他的目的。聂黑流道夫明白这两人都禀性忠厚，只是好像被抛弃的植物那样地被弃置被损害。他还见到一个浪子和一个妇人，他们因为愚蠢和若似的残忍而令人觉得讨厌，但他不能够在他们身上看出意大利学派所说的那种犯罪型，而只是看作他个人觉得讨厌的人，正如同他看见监牢之外穿燕尾服、佩肩章、着花边衣服的人一样。

为什么所有的这些各种各样的人被关在牢里，而别的完全和他们一样的人却自由地活动甚至审判这些人，这个问题的研究正是这时聂黑流道夫所注意的第四种事情。

起初聂黑流道夫希望在书籍中寻找这个问题的回答，他购买了一切有关这个题目的书籍。他购买了龙不罗梭[1]、加罗法洛[2]、非里[3]、

[1] 一八三六至一九〇九，意大利犯罪学家。——译者

[2] 意大利犯罪学家，与前者同时。——译者

[3] 一八五一至一九二九，意大利犯罪学家。——译者

李斯特[1]、摩德斯来[2]、塔德[3]的著作，并且用心地读这些书。但他愈是读这些书，他反而愈益觉得失望。他的情形正和那些转向科学的人一向面临的情形一样，他们转向科学不是为了要在科学里担负任务——写作、论辩、教学——而是带着直接、简单、生活上的问题转向科学，科学向他回答了成千的微妙智巧的关于刑法的问题，只是没有回答他所要解答的问题。

他问了一个很简单的问题："为什么抑或是凭什么有些人监禁、磨难、流放、笞打、杀死别人，而他们自己却完全和他们所磨难、笞打、杀死的人一样？"他所得的回答是各种研究：人有自由意志没有？人可否凭脑袋及其他的测量而被认为是犯罪型的？遗传在犯罪中占什么地位？是否有先天的不道德呢？什么是道德？什么是疯狂？什么是堕落？什么是气质？气候、食物、愚昧、模仿、催眠、情欲对于犯罪有何影响？什么是社会？什么是社会的责任？等等。

这些研究令聂黑流道夫想起了有一次一个放学归家的小孩给他的回答。聂黑流道夫问小孩是否学过拼写。

"学过的。"小孩回答。

"好，你拼：爪子。"

"什么爪子呢——狗爪子吗？"小孩带着狡猾的面色回答。

聂黑流道夫在科学书中对于自己的唯一的基本问题找到了完全同样的问题式的回答。那里有很多聪明的、学术的、有趣的见解，但对于这个要点——凭了什么权利有些人能处罚别人？没有回答。

不仅没有这个问题的回答，而且所有的论证都是要说明并辩护处罚，它的必要被看作一种公理。

---

[1] 一八五一至一九一九，德国法学家。——译者

[2] 一八三五至一九一八，英国心理学家。——译者

[3] 一八四三至一九〇四，法国犯罪学家。——译者

聂黑流道夫读了很多书，但是时断时续，他认为回答的缺憾是由于这种肤浅的研究，希望以后再找到这个回答，因此他不许自己再相信他近来愈加频繁地想到的那种可能接近真相的答案。

三十一

包括马斯洛发在内的这一批人的起程期定在六月五日。聂黑流道夫准备在同一日随她出发。

聂黑流道夫的姊姊和她丈夫在他起程的前一日来到城里和弟弟见面。

聂黑流道夫的姊姊，娜塔丽亚·伊发诺芙娜·拉高任斯卡雅，比弟弟大十岁。他是部分地在她的影响下长成的。在他是孩童时，她很爱他。后来，在她结婚之前，他们彼此亲密，几乎好像是年龄相等的人：她是二十五岁的姑娘，他是十五岁的少年。那时她爱他的亡友尼考林卡·伊尔切聂夫。他们俩都爱尼考林卡，爱他心中的和他们自己心中的那美好的和联合一切人们的东西。

从那时以后两人都堕落了：他是因为军役和邪恶的生活，她是因为和人结婚，她在肉体上爱这人，但这人不但不爱那从前对于她和德米特锐而言最神圣高贵的东西，而且甚至不懂得这是什么，把过去她的生活所凭借的、追求道德完善和为人服务的那些志向，归结于他唯一可以了解的野心和对人炫耀的愿望。

拉高任斯基是没有名望和财产的人，但他是很伶俐的做事老手，他巧妙地在自由主义与保守主义之间投机取巧，利用这两种流派之中那在一定时间一定情况下对他的生活发生最好结果的一种，尤其是利用他能取得妇女欢心的某种特别本领，他做出了相对光辉的司法方面的事业。当他在国外认识了聂黑流道夫时，他已不是青年初期的人，他使那也不年轻的姑娘娜塔莎爱上自己，并且娶了她，这几乎是违反她母亲的愿望的，她认为这是 mcsalliance（屈就的）的婚姻。

聂黑流道夫，虽然不愿承认，虽然和这种感情相斗争，却恨他的姊丈。

他令聂黑流道夫觉得讨厌，是因为他的庸俗和自以为是的狭隘，而主要的是，因为他的姊姊而令他觉得讨嫌，她竟能那么热情地、自私地、肉体地爱这个天性凉薄的人并且为了他而消灭了她心中的一切好的东西。

想到娜塔莎是这个多毛的、有光亮秃顶的、自信的人的妻子，聂黑流道夫总是异常难过。他甚至不能够抑制他对于他的小孩的嫌恶。每次听到她要生产时，他便感到这样的情绪，好像是可怜她又从那个对于他是极陌生的人那里传染了什么坏的东西。

拉高任斯基夫妇是单独来的，没有带小孩。他们有两个小孩：一个男孩和一个女孩，他们住在最好的旅馆的最好的房间里。娜塔丽亚·伊发诺芙娜立刻去到母亲的旧住宅，但是没有在那里找到弟弟，听阿格拉菲娜·彼得罗芙娜说他迁居在寄宿舍，她更坐车去到了那里。肮脏的茶房，在黑暗、有恶气味、白昼点灯的走廊上遇到她，向她说：公爵不在家。

娜塔丽亚·伊发诺芙娜要进到弟弟的房里去，留一个字条给他。茶房送她去了。

进到他的两个小房间时，娜塔丽亚·伊发诺芙娜仔细地观看它们。在一切的东西上她看到了她所素知的清洁整齐和令她惊异的他新有的简单陈设。在写字桌上她看到了她所熟识的有铜狗的镇纸；同样熟识的是一些整齐地摆着的公文夹和文件，文具，几卷刑事法典，一册亨利·乔治的英文书，和塔德的法文书，里面夹着一把她所熟识的弯曲的大象牙刀。

她在桌前坐下，给他写字条，要求他当天一定去看她，并且惊异地对她所看到的东西摇着头，然后回到她自己的旅馆去了。

有两个关于她弟弟的问题现在令她产生兴趣：一个是他要娶卡邱莎，这事她曾在自己的城市里听到，因为大家都说到这事，另一个是把土地给予农民，这也是大家共知的，许多人觉得这是有政治性危险的事。娶卡邱莎，在某一方面是娜塔丽亚·伊发诺芙娜所高兴的。她爱这种坚决，认为他和她都是坚决的，在她婚前的那些好时光他们两人是如此的；但同时，想到她的弟弟要娶这样可怕的妇人，她又恐惧了。后种情绪比较强烈，她决定了尽可能地影响并阻止他，虽然她知道这是多么困难。

另一件事，将土地给予农民，却不令她如此关心；但她的丈夫对这个是很愤慨，要求她去影响她的弟弟。

伊格那其·尼基福罗维支·拉高任斯基说这种行为极度矛盾、轻率、骄傲，假若有加以说明的可能，则这种行为只是表明与众不同、自夸和被人谈论的那种愿望。

“把土地给予农民，要他们向他们自己付地租，这有什么意义呢?”他说，“假若他想要这么做，他可以把土地经由农民银行卖给他们。这才是有意义的。总之，这种行为是近于反常的。”伊格那其·尼基福罗维支说，已经想到做监护人，要求他的妻子和她的弟弟认真地谈谈他的奇怪的意向。

三十二

回到家里，在自己的桌上看到姊姊的字条，聂黑流道夫立刻去看她。已经是晚上了，伊格那其·尼基福罗维支在另一房间里休息，娜塔丽亚·伊发诺芙娜单独接见她的弟弟。她穿着黑缎的紧合腰身的衣服，胸前有红蝴蝶结，她的黑发是蓬松着，梳成时髦样式。她显然是为了年龄相同的丈夫而极力使自己年轻。

看见了弟弟，她从沙发上跳起来。窸窣地响着缎裙，快步走去迎接他。他们接了吻，微笑着互相注视，在目光中尚有真情。他们做过了这种神秘的、言语不能表达的、含义众多的目光交换，便开始了言语的交谈，在言语中已经没有了这种真情。他们自从母亲逝世以后就没有见过面。

“你长胖了，变年轻了。”他说。

她的嘴唇满意地噘起来。

“但你瘦了。”

“啊，伊格那其·尼基福罗维支怎样呢?”聂黑流道夫问。

“他在休息。他晚上睡不着觉。”

有很多的话要说，但口头上却没有说出什么，而是目光说出了要说而未说的话。

“我到你那里去过。”

“是的，我知道。我从家里搬出来了。我觉得房子太大，觉得单调、无聊。我不需要那些东西，所以你把一切都拿去吧，就是家具之类的东西。”

“是的，阿格拉菲娜·彼得罗芙娜向我说了。我到家里去过。我很感谢你。但是……”

这时旅馆的茶房送来了银茶具。

当茶房摆放茶具时，他们沉默着。娜塔丽亚·伊发诺芙娜移坐到小桌前的安乐椅上，无言地斟茶。聂黑流道夫沉默着。

“哦，德米特锐，我全知道。”娜塔莎看了看他，毅然地说。

“有什么关系呢，我很高兴你知道。”

“你怎能够希望在她经历这种生活之后改造她呢?”她说。

他没有搭胛肘，挺直地坐在小椅子上，注意地听她说，力求好好地了解她，好好地回答。他上次和马斯洛发见面所引起的心情，还继续使他心中充满着安静的快乐和对一切人的好感。

“我不想改造她，倒是想改造我自己。”他回答。

娜塔丽亚·伊发诺芙娜叹了口气。

“在结婚之外，还有别的方法。”

“但我以为这是最好的方法；此外，这还把我带到我可以在那里变得有用的那个世界里去。”

“我不以为，”娜塔丽亚·伊发诺芙娜说，“你会幸福的。”

“问题不在我的幸福。”

“当然，但她，假若她有心肝，是不能够幸福的，甚至不能够希望这个。”

“她并不希望这个。”

“我明白，但生活……”

“生活吗？”

“需要别的东西。”

“什么也不需要，除了要我们去做应该做的事。”聂黑流道夫说，望着她的虽然在眼旁和嘴边有微细皱纹却还是美丽的脸。

“我不明白。”她叹了口气说。

“可怜的，亲爱的！她怎么能够改变成这样了？”聂黑流道夫想，回忆着未结婚时那样的娜塔莎，对她感觉到由无数的儿时回忆所织成的亲切的情绪。

这时伊格那其·尼基福罗维支走进房来，和寻常一样，高抬着头，挺起宽胸脯，软软地轻轻地踏着脚步，微笑着，闪耀着眼镜、秃顶与黑胡须。

“您好，您好。”他发着不自然的、自觉的重音说。

（虽然在婚后不久的时候，他们力求互相称“你”却还是称“您”。）他们互相握了手，伊格那其·尼基福罗维支轻轻地坐进安乐椅中。

“我不妨碍您的谈话吗？”

“不，我不向别人隐瞒我说的话，我做的事。”

聂黑流道夫一看到他的脸，他那多毛的手，听到那种垂爱的自信的语调，他的温良的心情就立刻消失了。

“是的，我们正在谈他的计划。”娜塔丽亚·伊发诺芙娜说。“你要茶吗?”她拿着茶壶补充说。

“好，难为你。究竟是什么计划呢?”

“是和一批囚犯到西伯利亚去，其中有一个妇人，我觉得是我对她不起。”聂黑流道夫说。

“我听说不仅是陪伴她，还有别的。”

“是的，还要娶她，只要她愿意。”

“当真！假若您并不觉得不愉快，就把您的动机告诉我吧。我不明白它们。”

“这些动机是，这个妇人……她堕落的第一步……”聂黑流道夫因为找不出适当言辞而对自己发火，“这些动机是，我有罪，她受罚。”

“假若她被处罚，那大概她不是无罪的了。”

“她是完全无罪的。”

于是聂黑流道夫带着不必要的兴奋说了全部事件。

“是的，这是庭长的疏忽和因此而有的陪审员回答的考虑不周。但是对于这种情形，还可以向大理院上诉。”

“大理院驳回了上诉。”

“驳回了，这就是没有正当的上诉理由，”伊格那其·尼基福罗维支说，显然是完全采取一般的意见，就是，真理是法庭判决的产物，“大理院不能够研究案子的是非。假若法庭真有错误，可以请求皇帝。”

“请求了，但没有成功的可能。他们要问部里，部里问大理院，大理院重复自己的判决，于是，和通常一样，无罪的要被处罚。”

“第一点，部里不会问大理院的，”伊格那其·尼基福罗维支带着赏光的笑容说，“却要向法院索取原有案件，假若找出了错误，就要根据这个做决断；而第二点，无罪的是从来不被处罚的，至少，是只有极稀少的例外。但有罪的要被处罚。”伊格那其·尼基福罗维支带着自信的笑容从容地说。

“但我却相信相反的情形，”聂黑流道夫带着对姊丈的恶意说，“我相信被法庭判罪的人大部分是无罪的。”

“这是怎么说法的?”

“按照简单的字面意义，他们简直是无罪的，正如同这个毒杀案中的妇人是无罪的，正如同我现在所认识的一个农民在他并没有做的杀人案中是无罪的，正如同在屋主自己做的纵火案中几乎被判了罪的母子俩是无罪的。”

“是的，当然，法庭的错误总是有的，将来也会有的。人类的制度是不能够完善的。”

“还有很多的人是无罪的，因为他们是在某种社会中长大，不认为他们所做的事是有罪的。”

“请您原谅，这是不正确的；每个窃贼知道偷窃是不好的，不应该偷窃，偷窃是不道德的。”伊格那其·尼基福罗维支说，带着镇静的、自信的、依然如旧的、几分轻视的笑容，这特别令聂黑流道夫生气。

“不，他不知道；别人向他说：不要偷窃，但他却看到并且知道，厂主偷窃他的工作成果，压低他的工资，政府和它的官吏，用赋税的形式，不停地窃取他的钱财。”

“这是无政府主义。”伊格那其·尼基福罗维支安详地为内弟的话下定义。

“我不知道这是什么，我说的是事实，”聂黑流道夫继续说，“他知道，政府盗窃他，他知道我们地主们早已在盗窃他，夺去了他的土地，土地应该是公有的财产，后来，当他从这个被盗窃的土地上拾点树枝做火炉燃料时，我们把他关进监狱，并且要使他相信他是窃贼。其实他知道窃贼不是他，而是盗窃了他的土地的人，并且取得他的被盗窃的东西的任何 restitution（赔偿）乃是他对他家庭的责任。”

“我不明白，但即使明白，我也不同意。土地不能不是谁人的财产。假若您分散土地，”伊格那其·尼基福罗维支开始安详地说，充分地相信聂黑流道夫是社会主义者，社会主义学说的要求乃是平均分配土地，而这种分配是很笨的，他可以容易地证明这个，“假使您今天把土地平均分配了，明天土地又转到最勤勉最能干的人手里去了。”

“没有人想要平均地分配土地，土地不应该是任何人的财产，不应该是购买、出卖、租佃的对象。”

“财产权是人类生来具有的。没有财产权就没有任何耕种土地的兴趣。消灭了财产权，我们就要回到野蛮的状态。”伊格那其·尼基福罗维支权威地说，重复着拥护土地私有权的通常的理论，这理论是被认为不可否认的，而要点是对于土地私有的欲望就是土地应该私有的一种证明。

“相反，要在土地不是私产的时候土地才不会像现在这样的荒芜，现在地主们，好像秣槽里的狗一样，不让能够耕种的人得到土地，他们自己又不能耕种土地。”

“您看，德米特锐·伊发诺维支，这是地道的疯话！在我们这时代，废除土地私有制是可能的吗？我知道，这是你的旧 dada（嗜好）。但让我坦白地告诉您……”于是伊格那其·尼基福罗维支脸色发白，声音发抖：显然，这个问题深切地感动了他，“我要劝您，在您做实际的解决之前，要把这个问题好好地想一番。”

“您是在说我的私事吗？”

“是的。我以为，我们是在一定的境遇里，应该担负这种境遇里所产生的责任，应该保持我们在其中出生的，从我们祖先继承的，并且应该传给我们后代的那种生活条件。”

“我认为我的责任是……”

“请原谅，”伊格那其·尼基福罗维支继续说，不让他打断自己，“我不是为我自己和我的孩子们说的。我的孩子的境况是有保障的，我挣的钱够我们过宽裕的生活，并且希望孩子们也过宽裕的生活，因此，我对于您的——让我大胆说——没有充分思索的行为的异议，不是从个人利害上产生的，而是在原则上我不能同意您。我要劝你多加思考，阅读……”

“哦，您让我自己决定我自己的事情吧，让我自己决定什么是需要阅读的，什么是不需要阅读的。”聂黑流道夫说，脸色发白，觉得他的手发冷，他不能控制自己了，他沉默无言，开始喝茶。

三十三

“哦，孩子们怎样？”聂黑流道夫稍微镇静了一点问姊姊。

姊姊说到孩子们，说他们和祖母，丈夫的母亲在一起，又说她很高兴他和她丈夫的争论完结了，又开始说到她的孩子们如何玩旅行游戏，正如同他从前玩过两个木偶——一个是黑人，一个叫作法国女人。

“你真记得吗？”聂黑流道夫微笑着说。

“你想吧，他们玩得完全一样。”

不愉快的谈话完结了。娜塔莎放心了，但她不愿在丈夫面前说到只有弟弟能懂的事，为了开始共同的谈话，她说到已经传到此间的彼得堡新闻——卡明斯卡雅太太的悲伤，她失去了死于决斗的独子。

伊格那其·尼基福罗维支说出了他反对这种情形，就是决斗中的杀人没有包括在普通刑事犯罪中。

这个意见引起了聂黑流道夫的反驳，关于这个话题又起了争论，这一次一切都没有说得明白，两个谈话的人都没有说出自己意见，却维持着自己的信念，互相批评。

伊格那其·尼基福罗维支觉得聂黑流道夫批评他，轻视他的一切活动，于是他想要向他证明他的批评并不正确。

聂黑流道夫没有说出他因为姊丈干涉他的土地事务而感觉到的不满（他在心坎里觉得姊丈和姊姊和作为他的继承人的孩子们有权利干涉），却在心中愤慨这个偏狭的人，他带着充分的信念与镇静，继续把聂黑流道夫现在觉得无疑是愚蠢的犯罪的事情，看作公正合法的。这种自信激怒了聂黑流道夫。

“法律能够怎么办呢！”聂黑流道夫问。

“把两个决斗人当中的一个，当作普通的杀人犯，罚做苦工。”

聂黑流道夫的手又发冷了，他冒火地说：

“哦，那有什么意义呢？”

“那才是公正的。”

“好像正义是法律活动的目的。”聂黑流道夫说。

“是什么别的吗？”

“是阶级利益的维持。法律，在我看来，只是维持对于我们的阶级有利的现有秩序的一种行政工具。”

“这是全新的见解，”伊格那其·尼基福罗维支带着安详的笑容说，“我们通常认为法律负有全然不同的使命。”

“在我看来，理论上是这样，事实上不是这样。法律的目的只是保持社会现状，因此它起诉并且处罚那些高过并想提高一般水准的人，即所谓政治犯，以及那低于一般水准的人，即所谓犯罪型的。”

“我不能同意，第一点，我不承认所谓政治犯被处罚是因为他们高过一般的水准。他们大部分是社会的废物，正和您认为低于一般水平的那些犯罪型的人同样的堕落，虽然方面不同。”

“但我知道一些无比地高过法官的人；所有的宗派教徒们是有道德的，坚毅的……”

但伊格那其·尼基福罗维支具有说话时不让人打断的习惯，不听聂黑流道夫说，却继续同时向聂黑流道夫说，因此特别令他生气。

“我不能够同意法律的目的是维持现状。法律追求它的目标，或是改造……”

“监狱里的改造好极了。”聂黑流道夫插言。

“……或是除去，”伊格那其·尼基福罗维支固执地继续说，“那些威胁社会生存的堕落的与兽性的人。”

“事实上它却一样也没有做。社会没有做这事的方法。”

“这是怎么的？我不明白。”伊格那其·尼基福罗维支勉强地微笑着说。

“我想要说的是，合理的处罚只有两种——就是从前所采用的体刑和死刑，但由于人性的软化，渐渐不被采用了。”聂黑流道夫说。

“听到您说这话真是新奇惊人的。”

“是的，使人受痛苦，要他不再做他因而受苦的那种事，是有理的，并且斩掉毒害、危害社会的人的头是充分有理的。这两种处罚都有合理的意义。但是把那因为赋闲和坏榜样而堕落的人关在监狱里，在生活无虑和强迫赋闲的环境中，在最堕落的人的团体中，有什么意义呢？或者是因为某种缘故而用公费——每个人要用五百卢布以上，把人从土拉送到伊尔库斯克，或者从库尔斯克……”

“但人们还是怕这种公费旅行，假若没有这些旅行和监狱，我和您就不像现在这样坐在这里了。”

“这些监狱不能够保证您的安全，因为那些人不是永远坐牢，他们要被释放的。相反，在这些机构里，那些人被引到最高度的罪恶和堕落，就是增加危险。”

“您是想说惩罚制度应该改良。”

“是不能够把它改良的。改良监狱的费用要比现在人民教育的费用更加多，要在人民身上增加新的负担。”

“但惩罚制度的缺点并不妨害法律本身。”伊格那其·尼基福罗维支继续说自己的话，不听内弟说。

“没有办法纠正这些缺点。”聂黑流道夫提高了声音说。

“那么怎么办呢？应该杀死他们吗？或者像一个政治家所提议的，挖出他们的眼睛吗？”伊格那其·尼基福罗维支胜利地微笑着说。

“是的，这是残忍的，却是有效的。现在所做的事是残忍的，不但是无效，而且是那么愚蠢，使我们不能够明白，心智健全的人怎么能够参与像刑事法庭这样的荒谬而残忍的事情。”

“但我却是参与这种事的。”伊格那其·尼基福罗维支脸色发白地说。

“这是您的事。但我不明白这个。”

“我想，您不明白的事情很多。”伊格那其·尼基福罗维支用发抖的声音说。

“我在法庭上看见过一个候补检察官怎样地极力控诉一个不幸的，只会引起任何不堕落的人的同情心的少年。我知道，另一个检察官怎样盘问一个宗派教徒，把读《福音书》当作刑事犯罪；但法庭的全部活动只是这种无意义的，残忍的行为。”

“假若我这么想，我就不服务了。”伊格那其·尼基福罗维支说，站起来了。

聂黑流道夫看见了姊丈的眼镜下边特别的光。“这会是眼泪吗？”聂黑流道夫想。确实，这是愤慨之泪。伊格那其·尼基福罗维支走到窗前，取出手帕，咳嗽着，开始擦眼镜，又将眼镜摘下来，拭眼睛。

回到沙发前，伊格那其·尼基福罗维支吸着了一支雪茄，没有再说什么。

聂黑流道夫觉得痛苦惭愧，因为他把姊丈和姊姊得罪到这样的程度，特别是因为他明天就要离开，不再和他们见面。

在零乱的心情中他和他们告别后，乘车回家。

“我所说的，很可能是正确的——至少，他什么也没有回驳我。但话是不应该那么说的。假若我能够这样地被恶感所支配，这样地触怒他并且得罪可怜的娜塔莎，我的改变是多么小啊。”他想。

三十四

包括马斯洛发在内的一批人要在下午三点钟从火车站出发，因此，为了看到这一批人从监狱里出发，和他们一同到达火车站，聂黑流道夫打算在十二点钟之前到达监狱。

头天晚上收拾物品和文件时，聂黑流道夫发现了他的日记，阅读了几处，和他最近所记的。到彼得堡之前的最后的日记是这么写的：“卡邱莎不愿意接受我的牺牲，却愿牺牲她自己。她胜利了，我也胜利了。她以她的内心变化使我快乐，我似乎觉得却怕相信她有了这个变化。我怕相信，但我似乎觉得，她恢复生气了。”在这后边，又写了：“我经历了很痛苦的并且很快乐的生活。我听说她在病院里行为不端。我顿然觉得异常痛苦。没有料到过，是多么痛苦。我憎恶地和她说话，后来忽然想起自己，想起我有许多次是，并且现在也是（虽然是在思想上的）犯了我因而怨恨她的那种罪，于是忽然我同时成了我自己所嫌恶的人，我怜悯她，我又觉得很舒服了。但愿永远能够及时看到自己眼睛里的梁木，我们便是多么善良的人啊。”当天他写了：“我去看了娜塔莎，由于自我的满足，我又成了不善良的、恶意的人，痛苦的情绪还在。哦，但这有什么办法呢？明天开始新生活，但是旧生活永远再会了。集聚了许多的印象，但我还不能把它们统一起来。”

第二天早上睡醒时，聂黑流道夫的第一个情绪便是懊悔他和姊丈之间所发生的事。

“我不能够那样地离开，”他想，“应该到他那里去赔罪。”

但，看了看表，他觉得现在已经来不及了，并且应该赶快，免得赶不上这批人的出发时间。匆忙地收拾了东西，派了守门人带上东西和非道茜亚的丈夫、与他同路的塔拉斯直接到车站去，聂黑流道夫雇了最先遇到的车子，到监狱去了。

囚犯们的车，在聂黑流道夫所搭的客车两小时前开走了，因此他在寄宿处算清了账，不想再来了。

那是六月里难受的炎热天气。在闷热的夜晚之后尚有余温的街石、房子、铁顶，在炎热的不流动的空气中发出热气。没有风，即使起风，也只刮来含有尘土和油漆气味的恶臭和炎热的空气。

街上的人很少。在街上的人都极力要在屋阴下走。只有被太阳晒黑的穿草鞋的铺路农民坐在街心里，用锤子锤打铺在热沙里的石块；愁闷的警察，穿着未漂白的单襟的布制服，挂着手枪的橙色的索子，委顿地换着脚，站在街中；一边挂了布遮挡太阳的有轨马车，由遮着头布，从布孔里凸出耳朵的马拖驶着，响着铃铛，在街上来往地行驶着。

当聂黑流道夫到达监狱时，这批人还未出门，监狱里边还在做着从早上四点钟开始的，点交接收被流放的囚犯们的紧张工作。在被流放的人群中有六百二十三个男人和六十四个女人：他们都要按照登记表被点验，留下病的弱的，再交给护送官。新监狱长，他的两个助理官，医生，医药助理员，护送官，书记，都坐在院中墙阴下有文具和公文的桌子前，一个一个地点名、检查、询问，登记着一个一个走到他们面前的囚犯。

这时候桌子已经有一半照到了太阳光。空气极热。尤其是因为无风和站在那里的囚犯们的气息而觉得闷热。

“这是怎么回事，没有完结了！”那吸着烟卷的高大、肥胖、红脸、耸肩、短臂、不断地让烟气熏染着口边胡髭的护送官说，“简直苦死人了。你们从哪里找来了他们这么多人？还有很多吗？”

书记查阅了一下。

“除了女的还有二十四个男的。”

“呃，为什么站着，来！”护送官向互相拥挤的尚未被检验的囚犯们喊叫。

囚犯们已经在行列中站了三小时以上，不是在阴影中，而是在太阳下，等候着轮次。

这个工作在监狱里面进行着，在外边，在门口，照常地站着一个带枪的卫兵，有二十辆装载囚犯行李和衰弱囚犯的运送车，在街角上有一群亲戚朋友等候着囚犯们出门见面，并且假如可能，就交谈，赠送一点东西。

聂黑流道夫也站到这一群当中去了。他在那里站立了大约一小时。一小时后，听见了门那边传来镣链的锒铛声，脚步声，指挥命令声，咳嗽声，大群人的低语声。

这样地继续了五分钟光景，在这期间有典狱们从边门里走出走进。最后听到了发令，大门轰然打开，镣链的锒铛声更清晰了，着白色单襟制服的带枪的护送兵走上街，并且显然好像是熟悉并习惯检阅一样，在门外排成一个完美的大圆圈。当他们站定时，又听到了新的口令，于是囚犯们开始成对地走出，在剃过的头上戴着薄饼式的平顶帽，肩上扛着囊袋，拖着上镣的腿，摇摆着一只空手，另一只手托着背上的囊袋。

惩役的男犯们走在最前面，统统穿同样的灰裤子和背上有印记的袍子。他们——年轻的，年老的，瘦的，胖的，苍白的，红色的，黑色的，有口髭的，有须的，无须的，俄国人，鞑靼人，犹太人——统统晃动着镣链，活泼地摆着手，走出来，好像准备走到遥远的地方去，但走了十步光景，就停下来，顺从地前后排列着，四人一列。紧接在他们之后，从门里不停地涌出了同样剃过头的、没有脚镣的，却被手铐把手臂镣在一起的，穿同样衣服的人。他们是流放的……他们同样活泼地走出来，停下来同样地排成四人一列。然后走出被地方政府所流放的人。

然后走出妇女们，也按照同样的次序，开始是穿灰囚袍戴头巾的惩役犯，然后是流放的女犯和一些穿城市或乡村的服装的自愿伴随丈夫的妇女们。有些妇女在灰袍的襟前带着喂乳的婴儿。

儿童们，男孩和女孩，随同妇女们走出来。这些小孩，好像马群中的幼驹，在女犯们当中紧靠着。

男人们沉默地站住，只偶尔咳嗽着，或作短略的谈话。在妇女当中发出不停的说话声。聂黑流道夫觉得，当马斯洛发出来时，他认出了她；但后来，她在大群的别的妇女中消失了，他只看到一群灰色的、好像失去了人类的，尤其是妇女的特质的生物，带着小孩们和囊袋，排列在男子的后边。

虽然所有的囚犯在监狱内已经点过数，护送官又开始点数，和先前的计数核对。这个复核经过了很久，特别是因为有些囚犯移动了，换了地方，因此扰乱了护送官的计数。

护送官责骂并且推搡顺从然而愤怒地听命的囚犯们，重新计数。当全部重新数毕时，护送官发了口令，人群中发生了拥挤。衰弱的男子、妇女和小孩，互相追越着，涌到运送车前，开始把囊袋放在车上，然后他们自己爬上车。带着啼哭乳婴的妇女，快乐争位子的小孩，委顿愁闷的囚犯，爬上了车坐下。

有几个囚犯，脱下帽子，走到护送官面前，向他要求什么。聂黑流道夫后来知道他们是要求上车。聂黑流道夫看到，护送官沉默着，不望请求人，吸着烟卷，后来又忽然向一个犯人挥动短臂，这个犯人好像料到挨打，把剃过的头缩进肩膀，从他面前跑开了。

“我要升你做贵族，让你记得！步行吧！”军官大声说。

只有一个摇步不定的，高高的，戴腿镣的老人，被军官准许了上车。聂黑流道夫看到，这个老人摘下薄饼式的平顶帽，画了十字，向运送车走去，后来因为镣链妨碍他举起衰弱的老年的腿，好久不能够爬上去，坐在车上的一个妇人拖着他的手臂帮助他上了车。

当运送车都装满了囊袋，袋上坐了被准许的人时，秃顶的护送官脱了帽子，用手帕拭了额头和肥胖的红颈子，画了十字。

“全体，开步走！”他发出了口令。

兵士们碰响着枪，囚犯们摘下帽子，有些用左手，开始画十字，送行的人喊叫了什么，囚犯们喊着回答了什么，在妇女当中起了号泣声；于是这一批犯人，在这白色单襟制服的兵士们的环绕中，走动了，上镣的脚扬起了灰尘。兵士们走在前面，然后是四人一排的晃动着脚镣的惩役犯，再后是流刑犯，再后是被地方政府流放的成对的手臂镣在一起的犯人，然后是妇女。装载行囊与衰弱者的运送车走在更后，在其中一辆的上边高高地坐着一个裹着身体的妇人，不停地嘶叫着、啜泣着。

三十五

行列是那么长，在前面的已经看不见时，装载行囊和弱者的运送车才开动。当运送车开动时，聂黑流道夫坐上等候他的车子，吩咐车夫赶上前面的人群，以便在人群中察看是否有他所认识的男犯，并且在妇女当中寻找马斯洛发，问她是否收到了送给她的东西。

天气很热。没有风，被千条腿所扬起的灰尘始终笼罩着在街中行走的囚犯们。囚犯们用快步走，聂黑流道夫所乘的车子前面的慢步的马匹缓缓地赶着他们。样子奇怪可怕的陌生的生物一排一排地走着，移动着上千条穿同样鞋袜的腿，随着脚步的拍子，摇摆着空手臂，似乎是鼓励着他们的精神。

他们的数目是那么多，他们又是那样的一个模样，并且他们被放置在这种特别奇怪的情况中，以致聂黑流道夫觉得，他们不是人，而是某种特别的可怕的生物。这个印象，直到他在惩役犯中间认出杀人犯非道罗夫，在流刑犯中间认出滑稽的奥号清和另一个曾经向他求助的浪子的时候，才消失。几乎所有的囚犯都回头看，侧视着赶上他们的轻快马车，和坐在车上注视他们的绅士。非道罗夫把头向上一仰，表示他认出了聂黑流道夫；奥号清眏了眼睛。但是没有一个人鞠躬，因为这是不被许可的。

和妇女们平行时，聂黑流道夫立刻认出了马斯洛发，她走在妇女行列的第二排。走在顶边的是脸色发红的、短腿黑眼而丑陋的、把衣襟折塞在腰带上的妇人——这是好罗纱芙卡。第二个是怀孕的妇人，她费力地拖着双腿。第三个是马斯洛发，她在肩上背着行囊，对直地看着前面，她的脸是宁静的、坚决的。这一行当中第四个人是活泼地行走的、年轻貌美的、着短袍、农妇式地扎头巾的妇人——这是非道茜亚。

聂黑流道夫从快车上走下来，走到走动的妇女们的身边，想问马斯洛发是否收到了东西，问她觉得怎样，但走在这边的护送军曹，立刻注意到走来的人，便跑到他面前。

“先生，不能够接近犯人，这是不允许的。”他走上前来大声说。

走到面前认出了聂黑流道夫（在监狱里大家都已经认识他），军曹把手指举到帽边，停在聂黑流道夫的旁边，说道：

“现在不行。到了车站上可以，这里是不许可的……不要落后，走！”他向囚犯们喊叫，于是振作着精神，不顾炎热，踏着簇新的靴子，跑着回到自己的地方。

聂黑流道夫回到行人道上，吩咐车夫跟在他后边，好看得见犯人们。囚犯们在所经过的地方，处处引起了混合着同情和恐惧的注意。坐车经过的人从马车里伸出头来看，用眼睛看着犯人们一直到看不见的时候。步行的人停下来，惊异而恐惧地看着这可怕的情景。有的走到他们面前，给予施舍。护送兵接受了施舍。有的，好像被催眠了一样，跟在囚犯们后边，但后来又停住，摇着头，只用眼睛送囚犯们。人们互相呼唤着从门口和大门里跑出来，从窗子里伸出头来，不动地无言地看着这可怕的行列。在一个十字路口，行列阻碍了一辆华丽的马车穿过。在驾驭台上坐着一个面有光泽、腰背肥胖、背上有两排扣子的车夫，在篷车的后边位子上坐着一对夫妇：妻子瘦而白、戴着浅色帽子、打着鲜明的阳伞，丈夫戴着高顶帽、穿着浅色的漂亮的外套。在前边的位子上他们的孩子面对面地坐着：一个是盛装的、鲜艳如花的有蓬松的金发的、也打着鲜明的阳伞的女孩，一个是八岁的、颈子瘦长、锁骨凸起、戴水兵帽子挂着长缎带的男孩。

父亲愤怒地责备车夫，因为他没有及时越过阻碍他们的行列，母亲厌恶地皱着眉眯着眼，用绸阳伞遮挡着太阳和灰尘，她把阳伞紧贴着她的脸。

腰背肥胖的车夫愤怒地皱着眉，听着主人的不公正的指责，是主人自己吩咐他从这条街上走的，他费力地约制着要向前冲的光泽的、在络头和颈子下边发汗的黑马。

警察一心一意地想替华丽篷车的主人服务，把囚犯们止住，让他过去，但他觉得这个行列具有凄惨的庄严，即使为了这样的富绅也是不能破坏的。他只把手举到帽檐，表示他对于财富的尊敬，并且严厉地望着囚犯们，好像是保证着在任何情形之下他要保护坐车的人不受他们危害。因此篷车不得不等待全部队列走过去，直到最后的运载行囊和坐在行囊上的囚犯的运送车轰轰地走过时，才走动。一个坐在车上的情绪失常的、已经安静的妇人，看见了华丽的篷车，又开始啜泣喊叫了。直到此时，车夫才轻轻拉动缰勒，黑马在石块上踏响着蹄铁，拖动了橡皮车轮上轻轻震动的篷车到别墅去，那丈夫，妻子，女孩，和细颈子、凸锁骨的男孩便是到这里去娱乐的。

父母都没有向儿女把他们所见的情形加以说明。因此孩子们不得不自己解决关于这个情景的意义的问题。

女孩考虑了父母脸上的表情，这样地解决了这个问题，认为他们是和她的父母和朋友们全然不同的人，他们是坏人，因此，正应该像现在这样地对待他们。因此女孩只觉得恐惧，直到这些人看不见时，才快乐起来。

但是那个眼不睒动也不离开地望着囚犯行列的、颈子瘦长的男孩，却以不同的方式解决了这个问题。他已确定地知道，从上帝那里直接知道，这些人是和他自己完全一样，和所有的人一样，因此，是有人对这些人做了错事——不应该做的事，他为他们痛惜，对于被上镣被剃发的人以及对于镣他们剃他们的人感觉到恐惧。因此，男孩的嘴唇愈益努起，他做了巨大的努力以免哭泣，觉得为这种事哭是羞耻的。

三十六

聂黑流道夫和囚犯们走着同样的快步，虽然穿得轻薄，他还是觉得热得可怕，尤其因为灰尘和街上不流通的炎热的空气而觉得气闷。

走了四分之一俄里，他坐到车子上再向前行，但在街中心，坐在车上他觉得更热。他试图回想昨夜与姊丈的谈话，但现在这些回想已经不能像早晨那样使他激动。它们被囚犯们出监狱和行列的印象遮蔽了。尤其是被困人的炎热压下去了。

在围墙旁边的树荫下，两个实科中学男学生，脱了帽子，站在一个蹲着的卖冰食的人面前。一个男孩舔着角质的匙子，已经在享受了，另一个等候着一个满满地盛着黄色东西的小杯子。

“这里有什么地方可以喝到东西?”聂黑流道夫问他的车夫，感觉到不可压制的饮食欲望。

“附近有一个好馆子。”车夫说，于是转了弯，把聂黑流道夫送到有大招牌的门前。

穿衬衫的、在柜台旁边的胖店员，和穿从前是白色的衣服的、因为没有顾客而坐在桌边的堂倌们，好奇地望着这个不寻常的客人，招待着他。聂黑流道夫要了矿泉水，离窗子远远地坐在铺了脏台布的小桌子前。

有两个人坐在一张有茶具和白玻璃瓶的桌前，拭着额上的汗，和蔼地计算着什么。一个是黑脸秃顶的，脑后有同样的一条边黑发，像伊格那其·尼基福罗维支有的一样。这个印象又令聂黑流道夫想起了昨天和姊丈的谈话，以及他要在出发之前和他及姊姊见面的愿望。

“在火车开车之前我来不及了，”他想，“我最好是写信。”于是他要了信纸、信封、邮票，啜着清凉的起泡沫的水，开始思索他要写什么。但他的思维零乱，不能够写出信来。

“亲爱的娜塔莎，我不能够带着我昨天和伊格那其·尼基福罗维支谈话的痛苦印象离开这里……”他开始写着。“下面的呢？要求原谅我昨天所说的话吗？但我是说了我所想到的。他会以为我是否认自己的话。并且这是他干预我的事情……不，我不能够。”于是，他感觉到又在他心中产生对于这个生疏、自信、不了解他的人的怨恨，把未写完的信放进口袋，付了账，走上街，坐车追赶囚犯们。

天气更炎热了。墙和石头似乎吐出了热气。脚似乎是在热石块上受烤，当他光手触到快车的漆过的遮泥板时，感觉到火烫。

马无力地慢驰，在灰尘的不平的石块上匀速地踏着蹄铁，在街上曳着；车夫不断地打瞌睡，聂黑流道夫坐着，什么也不想，漠不关心地看着自己的前面。在街道水沟斜坡上，在大房子的门口，站立着一群人和一个带枪的护送兵。聂黑流道夫止住了车夫。

“这是怎么回事？”他问守门人。

“囚犯出了事情。”

聂黑流道夫下了马车，走到人群那里。在人行道旁水沟斜坡的崎岖石块上躺着一个头比脚低的、宽肩、红胡须、红脸、扁鼻、穿灰衣灰裤的中年囚犯。他仰卧着伸着，掌心向下的有斑点的手，高而宽大的胸脯，在长时的间隔之后有节奏地起伏着、呻吟着，用不动的充血的眼睛看着天空。在他旁边站着皱眉的警察，小贩，邮差，店员，打伞的老妇人，头发剪短的拿着空篮子的男孩。

“虚弱了，坐在牢里，他们虚弱了，又把他们带在顶烫的火热里。”店员向走来的聂黑流道夫谈论着。

“他大概要死了。”打伞的妇人用哀恸的声音说。

“应该把衣服领子解开。”邮差说。

警察开始用发抖的肥手指笨拙地解开青筋凸起的红颈子上的带子。他显然是兴奋而又慌乱，但仍旧认为他应该向人群说话。

“你们为什么挤在这里？这样热。你们挡风啦！”

“应该有医生检查。把衰弱的留下来，他半死不活的被押出来了。”店员说，明明是夸耀着自己的法律知识。

警察解开了衬衣领的带子，跳起来，环顾了一下。

“走开，我说的。这不是你们的事。有什么东西没有看见过吗？”他说，向着聂黑流道夫求取同情，但没有遇到他的同情目光，他又看了看护送兵。

但护送兵站在一旁，看着自己的磨损的鞋跟，对于警察的为难是全然漠不关心的。

“这是那些负责的人不当心……把人弄死是对的吗？……囚犯归囚犯，但仍旧是人。”人群里的声音说。

“把他的头托高一点儿，给他点儿水。”聂黑流道夫说。

“派人弄水去了。”警察回答，并且拉着囚犯的腋下，费力地把他的上身托高了一点儿。

“挤在这里做什么？”忽然一个坚决的权威的声音说，穿着异常清洁漂亮的制服和更漂亮的高筒靴的警官快步地走到围绕囚犯的人群那里。

“走开！用不着站在这里！”他向人群大声说，还没有看出为什么人群聚集在这里。

走到附近看见了垂死的囚犯时，他用头做了同意的姿势，好像是预料到这样的事一样，他转向警察说：

“怎么会这样的？”

警察说囚犯们经过时，这个囚犯跌倒了，护送官命令他留在后边。

“原来如此吗？应该送到局里去。车子。”

“守门人去叫了。”警察把手指举到帽檐说。

店员开始说到关于炎热的话。

“这是你的事吗？啊！走开吧。”警官说，并且那么严厉地瞥他一眼，以致店员无言了。

“应当给他点儿水喝。”聂黑流道夫说。

警官也严厉地瞥了瞥聂黑流道夫，却没有说话。当守门人用把杯带来了水，他吩咐警察给囚犯水喝。警察托起下垂的头，试图把水注到他嘴里去，但囚犯不能喝水，水顺胡须流下来了，打湿了他的褂襟和脏麻布衬衣。

“倒在他头上！”警官命令，于是警察脱去薄饼式的帽子，将水倒在红色鬈曲的头发上和光头上。

囚犯的眼睛大睁着，似乎是恐惧，但他的姿势没有变。他的脸上流下几条有灰尘的脏水，但他的嘴仍旧有节奏地呻吟着，他的全身颤抖着。

“这不是吗？用这一辆，”警官指示着聂黑流道夫的车子向警察说，“赶来！哎，你！”

“有生意了。”车夫没有抬起眼睛忧闷地说。

“这是我的车子，”聂黑流道夫说，“但是让他上车吧。我付钱。”他转向车夫补充说。

“嗯，为什么站着？”警官大声说，“抬人！”

警察、守门人、护送兵抬起垂死的人，抬到车上，放到座位上。但他自己坐不稳；他的头向后仰着，他的身子从座位上滑下来了。

“横放着！”警官命令。

“没有关系，大人，我这样送他去。”警察说，坚定地和垂死的人并坐在位子上，用强力的右臂搂住他的腋下。

护送兵拿起穿囚鞋的没有袜子的脚，放到车上摆着。

警官环顾了一下，看到石头路上囚犯的薄饼式帽子，把它捡了起来，放在他向后垂的潮湿的头上。

“走！”他命令。

车夫愤怒地环顾了一下，摇了摇头，由护送兵陪同着，把马车慢步地向原路赶到警察局。和囚犯并坐的警察不断地扶起向各方摆动着头的、向下滑的身体。

走在车旁的护送兵不断地将他的腿放好。聂黑流道夫走在车子后边。

三十七

从站着的救火员[1]面前走过，来到警察局，载囚犯的车子进到警察局的院子里，在众门当中的一道门前停下。

在院子里，救火员们，卷了袖子，大声谈笑着，在洗一种车子。马车刚刚停下，便有几个警察围了车子，在腋下搂住囚犯的没有生气的身体，把他从他们身体下边发响声的轻快马车上抬下来。

带来囚犯的警察下了车子，摇着麻木的手臂，脱下帽子，画了十字。尸体被抬进门，抬上了楼。聂黑流道夫跟在他们后边。在他们抬进尸体的小而脏的房间里有四张床。在两张床上坐着两个穿换装服的病人，一个是歪嘴的扎裹着颈子的，另一个是患肺病的。两张床空着，在一张空床上他们放下了囚犯。一个眼睛明亮、眉毛不停地动着、只穿一件衬衫和袜子的矮子，用迅速轻软的步伐，走到被抬来的囚犯面前，看了他，然后又看了聂黑流道夫，便大声发笑。这是收留在救护所里的疯子。

“他们要吓我，”他说，“可是不会，不会成功。”

在抬尸体的警察之后，走进来了警官和医药助理员。

---

[1] 在莫斯科救火队与警察通常是在一起。——毛德

医药助理员走到尸体旁边，摸着囚犯的黄而有斑点的、虽然柔软却已经是死白的手，拿了一会儿，然后放下。它无生气地落在尸体的肚子上。

“完了。”医药助理员摇了摇头说，但显然，为了合乎规矩，打开了尸体的潮湿粗硬的衬衫，把自己的鬈发从耳边抹开，把头放在囚犯的黄色的不动的高胸脯上。大家静默着。医药助理员抬起头来，仍然摇了摇头，用手指先摸了这一只又摸了另一只睁着不动的蓝眼睛上边的眼睑。

“不要吓我，不要吓我。”疯子说，不断地向医药助理员唾吐着。

“怎么办?”警官问。

“怎么办?”医药助理员重复，“应当送进尸房。”

“当心啊！是真的吗?”警官问。

“我当然知道。”医药助理员说，为了什么缘故而掩闭着死尸的敞开的衣襟。“但我要去找马特未·伊发内支，让他来看一看。彼得罗夫，去叫他来。”医药助理员说，离开了死尸。

“送到尸房里去。”警官说。“那时你一定要到办公室去签字。”他向始终未离开囚犯的护送兵说。

“就是了。”护送兵说。

警察们抬起了死尸，又抬下楼。聂黑流道夫想跟他们去，但疯子阻止了他。

“您不在同谋之内，那么给我一支烟卷吧。”他说。

聂黑流道夫取出烟匣，给了他一支。

疯子动着眉毛，开始很快地叙述他怎样被暗示所苦。

“他们都反对我，用他们的方法苦恼我，折磨我……”

“对不起。”聂黑流道夫说，没有听完他的话，就走进院子，希望知道他们把死尸送到什么地方去。

警察已经抬着死尸走过院子，正进入地室的门。聂黑流道夫想走到他们那里，但警官阻止了他。

“您需要什么?”

“没有什么。”聂黑流道夫回答。

“没有什么，您就走吧。”

聂黑流道夫听从了，向他的车夫那里走去。车夫在打盹。聂黑流道夫唤醒了他，又坐车到火车站去。

他还没有走到一百步，又遇到一辆由带枪的护送兵押送着的运送车，车上躺着另外一个显然已死的囚犯，囚犯仰卧在车上，他的有黑胡须的、被薄饼似的帽子遮到脸部和鼻子的、剃过的头，随着车子的每一颠簸而颤抖跳动着。穿大靴的赶车的人牵着马，并行着。警察走在后边。聂黑流道夫触了自己车夫的肩。

“他们在做什么呀!”车夫说，停下马。

聂黑流道夫下了轻快马车，跟随着运送车，又从站岗的救火员身边走过，走进警察局的院子。院子里的救火员现在已经洗毕了车子，而代替他们的是一个高长、骨瘦、有蓝帽箍的救火队长，他站在那里，把手插在口袋里，严厉地看着救火员在他面前牵着的一匹肥颈黄色牡马。牡马跛了一只前腿。救火队长向站在那里的兽医愤怒地说了什么。

警官也站在那里。看见了另一具死尸，他走到运送车那里。

“在哪里装的?”他问，不满意地摇了摇头。

“在旧高尔巴托夫斯克街。”警察回答。

“囚犯吗?”救火队长问。

“正是。”

“今天第二个了。”警官说。

“哦，顺次序的。当然是天热极了，”救火队长说，转向牵着跛腿黄色牡马的救火员，大声说，“放到角落上的马房里去！我要教训你这个狗养的，你把比你这个混蛋还值钱的马弄残废了!”

死尸和头一个同样地被警察从运送车上抬下来，抬到救护室。聂黑流道夫好像受了催眠，跟着他们。

“您要做什么?”有一个警察问他。

他没有回答，向他们送死尸的地方走去。

疯子坐在床上，贪婪地吸着聂黑流道夫给他的烟卷。

“啊，您回来了！”他说，并且出声大笑。看见了死尸，他皱了皱眉。“又是一个。”他说。“令我厌烦了。我不是小孩子，对吗？”他疑问地微笑着，转向聂黑流道夫。

这时聂黑流道夫望着死尸，死尸不再被人遮蔽，先前被帽子遮住的脸全部看得见了。头一个囚犯是丑陋的，这一个的脸和全身都异常美丽。这是一个年富力强的人。虽然是有破坏面相的剃了发的半个头，那不高的、耸直的、在黑色无生气的眼睛上边凸起的额头却是很美，在稀疏胡髭上的高鼻梁是同样的美。现在已经发紫的嘴唇上带着笑容，小的胡须只缘附在脸下部，在剃了发的一边头上可以看到不大的坚强而美丽的耳朵。面部的表情是宁静的，严肃的，善良的。

且不说凭这副面孔，可以看出，在这个人的心中消灭了什么样的精神生活的可能性，就是凭他的手的和上镣的脚的优美的骨骼，凭比例相称的四肢的强力的肌肉，也可以看出，他是一个多么美丽、有力、伶俐的人性的生物，把他当作生物来看，他在他的同类之中，比较那匹黑色牡马——救火队长曾经为它的伤残那么发火——在它的同类之中是更加完美的。

然而他却被弄死了，不但没有人把他当作一个人而哀怜他，甚至没有人把他当作一个徒然死亡的工作的生物而哀怜他。他的死亡在人人心中所引起的唯一的情绪，就是因为必须移去势将腐朽的身体这种麻烦而产生的厌恶之感。

医生和助理员和警察局长走进了救护室。医生是一个肥胖结实的人，穿茧绸上衣，和同样质料的窄狭的紧裹着他的有肌肉的大腿的裤子。警察局长是矮胖子，有如球的红脸，这脸因为他有把空气含聚在腮内而慢慢吐出的习惯而显得更圆。医生坐到床上死人旁边，和助理员一样，摸了手，听了心，然后拉着裤筒站起来。

“死透顶了。”他说。

警察局长含了满口空气，慢慢吐出。

“哪个监狱里来的？”他问护送兵。

护送兵回答了，向他提到死尸脚上的镣链。

“我叫人取下来；谢谢上帝，有个铁匠。”警察局长说，又胀起了腮，向门走去，慢慢地吐出空气。

“为什么是这样的？”聂黑流道夫问医生。

医生从眼镜上边看他。

“为什么这样？什么中暑死？是这样的，整冬坐着，没有运动，没有光线，忽然在今天这样的日子来到太阳下，成群走，不通风。因此中暑了。”

“又为什么要送走他们呢？”

“这个您问他们去。但您究竟是谁？”

“我是事外的人。”

“啊！再见，我没有空。”医生说，厌烦地向下拉了拉裤子，向病床走去。

“哦，你的情形怎样？”他问歪嘴的、裹了颈子的苍白的人。

疯子这时坐在自己的床上，吸完了烟，向医生的方向唾吐着。

聂黑流道夫下楼到了院子里，走过救火队的马、鸡和戴铜盔的救火员身边，走出大门，坐上自己的车子。车夫又在打盹了——往火车站去。

三十八

当聂黑流道夫到车站时，囚犯们已经都坐在有格子窗的车厢里。在月台上有几个送行的人，他们是不许走近车厢的。

护送队今天特别辛劳。从监狱到车站的途中，中暑倒下死掉的，除了聂黑流道夫所见的两个之外，还有三个人。有一个和最初的两个相同，被送到附近的警察局去了，另外两个倒在车站。[1] 护送队觉得烦劳，不是因为五个可以活着的人在他们的护送下死去，这并不令他们烦心，他们所烦心的只是要执行在这种情形下法律所要求的一切：把死尸和他们的文件和物品送到应该送去的地方，把他们从应该送往下城的名单中除去，这是很忙人的，尤其是在这样的热天。

护送队所做的就是这件事，因此，在全部做毕时，他们才让要求前往的聂黑流道夫和别人走到车厢前面去。但聂黑流道夫仍然被许可了，因为他给了钱给护送的军曹。这个军曹让聂黑流道夫过去了，要求他赶快谈完了话就走开，免得长官看见。车厢共有十八节，除了长官的车厢，都装满了囚犯。从车窗前面走过时，聂黑流道夫谛听着里面所发生的事情。在所有的车厢里都有镣链声、骚动声、说话声，交杂着无意义的脏话，但没有一处如聂黑流道夫所期待的，说到倒在途中的伙伴。谈话大都是关于行囊、饮水与座位选择。

向一节车厢的窗子里瞥了一下，聂黑流道夫看见了护送兵在车厢里的走道上解除囚犯的手铐。囚犯把手伸出，一个护送兵用钥匙打开了手铐上的锁，下了手铐。另一个收拾了手铐。

走过了全部的男子车厢，聂黑流道夫走到了女子车厢那里。从第二节里发出了妇女的有节奏的呻吟与说话声：“哦！哦！哦！天啦！哦！哦！哦！天啦！”

聂黑流道夫走了过去，依照护送兵的指示，走到第三节的窗前。聂黑流道夫刚刚把头贴近窗子，便闻到了热气，混杂着强烈的人身汗气，并且清晰地听到了尖锐的女性的声音。

在所有的凳子上都坐着发红淌汗的、穿囚袍和短褂的、大声说话的

[1] 八十年代初有五个囚犯于同日自布退尔斯克监狱被解往下城铁路站时中暑而死。——原作者

妇女。聂黑流道夫贴近窗格的脸引起了她们的注意。坐得最近的无言了，并且向他靠近。马斯洛发，穿了上褂，未扎头巾，坐在对面的窗边。白皙的带笑的非道茜亚坐得稍近。认出了聂黑流道夫，她触动马斯洛发，用手指她看窗子。马斯洛发连忙站起，把头巾放到黑发上，带着兴奋、发红、淌汗含笑的脸，走到窗前，抓住一根窗柱。

“好热啊。”他说，高兴地微笑着。

“您收到了东西吗?”

“收到了，谢谢。”

“还需要别的吗?”聂黑流道夫说，觉得炎热的车厢里发出热气，好像是从火炉里发出来的一样。

“不需要什么了，谢谢。”

“只要喝点儿水。”非道茜亚说。

“是的，只要喝点儿水。”马斯洛发重复。

“难道你们没有水吗?”

“放了一点儿，但喝完了。”

“马上，”聂黑流道夫说，“我就去找护送兵。从现在起，要到下城，我们才得见面了。”

“您真去吗?”马斯洛发说，高兴地看了看聂黑流道夫，好像不知道这个。

“我跟下一班车走。”

马斯洛发没有说话，只在几秒钟后深深地叹了口气。

“先生，有十二个囚犯被弄死了，是真的吗?”年老的严厉的女囚犯用粗犷的男性一样的声音说。

这是考拉不列发。

“我没有听说十二个。我看到两个。”聂黑流道夫说。

“他们说十二个。对他们不要做点什么吗？鬼们!”

“女的没有生病的吗?”聂黑流道夫问。

“女的结实些。”另一个低矮的女囚犯带着笑声说。“只有一个觉得要生产了。她在哼。”她说，指着相邻的发出那些呻吟声的车厢。

“您说，可需要什么?”马斯洛发说，极力约制嘴唇上高兴的笑容，“可以不可以把这个妇人留下来呢? 她痛苦呀。现在就向长官说一声吧。”

“好的，我去说。”

“还有一件，能不能让她见一见她的丈夫塔拉斯呢?”她补充说，用眼睛指示着含笑的非道茜亚，“他和您一起走吗?”

“先生，不能够说话的。”护送的军曹说。这不是让聂黑流道夫过来的那一个。

聂黑流道夫走开了，去寻找长官，为临产的妇人和塔拉斯请求他，但好久找不到他，也没有得到护送兵的回答。他们是在大忙乱中：有的领导看着囚犯到什么地方去，又有的跑着去为自己购买东西，把自己的东西放到车厢上去，还有的在侍候和护送官同行的太太，他们不乐意地回答了聂黑流道夫的问题。

聂黑流道夫在第二次铃声[1]之后才看见护送官。军官用短手臂擦着遮嘴的胡须，耸了耸肩膀，为了什么事在谴责曹长。

“您究竟要什么?”他问聂黑流道夫。

“你们有一个妇女在车上生产了，我想应……”

“哦，让她生产吧。那时候会注意到的。”护送官说，走进自己的车厢，活泼地摇着他的短手臂。

这时车长在手里拿着哨笛走过，吹响了最后的铃声和哨笛声，在月台上送客的人当中和妇女车厢中有了哭泣声和哀号声。

聂黑流道夫和塔拉斯并立在月台上，看到有格子窗的、窗子里有剃发的男子头颅的列车从他面前一一过去。然后来了第一节妇女的车厢，

[1] 在俄国终站，通常于开车前二十分钟摇铃一次，前十分钟摇铃一次，开车时摇铃一次。在中途站则间隔较短。——毛德

在窗里有光顶的和扎头巾的妇女头颅；然后是第二节，还能听到妇女的呻吟声，然后是马斯洛发所坐的车厢。她和别人一同站在窗边，望着聂黑流道夫，向他可怜地微笑着。

三十九

在聂黑流道夫所搭的客车开行之前还有两小时。聂黑流道夫起先想在这个时间里再去看他的姊姊，但此刻，在早晨的印象之后，他觉得自己是那样兴奋而疲乏，以致他坐在头等食堂的沙发上，全然意外地感觉到那样的睡意，以致他侧到一边，把手掌托在腮下，立刻睡着了。

一个着礼服、佩徽章、拿餐巾的茶房唤醒了他。

"先生，先生，您是聂黑流道夫公爵吗？有一位太太在找您。"

聂黑流道夫跳起来，揉着眼睛，想着他是在哪里和今天早晨所发生的一切。

在他的回想中的是：囚犯的行列，死尸，有窗格的车厢和关在里面的妇女，其中有一个受着痛苦而无亲戚的帮助，另一个隔着铁窗槛向他可怜地微笑着。

在现实中他面前的东西是完全不同的：摆了酒瓶、花瓶、烛台和餐具的桌子，在桌边走动的敏捷的茶房们。在房间的里边，在碗橱前面，在果子瓶和酒瓶的那边，是食堂茶房，和来到食堂的旅客的脊背。

当聂黑流道夫从躺卧的姿势中坐起来，渐渐清醒时，他注意到房内所有的人都好奇地望着门口所发生的事情。他也向那里看，看见人的行列，他们用坐椅抬着头上包着透明披巾的太太。前面抬的人是一个听差，聂黑流道夫觉得是相识的。后面的人，在帽子上有扁绦，也是一个相识的守门人。在椅子后边走着一个华丽的、着围裙、有鬈发的女仆，她带着一个包、一把伞，皮匣里有一个圆的东西。更后是厚嘴唇的、中风颈子的、挺起胸脯的、戴旅行帽的考尔恰根公爵，再后是宓西，她的从兄米沙，和聂黑流道夫认识的长颈子的、喉结突出的、总是有快乐的面色和心情的外交家奥斯汀，他一面走着，一面装腔作势地但显然是诙谐地向带笑的宓西说着什么。医生走在后边，愤怒地吸着烟卷。

考尔恰根家的人是从他们的郊外田庄到公爵夫人的妹妹的在下城铁路上的田庄上去。

抬椅子的人、女仆、医生的行列走进了妇女休息室，引起所有在场者的好奇和敬意。老公爵坐到桌边，立刻把茶房叫到面前，开始向他吩咐什么。宓西和奥斯汀也歇在食堂里，正想坐下，却看见了门口一个相识的女子，便去迎她，这人是娜塔丽亚·伊发诺芙娜·拉高任斯卡雅。

娜塔丽亚·伊发诺芙娜，由阿格拉菲娜·彼得罗芙娜陪伴着，环顾着四周，走进食堂。她几乎是同时看见了她的弟弟和宓西，她只向聂黑流道夫点了点头，先走到宓西面前，但和宓西接吻后，立刻转身向他。

“我终于找到你了。”她说。

聂黑流道夫站起来，和宓西、米沙、奥斯汀问了好，停下来谈着。宓西向他说到他们乡下房屋的火灾，这使他们迁居到姨姨家去。奥斯汀趁这个机会开始说到一个关于火灾的可笑的逸事。

聂黑流道夫，没有听奥斯汀说，转向姊姊。

“我是多么高兴，你来了。”他说。

“我早已来了。”她说，“我和阿格拉菲娜·彼得罗芙娜一道。”她指示阿格拉菲娜·彼得罗芙娜。她戴着帽子，穿着防水外套，带着和善的庄严，不愿打扰他，在远处窘促地向聂黑流道夫鞠躬：“我们到处找你。”

“我在这里打盹。我多么高兴，你来了。”聂黑流道夫重复。“我写了信给你。”他说。

“当真吗？”她惊恐地说，“关于什么的？”

宓西和她的男友们，注意到姊弟之间开始了亲密的谈话，便走开了。聂黑流道夫和姊姊坐在窗下天鹅绒沙发上，在别人的物品、旅行毡、厚纸盒的旁边。

“昨天我离开了你那里，我便想回去道歉，但不知道，他会觉得怎样。”聂黑流道夫说。“我对你丈夫说的话不好，这使我苦恼。”他说。

“我已经知道，”姊姊说，“我相信你并不想要这样的。你知道……”

眼泪涌进她的眼里，她摸了他的手。这句话不清楚，但他十分了解它，被它的意思感动了。她的话意是除了那支配她的爱——对丈夫的爱之外，她觉得对他，对弟弟的爱是重要而高贵的，而和他的任何误会对于她是深重的痛苦。

“谢谢，谢谢你……啊，我今天看见的事噢，”他说，忽然想起了第二个死囚犯，“两个囚犯被杀死了。”

“怎么被杀死了？”

“这么杀死的。他们在这大热天被带出来。两个中暑死了。”

“不可能的！怎么？今天？现在？”

“是的，现在。我看见了他们的尸体。”

“为什么被杀死？谁杀的？”娜塔丽亚·伊发诺芙娜说。

“那些强迫地带出他们的人杀死的。”聂黑流道夫愤慨地说，觉得她也是用她丈夫的目光看这件事。

“哦，我的上帝呀！”阿格拉菲娜·彼得罗芙娜走到他们面前说。

“是的，我们一点儿也不明白这些不幸的人发生着什么事情。但这是应该知道的。”聂黑流道夫说，望着老公爵，他颈上系着餐巾，坐在桌前酒杯的那边，他正在这时也回头看了看聂黑流道夫。

“聂黑流道夫！”他喊叫，“要吃点儿东西吗？这在上路之前是好极了！”

聂黑流道夫谢绝了并且掉转了身。

“但是你要做什么呢？”娜塔丽亚·伊发诺芙娜继续说。

“做我所能做的。我不知道是什么，但觉得应该做点什么。我要做我所能做的。”

“是，是，这个我明白。哦，和他们，”她微笑着用眼睛指示考尔恰根说，“真完全断绝了吗?”

“完全的，我想，双方都没有遗憾。”

“可惜。我觉得可惜。我爱她。但我们假设，这是如此。可是为什么你想束缚自己呢?”她羞怯地说，“你为什么要去呢?”

“我去因为应该如此。”聂黑流道夫严肃地冷淡地说，好像是想打断这个谈话。

但他立刻又因为对姊姊的冷淡而觉得羞惭。“为什么不向她说出我所想的一切?”他想，“让阿格拉菲娜·彼得罗芙娜也听见吧。”他看了看老女仆，向自己说。她的在场更加鼓励了他要向姊姊复述他自己的决心。

“你说到我要娶卡邱莎的意思吗? 你看得出，我决定了做这件事，但她毅然坚决地拒绝了我，”他说，他的声音和他每次说到这话时一样地发抖，“她不愿意接受我的牺牲，却要自己牺牲那在她的地位上对于她是很重要的东西，假若这只是一时的冲动，那我便不能接受这种牺牲。因此我要跟她去，去到她所到的地方去，并且要尽我所能的去帮助她，改善她的厄运。”

娜塔丽亚·伊发诺芙娜没有说话。阿格拉菲娜·彼得罗芙娜疑惑地望着娜塔丽亚·伊发诺芙娜并且摇头。这时候行列又从妇女休息室中走出。同一的美丽的听差非力卜和守门人抬着公爵夫人。她停住了抬的人，招呼聂黑流道夫到她面前去，可怜地叹息着，把有戒指的白手伸给他，恐惧地期待着坚强的握手。

“Épouvantable! (可怕!) ”她说到炎热。“我受不住了。Ce climat me tue. (这种天要把我热死了。) ”说了一会儿俄国天气的可怕，邀了聂黑流道夫去看他们，她又向抬的人做手势。“您一定要来啊。”她在走动中把长脸转向聂黑流道夫，补充说。

聂黑流道夫走到月台上。公爵夫人的行列向右走，向头等车走。聂黑流道夫和拿东西的搬夫，和带着他自己的行囊的塔拉斯向左走。

“这是我的同伴。”聂黑流道夫指着塔拉斯，向姊姊说，他的事迹他曾经向她说过。

“真是坐三等车吗？”当聂黑流道夫停在三等车前面，搬夫带着东西和塔拉斯走进去时，娜塔丽亚·伊发诺芙娜问。

“是的，我欢喜这样，我同塔拉斯一道。”他说。“但还有一点，”他补充说，“直到现在我还没有把库斯明斯基的土地给农民，所以在我死的时候，由你的孩子们继承。”

“德米特锐，不要说了。”娜塔丽亚·伊发诺芙娜说。

“假若我要给的话，有一点我要说的，就是其余的一切都是他们的，因为我不至于结婚了；假若结婚，我也不会有孩子……所以……”

“德米特锐，请你不要说这话吧。”娜塔丽亚·伊发诺芙娜说，同时聂黑流道夫却看出她高兴听见他所说的话。

前面，在头等车旁边，站着一小群人，仍旧看着考尔恰基娜公爵夫人被抬进去的那节车厢。其余的人都坐定了。迟到的旅客，匆忙地在月台板上踏着，车长们砰然闭上车门，叫旅客坐下，送客的下车。

聂黑流道夫走进了被太阳晒热的、有臭气的车厢，立刻便走出，站在车厢尽头的小月台上。

娜塔丽亚·伊发诺芙娜，戴了时髦的帽子，披了肩巾，和阿格拉芙娜·彼得罗芙娜并排地站在车厢对面，显然是在寻找谈话题材却没有找到。

她甚至不能够说出：“écrivez（写信来）。”因为她早已和弟弟嘲笑过行路人的这种习惯的话。那简短的关于金钱问题和继承的谈话立即破坏了建立在他们之间亲切的姐弟之情，他觉得他们自己现在是彼此生疏了。因此，当火车开动，而她只能够点着头，带着忧愁而亲切的面色，说“再会，哦，再会，德米特锐”时，娜塔丽亚·伊发诺芙娜高兴了。

但那节车厢刚走过去，她想到她将如何向丈夫去说她和弟弟的谈话，她的脸色变为严肃而焦烦了。

聂黑流道夫，虽然对于姊姊除了最亲爱的情感，没有别的意思，并且什么也没有隐瞒她，现在却也觉得和她在一起痛苦不自如，想赶快和她离开了。他觉得，过去和他那么亲近的娜塔莎不复存在了，只是一个他觉得生疏的、不可爱的、黑皮的又多毛的丈夫的奴隶。他清楚地看到这个，因为，直到他说到令她丈夫觉得有趣的事、说到将土地给农民、说到继承时，她的脸上才露出特别的兴奋。

这使他觉得愁闷。

四十

在整天被太阳所照灼的和满是乘客的三等车大车厢里的热气是那样的窒息，以致聂黑流道夫没有进车厢，却留在车厢的小月台里。但在这里也无法透气，直到车厢从屋子旁边走过去，而穿风吹动时，聂黑流道夫才能满怀地呼吸。

“是的，杀死了。”他向自己复述他向姊姊所说的话。在他的想象中，从今天的所有的印象里异常清晰地浮起了第二个死囚犯的美丽的脸和嘴唇的笑容，额头的严肃表情，在剃发的发蓝的头顶下小而坚强的耳朵。

“最可怕的，”他想，“是他被杀死，却没有人知道是谁杀死了他。但他被杀死了。他是像所有的其他的囚犯一样，奉马斯林尼考夫之命被领出的。马斯林尼考夫大概是下了通常的命令，带着愚笨的一挥签署了印着标题的公文，当然并不认为自己有罪。检查囚犯的监狱医生更不会认为自己有罪。他准确地执行了他的任务，分开了衰弱的人，既不能够预见这可怕的炎热，也不能够预见他们被领出那么迟并且那么拥挤。监狱长呢？……监狱长只是执行了命令，就是，在某天押送多少惩役犯、流刑犯、男犯和女犯。护送官也不能说有罪，他的任务是在某处接收多少人数，在某处交出同样的人数。他是照常地并且照规定地领出囚犯们，不能够预见到这样强壮的人，像我所见到的那两个，会不能支撑下去，会死。谁也没有罪，但人是被杀死了，就是被这些对于死人并没有罪的人杀死的。"

"发生了这一切，"聂黑流道夫想，"是因为所有的这些人——省长，监狱长，警官，警察——认为世界上有这样的情形，在这种情形里人类的关系是人类间不必要的。所有的这些人——马斯林尼考夫，监狱长，护送官，他们全体，假若不是省长、监狱长、军官，便会考虑二十回，是否能够在这样的热天这么拥挤地押送他们，便会在路上停二十次，并且看见了有人虚弱而喘息，便会把他从人群中领出，把他带到阴凉处，给他水，给他休息，并且在发生不幸时，便会表示同情。但他们没有这么做，甚至阻止别人这么做，只是因为他们所见到的不是人，不是他们对人的义务，却只见到他们的职务和职务上的要求，他们把职务上的要求看得比人类关系的要求更加重要。问题就在这里，"聂黑流道夫想，"假若我们可以承认，即使是在一小时内，是对于某一例外事情，承认有任何东西是比人类之爱的感觉更加重要——则没有一种犯罪是不能够自认无罪地去做的。"

聂黑流道夫那样地沉思着，以致没有注意到天气改变了：太阳隐藏到前面低下的破碎的云里去了，从西方的地平线上升起了密集的浅灰的乌云，在远处的田野和森林上已经落着斜斜的及时的雨了。乌云中的水汽散和在空气里。有时乌云被闪电所划开，雷声和车辆的轰轰声相混得愈益频繁了。乌云越来越近了，斜雨点，被风所赶，开始洒在小月台的板上和聂黑流道夫的外套上。他走到另一边去了，他吸入潮湿的新鲜空气和久已望雨的土地上的麦香，看着闪跑过去的花园、树林、黄的裸麦田、尚是绿色的燕麦田和暗绿的开花的马铃薯的黑畦。一切都似乎上了油漆：绿的更绿，黄的更黄，黑的更黑。

“下大些，下大些！”聂黑流道夫说，对益雨之下的田畦、花园、菜园的勃勃生气高兴着。

大雨下得不久。乌云一部分降而为雨，一部分飘走了，在湿润的土地上已经落着最后的直而密的小雨点。太阳又出来了，一切闪耀着，在东方的地平线上出现了不高的，但明亮的、带着显明的紫色、只有一端破碎的彩虹。

“是的，我想到了什么呢？”聂黑流道夫在自然界中这些变化已经完结，火车进了有高坡的凹沟里的时候他问自己，“是的，我想到，所有的这些人：监狱长，护送兵，所有的服务的人，大部分是温良的仁慈的人，只是因为他们服务而变为凶狠。”

他想起了马斯林尼考夫在他说到监狱中情形时的淡漠，监狱长的严厉，护送官在拒绝人上运送车和不注意火车中妇人生产痛苦时的残忍。“所有的这些人显然是最简单的同情所不能影响不能渗透的，只是因为他们服务。他们是官吏，是人类之爱所不能渗透的，正如这个铺面的土地是雨水所不能渗透的一样。”聂黑流道夫想，看着凹沟的铺了各色石头的斜坡，雨水在斜坡上没有透进土地，却聚成了小溪流。“也许用石头铺斜坡是必要的，但看到这片被剥夺了草木生长力的土地是可悲的，它原也可以像斜坡上的土地一样地生长麦子、青草、灌木、树木，对于人这情形也是相同的，”聂黑流道夫想，“也许这些省长、监狱长、警察是必要的，但看到人们被剥夺了主要的人类特质——互相的爱和同情，是可怕的。”

“问题乃是，”聂黑流道夫想，“这些人把不是法律的东西当作法律，而把上帝写在人心中的永恒、不变、急要的法律不当作法律。就是因此我和这些人在一起时觉得那么痛苦。”聂黑流道夫想，“我简直怕他们。确实，这些人是可怕的。比强盗还可怕。强盗还会有同情，这些人却不会有同情：他们被磨灭了同情，好像这些石头被消除了草木生长力一样。就是因此他们是可怕的。据说，普加切夫和拉辛[1]之徒是可怕的。他们却是一千倍地更加可怕。”他继续思想着。

“假若是提出了一个心理学问题：怎样使得我们现在的人，基督教徒，人道的、简单的、善良的人，做了最可怕的罪恶而不觉得自己有罪？则只能有一个解答，就是应该维持现在所有的这种情形，应该让这些人做省长、监狱长、军官、警察，就是说，第一点，要他们相信，是有一种所谓行政服务，在服务时可以对待人像对待物件一样，不和人发生人类的兄弟的关系；第二点，这些人要被这种行政服务那样地联系在一起，使他们的对人所做的行为的后果的责任不落在单独的人身上。没有这些条件，就不能够在我们这时代做出像我今天所见的这些可怕的事情。问题是在人们以为有一种情况，在这种情况下可以无情地对待人。但这种情况是没有的。对待物件可以没有爱，可以伐树，做砖打铁而没有爱，但对待人却不能够没有爱，正如同对待蜜蜂不能不小心一样。蜜蜂的特质是如此的。假如你对待蜜蜂不小心，你便会妨害它们和你自己。对于人的情形也是如此。这是不能够有别种样子的，因为人的互相的爱是人类生活的基本法则。确实，人不能够像他可以使别人为他工作那样地使别人爱他，但并不是因此就可以对待人没有爱，特别是假使你对他们有所要求。你若不感觉到对人之爱，你就安静地坐下来，”聂黑流道夫想，转向自己，“去过问你自己，过问你所愿意过问的东西，只是不要过问人。正如同只在你想吃东西的时候，你可以吃得无害而有益，同样地只在你爱的时候，你可以对待人有益而无害。只要让你自己对待人没有爱，像你昨天对待姊丈那样，则对于别人的残忍和兽性即无限制，像我今天所看见的那样，对于自己的痛苦也无限制，像我凭自己的全部生活所认识的那样。是的，是的，这是如此的。”聂黑流道夫想，

[1] 拉辛为十七世纪，普加切夫为十八世纪俄国农民起义领袖。

“这是对的，对的！”他向自己重复，感觉到双重的喜悦，感到苦热后的清凉，觉得他对于久所思索的问题获得了充分的了解。

四十一

聂黑流道夫所乘的那节车厢里坐了半车的人。那里有仆人，职工，工厂工人，屠户，犹太人，店伙，妇女，工人之妻，一个士兵，两个太太（一个年轻，一个年长，在光手臂上戴着钏子），一个神色严厉的、黑帽子上有徽章的绅士。所有的这些人，在就座之后都平静了，安静地坐着，有的嗑着葵花子，有的吸着烟卷，有的和邻座的人做生动的谈话。

塔拉斯带着快乐的神情坐在过道的右边，为聂黑流道夫看守着位子，并且生动地和坐在对面的、有肌肉的、解开布褂的人谈话，聂黑流道夫后来知道，这人是去就事的园丁。没有走到塔拉斯那里，聂黑流道夫停在过道上，靠近一个有白胡须的、神色庄严的、着布褂的老人，他和一个着乡村服装的青年妇人在谈话。在妇人旁边坐着一个双腿离地很远的七龄女孩，她穿了新的农家服装，有几乎是淡白的头发的辫子，不停地嗑着葵花子。

回头看见了聂黑流道夫，老人从他独坐的光亮的凳子上拉拢了褂襟，亲善地说：

“请坐吧。”

聂黑流道夫感谢了他，坐在指示的地方。聂黑流道夫刚坐下，妇人又继续着被打断的谈话。她说到她的丈夫在城里如何接待她，她现在是从他那里回来的。

“狂欢节的时候我去过，现在按上帝指示又去了一次，”她说，“现在上帝准许我吧，圣诞节再去。”

“这是对的，”老人环顾着聂黑流道夫说，“应该去看他的，不然，青年人住在城里，会做坏事的。”

“不，啊！老爹爹，我不是这种人。他没有什么笨事情，他过得好像漂亮姑娘。他的钱一分一厘都寄回家。他欢喜这个小女孩，欢喜得话都说不出。”妇人微笑着说。

吐着葵花子壳的、听着母亲说话的女孩，好像是证实着母亲的话，用安静聪明的眼睛看了看老人和聂黑流道夫的脸。

“假若他聪明，那是更好了。”老人说。“不做这样的事情吗？”他补充说，用眼睛指示一对夫妇，他们显然都是工人，坐在过道的另一端。男工——丈夫，仰着头，把酒瓶放到嘴边，喝着酒，妻子拿着袋子，酒瓶就是从这个袋子里拿出的——注意地望着丈夫。

“不，我的，他不喝酒不吸烟。”和老人谈话的妇人说，趁机又把自己的丈夫夸奖了一次。“这样的人，老爹爹，地上生得太少了。”她转向聂黑流道夫说，“他就是这样的。”

“那好极了。”老人说，看了看喝酒的工人。

工人喝完了酒，把瓶递给妻子。妻子接了酒瓶，笑着摇头，也把酒瓶放到口边。注意到聂黑流道夫和老人在看他，工人向他们说：

“什么，先生？是我们喝酒吗？我们怎么工作没有人看见，可是我们怎么喝酒大家看见。我挣钱，我喝酒，给我妻子喝。并不给别的人喝。”

“是的，是的。”聂黑流道夫说，不知道回答什么。

“真的，先生。我的妻子是坚定的妇人！我满意我的妻子，因为她能够同情我。我说的对吗，玛富拉？”

“哦，接着吧。我不要再喝了。”妻子说，把酒瓶递给他。“为什么要说没有意思的话呢。”她补充说。

“好呀，”工人继续说，“她好！好，”忽然她又发出响声，好像没有上膏油的车。玛富拉，我说的对吗？”

玛富拉笑着，用酩酊的姿势摇了摇手。

“哦，他在胡说……”

“呀哈，她好！好，但是有些时候，让她把缰勒放在尾巴下面，她要做什么，你想不出来的……我说的对吗？先生，你原谅我。我喝了点儿酒，哦，现在怎么办呢……”工人说，开始准备睡觉了，把头放在含笑的妻子的膝上。

聂黑流道夫和老人坐了一会儿，老人向他说到自己，说他是一个炉工，工作了五十三年，砌了那么多火炉，数也数不清，现在他想要休息，但总是不得空。他到了城里去，为小孩子们找了事情，现在是到乡下去看家里的人。听了老人的叙述，聂黑流道夫站起来，走到塔拉斯为他所保留的地方。

“没有关系，先生，坐下吧。我们把袋子拿到这边来。”坐在塔拉斯对面的园丁抬头看了聂黑流道夫的脸，亲善地说。

“挤一挤，倒也有趣。含笑的塔拉斯用唱歌的声音说，用他有力的手拿起自己的两甫得重的行囊，好像羽毛一样，放到窗口。“地方很多；还可以站一站，也可以到凳子下边去的。已经觉得是很舒服了。为什么要说假话呢！”他说，流露着良善和亲爱。

塔拉斯说到他自己，说他不喝酒的时候，他没有话，说他喝了酒可以说出好多话，并且他能够说出一切。确实，在清醒状态中，塔拉斯大都是沉默的；当他喝了酒时，这是他所少有的，而且是在特殊的场合中他便变得特别愉快地多话。那时他便说得又多又好，很简单，正确，尤其是，亲切，这亲切也照耀在他的仁慈的蓝眼睛里和从不离开他的嘴唇的友善的笑容中。

他今天便是在这种情况中。聂黑流道夫的到来暂时打断了他的谈话。但放好了行囊，他如旧地坐着，把有力的做工的手放在膝上，对直地望着园丁的眼睛，继续着自己的谈话。他向他的新相识的朋友说到自己妻子身世的详情，她为什么被流放，他为什么现在跟她到西伯利亚去。

聂黑流道夫从来没有听过这个故事的详情，因此很有兴趣地听着。他开头听到的地方，是毒计已经做成了，家里知道了这是非道茜亚做的。

“我是在说我自己的苦恼，”塔拉斯诚恳地友爱地转向聂黑流道夫说，“我遇到了这样好心的人，我们谈起来了，我在向他说。”

“是的，是的。”聂黑流道夫说。

“哦，便是这样的，我的老兄，事情被大家都知道了。母亲拿了这块饼，她说：‘我去见警官。’我的父亲是一个正直的老人。他说：‘老婆子，等一下，小媳妇完全是小孩，她自己不知道她做了什么，应该可怜她。她会神志清楚的。’可是不行，她什么话也不听。她说：‘我们留她在这里的时候，她会把我们像油虫一样弄死的。’我的老兄，她到警官那里去了。他立刻冲到我们这里来了……立刻要见证人。”

“哦，你怎么样呢?”园丁问。

“啊，我的老兄，我因为肚子痛得打旋，并且呕吐。内里的一切都翻出来了，话也不能说了，父亲立刻套了车，叫非道茜亚坐上，送到警察局，又从那里送到了审判所。我的老兄，正如同一开始她便承认了一切，她也向审判官照样地说出了一切的实情。她从哪里弄到了砒霜，她怎样地揉饼。他说：‘为什么她要做这事?’她说：‘因为我觉得他可恨。我觉得到西伯利亚去，比和他在一起生活得好。’说的就是我。”塔拉斯微笑着说。

“因此是她供认了一切。进监狱是不成问题的了。父亲一个人回来了。收获的时候到了，女的只有妈妈一个人，但她身体不好了。我们想了，要怎么办，能不能把她保释出来。父亲去找了一个官，没有结果，他又去找了另一个。他去找了五个这样的官。我们简直不想再活动了，但这时候碰到了一个人，是衙门里的。他是那样狡猾的人，是很少有的。他说：‘给我五个卢布，我把她弄出来。’我们谈妥了三个卢布。你看，我的老兄，我把她的麻布押当了，给了他钱。他写了这个公文，”

塔拉斯拖长声音，正如同他是说到射击一样，“立刻便写出来了。那时候我已经起来了自己到城里去接她。我的老兄，我到了城里。我立刻把马放在院子里，拿了公文，进了监狱。有人问：‘你要什么?’我说：‘就是这个，我的女人关在你们这里了。’他说：‘你有公文吗?’我马上就把公文给了他。他看了一下。他说：‘等一下。’我就坐在小凳子上。太阳已经过了中午了。出来了一个官，他说：‘你是发尔顾邵夫吗?’‘我就是的。’他说：‘好，你带去吧。’马上门就打开了。她穿着自己的衣服被带出来了，这很好的。‘好吧，我们走吧。’‘你是走路来的吗?’‘不是，我骑马来的。’我们到了院子里，我给了马夫钱，套了马，把剩下的草秸都放在布袋子下边。她坐上了，用披肩裹着身体。我们走了。她不作声，我也不作声。快到家的时候，她说：‘妈妈怎样了，活着吗?’我说，‘她活着。’‘爸爸活着吗?’‘活着。’她说：‘塔拉斯，饶恕我的愚蠢吧。我自己不知道我做了什么。’我说：‘多说话是没有用的，我早已饶恕你了。’没有再谈话了。我们到了家，她立刻趴在妈妈脚前。妈妈说：‘上帝饶恕你。’爸爸问了好，说：‘不用记着过去的事了。好好过活吧。’他说：‘现在不是做这事的时候了，要到田上去收庄稼了。在斯考罗德诺那边的那块上了肥料的田上，裸麦长得那么好，上帝保佑，镰刀也割不开，统统缠在一起了，都倒下来了。应当收割了。你和塔拉斯明天去割吧。’我的老兄，她从那个时候就开始工作了。并且她工作得教人惊异。我们那时候佃了三个皆夏其那的田，上帝保佑，裸麦和燕麦都是稀有的好。我割，她打捆，有时两个人割。我会做事，不让事脱手，她无论做什么，更加会做。这个女人是年轻能干的，年壮力强的。我的老兄，她对于工作是那么热心，教我不得不阻止她。我们回到家里，手指肿了，手臂发痛，应该休息了，但她却不吃晚饭，跑到仓房里，准备第二天的捆索。变得多凶呀!”

“那么，她对你变亲爱了吗?”园丁问。

“这不用说了，她那样地依恋着我，好像我们是一个人。我想到的，她便了解。妈妈虽然是脾气大，也说：‘我们的非道茜亚好像是变了，完全是另外一个女人了。’有一次我们用两辆车去装麦捆，我和她坐在前面的车上。我说：‘非道茜亚，你怎么会想到了做那样的事?’她说：‘怎么会想到吗？我不愿和你过活。我想，最好是死，但不行。’我说：‘现在呢？她说：‘现在你是在我的心里了。’”塔拉斯停止了，高兴地微笑着，诧异地摇着头。“我们刚刚从田上收了庄稼，我去将大麻上了水，我到了家，”停了一会儿，又说，“我看见了，传票——受审判。我们早已把她因而要受审判的事情忘记了。”

“这不外乎是恶魔，”园丁说，“一个人自己会想要害死人吗？我们有一个……”园丁想要开始说话，但火车要停了。

“大概是到站了，”他说，“去喝点儿东西吧。”

谈话停止了，聂黑流道夫跟随园丁下了车，走到了月台的潮湿的板上。

四十二

聂黑流道夫还没有走出车厢便看见了火车站的院子上几辆华丽的马车，是由四匹或三匹肥满的、挂着铃铛的马所拖的。走上了因淋雨而发黑的潮湿的月台，他看见头等车前面有一群人，其中显著的是一个戴着贵重花翎的帽子、穿防水外套、高大肥胖的太太，一个高长、年轻、细腿、穿脚踏车服装的男子，和一匹巨大、肥满、套着贵重颈圈的狗。在他们后边站立着拿外套和伞的听差们，和一个车夫，他们是来接客的。

在这一群人的身上，从肥胖的太太到手提长袍襟的车夫，都显出了安然自信和富裕的痕迹。在这一群人的四周立刻围上了好奇的、崇拜财富的人：戴红帽的火车站长，宪兵，夏间总是来看火车到站的、着俄国服装、挂念珠的瘦小姐，以及电报员和男女旅客。

聂黑流道夫认出来带狗的青年是中学生小考尔恰根。胖太太是公爵夫人的妹妹，考尔恰根家的人就是到她的田庄上来的。有漂亮的扁绦和靴子的车务长打开了车厢的门，扶着门表示敬意，这时非力卜和穿白围裙的搬夫小心地抬出坐在折椅上的长脸的公爵夫人；姊妹们问了好，说了法国话，问公爵夫人要乘轿车还是篷车，于是，这行列，由有鬈发的、拿伞和皮匣的女仆殿后，向车站的门走去。

聂黑流道夫不愿遇见了他们而再行告别，没有走到车站的门便停住了，等着行列走过去。公爵夫人和儿子、宓西、医生、女仆走在前，老公爵和姨子落在后。聂黑流道夫没有走近，只听到他们谈话中断片的法语。这是常有的事，因为什么缘故，公爵所说出的话有一句，连同它整个的语调与声音，留在聂黑流道夫的记忆里。

“Oh! Il est du vrai grand monde，du vrai grand monde.”（哦！他是真正上流社会里的，真正上流社会里的人。）公爵用高大、自信的声音说着什么人，由恭敬的车长和搬夫们伴送着，同姨子走出车站的门。

同时从车站角上走出了一群向月台上走去的，穿草鞋，在背上背着羊皮袄和行囊的工人。工人们用坚定而轻软的步伐走到第一节车厢那里，想要走进去，但立刻被车长赶开了。工人们没有停止，匆忙而又互相拥挤着；向前走到邻近的车厢那里，向车厢里走，把行囊碰上了车角和车门，但另一个车长在车站门口看见了他们的企图，严厉地向他们喊叫。进去的工人立刻赶快退出，又用轻软而坚定的步伐再向前走到下一节车厢那里，就是聂黑流道夫所坐的那一节。车长又阻止他们。他们停下来了，想再向前走，但聂黑流道夫向他们说，车厢里还有地方，他们可以进去。他们听了他的话，聂黑流道夫跟了他们进去。工人们正要坐下来，但有帽章的绅士和两个太太，认为他们上这一节车厢来坐是对于他们个人的侮辱，坚决地反对这个，并开始赶他们。工人们有二十人光景，老人和很年轻的，都带着疲乏的、晒黑的、干瘦的脸，显然觉得完全是他们自己不是，立刻又把行囊碰着凳子、板壁和门，再穿过车厢向前走，似乎准备走到世界尽头，坐在吩咐他们坐下的地方，即使是在钉子上。

“向哪里挤，鬼们！就坐在这里吧。”另一个向他们迎面走来的车长说。

“Voila encore des nouvelles!”（这里又有新闻了！）两个太太中年轻的那一个说，她们十分相信她会用她的好法语引起聂黑流道夫的注意。

戴钏子的太太只是嗅鼻子，皱眉毛，说到和发臭的农民坐在一起的不愉快。

工人们，感觉到人们逃避了巨大危险时的快乐和心安，站住了，开始就座，动着肩膀卸下背上沉重的行囊，把它们塞在凳子下边。

没有坐在自己的位子上和塔拉斯谈话的园丁又回到自己位子上去了，因此在塔拉斯旁边和对面有了三个空位。三个工人坐到位子上，但在聂黑流道夫走近他们时，他的绅士服装的样子那么惶惑了他们，他们站了起来，要走开，但聂黑流道夫要他们坐下，自己坐在靠过道的凳子扶手上。

工人之一，五十岁光景的人疑惑地甚至恐惧地和年轻的工人交换目光。聂黑流道夫没有按照绅士应该做的那样地，詈骂他们赶走他们，还把座位让给了他们，这使他们很惊异而苦恼。他们甚至害怕这会发生对他们不好的事情。

但是看到并无任何奸计，而聂黑流道夫简单地和塔拉斯谈话，他们心安了，吩咐年轻的坐在行囊上，要求聂黑流道夫坐到自己的位子上。起初坐在聂黑流道夫对面的年老的工人收缩着身子，小心地缩回自己的穿草鞋的脚，免得碰触绅士，但后来他那么友善地和聂黑流道夫和塔拉斯说话，甚至在他说到要人特别注意的地方，还用手背碰碰聂黑流道夫的膝头。

他说到自己的一切情形，说到他在泥炭沼泽上的工作，他们现在就是从那里回家去。他在那里工作了两个半月，只带回家十卢布工资给哥哥，因为一部分的工资在受雇之前就付过了。他们的工作，如他所说，是在及膝的水里走动从天明到天黑，期间没有休息，只有两小时吃饭的时间。

“不习惯的人当然是觉得难受了，”他说，“但是弄惯了就没有什么了。但是吃的东西要好。起初吃的东西不好。但后来，大家生气了，吃的东西好了，工作也容易了。”

然后他说到，他在外边做工二十八年，他的工资全寄回家了，起初寄给父亲，后来寄给哥哥，现在寄给管理家事的侄儿，他自己在一年五六十卢布的工资中用两三个在嗜好上：烟和火柴。

“有罪过，疲倦的时候也喝点伏特加酒。”他补充说，认罪地微笑着。

他又说到妇女们怎样管家，说包工的人今天早上在他们起程之前请他们喝了半桶酒，说他们当中有一个死了，另一个生病的被带回家。他所说的生病的一个坐在同一车厢的角落里。这是一个面色苍白泛黄的、蓝唇的青年。他显然是被疟疾弄疲乏了。聂黑流道夫走到他面前，但青年用那么严厉痛苦的目光看了看他，聂黑流道夫没有用问题打搅他，只劝老人购买奎宁，并在纸上为他写下了药名。他想给钱，但老人说不需要钱：他自己付。

“哦，我虽然走了这么多地方，这样的先生却没有看见过。他不推你的颈子，还让位子给你坐。好像是有许多种的绅士。”他转向塔拉斯说。

“是的，全新的、不同的、新世界。”聂黑流道夫想，望着瘦而有筋力的四肢，粗陋的自织的衣服，晒黑的善良的疲倦的脸，觉得自己四周围绕着全新的人连同他们的严肃的兴趣、喜悦与真正做工的人类的生活痛苦。

“这里是 Ie vrai grand monde（真正上流社会）。”聂黑流道夫想，想起考尔恰根公爵所说的话，和考尔恰根之辈的那种懒惰的、奢华的世界连同他们的毫无价值的卑微的兴趣。

他感觉到旅行者发现新的、未知的、美丽的世界时的那种快乐情绪。

第三部

一

马斯洛发同路的那一批囚犯走了大约五千俄里。[1] 马斯洛发和刑事犯们乘火车轮船到达了撇尔密，到了这里，聂黑流道夫才获得了准许，把她调到政治犯当中，这是和这一批囚犯同行的保高杜好芙斯卡雅劝他做的。

到撇尔密的途程在身体上和精神上对于马斯洛发都是很难受的。身体上——因为拥挤、污秽和不给她安宁的可恨的害虫；精神上——因为同样可恨的男人们，他们是和害虫一样，虽然各站不同，却处处是同样地烦扰、纠缠、不给她安宁。在男女囚犯、典狱、护送兵之间形成了一种无耻的堕落的习惯，每一个妇女，尤其是年轻的妇女，假如她不愿利用自己的妇女身份，便须经常地戒备着。这种不断的恐惧和斗争的情形

[1] 约合五千零六十七公里。——译者

是很难受的。马斯洛发由于外表的动人和她的为人共知的过去，特别受到这种烦扰。她现在对纠缠她的男人们的这种坚决的拒绝，令他们觉得是一种难堪，引起了他们对她的恶感。她和非道茜亚及塔拉斯的接近改善了她在这方面的境况，塔拉斯知道了他妻子所受到的烦扰，愿意自己做囚犯来保护她，从下城起他便是一个囚犯，和囚犯们走在一起了。移转在政治犯当中，这改善了马斯洛发在各方面的情形。不但政治犯们住得好一点，吃得好一点，少受虐待，而且马斯洛发的移转还使她的情形有了这样的改善，就是男人们的这些纠缠没有了，并且可以生活着而无须时时想到她现在所极愿忘记的过去。然而这个变化的主要的好处是在她认识了几个人，他们对她有一种决定性的、最有益的影响。

马斯洛发被准许在休息站上和政治犯住在一起，但因为她是健康的妇人，她必须和刑事犯们走在一起。离开托姆斯克以后她便是这样地走着。有两个政治犯也和她在一起步行着，一个是玛丽亚·芭芙洛芙娜·歇蒂尼娜，就是聂黑流道夫和保高杜好芙斯卡雅会面时令他注意的那个美丽的羊眼姑娘，一个是流放到雅库茨克州的西蒙生，就是聂黑流道夫也在那次会面中所注意的那个眼睛深凹在额下的、黑黑的、乱发的青年。玛丽亚·芭芙洛芙娜步行，因为她把车上自己的座位让给了怀孕的女刑事犯；西蒙生则是因为他认为利用阶级特权是不应当的。这三个人，和其他坐车后走的政治犯们分开，清晨很早便同刑事犯们上路。在到达某大城之前的最后的行程中便是如此的，在这个大城里囚犯们要由新的护送官接管。

在一个阴雨的九月的清晨很早的时候，时而落雪，时而下雨，带着阵阵的冷风。全部的囚犯们，四百个男人和大约五十个女人，已经在休息站的院子里了，一部分拥挤在护送队长的旁边，他正在把两天的伙食钱分散给囚犯代表们，一部分在那些被准许进休息站院子的女小贩那里买食物。可以听到数钱的、买东西的囚犯们的声音和女小贩们的尖锐的声音。

卡邱莎和玛丽亚·芭芙洛芙娜都穿深筒鞋、短皮袄，裹着披巾，从休息站的住所走到院子里，向女小贩们那里走去，她们坐在高屋北墙的避风处，互相争先地喊卖货物：新做的饼、肉包子、鱼、通心面、粥、肝、牛肉、蛋、牛乳，有一个甚至还卖烤小猪。

西蒙生穿橡皮短褂，橡皮套鞋用绳子在羊毛袜子上系紧（他是素食主义者，不用宰杀牲畜的皮），也在院子里，等候囚犯们起程。他站在阶梯的旁边，在记事册上记着他所感触的思想。下面是他的思想：

“假若，”他写，“微菌观察研究人的指甲，认为它是无机体，同样地我们观察地壳时认为地球是无机体；这是不正确的。”

买了些蛋、一包圆面包、鱼、新鲜的小麦面包，马斯洛发把这一切都放进了行囊，玛丽亚·芭芙洛芙娜和女小贩们算账，这时囚犯们当中有了动作。大家沉默了，人们开始排列。军官出来了，下了出发前的最后的命令。

一切如常：点数，验镣的好坏，把戴手铐上路的人联系成对。但忽然听到了军官威风而愤怒的叫声，身上的殴打声，小孩的哭声。全体静穆了片刻，然后在人群中传播着深沉的低语。马斯洛发和玛丽亚·芭芙洛芙娜走到有声音的地方去了。

二

走到闹声之处，玛丽亚·芭芙洛芙娜和卡邱莎看见了下面的事情：那军官，一个有美丽胡髭的结实的人，皱着眉，用左手拭着在囚犯脸上打得发痛的右掌，不停地说出无礼而粗暴的詈骂。在他面前站着一个长而瘦的、剃了半头的囚犯，穿短外套和显得更短的裤子，一只手拭着被打出血的脸，另一只手抱着裹了披巾的、尖声地哭叫的小女孩。

“我对你（……粗野的詈骂……）教训你，你辩驳（……又是詈骂），交给妇人们，”军官大声说，“戴上！”

军官要一个地方政府的流刑犯戴上手铐，这流刑犯一路上抱着小女孩，这是在托姆斯克死于伤寒的妻子留下给他的。囚犯的辩白，说他戴了手铐便不能带小孩，触犯了在发火的军官，于是他殴打了没有立即服从的囚犯。[1]

在被打者对面站立着一个护送兵，和一只手上戴了手铐的黑胡须的囚犯，他愁闷地低着头时而看军官时而看被打的抱小孩的囚犯。军官向护送兵重复了命令：拿开小孩。在囚犯当中说话声渐渐大起来了。

“从托姆斯克走起，就没有戴。”后排里的哑声音说。

“不是小狗呀，是小孩啊。”

“要他把小女孩放哪里去呢？”

“这不是法律。”又有别人说。

“这是谁？”军官好像被螫了一般，向人群冲去。大声说，“我来给你看法律。谁说的？你吗？你吗？”

“大家说的，因为……”宽脸的矮小的囚犯说。

他还没有说完，军官便用双手打他的脸。

“你们反叛了！我要让你们看看，怎么样反叛。我要把你们都像狗一样地枪毙。上苍只会感谢的。把小女孩拿着！”

人群平静了。一个护送兵夺去了拼命地啼哭的小女孩，另一个开始替那顺从地伸出自己手臂的囚犯戴上手铐。

“带给妇人们。”军官理着剑带，向护送兵大声说。

小女孩极力要把小手从披巾里挣出来，她带着充血的脸，不停地号哭着。玛丽亚·芭芙洛芙娜从人群中走出，走到护送兵那里。

“军官先生，让我来带小女孩吧。”

抱小女孩的护送兵停住了。

---

[1] 事见 A. D. 李聂夫著《在休息站》。——原作者

“你是谁?”军官问。

“我是政治犯。”

显然，玛丽亚·芭芙洛芙娜的美丽的脸和她的漂亮的突出的眼睛（他在接收时已经见过她）影响了军官。他无言地看看她，似乎在考虑什么。

“在我是没有关系的，假若您愿意，就带吧。您可怜他们是好事，但是他逃跑了，谁负这个责任呢?”

“他怎能够带着小女孩逃跑呢?”玛丽亚·芭芙洛芙娜说。

“我没有工夫和您说话，您若愿意，就带着吧。”

“我要给她吗?”护送兵问。

“给她吧。”

“到我这里来。”玛丽亚·芭芙洛芙娜说，极力要把小女孩招诱到自己手里来。

但是在护送兵手里向父亲面前挣着的小女孩继续叫着：她不愿到玛丽亚·芭芙洛芙娜面前去。

“等一下，玛丽亚·芭芙洛芙娜，她要到我这里来的。”马斯洛发说，从行囊里取出一个圆面包。

小女孩认识马斯洛发，看见了她的脸和圆面包，便要向她那边去。

一切安静。大门打开了，囚犯们走出去排列着；护送兵又点了人数；行囊搬上车捆了索，坐上了衰弱的囚犯。马斯洛发抱着小女孩和非道茜亚并排着站在妇女们当中。西蒙生始终注意着所发生的事，用坚定的大脚步走到军官面前，军官已经发完了一切命令，要坐上自己的旅行马车。

“你做得不对，军官先生。”西蒙生说。

“到您自己的地方去吧，这不是您的事。”

“这是我的义务，我向您说，你做得不对。”西蒙生说，从自己的浓眉之下专注地看着军官的面孔。

“准备好了吗？全体都有，开步走!”军官喊叫，没有注意西蒙生，抓住赶车的兵的肩膀，上了旅行马车。

囚犯们移动了，展开着，行走在泥泞的、两边掘了沟的、通往密林的大道上。

三

在过去六年城市中的堕落、奢华、柔弱的生活以及两个月同刑事犯们在监狱中的生活之后，现在和政治犯们在一起生活，虽然有环境的痛苦，对于卡邱莎却似乎是很好的。每天步行二十到三十俄里，有好饮食，在两日行程之后有一日休息，这在身体上使她变强了；和新同伴们的结交，使她展开了她从前没有丝毫认识的那些生活兴趣。像她现在一同上路的这些奇异的人们，如她所说的，她不但没有见过，她甚至也不能够想象到。

“为了我被判刑，我曾经啼哭，”她说，“但我应该终生感谢上帝。现在我知道了也许一生不会知道的事情。”

她很容易地并且不费力地明白了那些领导这些人的动机，并且作为人民中的一个，她十分同情他们。她明白了这些人是为了人民而反对绅士的；这些人自己是绅士，为了人民而牺牲自己的特权、自由和生命——这使她特别看重这些人并羡慕他们。

她羡慕她的所有的新同伴；但她最羡慕玛丽亚·芭芙洛芙娜，不仅羡慕她，而且以特别的、恭敬的、热切的爱去爱她。感动她的是这个美丽的姑娘是有钱的将军的女儿，能说三种语言，生活过得像最简单的女工一样，把她的有钱的哥哥所送给她的一切都给了别人，她的衣履不仅简单，而且粗劣，她丝毫不注意自己的外表。这个特质完全没有献媚，特别惊讶了并因此吸引了马斯洛发。

马斯洛发看到，玛丽亚·芭芙洛芙娜知道甚至乐意知道她美丽，但她不仅不高兴她的外表对于男人们所产生的印象，而且害怕这个，对于恋爱感到绝对的厌恶和恐惧。她的男同伴们知道这个，即使对她有爱意也不敢向她表示，并且对她如同对待男同伴一样。但不相识的人常常纠缠她，而她所特别骄傲的她的大力气，如她所说的，使她免受了他们的烦扰。

“有一次，”她笑着说，“有一个绅士在街上缠我，无论怎样也不离开，因此我那样地摇他，使得他害怕了，从我面前跑开了。”

她成了女革命者，如她所说的，因为她自幼就感觉到对于绅士生活的憎恶，却爱普通人的生活，她总是因为到仆人房、厨房、马房里去，不在客厅里，而被斥责。

“我觉得和厨娘们车夫们在一起有趣，和绅士们太太们在一起没有趣味，”她说，“后来，我懂事的时候，我看到，我们的生活是完全丑恶的。我没有母亲，我不爱父亲，十九岁的时候，我同一个女朋友离开家庭到工厂里去当女工。”

离开工厂以后，她住在乡村里，后来住在城里的寄宿舍，那里有一个秘密的印刷机。她在这里被捕了，被判决做苦工。玛丽亚·芭芙洛芙娜自己从未说过这事，但卡邱莎从别人那里听到，她被判做苦工，是因为她把在警察搜查时一个革命者在暗处枪击的责任招认在自己身上。

自从认识她以后，卡邱莎看到，无论她在什么地方，在任何情况下，她从来不想到她自己，而总是挂念着服务，在大小事情上帮助人。她现在的友人之一，诺佛德佛罗夫，诙谐地说到她是献身给慈善的游猎了。这是真的。她生活的全部兴趣乃是寻找为别人服务的机会，好像游猎者寻找野物一样。这种游猎成了习惯，成了她生活上的要务。她那么自然地做这事，以致所有认识她的人不复感激这个，却要求这个了。

当马斯洛发接近他们时，玛丽亚·芭芙洛芙娜对她感觉到厌恶和嫌憎。卡邱莎注意到这个，但后来也注意到，玛丽亚·芭芙洛芙娜努力约制她自己，对她变得特别亲爱、仁慈。这个非常人物的亲爱和仁慈那么感动了马斯洛发，使她把自己整个的心给了她，不自觉地采取了她的见解，不自觉地事事模仿她。卡邱莎的这种忠顺的爱感动了玛丽亚·芭芙洛芙娜，于是她也爱卡邱莎。

她们俩对于性爱所感到的厌恶感使她们亲近。这一个仇恨爱情，因为经历了它一切的恐怖；另一个，则因为没有经历过，把它看作一种不可了解的同时是可憎的侮辱人类尊严的东西。

四

玛丽亚·芭芙洛芙娜的影响是马斯洛发所服从的一种影响。这是由于马斯洛发爱玛丽亚·芭芙洛芙娜。另一种影响是西蒙生的影响。这个影响是由于西蒙生爱马斯洛发。

所有的人是部分按照他们自己的思想、部分按照别人的思想而生活而行动的。人们生活着，按照他们自己的思想到什么程度，而按照别人的思想又到什么程度，这乃是人们彼此之间一个主要的差别。有些人在大多数的情形中，把自己的思想当作精神的游戏而享受着，把自己的理性看作解除了输力皮带的主动轮，在自己的行为中顺从别人的思想——习惯、传统、法律。又有些人，认为自己的思想是自己一切行为的主动力，几乎总是听从自己理性的要求，并且服从它，只偶而地，并且是在精密地评价之后，顺从别人的意见。西蒙生便是这种人，他用理性证实、决定一切，决定了什么，他便去做。

在他是中学生时便已经认定，他父亲做会计官所赚的钱是不正当的，他向父亲说，这些钱应该分给人民。当他父亲不但不听而且斥责他时，他走出家庭，不再用父亲的钱了。他认定现有的一切丑恶是由于人民的无知，他离开大学，加入了人民党，在乡村当教师，勇敢地向学生和农民们宣传他认为是真实的并否决他认为是虚伪的东西。

他被捕并且被审判。

在审判时他认定了法官们没有权利审判他，并且说出了这话。当法官们不理会他，并继续审判他时，他便决定了不回答，对于所有的问题都沉默着。

他被流放到阿尔汉盖斯克省。在那里他构成了他的宗教学说，这规定了他全部的活动。这个宗教学说认为，世界上的一切是活的，没有死的东西，我们所认为是死的无机的物体，只是我们所不能了解的巨大的有机体的一部分，因此，人类作为巨大的有机体的一部分，他的任务就是维持这个有机体的生命和它的活的各部分的生命。因此他认为毁灭生命是犯罪：他反对战争、体刑和人类的以及动物的各种杀戮。

关于婚姻他也有他自己的学说，就是人类的生殖只是人的低级功能，而高级功能是对于已存在生物的服务。他在血中含有白血球上找到了这个思想的确证。单身的人，按照他的意见，就是这种白血球，他们的任务是在帮助有机体的软弱疾病的部分。自从他认定了这一点以后，他便这样地生活着，虽然他年幼时曾经放荡。他现在认为自己，同样地也认为玛丽亚·芭芙洛芙娜是人类白血球。

他对卡邱莎的爱没有破坏他的这种学说，因为他是柏拉图式地爱她，以为这种爱不但不阻碍白血球对弱者服务的活动，而且更鼓励这个。

但他不只是凭自己的方法决定道德的问题，他还凭自己的方法决定大部分的实际问题。对于一切的实际问题他都有他自己的学说：有规条，应该工作几小时，休息几小时，如何饮食，如何衣着，如何烧炉，如何点灯。

然而同时西蒙生在人面前是极羞怯的，是谦逊的。但当他有所决定时，没有东西可以阻止他。

就是这个人因为他爱马斯洛发而对她有决定性的影响。马斯洛发凭妇女的本能很快地看出了这个，而她能够唤起这个异常人物的爱情，这一点在她自己的占量中提高了她自己。聂黑流道夫由于宽宏，因为过去的事情而向她求婚；但西蒙生却是爱现在这样的她，只是为了爱而爱。此外，她觉得西蒙生认为她是非常的人，超越一切妇女，有特别高尚的精神美质。她不能确定地知道他认为她有什么样的美质，但在任何情形之下，为了不令他失望，她极力地用全力唤起自己心中她所能想象到的最好的美质。这使她努力去做一个只要是她能做到的那么好的人。

这是在监狱里就开始的，在一次政治犯的普通会客时，她注意到他的无邪的善良的深蓝眼睛的目光在突出的额头和眉毛下边特别倔强地注视她。在那时她已注意到，这个人是特别的人，并且特别地看着她，她注意到蓬起的头发和皱蹙的眉毛所产生的严正，儿童般的善良和目光的天真——在一个面孔上的意外惊人地联合。后来，在托姆斯克，在她被调到政治犯当中时，她又看见了他。虽然在他们之间没有说过一个字，但他们所交换的目光乃是承认他们记得过去和他们对于彼此的重要。虽然后来他们之间没有重要的谈话，但马斯洛发觉得，当他在她面前说话时，他的话是向她说的，他是为她而说，并且力求表达得尽量明白。他们的特别接近，是在他和刑事犯们一同步行的时候开始的。

五

自下城到撇尔密，聂黑流道夫只能够和卡邱莎见两次：一次在下城，在囚犯们搭乘罩了铁丝网的驳船之前，另一次在撇尔密，在监狱的办公室。在这两次会面中，他发现她是隐匿的不仁慈的。对于他的这些问题：她觉得好不好，她是否需要什么——她回答得推托而窘迫，并且如他所感觉的，带着她从前也表现过的仇视的责备之意。她的这种愁闷的心情，只是因为她现在所受到的男子的追求而发生的，却苦恼了聂黑流道夫。他怕她在旅程中她所遇到的那些困难、堕落的影响之下，又陷入从前那种她自己同自己冲突以及对生活失望的情形中，她曾因此对他发怒并强烈地喝酒吸烟以便遗忘她自己。但他没有任何办法帮助她，因为在旅途的最初的全部时间里没有和她见面的可能。直到她调到政治犯里之后，他才不但相信自己忧惧的无据，而且相反，和她每次见面时，都可以看到渐渐确定的她那种内心的转变，这是他那么极愿看见的。在托姆斯克的第一次的见面中，她又变成了在她起程以前那样的。看见他时，她既不皱眉，也不窘迫，并且相反，她快乐地简单地接见他，为了他为她所做的事而感谢他，尤其是为了他使她和现在她所处的那些人在一起。

在两个月的行走之后，她所发生的改变，也表现在她的外貌上。她消瘦了，晒黑了，好像老了；在鬓边和嘴边显出了皱纹，她的头发不垂在她的额上，她用首巾扎着头，在衣履上，在梳妆上，在态度上，都没有了从前的献媚的痕迹。她内心里已经发生过的、还在发生着的那种改变，不断地引起聂黑流道夫的特别的高兴。

他现在对她感觉到他从前所没有感觉过的情绪，这种情绪和最初的诗意的恋情没有任何共同之处，和他后来所经历过的肉体的爱更是没有，甚至和尽了责任的自觉也没有共同之处，这责任是和自负相混合的，他就是因此在审判之后决定了娶她的。这种情绪只是最简单的怜悯和心软的情绪。这个他第一次在监狱里和她会面时曾经感觉过，第二次在她离开监狱医院之后，当他克服了自己的憎恶，而原谅了她和医药助理员的想象的恋爱时（这事的不公平后来发现了）曾经更深刻地感觉过。他此时的情绪就是这种情绪，但只有这个差异：那时是暂时的，现在是永久的。无论他现在想的是什么，做的是什么，他的心情便是这种不但对于她，而且是对于一切人的怜悯和心软的情绪。

这个情绪似乎打开了聂黑流道夫心中的爱的源流，它从前找不到出路，现在却流向他所遇到的所有的人。

在旅行的全部时间里，聂黑流道夫觉得自己是在那样的兴奋的心情中不觉地变得同情并关心所有的人，从车夫和护送兵一直到他曾经接洽过事情的监狱官和省长们。

在这个时候聂黑流道夫由于马斯洛发调到政治犯里，认识了许多政治犯，起初是在叶卡切林堡，在这里他们很自由地共同住在一个大狱室里，后来在途中他认识了五个男子和四个女子，马斯洛发就是和他们在一起的。聂黑流道夫和流放的政治犯们的这种接近完全改变了他对他们的看法。

从俄国革命运动一开始时，尤其是在三月一日事件以后，聂黑流道夫对革命者们便怀着恶意和轻视。最初他对他们不满意的，是他们在反对政府的斗争中所采用的方法的残忍和秘密，尤其是他们所做的暗杀的残忍，后来，他不满意的，是他们所共有的很自负的神气。但是较密切地认识了他们，知道了他们因为政府而常常无辜地受到的一切痛苦，他明白了，他们不能不是他们那样的。

虽然所谓刑事犯们所受的苦难可怕而无意义，在他们判罪的前后，仍然对于他们表现了法律的类似物；但在政治犯的案子中，连这个类似物也没有，如同聂黑流道夫在舒斯托发案子上和后来在许许多多他新相识的人的案子上所看到的。这些人所受的待遇好像是用网打鱼，落在网里的都被拖上岸，然后，选出那些被需要的大鱼，不管那些小鱼，让它们在岸上干死。便是这样地逮捕了成百的这种显然不但无罪而且不能够危害政府的人，把他们有时在监狱里关许多年，在这里他们传染了肺病，变得疯狂，或者自杀；监禁他们，只是因为没有释放他们的理由，又因为在监狱的控制下，在审问时对于问题的说明也许需要他们。所有这些甚至从政府的观点上看来也是无罪的人的命运，往往决定于宪兵及警察的官员、侦探、检察官、审问官、省长、部长的任意、闲暇和心情。这类官员觉得无趣了，或者要出风头，便命令逮捕这些政治犯，并且凭他自己或上司的情绪而下狱或释放他们。上级的官员，也是凭他是否需要出风头，或是他和部长的关系——将这些人或流放边地，或禁在独室，或判流刑、惩役、死刑，或在某某太太向他要求时释放。

他们受到了就像在战争中那样的待遇，他们自然地采用了别人用来对待他们的那同样的方法。好像军人总是生活在某一种社会舆论的空气中，它不但使他们看不见他们行为的罪恶，而且把这些行为看作功绩——完全一样，对于政治犯们也有他们自己团体里的，一向包围着他们的那同样的社会舆论的空气，因此，他们在损失自由、生命和一切是人所宝贵的东西的危险中所做的残忍行为，对于他们同样地不但不是罪恶的，而且是光荣的行为。这向聂黑流道夫说明了那种奇怪的现象，就是那些性格最温良的不但不能引起而且不能看见生物的痛苦的人，也会安心地准备去杀人，几乎都认为，在某种情形之下，杀人作为自卫与达到社会福利高尚目标之手段是合法的、正当的。他们对于自己事业的重视，因而对于自己的重视，是由于政府对于他们重视，由于政府加诸他们的处罚之残忍而自然地产生的。他们必须重视他们自己，才能够忍受他们所忍受的痛苦。

更密切地认识了他们，聂黑流道夫相信他们并不像一些人所想象的是那么纯然的坏人，也不是另一些人所认为的纯然的英雄，而是寻常的人，在他们当中，如同在一切的地方一样，有好人，有坏人，也有不好不坏的人。他们当中有些人成了革命者，因为他们诚恳地认为他们和现有罪恶奋斗乃是他们的义务；但也有些人由于自私的虚荣的动机而选择这种活动；大部分的人参加革命是因为聂黑流道夫在战时所知道的那种危险、冒险的愿望和玩弄自己生命的享乐——这些情绪是最寻常的精力旺盛的青年所特有的。他们异于寻常人的长处，乃是他们的精神要求高过常人的精神要求。他们不但认为自制、生活简陋、诚实、无私是应该的，而且认为准备为公共的事而牺牲一切甚至自己生命也是应该的。因此那些高过中等水准的人是远在水准之上，显得是少有的精神崇高的模范，那些低于中等水准的人远在水准之下，往往显得是不诚实、虚伪，同时是自信、骄傲的人。因此在新认识的人当中有一些人聂黑流道夫不但敬重，而且一心一意地爱他们，对于另一些人他却嫌恶胜于漠不关心。

六

聂黑流道夫最爱一个和马斯洛发这一批囚犯同路的、罚做苦工的患肺病的青年克累操夫。聂黑流道夫在叶卡切林堡就和他认识，后来在途中和他见面谈了几次。有一次夏天在休息站的全天休息中聂黑流道夫和他几乎相处了一整天，克累操夫谈话时，向他说到自己的经历，和他怎样成了革命者。他在入狱前的经历是很简短的。他父亲是南方的大地主，在他还是小孩时便死了。他是独子，他母亲抚养了他。他在中学在大学读书都不费力，毕业时他是算学系的第一名。他被提名留学出国。但他答复迟缓了。他爱了一个姑娘，他想到结婚和地方行政的工作。他想做一切，却什么也没有决定。这时候大学里的同学为了一件公共的事向他要钱。他知道这件公共的事是革命运动，他那时对这个完全不感兴趣；但由于同学情谊和自尊心，他给了钱，免得他们认为他是骇怕。接受钱的人被捕了，发现了一个字条，因此知道了钱是克累操夫给的；他被捕了，起初关在警察局，后来关在监狱里。

“在关我的那个监狱里，”他向聂黑流道夫说（他带着凹缩的胸脯，坐在高板床上，臂肘放在膝头上，只偶然用明亮、发热、美丽、智慧、善良的眼睛看聂黑流道夫），“在这个监狱里并不特别严格：我们不但敲墙传话，而且在走廊散步，互相谈话，分食品和烟草，甚至晚上唱合唱。我有好嗓音。是的，假若不是因为母亲她很伤心——我在监狱里就好过了，甚至是快乐而且很有趣。在这里我还认识了有名的彼得罗夫（他后来在堡垒中用玻璃自杀了），还认识了别的人。但我不是革命者。我还认识了狱里两个邻室的人。他们是因为波兰宣言的案子一同被逮捕的，并且因为在被押送上火车时试图逃脱而被审问。一个是波兰人洛生斯基，另一个是犹太人罗索夫斯基。是的，这个罗索夫斯基完全是小孩子。他说他十七岁，但他的样子不过十五岁光景。他瘦小、活泼，有明亮的黑眼睛，和所有的犹太人一样，很有音乐才能。他的声音已经在变了，但他唱得好极了。是的。他们俩当着我的面被送去审问。早上带走的。晚上他们回来了，说他们被判了死刑。谁也没有料到这个。他们的案子是那么不重要。他们只是试图逃出护送队，连任何人也没有伤害。因此，像罗索夫斯基这样的孩子会受罚，是很不应该的。我们在监狱里都认为这只是为了恐吓他们，判决不会批准的。我们起初兴奋，但后来便心安了，生活过得如旧。是的。有一天晚上，看守人走到我的门前，秘密地向我说，木匠来了，在安置绞架。我起初不明白：这是什么？什么绞架？但年老的看守人是那么兴奋，我看了看他，便明白了这是为我们的这两个人的。我想敲墙和同伴们谈话，但怕他们听见。同伴们都沉默着。显然，大家知道。在走廊上和狱室里整晚是死一般的静穆。我们不敲墙传话，也不唱歌。十点钟的时候，看守人又到我面前来说，用刑的人从莫斯科派来了。他说过就走开了。我开始喊叫他回来。忽然我听到，罗索夫斯基从走廊那边狱室里向我叫：'您有什么事？您为什么叫他？'我说了些话，我说他带给了我烟草，但他似乎在猜测，并且问了我，为什么我们不唱歌，为什么不敲墙传话。我记不得我向他说了些什么，我赶快地走开了，免得和他说话。是的。是一个可怕的夜晚。我整夜谛听着一切的声音。忽然，早晨之前，我听到有人打开了走廊的门，有人走路，很多人。我走到小窗子旁边。走廊上点着一盏灯。监狱长走在前。他肥胖，似乎是自信的坚决的人。他的脸色不同了：苍白、沉闷，似乎恐惧。在他后面是副狱长——皱眉，坚决的样子，最后是看守人。他们从我的门前走过，停在隔壁的狱室前。我听见副狱长用一种奇怪的声音叫着：'洛生斯基，起来，穿上您的干净的麻布衫。'是的。后来我听到门响。他们走到他面前，后来我听到洛生斯基的脚步声：他走到走廊对面的那边。我只能够看见监狱长。他站着，脸发白，解开又扣上衣服纽子，耸动着肩膀。是的。忽然好像惧怕什么，走到一边去了。这个洛生斯基从他身边走过，走到我的门前。他是美丽的青年，您知道，那种优美的波兰人的样子：宽肩，笔直的额头，有漂亮的鬈曲的细软的头发，好像帽子一样，他有美丽的蓝眼睛。那样如花的、强盛的、健康的青年。他站在我的小窗子前面，因此我看见了他整个的脸。可怕的，消瘦的，灰白的脸。'克累操夫，有烟卷吗？'我想给他，但副狱长似乎怕迟了，取出他自己的烟匣，给了他烟卷。他拿了一支烟卷，副狱长为了他擦着一根火柴。他开始吸烟，好像在思索什么。后来好像想起了什么，开始说了：'残忍，不公平。我什么罪也没有犯。我……'在他的白的年轻的颈子里有什么东西打颤了，我的眼睛不能拿开不看。他又停了。是的。这时候，我听见，洛生斯基从走廊上叫出尖细的犹太人的声音。洛生斯基抛了烟蒂，从门口走开。在我的窗口又出现了罗索夫斯基。他的有湿润的黑眼睛的儿童的脸上是红而有汗的。他身上也有干净的麻布衫，裤筒太宽大了，他不断地用双手向上拉，全身打颤。他把可怜的脸贴近我的窗口说：'阿那托尔·彼得罗维支，是真的吗？医生给我开了肺病药水！我不好过，我还要喝一点肺病药水。'没有人回答，他疑问地时而看我，时而看监狱长。他说这话是什么意思，我还不明白。是的。忽然副狱长做出严厉的面色，又用一种尖锐的声音喊叫：'这是什么样的笑话？我们走。'罗索夫斯基，显然不明白有什么事等待着他，似乎匆忙起来，在走廊上走着，几乎是跑在大家的前面。但后来他不走了，我听见了他的尖锐的声音和啼哭。开始了骚动声和踏脚声。他大声地叫着哭着。后来渐渐远了，走廊的门响了，一切沉静了……是的。把他们绞死了。用绳子把两个都绞死了。看守人，另外的一个，看见了这事，向我说，洛生斯基没有反抗，罗索夫斯基挣扎了好久，因此他们把他拖到绞架上，强迫地把他的头放进绳环里。是的。这个看守人是蠢人，他说：'他们向我说，先生，这是可怕的。但是并没有可怕的地方。他们绞的时候，他们只耸了两次肩膀。’他表示了肩膀怎样痉挛地一起一落，又说：‘后来用刑的人拉了一下，使绳环结得更紧，完结了：他们不再动了。’”

克累操夫重复了看守人的话：“没有可怕的地方。”并且想笑，但没有笑，却哭泣了。

后来他沉默了好久，用力地呼吸着，抑制着涌上他喉咙的啜泣。

“从那个时候起，我成了革命者。是的。”他说，安静下来，简短地说完了他的经历。

他属于人民意志党，甚至做过解体会的首领，这会的目的是威迫政府，要它自动放弃权力，并唤起民众。怀着这个目的，他时而到彼得堡去，时而到国外去，时而到基也夫去，时而到奥皆萨去，并且处处得到成功。他所十分信赖的一个人出卖了他。他被捕了，被审判，在监狱里被关了两年，被判了死刑，却减改为无期的惩役。

他在监狱里得了肺病，现在，在他所处的这种情况之下，显然，他不过只有几个月的寿命了，他知道这个，他不懊悔他所做的事，却说，假若他还能再活一生，他也要用那一生再做同样的事——毁坏那能够产生他所见的那些事情的制度。

这个人的经历，和他的接近，向聂黑流道夫说明了许多他从前所不了解的东西。

七

在护送官和囚犯们因为小孩而在休息站的院子里发生冲突的那一天，在旅店宿夜的聂黑流道夫醒得迟，又坐下来写了他准备在下一个省城里付邮的信件，因此他离开旅店比寻常更迟，在路上没有像以前一样赶上囚犯们，而来到休息站附近的村庄时已经薄暮了。

在年老肥胖的、有异常肥粗白颈子的寡妇所开的旅店里烘干了自己的衣服，聂黑流道夫在清洁的、陈设着很多圣像和图画的房间喝了茶，就赶到休息站去见军官要求准许见面。

在过去的六个休息站上，护送官们虽然有所更换，却都不准许聂黑流道夫到休息所去，因此他有一星期以上没有看见卡邱莎。这种严格是因为预料有一个重要的监狱官要路过。现在这个官没有看休息站就过去了，于是聂黑流道夫希望，早晨接管的护送官，像以前的军官们那样，准许他和犯人会面。

女店主向聂黑流道夫提议用半篷的马车到村庄尽头的休息站去，但聂黑流道夫宁愿步行。一个工人，年轻、漂亮、宽肩的力士，穿着新涂了强烈气味的烟油的高靴，自愿领路。

天上有雾，天色是那么黑，青年只离开他三步，在没有窗里的灯光照见的地方，聂黑流道夫便看不见他，只听到他的靴子在黏稠的深厚的泥淖里的响声。

经过了广场和教堂和窗牖明亮的长街，聂黑流道夫跟向导走到村外漆黑的地方。但在黑暗中立刻便看见了休息站旁边的灯笼里射在雾中的光线。发红的火点渐大渐明亮了；栅栏的柱子，移动的哨兵的黑影，条花柱子，哨舍，都看得见了。

哨兵向走来的人喊出通常的声音："谁在走?"知道了不是自己人，便显得那么严厉，他不愿让他们等在栅栏旁边。但聂黑流道夫的向导不怕哨兵的严厉。

"你这个人，好大脾气呀!"他说，"你去叫你的长官，我们等着。"

哨兵没有答话，向门里叫了什么，便站住凝神地看着宽肩的青年在灯光下用木片刮下聂黑流道夫靴子上所沾的泥。在栅栏的那边可以听到男女的谈话声。三分钟后，有了铁的响声，门打开了，肩上搭着大衣的军曹从黑暗中走到灯光里，问是什么事。

聂黑流道夫交给他一张要求接见商谈私事的字条，请他交给军官。

军曹不如哨兵那么严厉，但却是特别好奇。他一定要知道，聂黑流道夫为什么要见军官，他是谁，显然是想得赏钱，不愿放过。聂黑流道夫说有特别的要事，说他会酬谢的，请他转交字条，军曹接了字条，点了头，便走开了。

在他走后，过了一会儿，门又响了，妇女们带着篮子、盒子、罐子和袋子从门里走出来。她们洪亮地用特别的西伯利亚方言谈着，走过了门槛。她们都不是穿乡下的服装，而是城市的服装，穿大衣和皮袍；衣襟折拢得很高，头上扎着帕子。她们在灯光中好奇地看着聂黑流道夫和他的向导。有一个女的显然高兴遇到宽肩的青年，立刻用西伯利亚的詈骂亲切地骂他。

“你，树鬼，在这里作什么祟?”她向他说。

“领旅客到这里来的，”青年回答，“你送什么来的?”

“牛奶，吩咐了早晨还送些来呢。”

“他们不留你们过夜吗?”青年问。

“你这个要遭殃的，说谎的!”她说，笑着，“送我们一道到村子上去吧。”

向导又向她说了那样的话，以致不但妇人们发笑，而且哨兵也笑了，他转向聂黑流道夫说：

“那么，你一个人找得到吗？不迷路吗?”

“我找得到，找得到。”

“走过了教堂，在两层楼房的右边第二家。您拿着我的棍子吧。”他说，把他走路时所用的比身子还高的长棍子给了聂黑流道夫，然后踏着他的大靴子，和妇女们一同在黑暗中不见了。

他的声音，夹杂着妇女的声音，还可以在雾里听到，这时门又响了，军曹走出来，叫聂黑流道夫跟他去见军官。

八

休息站布置得和西伯利亚沿路上所有的休息站一样；在围绕着尖端柱子的栅栏的院子里有三座单层的屋子。在最大的有格子窗的屋子里住着囚犯们，另一个是护送兵的住处，第三个是军官的住处和办公室。在这三个屋子里现在都点了灯，像在别处一样，这里特别虚伪地显着有什么舒服、快适的东西在明亮的室内。在屋前的阶梯上点着灯笼，在墙边还点着五盏灯，照亮着院子。军曹领聂黑流道夫从木板上走近最小的屋子的阶梯。上了三级，他让聂黑流道夫在自己前面走进点着小灯的充满炭气的外房。火炉旁穿粗布衬衫、打领带、着黑裤子的士兵，穿一只黄皮筒的靴子，弯曲着身子，用另一只靴子的靴筒在吹茶炊的火。看见了聂黑流道夫，这士兵丢下茶炊，脱下聂黑流道夫的皮衣，走进里面的房间。

“他来了，大人。”

“好，叫来。”传来了发火的声音。

“进门吧。”士兵说，立刻又去照管茶炊。

在点着吊灯的另一个房间里，在有台布和剩余菜饭和两个酒瓶的桌前，坐着一个军官，他穿了紧合宽胸脯和肩头的奥地利上衣，有大而美的胡髭和很红的脸。在温暖的房间里，在烟草气味之外，还有很强烈的劣质香水气味。看见了聂黑流道夫，军官站起来，似乎嘲笑地怀疑地注视着来客。

“您需要什么呢？”他说，不等回答，便向着门喊叫，“别尔诺夫！茶炊，什么时候弄好呢？”

“马上就好了。”

“我要马上给你一下，让你记得！”军官睐了睐眼睛喊叫。

“拿来了。”士兵大声说，端着茶炊走进来。

在士兵放置茶炊时，聂黑流道夫等候着，军官用愤怒的小眼睛看士兵出去，好像是打量着要打他什么地方。茶炊放妥后，军官开始煮茶。然后从旅行箱里取出方酒瓶和 Albert 饼干。[1] 他把这一切放到了台布上，又转向聂黑流道夫。

“我有什么可以效劳的吗?”

“我要求和一个女犯人会面。”聂黑流道夫说，没有坐下。

“政治犯吗？这是法律不许可的。”军官说。

“这个妇人不是政治犯。”聂黑流道夫说。

“是的，请坐吧。”军官说。

聂黑流道夫坐下了。

“她不是政治犯，”他又说，“但由于我的请求，她得了上峰的准许：和政治犯们一起走……”

“哦，我知道了，”军官打断了他，“矮小的黑黑的吗？好的，这是可以的。您吸烟吗?”

他把一盒烟卷推到聂黑流道夫的面前，小心地倒了两杯茶，递了一杯给聂黑流道夫。

“请吧。”他说。

“谢谢您，我想看到……”

“夜长。您来得及。我吩咐去叫她出来见您。”

“能够不叫她出来，让我到她住处去吗?”聂黑流道夫说。

“到政治犯那里去吗？不合法的。”

“我被准许了好几次。假如是怕我给他们什么东西，那我也可以由她交去的。”

“哦，不，她要被搜查的。”军官说，笑出不愉快的笑声。

“哦，您搜我吧。”

---

[1] 一种乳精饼干。——译者

“好吧，不搜也行，”军官说，把打开的酒瓶举到聂黑流道夫的杯子上，“可以倒吗。哦，随您的意思。住在西伯利亚这里，看到有教养的人，我高兴极了。我们的职务，您知道，是最悲惨的。若是过惯了别种生活的人，这是难受的。对于我们的弟兄有这样一种看法，认为护送官是粗野的没有教养的人，他们没有想到，人也可以生下来去做完全不同的事情的。”

这个军官的红脸、香气、指环，特别是不愉快的笑声，令聂黑流道夫觉得很讨厌，但今天，如同在旅程的全部时间里一样，他处在那么严肃而注意的心情中，他不许自己轻率地鄙视地对待任何人，却认为必须和每个人“尽兴地”说话，这是他自己所规定的对人的态度。听了军官的话，明白了他的这种心情，就是他不满意别人同情他所管辖的人的痛苦，聂黑流道夫严肃地说：

“我以为，在您的职务上，也可以在减轻别人痛苦里获得安慰。”他说。

“什么是他们的痛苦呢？你要晓得他们是什么样的人啊！”

“是什么特别的人呢？”聂黑流道夫说，“是和大家一样的。还有的是无辜的。”

“当然，各种人都有。当然，我们可怜他们。别的人是什么也不放松的，但我，在我所能做到的地方，便极力减轻他们的不幸。宁愿让我受苦，不要他们吃苦。别人处处都要遵守法律不然就枪毙，但我可怜他们。还要吗？再喝一点儿吧。”他说，又倒着一杯茶。“您要见的那个妇人，她究竟是谁？”他问。

“她是一个堕入娼门的不幸的妇人，她被人不公平地控告了毒害人命，但她是很好的妇人。”聂黑流道夫说。

军官摇摇头。

“是的，常有的。我告诉你吧，在卡桑，有一个女人，叫作爱玛。她本是匈牙利人，但眼睛却是地道的波斯式，”他继续说，不能够约制他对这个回忆的笑容，“她有那么多的美点，即使伯爵夫人……”

聂黑流道夫打断军官的话，回到先前的谈话。

“我想，当这些人在您管辖下的时候，您可以改善他们的情况，并且我相信，您这么做的时候，会发现大乐趣。”聂黑流道夫说，努力尽可能地把话说得清楚，好像和外国人或小孩说话一样。

军官用明亮的眼睛望着聂黑流道夫，显然是不耐烦地等着他说完，以便继续他的关于有波斯眼睛的匈牙利女人的故事，她显然是在他的想象中很生动地显现了，并且吸引了他全部的注意。

“是的，这是如此的，是真的，”他说，“我也可怜他们。但是我想向您说到这个爱玛。她做了那样的……”

“我对这个不感兴趣，”聂黑流道夫说，“我坦白地向您说，虽然我自己从前是完全不同的，但现在我却恨这种和女人的关系。”

军官惊惶地看了看聂黑流道夫。

“还要喝点儿茶吗？”他说。

“不要了！谢谢。”

“别尔诺夫！”军官喊叫，“带他到发库洛夫那里去，向他说，让他到单独的房间去见政治犯，可以在那里留到检查的时候。”

九

由传令兵伴送着，聂黑流道夫又走进了被红色的灯光朦胧地照亮着的黑暗的院子。

“哪里去？”迎面的护送兵问伴送聂黑流道夫的人。

“到第五号的单房去。”

“这里走不过去，上锁了，要绕过台阶的。”

“为什么上了锁？”

“头目锁的，他自己到村子上去了。”

“好，就从这边走吧。”

护送兵领聂黑流道夫走向另一个台阶，从木板上走到另一个门口。还在院子里便听得见声音的喧嚣与屋内的骚动，好像是在一个即将成群起飞的蜂巢里一样，但当聂黑流道夫走近，门打开时，喧嘈声更高了变成了互相喊叫、詈骂、发笑的声音。听见了镣链的碰擦声，闻到了熟悉的、不愉快的便粪和胭脂气味。

这两种印象——话声和镣链声，和可怕的气味总是在聂黑流道夫的心中合成一种苦恼的情绪：精神的作呕，更转成生理的作呕。这两种印象合而为一并且互相加强。

现在走进摆着一个发臭的大桶、所谓“粪桶”的门廊，聂黑流道夫所见到的第一件事是一个坐在桶旁的妇人。在她对面是一个把薄饼帽子戴在剃了发的头上一边的男人。他们在谈什么。囚犯看见了聂黑流道夫，便眏了眼睛，说道：

“沙皇也不能不撒尿。”

妇人放下了大衣襟，垂下了头。

门廊里面是一个走廊，走廊上开着几道狱室的门。第一个是家庭狱室，然后是单身的大狱室，在走廊的尽头是两间小狱室，是为政治犯隔开的。

这个规定住一百五十人的休息站，却住了四百五十人，是那么拥挤，以致狱室里容纳不下的囚犯们挤满了走廊。有的坐着或躺在地板上，有的带着空的和装满开水的茶杯来回走动。在这些人当中有塔拉斯。他赶上了聂黑流道夫，亲热地和他问好。塔拉斯的善良的脸因为鼻上和眼睛下的紫色瘀伤变相了。

“你发生了什么事？”聂黑流道夫问。

“发生了这样的事。”塔拉斯微笑着说。

“他们总是打架。”护送兵轻蔑地说。

“为了女人们，”跟在他们后边的囚犯说，“他和瞎眼的非的卡打架了。”

“非道茜亚怎样了？”聂黑流道夫问。

“没有什么，她很好，我正替她弄开水泡茶。”塔拉斯说，走进了家庭狱室。

聂黑流道夫向门里看了一下。全室满是女人和男人，有的在板床上边，有的在板床下边。室里弥漫着在烤烘的湿衣服的水汽，并且有女人的声音的不停地喊叫。第二个门是单身狱室的门。这里更加挤，甚至在门口也站着嘈杂的挤到走廊上的一群囚犯，他们穿着湿衣服在做着或决定着什么。护送兵向聂黑流道夫说，囚犯的头目正从伙食费里拿钱，给一个骗子，收回用纸牌所做的钱票，囚犯们向骗子借过钱，或者输过钱给他。看见了军曹与绅士，站在附近的人沉默了，恶意地看着经过的人。在做着什么的人当中，聂黑流道夫注意到相识的惩役犯非道罗夫，他总是在自己身边带着一个可怜的、眉毛上竖的、白脸的、浮肿的少年，还注意到一个更可憎的、麻脸、无鼻子的浪子，他著名的事迹是，据说当他逃跑在荒地里的时候，他杀死了一个同伴，吃了他的肉。浪子站在走廊上，在一边肩膀上搭着湿大衣，嘲笑地大胆地看聂黑流道夫，没有向他让路。聂黑流道夫绕了过去。

虽然这种景象是聂黑流道夫所熟悉的，虽然在这三个月时间里他常常在各种情形中看见这四百个刑事犯：在炎热中，在他们上镣的脚所踏起的灰尘中，在路旁的休憩处，天气暖时在休息站里发生过公然堕落的可怕情景的院子里——但他每次走到他们当中，觉得他们的注意像现在一样集中于他时，还是感觉到痛苦的羞耻之心，和自己觉得对不起他们的痛苦心情。他最感觉痛苦的是在羞耻和罪过的情绪之外还添了不可克服的憎恶和恐惧的情绪。他知道，在他们所处的情况中，他们不能不像他们现在这样，然而他还是不能抑制自己对他们的厌恶。

“这些寄生虫们舒服。”聂黑流道夫已经走到政治犯室的门口时，听到这话。“他要变成鬼，大概肚子不会痛了。”谁的哑声音说，又添了些亵渎的詈骂。

可以听到恶意的嘲弄的笑声。

十

走过单身狱室，伴送聂黑流道夫的军曹交待他要在检查之前来找自己，便回去了。军曹刚刚走开，便有一个囚犯提起镣链，赤脚快步地走近聂黑流道夫身边，向他发出恶劣的酸味的汗气，用神秘的低语向他说：

“您过问一下吧，先生。他们完全骗住了一个青年。灌醉了他。今天在接收的时候，他已经叫自己是卡尔马诺夫了。您过问一下吧，我们不行的，不然他们要杀死他的。”囚犯不安地环顾着说，立即离开了聂黑流道夫。

事情是这样的，懲役犯卡尔马诺夫劝了面孔和他相似的、被流放的青年和他换了姓名，以便懲役犯被流放时，而青年代替他去做懲役。

聂黑流道夫已经知道了这件事，因为这个囚犯在一星期前已经向他说到这个骗局。聂黑流道夫点了头表示他已经明白，并且要做他所能做到的，没有回顾，就向前走去。

聂黑流道夫在叶卡切林堡便认识了这个囚犯，在那里他曾经要求聂黑流道夫设法，准许他的妻子跟随他，聂黑流道夫曾经诧异他的行为。他是中等身材的、最普通的农民模样的、三十岁光景的人，因为抢劫和杀人的意图被判了做懲役。他叫作马卡尔·皆夫肯。他的犯罪是很奇怪的。这个犯罪，如他自己向聂黑流道夫所说的，不是他马卡尔的事，却是他鬼的事。他说，一个旅客来到他父亲的家里，用两个卢布租了他的马车到四十俄里外的村庄上去。父亲吩咐马卡尔送旅客。马卡尔套了马，穿了衣服，和客人一同喝茶。在喝茶的时候客人说他要结婚，他带着他在莫斯科所赚的五百卢布。听了这话，马卡尔便走到院子里，放了一把斧头在橇车上的草里。

“我自己不知道我为什么带了斧头，”马卡尔说，“他说：‘你带着斧头吧。’我就带了。我们上了车，走了。我们坐着车，很好。我甚至忘记了斧头。我们快要到村庄上了——还有六俄里了。从小路到大路的这一段要上山。我下了车，走在橇车的后边，他低声向我说：‘你在想什么？你上了山，大路上有人，那里有村庄。他会把钱拿走；做，就现在做，用不着等。’我向橇车弯了腰，好像在整理草秸，斧头好像自己跳进了我的手。他回头看了一下，说：‘你在做什么？’我举起斧头想砍他，但他是行动快的人，从橇车上跳下来，抓住了我的手。他说：‘你这个坏蛋，要做什么？……’把我推倒在雪上了，我并没有挣扎，自己屈服了。他用皮带捆了我的手，抛到橇车上。直接送到了警察局。他们把我关到牢里。审问了我。地方上称赞我，说我是好人，没有看见过我的坏处。要我做过事的东家也说我好。但我们没有法子请律师。”马卡尔说：“因此判决了四年惩役。”

现在就是这个人，想救一个同乡，虽然知道他说这些话是拿他的生命去冒险，却仍然向聂黑流道夫说出囚犯的秘密，假若他们知道他做了这件事，他们一定会因此勒死他的。

十一

政治犯的住处是两间小房，房门对着走廊上隔开的部分。进了走廊上隔开的部分，聂黑流道夫所见到的第一个人是西蒙生，他手拿松柴，身穿橡皮上衣，蹲在生火的炉子的颤动的、被热气吸动的炉门前。

看见了聂黑流道夫，他没有站起来，从凸垂的眉毛下边向上望着，伸出了手。

“我高兴您来了，我正要见您。”他的表情带有某种含义，对直地望着聂黑流道夫的眼睛。

“是什么事呢？”聂黑流道夫说。

“迟一迟再说。我现在有事情。”

于是西蒙生又弄炉子，他按照自己的特有的学说——损失最少的热力——在烧火。

聂黑流道夫正想走进第一道门，马斯洛发却弯着腰从另一道门里走出来，她手拿桦枝扫帚把一大堆废物和灰尘向火炉推动。她穿了白外衣，折拢着衣摆，穿了袜子。她头上扎了头巾，齐到眉边，遮挡灰尘。看见了聂黑流道夫，她伸直了腰，面红而兴奋，放下桦枝扫帚，在衣摆上拭了手，笔直地站在他面前。

“收拾屋子吗？”聂黑流道夫问，伸出了手。

“是的，我的老事情，”她说，然后微笑了一下，“这么多的脏东西，你想象不到的。我们打扫了，又打扫。”她转向西蒙生，问：“怎么样，毡子干了吗？”

“快干了。”西蒙生说，用一种特别的令聂黑流道夫惊异的目光望着她。

“好，我来拿它了，再拿皮袄来烘。我们的人都在这里。”她向聂黑流道夫说，指着靠近的门，自己却向稍远的门走去。

聂黑流道夫打开了门，走进小房间，低低地摆在板床上的小锡灯微弱地照亮着房间。房里寒冷，弥漫着尚未落地的灰尘、潮湿和雪茄的气味。锡灯明亮地照着旁边的东西，但板床是在阴影中，墙上有晃动的影子。

大家都在小房间里，除了两个管理给养的、去取开水和食物的男人。这里有聂黑流道夫的旧相识、比以前更瘦更黄的韦拉·叶芙莱莫芙娜，她穿灰外衣，有惊惶的大眼睛，短头发，额上有胀起的筋。她坐在报纸和撒在上面的烟草前面，用迅速的动作把它卷成烟卷。

这里还有聂黑流道夫觉得最可爱的女政治犯之一——爱米莉亚·兰

彩发，她管理内务，甚至在最困难的情形中也能在内务上显出女性的俭朴和吸引力。她坐在灯旁，把袖子卷在晒黑的美丽而伶俐的手上，拭着茶杯和有柄杯，放到铺在板床上的布巾上。兰彩发是个相貌普通的年轻妇人，具有聪明而温良的面部表情，在微笑的时候，能够突然变得愉快、勇敢、娇媚。她现在是用这种笑容迎接聂黑流道夫。

“哦，我们以为您已经回到俄国去了。”她说。

玛丽亚·芭芙洛芙娜也在这里的暗处，在角落上，她和金发的小姑娘在做着什么，小姑娘用她的可爱的孩子的声音不断地咕噜着什么。

“您来得多么好。看见了卡恰吗？”玛丽亚·芭芙洛芙娜问。“我们这里有个多么好的客人哦。”她指着小姑娘说。

阿那托尔·克累操夫也在这里。他消瘦苍白，屈着穿毡靴的腿，弯着腰，打抖着，坐在板床的角落上，把手插在皮袄袖筒里，用发热的眼睛望着聂黑流道夫。聂黑流道夫想走到他面前去，但在门的右边，坐着一个红色鬈发的戴眼镜穿橡皮上衣的人，在袋子里拿着什么，和美丽的带笑的格拉别慈谈着话。这人便是著名的革命家诺佛德佛罗夫。聂黑流道夫连忙去和他问好。他特别忙着做这个，因为在这一批里面所有的政治犯当中，只有这个人是他所不喜欢的。诺佛德佛罗夫从眼镜上边向聂黑流道夫闪了闪蓝眼睛，皱了皱眉，把自己的窄狭的手伸给他。

“怎么样，旅行愉快吗？”他显然是讽刺地说。

“是的，很有兴趣。”聂黑流道夫回答，做出没有注意到讽刺却把这当作礼节的神情，然后他走到克累操夫面前。

外表上聂黑流道夫显得漠不关心，但在内心，却远非对于诺佛德佛罗夫漠不关心。诺佛德佛罗夫的这些话，他显然要说要做不愉快的事的愿望，破坏了聂黑流道夫的善良的心情。他觉得丧气和悲哀。

“哦，身体好吗？”他说，握着克累操夫的冷而打颤的手。

“很好，但是不暖和，湿透了。”克累操夫说，连忙把手插进皮袄袖筒里。“这里冷得凶。您看窗子都破了。”他指着铁柱后裂成两片的玻璃，“您怎么样？为什么不来呢？”

“不许我来，长官严格。但是今天军官显得客气点。”

“哦，多么客气哟！”克累操夫说，“你问玛莎，她早晨做了什么。”

玛丽亚·芭芙洛芙娜，没有离开自己的地方，说了这天早晨离开休息站时这个小姑娘所发生的事情。

“在我看来，必须提出集体的抗议，”韦拉·叶芙莱莫芙娜用坚决的声音说，同时却犹豫地恐惧地时而看看这个人时而看看那个人的脸，“伍拉济米尔·西蒙生提过了，但这是不够的。”

“什么样的抗议？”克累操夫皱着眉不高兴地说。显然韦拉·叶芙莱莫芙娜的不直率态度的做作和神经质，早已令他生气。

“您要找卡恰吗？”他转向聂黑流道夫说。“她总是工作，打扫。我们男人的房间，她已经打扫了；现在在打扫女人的房间。但是跳蚤太坏了，把人咬坏了。玛莎在那里做什么？”他问，点头示意着玛丽亚·芭芙洛芙娜所在的角落。

“在替她的干女儿梳头。”兰彩发说。

“她不会把害虫放到我们身上来吧？”克累操夫说。

“不，不，我很细心。她现在干净了。”玛丽亚·芭芙洛芙娜说。“您带她吧，”她转向兰彩发说，“我去帮卡恰。我还要把外套带给她。”

兰彩发接了小姑娘，带着母性的慈爱把小姑娘的光着的肥手贴在自己身上，放她坐在自己的膝上，给了她一块糖。

玛丽亚·芭芙洛芙娜走了出去，两个带开水和食物的男人走进了房间。

十二

进房的人当中，一个是矮瘦的青年，穿着布面羊皮袄和高筒靴。他迈着轻盈而迅速的步子，带着两把冒气的装开水的大茶壶，腋下夹着包在手巾里的面包。

“哦，公爵现在又来了。”他说，把茶壶放在茶杯之间，把面包交给了兰彩发。“我们买了顶好的东西。”他说，脱下羊皮袄，从人的头顶抛到板床的角上。“马尔开买了牛奶和鸡蛋；今天晚上简直像一个跳舞会了。爱米莉亚·基锐洛芙娜要宣扬她的清洁的美学。”他微笑着说，看着兰彩发。“哦，现在煮茶吧。”他向她说。

这个人外表的一切，他的动作、声音、目光，都表示着勇敢和快乐。进来的人当中另一个人也矮小，骨瘦，灰白脸，瘦腮，颧骨很高，有美丽的相隔很远的蓝眼睛，薄唇是相反的，带着愁闷、丧气的神情。他穿了旧的填絮的大衣、长靴和套靴。他带来两瓶牛奶和两个树皮盒子。把他所带来的东西放到兰彩发的面前，他只用颈子向聂黑流道夫行礼，所以在鞠躬时，他不停地看着他。然后，不乐意地向他伸出了汗湿的手，他慢慢地放置着从篮子里拿出的食物。

这两个政治犯都是真正的从民间来的：第一个是农民那巴托夫，第二个是工人马尔开·康德拉切夫。马尔开已是三十五岁的成人时才加入革命；那巴托夫十八岁就加入。那巴托夫离开乡村学校后，凭他的杰出才能进了中学，在全部时间里，以教课维持自己的生活，毕业时得了金牌，但他不进大学，因为在第七年级就已经决定了他要回到他所出身的民众当中去，以便启迪他的被遗忘的弟兄们。他这么做了：起初他在大乡村里当公家书记，但不久即被捕，因为他读书给农民听，在他们当中组织了消费生产合作社。第一次他在牢里被关了八个月，在秘密监视下释放了。恢复自由之后，他立即到另一省的另一个乡村去，在那里做教师，还做同样的事情。他又被捕了，这次在牢里坐了一年零两个月，在牢里他更坚强了他的信仰。

在第二次坐牢之后，他被流放到撇尔密省。他从那里逃跑了。他又被抓住了，在牢里关了七个月，流放到阿尔汉盖斯克省。因为拒绝对新沙皇宣誓效忠，他被判决流放到雅库茨克州；所以他的一半的成年生活是在监狱和流放中度过的。所有的这些冒险没有使他抱怨，也没有减弱反倒激起了他的热情。他是活泼的有良好理解力的青年，总是不变地好活动，愉快，健壮。他从来不为任何事情懊悔，也不远虑任何事情，却用自己全部的智力、聪明、实际知识去做当前的事情。当他自由时，他为自己所拟定的目标而努力，就是：工人，尤其是农民的教导和联合；当他不自由时，他同样热情地实际地努力和外在世界发生关系，并且在现状之下不但为自己而且为自己的团体去谋求最好的生活。他尤其是一个好社交的人。似乎他不为了自己要求任何东西，他能够无所得而自觉满足，但为了同志们的团体，他却要求很多的东西。他能够做各种身体的和思想的工作，手不休息，不睡不吃。作为一个农民，他在工作时是勤劳、细心、伶俐的，他是自然的有节制的，并非勉强的有礼貌的，不仅在意别人的感情，而且在意别人的意见。他的老母，不识字的农家寡妇很迷信，还活着，那巴托夫帮助她，当他自由时，常常拜访她。当他在家里的时候，他关心她的生活详情，帮助她劳动，和农家旧日友伴们来往，和他们吸“狗爪”[1]类的劣等烟草，参加斗拳，并且向他们说，他们怎样被欺骗，以及他们应该怎样摆脱他们所受的欺骗。当他想到、说到革命给予民众的东西时，他总是自己想象到他所出身的民众是在几乎如旧的情况中，他们只有土地，却没有绅士和官吏。革命，在他看来，不应该改变民众生活的基本形式，在这一点上他和诺佛德佛罗夫以及诺佛德佛罗夫的信徒马尔开·康德拉切夫不同。革命，照他的意思不应该毁坏全部的建筑，却应该只是改变这个美丽、坚强、伟大、他所至爱的旧建筑物的内部房间。

在宗教态度上他也是典型的农民：从来不想到玄学的问题，一切起源之起源，来世。上帝对于他，如对于阿拉高是一个假设，直到现在他

---

[1] 狗爪是农民所吸的一种烟卷。用纸片卷成，一端弯曲如钩。——原作者

还看不到有这假设的必要。他丝毫不关心世界是怎样起始的，是如摩西所说的，或是如达尔文所说的。达尔文主义对于他的同伴们似乎是那么重要，对于他却是像六天创造世界一样的思想的玩具。

他不注意世界是怎样被创造这个问题，正因为如何才能在世界上活得最好这个问题总是在他面前。他从不想到来生，在他的心坎里怀着他自祖先那里继承的、为一切农民所共有的、坚决的而安定的信念，就是好像在动植物世界里没有东西消灭，而是继续地从一种形式转为另一种形式——肥料成谷粒，谷粒成牝鸡，蝌蚪成蛙，虫成蝴蝶，橡实成橡树，人也是不消灭的，但只是变化。他相信这个，因此勇敢地甚至总是乐观地正面看待死亡，并且坚决地忍受领向死亡的痛苦，但他不欢喜也不知道怎样说到这个。他喜欢工作，总是从事于实际工作，并且在实际工作上督促同志们。

在这一批当中由民众里来的另一个政治犯，马尔开·康德拉切夫，是另外一种性格的人。他从十五岁开始做工，开始吸烟喝酒，为了去除模糊的伤害之感。有一次在耶稣圣诞节他第一次感觉到这种伤害，小孩们被带到厂主夫人所布置的圣诞树前，他们给了他和他的同伴们值一个戈比的哨笛、苹果、金边核桃和无花果，但给厂主的小孩们许多玩具，他觉得是仙人赠送的一样，并且他后来知道，要值五百多卢布。在他三十岁时，一个著名的女革命者到工厂来做女工，注意到康德拉切夫的杰出的才干，她开始给他书和小册子并且和他谈话，向他说明他的地位，这地位的原因，以及改善它的方法。当他明白了从他所处的被压迫的地位中解放他自己和别人的可能性时，他觉得这种地位的不公正比以前更加残忍可怕，他热切地希望不但获得自由，而且还要处罚那些造成并维持这种残忍的不公平的人。他听说，这种可能是知识所给的，于是康德拉切夫热心地专心从事于知识的获得。他不明白，知识将如何使社会主义者的理想得以实现，但他相信，知识既向他展示了他所处的这种地位的不公平，同样的知识也会改革这种地位的不公平。此外，他认为，知识使他高过了别人。因此，他停止了喝酒吸烟，把他做了仓库员时所有的全部的较多的闲暇完全用在读书上。

女革命者教导他，并且诧异他贪婪地吸取一切知识的那种惊人的才能。在两年之中，他研究了代数、几何、他所特别喜欢的历史，并且阅读了一切文艺的与批评的，尤其是社会主义的著作。

女革命者被捕了，康德拉切夫也因为在他那里发现了禁书而被捕了，他们被关在监狱里，后来被流放到佛罗格达省。在那里他认识了诺佛德佛罗夫，又阅读了许多革命书，记住了一切，更加相信一切社会主义的见解。在流放之后他做大罢工的领袖，结果是工厂的破坏和厂长的被杀。他被捕，被判了褫夺公权和流放。

对于宗教他同样地采取否定的态度，正如他对于现有的经济制度一样。明白了他自小所接触的宗教的荒谬，他努力地——起初带着恐惧，然后带着欣喜——从宗教中解放出来了，他似乎要为他和他的祖先所受的欺骗去报复，从不倦于恶毒而愤怒地嘲笑神甫们和宗教的教义。

他由于习惯成了苦行者，用极少的东西满足自己，如同一切自幼惯于做工而肌肉发达的人一样，他能够轻易地做很多工作，敏捷地做任何体力劳动，但他最珍惜他的闲暇，为了在监狱里在休息站继续读书。现在他在阅读马克思的第一卷，极小心地把这书收藏在自己的行囊里，好像大宝贝似的。他有节制地、淡漠地对待所有的同伴，只除了诺佛德佛罗夫，他对他特别信服，他把他对于一切事物的批评看作不可置疑的真理。

对于妇女他怀着不可克服的轻视，他把她们看作一切必要事业中的障碍。但他怜悯马斯洛发，对她和善，把她看作下层阶级受上层阶级压迫的样板。由于同样的理由他不欢喜聂黑流道夫，不和他多谈，不握他的手，当聂黑流道夫向他问好时，只把自己的手伸出去被握。

十三

火炉燃着了，发暖了；茶煮好了，倒在茶杯和有柄杯子里，因为牛奶而变白；干面包，新鲜粗粉的面包和麦面包，煮蛋，奶油，小牛头和蹄子都摆出来了。大家都走到板床上代替桌子的地方，喝，吃，谈话。兰彩发坐在箱子上倒茶。其余的人拥挤在她四周，但除了克累操夫，他脱了湿羊皮袄，裹上干了的毡子，躺在自己的位子上和聂黑流道夫谈话。

在行路时的寒冷和潮湿之后，在他们在这里所见到脏污和零乱之后，在使一切获得整洁的辛劳之后，在吃了食物和热茶之后，大家都处在最愉快的高兴的心情中。

隔墙传来刑事犯的踏脚声、喊叫、詈骂，似乎令他们想起他们的四周的环境——这加强了他们的快适之感。好像是在海中的岛上，这些人感觉到他们暂时不为他们四周的堕落和痛苦所浸沾，因此他们是处在高昂的兴奋中。他们说到一切，只是不说到他们的处境和等待他们的东西。此外，在青年男女之间总是如此的，特别是在他们像这批人这样地被迫处在一起的时候——在他们当中发生了各种各样混杂的、和谐的，以及不和谐的互相吸引。他们几乎都在恋爱中。诺佛德佛罗夫爱上美丽的带笑的格拉别慈。这个格拉别慈是年轻的女学生，思想单纯，对于革命问题是完全漠不关心。但她顺从了时代的影响，受了连累，被流放了。当她自由时，她生活的主要兴趣是在男子方面的成功，在审问时、在监狱里、在流放中，她还是如此。现在，在行程中她觉得安慰的是诺佛德佛罗夫倾心于她，她自己也爱上了他。韦拉·叶芙莱莫芙娜，很容易爱人却唤不起别人对她的爱，但总是希望相互的爱，时而爱那巴托夫，时而爱诺佛德佛罗夫。克累操夫对于玛丽亚·芭芙洛芙娜也有类似爱情的东西。他像男人爱女人那样地爱她，但知道她对于爱情的态度，巧妙地在友谊和因为她特别亲切地照顾他而有的感激之下，隐藏了自己的情绪。那巴托夫和兰彩发被很复杂的爱情关系联系在一起。如同玛丽亚·芭芙洛芙娜是十分贞洁的处女，兰彩发是十分贞洁的有夫之妇。

在十六岁还是中学女生时，她已爱上了彼得堡大学的学生兰彩夫，她在十九岁时和他结婚，那时他还在大学里读书。她的丈夫在四年级时，牵涉在学校事件里，从彼得堡被逐出，成了革命者。她放弃了她所上的医学课程，跟随着他，也成了女革命者。假若她的丈夫不是她所认为的世界上一切的人当中最好最聪明的人，她便不会爱他，她不爱他便不会嫁他。但一旦爱了、嫁了如她所相信的世界上最好最聪明的人，自然地，她便完全像世界上她的最好最聪明的人那样地了解生活及它的目的了。他起初认为生活的目的是读书，她也认为这是生活的目的。他成了革命者，她也成了女革命者。他能够很清楚地说明现有的秩序是不应有的，而每个人的责任是和这种秩序奋斗，并试行建立那样的政治与经济的生活制度，在这种制度中个性能够自由发展，等等。她也觉得，她确实地这么思想、感觉，但实际上，她只是把她丈夫所想的一切看作纯粹的真理，只追求一件事——与丈夫心灵的完全和谐与一致，只有这个给她精神上的满足。

和丈夫及小孩（小孩由她的母亲照管）的离别是她觉得痛苦的。但她坚决而镇静地忍受这个离别，知道她忍受这个是为了丈夫，为了他的事业，这事业无疑是对的，因为他为它服务。她总是想着她的丈夫，并且像从前一样，现在除了自己的丈夫，她不爱任何人，不能爱任何人。但那巴托夫对她的忠实纯洁的爱情感动了她激动了她。他是有道德的坚决的人，她丈夫的朋友，力求待她像姊妹一样，但在他对她的态度上流露出更多的东西，这种更多的东西使他们俩都惧怕，同时又美饰了他们现在的艰难生活。

所以在这个团体中只有玛丽亚·芭芙洛芙娜和康德拉切夫是同恋爱完全没有牵涉的。

十四

期待着和卡邱莎单独谈话，如同他在共同喝茶与吃饭之后通常所做的那样，聂黑流道夫坐在克累操夫的旁边和他谈着。在其他的事情当中，他向他说到马卡尔向他的请求和他犯罪的故事。克累操夫注意地听着，把明亮的目光停在聂黑流道夫脸上。

“是的，”他忽然说，“我常常想到我们现在和他们并排地走路——和‘他们’是和谁呢？就是和这些人，我们因为他们才走路的。然而，我们不但不认识他们，而且甚至于不愿认识他们。比这更坏的是他们仇恨我们，认为我们是敌人。这是可怕的。”

“没有可怕的地方。听着谈话的诺佛德佛罗夫说。“群众总是只崇拜权力，”他用爆炸的声音说，“政府有权力他们崇拜政府，仇恨我们；明天我们有了权力他们又要崇拜我们了……”

这时从墙外边传来詈骂声，东西撞墙声，镣链声，嘶喊和呼叫声。有谁被打，有谁在呼喊：“救命呀……”

“你看他们这些野兽！我们和他们当中能够有什么样的来往呢？”诺佛德佛罗夫安详地说。

“你说野兽。聂黑流道夫刚才还同我说到这种行为，”克累操夫愤慨地说，他还说到马卡尔如何拿生命冒险去救一个同乡，“这不是兽性，却是伟业。”

“感情主义！”诺佛德佛罗夫讽刺地说，“我们难以了解这些人的情绪和他们行为的动机。你把这看作宽宏，但这也许是对于那个惩役犯的嫉妒。”

“怎么你不愿看到别人的任何好处呢？”玛丽亚・芭芙洛芙娜说，顿然发怒了。她对一切的人称“你”。

“没有的东西，是看不到的。”

“当一个人冒着可怕的死亡的危险时，怎么会没有?”

“我想，”诺佛德佛罗夫说，“假若我们想做自己的事情，第一个条件是（康德拉切夫放下了他在灯旁所读的书，开始注意地听着他的先生说），不要幻想，要照事物的本来面目去看事物。要为人民大众去做一切，不要期望他们的任何东西，大众是我们活动的目标，但要在他们不像现在这样不动的时候，他们才能够成为我们的共同工作者，”他说，好像是在演说，“因此在发展的程序——我们为他们预备的那种发展的程序没有产生的时候，要期待他们的帮助，是完全幻想的。”

“什么发展的程序?”克累操夫红着脸说，“我们说，我们反对武断和专制，这不是最可怕的专制吗?”

“没有任何专制，”诺佛德佛罗夫安详地回答，“我只是说，我知道人民应该走的路线，我能指示这个路线。”

“但是为什么你相信你所指示的路线是正确的呢？这不是产生宗教审判的迫害和法兰西大革命的那种专制吗？他们也凭科学知道一个正确的路线。”

“他们有了错误，这并非证明我也要有错误。此外，在观念论者的幻想和正确的经济学的事实之间有大差别。”

诺佛德佛罗夫的声音充满了全房。他一个人说，大家都沉默着。

“他们总是争论。”在他沉默片刻时，玛丽亚·芭芙洛芙娜说。

“您自己关于这个是什么想法呢?”聂黑流道夫问玛丽亚·芭芙洛芙娜说。

“我想阿那托尔·克累操夫是对的，他说我们不能把我们的见解强迫地交给民众。”

“哦，卡邱莎，您呢?”聂黑流道夫微笑着问，等待着她的回答，怕她要说出什么不合适的话来。

“我想，普通的民众是被损害的，”她说，脸全红了，“普通的民众是很受损害的。”

“对了，卡邱莎，对了，那巴托夫喊叫，“民众很受损害。应该不要让民众受损害了。这全是我们的任务。”

“关于革命问题的奇怪意见。”诺佛德佛罗夫说，愤怒地无言地开始吸烟。

“我不能同他说了。”克累操夫低语着，沉默了。

“最好是不说。”聂黑流道夫说。

十五

虽然诺佛德佛罗夫是被所有的革命者们尊重，虽然他也很有学问，被认为很聪明，聂黑流道夫却把他也看作那样的革命者，他们在精神特质上低于平均的水准，远在水准之下。这个人的智力——他的分子是庞大的；但他对于自己的意见——他的分母是不可衡量地庞大，远超过他的智力。

他是在精神生活的倾向上和西蒙生完全相反的人。西蒙生属于这一类的人，他们大体上是男性的性格，他们的行为，是从思想活动中产生的并且被它限定。诺佛德佛罗夫则属于那种大体上是女性性格的人，他们的思想活动一部分是要到达情感所立的目标，一部分是要辩护情感所引起的行为。

诺佛德佛罗夫的全部革命活动，虽然他能够雄辩地用很有说服力的理由把它说明，在聂黑流道夫看来，只是建立在虚荣和出人头地的愿望上。起初，由于他能够采用别人的思想并正确地表达出来，在读书时期，在教员和学生当中，在重视这种才能的中学、大学、研究院，他曾出人头地，他觉得满足。但当他得到文凭并停止读书时，这种出人头地便完结了，他忽然像不喜欢他的克累操夫向聂黑流道夫所说的，为了在新的范围中出人头地，他完全改变了他的见解，从渐进的自由主义者变成了激烈的人民意志党党员。

由于他的性格中缺少引起怀疑和动摇的那种道德的和美学的特质，他很快地便在革命团体中占据了满足他的虚荣的地位，党中领袖的地位。一旦选择了方向，他便从不怀疑、从不动摇，因此他相信他从未犯过错误。他觉得一切是异常简单，明了，无疑的。在他的窄狭的片面的见解中，一切确实是很简单而明了，只需要如他所说的，我们是逻辑的。他的自信是那么大，他只能够排拒别人，或者使人服从他。因为他的活动是在很年轻的人当中进行，他们把他的无限的自信看作深沉和智慧，所以大部分服从他，而他在革命团体中有了大成就。他的活动是在准备暴动，在暴动中他便会抓揽权力并召集会议。在会议里便会提出他所作的计划。他十分相信这个计划解决了一切的问题，并且不能够不执行这个计划。

同志们因为他的勇敢和坚决而尊敬他，但不爱他。他也不爱任何人，他对待一切有名的人如同对待敌手一样，假如可能，他极愿对待他们如同老雄猿对待小的一样。他会毁坏别人的一切智慧和一切能力，使他们不妨碍他表现自己的能力。他只对待那些向他屈膝的人好，现在在途程中，他这样地对待受他宣传的工人康德拉切夫，韦拉·叶芙莱莫芙娜和格拉别慈，她们俩都爱他。虽然在原则上他赞成妇女运动，但在心底里却认为一切的妇女是愚笨的，无足轻重的，只除了那些他常常感情地爱上的妇女，如同现在他爱上了格拉别慈，在这种时候，他认为她们是特别的妇女，她们的美德只有他一个人能够看到。

两性关系的问题，他觉得和一切的问题相同，是很简单明了的，并且因为承认自由恋爱而彻底解决了。

他有一个名义上的妻子，一个实际上他所离开的妻子，他相信在他们中间没有真正的爱，他现在打算和格拉别慈做新的自由结婚。

他轻视聂黑流道夫，因为如他所说的，他和马斯洛发“挤眉弄眼”，特别是因为他竟敢想到现有制度的缺点和改善的方法，不但不逐字地如同他、诺佛德佛罗夫所想的那么想，而且甚至照自己的，照公爵的，即是照呆瓜的想法那么想。聂黑流道夫知道诺佛德佛罗夫对于他的这种态度，并且苦恼地觉得，虽然是有在旅行中所有的那种好意的心情，他却不能不对这个加以报复，不能够打破他对这个人的强烈的憎恶。

十六

邻室里传来了官长的声音。大家都安静了，然后曹长和两个护送兵走进去。这是检查。曹长用手指指点着，数了所有的人。在数到聂黑流道夫时，他好意地熟识地向他说：

"现在，公爵，在检查之后不能够再留了。应该走了。"

聂黑流道夫知道这是什么意思，走到他面前，塞给他一张预备好的三卢布钞票。

"哦，要对你们怎么办是好呢！再坐一会儿吧。"

曹长想走开，这时走进来另一个军曹，在他后边是一个高而瘦的、眼睛伤肿、胡须稀少的囚犯。

"我是为小女孩来的。"囚犯说。

"你看爸爸来了。"另一个响亮的孩子的声音说，金发的头从兰彩发后边抬起来，兰彩发同玛丽亚·芭芙洛芙娜和卡邱莎用兰彩发捐出的裙子在替小姑娘做衣服。

"我，丫头，我。"囚犯布索夫肯亲切地说。

"她在这里很舒服，"玛丽亚·芭芙洛芙娜说，同情地望着布索夫肯受伤的脸，"让她留在我们这里吧。"

"太太们在替我缝新衣裳。"小姑娘说，向父亲指着兰彩发的针线"好看的，红——红——的。"她咕噜着。

“你想在我们这里过夜吗？”兰彩发说，抚爱着女孩。

“我想。还有爸爸。”

兰彩发露出笑容。

“爸爸不行。”她说。她转向那父亲说：“就留她在这里吧。”

“好吧，留下吧。”站在门口的曹长说，和军曹一同走出去了。

护送官刚刚走出，那巴托夫便走到布索夫肯面前，拍着他的肩膀，说：

“啊，老兄，卡尔马诺夫要对调，是真的吗？”

布索夫肯的善良和爱的脸顿然变为愁戚，他的眼睛似乎蒙上了一种阴翳。

“我们没有听说。没有什么，”他说，眼睛里的阴翳没有散去，他补充说，“哦，阿克秀特卡，似乎你要跟太太们舒服一下了。”便连忙走开了。

“他全知道，他们对调是真的，”那巴托夫说，“您要怎么办呢！”

“我要到城里向长官去说。我认识他们俩本人。聂黑流道夫说。

大家无言了，显然是怕发生争吵。

西蒙生始终沉默着，把手折在脑后，躺在板床的角落上，这时他坚决地站起来，小心地绕过坐着的人，走到聂黑流道夫面前。

“您现在可以听我说了吗？”

“当然。”聂黑流道夫说，站起来跟他去。

瞥了瞥站起的聂黑流道夫，和他交换了目光，卡邱莎脸红了，好像是迷惑地摇着头。

“我要向您说的是下面的事。”当他们走到走廊上时西蒙生开始说。在走廊上更加可以听到刑事犯当中的嘈杂声和喊叫声。聂黑流道夫皱了皱眉，但西蒙生显然不因此窘迫。“我知道您和卡切锐娜·米哈洛芙娜的关系，”他开始说，注意地对直地把善良的眼睛看着聂黑流道夫的脸，“我认为我自己应该。”他继续说，但他不得不停顿，因为正在这个门口，有两个声音同时喊叫、争吵着什么：

“向你说吧，蠢货，那不是我的！”一个声音喊叫。

“呛人呀，鬼东西！”另一个声音嗄嗄地说。

这时玛丽亚·芭芙洛芙娜来到走廊上。

“怎么能够在这里说话，”她说，“到这里来吧，只有韦拉在这里。”她领头走进相邻的小房的门，这显然是单人的囚室，现在给女政治犯们用。在板床上，韦拉·叶芙莱莫芙娜蒙头躺卧着。

“她头痛，睡着了，听不见，我走了。”玛丽亚·芭芙洛芙娜说。

“不要这样，留在这里吧，”西蒙生说，“我对人没有秘密，对你更加没有的。”

“哦，好吧。”玛丽亚·芭芙洛芙娜说，小孩般地把全身向两边摇摆着，用这种动作向板床里边坐了一点，准备听，用她的美丽的羊眼看着远处。

“那么，我的事情是这样的，”西蒙生重复说，“我知道您和卡邱莎·米哈洛芙娜的关系，我认为我应当向您说明我和她的关系。”

“这是什么意思？”聂黑流道夫说，不禁羡赏着西蒙生和他说话时的简单和直率。

“就是我想要娶卡邱莎·米哈洛芙娜……”

“奇怪！”玛丽亚·芭芙洛芙娜说，不动地看着西蒙生。

“……我决定了要向她要求，要求她做我的妻子。”西蒙生继续说。

“我能够做什么呢？这要看她。”聂黑流道夫说。

“是的，但是没有您，她不能决定这个问题。”

“为什么？”

“因为在您和她的关系这个问题没有最后决定的时候，她什么也不能够抉择。”

“在我这方面，问题是已经最后决定了。我要去做我认为应该做的事，此外，还要改善她的境况，但我绝不愿意拘束她。”

“是的，但她不愿接受您的牺牲。”

“并不是什么牺牲。”

“我知道，她的这个决定是不可变更的了。”

“那么为什么要和我说呢?”聂黑流道夫说。

“她需要您也承认同样的意思。”

“我怎么能够承认，我不该去做我认为是我应该做的事情吗？我所能说的唯一的话就是，我是不自由的，但她是自由的。”

西蒙生沉思着，沉默了一会儿。

“好，我便这么和她说了。你不要以为我爱上了她，”他继续说，“我爱她是把她当作极好的，少有的，受过许多痛苦的人。我不需要她的任何东西。但热诚地愿意帮助她，改善她的境况……”

聂黑流道夫听到西蒙生的声音打颤，觉得诧异。

“……改善她的境况，”西蒙生继续说，“假若她不愿意接受您的帮助，让她接受我的吧。假若她同意，我便要求把我送到她监禁的地方。四年并非永久。我愿生活在她的身边，也许，可以减轻她的厄运……”他又因为兴奋而停顿了。

“我能够说什么呢?”聂黑流道夫说，“我高兴，她找到了像您这样的保护人……”

“这就是我需要知道的，”西蒙生继续说，“我愿知道，您爱她，愿她有幸福，是否认为她和我结婚是幸福呢？”

“哦，是的。”聂黑流道夫断然地说。

“一切的事都在她了，我只需要让这个受苦的心灵得到安息。”西蒙生说，带着谁也不能够从这个人的忧愁的脸上料想得到的，那种小孩子的亲切看着聂黑流道夫。

西蒙生站起来，抓住聂黑流道夫的手臂，把脸伸到他面前羞涩地笑了笑，吻了他。

“我就这么向她说了。”他说完，就走出去了。

十七

“啊，怎么样?”玛丽亚·芭芙洛芙娜说，“爱上了，完全爱上了。这件事我从来没有料想到，伍拉济米尔·西蒙生会这么最愚蠢地孩子般地恋爱！奇怪，说实话，悲惨啊。”她叹了口气结束了。

“但她，卡恰呢？您想，她对于这事有什么看法?”聂黑流道夫问。

“她吗?”玛丽亚·芭芙洛芙娜停住，显然希望尽可能做切实的答复，“她吗？您看到吗，她虽然是有过去的情形，在天性上她却是一个最有道德性格的……她的感觉是那么精细……她爱您，正当地爱您，并且高兴她能够对您做出甚至是消极的好事，免得您和她发生纠葛。在她看来和您结婚是可怕的堕落，是比过去的一切更坏的，因此她绝不会同意的。可是您的在场使她不安。”

“那么怎么办呢？要我消失吗?”聂黑流道夫说。

玛丽亚·芭芙洛芙娜笑出了可爱的、孩子的笑容。

“是的，部分地。”

“怎样部分地消失呢?”

“我在胡说，但是关于她，我想向您说她，也许会知道他狂热爱情的愚蠢（他没有向她说过)，她会觉得又荣幸又恐惧。您知道，我不够资格对于这种事情说话，但我觉得，在他那方面，那是最普通的然而是遮盖的男性的情感。他说，这种爱情唤起了他心中的热情，说这种爱情是柏拉图式的。但我知道，即使这是例外的爱情，在它的根本上仍旧有着同样的丑恶……如诺佛德佛罗夫和格拉别慈的爱情一样。”

玛丽亚·芭芙洛芙娜离开了原本的话题，说到她的心爱的题材。

“但我要怎么办呢?”聂黑流道夫问。

“我想，您应该和她说。把一切弄明白，这总是最好的。您和她说，我去叫她。要叫吗?”玛丽亚·芭芙洛芙娜说。

“费神了。”聂黑流道夫说。

玛丽亚·芭芙洛芙娜走出去了。

当聂黑流道夫独自留在小室里的时候，他听着韦拉·叶芙莱莫芙娜低柔的、时而被呻吟声所打断的呼吸声，隔着两道门不断地发出的，刑事犯的嘈杂声，有一种奇怪的情绪支配着他。

西蒙生向他所说的话使他解除了他加在自己身上的义务，这在他意志弱的时候对于他显得是难受而奇怪的，然而还有点东西他觉得不仅是不愉快的，而且是痛苦的。他所感觉的乃是西蒙生的提议毁坏了他的行为的卓异性，在他自己和别人的目光中减少了他所受的牺牲的价值：假若这么好的一个人，对于她没有任何义务，愿意把他的命运和她连在一起，那么自己的牺牲便不是那么有意义了。也许还有简单的嫉妒心：他是那么惯于她对他的爱情，他不能够承认她会爱别人。

这还破坏了他曾经拟定的计划——在她的受罚期间，生活在她的身边。假若她嫁给西蒙生，他的在场便成为不必要，而他又必须拟定新的生活计划了。

他还不及弄明白自己的情绪，便有刑事犯们（他们今天有了特别的事情）发出的剧烈的喧嚣声涌进被打开的门，于是马斯洛发走进了房间。

她用快步子走到他面前。

“玛丽亚·芭芙洛芙娜叫我来的。”她站到他身边说。

“是的，我需要和您谈谈。坐下吧。伍拉济米尔·西蒙生同我谈过了。”

她坐下来了，把手放在膝上，显得安详，但聂黑流道夫刚刚说出西蒙生的名字，她便脸色深红。

“他向您说了什么呢?”她问。

“他向我说，他想娶您。”

她的脸顿然皱蹙，显出痛苦的神色。她没有说话，只是垂下眼睛。

“他要求我的同意或者意见。我说，一切都在您，您应该做决定。”

“啊，这是怎么回事？为什么？”她说，用那种奇怪的、总是特别强烈地感动聂黑流道夫的、斜视的目光看着他的眼睛。他们沉默地互相眼对眼看了好几秒钟。这种目光向彼此都说了很多东西。

“您应该做决定。”聂黑流道夫重复说。

“我决定什么？”她说，“一切早已决定了。”

“不，您应该决定，您是否接受伍拉济米尔·西蒙生的求婚。”聂黑流道夫说。

“我女囚犯能做什么样的妻子呢？为什么我还要毁灭伍拉济米尔·西蒙生呢？”她皱了眉说。

“是的，但假若是赦免呢？”聂黑流道夫说。

“啊，不要管我吧。没有再要说的了。”她说完，站起身，走出了房间。

十八

当聂黑流道夫跟随卡邱莎回到男子房间时，那里大家都在兴奋中。那巴托夫什么地方都去，和所有的人发生关系并注意一切的事情，带来了感动大家的新闻。这个新闻乃是：他在墙上发现了一个字条，这是被判了做苦工的革命者撇特林所写的。大家都以为撇特林早已到了卡拉，却忽然发现了，他不久之前才单独和刑事犯们从这条路上走过。

“八月十七日，”字条上这么写着，“我被单独和刑事犯们一同被押走。聂维也罗夫和我一道，却吊死在卡桑的疯人院里。我健康，愉快，希望一切最好的东西。”

大家都在讨论撇特林的情况和聂维也罗夫的自杀的原因。只有克累操夫带着专心思索的神情沉默着，用不动的发亮的眼睛看着自己的前面。

“我的丈夫向我说，聂维也罗夫在彼得罗巴夫洛夫斯克就有了预感。”兰彩发说。

“是的，诗人，幻想者，这种人不能够忍受单独监禁，”诺佛德佛罗夫说，“我在单独监禁的时候，便不许自己胡思乱想，用最系统的方法分配自己的时间。因此我总是忍受得很好。”

“有什么东西不能忍受呢？在我被监禁的时候，我常常是很高兴的，”那巴托夫用愉快的声音说，显然是希望驱散愁闷的情绪，“你怕一切。怕自己被捕，怕连累别人，怕事情被破坏，但是被监禁时责任完毕了，可以休息了。你自己坐着吸烟吧。”

“你很了解他吗？”玛丽亚·芭芙洛芙娜问，不安地看着克累操夫的顿然改变的、憔悴的脸。

“聂维也罗夫是幻想者吗？”克累操夫忽然喘息着说，好像他是喊叫了或者唱了很久。“聂维也罗夫是这样的人，像我们的守门人所说的，是‘地上生得很少的’人。是的……他完全是水晶般的人，全部可以看透。是的……他是不说谎的人——他不会作假。他不只是皮肤细薄，他好像是全身剥了皮似的，所有的神经都在外边。是的……复杂的富厚的性格，不是那种……哦，但是何必说呢！……”他沉默了，愤怒地皱着眉，他又说，“我们争论，哪一样最好，是先教育人民，然后改变生活形式；还是先改变生活形式；我们又争论，如何斗争，是用和平的宣传，抑或用恐怖主义？我们争论，是的。但他们不争论，他们知道自己的事情，他们完全漠不关心：成十的、成百的人死还是不死。什么样的人啊！相反，他们正需要让最好的人死。是的，赫尔岑[1]说过，在十二月党人被取消活动时，社会的水准被降低了。当然是降低了！赫尔岑自己和他的同辈们被取消活动了。现在是聂维也罗夫之流……”

---

[1] 赫尔岑，一八一二至一八七〇，俄国革命著作家。——译者

“他们不能消灭所有的人，”那巴托夫用愉快的声音说，“总还有人留下来传种的。”

“不，不会留下来的，假若我们要可怜‘他们’，”克累操夫提高声音说，不让人打断他，“给我一支烟卷。”

“但这对于你是不好的，阿那托尔，”玛丽亚·芭芙洛芙娜说，“请你不要吸烟吧。”

“哦，不要管我吧。”他愤怒地说，吸着了烟卷，但立刻便咳嗽了；他开始噎气，似乎要作呕，吐了痰，他继续说：“我们做的是不对的，不对，不对的。不要争论，却要一致团结……消灭他们。是的。”

“但他们也是人。”聂黑流道夫说。

“不是，他们不是人——那些能够做出他们所做的事情的……不是，啊，据说，炸弹和气球发明出来了。是的，乘气球升上去，用炸弹丢他们，好像丢臭虫一样，直到他们绝灭……是的。因为……”他想说，但脸发红，顿然咳得更凶，血从他的口里流出来了。

那巴托夫跑出去取雪。玛丽亚·芭芙洛芙娜取来缬草酸给了他，但他闭着眼睛，用白而瘦的手推开她，困难而急促地呼吸着。当雪和冷水使他稍微宁静时，他被抬到床上去了，聂黑流道夫向大家告了别，和来找他并且已等了他很久的军曹走了出去。

刑事犯们现在安静了，大部分睡觉了。虽然房里的人或躺在板床上，或躺在板床下，或躺在板床之间的空处，他们却不能全体睡在房内，他们有一部分把头枕在行囊上，盖着湿大衣，躺在走廊的地上。

从房门里和走廊上发出鼾声、呻吟声和梦呓。处处是紧密的盖着大衣的人堆。只是在单身的流刑犯房里有几个人未睡，坐在房间角落里蜡烛头的旁边，当他们看见士兵时，把它熄了；在走廊上的灯下还有一个老人，他光身地坐着，在捉衬衣上的虱子。政治犯房间里的恶劣空气和这里的恶臭空气比较起来，似乎是清洁的了。冒烟的灯似乎是点在雾里，呼吸是困难的。为了走过走廊而不踏到或者不绊到睡觉者当中任何人的腿，必须注视前面的空地方，放下了一只脚，还须为后一只脚找地方。有三个人，显然连在走廊上也没有找到地方，躺在门廊上的正在发臭的缝里渗漏的便桶边。他们当中之一是老白痴，聂黑流道夫常常在行程中看见他。另一个是十岁光景的男孩，他躺在两个囚犯之间，手放在腮下，头枕在别人的腿上。

出了大门，聂黑流道夫站住，深深地吸了口气，久久地用力吸进寒冷的空气。

十九

院里有星光了。顺着冻结的，只还有几处难走的泥路回到旅舍，聂黑流道夫敲了黑暗的窗子，于是宽肩的工人赤脚来为他开了门，让他进了门廊。在门廊的右边可以听到黑暗的茅舍里车夫们的响亮的鼾声；在门外的院子里可以听到一大群马嚼燕麦声。左边的门通清洁的内室。内室里发出苦艾的气味和汗气，在屏墙后边可以听到肺强的人有节奏的吮嗦的鼾声，在圣像前点着红玻璃灯。聂黑流道夫脱了衣服，把毡子和自己的皮枕头放在油布沙发上，躺下来，在自己的想象中思索着他在这天所见所闻的事情。在聂黑流道夫这天所见的一切之中，他觉得最可怕的是那个睡在便桶里流出的脏水上，把头枕在囚犯腿子上的孩子。

虽然这天晚上和西蒙生及卡邱莎所谈的话是意外而重要的，他却没有停思在这个事件上。他和这件事的关系是太复杂而又不确定的，因此他赶走了关于这件事的思想。但他却更加历历如见地想起了那些不幸者的情况，他们吸着窒息的空气，躺在臭桶里流出的水上，尤其是那带着无邪的脸，睡在惩役犯腿上的孩子——这情景没有离开他的脑子。

知道在遥远的什么地方有些人蹂躏别的人，使他们受到各种腐败、不人道的屈辱和痛苦；在这三个月中不断地看见这种腐败和一些人受到另一些人的折磨——二者全然不同的。聂黑流道夫感觉到这个。在这三个月中他屡次自问："我看到别人所看不到的事，是我疯了呢，还是那些做了我所见的这些事的人疯了呢?"但人们（他们是那么多）做了使他那么惊异而恐惧的事，他们带着那么安然的信念，以为这不但是必要的，而且他们所做的是很重要的有益的事情，以致难以认为所有的这些人是疯了的；他也不能承认自己是疯了的，因为他意识到自己思想的明白。因此他不断地感到困惑。

聂黑流道夫在这三个月中所见的东西对于他是这样的：

在所有的自由的人当中，那最神经质的，最急性的，最易兴奋的，最有禀赋的，最强健的，而比别人不狡猾不谨慎的人，借法庭审判和行政命令被选择了出来，这些人，比其他的还是自由的人，并不更加有罪或是对于社会更加有危险，他们先被下狱，然后被遣送到流放之地，成年累月地被监禁在彻底的闲惰和物质的无虞中，离开自然界、家庭、工作，即离开了人类自然的道德的生活的一切条件。这是第一点。

第二点，在这类机构中的这些人遭受各种不必要的屈辱——镣链、剃头、可耻的衣服，即被夺去了弱者的善良生活的主动力——对于舆论的关心，羞耻心，人类尊严之感。

第三，受到经常的生命危险——且不说中暑，溺毙，焚死等例外情形——受到在监禁处的经常的传染病，疲乏，殴打，这些人经常地处在这样的情况中，在这种情况中那最善良的道德的人会由于自卫之感而去做，并饶恕别人做最可怕的残忍的行为。

第四，这些人被强迫去结交那些特别被生活，尤其是被这些机构所腐化的浪子、凶手、恶汉，他们好像酵母影响生面一样地影响一切尚未充分被通用的方法所腐化的人。

第五，最后，对于所有的受到这种影响的人，借最令人信服的方法，即借各种加诸他们的非人道的行为，借拷问儿童、女人、老人们，殴打、棍笞、鞭挞，奖赏抓回活的或死的逃亡者的人，分散夫妻们以及为了姘居而结合别人的丈夫和别人的妻子们，枪毙、绞缢——借这些最令人信服的方法，对他们暗示了各种暴力、残忍、野蛮，在对政府有利时，不仅不为政府所禁止而且为政府所认可；因此那些不自由的、在艰难和贫困中的人们的行为是更加可以容许的了。

这一切的机构似乎是有意计划出来的，为了产生那种凝结到最高限度的腐败和罪恶，并且是为了在人群中极广泛地散布这种凝结的腐败和罪恶，这是在别的情形下所不能够达成的。

“这正好像提出了一个问题，怎样用最好最可靠的方法去腐化最可能多的人。”聂黑流道夫想，深究着在牢狱里和在休息站上所发生的事情。每年有成千累万的人被引到最高度的腐败中，当他们充分腐化时，为了让他们在全体人民当中散布他们在监狱中所获得的腐败，又把他们释放出来。

在邱明、叶卡切林堡、托姆斯克的监狱里，在休息站里，聂黑流道夫看到，那似乎是社会为自己所立的目标如何顺利地达到了。具有俄国社会的，农民的，基督教的道德的，普通的，简单的人丢开了这些原有的观念，获得了新的，监狱里的观念，主要的是：对人类的任何侮辱与暴力，任何破坏，在它有利的时候，是可以容许的。在牢里生活过的人凭全部的心灵认识了这个，就是根据对他们所发生的事情做判断，教会和道德家所宣传的对人尊敬和同情的那些道德法则，在实际生活中是被丢弃的，因此，他们无须遵守它们。聂黑流道夫在他所认识的一切囚犯身上，在非道罗夫，马卡尔，甚至塔拉斯身上，看到了这个；塔拉斯在各休息站过了两个月之后，以他的论断的不道德而令聂黑流道夫惊异。在途中聂黑流道夫知道了那些逃往荒地的浪子劝同伴们和自己偕逃，然后又杀死他们，吃他们的肉。他看见了一个活人被控告了并承认了这件事。而最可怕的是吃人的事不是仅有的，而是继续重复的。

只有由于罪恶的特别培植，例如在这些机构里所发生的情形，才能够使一个俄国人到了浪子这样的地步，他们超越了尼采的最新学说，认为一切是可能的，没有东西是被禁止的，他们最初在囚犯们当中然后在所有的人当中宣传这个学说。

所做出的这些事情的唯一的解释，就是书本里所写的防止、威胁、改正与合法的报复。但事实上并没有第一种、第二种、第三种、第四种的类似物。代替防止的只是犯罪的扩大。代替威胁的是罪犯们的鼓励，许多罪犯，例如浪子，自愿下狱。代替改正的是一切罪恶的系统的传染。报复的要求不仅不被政府的处罚所减轻，而且灌输到没有这种要求的人民的心中去了。

“那么，他们为什么要做这样的事呢？”聂黑流道夫问自己，没有找得回答。

而最使他惊讶的乃是，这一切不是偶然做的，不是由于误会，不止一次，而是经常地在许多世纪中做的，唯一的差别就是，在从前是劓鼻和割耳，后来是火烙和绑铁柱，而现在是上镣，由汽船而不是由马车运送。

使他愤慨的事情，如官吏们向他所说的，是由于监禁和流放的地方的设备不完善，并且建造了新式监狱，这一切便都可以改善。这种议论没有满足聂黑流道夫，因为他觉得，使他愤慨的不是由于监禁的地方的设备较好或较差。他曾经读到有电刑的改善的监狱，塔德所推荐的电刑，而这种改善的暴力更使他愤慨。

最使聂黑流道夫愤慨的是在法院和各部有人支领高额的、取自人民的薪俸，因为他们参考具有同样动机的官吏们所写的著作，把破坏他们所写的法律的人们的行为配合在条文之下，并根据这些条文把人们遣送到他们不再看到这些人的地方，在这里，这些人在残忍的狠心的监狱长、典狱、护送官的充分权力之下，成千成万地在心灵上在身体上灭亡。

更密切地认识了监狱和休息站，聂黑流道夫看到，在囚犯们当中所发展的这一切的罪恶：酗酒、赌博、残忍与刑事犯们所做的一切可怕的犯罪，甚至吃人——不是偶然的事，也不是退化、犯罪型、畸形的现象，像支持政府的愚蠢的科学家所解释的那样，乃是人们可以处罚别人这种不可解的错误之不可避免的结果。聂黑流道夫看到，吃人不是在荒野开始的，而是在各部、各委员会、各政府衙门开始的，仅仅是在荒野结束的；他看到，例如他的姊丈，以及所有的法官和官吏，自庭丁到部长，一点儿也不关心他们所说到的正义或人民福利，而大家所需要的只是那些卢布，这些卢布是因为他们做出了产生这种腐败和痛苦的一切事情而付给他们的。这是十分明显的。

"难道这一切只是因为误会而发生的吗？要怎样便可以向所有的这些官吏保证他们的薪俸，甚至给他们奖金，使得他们不做他们所做的一切呢?"聂黑流道夫想。想到这些地方，已经鸡啼二遍，虽然跳蚤在他一动时便如泉水一样在他四周跳起，他却睡得酣沉。

二十

当聂黑流道夫醒来时，车子早已走了，女店主喝了茶，用手帕拭着淌汗的胖颈子，来通知说，休息站的士兵带来了一个便函。便函是玛丽亚·芭芙洛芙娜写来的。她写着，克累操夫的病势比他们所想到的还要严重了。"我们想把他留下，并且陪他留下，但这没有获得许可，所以我们要带他走，但我们很怕。您尽力去设法，假若他能在下一个城市里留下来，也让我们当中有一个人留下来。假若为了这个必须我嫁他，不用说，我是准备如此的。"

聂黑流道夫派了青年到驿站去要马，开始匆忙地收拾行装。他还没有喝完第二杯茶，三马驿车已经响着铃铛，在冻结的泥泞上好像在石块上一样地碾响着车轮，来到门口了。同胖颈的女店主结了账，聂黑流道夫连忙走出，坐到车上，希望赶上囚犯们，吩咐车夫尽量赶快走。过了牧场的大门不远，他果然赶上了装载行囊和病人的、在开始被碾轧的冻结的泥淖上轰响着的车子。军官不在，他走在前面。兵士们显然是喝了酒，愉快地谈着，在路边上跟在车后。车子很多。在前面的车子上都紧紧地各坐着六个衰弱的刑事犯，在后边的三辆车子上各坐着三个政治犯。在最后的一辆上坐着诺佛德佛罗夫，格拉别慈和康德拉切夫；在第二辆上——兰彩发，那巴托夫，和那个衰弱的患风湿症的妇人，她的位子是玛丽亚·芭芙洛芙娜让出来的。在第三辆上，克累操夫躺在草秸和枕头上。在他旁边的驾驭台上坐着玛丽亚·芭芙洛芙娜。聂黑流道夫吩咐车夫停在克累操夫旁边，走到他面前去了。醉酒的护送兵向聂黑流道夫挥手，但聂黑流道夫没有注意他，走到车前，扶着车侧，并排走着。克累操夫穿着羊皮袄，戴皮帽，嘴上扎着帕子，显得更瘦更苍白了。他的美丽眼睛显得特别大而明亮。因为车子的颠簸而微微震动着，他眼睛不离开地看着聂黑流道夫，对于健康的询问只闭上眼睛，愤怒地摇头。他全部的精力似乎都用在车辆颠簸的忍受上。玛丽亚·芭芙洛芙娜坐在车子的另一边。她和聂黑流道夫交换着有含意的目光，它表示她对于克累操夫的情况的担心，然后她立即用愉快的声音说：

“似乎军官自己惭愧了，”她大声地说，以便让聂黑流道夫在车轮声中听到，“布索夫肯的手铐给取下来了。他自己带着小女孩，同他走在一起的是卡恰和西蒙生和代替我的韦拉。”

克累操夫向玛丽亚·芭芙洛芙娜指示着，说了些听不清楚的话，并且皱眉摇头，显然是在压制咳嗽。聂黑流道夫把头贴近，以便听得清楚。这时克累操夫从手帕里把嘴松出，低声说：

“现在好多了。只要不受凉。”

聂黑流道夫肯定地点了点头，和玛丽亚·芭芙洛芙娜交换了目光。

“哦，三体的问题怎么样了？”克累操夫低声说，他费力地微笑了一下，“解答困难吗？”

聂黑流道夫不明白，但玛丽亚·芭芙洛芙娜向他说明这是确定日、月、地球三个星体的关系的著名的算学问题，而克累操夫诙谐地将这个比拟聂黑流道夫、卡邱莎、西蒙生的关系。克累操夫点头，表示玛丽亚·芭芙洛芙娜正确地说明了他的笑话。

“这个解答不在我。”聂黑流道夫说。

“你接到我的便函了吗？你要做吗？”玛丽亚·芭芙洛芙娜问。

“一定做。”聂黑流道夫说，注意到克累操夫脸上的不快，走回自己的车前，上到车的横档上，扶住车侧，车子在未碾轧的道路辙痕上颠簸着他，他开始越过展延一俄里的、穿灰大衣和羊皮袄、上脚镣和成对地上手铐的囚犯们。在路的那一边聂黑流道夫认出了卡邱莎的灰披巾，韦拉·叶芙莱莫芙娜的灰大衣，西蒙生的上衣、针织的帽子、扎了好像草鞋上的皮带的白毛袜。他和妇女并排走着，热烈地说着什么。

看见了聂黑流道夫，妇女们向他鞠躬，西蒙生则庄严地举起帽子。聂黑流道夫没有说话，也没有叫停车夫，越过了他们。又走上碾轧过的道路时，车夫把车赶得更快，但须不断地绕开碾轧过的道路，以便越过道路两边的行走的车辆行列。

全部被深辙所切裂的道路穿过阴暗的松林，两边夹杂着明亮的、枯黄的叶子尚未落下的桦树和落叶松。在追越囚犯的行列追赶到一半时，森林完结了，田地在两边展开，修道院的金十字架和圆屋顶出现了。天气完全明朗，云朵飞散，太阳升在森林之上，潮湿的树叶，水潦，圆屋顶，教堂十字架都在太阳光下明亮地闪耀着。前面右方，在灰蓝色的远方，远山发着白色。马车进了城郊的大村庄。村庄的街道上满是人：穿戴奇怪的帽子和大衣的俄国人和别的种族的人。酒醉的和清醒的男女在铺子、饮食店、酒馆、车辆的四周拥挤着，闲谈着。感觉到城市的接近了。

车夫鞭打、拉动了右边的挽马，侧坐在驾驭台的边上，让缰绳挂在右边，他显然在卖弄本领，在大街上驾车快跑，并且没有控制速度，向着河边跑去，过河有渡船。渡船是在急流的河当中，向这边河岸驶来。

这边河岸上约有二十辆车子在等待着。聂黑流道夫没有久等。被拉到上流高处的渡船，被急水所推送，很快地到达了渡口。

高大、宽肩、有筋力、沉默的渡船夫，穿着羊皮袄和皮鞋，敏捷而熟练地抛了绳索，系到桩上，取下了横板，卸了渡船上的车辆到岸上，并开始装载车辆、在渡船上紧密地装了车辆和见水而惊骇的马。湍急而宽大的河流激荡在渡船的舷上，曳着绳索。当渡船装满时，聂黑流道夫的车和解下的马挤在渡船一边的车辆之间，渡船夫上了横板，不理会没有上船的人的请求，解开绳索，开船了。

渡船上是安静的，只听到渡船夫的脚踏声和马换腿时蹄踏船板声。

二十一

聂黑流道夫站在渡船边上，看着宽大急流的河。在他的想象中，交换地出现了两幅形象：在愤怒中垂死的克累操夫的因颠簸而震动的头，以及强健地同西蒙生走在路边上的卡邱莎的身体。一个印象——将死而不准备死的克累操夫是痛苦的，凄惨的。另一个印象——健壮的卡邱莎，得到了像西蒙生那种人的爱情，并且现在行走在坚固而真实的善良之道上应该是愉快的。但聂黑流道夫却觉得这也是痛苦的，并且他不能够克服这痛苦。

城里的喧嚣和大铜钟的铿锵的震动声传到了水上。站在聂黑流道夫身边的车夫和所有的车夫们先后地摘下帽子画十字。站得最靠近船栏而聂黑流道夫起初未曾注意到的矮小而发乱的老人没有画十字，却抬起头，注视聂黑流道夫。这个老人穿了打补丁的衣服，棉布裤，破旧打补丁的鞋。在肩后有一个小背囊，头上是高大的毛皮帽子。

“老头子，你为什么不祷告?”聂黑流道夫的车夫问，戴上了理正了帽子，“没有受过洗吗?”

“向谁祷告呢?”乱发的老人坚决、傲慢、迅速地一个一个音节地说。

“向谁，当然是向上帝。”车夫讽刺地说。

“你向我指出来他，上帝，在哪里?”

在老人的表情中有那么严肃而坚决的东西，以致车夫觉得他和意志坚强的人发生了问题，相当的窘迫了，但他没有表现出这个，极力不愿缄默，不在旁听的人群面前丢脸，便迅速地回答：

“在哪里？当然——在天上。”

“你到过那里吗?”

“不管我到过没有到过，但大家知道，应该向上帝祷告。”

“没有人在任何地方看见过上帝。独生子，在父的怀中，他宣布过。”老人严厉地皱着眉，同样迅速地说。

“你，显然，不是基督徒，是洞孔崇拜者。你向洞孔祷告。”车夫说，把鞭把子插进腰带里，理了挽马的尻带。

有人笑起来了。

“老伯伯，你信什么教?”一个中年人问，他带着车子站在船边。

“我什么信仰也没有。因为我对什么人、什么人也不相信，只相信我自己。”老人同样毅然地迅速地回答。

“怎么会只相信自己呢?”聂黑流道夫说，加入了谈话，“也许会有了错误。”

“一生没有过。”老人摇了头，坚决地回答。

“那么为什么有各种的信仰呢?”聂黑流道夫问。

“有了各种的信仰，是因为人相信别人，不相信自己。我也信仰过别人，并且迷失了道路，好像在荒野里一样；那样地迷失了道路，以致不曾希望找到出路。旧教徒，犹太教徒，鞭笞派教徒，僧侣派教徒，非僧侣派教徒，奥地利派教徒，牛乳派教徒，宫阉派教徒。每种信仰只称赞他自己。因此大家乱爬着，好像瞎眼小狗一样。信仰有许多种，但精神只有一种。你的，我的，他的，都是一样。所以，假若每人信仰自己的精神，大家都会联合的。假若每人是他自己，则大家成为一个人了。”

老人大声地说，环顾大家，显然希望尽可能有更多的人听他说。

“您早就这样宣布过吗？”聂黑流道夫问他。

“我吗，早已宣布了。他们迫害我已经是第二十三年了。”

“怎么样迫害？”

“他们迫害了基督，他们也迫害我。他们抓住我，把我带到法庭，神甫们，书吏们，法利赛教徒们的面前。他们把我在疯人院里关过。但是对我没有办法，因为我是自由的。他们说：‘你叫什么？’以为我会说出自己的什么名字。但我什么名字也没有说。我把一切都放弃了。我没有名字，没有地位，没有国家，什么也没有，我就是我自己。‘叫什么呢？’——‘人。’‘有多大年纪呢？’我说：‘我不计算，并且也不能够计算，因为我过去总是存在着，将来也总是存在着。’他们说：‘你的父母是谁呢？’我说：‘没有父母，除了上帝和土地。上帝是我父亲，土地是我母亲。’他们说：‘你承认沙皇吗？’——‘为什么不承认呢？他是他自己的沙皇，我是我自己的沙皇。’他们说：‘哦，不同你说了。’我说：‘我没有请你同我说。’于是他们使我受苦。”

“您现在到什么地方去呢？”聂黑流道夫问。

“到上帝领我去的地方去。我要工作，若是没有工作，我就找。”注意到渡船泊了这边河岸，老人结束了谈话，便胜利地环顾了所有的听话人。

渡船泊了这边的河岸。聂黑流道夫取出钱袋，拿钱给老人。老人拒绝了。

“我不要这种东西。我要面包。”他说。

“哦，请原谅。”

“用不着原谅。你没有得罪我，并且也不能够得罪我。”老人说，开始把卸下的背囊放到肩上。

这时他们拖上驿车，套了马。

“先生，您也愿和他说话，”当聂黑流道夫给了有力的渡船夫酒钱又上车时，车夫向他说，“他不过是一个不走正路的浪子。”

二十二

上了坡子，车夫转过头来。

“要赶到哪个旅馆里去呢?”

“哪个最好?”

“没有比‘西伯利亚’还好的了。就考夫家也好。”

“随你到哪一家吧。”

车夫又侧坐着，加快了速度。城市是和所有的城市相同：同样的有楼顶窗子和绿色屋顶的屋子，同样的教堂，店铺，大街上的货栈，甚至是同样的警察。但是房屋几乎都是木料的，街道没有铺路面。在一条热闹的街上，车夫把马车停在旅馆的门前，但是旅馆里没有空房间，因此必须到另一家去。在这另一家旅馆里有空房间，于是聂黑流道夫两个月以来第一次重新在习惯的环境中感觉到相对的清洁舒适。虽然聂黑流道夫所住的房间很简陋，他在两个月的驿车、乡村旅店、休息站的生活之后却感觉到很大的舒适。第一件事便是他需要把身上的虱子弄干净，自从访问过休息站以来，他从来没有完全脱离过虱子。解卸了行囊后，他立即去洗澡，回来时穿了城市的服装——上浆的衬衣，有折痕的裤子，礼服，外套，去见当地的长官。旅馆侍者所叫来的马车，由肥满硕大的吉尔给斯马拖着震动的快车，把聂黑流道夫送到华丽的大屋子前，在门前站立着守卫和警察。屋前屋后是花园，花园里落了叶子、伸出空枝的杨柳和桦树之间有茂盛而暗绿色的枞树、松树和针枞。

将军不见客。但聂黑流道夫仍旧请听差送上自己的名片，听差带着满意的回答转来：

“将军吩咐请您进来。”

前厅，听差，传令兵，楼梯，有擦得明亮的镶木地板的大厅——这一切都和在彼得堡相似，只是稍微脏污一点，更加庄严一点。

聂黑流道夫被引入书房。

将军是一个臃肿的，有马铃薯式鼻子，额上有突出的包，秃着头，眼下有肿皮的，急性的人，穿着鞑靼式绸换装服坐着，手拿着烟卷，在喝有银茶托的茶杯里的茶。

“您好，阁下！请原谅，我穿换装服见您，但总比不见的好，”他说，用换装服遮裹他的肥胖的项背有肉褶的颈子，“我不舒服。不出门。是什么把您带到我们的边区来了？”

“我在陪伴一批囚犯，其中有一个同我很有关系的人，”聂黑流道夫说，“我是一方面为这个人一方面为另一件事来请求阁下的。”

将军吸了口烟，啜了口茶，把烟头在孔雀石的灰皿里弄灭，没有把窄狭肥肿而明亮的眼睛离开聂黑流道夫，严肃地听着。他只在问他是否要吸烟时才打断他。

将军属于那种有学问的军人，认为自由主义和人道主义和他的职业的妥协是可能的。但他在本性上是聪明而善良的人，他不久便感觉到这种妥协的不可能，为了不看到他经常所有的这种内心冲突，他便渐渐养成了在军人中很普遍的大量饮酒的习惯，并且习惯是那么深，以致在三十五年的军役之后，他成了医生所说的酒豪。他全身浸透着酒。无论什么酒他都要饮得很多，以便喝醉。饮酒对于他成了那样的一种必要，没有酒他便不能生活，他每天晚上喝得大醉，不过他是那么习惯了这种情况，他不眩晕，也不说特别的蠢话。即使他说了蠢话，但由于他占据了那么重要的高级地位，无论他说了什么蠢话，它也被人看作聪明的话。只是在早晨，就是在聂黑流道夫来找他的时候，他像一个理性的人，能够了解别人向他说的是什么，多多少少是成功地实行他所爱说的：“酒醉但聪明——他的这两件事都称心。”上峰知道他是个酒徒，但他仍然是比别人受过更多的教育，虽然在他的教育中他止于嗜好醉酒的地步。他勇敢，伶俐，庄严，在酒醉时仍能举止有方，因此他被任命并被维持在他所有的这种显著而负责的地位上。

聂黑流道夫向他说，他所关心的是一个妇人，她是无罪地被处罚的，并且为她递了请愿书给皇上。

“这样的。哦？”将军说。

“彼得堡方面允许我，说关于这个妇人命运的消息，不会到这个月以后才寄给我，而且是寄到这里的……”

没有把眼睛离开聂黑流道夫，将军把手指胖短的手伸到桌上，按了铃，然后，喷着烟气，特别高声地咳嗽着，继续无言地听着。

“所以我想请求，假若可能，就留这个妇人在这里，直到关于请愿书的批示寄来的时候。”

听差，一个穿军服的传令兵，走进来。

“问一问，安娜·发西莉叶芙娜起来了没有，”将军向传令兵说，“再拿点茶来。”他转向聂黑流道夫说：“还有呢？”

“我另一个请求，”聂黑流道夫继续说，“是关于一个政治犯，他也在这批人当中。”

“这样的！”将军有含意地点着头说。

“他病得很凶！是要死的人了。他也许会被留在这里的病院里。因此有一个女政治犯愿意留下陪伴他。”

“她和他是生人吗？”

“是的，但是她准备嫁他，假若这使她能够留下来陪他的话。”

将军用明亮的眼睛不动地注视着，并无言地听着，显然是要用目光使他的交谈者窘迫，却仍旧吸着烟。

当聂黑流道夫说完时，他从桌上取了一本书，迅速地舔湿手指，翻着书页，找到关于结婚的条文，并阅读一过。

“她判罚的是什么？”他从书上拿开了眼睛问。

“她罚做苦工。”

“哦，被这么处罚的人的地位，是不能够因为结婚而改善的。”

“但是……”

“请您原谅。假若是自由的人娶了她，她仍然是要受她自己的处罚。问题在这里：谁受的处罚重一点，她或是他？”

“他们俩都是被罚做苦工。”

“哦。这是抵消了，”将军笑着说，“他的是什么，她的也是什么了。他因为病可以留下来。”他继续说：“当然，为了减轻他的厄运，我们要做一切可能做的事情。但她即使嫁了他，也不能够留在这里的……”

“将军夫人在喝咖啡。”听差报告。

将军点了点头继续说：

“不过，我再想一想吧。他们是什么名字？请写在这里吧。”

聂黑流道夫写下了。

对于聂黑流道夫要和病人见面的请求，将军说：“这个我也不能做的。当然，我不怀疑您；但您对于他们、对于别人关心，而且您有钱。我们这里的一切都是可以买卖的。别人向我说：铲除贿赂。但大家都是受贿赂的人，我怎么铲除呢？他们的官阶越低，做得越凶。哦，隔了五千俄里，从哪里去发现他呢？在那里，人人是小沙皇，正如同我在这里一样。”他笑了起来。“您大概是和政治犯们见过面，您给钱，他们准许您进去，是吗？”他微笑着说，“是这样？”

“是的，这是真的。”

“我明白，您应该这么做。您想要会见政治犯。您可怜他们。监狱长或者护送兵接受贿赂，因为他的薪饷是一天两个双角，他有家庭，他不能够不接受。我要是在他的和您的地位上，我也要做得和您和他一样。但是在我的地位上，我不许自己违背严格的法律条文，正因为我是人，会受恻隐之心的影响。我是行政官吏，在某种条件之下我受到别人信任，我应该符合这种信任。哦，这个问题完结了。哦，现在您向我说吧。在你们的大都市里做些什么?”

于是将军开始询问，叙述，显然是想在同一时间又能听到新闻又能表现自己的全部学问与人道主义。

二十三

“哦，还有：您住在哪一家?在就考夫家吗?哦，那里是很糟的。您来吃饭吧，”将军送别聂黑流道夫时说，“在五点钟。您说英语吗?”

“是的，我说。”

“哦，那好极了。您知道，有个英国旅客到这里来了。他在研究西伯利亚的流放和监狱情形。他也要到我们这里来吃饭，您也来。我们五点钟吃饭，我的内人要求守时。那时我再给您回答，关于如何处理那个妇人，还有那个病人。也许，也许可以留下谁来陪伴他。”

辞别了将军，聂黑流道夫觉得自己是在特别兴奋而活跃的心情中，坐车到邮局去的。

邮局是一个矮小的圆顶房子：在办公桌旁坐着的邮员们在向拥挤的人群交信。一个邮员，把头侧向一边，不停地用邮戳盖着敏捷地移动到他手下来的信封。他们没有让聂黑流道夫等好久，知道了他的名字，他们立刻交给他很多的邮件。有些钱，有几封信，有几本书，和最近一期的《祖国记事报》。接到了信，聂黑流道夫便走到木凳前，木凳上坐着一个拿书的士兵在等候什么，他和他并排坐下，翻着收到的信。其中有一封挂号信——美丽的信封上有明亮的红封蜡的清晰的封印。他打开信封，看到塞列宁的信和一件官方公文，觉得血涌上了他的脸，心收缩了。这是卡邱莎的请愿书的批示。这个批示是怎样的呢?不会是驳斥吗?聂黑流道夫连忙阅读一过细小、难认、坚决、潦草的笔迹所写的信，高兴地叹了气。批示是如意的。

“亲爱的朋友，”塞列宁写着，“最后的谈话给了我深刻的印象。关于马斯洛发你是对的。我仔细地研究了案情，看到她受到了令人愤慨的不公平。这只可以在你递呈请愿书的请愿委员会里纠正。我设法在那里协助了案子的判决，在这里寄你一份减刑书，地址是叶卡切锐娜·伊发洛芙娜伯爵夫人给我的。原本寄到她在审判时被监禁的地方去了，也许会立刻转寄到西伯利亚总督署里去。我匆匆通知你这个愉快的消息。亲爱地握手。塞列宁敬上。”

公文的内容是这样的：“皇帝陛下公署收悉上呈御前之请愿书。某某案件，等因奉此。某某官厅，年月日。奉皇帝陛下公署长官之命，据悉上呈御前之请愿书，兹通告小市民叶卡切锐娜·马斯洛发，皇帝陛下据呈来之最忠顺请愿书，恩准马斯洛发所请，兹命令将惩役改为流放西伯利亚次远之处。”

这消息是愉快的重要的：聂黑流道夫为卡邱莎以及为他自己所能希望的东西全实现了。确实，她的地位的变迁在他对她的关系上引起了新的纠葛。当她是惩役犯时，他向她提出的婚事是假想的，而所有的意义只是改善她的现况。现在没有任何东西妨碍他们的同居生活了。但对于这个聂黑流道夫却没有准备。此外，她和西蒙生的关系是怎样的呢？她昨天的话是什么意思呢？假如她同意了和西蒙生结合，这是好呢还是坏呢？他不能够弄清楚这些思想，于是现在不想这个了。“这一切以后都会自己明白的。”他想。“现在必须尽可能赶快看见她，向她说这件愉快的新闻，使她自由。”他想，他手里所有的这一份公文对于这个是足够的了。于是走出了邮局，他吩咐车夫把车子赶到监狱去。

虽然将军这天早晨没有准许他去探监，聂黑流道夫却凭经验知道，在高级官吏那里所不能办到的东西，往往在低级官吏那里很容易办到，便决定了仍旧尝试，在此刻到监狱里去，向卡邱莎报告这个快乐的消息，并且也许可以使她自由，并同时探问克累操夫的健康状况，向他和玛丽亚·芭芙洛芙娜去说将军所说的话。

监狱长是很高大、肥胖、庄严的人，有弯向嘴角的唇髭与胡须。他严厉地接见聂黑流道夫，并且坦白地说明，没有长官的许可，他不能够准许外人会见囚犯。聂黑流道夫说他在大都市里也能获得准许，对于这话，监狱长回答说：

“很可能的，但是我不准许。”在他的话音中是说：“你们都市里的先生以为你们会使得我们惊讶困惑，但我们在西伯利亚东部也确实知道法规，还要指教你们呢。”

皇帝自己公署里寄来的这份公文也未能影响监狱长。他坚决地拒绝了让聂黑流道夫进监狱的墙。聂黑流道夫以为这份公文的出示可以使马斯洛发自由，对于这种单纯的假设他只轻视地笑了笑，说任何的人的释放必须有他的直属长官的命令。他所许可的只是他要通知马斯洛发说她得到了减刑，并且一旦接到他的长官的命令，便是一小时也不多耽搁她。

关于克累操夫的健康他也拒绝给予任何消息，他说，他甚至于不能够说是否有这样的囚犯。于是聂黑流道夫毫无所得，坐上自己的车子回旅馆去了。

监狱长的严格主要是由于容纳了人数超过了规定一倍的监狱里面，在这时发生了流行伤寒。为聂黑流道夫赶车的车夫在路上向他说：“监狱里死了很多的人。他们发生了什么瘟疫。一天要埋二十人。”

二十四

虽然在监狱里没有成功，聂黑流道夫仍旧在同样的健壮、兴奋、活跃的心情中坐车到省长的办公处去问，马斯洛发减刑的公文是否已经收到。公文没有到，因此聂黑流道夫回到旅馆，毫不延迟、立刻写信给塞列宁和律师说到这事。写完了信，他看了看表：已是到将军家去吃饭的时候了。

在路上他又想起来，卡邱莎将如何接受这个减刑的消息。他们要把她留在何处？他将如何和她生活？西蒙生怎么样呢？她对他的关系是怎么样呢？他想起了她所发生的变化。同时他又想起了她的过去。

“应该忘记，遗忘。”他想，又赶快从自己心中逐出关于她的思想。“那时候就可以明白了。”他向自己说，开始想到他应该向将军说什么。

将军的宴席，带着聂黑流道夫所习惯的，富人和高官的生活的奢华气派摆列出来，在他长久失去了不但是奢华还有最基本的舒适之后，对于他是特别可爱的。

女主人是彼得堡的旧式的 grande dame（贵妇），尼考拉皇朝的女官，法语说得自然，俄语说得不自然。她身体极其挺直，她的手动作时没有使肘端离开腰部。她对于丈夫是安详的并且有几分忧悒的尊重，对于客人是极亲切的，不过带着因人而异的态度。她接待聂黑流道夫如同自己家里人一样，带着那种特别微妙的不觉得的奉承，因此聂黑流道夫重新认识了自己的美德，并感觉到愉快的满足。她使他觉得，她知道他的那件使他到西伯利亚来的虽然是独异却是正直的行为，并且认为他是非常的人。这种微妙的阿谀和将军家里华丽奢侈的生活环境有了这样的效果，就是聂黑流道夫完全沉迷于优美环境、滋美食物，和自己所习惯的团体中有教养的人来往的安适与愉快，等等，享受了，好像他最近所经历的一切只是一场梦，他从梦中醒转到目前的真实里来了。

席间，除了家人——将军的女儿和她的丈夫和副官，还有一个英国的金矿商人，一个从遥远的西伯利亚城市来旅行的省长。这些人在聂黑流道夫看来都是可喜的。

英国人，健康的、面色红润的人，法语说得很不好，但说英语却是很好而且是演说家般地动人，见识过很多东西，他的关于美洲、印度、日本、西伯利亚的谈话是有趣的。

年轻的金矿商人，农家子弟，穿着在伦敦做的全套礼服，用钻石的衫扣，有大图书室，捐了很多钱给慈善事业，具有欧洲自由主义的信念，在聂黑流道夫看来是可喜而有趣的，是欧洲文化在健康的野生农民身上教育接枝的全新的好典型。

远方城市的省长就是那个前任的某部长官，关于他，当聂黑流道夫在彼得堡时，别人说了他很多话。他是胖子，有鬈曲稀疏的头发，温柔的蓝眼，有很被爱护的戴指环的白手，愉快的笑容，身体下部很肥胖。这个省长被主人所看重，因为在接受贿赂的人当中只有他不接受贿赂。女主人非常爱好音乐并且她自己是良好的女钢琴家，也看重他，因为他是个优良的音乐家，曾经和她合奏。聂黑流道夫的心情是那样的宽和，现在这个人在他看来也不是不可喜的了。

快乐的、精力旺盛的、有蓝灰色下颏的副官要替所有的人服务，因为他的好心肠而令人愉快。

聂黑流道夫觉得最可喜的是将军的女儿和她丈夫这可爱的年轻的一对。女儿是相貌平凡思想简单的少妇，完全专心注意着她的两个孩子；她的丈夫，她因为爱情而在她和父母发生了长期斗争之后嫁给了他，是一个在莫斯科大学有学位的自由主义者，谦虚而聪明，在官府服务，从事统计工作，特别是关于他所研究的，所爱的，并力图挽救免于绝灭的异族土人的工作。

大家对于聂黑流道夫不但是恳切而客气的，而且显然高兴把他当作新的有趣的人。将军穿军服，在颈子上挂了白十字架出来吃饭，和聂黑流道夫问好，如同对待老友一样，并立即邀请客人们用小食和伏特加酒。将军向聂黑流道夫问到他在早上分别之后做了些什么，聂黑流道夫说他去到邮局，并且知道了早上所说的那个人的减刑，于是他现在又要求准许去探监。

将军显然是不高兴在吃饭的时候提到事务，皱了皱眉，没有说话。

“用伏特加酒吗？”他用法语向走来的英国人说。

英国人喝了伏特加酒，说他今天看过了教堂和工厂，但他还想看大的流刑监狱。

“那好极了，”将军转向聂黑流道夫说，“你可以一同去。”他向副官说：“给他一张出入证。”

“您想什么时候去呢?”聂黑流道夫问英国人。

“我愿意在晚间去看监狱，”英国人说，“大家都在家，没有准备，一切本是怎样的，就是怎样的。”

“啊，他想看到一切的美点吗？让他看吧。我写过意见，但是他们不听我的话。就让他们从外国报纸上去看到吧。”将军说，走到餐桌前，女主人在桌前向客人们指示座位。

聂黑流道夫坐在主人和英国人之间。在他对面坐着将军的女儿和某部的前任长官。

席间的谈话是断续的，时而是英国人说到印度，时而是将军所严厉批判的东京[1]远征，时而是西伯利亚普遍的舞弊与贿赂。所有这些谈话都不使聂黑流道夫产生兴趣。

但在餐后，在客室喝咖啡时，英国人和女主人开始了关于格拉德斯东[2]的有趣的谈话，聂黑流道夫觉得他说了许多为他的交谈者们所注意到的聪明的话。在好饭好酒之后，在喝咖啡时，坐在软安乐椅上，在亲切的有教养的人当中，聂黑流道夫渐渐地觉得愉快。当女主人应英国人的请求和某部前任长官坐到钢琴前弹奏他们所熟练的贝多芬《第五交响乐》时，聂黑流道夫感觉到他久未体验的自己十分满意的心情，好像他现在才知道他是一个多么好的人。

大钢琴是极好的，交响乐也弹奏得好。至少，对于爱好并知道这个交响乐的聂黑流道夫似乎是如此的。听着好听的平缓调，他感觉到鼻子

---

[1] 此为越南之东京。——译者

[2] 一八〇九至一八九八。英国政治家。——译者

里面因为对于自己和自己的一切美德产生了感动而有的辛辣。

为了他久未体验过的享乐感谢了女主人以后，聂黑流道夫便想告别离开，这时女主人的女儿带着坚决的神情走到他面前，红着脸向他说：

“您问了我的小孩们：您想见见他们吗？”

“她觉得，大家都想要见见她的小孩们，”母亲说，笑着女儿的可爱和不圆通，“公爵一点也不觉得有趣。”

“不然，很、很有兴趣，”聂黑流道夫说，被这种满溢着幸福的母性之爱所感动，“请您让我看看吧。”

“她带公爵看她的小孩们去了，”和采金矿的，女婿及副官坐在牌桌前的将军笑着大声说，“去吧，去尽您的义务吧。”

这少妇，显然是因为立刻就要有人批评她的小孩们而兴奋着，快步地在聂黑流道夫前面走进里面的房间。在第三间高大的，白纸壁的，点着有遮伞的小灯的房里，有两张并排的小床，当中坐着一个披白肩巾的，有西伯利亚式的高颧骨和善良面孔的保姆。保姆站起身鞠躬。母亲俯首看第一个小床，床上安静地睡着两岁的小女孩，张开了小嘴，鬈曲的长发散堆在枕头上。

“这是卡恰，”母亲说，理着有蓝条的针织的被，在被下伸出了只白嫩的小脚，“好看吗？您看，她只有两岁。”

“美极了！”

“这是发秀克，外祖父这么叫他。完全是不同的样子。西伯利亚人。对吗？”

“极好看的小孩。”聂黑流道夫说，看着俯身睡觉的小胖子。

“是吗？”母亲说，意味深长地微笑着。

聂黑流道夫想起了镣链，剃发的头，打架，堕落，垂死的克累操夫，卡邱莎和她过去的一切。他开始觉得羡慕，并且希望有他现在所觉得的那种华丽的、纯洁的幸福。

他几番称赞了小孩们，并借此而部分地满足了急切接受这些称赞的母亲，便跟她走进客室，英国人在客室里等候他，以便如约地一同到监狱里去。同年老的、年轻的主人们告别后，聂黑流道夫便同英国人一道走下将军家的台阶。

天气变化了，大雪片片地下着，已经遮了道路，屋顶，花园，树木，台阶，车篷，马背。

英国人有他自己的马车，聂黑流道夫吩咐了英国人的车夫赶车到监狱去，便坐上自己的快车，带着完成不愉快的义务的愁闷心情，坐在柔软的、在雪上难以转动的马车里随着英国人。

二十五

凄惨的监狱房屋和卫兵们及大门下的灯，虽然是有此刻遮盖着一切——入口、屋顶、墙壁的纯洁的白色的覆幕，却因为正面一排照亮的窗子而产生了比早晨更凄惨的印象。

威严的监狱长走到大门口，在灯光下看了发给聂黑流道夫和英国人的出入证，迷惑地耸动着有力的肩膀，但是，为了执行命令，邀了参观的人跟他走。他领他们先穿过院子，然后进了右边的门，由楼梯到了办公室。请了他们坐下，他问有什么地方可以为他们效劳，知道了聂黑流道夫现在要会马斯洛发，便派了典狱去找她。他准备了回答英国人立即开始问他而由聂黑流道夫翻译的问题。

“这个监狱是建造出来容纳多少人的?”英国人问，“有多少被监禁的? 多少男的? 多少女的? 小孩? 多少惩役犯? 多少流刑犯? 多少自愿跟随来的? 多少病人?”

聂黑流道夫翻译了英国人和监狱长的话，没有深究它们的意义，完全出乎自己意料地因为当前的会面而发窘。在他翻译给英国人听的话句当中，他听见了走近的脚步声，办公室的门打开了，照这样的已有过许多次，典狱走进来，在他后面是扎了头巾、穿囚犯短袄的卡邱莎，他看见了她，感觉到难受的情绪。

"我要活，我要家庭，小孩，我要过人的生活。"这思想，当她没有抬起眼睛而快步地走进房间时，在他的脑子里倏忽闪过。

他站起来，走了几步迎接她，他觉得她的脸色是严峻而不愉快的。这又像是她责备他时那样的。她脸色发红又发白，她的手指痉挛地扭着短袄的边，时而看他，时而垂下眼睛。

"您知道，有了减刑吗？"聂黑流道夫说。

"是的，监狱长说的。"

"所以，只要一接到公文，您就可以出来，住在您所愿住的地方。我们要考虑……"

她赶快打断他：

"我要考虑什么呢？伍拉济米尔·西蒙生到哪里，我也跟他到哪里。"

虽然是很兴奋，她却抬起眼睛看聂黑流道夫，迅速地清楚地说出这话，好像是事先预备好了她所要说的一切。

"真的！"聂黑流道夫说。

"哦，德米特锐·伊发诺维支，他希望我和他在一起生活，"她惊惶地停住，更正自己，"希望我在他身边。我还能够希望什么别的呢？我应该把这个当作幸福了。我还有什么别的呢？……"

"二者必有其一：或是她爱上了西蒙生，完全不愿意接受我设想是我为她所做的牺牲，或是她还爱我，为了我的幸福而拒绝我，永远地破釜沉舟，把她自己和西蒙生的命运结合在一起。"聂黑流道夫想，他感觉到羞耻。他觉得他脸红了。

"假若您爱他……"他说。

"爱不爱，有什么关系呢？我已经不管这个了。伍拉济米尔是很特殊的。"

"是的，当然，"聂黑流道夫说，"他是极好的人，我想……"

她又打断了他，好像是怕他说得太多，或者她不愿说出一切。

“不，德米特锐·伊发诺维支，假如我不做您所希望的事情，您要原谅我，”她说，用她的斜视的神秘的目光望着他的眼睛，“是的，显然，这是应该如此的。您也必须生活。”

她正式向他说出了他刚才向自己所说的话，但现在他已经不想到这个，而是想到并且感觉到完全不同的东西了。他不但羞惭，而且惋惜他和她在一起时所失去的一切。

“我没有期待这个。”他说。

“您为什么要在这里生活受苦呢？您已经受够了苦。”她说，并且奇怪地微笑了一下。

“我没有受苦，我觉得很好，并且我希望，假若我能够，我还为您服务。”

“我们，”她说了“我们”，看了看聂黑流道夫，“什么也不需要。您为我做的事已经是那么多了。假若不是您……”她想说什么，但她的声音打颤了。

“你可用不着感谢我。”聂黑流道夫说。

“何必计算呢？上帝会替我们清算的。”她说，她的黑眼睛因为涌出来的泪而发光。

“您是多么好的女子！”他说。

“我好吗？”她含着泪说，可怜的笑容使她的脸光辉了。

“Are you ready?（你准备好了吗？）”英国人问。

“Directly.（就好了。）”聂黑流道夫回答，又向她问到克累操夫。

她约制了兴奋，平静地说了她所知道的：克累操夫在途中很虚弱，他立即被送到医院里去了。玛丽亚·芭芙洛芙娜很不放心，要求进病院做看护，但他们没有允许她。

“我能走了吗？”注意到英国人在等候，她说。

“我不说再会，我还要和您见面。”聂黑流道夫说。

“卜罗斯齐切（原谅我）。”她说得几乎听不见。他们的眼睛交遇了，在她的奇怪的斜视的目光和她不说“卜罗夏亦切（再会）”而说“卜罗斯齐切（原谅我）”时的可怜的笑容中，聂黑流道夫明白了，关于她的决定的理由的两个假设中，第二个是可靠的：她爱他，但她觉得和他结合，她便要破坏他的生活，但她和西蒙生同去，便是让他自由，于是现在她因为她做了她所要做的事而高兴，同时她又因为要和他分别而痛苦。

她握了他的手，迅速地转过身，出去了。

聂黑流道夫回头看英国人，准备同他走，但英国人在记事册里写着什么。聂黑流道夫没有打搅他，坐在墙边的木椅上，忽然感觉到异常的疲倦。他疲倦不是因为不眠之夜，不是因为旅行，不是因为兴奋，而是他觉得他因为自己的生活而异常疲倦。他靠在他所坐的椅背上，闭了眼，立刻酣熟地沉沉地睡着了。

“哦，现在愿意去看狱室吗？”监狱长问。

聂黑流道夫醒了，诧异着他是在什么地方。英国人写完了他的笔记，想看看狱室。

聂黑流道夫，疲倦而不热心，跟着他走。

二十六

走过门廊和令人作呕的臭走廊——在走廊上，令他们诧异地，他们看见了两个在地上小便的囚犯。监狱长、英国人、聂黑流道夫，由典狱们陪伴着，走进了惩役犯的第一个狱室。在狱室里当中的板床上囚犯们都已经躺下了。他们大约有七十个人。他们头抵头臂靠臂地躺着。当参观的人进来时，大家都响着镣链，在板床上跳起来站立着，闪耀着他们的新剃了一半的头。还有两个人躺着。一个是青年，脸发红，显然是在发热，另一个是老人，不停地呻吟着。

英国人问，年轻的犯人是否病了很久。监狱长说，是早上生病的，老人已经肚痛了很久，但没有地方可以移他，因为病房已经满了。英国人不赞同地摇头，并且说，他想向这些人说几句话，并要求聂黑流道夫翻译他所要说的。原来这英国人，在他的旅行的唯一目的——研究西伯利亚的流放与监狱——之外，还有一个目的，即用信仰和赎罪去宣传得救。

“告诉他们，说基督可怜他们，爱他们，”他说，“并且为他们而死。假若他们相信这个，他们就得救了。”当他说话时，所有的囚犯都无言地站在板床前，手靠衣缝伸直着。“告诉他们，在这本书里，”他结束道，“这一切都说到了，有能够读书的吗？”

有二十多人是识字的。

英国人从手提包里取出几册皮面的《新约》，于是许多有力气的手连同坚硬的黑指甲从粗麻布衣袖下边互相拥挤着向他伸出。他在这间狱室里发了两册《福音书》，便走到另一间狱室去了。

在另一间狱室里是同样的事情。那里是同样的空气，恶臭难闻；同样地在前面的窗户间悬挂着圣像，在门的左边是同样的尿桶，并且是同样地臂靠臂拥挤地躺着，同样地大家跳起，伸直身躯，且完全同样地有三个人没有立起。两个爬起、坐着，一个继续躺着，甚至看也不看进来的人；他们是病人。英国人完全同样地说了那些话，且同样地给了两册《福音书》。

在第三间狱室里传来了喊叫和骚动声。监狱长走进去，喊了：“立正！”当门打开时，又是大家在板床前站得笔直，除了几个病人和两个打架的人，他们带着愤怒变相的脸互相撕揪着，一个抓住头发，另一个抓住胡须。直到典狱跑到他们面前时他们才互相放手。有一个鼻子打出了血，流着鼻涕、口水、血，他用袍袖擦着；另一个理出被扯下的胡须。

“班长！”监狱长严厉地喊叫。

红脸的有力的人走上前。

“没有办法镇压他们的，大人。”班长说。用眼睛愉快地微笑着。

“我来镇压。”监狱长皱着眉说。

“What did they fight for?（他们为了什么打架?）”英国人问。聂黑流道夫问了班长，打架是为了什么。

“为了脚布，是拿了别人的，”班长说，继续微笑着，“这个打他，那个还手。”

聂黑流道夫向英国人说了。

“我想向他们说几句话。”英国人转向监狱长说。

聂黑流道夫翻译了。监狱长说了：“可以。”然后英国人取出自己的皮面《福音书》。

“请您翻译这个，”他向聂黑流道夫说，“你们争吵，打架，但基督，他为你们而死的，给了我们另外一种方法来解决我们的争执。您问他们，他们知道不知道，按照基督的法律，应该怎样对待侮辱我们的人。”

聂黑流道夫翻译了英国人的话和问题。

“骂了长官，他审问吗?”有一个斜视着庄严的监狱长疑问地说。

“打他，他就不要侮辱你了。”另一个说。

听见了几个赞同的笑声。聂黑流道夫把他们的回答向英国人翻译了。

“告诉他们，按照基督的法律，应该做的恰恰相反：假若有人打你这边的腮，你把那边的也伸过去。”英国人说，做出似乎伸出自己的腮的姿势。

聂黑流道夫翻译了。

“让他自己试一试吧。”谁的声音说。

“他怎样打那边的还要伸出来的腮呢?”躺着的病人之一说。

“他这样地难倒你了。”

“好吧，试一试吧。”后面的谁说，快乐地发笑。大家不能约制地哈哈声充满了全室，甚至被打伤的也带着血和鼻涕哈哈笑了。病人们也笑了。

英国人不觉得窘，并要求向他们翻译，说那似乎是不可能的事情，对于有信仰的人就变成了可能的、容易的事情了。

“您问，他们喝不喝酒？”

“当然喝的。”听到一个声音说，同时又有了哄笑和哈哈笑声。

这间狱室里有四个病人。对于英国人的问题：为什么病人不集合在一个狱室里？监狱长回答说，他们自己不愿。他们不是传染病人，有医药助理员看他们，替他们诊治。

“有两个星期没有来看了。”一个声音说。

监狱长没有回答，领着进另一个狱室。门又开了，大家又站起来、安静了，英国人又发给《福音书》；同样的情形发生在第五间，第六间，右边，左边，两边的狱室里。

从惩役犯那里他们走到流刑犯那里，从流刑犯那里走到地方政府的流刑犯那里，又走到自愿跟随来的人们那里。处处是同样的情形，处处是同样寒冷、饥饿、闲惰、患传染病、受侮辱、被监禁的人，好像野兽一样。

英国人散出了规定数目的《福音书》，便不再散发，甚至也不再说话了。惨凄的情景，尤其是窒息的空气，显然也消灭了他的精力，他走过各狱室，对于监狱长的关于各狱室里是什么样犯人的报告，只说着“all right（好的）”。

聂黑流道夫好像在梦寐中行走着，不能够拒绝再走，也不能走开，感觉着完全同样的疲倦和绝望。

二十七

在一个流刑犯的狱室中，聂黑流道夫诧异地看见了他早晨在渡船上所见到的那个奇怪的老人。这个发乱而满脸打皱的老人，穿着一件脏的、烟灰色的、肩头破烂的衬衫和同样的裤子，赤脚坐在板床旁的地上，严厉地怀疑地看着进来的人。他的憔悴的从脏衬衫的破孔里看得见的身体是可怜的、羸弱的，但他的脸却比在渡船上更加神思凝聚、严肃、兴奋。所有的囚犯，和在其他的狱室里一样，在长官进来时，都跳起来，站得挺直；老人却仍旧坐着。他的眼睛发光，眉毛愤怒地皱着。

“站起来!”监狱长向他喊叫。

老人没有动，只轻蔑地微笑了一下。

“你的奴隶们站在你面前。但我不是你的奴隶。你身上的封印……”老人指着监狱长的额说。

“什——么?”监狱长威胁地说，向他面前走着。

“我认识这个人，”聂黑流道夫连忙向监狱长说，“他为什么被捕?”

“警察局因为他没有护照把他送来了。我们要求不要送这样的人，但他们还是送了。”监狱长愤怒地斜视着老人说。

“啊，你似乎也是反基督军中的人吧?”老人转向聂黑流道夫说。

“不是，我是参观的。”聂黑流道夫说。

“怎么，您来看基督的叛徒怎样地蹂躏人吗？就是这里，你看吧。他捕了人，成群地关在小笼子里。人应该脸上带着汗吃面包，但他把他们关起来了；好像猪一样地喂他们，不给他们工作，让他们成为野兽。”

“他说什么?”英国人问。

聂黑流道夫说老人在批评监狱长，因为他监禁人们。

“您问他，按照他的意见，应该怎样对待那些不遵守法律的人?”英国人说。

聂黑流道夫翻译了这个问题。

老人奇怪地笑起来，露出整齐的牙齿。

“法律!”他轻蔑地重复说，“他先抢劫了所有的人，占去了所有的土地，夺去了人们的所有的财产，收归他自己所有，杀死了一切反对他的人，然后写出法律，要别人不杀人不抢劫。他该先写出这个法律。”

聂黑流道夫翻译了。英国人微笑了一下。

“您问他，现在我们究竟要怎样对待窃贼和凶手呢?”

聂黑流道夫又翻译了这个问题。老人严厉地皱了眉。

“向他说，要他从自己身上拿下基督叛徒的封印，那时候，就不会有窃贼，不会有凶手。向他这么说吧。”

“He is crazy.（他发狂了。）”当聂黑流道夫翻译了老人的话时，英国人说，于是耸了耸肩，走出狱室。

“做你自己的事，不要管别人的事。各人管自己的事，上帝知道处罚谁，宽恕谁，我们却不知道，”老人说，“做你自己的长官，那时候就不需要长官了。”他补充说，“去吧，去吧，”愤怒地皱着眉，向滞留在狱室里的聂黑流道夫眨眼睛，“你看见了，基督叛徒的奴隶怎样地拿人喂虱子。去吧，去吧!”

当聂黑流道夫走到走廊时，英国人和监狱长站在一个空狱室的打开的门前，问到这间狱室的用途。

监狱长说，这是停尸室。

“噢。”当聂黑流道夫向他译出时，英国人说，并且想进去。

停尸室是一间普通的小狱室。墙上点着一盏小灯，暗淡地照亮了一个角落上堆着的行囊，木柴和右边板床上的四具死尸。第一个死尸穿粗麻布衬衫和衬裤，是身材高大的人，有小而尖的胡须和剃了一半的头。尸体已经僵硬了；紫色的手，显然是放在胸脯上的，被分开了，光腿也被分开了，脚向外伸着。在他旁边躺着一个穿白裙白褂的、光脚光头的、有细而短的发辫的、在打皱的小而黄的脸上有尖鼻子的老妇人。在妇人旁边又是一个穿紫色衣服的男人尸首。这颜色令聂黑流道夫想起了什么。

他走上前，开始看这具尸体。

小、尖、向上翘的胡须，坚实、好看的鼻子，白、高的额，稀少、鬈曲的发。他认出了相识的容貌，却不相信自己的眼睛。昨天他看见这个面孔是兴奋、愤慨、痛苦的。现在它是宁静、不动、异常美丽的了。

是的，这是克累操夫，至少，这是他的物质的实体所留下的遗迹。

“为什么他曾受苦？为什么他曾生活？他现在明白了吗？聂黑流道夫想，他觉得，这回答是没有的，除了死亡，什么也没有，于是他觉得难受。

没有和英国人告别，聂黑流道夫请了监狱长领他到院子里去，并且觉得必须单独在一个地方，以便思索他在这天晚上所经历的一切，于是他坐车回旅馆去了。

二十八

聂黑流道夫没有躺下来睡觉，在旅馆的房间里来回走了很久。他和卡邱莎的事情完结了。他是她所不需要的，这使他觉得悲哀而羞惭。但现在不是这件事使他苦恼。他的别的事情不但没有完结，而且比过去更加苦恼他，要求他有所行动。

他在这个时期所看见所知道的那一切可怕的罪恶，尤其是今天，在那个可怕的监狱里，那杀死了可爱的克累操夫的罪恶，胜利了，统治一切，他不但看不到征服这罪恶的任何可能性，而且甚至不知道如何征服它。

在他的想象中出现了成百上千被无情的将军、检察官、监狱长们监禁在恶臭空气中的被侮辱的人：他想起了那奇怪的、责骂官长的、被当作疯子的、自由的老人，以及停尸间的、在愤怒中死去的克累操夫的美丽的如蜡的脸。先前的问题——是他（聂黑流道夫）疯了，还是那些认为自己聪明而做出这一切的人疯了。带着新的力量摆在他面前，要求回答。

徘徊思索疲倦了，他坐到灯前的沙发上，机械地打开英国人赠他做纪念的《福音书》，这是他清衣袋时抛在桌上的。

“据说，这里有一切的解答。”他想，打开《福音书》，开始阅读随手打开的地方。

他读着《马太福音》第十八章：

一、当时，门徒进前来，问耶稣说：天国里谁是最大的？

二、耶稣便叫了一个小孩子来，使他站在他们当中。

三、说：我实在告诉你们，你们若不回转，变成小孩子的样式，断不得进天国。

四、所以，凡自己谦卑像小孩子的，他在天国里就是最大的。

“是的，是的，这是真的。”他想，记起了只在他自己谦卑的时候，他才感觉过生活的安宁和喜悦。

五、凡为我的名，接待一个像这小孩子的，就是接待我。

六、凡使这信我的一个小子跌倒的，倒不如把大磨石拴在这人的颈项上，沉在深海里。

“这个：‘凡是接待我的’——是为什么的？在什么地方接待？‘为我的名’是什么意思？”他问自己，觉得这些话没有向他说明什么。“为什么要有磨石放在颈子上和深海里呢？不，这是不对的：不精确，不清楚。”他想起了，他在自己的生活中曾有几次从事阅读《福音书》，这些地方的不清楚总是他不了解的。他又读了第七节，第八节，第九节，第十节，说到绊倒，说到绊到的事是世上免不了的，说到把人丢在地狱的火里的处罚，说到小子们的使者在天上常见天父的面。“多么可惜呀，它是这么不贯串，”他想，“但是我觉得，这里面有点好东西。”

他继续阅读：

十一、因为人子来为要拯救失丧的人。

十二、一个人若有一百只羊，一只羊走迷了路，你们的意思如何？他岂不撇下这九十九只，往山里去找那只迷路的羊吗？

十三、若是找着了，我实在告诉你们，他为这一只羊欢喜，比为那没有迷路的九十九只欢喜还大呢。

十四、你们在天上的父，也是这样不愿意这小子里失丧一个。

“是的，要他们失丧，这不是父的意思，但在这里，他们却上百成千地失丧着。并且没有拯救他们的方法。”他想，更向下阅读：

二十一、那时彼得进前来，对耶稣说：主啊，我弟兄得罪我，我当饶恕他几次呢？到七次可以吗？

二十二、耶稣说：我对你说，不是到七次，乃是到七十个七次。

二十三、天国好像一个王，要和他仆人算账。

二十四、才算账的时候，有人带了一个欠一千万银子的来。

二十五、因为他没有什么偿还之物，主人吩咐把他和他的妻子、儿女，并一切所有的都卖了偿还。

二十六、那仆人就俯伏，拜他，说：主啊！宽容我，我将来都要还清。

二十七、那仆人的主人，就动了慈心，把他释放了，并免了他的债。

二十八、那仆人出来，遇见他的一个同伴，欠他十两银子，便揪住他，掐住他的喉咙，说：你把所欠的还我。

二十九、他的同伴就俯伏央求他，说：宽容我吧，我将来必还清。

三十、他不肯，竟去把他下在监里，等他还了所欠的债。

三十一、众同伴看见他所做的事，就甚忧愁，去把这事告诉了主人。

三十二、于是主人叫了他来，对他说：你这恶奴才！你央求我，我就把你所欠的免了。

三十三、你不应当怜恤你的同伴，像我怜恤你吗？

“就只是这样吗？”聂黑流道夫读完这些话时，忽然出声地说。他全部实体的内在声音向他说：“是的，只是这样了。”

聂黑流道夫发生了过着精神生活的人们所常发生的事情。所发生的就是，最初他觉得是奇怪、矛盾，甚至玩笑的思想，在生活中常常找到了证实，忽然成了最简单、无疑的真理。现在他这样地明白了这个思想，就是从那使人们感受痛苦的可怕的罪恶中获得拯救的唯一而可靠的方法，只是要人们在上帝面前永远承认自己是有罪的，因此是不能够处罚、不能够纠正别人的。他现在明白了，他在监狱和囚牢中所见的一切可怕的罪恶，以及那些造出这种罪恶的人们的安详的自信，只是因为人们想做不可能的事情：自己是罪恶的，却又去纠正罪恶。罪恶的人要纠正别的罪恶的人，并想用机械的方法达到这个。从这一切当中所生的结果，只是贫穷而贪婪的人们，把这种虚假的处罚别人和纠正别人做成自己的职业，而自己却堕落到极端，并且腐化那些被他们所蹂躏的人。现在他明白了，他所看见的这一切的恐怖是从哪里发生的，并且为了消灭这种罪恶，应该做什么。他所不能够找到的回答，就是基督给彼得的回答。这就是永远地饶恕一切的人，无数次地饶恕，因此，自己没有罪过因而能够处罚或纠正别人的人，是没有的。

“但这不会是如此简单。”聂黑流道夫向自己说，然而无疑地看到——虽然起初他惯于相反的看法，觉得这个奇怪——这不但在学理上是无疑的，而且是最实际的问题解答。这个通常的反驳，对于罪恶的人应该怎么办呢？让他们不受处罚吗？这现在已经不苦恼他了。假若能够证明，处罚减少了犯罪，纠正了罪犯，则这个反驳便是有意义的了；但所证明的是完全相反的，并且很明显的，某些人并没有权力去纠正别人，因此，您所能做的唯一合理的事，就是不再去做那不但是无用而且有害的，不道德的，残忍的事。“你们多少世纪以来处罚了你们认为是罪犯的人。那么，他们被除尽了吗？没有被除尽，而且他们的数目，一方面因为被处罚所腐化的罪犯们，一方面因为拘禁及处罚别人的罪犯们——法官、检察官、审问官、监狱官，反而增加了。”聂黑流道夫现在明白了，社会及一般秩序存在着，不是因为有这些审问及处罚别人的合法的罪犯，而是因为，虽然有这种堕落，人们仍旧互相地怜悯、互相地爱。

希望在这本《福音书》里找到这个思想的确证，聂黑流道夫开始从头读起。读完了总是感动他的“登山垂训”，他今天第一次在这个训诫中看到的，不是抽象美丽的思想（它大部分是夸大的不可执行的要求），而是简单明白的实际上可以执行的训诫，它在执行时（这是十分可能的）将建立全新的、人类社会的机构，在这种机构中，不但是令聂黑流道夫那么愤慨的一切暴力都要自行消灭，而且人类可以达到的最高级的幸福——地上的天国也会实现的。

这种戒律有五条。

第一条，（《马太福音》第五章二十一至二十六节）是人不但不该杀人，而且不该对弟兄发怒；不应该认为任何人是无价值的“拉加”；若是同任何人争吵，便应该在把赠品，即是祈祷，带给上帝之前自行和解。

第二条，（《马太福音》第五章二十七至三十二节）是人不但不应该奸淫，而且不应该对妇女的姿色发生淫念，而且一旦和一个妇女结合了，便应该永远不背弃她。

第三条，（《马太福音》第五章三十三至三十七节）是人不应该对任何事情发誓。

第四条，（《马太福音》第五章三十八至四十二节）是人不但不应该以眼还眼，而且还要在打这边腮时，送上那边腮，应该饶恕侮辱，安心地忍受它们，不要拒绝别人所请求的事情。

第五条，（《马太福音》第五章第四十三至四十八节）是人不但不应该怀恨他的仇敌，不和他们打，而且还要爱他们，帮助他们，为他们服务。

聂黑流道夫注视着灯光，心不跳了。想起了我们生活的一切丑恶，他明白地设想着，假若人们根据这些戒律而受教育，生活会成为什么样子；久未感觉到的喜悦充满了他的心。好像是他在长久的疲劳和痛苦之后忽然找到安静与自由。

他整夜没有睡觉，如同许多许多读《福音书》的人所有的情形一样，他读的时候，第一次了解了他读过多次而未注意的话的全新意义。他吸收了这本书中展示给他的那必需的、重要的、快乐的东西，好像海绵吸水一样。他所读到的一切，似乎是熟悉的，似乎是确证了，并且使他认识了，他从前早已知道但不曾充分认识不曾相信的东西。现在他认识了而且相信了。

他不但是认识而且相信，人们若执行这些戒律，便将达到他们所能达到的最高级幸福，并且他现在认识而且相信，每个人所唯一要做的事便是执行这些戒律，人类生活的唯一合理的意义便是在此，而且违背这些戒律即错误，便将引起处罚。这是由这全部教旨中产生的，并且特别明白而有力地在葡萄园里的比喻中被说明。

种葡萄的人，被派到葡萄园里来替主人工作，以为这园是他们自己的，以为园里的一切都是为他们做的，而他们的事情只是在这个园里享受自己的生活，忘记了主人，杀死那些向他们提起主人，提起他们对主人的义务的人。

“我们是在做着同样的事情，”聂黑流道夫想，“怀着错误的信念，以为我们是自己生活的主人，以为生活是为了我们的享乐而给予我们的。这显然是错误的。假若我们是被派到这里来的，那也是由于什么人的意志，并且有什么目的。但我们却认定，我们活着只是为自己的享乐，显然我们要遭遇不幸，好像不执行主人意志的工人也要遭遇不幸一样。主人的意志是表现在这些戒律中。一旦人们执行这些戒律，天国就要在地上建立，人们就将得到他所能获得的最高的幸福。”

“‘你先去求天国和上帝的正义，其余的便将添加给你。’但我们在求‘其余的’，且显然没有得到它们。”

“所以这就是我的一生的事业。刚刚完结了一个，另一个又开始了。”

从这一夜起，聂黑流道夫开始了全新的生活，这不是因为他进入了新的生活环境，而是因为从此以后他发生的一切对于他有了全新的和过去不相同的意义。

他的生活的这个新阶段将如何结束，将来的时间会表明的。

一八九九年十二月十六日

“俄苏文学经典译著·长篇小说”书目

沙宁　　[苏联] 阿尔志跋绥夫 著 / 郑振铎 译

罗亭　　[俄国] 屠格涅夫 著 / 陆蠡 译

少年　　[俄国] 陀思妥耶夫斯基 著 / 耿济之 译

死屋手记　　[俄国] 陀思妥耶夫斯基 著 / 耿济之 译

罪与罚　　[俄国] 陀思妥耶夫斯基 著 / 汪炳琨 译

卡拉马佐夫兄弟　　[俄国] 陀思妥耶夫斯基 著 / 耿济之 译

白痴　　[俄国] 陀思妥耶夫斯基 著 / 耿济之 译

铁流　　[苏联] 绥拉菲莫维奇 著 / 曹靖华 译

父与子　　[俄国] 屠格涅夫 著 / 耿济之 译

处女地　　[俄国] 屠格涅夫 著 / 巴金 译

前夜　　[俄国] 屠格涅夫 著 / 丽尼 译

虹　　[苏联] 瓦西列夫斯卡娅 著 / 曹靖华 译

保卫察里津　　[俄国] 阿·托尔斯泰 著 / 曹靖华 译

静静的顿河　　[苏联] 肖洛霍夫 著 / 金人 译

死魂灵　　[俄国] 果戈里 著 / 鲁迅 译

城与年　　[苏联] 斐定 著 / 曹靖华 译

钢铁是怎样炼成的　　[苏联] 奥斯特洛夫斯基 著 / 梅益 译

诸神复活　　[俄国] 梅勒什可夫斯基 著 / 郑超麟 译

战争与和平　　[俄国] 列夫·托尔斯泰 著 / 郭沫若　高植 译

人民是不朽的　　[苏联] 格罗斯曼 著 / 茅盾 译

孤独　　[苏联] 维尔塔 著 / 冯夷 译

爱的分野　　[苏联] 罗曼诺夫 著 / 蒋光慈　陈情 译

地下室手记　［俄国］陀思妥耶夫斯基 著／洪灵菲 译

赌徒　［俄国］陀思妥耶夫斯基 著／洪灵菲 译

盗用公款的人们　［苏联］卡泰耶夫 著／小莹 译

在人间　［苏联］高尔基 著／王季愚 译

我的大学　［苏联］高尔基 著／杜畏之　萼心 译

赤恋　［苏联］柯伦泰 著／温生民 译

夏伯阳　［苏联］富曼诺夫 著／郭定一 译

被开垦的处女地　［苏联］肖洛霍夫 著／立波 译

大学生私生活　［苏联］顾米列夫斯基 著／周起应　立波 译

叶甫盖尼·奥涅金　［俄国］普希金 著／吕荧 译

盲乐师　［俄国］柯罗连科 著／张亚权 译

家事　［苏联］高尔基 著／耿济之 译

我的童年　［苏联］高尔基 著／姚蓬子 译

贵族之家　［俄国］屠格涅夫 著／丽尼 译

毁灭　［苏联］法捷耶夫 著／鲁迅 译

十月　［苏联］A. 雅各武莱夫 著／鲁迅 译

安娜·卡列尼娜　［俄国］列夫·托尔斯泰 著／周笕　罗稷南 译

克里·萨木金的一生　［苏联］高尔基 著／罗稷南 译

对马　［苏联］普里波伊 著／梅益 译

暴风雨所诞生的　［苏联］奥斯特洛夫斯基 著／王语今　孙广英 译

猎人日记　［俄国］屠格涅夫 著／耿济之 译

上尉的女儿　［俄国］普希金 著／孙用 译

被侮辱与损害的　［俄国］陀思妥耶夫斯基 著／李霁野 译

复活　［俄国］列夫·托尔斯泰 著／高植 译

幼年·少年·青年　［俄国］列夫·托尔斯泰 著／高植 译

烟　［俄国］屠格涅夫 著／陆蠡 译

母亲　［苏联］高尔基 著／沈端先 译